本书由苏州大学“211工程”建设经费资助出版

未名·观点丛书

# 现代转型之痛苦『肉身』：鲁迅思想与文学新论

汪卫东 著



北京大学出版社

**图书在版编目(CIP)数据**

现代转型之痛苦"肉身":鲁迅思想与文学新论/汪卫东著.—北京:北京大学出版社,2013.1

(未名·观点丛书)

ISBN 978-7-301-21791-7

Ⅰ.①现… Ⅱ.①汪… Ⅲ.①鲁迅(1881~1936)-思想评论 ②鲁迅著作-文学研究 Ⅳ.①I210

中国版本图书馆CIP数据核字(2012)第301008号

**书　　名:现代转型之痛苦"肉身":鲁迅思想与文学新论**

著作责任者:汪卫东　著

责 任 编 辑:魏冬峰

标 准 书 号:ISBN 978-7-301-21791-7/I·2565

出 版 发 行:北京大学出版社

地　　址:北京市海淀区成府路205号　100871

网　　址:http://www.pup.cn

新 浪 微 博:@北京大学出版社

电 子 信 箱:weidf02@sina.com

电　　话:邮购部62752015　发行部62750672　编辑部62750673
出版部62754962

印　刷　者:三河市博文印刷厂

经　销　者:新华书店

965毫米×1300毫米　16开本　25.75印张　311千字

2013年1月第1版　2013年1月第1次印刷

定　　价:49.00元

---

# 目 录

# 第一章　鲁迅思想:现代转型的精神深度

## 第一节　“个人”观念与鲁迅现代思想的资源

鲁迅正式开始自己的言述生涯,是在日本时期,其间大约经历了两个写作高峰。1903 年顷,即刚到日本的第二年,年轻的鲁迅开始正式发表作品,在当时的留学生杂志《浙江潮》上,接连发表译述《斯巴达之魂》、译作法国雨果的随笔《哀尘》(附所作译后附记)、《说铂》、《中国地质略论》等,并出版了所译法国儒勒·凡尔纳的科幻小说《月界旅行》(附所作《月界旅行》辨言)和《地底旅行》(后者首二回亦曾发表于《浙江潮》第 10 期)。这其中,创作和译述难以截然两分,这似乎并非鲁迅之关心所在,但是,诸作品的写作主题则不难看出,即科学和爱国。日本时期的另一个写作高峰出现于 1907、1908 年,短短两年,鲁迅像排炮一样打出长篇系列论文《人之历史》、《科学史教篇》、《文化偏至论》、《摩罗诗力说》和《破恶声论》[①],均发表于留学生杂志《河南》。在这两个“高峰”期间,经历了作者因失望于东京的中国留学生而远离东京赴仙台学医、由于仙台医学课上幻灯片的刺激转而回东京弃医从文,以及弃医从文的第一个计划——《新生》文学杂志——的流产这几个著名事件[②],这两个鲁迅后来一直耿耿于怀的人生经历,对于正处于思想急变期的青年鲁迅来说,应该具有关键的影响作用吧。这一点正在 1907、1908 年的诸论文中反映出来,这组系列文章当然仍然贯穿着早期科

---

① 1926 年,鲁迅把这几篇论文收进他的第一本杂文集《坟》时,并没有按当时发表的时间顺序编排(按时间顺序应是:《人之历史》、《摩罗诗力说》、《科学史教篇》、《文化偏至论》、《破恶声论》,编后的次序是《人之历史》、《科学史教篇》、《文化偏至论》、《摩罗诗力说》、《破恶声论》),打乱时间顺序的重新安排大概是从理路入手。

② 对这几个著名事件的回顾,主要见于鲁迅的《〈呐喊〉自序》和《藤野先生》。

学与爱国的主题，但是，与1903年文章明显不同的是，这两个主题已退居背后，被有关“人”（“个人”）、“精神”等主题所掩盖，“个人”及其“精神”成为鲁迅的首要关注点①：《人之历史》通过对西方进化论学说的学术史梳理，彰显了在进化过程中生物自身的能动作用，在此基础上，尤其强调人在生物进化中“超乎群动”的“人类之能”；《科学史教篇》在对科学发展史的追溯中，追问科学发展的“真源”——科学背后的精神因素——“神思”、“理想”、“道德”、“圣觉”，揭示了“人类之能”的根源所在，并强调了科学——知识之外的人类精神需求的重要性；换言之，科学虽展现了“人类之能”，但只是其结果，其根源是科学背后的“神思”、“理想”、“道德”、“圣觉”，如果胶着于科学本身，而遗忘了其背后的“真源”所在，无异逐本求末；《文化偏至论》针对近世言新之士奉西方19世纪“物质”和“众数”的“偏至”文明为圭臬的倾向，鲜明地提出“立人”的主张：“是故生存两间，角逐列国是务，其首在立人，人立而后凡事举，若其道术，则必尊个性而张精神。”鲁迅嘱望于以尼采、叔本华和施蒂纳等为代表的西方19世纪末“极端之个人主义”思潮，从其中的“主观主义”及“意力主义”中拿来“个人”与“精神”，作为“兴国”的“道术”，使“个人”成为系列论文的最强音。从文本分析可以看出，对“个人”的强调着眼于其蕴涵的精神创进的可能性，即“个人”作为实在就是内在性的精神，反之，“精神”的具体承担者是以“个”为单位的“个人”，因而进一步把“精神”（“主观”）落实到以“意力”为根基的“人格”上，总之，“个人”和“精神”相互涵涉，从而把“人类之能”的根基逻辑地落实到以“意力”为根基的以“个”为单位的“人格”之上；《摩罗诗力说》针对“诗人绝迹”、“心声”隐默的中国精神现状，强调“诗”——“心声”对于民族兴亡的重要性，通过输入充满“意力”（“立意在反抗，指归在动作”）的摩罗诗人之“新

---

① 这可从文章标题的拟定上看出，《人之历史》起于介绍进化论的古希腊源头，终于对“宇宙发生学”的企望，纯然一极为客观的学术史梳理，这从表象上直接承续了1903年科学论文系列的“科学”主题，但值得注意的是，论文的标题署为“人间之历史”（初发表时名，收入《坟》时改为现名），并未出现作为关键词的“进化论”，进一步，从文章内容可以发现，通过描述而逻辑展开的梳理，其最终主旨并非在学术史本身，而是试图通过学术史梳理追问人类发生、发展的历史——“人之历史”，故以海克尔的“人类发生学”为重心。可见，本篇的意图不在学术史而在“人”的历史，“人”取代“科学”（进化论）成为新的主题；同样，《科学史教篇》以“科学史”为对象，而所重却在“教”（科学发展史的教训），以彰显“科学”背后的“精神”因素。

声”——“心声”,激起国人的“内曜”,借摩罗诗人的“诗力”激发国人心中本有之“诗”,并呼唤中国摩罗诗人的出现,以启中国的“第二维新之声”;《破恶声论》痛感于“心声内曜,两不可期”的“寂漠”之境,呼唤国人之“白心”,通过剖击“破迷信”和“崇侵略”的“恶声”,捍卫了精神信仰的重要性,彰显了“人性”对于“兽性”、“奴性”的优越性,表达了鲁迅的人性进化观。从文本分析的内在理路可以看出,系列论文在“人类之能”、“神思”、“精神”、“意力”、“心声”、“内曜”、“白心”、“人性”之“进化”等概念系统中,系统地表达了以“立人”为动机的“个人”观念,“个人”,作为鲁迅日本时期五篇文言论文的核心观念,成为其重要的思想起点,实际上也成为贯穿他一生的重要思想因素。

## 一、“个人”、“精神”与“进化”:鲁迅日本时期文言论文的三个关键观念

通观诸篇,可以看到,“个人”、“精神”和“进化”是五篇文言论文的核心观念和基本命题,要全面统一地阐释诸篇的诸多思想脉络,发掘其思想蕴藏,须深入其中,加以进一步分析,在这三个观念和命题的相互发明中,可能发现鲁迅早期“个人”观念的某些内涵。

### 1. 鲁迅的进化论

在五篇文言论文中,鲁迅形成并表达了自己的进化论思想。《人之历史》在生物进化论的学术梳理中强调进化中生物自身的能动性,人在这一自然图景中处在自然进化的高级阶段,人之所以进化形成,正是因为其“超乎群动”的“人类之能”。鲁迅在对进化论的梳理中,一方面把人的源头追溯至生物界甚至无生物界,在生物学视野中肯认了人类的自然性,同时通过对“人类之能”的强调,彰显了人类超越于一般生物的“能”;在《科学史教篇》中,鲁迅充分肯定19世纪西方科学的巨大成就,但他更重视科学背后的人的精神因素,视此为科学的“本根”,并强调科学只是“人类之能”的成果显现,而非其本身,人类文明不能以科学为终极。从他对科学的精神根源的再三强调看,其所谓“人类之能”直指此处所强调的“神思”、“理想”、“道德”、“圣觉”等精神因素;《文化偏至论》以“个人”——“精神”并举,着意于“精神”——“意力”的重要,在抨击“物质主义”倾向时,并非以物质作为精

神的对立,而是认为物质文明只是人类精神创造的成果,如果以此为本,则漠视了物质文明的创造性根源——精神,在鲁迅的描述中,“文明之神旨”无疑指向其所提及的“精神”、“灵明”、“主观之内面精神”和“性灵”,自此可知,他对文明本质的理解,即文明的精髓是人的精神;在《破恶声论》中,鲁迅通过剖击“破迷信”,继续主张精神信仰的重要,通过剖击“崇侵略”,划分了“人性”与“兽性”、“奴性”的区别:中国自古“宝爱平和,天下鲜有”、“凡所自诩,乃在文明之光华美大”,“恶喋血,恶杀人,不忍别离,安于劳作,人之性则如是”。因而中国之“平和之性”应为人性的表现;“强大之邦”如“暴俄强德”“孤尊自国,蔑视异方,执进化留良之言,攻小弱以逞欲,非混一寰宇,异种悉为其臣仆不慊也”。鲁迅称之为“兽性”;中国本为“平和之邦”,而中国之“崇侵略者”,不仅“崇强国”,而且“侮胜民”,则不仅“自反于兽性”,且堕落为“奴性”;在鲁迅的表述中,“人性”是由“兽性”进化而来,故曰“兽性的遗留”,而“奴性”则为“人性”的堕落。鲁迅这样解释“兽性”的由来:“人类顾由昉,乃在微生,自虫蛆虎豹猿以至今日,古性伏中,时复显露,于是有嗜杀戮侵略之事,夺土地子女玉帛以厌野心”,这无疑表达了其人类进化的谱系,即人是经由“微生”、“虫蛆”、“虎豹”、“猿”进化而来,所谓“古性”,亦即“微生”性、“虫蛆”性、“虎豹”性和“猿”性,“兽性”的来源即在此“古性”之中。这里,仍然如《人之历史》把人放在生物进化论的视野之中,只不过认为人虽然进化为人,由于进化的不完全,仍遗留为人之前的“古性”,因而说:“夫人历进化之道途,其度则大有差等,或留蛆虫性,或猿狙性,纵越万祀,不能大同。”鲁迅意识到,人类进化的程度不同,而且永远也不能“大同”,因而,一方面,他在自然进化的层面并不完全否定“人性”所经由的“兽性”,从抨击“崇强国,侮胜民”的中国“志士”的“奴性”,把“奴性”放在“兽性”之下,可以看出,“兽性”只是“人性”进化的尚未完全,而“奴性”是“人性”的扭曲、倒退和堕落,中国人本属“平和之民”,中国“志士”的“崇侵略”表现的是“崇强国,侮胜民”的奴性的二重人格;另一方面,鲁迅在分析“侵略”之性时,对于人类的“平和”之性大加推崇,他认为“古民惟群,后乃成国,分画疆界,生长于斯,使其用天之宜,食地之利,借自力以善生事,揖睦而不相攻,此盖至善,亦非不能也”。“平和”为人类初始的理想状况,亦是可以达到的“至善”目标;对于中国人固有的“平和”之性,鲁迅甚至趋于理想化的描述(见上所引),并认为“人之性则如是”;而中国“崇侵略”之“志士”,则是“旧性失,同情漓”,此“旧性”即中国固有之“平和”之性。由此可见,鲁迅在不满于“兽性”的基础上,寄望于真正“人性”的形成。后来,鲁迅说:“人类尚未长成,人道自然也尚未长成。”[①]说明他基于人性进化的事实,寄望于人性在生物进化基础上的进一步进化。这里对“平和”之性的推崇,与《摩罗诗力说》中对“平和”之性的否定,似乎构成了矛盾。在《摩罗诗力说》中,鲁迅认为,“平和”不能实现于人间,在他的描述中,“生民”之“战斗”得到肯定,“文明人”之“平和”则为“新懦”。[②] 但鲁迅在指出对未来“平和”之境的想象是对“战场”的逃避的同时,也不否定它是“人间进化之一因子”。可以这样来理解,鲁迅在反“侵略”之“兽性”和“奴性”的同时,给出了“平和”之“人性”的重要性,在直面生物进化的“战斗”事实时,则否定了“平和”的现实性。

既把人放在生物进化的自然论中来考察,同时又充分彰显人之精神的价值,由此可以看出,鲁迅的进化论,有生物进化和文明进化的两个视野,形成了他的生物进化论和文明进化论:生物进化论主要表现在《人之历史》中,人处在从无生物到有生物的自然进化的系列中,生物进化取决于进化中生物主动的生存竞争,在此意义上,人类作为生物也无时不处于人与人之间、国与国之间“争存”的现实中,其进化的“能”表现为“力”与“战斗”,正是通过这一视野,鲁迅在《摩罗诗力说》中否定“平和”而赞扬“战斗”;文明进化基于鲁迅对文明本质的认识,鲁迅认为,“文明真髓”、“文明之神旨”是人的“主观之内面精神”,对于当时“竞言武事”之徒,他的质问是:“夫以力角盈绌者,与文野亦何关?”在鲁迅看来,文明的本质是人的精神,精神有文野之分。因而,文明进化是精神的进化,亦即人性的进化,它同样取决于竞争,即“争存”,但其“争”不复是“武力”的角斗,而是精神的较量,指向人类精神不断发展的方向,指向完满的人性如“诚”、“爱”与“平和”等。鲁迅对文明进化的描述有两种,其一,认为文明进化的单元是不同的文明模式,见于《文化偏至论》中对中国衰败的解释,在他的描述中,处在文明竞争中的

---

① 鲁迅:《热风·六十一　不满》,《鲁迅全集》第1卷,人民文学出版社1981年版,第358页。

② 鲁迅:《坟·摩罗诗力说》,《鲁迅全集》第1卷,第66页。

中国是一个“文化国家”,代表一种文明模式,中国不仅是一个民族国家,而且是一个文明单位。鲁迅对中国由繁兴到衰败的解释,接近汤因比的文明挑战和应战说。其二,文明进化即人性进化,人性进化是以个人为单位。如前所述,《破恶声论》通过“人性”、“兽性”和“奴性”的划分,提出了以“人性”为部的的人性进化观,《文化偏至论》通过“个人”与“众数”的对举,强调“个人”所承担的精神价值和真理价值,人与人在精神进化的水平上是不平等的,人性的进化总是由个别人的超前进化为先驱,这些精神上的超前者即鲁迅所理解的叔本华的“天才”和尼采的“超人”。

鲁迅的文明进化论与其说是来自达尔文,不如说是来自尼采的人性进化论。《文化偏至论》指出:“至若尼佉氏,则刺取达尔文进化之学说,掊击景教,别说超人。”尼采的使命是“改进人类”,在他看来,上帝已死,再没有谁能拯救人类,但人还远远没有进化成功,唯一的出路是自己超越自己,做超人。在《查拉图斯特拉如是说》中,尼采借查拉图斯特拉之口道出了自己的“进化论”:“植物”——“虫”——“猴”——“人”——“超人”这一人性进化论或人类谱系学,[①]对尼采的进化论,存在着不同的解释,有人视其为对达尔文的拙劣模仿,但其实尼采本人对达尔文就取否定的态度,反对别人视自己为达尔文主义者,A.麦瑟尔评论尼采的进化论“并不涉及根据达尔文的观念有关一种必要的自然发展,而是取决人的意志的一种精神——道德向更高境界的追求”[②]。安内马丽·彼珀认为,在尼采看来,进化的各个阶段各有自己的特征,虫子的特征是寄生(吞食),猿猴的特征是模仿,而人不同于前者的特征是对自己独特性的关注,“应该强调的是:这种动物行为不应像具有这种行为的人而受鄙视。虫子在虫子这个阶段同猴子在猴子这个阶段一样举止完全得体。只有作出像虫子或者猴子一样举止的人才是可鄙的,因为那不是人的行为”[③]。在尼采那里,道德的恶体现为堕落,超越自身的进化则为善,而进化的动力就来自强力意志。鲁迅的进化论,在对人的谱

---

① 参见尼采著,尹溟译:《查拉图斯特拉如是说》,《尼采文集·查拉图斯特拉卷》,青海人民出版社 1995 年版,第 5—7 页。

② A.麦瑟尔:《对尼采查拉图斯特拉诠释》,转引自安内马丽·彼珀著,李洁译:《动物与超人之维》,华夏出版社 2001 年版,第 362 页。

③ 安内马丽·彼珀著,李洁译:《动物与超人之维》,第 43 页。

系的理解、人性和兽性的界定、人对自身的精神超越尤其是对人的意志在进化过程中的作用的强调等方面,与尼采有着明显的影响关系,正如北冈正子所理解的:“(鲁迅)在承认‘自然规律’的时候,他又在进化论中增加了尼采的‘凭意志摆脱命运’这样一个观点,于是人类历史就不再是被‘自然规律’决定的被动物,而成为‘意志’不断与‘规律’抗争并实现自我的过程。”①

**2. 何谓“精神”**

如前所述,鲁迅五篇论文的一个关键观念和核心命题就是“精神”。从《科学史教篇》对“科学”背后的精神因素的揭示,到《破恶声论》标举“精神”为人性进化的标的,对“精神”的强调贯穿于五篇论文中。对“精神”的集中表述,是在《文化偏至论》中的“非物质”——“张精神”的对举。然而,“精神”一词,尚须玩味,精神,是指从柏拉图之“理念世界”到黑格尔之“绝对精神”的西方思想传统中的客观精神实在?或为人的主观内在精神?是信仰、理性抑或情感、意志?若加分别,差别极大,然则何为鲁迅之“精神”?先看《文化偏至论》之文本的具体表述,在论述“非物质”时,鲁迅首先批判近世文明的物质主义倾向:“不知纵令物质文明,即现实生活之大本,而崇奉逾度,倾向偏趋,外此诸端,悉弃置而不顾,则按其究竟,必将缘偏颇之恶因,失文明之神旨,先以消耗,终以灭亡,历世精神,不百年而俱尽矣。递夫十九世纪后叶,而其弊果益昭,诸凡事物,无不质化,灵明日以亏蚀,旨趣流于平庸,人惟客观之物质世界是趋,而主观之内面精神,乃舍置不之一省。重其外,放其内,取其质,遗其神,林林众生,物欲来蔽,社会憔悴,进步以停,于是一切诈伪罪恶,蔑弗乘之而萌,使性灵之光,愈益就于黯淡:十九世纪文明之通弊,盖如此矣。”在介绍“主观主义”时又说:“其说出世,和者日多,于是思潮为之更张,骛外者渐转而趣内,渊思冥想之风作,自省抒情之意苏,去现实物质与自然之樊,以就其本有心灵之域;知精神现象实人类生活之极颠,非发挥其辉光,于人生为无当;而张大个人之人格,又人生之第一义也。”意即物质文明不能成为人类生活的终极,因为“客观之物质世界”是人类创造力的产物,而其创造力的根源则是“主观之内面精神”,故“精神现

① 〔日〕北冈正子:《鲁迅和进化论》,转引自〔日〕伊藤虎丸著,孙孟等译:《鲁迅、创造社与日本文学》,北京大学出版社1995年版,第310页。

象”才是“人类生活之极颠”，在鲁迅的表述中，可以看出，其所谓“文明之神旨”关乎“主观之精神”、“灵明”、“内”、“神”、“性灵”和“本有心灵之域”，此类精神存在即他后文所谓“文明真髓”；作为对“物质主义”的反动，鲁迅举西方19世纪末之“主观主义”和“意力主义”为“精神”的代表，“主观主义者，其趣凡二：一谓惟以主观为准则，用律诸物；一谓视主观之心灵界，当较客观之物质界为尤尊”。鲁迅只解释了第一种“主观主义”：“前者为主观倾向之极端，力特著于十九世纪末叶，然其趋势，颇与主我及我执殊途，仅于客观之习惯，无所盲从，或不置重，而以自有之主观世界为至高标准而已。以是之故，则思虑动作，咸离外物，独往来于自心之天地，确信在是，满足亦在是，谓之自省其内曜之成果可也。”鲁迅以“主观”表达“精神”，在他的表述中，其所钟情的19世纪末主观主义之“主观”，是“自有之主观世界”、“自心之天地”及对“内曜”的“自省”，这些都是属人的，为人心中所本有。张世英先生认为：“‘主体性’一词是从德语的Subjektivitat，英语的Subjectivity翻译过来的，中文有时译作‘主观性’。”①如果鲁迅所谓“主观性”与“主观主义”在翻译史上与近代西方哲学的“主体性”一词有关，则其“精神”非独立于人之外的客观存在，而是内在于人——主体自身。但还应看到，鲁迅的“主体性”又不完全等同于西方思想史中的“主体性”。西方思想史中的“主体性”，在大陆哲学的认识论中，通过对主体认识能力的考察，把理性内在地建构于主体之中，使主体成为理性的普遍主体，鲁迅对主观性——主体性的理解，显然没有兴趣置重于主体的普遍性及其理性的内涵，而是迅速认同于反抗理性统治的19世纪末之意志主义，主体的内涵由理性置换为生命意志，使鲁迅由“主观主义”迅速向“意力主义”转化。在阐述19世纪“主观主义”所要求的人格时，鲁迅强调其不同于以前人格理想之“知见情操，两皆调整”和黑格尔的“能移客观之大世界于主观之中”的“主智一派”，明确否定了至黑格尔而集大成的主体性哲学理性诉求的旨趣。鲁迅所置重者，是人格中的“情意”：“近世人心，日进于自觉，知物质万能之说，且逸个人之情意，使独创之力，归于槁枯”、“顾至十九世纪垂终，则理想为之一变。明哲之士，反省于内面者深，因以知古人所设具足调协之人，决不能得之今世；惟

---

① 张世英：《天人之际——中西哲学的困惑与选择》，人民出版社1995年版，第71页。

有意力轶众,所当希求,能于情意一端,处现实之世,而有勇猛奋斗之才,虽屡踣屡僵,终得现其理想:其为人格,如是焉耳"。在无心于人格建构中的理性因素的同时,鲁迅有意突出情感和意志因素对新的人格建构的意义,因而,"情意",后进一步明确为"意力",成为"主观"的实际内容。鲁迅对"意力"的介绍主要列举的是叔本华、尼采和易卜生,他称叔本华为"叔本华之所张主,则以内省诸己,豁然贯通,因曰意力为世界之本体也"。可以说抓住了叔本华的"意志"作为世界和人的本质并直接在作为个体化的人那里显现的特性。叔本华哲学产生于对黑格尔"绝对精神"的理性本质的不满,但在哲学问题的内在逻辑和框架中,则来自对康德"物自体"哲学的改造,他不满于康德"物自体"概念的不可知性,以"意志"置换康德的"物自体"。康德认为,在理论理性领域,理性所能认识的只是"自我"通过先验能力所能把握的"现象",而"物自体"则不可知,在实践理性领域,人的一切行为都是表象,居于现象世界,受充足理由律支配,而其本质则是"物自体",不能为自己所知。在叔本华那里,人和世界都是"意志"的表象,这里,"意志"似乎和康德的"物自体"一样处于同等形而上学的位置,但是,叔本华在康德的作为纯粹认识主体的"自我"之外,又加上作为"身体"的个体的身份,如果前者不可被认识,那么后者则可以被认识,它既可以作为受充足理由律支配的"现象"被认识,又可以作为每个人都可以直接认识的对象被认识,这就是"意志"。所以说,叔本华的"意志"可以直观并直接地显现于作为"身体"的个体形式的"自我"中,因而,主体不再像在康德哲学中那样分属"现象"和"物自体",而是既拥有现象,同时又与其背后的作为最终依据的"意志"直接同一,是现象和意志的统一。这样的哲学进路,通过使康德那里被虚化的作为预设的"物自体"变为本体化的"意志",使主体与本体合一,一方面,作为主体的"自我"由纯粹认识主体变成作为肉身的"个人",另一方面,人和世界的本质由康德实践领域的普遍理性演变为"意志"——内在于人的先于理性的能量和冲动。叔本华的这一处理,虽然延续甚至强化了形而上学思维旨趣,但非理性"意志"对理性精神的偷换,其直接后果则是使以非理性为内涵的现代个人浮出海面,在这个意义上,不仅尼采,尼采之后的存在主义都应是他的后继者。鲁迅在"意力"的主题下把叔本华和尼采、易卜生等人归为一脉,实是把握了这一倾向。虽然鲁迅提到叔本华"曰意力为世界之本体”，但应该说他对叔本华的形而上学旨趣并无措意，从他在“主观主义”之“人格”要求上对理智的轻视看，他所感兴趣的，应是“意力”对理性的取代。鲁迅用“主观”表达“精神”，进一步，又把后者落实在“意力”之上，最终使从叔本华那里拿来的“意力”成为“精神”的真正内涵，不过应看到，在叔本华那里，“意志”虽不是外在于人的某一客观实在，但人与世界背后的形而上学化的“意志”显然构成了一个“理念世界”似的作为根据的“意志”世界，而在鲁迅那里，“意力”并没有获得哲学意义上的形而上学地位，而是牢牢地从属于“自我”，“意力”是自我的“意力”，同时自我又被“意力”所规定；再者，叔本华的“意志”是一种无目的、永不停息且永不满足的“生命冲动”，就是说它四处横溢、没有任何特定的目的和确定的价值指向，而我们在鲁迅的人性进化论中已经看到，“意力”在他那里应指向精神进化的目标，因而可以想象，施蒂纳“唯一者”和叔本华“意志”中所包含的人的自我欲望因素（对此叔本华也是加以否定的），鲁迅不得不隐埋下去，而张扬摆脱物质羁绊和一己私利的“上征”精神。从前文所引鲁迅对“精神”的描述看，鲁迅对“精神”的估量，其期望值应远远高于叔本华。“意力”，是作为反19世纪物质主义的“新神思宗”，与“主观”并列提出，但在具体的介绍理路中，“意力”其实是“主观主义”的人格要求：“而张大个人之人格，又人生之第一义也。”鲁迅把“主观”进一步落实到“人格”之上，再一次说明了，“精神”在他那里，是内在于人的，并通过作为个体的“人格”承担下来，在这个意义上，“精神”即“个人”。通过以上梳理，可以说，鲁迅以“主观主义”和“意力主义”来阐释他的“精神”，此“精神”既非外在于人的某一客观存在，而就是人的主观存在，亦非主体性意义上的建构理性，而就是人的情感和意志（鲁迅称之为“意力”），并以个体“人格”形式承担下来。

**3. 何谓“个人”**

“个人”，主要是在《文化偏至论》中针对“众数”而提出的，从鲁迅的具体论述看，“个人”之所以优于“众数”的价值，不是从社会化、制度化的“权利”角度加以肯定的基本单位，而在于“个人”所承担的精神和真理之价值。鲁迅这样描述西方“极端个人主义”出现的社会语境：“社会民主之倾向，势亦大张，凡个人者，即社会之一分子，夷隆实陷，是为指归，使天下人人归于一致,社会之内,荡无高卑。此其为理想诚美矣,顾于个人特殊之性,视之蔑如,既不加之别分,且欲致之灭绝。更举黮暗,则流弊所至,将使文化之纯粹者,精神益趋于孤陋,颓波日逝,纤屑靡存焉。盖所谓平社会者,大都夷峻而不湮卑,若信至程度大同,必在前此进步水平以下。况人群之内,明哲非多,伧俗横行,浩不可御,风潮剥蚀,全体以沦于凡庸。”从这里可以看到,鲁迅提出“个人”,首先针对的是启蒙主义以来“社会民主之倾向”。“个人”之在西方,本来是启蒙主义的制度理念,它强调组成社会的每一个个体的平等权利,因而在预设中把“个人”设计成抽象、原子式的个人,这一点正是鲁迅上述言论所批判的,所以,鲁迅的“个人”恰恰是对启蒙主义“个人”的否定。鲁迅对“个人”的肯认,并非指向“每个人”的平等价值,而是指向“明哲”,他认识到人类精神发展的不平等,认为“荡无高卑”的平等理想,其弊是对“个人特殊之性”的漠视甚至灭绝,蔑视个性的平等主义,往往扼杀了精神发展“高”或“峻”于社会平均水平的“明哲”,致使整个社会精神水平下降,即所谓“伧俗横行”,“全体以沦于凡庸”。为了有别于“社会民主”之“个人”,鲁迅称自己所引介主张的为“极端个人主义”。对“极端个人主义”的介绍,施蒂纳是首当其冲者,对施氏的介绍,作为“个人”的正面陈述的关键词是“己”、“自性”、“此我”、“我性”、“个人”,这是对施蒂纳哲学概念“我”、“唯一者”和“独自性”的转述,在施氏那里,这些概念是指摆脱一切外在观念和指定的现实“生存者”,如果仅仅从字面看,我们无法确切判断鲁迅转述施蒂纳所用诸词的究竟所指,只是可以肯定,鲁迅拿来施蒂纳作为其所谓“极端个人主义”之代表,是看到了施氏对“个人”之绝对性的空前强调。施蒂纳作为青年黑格尔的激进派,在反黑格尔“绝对精神”之普遍性的思想潮流中,把批判逻辑地推到空前的最后“不可分之点”(莱布尼茨)——作为原初创造者和现实生存者的“唯一者”,这个“唯一者”,是排除了一切外在或内在的“固定观念”——无论是民族、国家、权利、义务等外在指令还是自由、理性、精神、道德等内在规定之后的那个原初的“我”,排除了一切的“我”之所以能够存在,是因为“我”自身之中就具有实在性,是自为的存在。施蒂纳剔出这个“我”,并非有意对抗前述“固定观念”,而是看到这些“固定观念”形成了对人的统治,不是“固定观念”创造人,而应是人创造“观念”,因而通过悬置一切还原出那个作为原初创造者的“自我”,在这个意义上,“个人”在他那里,第一次真正做到了绝对化。鲁迅当时面对的是"苍黄变革"之际的中国言论环境,正如施蒂纳所批判的那样,维新之士纷纷拿来西方的"新学之语",不但"考索未用[①],思虑粗疏,茫未识其所以然,辄皈依于众志",而且还有"志行污下,将借新文明之名,以大遂其私欲者",虽然"民主"、"科学"、"进化"等等"日腾于口",但对于"昌言"之人,大多是外在观念甚至是谋取私利的面具,因而鲁迅剖析种种新学主张,最后指向的是言论背后的"人"。其强调"人立而凡事举"的"立人"主张,应在施蒂纳以绝对的"唯一者"对抗一切外在的观念和规范的哲学中得到极大启发。施蒂纳的"唯一者"强调"我"的独特性,在德国主体性哲学的内在逻辑中,和德国唯心论一起,是对启蒙主义"个人"的超越,但是还要看到,德国唯心论出于对英、法启蒙主义之普遍化自然论抹杀精神——道德之维的不满,在主体性论述中植入精神——道德因素,使主体内在化的同时,又使主体急剧膨胀,从康德开始,经费希特、谢林,到黑格尔,主体从"自我意识"到"绝对自我",最后成为"绝对精神"这个庞然大物,可以说,黑格尔之"绝对精神"在主体性的发展逻辑中由近代主体重又演变成古典哲学式的本体,施蒂纳的"唯一者"作为对黑格尔"绝对精神"的直接否定,又把过分膨胀的主体还原为具体的个体和活生生的现实生存者,因而可以设想,如果再从施氏的"唯一者"出发,在社会政治、经济层面的权利诉求中,必然又会出现启蒙主义的个人。但同样是从个体出发,与启蒙主义之个人不同,施氏的"唯一者"坚决反抗理性因而拒绝社会理性的诉求,其"唯一者"虽然也是个体的存在,但已不同于启蒙主义抽象化、原子式的社会中的个人,施蒂纳说:"'我是什么?'你们中的每一个人均要如此问自己。一个深渊,一个没有规则、没有法则的冲动、欲求、愿望、情欲的深渊,没有光明和北极星的一片混沌状态。"[②]因而毋宁是以非理性为根基的活生生的肉体存在和现实生存者。无论鲁迅是否意识到这一思想史倾向,我们可以看到,他有意强调了"极端个人主义"之"主我"、"我执"与 19 世纪末之"主观主义"的不同,因而在介绍"主观主义"思想家时,

---

① 《鲁迅全集》各版本皆为"用",疑为"周"字之误。

② 麦克斯·施蒂纳著,金海民译:《唯一者及其所有物》,商务印书馆 1989 年版,第 173 页。

有意忽略了在前文列举“个人”思想家时所着重推举的施蒂纳。鲁迅对施蒂纳的不满,应是看到了施氏之“唯一者”所包含的“利己主义”倾向,施蒂纳公开宣称:“我,利己主义者,心中没有‘人类社会’的福利。我不想为它牺牲任何东西。我只是利用它,但是为了能完全利用它,我必须把它变成我的财富和我的创造,就是说,我必须消灭它,在它的废墟之上建立自我主义者的联盟。”①因而史蒂文·卢克斯认为:“施蒂纳的‘个人主义’,是一种自由组合、一意孤行的利己主义者的反伦理和反理智的版本。”②虽然鲁迅在介绍“个人”伊始就明确划分了“个人主义”与“害人利己主义”的界线,但施氏哲学的显在主张及内在倾向,对于有着敏锐观察力和明确主见的接受者鲁迅,不能说没有丝毫察觉,这可证之于二:其一,同在“个人”主题下,鲁迅介绍完施蒂纳后,接着转向对叔本华、克尔恺郭尔、易卜生和尼采的“天才”及“超人”的介绍,把“个人”的内涵进一步落实到“天才”(“超人”)的卓绝“精神”及“个性”上,此一“精神”或“个性”,在鲁迅的理路中,应是对施蒂纳之“主我”和“我执”的超越,因而在阐述“非物质主义”时,放弃了施蒂纳;其二,鲁迅在介绍自己所心仪的外国思想家和文学家时,往往在突出他们的卓绝个性的同时,有意略去其个人享乐的一面。据北冈正子研究,《摩罗诗力说》中对拜伦的介绍主要取材于木村鹰太郎的《拜伦——文艺界之大魔王》,但“鲁迅着眼于意志力量和复仇精神是反抗压迫之原动力”,“没有从拜伦的快乐主义和女性观中选取任何材料”,“在选择介绍那些作品方面,鲁迅的意图颇为明确”③。鲁迅五四时期对日本白桦派作家武者小路实笃和有岛武郎的翻译介绍,突出其人道主义的思想,但对武氏同时期的表现其极端自我中心主义的作品和有氏更多的反映以本能为动力的“掠夺之爱”的小说,则不加介绍④。鲁迅转述施蒂纳的“己”、“自性”、“此我”、“我

---

① 转引自史蒂文·卢克斯著,阎克文译:《个人主义》,江苏人民出版社2001年版,第17页。

② 同上书,第16页。

③ 北冈正子著,何乃英译:《〈摩罗诗力说〉材源考》,北京师范大学出版社1983年版,第3—4页。

④ 参见王向远:《日本白桦派作家对鲁迅、周作人影响关系新辩》,载《鲁迅研究月刊》1995年第1期。

性”、“个人”等观念，扬弃了其执著个我欲求的内涵，而与“上征”之“精神”紧紧相系。

如前所述，紧接施蒂纳之后对“极端个人主义”的介绍，是叔本华、克尔恺郭尔、易卜生和尼采，鲁迅介绍的重点落实到“天才”及其“卓尔不群”之“个性”上：“主我扬己而尊天才”、“谓惟发挥个性，为至高之道德”、“希望所寄，惟在大士天才”、“不若用庸众为牺牲，以冀一二天才之出世”，从这里可以看出，“个性”的价值不在逻辑上的终极之“我”，而在“个性”所蕴涵的人的精神尊严和“天才”的精神价值，在这个意义上，鲁迅所推崇的“个人”即引领精神创进的“天才”。鲁迅注意到“天才”与叔本华哲学的关系，“天才”式的个人在叔本华那里，指能够摆脱“意志”的束缚，从而认识（直观）“意志”的最完善、最直接的客观化——“理念”的人，“天才”之所以有这样的禀赋，在于他拥有强大的精神力量，能够忘却一己的利益、意愿、目的及其他“意志”对自身的束缚，使自身上升到纯粹的认识主体，这时，这个认识主体不再是固执于“个人意志”和“人格”的个体化自我，也就是说，“天才”恰恰是由于对个体人格和个人意志的放弃而获取对“意志”的直观能力。鲁迅在“个人”主题下对“天才”的阐述，尚未触及叔本华哲学中“天才”与“意志”之间的复杂关系，在前面的分析中，我们已经看到，鲁迅对“意志”（“意力”）论述集中在“精神”主题下对19世纪末“主观主义”的介绍，在那里，“意力”是19世纪末之“主观主义”的“人格”要求，明显把“意力”归属于作为个体的“自我”，其“意力”即“个人意志”，因而“人格”和“个人意志”恰恰是鲁迅所强调的。由此可说，“意力”对于鲁迅是作为“个人”的内涵而提出的。鲁迅在论及“天才”时没有触及“意志”，在他的阐述中，“天才”的价值在于卓绝之“个性”和“真理”之价值，“个人”和“众数”的冲突，其实是“天才”和“众数”的冲突，亦即真理和谬误的冲突。他以苏格拉底和希腊人及耶稣和犹太人之间的冲突为例，得出：“故多数相朋，而仁义之途，是非之端，樊然淆乱；惟常言是解，于奥义也漠然。常言奥义，孰近正矣？”“个人”与“众数”的差别，是“奥义”与“常言”的差别，比较起来，前者更接近“正”——真理；又通过公众对布鲁多杀恺撒的前后不同的态度，说明：“故是非不可公于众，公之则果不诚，政事不可公于众，公之则治不，惟超人出，世乃太平。苟不能然，则在英哲。”针对“无政府主义”之“颠覆满盈，铲除阶级”，鲁迅反驳：“建说创业诸雄，大都以导师自命。夫一导众从，智愚之别即在斯。”从鲁迅所举几例可知，在他看来，“天才”（“个人”）和“众数”的差别在于，前者有确定的人格承担，后者无确定的人格承担，不足以为“精神”载体的单位；前者往往是精神和智力的卓绝者，后者是作为大多数的心智平平者，所以，前者代表精神和真理的价值，后者与谬误相伴。在这个基础上，鲁迅最后总结道：“则多数之说，谬不中经，个性之尊，所当张大，盖挨之是非利害，已不待繁言深虑而可知矣。”由此可知，鲁迅“个人”的提出并非着眼于权利之平等的个人，而是着眼于“个人”的内在精神价值；鲁迅之“个人”——“众数”中的“个人”，并非社会民主之抽象化的原子式个人，而其实是天才，鲁迅的“个人”指向“天才”、“超人”和“英哲”的“个性”及“精神”价值。结合前述“人性进化论”和“精神”的命题来理解，既然人性的进化是人的精神的进化，而且进化的最终单位是“个人”，则进化取决于进化中的个人的精神能力，精神的强者才是进化中的胜者，所以，作为精神之强者的“个人”——“天才”、“超人”和“英哲”才是鲁迅“个人”的实质所在。

## 二、鲁迅日本时期“个人”观念的思想渊源：传统思想资源与德国思想资源的相遇

鲁迅早期论文对“个人”的阐述，有两点可以基本肯定，一是鲁迅的“个人”是从西方“拿来”的“异域新宗”，换言之，其“个人”的直接思想资源来自西方；同时，当鲁迅用“个人主义”明确表达他所谓“个人”的时候，没有顾及“个人主义”是一个“用法历来就非常缺乏精确性”的语词，[①]其在西方的形成和发展有着极其复杂的语义史，既有不同国家和民族的地域性差异，又交织着来自诸多知识域的复杂观念，因而并非一本质性的固定观念。史蒂文·卢克斯在他的《个人主义》一书中曾有分类梳理，他把“个人主义”按国别分成法国、德国、意大利（文艺复兴时期）美国和英国等，按主题分成“政治个人主义”、“经济个人主义”、“宗教个人主义”、“伦理个人主义”、“认识论个人主义”和“方法论个人主义”；二是鲁迅对“个人”的转述，除了为数不多的“个人”及“个人主义”用词外，更多的是运用了本土传统符号资源，如

---

① 史蒂文·卢克斯著，阎克文译：《个人主义》，江苏人民出版社2001年版，第1页。

“我”、“己”、“此我”、“自我”、“我性”、“主我”、“自心”、“本心”、“心声”、“内曜”、“隐曜”、“自觉”、“自识”、“我执”、“神”、“精神”、“灵台”、“灵府”、“灵明”、“灵敏”、“灵觉”、“性灵”、“神明”、“神思”、“理想”、“圣觉”、“内”、“初”、“本根”、“所宅”、“意力”等,有周易语、孔孟语、老庄语、佛家语、陆王心学语、《文心雕龙》语等。这两个事实提醒我们,鲁迅对西方“个人”话语的接受及引介,涉及理论话语跨文化、跨语际传播与旅行的复杂关系,不是简化而是深入这一关系的复杂性,应是考察鲁迅“个人”观念的应有态度。首先可以肯定,鲁迅对西方个人主义话语的理解、选择和接受,基于他对个人主义思想和价值的认同,而这一跨文化、跨语际认同的前提和根基,只能内在于本土的思想和价值传统中,那么,需要追问的是,中国思想传统如何促成了鲁迅对西方个人主义的认同?这一认同是如何制约了鲁迅对西方个人主义的选择和接受?这形成了鲁迅“个人”思想的哪些特征?其中蕴涵着哪些思想问题?

**1. “精神”与“心”:鲁迅“个人”观念的传统思想资源**

鲁迅早期文本中“个人”用语的大量传统符号资源的存在,从表象上寓示着鲁迅与中国思想传统的关联,但这并非仅仅是文言用语的限制,深入到鲁迅对“个人主义”的接受和理解,就会发现,语汇所寄涵的内在思维结构和语汇之使用一起,参与了鲁迅与传统思想的关联。我们已经知道,在鲁迅的论述中,“个人”与另一关键词“精神”是相互涵涉的一对观念:“个人”指向其所能承担的精神和真理的价值,天才即这样的个人,换言之,“个人”是具有内在性的,其内涵即“精神”;同样,“精神”是人的精神,最终由以“个”为单位的“人格”来承担。在这个意义上说,鲁迅的“个人”是“精神”性的“个人”,“个人”的内涵是“精神”。

首先值得问的一个问题是:“精神”在汉语语境中究竟意指为何?

“精”和“神”二字,本来是各自具有独立意义的汉字。二字连为一体,始见《庄子》。[①] 先言“精”、“神”二字。《老子》第二十一章云:“窈兮冥兮,

① 张岱年认为:“精神二字连为一体词,始见于《庄子·外篇》。”《中国古典哲学概念范畴要论》,中国社会科学出版社 1989 年版,第 94 页;徐复观亦认为:“把精字神字,连在一起而成‘精神’一词,则起于庄子。”《中国人性论史:先秦篇》,上海三联书店 2001 年版,第 345 页。

其中有精。"指道的一种状态;"精"字多见《管子·内业》篇,《内业》云:"凡物之精,此则为生,下生五谷,上为列星,流于天地之间,谓之鬼神;藏于胸中,谓之圣人。"所谓"精","精也者,气之精者也。""精"是一种细微的气——"精气","思之思之,又重思之,思之而不通,鬼神将通之。非鬼神之力也,精气之极也"。《吕氏春秋》亦言"精气":"精气之集也,必有入也。"(《吕氏春秋·尽数》)中国思想似乎没有兴趣以宇宙中的"精气"为客观研究对象,追问此一"精气"究竟是什么,而是落实在对"人"的理解,《内业》云:"凡人之生也,天出其精,地出其形,合此以为人。"人由"精"和"形"组成,形体由地而来,精由天而来,此"精"即"精气",在身体中具有思虑智慧的功能,张岱年先生对此解释为:"人的精神作用不是从内发出的,而是接受了从天而来的精气的结果。"[①]在这一思路中,"精""形"对举,成为一对对立的概念;《庄子》释"精",谓"夫精者小之微也,……可以言论者,物之粗也。可以意致者,物之精也"。把"精"与"粗"相对以形容其特征,《庄子》、《荀子》言"精",如"弃事则形不劳,遗生则精不亏,夫形全精复,与天为一"(《庄子·达生》)、"耳目之欲接,则败其思;蚊虻之声闻,则挫其精"(《荀子·解蔽》),亦是以"精""形"对举;殷周时期,"神"字已有天神、神灵的意思,《论语》与《左传》中所见"神"字,多指原始宗教所崇拜的神灵,在《老子》中,"神"为道所生,从道所得神灵妙验,《孟子·尽心上》云:"大而化之之谓圣,圣而不可知之之谓神。"此"神"为神妙莫测的意思;《庄子》、《荀子》开始以"神"和"形"对举,如《庄子·养生主》:"臣以神遇而不以目视,官知止而神欲行。"《天地》:"德全者形全,形全者神全。"《徐无鬼》:"劳君之神与形。"《荀子·天论》:"形具而神生。"此"神"与"精"义相通。由此可见,在中国古代的理解中,"精"、"神"二字,由宇宙的某种普遍的存在,落实到对人的理解中,成为构成人的因素中与"形"相对的决定人的智慧灵觉的因素,形神关系成为中国古代哲学的一对重要范畴。"精"、"神"二字连为一词,始见《庄子·外篇》之《天道》:"水静犹明,而况精神?圣人之心静乎,天地之鉴也,万物之鉴也。""须精神之运、心术之动,然后从之者也。"《知北游》云:"孔子问于老聃曰:今日晏间,敢问至道。老聃曰:汝斋戒疏瀹而心,

---

① 张岱年:《中国古典哲学概念范畴要论》,中国社会科学出版社1989年版,第94页。

澡雪而精神，掊击而知，夫道，窅然难言哉！将为汝言其崖略。”“精神生于道，形本生于精”，《天下篇》：“独与天地精神往来”，《刻意》：“精神四达而并流，无所不及，上际于天，下蟠于地……其名为同帝。”“精神”一词后来在《淮南子·精神训》中从养生学角度得到集中的讨论，以后在中国古代思想中的著名的“形神”之辨中受到中国历代思想家的关注，宋明道学又将形神问题放在认识论及宇宙论的体用关系中加以讨论，“精神”一词沿用至今，泛指人的意识、思维和信仰等精神现象，并在近代哲学中成为与“物质”概念相对立的一个重要范畴。

由于缺少定义的方法，在繁杂的文献中寻找中国古代“精神”一词的确切内涵是难以办到的，例如，在“神”和“形”之生成孰先孰后的问题上，意见就很不一致。不过，概观“精神”一词的语义史，我认为，大致而言，“精”本是中国古代宇宙构成论中的概念，是构成宇宙的“气”的一部分，不过它含有灵觉智慧的素质，是为“精气”，或称“清气”，与此相对的是无灵觉的“浊气”，“清”、“浊”两气之说又与古代阴、阳论相关；不过，这一宇宙论的理解落实到人本主义的解释中，即“精”成为构成人的要素的“精气”，决定人的智慧灵觉，而且这一属于人身体内的因素与宇宙普遍存在的“精气”仍然是相通的，由“精”所发出的人的表现则为“神”，以“神”形其变幻莫测之义；所以，在中国道教养生学及中医看来，“精神”并非完全属于我们今天所理解的非实在的精神范畴，似乎也是一种具有质的实在。但是，中国“精神”还有一个形而上学化的哲学路径，这在“精神”一词发源地的《庄子》那里已经奠定了这一意向，庄子认为：“精神生于道，形本生于精，而万物以形相生。”（《庄子·知北游》）“精神”直接来自于其最高范畴“道”，由精神生成形体，这就与通常所认为的神生于天、形生于地不同，精神不再是在发生学上与形体并列的一种实在，而就是后者的源头，使相互对立的精神与形体统一于精神之中，“形体保神，各有仪则，谓之性”（《庄子·天地》）。精神成了使人之成为人的主宰；另外，在庄子的理解中，“精神”由“道”产生，而非遍及宇宙中的“精气”在人身上的留驻，也就不是没有内外之别的一种普遍存在，这样，“精神”由原始意义上的宇宙中的某种特殊存在，成为人内在的并决定自身形质的存在；同时，庄子通过处理“精神”和“心”的关系，把“精神”落实于“心”之发窍处,如前所述,《庄子》亦多言“心”,不过,庄子并不把“心”作为道德主体而夸大其功能,而是对“心”有充分的警惕,他甚至把“心”视为达到精神自由的障碍,认为只有虚静其心的“心斋”和“坐忘”才能达到与“精神”为一,所以他明确主张“外于心知”(《人间世》)、“无撄人心”(《在宥》),但是,庄子并没有完全否定“心”的作用,《庄子·德充符》:“日夜相待乎前,而知不能规乎其始者也,故不足以滑和,不可入于灵府。”对于“灵府”一词,郭象注曰:“灵府者精神之宅”,成玄英疏曰:“灵府者精神之宅,所谓心也。”即将“心”尊为“灵府”,《庄子》之《达生》、《庚桑楚》又称“心”为“灵台”,通过这一处理,“心”成为“精神”在人身内留驻的处所(《管子·内业》亦称“心”为“精舍”),但其前提是“心”虚空掉其中与“形”有关的所谓“知”,以接纳“精神”的留驻,在此意义上,不是“心知”,而是“精神”才应是“心”的内容,由此可以说,“精神”与“心”的关联进一步推进了“精神”的主观化。徐复观就认为:“庄子主要的思想,将老子客观的道,内化为人生的境界,于是把客观性的精、神,也内在化为心灵活动的性格。心不只是一团血肉,而是‘精’;而心之精所发出的活动,则是神;合而言之则是‘精神’。将内在的心灵活动的此种性格(精神)透出去,便自然会与客观的道的此种性格(精神),凑泊在一起;于是老子的道之‘无’,乃从一般人不易捉摸的灰暗之中,而成为生活里灵光四射的境界,即所谓精神的境界。而此精神的境界,即是超知而不舍知的心灵独立活动的显现。”①可见“精神”在《庄子》那里由客观存在变为主观存在。我认为,由于语源的关系,精神在汉语语境中是带有庄学色彩的词汇,“精神”在《庄子》中首出,并在深受道教影响的《淮南子·精神训》中成为关键词,古代文献中,“精神”一词多见于道家及道教文献,他派学说可见“精”、“神”二字,但连用者并不多见,即此亦可说明问题。《庄子》中谈得最多的是人如何获得自由(“逍遥游”、“县解”、“解其桎”)的问题,在庄子看来,要达到自由就要无所“待”,即不依赖他物,自己决定自己,《庄子》多谈“自”字——“自然”、“自己”、“自取”、“自造”,与“自”相近者为“独”,“道”为“造物”,但其“造物”“无为”,故实即物各自造,对于人来说,承接“道”的“精神”即为“自造”之“自”,故自由实即精神

① 徐复观:《中国人性论史·先秦篇》,上海三联书店2001年版,第345页。

的自由;要达到"无待"之自由,就要破对待、忘分别,同于大化,齐于万物,庄子之"齐物",容易被理解成就是"堕肢体,黜聪明",降而与"物"同一,如果这样理解,就等于牺牲了庄子的自由,需要指出的是,庄子的"齐物"、"观化"与"物化",非牺牲自己的自由而就于物性,而是让自己超越出形体之身,以归于自身所自之"精神",亦即归于与万类同源的"道",此即谓"无己"、"无功"、"无名"与"丧我",其道术是虚静其心的"心斋"和"坐忘",人复归于"精神",即能超脱一切而自由,故言庄子所谓自由是精神的自由,《庄子》言说所针对者是个体,故其精神自由即个体"精神"自由,在这个意义上,个人之"精神"是放弃有形之"己"、"我"后所达到的境界,放弃有形之"己"、"我",并非放弃了"自己",而是回归或上升到更大、更真实的"真我",此"真我"即"精神"。因此,自由即人的自主,自主是"精神"的自主,"精神"即为人的自主主体,所谓自主,就是否定外在的一切权威、束缚和规范,独以内在化的"精神"为己身之主宰,以达至"天地与我并生,万物与我为一"、"独与天地之精神往来"的境界。庄子其实也循着神形对立的理路,精神自由即意味着对与形体有关的外在束缚的超越,在精神和外在束缚的对立中,本来是普遍存在的精神反而成为人的内在根据和本质,换言之,人的本质是对与自身形体有关的外在规范和权威的超越,而最终实现的精神自由,是一种境界。这一精神超越论的思想由庄子开启,在宋明心学中才得以继承和发扬。理学大师朱熹尚是用阴阳二气解释形神问题:"形体阴之为也……神知阳之为也。"(《朱子语类》卷九十四)"人生初间,是先有气,既成形,是魄在先。形既生矣,神发知矣。既有形,后方有精神知觉。"(《朱子语类》卷三)在他的解释中,"精神"属于"气"的范畴,而不是其哲学中对于"天"来说的"理"或对于"人"来说近乎虚设的"天命之性",它似乎是人禀阳气所生的对于"理"的先天道德知觉,在这一意义上,其理解的"精神"与他所说的"心者,人之知觉"(《朱子语类》卷五)的"心"相同;宋明心学倡导"心"即是"理",而强调自立的主体人格,在把"理"纳入"心"的同时,陆九渊说:"请尊兄即今自立,正坐拱手,收拾精神,自作主宰。万物皆备于我,有何欠阙。"(《陆九渊集里仁为美(卷三十二)》),即是说把普遍存在的"精神"也纳入一"心"之中,这其实延续了庄子以"精神"作为人的主宰的思路;王阳明把"收拾精神,自作主宰"提升到"良知"境界,认为"主宰常定,人得此而生"(《传习录上》,《王文成公全书》);心学的形成与庄子哲学的影响关系,已为学界所认知,理学与庄子哲学的结合,既使作为道德原则的"理"为一心所收摄,又使此"心"并不局限于道德原则本身,而能与精神结合扩充至天地境界("宇宙即是吾心,吾心即是宇宙");本来,在庄子那里,"精神"与"心"并不处于同一位置,要达到"与天地精神往来"的"精神"自由,必须要做的反而是"外于心知"(《人间世》)、"无撄人心"(《在宥》)达到"心斋"(《人间世》)与"坐忘"(《大宗师》),因为只有虚静其心才能驱除一切外在障碍,与"精神"直接为一,在可比的意义上,庄子的"精神"与程朱的"理",相对于"心",实际处于同一位置,即是说,"精神"与"理"都是高于"心"的存在,当心学援理入心的同时,精神也即可相应地进入"心"中。因此可以说,在宋明心学那里,孟子所阐发的"心"与庄子所阐发的"精神"完成了融合,"精神"进入作为道德主体的"心"中,使本来作为宇宙间普遍存在的"精神"真正成为人的主观性的存在,"心"接纳"精神",则空前扩充了道德之"心"的境界,使"心"之主体真正得以确立。因此不难理解,心学大师都极言"心"之功能,王阳明曰:"心即天,言心则天地万物皆生矣。"(《答季德明》)刘宗周曰:"通天地万物为一心,更无中外可言。体天地万物为一体,更无本心可觅。"(《刘子全书·语录》)

中国的"精神"概念在浩瀚的思想言述中显得极为复杂,在不同的阐释者那里,存在着不同的解释,即使在同一个阐释者那里,也由于概念的不确定性而难以找到统一的解释,所以,哲学史的梳理也只能就其语源大概而言,更要重视的是在长期的言谈与书写中约定俗成的对"精神"一词的想象。我认为,中国的"精神"概念从他的词语发明者庄子那里就开启了主观的倾向,并保持了"精""神"概念本来所固有的与"形"对立的意义,使"精神"成为超越与形体有关的事物的人的主宰,但对"精神"的具体规定性,却没有加以明确的说明。在西方,"精神"——"灵魂"(Spirit-Soul)在词源上同样与"气息"一词有关,精神——灵魂是万物有灵的存在,但只有人的灵魂——精神中才具有理性的成分,古希腊的灵魂学说都强调人的灵魂中理性的支配地位,人的"精神"——"灵魂"中的理性与宇宙的实体"理智"是相通的。[①] 理性成为人的灵魂的本质，这一理性本质在近代主体性哲学中被内在化，成为主体的内在能力，在笛卡儿那里，“精神”——“灵魂”和“心灵”这个术语是可以互换的，他之所以使用“心灵”而不是“灵魂”这一术语，是因为“‘灵魂’这一词意义含混且常被应用于身体的东西”[②]。对于笛卡儿来说，“心灵”是一个思维的实体，这成为主体性哲学的同一性特征，从笛卡儿的“我思”，康德的“自我意识”、费希特的“绝对自我”，和谢林的“自我意识”，都是“精神”——“灵魂”的主体化，黑格尔重新启用“精神”一词，在他那里，“主观精神”是“意识”、“自我意识”和“理性”；因此说，西方思想中的“精神”——“灵魂”(Spirit-Soul)概念在近代思想中与“心”(Mind)的概念是同一的，而“心”的本质则由“理性”界定。与此相比较，中国思想中的“精神”在宋明心学中与“心”融合而成为主体性存在，但“精神”所承担的

---

① 在古希腊哲学中，并没有以认识论作为问题，但对世界、宇宙秩序的探求，已内含人对这一秩序的理解能力的确信，因而，相对于秩序，“理智”是希腊哲学的一个基本范畴，“理智”即希腊文的“奴斯”(nous)，又译作“心灵”(Mind)，理智不是原始宗教万物有灵意义的灵魂而被置于事物之中，也不属于人而具有人格的特征，而更像对应于世界或宇宙秩序的无形的、纯粹的实体。自然哲学家阿那克萨戈拉在元素之外设立了一个能动的世界本源——“心灵”，此“心灵”又译作“理智”，它是无形的，独立于事物并对事物起作用的能动实体，他说“心灵是安排一切的原因”；柏拉图的“理念”和亚里士多德形而上学的“实体”已包含了“理智”的因素；在晚期希腊的斯多葛哲学中，世界有两个本源，质料是被动的本源，“逻各斯”或理性是能动的本源；在普罗提洛的哲学中，理智、灵魂和太一一起同属“三个首要本体”，即世界的三个最高的、能动性的本源。希腊哲学没有对人的认识能力的集中论述，但其灵魂学说对人的灵魂作了明确的理智界定，在阿那克萨戈拉那里，人的灵魂是无形的、弥漫世界的“心灵”(“理智”)的一个类别；苏格拉底极力推崇阿氏的“心灵”概念，并通过对内在于心灵的原则的强调，进一步把外在普遍意义的“心灵”转化为人的灵魂；柏拉图的灵魂学说对灵魂作了理性、激情和欲望的三重区分，理性是把人与动物区别开来的人的灵魂的最高原则，人的灵魂的本性是理性，激情和欲望应服从于理性，正是灵魂中的理性，使人与理念相沟通；亚里士多德把唯有有生命的实体才具有的灵魂分为植物灵魂、动物灵魂和人类灵魂，人类灵魂是理性灵魂，因而他把人定义为：人是理性的动物；在斯多葛学派的哲学中，作为宇宙的能动本源的理性(“逻各斯”)按能力的不同分为不同级别，其所规定的形体也相应地由低到高排列成无生命物、植物、动物、人、神，其中唯有人和神才具有理智，为人与神所共享，不过唯有神才具备最完全的理智，理智在这里又称为“奴斯”(nous)，是最高级的理性；普罗提络把灵魂视为本体，灵魂既被个体事物所分割，又能与太一和理智相通。从哲学梳理中我们可以认为，在古希腊的哲学阐述中，人的灵魂与理智秩序具有内在关联。

② Descartes, Philosophical writing(tr. Cottingham, etc.)，转引自尼古拉斯·布宁等编著：《西方哲学英汉对照辞典》，人民出版社 2001 年版，第 623 页 Mind 条。

并非“理”的道德理性内涵,而更多地是表示主体的可以无限扩充的境界,换言之,当“精神”如“心”一样以主观意义出现的时候,其功能不是表现在理性对物质世界或人的世界的宰制,而是精神对外在世界的无穷超越,其本质并非明确的以理性为界定——无论是西方“精神”(“心”)概念中占支配地位的纯粹理性,还是儒家心学的道德理性,而是超越外在世界所达到的与天地合一的境界。

鲁迅在“非物质”——“张精神”主题之下对19世纪末之“主观主义”的转述,带有很强的道家“精神”色彩:

> 前者为主观倾向之极端,力特著于十九世纪末叶,然其趋势,颇与主我及我执殊途,仅于客观之习惯,无所盲从,或不置重,而以自有之主观世界为至高之标准而已。以是之故,则思虑动作,咸离外物,独往来于自心之天地,确信在是,满足亦在是,谓之渐自省其内曜之成果可也。①

> 其说出世,和者日多,骛外者渐转而趋内,渊思冥想之风作,自省抒情之意苏,去现实物质与自然之樊,以就其本有心灵之域;知精神现象实人类生活之极颠,非发挥其辉光,于人生为无当。②

“主观主义”被描述成对外在习惯、规范等“现实物质与自然之樊”的超越,这与庄子超越性的精神自由是一致的。当然,鲁迅所介绍的是指19世纪末之“主观主义”对“物质主义”等的批判,但这一描述所带有的庄子色彩,如果联系文本用语所表现的对庄子的熟悉,则其间思想的联系则理应让人相信。郭沫若曾就鲁迅文本中所见《庄子》用语,以见鲁迅与庄子的联系,从他所举词语看,《庄子》用语尤其集中在早期五篇论文中。③ 早期论文所见的大量庄子语言,说明鲁迅对庄子的极为熟悉,如果说庄子的思想对鲁迅也产生了潜移默化的影响,大概也并不过分吧。其实,庄子的精神自由对于中国知识分子,始终是一种信念式的存在。鲁迅以“精神”为“个人”的内

---

① 鲁迅:《坟·文化偏至论》,《鲁迅全集》第1卷,第53—54页。

② 同上书,第54页。

③ 参见郭沫若:《庄子与鲁迅》,中国社科院文研所鲁迅研究室编:《鲁迅研究学术论著资料汇编(3)》,中国文联出版公司1987年版,第594—604页。

涵,以反抗种种外在于“个人”的规范和束缚,把自己的关注点直接放在个体的精神自由上,其超越的精神动力,在思想资源上与庄子的精神哲学应有尚待揭示的深层联系。

鲁迅既以“精神”为“个人”的内涵,同时,在解释“个人”时,又使用了诸如“自心”、“自性”、“自识”等概念。如前所述,鲁迅使用的这些概念,可能直接来自章太炎当时发表在《民报》的系列文章,章氏在《四惑论》、《国家论》和《建立宗教论》等一系列文章中,运用了“自心”、“自性”和“自识”等概念。其实,“自心”、“自性”和“自识”是典型的佛教语汇,中土佛教论述心性问题,“自心”、“自性”为天台、华严和禅宗的核心概念,“自识”则为法相唯识宗的核心概念,值得注意的是,“自性”、“自识”在诸佛教中,都是作为万物本源的真如本体,是超越人的存在,而并非作为人之主体的“心”,章氏也更多是在这一意义上使用的。当鲁迅使用这些语汇的时候,显然把它们作为人超越外在束缚所依据的人的主体——“心”,没有顾及其佛教语境中的确切所指,换言之,鲁迅借用佛教的语汇表达的其实是主体意义上的“心”。

这一主体意义的“心”的观念,确切地讲是来自儒家心学传统。五篇论文中,鲁迅对人性的乐观和对作为自我的“心”、“性”主体的执著,他显露的对中国危机的忧心,他激越的对“近世人心”的指摘,以及他对作为文化根柢的精神——心的强调,都无不启示着他与源远流长的中国心学谱系之间的联系。心字象形,本为心房,后渐为意识性的心思之心;“心”字大量涌现于战国中期的文献中,《孟》、《庄》多言“心”字,孟子通过“尽心”、“知性”、“知天”的理路,开创了儒家的心性之学,经《中庸》,到宋明发展为影响巨大的心学。心学以一“心”统摄“物”、“理”,“心”成为道德的主体和天地的明觉,包罗万象之“心”的突出无疑张大了人作为道德主体的强大力量,成为中国知识人主体人格的强大精神支柱。鲁迅作为中国知识分子与传统心学的精神联系,本应是情理之中的事,但如果考虑其出生地与心学发源地的地域文化关系,则更应引起重视,南宋心学的中心是浙江,心学大师王阳明主要学术活动场所山阴即是鲁迅出生地绍兴,心学大师刘宗周是鲁迅的同乡,我们虽然难以找出鲁迅与心学大师之间关系的直接资料,但基于乡学渊源,鲁迅当承续若干血脉吧。许寿裳曾谓鲁迅的革命是“革命先要革心”①,当是知人之语;鲁迅主张“立人”,强调其“人”是“精神”的“个人”,其意即是“立心”,“人者,天地万物之心也,心者,天地万物之主也”(王阳明《答季德明》),故“立人”即为“为天地立心”(张载《张子语录》),刘宗周即谓:“学以学为人,则必证其所以为人。证其所以为人,证其所以为心而已。”(《人谱》,《刘子全书》卷一)“心”、“性”的存在,使鲁迅具有道家色彩的“精神”与儒家强大心学传统中的心性观念纠缠在一起。鲁迅的“个人”观念展现着道家之“精神”与儒家之“心”的丰富蕴藏。

庄子主观化的“精神”与儒家心学之“心”在鲁迅那里终于成了相互纠缠的两个观念,但其从思想史中夹带而来的不同思想功能,则共同参与了鲁迅的现代“个人”的建构,儒家心学之“心”的强烈主体意识使鲁迅视“自心”、“自性”等“心”化主体为个人的终极存在,同时,庄子超越式的“精神”又给他提供了质疑并超越种种既成规范——从儒家心学之“心”固有的道德理性内涵到现代的“物质”与“众数”——的精神动力。换言之,从比较的角度看,鲁迅之“心”与庄子之“心”一样,都不是某一既定本质(规范)所能规定的,而是指向不断开拓的精神空间,但不同的是,庄子否定人的主体之心的实体意义,虚化之心只不过是普在之“精神”的处所,而鲁迅则坚执心(“精神”)——“自心”、“自性”的主体地位,视之为“个人”的终极存在;儒家之“心”与鲁迅之“心”都是得到承认的主体存在,但儒家“心”的道德理性内涵却无疑是鲁迅所要否定的对象。进一步要问的是,被抽空的“心”以什么作为新的主体内涵呢?从其早期论文中可以看到,鲁迅拿来的是19世纪末“极端之个人主义”的“意力”——它以生命力为基础,指向不断超越自身的“上征”精神境界,此一精神——意力的超越,并非庄子式的精神超越后的向宇宙本源“道”的回归,而是在生命力的推动下面向未来的人的精神拓展和进化,或者说,此一生命,即是人展开其所有精神价值的场所。

**2. 从“自我”到“个人”:鲁迅接受德国个人主义的传统思维结构**

在思想史上,“个人主义”经历了从英、法启蒙主义的个人主义向德国

---

① 许寿裳:《民元前的鲁迅先生·序》,北京鲁迅博物馆、鲁迅研究室、《鲁迅研究月刊》编辑部编:《鲁迅回忆录·专著(上)》,北京出版社1999年版,第476页。

的浪漫主义的个人主义转换的历史,英、法启蒙主义致力于现代国家制度的建构,以人的自然状态下的平等作为其理念基础,提出每个人的原子式的权利平等及其个人幸福的诉求。法国大革命的惨痛教训,引起了对启蒙主义之"个人"的质疑,正是在对法国革命失败的反思中和对"个人主义"的批判中,"个人主义"(Individualism)一词才正式出现。德国式个人主义的出现是对法国启蒙主义的继承和反省,德国思想家把启蒙由实践领域转入哲学领域,并加以深化,从康德到黑格尔,德国哲学家承续了笛卡儿以来的主体性哲学的理绪,并在自己的新体系中重新织入精神(宗教与道德)因素,以挽回英、法启蒙主义在普遍自然论中丢失了的精神维度,康德通过划分理性和实践,为丢失已久的宗教和道德重新留下了地盘,通过对纯粹理性之自我意识的先验时空形式和先验范畴的设定,以及实践领域的绝对命令和道德公设,康德的"自我"使"人"第一次获得内在性的规定;从康德经过费希特、谢林到黑格尔,一方面,"自我"的权限越来越大,费希特消除康德在理性和道德之间设置的界限,把他们都包容到"绝对自我"之中,谢林的同一哲学又把艺术化的情感置入"自我"中;另一方面,"自我"越来越由原来的属人的"主体"客观化为人之外的客体。这在费希特的"绝对自我"中开始,在黑格尔的融合近代主体性哲学和古典本体论的"绝对精神"中,最终得以实现,这一倾向为19世纪末极端个人主义的反动提供了对象。总之,在主体性哲学的理路中,德国唯心论使主体得以内在化,为德国后来的浪漫主义的"个性"概念打下了哲学基础。"个性"是"关于人的独特性、创造性、自我实现的概念,浪漫主义者把这些概念叫做特性,它们与启蒙主义的理性的、普遍的和不变的标准形成了鲜明的对照,浪漫主义认为它们是'数量的'、'抽象的',因而是空洞的。"[①]从鲁迅对"个人"的介绍和描述看,他的"个人"资源主要来自德国思想家或德国文化圈内的思想家,如施蒂纳、叔本华、尼采、克尔恺郭尔和易卜生,他的"个人"是反"众数"、反"物质"的,与英、法启蒙主义的社会化、制度化的"个人权利"无涉,因而不是政治或经济个人主义的原子化的"个人",而是内在化的"个人"。

联系前述鲁迅与中国传统思想的联系,一个值得一问的问题是,鲁迅对

① 史蒂文·卢克斯著,阎克文译:《个人主义》,江苏人民出版社2001年版,第15页。

德国个人主义的接受是否有着传统思想资源的参与呢?鲁迅所拿来的西方个人主义,起码经历了从西方诸国到日本再到中国的"理论旅行"的过程,在这一过程中,从原创者到异国语言的译介者、从创体语言到译体语言,意义的增删和转移在所难免,每一个参与者都会或多或少、有意无意渗入自己的理解,宿命的是以无意识方式的渗入,参与者的固有意识是这一渗入的主要资源。那么,中国思想传统及其内在意识结构,是否内在制约了鲁迅对西方个人主义话语的选择和接受?在这里,我想把这一问题落实到更为基本的层面,即从作为文化传统的内核的"自我性"(Selfhood、Ego)入手,追问这一现象的根源,换言之,是否正是中、德思想传统中"自我意识"的同构性,内在地决定了鲁迅在"个人主义"问题上与德国思想家的相遇?这基于这样一个基本命题:人类无论哪个文化类型都有对其文化自我的设定,即都存在为其文化共同体所认同的自我认知模式,而且,不同的文化类型肯定存在着不同的"自我";赫大维和安乐哲在谈到"自我"概念的复杂性的时候说:"在西方哲学传统中,最严格意义上的主观意识很可能是一项现代发明。当然,自我作为行动者和认知者,在充满事物和事件的外部世界中行动和认识,这种不太严格意义上的自我,产生的时代要早得多。人们追寻自我概念的历史根源可能会限于盎格鲁—欧罗巴文化范围内,这似乎有点道理。由于诉诸几种各有特色的历史叙述,对自我概念所作的对比研究获得了发展,由此发现的'自我'的历史的模糊性为这一概念与文化相联系的性质提供了某些证明。"[①]可以说,即使如大多数人所认为中国文化传统中缺少"个人",但它必然内含作为文化传统内核的"自我"意识。在这个意义上,就是科恩所言的"个人文化学"——"从文化看个人"[②]。综上所述,我的预设是:鲁迅正是通过中国的"自我"接受了德国的"个人"。

中国文化传统中的"自我"意识是什么?首先需要明确的是,"自我"概念是"哲学史上从理论角度看最含混不清的一个概念"[③],近代翻译史建构

---

① 赫大维、安乐哲著,施忠连译:《汉哲学思维的文化探源》,江苏人民出版社 1999 年版,第 6 页。

② 伊·谢·科恩著,佟景韩等译:《自我论》,三联书店 1986 年版,第 93 页。

③ 弗朗克:《不可隐遁性》,转引自顾彬:《关于"异"的研究》,北京大学出版社 1997 年版,第 81 页。

了汉语的"自我"与作为反身代词的英文的 self 或德语的 selbst 之间的对应关系,在这个意义上,中国古代典籍中最早表达"自我"意义的具有第一人称指示代词或反身代词功能的词汇有"我"、"自"、"吾"、"吾身"、"吾心"、"私"等;但是,"自我"在深层意义上指作为意识主体和个人内在性的"自我"——英语的 Ego、Self 或德语的 Ich,我们还必须从这些词的使用中发现对"我是谁"这一问题的自我理解。在把这些古代语词与西方"自我"概念相对应时,审慎的处理方式首先是说明:1. 这些词并不像西方哲学概念那样有明确的单一所指,而是其具体所指随具体语境而有变化,一词常包含多重意指;2. 中国思维传统中没有西方式严格的二分,故这些词没有西方的心与身、自我与社会等的明确分离;3. 这些词在表述中一般具有言语、思维、行动的发出者和承担者的自我指涉意谓,作为具有实体意义的词,一般是在表达与他人("人")相对的场合使用,如"己欲立而立人,己欲达而达人"、"己所不欲,勿施于人"、"不患人之不己知,患不知人也"等。对"自我"的把握离不开特定的思维结构,中国传统思维中的"自我"需要在传统思维的"天—人"结构中来进行(中国传统思想是在"天—人"之际展开的,但其设定不是二元分裂,而是二元合一,董仲舒《春秋繁露·课察名号》:"天人之际合二为一"),需提及的是,"人"是一个包容性概念,"人"既指一般性所指之"人"或"他人",又内涉作为人的普遍内在性的普遍自我,"我是谁"与"人是谁"是统一的。通过"天人之际"对"人"的定位及其价值实现途径,可以恰切地勘察中国思想传统中的"自我"意识。

殷商最早有"帝"的人格神崇拜,周时"天"取代"帝",出现"天命"观,周公以德配天,开启天道向人道的转移;《论语》中有"天"这一最高范畴,一般指天命之天、主宰之天,同时含有以德配天之意,但孔子对此存而不论,少言天道("夫子之言性与天道,不可得而闻也。"《论语·公冶长》),孔子所讲主要为"人道",他提出最高道德范畴"仁"为论述核心,在他的论述中,"仁"一方面来自天,一方面能为人所得,只要修身,人人皆可得仁,("我欲仁,斯仁至矣")这样,通过"仁"沟通"天"与"人","天"与"人"合于"仁",此一设定孔子虽未加详论,但为后来"仁"的内在化开启了一个意向;由于"仁"的来源"天"在孔子那里是存而不论的,"仁"便由外在的现实规范——"礼"加以明确地规定;求"仁"需修身,包括向内的内省之道和向外的习礼,但都诉诸每个人自身的努力。孔子开启的“仁”的外在化和内在化成为后来儒学发展的两条道路,前者通过荀子进一步强化并参与了现实秩序的建构,后者通过思孟学派得到发扬光大并对中国人的意识结构产生深远影响,这就是儒家学派的心性学之路;“心”的观念在战国中期的文献中开始大量出现,见于孟子和庄子的著作,孟子通过“心”这一核心概念把“仁”进一步明确内在化,在他看来,“仁”的内在化取决于心之功能,“心之官则思,思则得之,不思则不得也”(《孟子·告子上》)。同时,孟子又言人“性”,在与告子的著名人性论辩中,以仁义为性;孟子把心性范畴联结起来:“尽其心者,知其性也。知其性,则知天矣。”(《孟子·尽心上》)“心”通于普遍之“性”,“性”又通于最高之“天”,人只要扩张“本心”,就能体认人的本性,进一步体认最高之天,反过来,“天”在“性”中,“性”在“心”中(“仁义礼智根于心”(《孟子·尽心上》)),以至“万物皆备于我”(《孟子·尽心上》),人“性”既为本善,则人“心”中皆有善性,“人人皆可以为尧舜”(《孟子·告子下》)。儒家典籍《中庸》承思孟学派,以“诚”为道德的根本,“唯天下之至诚,为能尽其性;能尽其性,则能尽人之性;能尽人之性,则能尽物之性”(《中庸》)。“人之性”——“物之性”——“赞天地之化育”,这也是孟子尽“心”——知“性”——知“天”的思路,“诚者非自成己而已也,所以成物也。成己,仁也;成物,知也。性之德也,合内外之道也”(《中庸》)。通过“反身而诚”之“诚”贯通天地、人我与内外;心性之学通过宋明理学尤其是心学发展为一个强大的传统,张载、朱熹提出“心统性情”的命题,使“心”含有禀“理”之“性”“所以为体”,以及禀“气”之“情”“所以为用”,(《朱子语类》卷九十八;《答何叔京二十九》、《答严时亨》,《朱文公文集》卷四十、卷六十一)亦视“心”沟通“性”与“理”,不过以朱熹为代表的理学仍然强调“理”的客观外在性,以及“心”与“理”的距离,人作为禀“理”而生者,“理”对于人来说,即为“天命之性”,但人亦禀“气”而生,故所谓纯粹的“天命之性”实际上是不存在的,落实在人身上即为“理”与“气”杂的“气质之性”;陆王心学则把“心”、“性”、“理”三者合为一,陆九渊剔出孟子的“本心”,以“本心”为道德的根源,此“本心”即是“理”,人只需自作主宰,即可与“理”同一;王阳明谓:“心也,性也,天也,一也。”(《传习录中》,《王文成公全书》卷二)“心之本体即是性,性即是理。”“心即性。”(《传习录上》,同上书卷一)王阳明的良知即"心之仁",良知即在心中,此心"本然具足"。由此可见,儒家心学确立了"心"这个道德主体,这一主体与最高的实在(道、理)同一,或者说"理"与"道"即在"心"中,此"心"遂成为人之为人的最终根据。

总结上述,在儒家的天一人论述中,"自我"的内涵得以呈现:1. 自我包括达仁成圣的部分("大体")和需要克服的部分("私"、"小己"、"小体"等),前者是人之为人的规定,后者是人之为人的障碍;2. 自我内含授之于天的"心之仁"(王阳明语),自我因此具有趋于至善的充足内在源泉,自我完善的根源即在人自身;3. 自我是在现实的礼治秩序中修身的个体,修身一方面诉诸内心反省,一方面,通过对外在礼的习得把自己置于层层社会关系的中心,达到现实关系中的自我完成;这一点杜维明在《儒家思想新论——创造性转换的自我》①一书中有较为详尽的论述,郝大维、安乐哲在《汉哲学思维的文化探源》中把儒家的自我界定为独特的"焦点——区域"式自我,卓有见解,但显然把论域局限于儒家思想中"礼"的一面,没有涉及儒家心性之学的传统。②

老庄思想中,"道"而非"天"是最高范畴,其"天"多指自然之天的"万物",而"道",则是宇宙万物存在的本然呈现,"道可道,非常道"(《老子·一章》),"有物混成,先天地生"(《老子·二十五章》)。"天"与"人"同于大"道","道通为一"(《庄子·齐物论》)、"万物皆一"(《庄子·德充符》),"天与人不相胜也"(《庄子·大宗师》),但"天"之所为是自然而然的,体现了"道",而"人之所为"往往反于"道","道法自然"《老子·二十五章》),"何谓天,何谓人?……牛马四足,是谓天;落马首穿牛鼻,是谓人"(《庄子·秋水》)。故"人"应像"天"一样顺应本然之"道",体悟"天地与我并生,万物与我为一"(《庄子·齐物论》)的境界,此谓之"体道"。"体道"需去除各种内外的拘滞和障蔽,达到"无己"与"无为",因此,体道的过程就是"自我"("体道"的承担者)消除"自我"(自我中的人为因素)以达于真正"自我"("不以心捐道,不以人助天"的"真人",《庄子·大宗师》)的过程,

---

① 详见杜维明著,曹幼华等译:《儒家思想新论——创造性转换的自我》,江苏人民出版社 1995 年版。

② 参见赫大维、安乐哲著,施忠连译:《汉哲学思维的文化探源》,江苏人民出版社 1999 年版,第 26—44 页。

因此“体道”中呈现的道家“自我”是:1. “自我”与万物同归于“道”,“自我”本属于“道”,“道”是天下万物包括“自我”的根源;2. “自我”中的人为因素是反于道的,必须加以摒弃;3. 体道诉诸“体道”者——“自我”本身。

中国佛教亦以“心性”为主要观念,魏晋佛教就受玄学影响,谈论“心无”;隋唐佛教成熟期的“天台”、“唯识”和“华严”三宗,皆以“心”、“性”或“识”为本体,天台倡“一心三观”、“一念三千”,以“心”为万象的根据,“一切诸法,依此心有,以心为体”(《大乘止观法门》),“真如者,以一切法真实如是,唯是一心,故名此一心以为真如”(同上)。唯识宗提出“万法唯识”、“三界唯心”,“三界唯心尔,离一心外无别法故”(《成唯识论述记》卷三)。“识性识相,皆不离心。心所心王,以识为主。归心相,总言唯识。”(同上书卷一)华严宗“法界缘起”说视四法界为“一真法界”所生,又把后者归于“一心”,“统唯一真法界,谓总该万有即是一心,然心融万有,便成四种法界”(《注华严法界观门》)。佛教中国化的代表禅宗更是倡导佛性即在此心之中,即心见佛,众生皆有佛性,“故知一切万法,尽在自身(心)中,何不从于自心顿现真如本性。……识心见性,自成佛道”(《坛经校释》三十)。因此,只须顿见本心,便能见性成佛。当然,佛教的“心”的概念自有其不同于儒家心学的解释,但是,两者在意识结构上其实是相同的。

综上所述,儒、道、佛思想中的“自我”虽具体内容有别,但在意识结构上是大致相同的:(1) 自我是具有内在深度的,与最高的实在相通,自我存在的价值内在于自身;(2) 自我具有自我发展、自我完成的潜能,通过自身的努力,每个人都能成圣、成佛、成真人;(3) 自我的完成依赖于自我的转换,在这一过程中,自我中的有些因素是需要克服涤除的;(4) 自我转换诉诸现实中每个个体的自我行为,儒家尤其强调自我修养和教化功能。

鲁迅转述西方个人主义的语言所显现的思维结构,留下了上述思想传统的印痕。《文化偏至论》中对西方个人主义的一段集中介绍,正显示了这一特征。鲁迅是这样转述(理解)的:

> 入于自识,趣于我执,刚愎主己。
>
> 人必发挥自性,而脱观念世界之执持。惟此自性,即造物主。惟有此我,本属自由;即本有矣,而更外求也,是曰矛盾。
>
> 意盖谓凡一个人,其思想行为,必以己为中枢,亦以己为终极:即立

我性为绝对之自由者也。

谓唯发挥个性,为至高之道德。

仅于客观之习惯,无所盲从,或不置重,而以自有之主观世界为至高之标准而已。以是之故,则思虑动作,咸离外物,独往来于自心之天地,确信在是,满足亦在是,谓之渐自省其内曜之成果可也。

去现实物质与自然之樊,以就其本有心灵之域。

故如勖宾霍尔所张主,则以内省诸己,豁然贯通,因曰意力为世界之本体也。

应该说鲁迅的表述抓住了"新神思宗"——19世纪末绝对个人主义强调个体性和主观性的特征。但我要强调的是,鲁迅上述言论对个体自主、自足的强调,不仅仅是借用了诸如"内求诸已"、"不假外求"等传统经典用语,而且与儒家心学关于人是本然善的、具有内在的道德根源的预设相通,同时带有庄子式摆脱内外束缚的绝对自由色彩。这些相似性在《摩罗诗力说》中进一步表现为对"心"中之"诗"的推重:"盖诗人者,撄人心者也。凡人之心,无不有诗,如诗人作诗,诗不为诗人独有,凡一读其诗,心即会解者,即无不自有诗人之诗",内在于人的普遍性由道德范畴的"仁"转换成生命——艺术范畴的"诗",但其意识结构仍是相同的;《说文》释"诗":"诗,志也。"《尚书·尧典》云:"诗言志",《诗大序》云:"诗者,志之所之也。在心为志,发言为诗。"朱自清据此考论,"志"与"诗"本是一个字,后指"怀抱",其实是与"政教"分不开的[①],孔颖达释《诗大序》:"蕴藏在心,谓之为'志'。发见于言,乃名为诗。故《虞书》谓之'诗言志'也。包管万虑,其名曰'心',感物而动,乃呼为'志'。"(《毛诗正义》)由此可见"诗"与"志"、"心"及普遍性道德的联系,《诗》为五经之一,足见其重要地位。鲁迅"诗"之沟通功能,是建立在人之感受性基础上的(《摩罗诗力说》、《破恶声论》中均有对人的感受性的大段诗意描述),在孟子那里,"仁"的共通性亦诉诸"心"的感受性——"四心"。《破恶声论》中,鲁迅呼吁中国人发出"心声"、显出内曜、"白心",因为"人各有己,不随风波,而中国亦以立"、"盖人惟声发自心,朕

① 参见朱自清:《诗言志辩》,古籍出版社1956年版,第2—3页。

归于我,而人始各有己;人各有己,而群之大觉近矣”。显然,这里的“己”与“己”之间不需要任何协调与规范,“己”是自足的,也是共通的。

鲁迅意识结构中的传统影响,必然会影响到他对西方个人主义的摄取。如本节开始所言,《文化偏至论》所引述的西方人主义集中在“新神思宗”——19 世纪末绝对个人主义,其代表思想家是施蒂纳、尼采,克尔恺郭尔、易卜生等,基本上是德国思想家或受德国思想影响的思想家,换言之,鲁迅从西方个人主义“拿来”的主要是德国思想资源。那么,德国个人主义是如何和中国思想传统相遇的呢?

个人主义在西方具有丰富复杂的语义史,其中的德国传统引人注目,史蒂文·卢克斯在《个人主义》一书中说:“与这个术语的法国用法相区别,还有着另一种完全不同的用法,其出处就是德国,这就是浪漫主义的‘个性’概念,就是关于个人的独特性、创造性、自我实现的概念,浪漫主义者把这些概念叫做特性,它们与启蒙运动的理性的、普遍的和不变的标准形成了鲜明的对照。”[①]齐美尔(G. Simmel)称之为“新个人主义”:“新个人主义可以叫做质量个人主义,与 18 世纪数量个人主义相对照。或者可称为独特性的个人主义,它反对单一性的个人主义。总而言之,浪漫主义也许是一条最宽广的渠道,由此个人主义达到了 19 世纪的自觉。”[②]

以上所言述的实际上还是 19 世纪早期浪漫主义的个人主义,它的直接源头可追溯到蒙田对个人独特性的重视,以及卢梭对良心与情感的强调,在德国成型于歌德的艺术天才观及洪堡的教育理念,德国启蒙主义唯心论尤其是施莱尔马赫的宗教唯心主义哲学提供了它的形而上学基础,在浪漫主义诗人那里得到发扬光大。鲁迅所推崇的 19 世纪末极端个人主义,是浪漫主义的个人主义发展的逻辑极致,鲁迅的介绍正是抓住了二者的渊源关系及其逻辑发展。

> 然则十九世纪末思想之为变也,……曰言其本质,即以矫十九世纪文明而起者耳。……然其根柢,乃远在十九世纪初叶神思一派;递夫后叶,受感化于其时现实精神,已而更立新刑,起以抗前时之现实,即所谓

---

① 史蒂文·卢克斯著,阎克文译:《个人主义》,江苏人民出版社 2001 年版,第 15 页。
② 同上书,第 16 页。

神思宗之至新者也。……以是为二十世纪文化始基。①

然尔时所要求之人格，有甚异于前者。往所理想，在知见情操，两皆调整，若主智一派，则在聪明睿智，能移客观之大世界于主观之中者。如是思维，迨黑该尔(F. Hegel)出而达其极。若罗曼暨尚古一派，则息孚支培黎(Shaftesbury)承卢骚(J. Rousseau)之后，尚容情感之要求，特必与情操相统一调和，始合其理想之人格。而希籁(Fr. Schiller)氏者，乃谓必知感两性，圆满无间，然后谓之全人，顾至十九世纪垂终，则理想为之一变。明哲之士，反省于内面者深，因此知古人所设具足调协之人，决不能得之今世，惟有意力轶众，所当希求，能于情意一端，处现实之世，而有勇猛奋斗之才，虽屡踣屡僵，终得现其理想：其为人格，如是焉耳。②

应该说，鲁迅的介绍是非常全面的，把握了德国个人主义经由唯心论及浪漫主义思潮到19世纪末极端个人主义的过程，说明了他对德国个人主义历史的熟悉。鲁迅对德国个人主义尤其是19世纪极端个人主义情有独钟，或因其是西方“最新之思想”，或因其在“文化偏至论”的文明发展模式中的“偏至”作用，但其对德国个人主义传统的选择与亲近有没有上一章所述中国思想传统的内在制约呢？我认为，对这一问题的解答必须深入到德国民族思想传统中去考察，同时须顾及德国个人主义产生的精神土壤及问题背景。

史蒂文·卢克斯在介绍德国个人主义时说：“个性概念的主要发展在于独特的德国世界观或宇宙论，一种关于(自然和社会)世界的总体观念，从根本上说，在于同西方文明的其他人文主义和理性主义思想特征的冲突。”③揭示了德国个人主义观念在西方的独异性及其与德国思想传统的内在联系。我们知道，西方思想并不是一个全一色的整体，其中存在着不可忽视的区别，如近代哲学领域为我们所熟知的大陆唯理论与英美经验论的区分，从国别角度看，也存在着不同国家文化和思想传统的差别，其中，德国思

① 鲁迅：《坟·文化偏至论》，《鲁迅全集》第1卷，第49页。

② 同上书，第54页。

③ 史蒂文·卢克斯著，阎克文译：《个人主义》，江苏人民出版社2001年版，第17页。

想传统与欧洲其他国家(尤其是与英、法)的不同引人注目。从哲学上看，德国民族思想的一个最明显特色是强调本体与现象、无限与有限、绝对与相对、普遍与具体的辩证关系。“德国思想之父”路德创立的路德宗新教,即主张个人可以不通过教会的中介直接与上帝沟涌,强调个人与上帝关系中个人信仰的重要性——因信称义;德国哲学的真正缔造者库萨的尼古拉(1410—1464)哲学的根本原则就是一和一切的原则,他说,“绝对的极大是一,又是一切,因为它是极大,一切事物均在它之中,并且由于极小同时与它重合,它又在一切事物之中,因为没有任何事物可以置于对立面”;[①]在莱布尼茨的唯理论哲学体系中,“单子”既是宇宙的精神实体——力、意愿、精神,又是以多样态的个体形式出现的,作为个体的“单子”是孤立的,它们之间的关系取决于“前定和谐”;康德哲学中,人对现象界的认识基于人感性的普遍时空形式、知性的先天综合范畴和理性的先验原则,在实践理性领域,物自体即为普遍自我或上帝,但道德绝对律令指向个人;费希特拈出绝对自我来整合实在,在他那里,绝对自我不同于个体自我,但通过个体自我发挥作用;在谢林的同一哲学中,自我、自然与上帝是同一的;施莱尔马赫的宗教唯心主义哲学强调个人信仰的情感基础及上帝信仰中人的个体性;黑格尔庞大哲学体系更是德国唯心主义辩证哲学的集大成,绝对精神的辩证历史整合了一切。这一特色形成了一个强大的思想传统,在这一思想传统中,实体、无限、绝对、普遍是首要的,同时,现象、有限、相对、具体对前者的表现以其多样化形式出现,总之,普遍性与个体性构成了德国思想传统的两个辩证要素。这一思想特点决定了德国人自我性中的一个现实取向——自我与全体的对立与融合,杜科罕(Graf K. von Durckheim-Montmartin)在《德国的精神》一书中就指出:“德国人一面着重个别的自我,而使世界与他处于尖锐的距离之中,而在另一方面,却又与宇宙,自然,以及一切有形相的事物,融为一体——这是世界上别处所难以找到的。前一方面与后一方面,各各都不是德国人的特征所在,而决定德国人的乃是两个方面的互相弥漫。在这种‘遗世独立’同‘与世冥合’处于紧张的统一之中以后,于是就生出了那种约束不住的冲动,即把现实重新改造的那种冲动——在我们看到德国

---

① 库萨的尼古拉:《论有学识的良知》,商务印书馆 1988 年版,第 5 页。

人的地方,这种冲动总使他们有别于地球上任何其他任何民族。在‘与世一体’和‘与世冥合’这个深的基础上,我们就感觉到‘自我’与‘世界’的分离和对立,是一种紧张的关系,而且这种关系是要奋求一种解决的。就德国人的本质来说,他是不能取消自我,委身于自然,也是不能排除了万象,专完成自我的。”①

对德国式个人主义产生的精神土壤和问题背景的恰当把握,可从知识社会学层面展开上述思想特征的形成。德国浪漫主义的个人主义产生于德国唯心论——德国启蒙思想对英法启蒙思想的反思和批判——的精神土壤中。英法启蒙主义以一元论之自然观为理念基础,在宗教——道德层面提倡一元之自然神论,在政治——法律层面提倡自然状态下之自然权利,在知识层面提倡自然——历史科学,全方位颠覆中古基督教世界二元论之超自然形态,试图建立一元式建立在自然理性基础上的世界观。在个人主义思想上表现为以自然人性论为基础的原子式抽象个人主义。德国启蒙思想——唯心论不满启蒙主义以自然观念覆盖超自然维度的趋向,试图把英法启蒙主义与神性秩序无关的自然论重新纳入精神关联中,从康德到黑格尔,都意在建构一个大全式的唯心论哲学体系,以整合被英法启蒙主义分离的信仰与理性、精神与物质、自由与自然、超越界与现世界,康德分别为现象界与物自体、经验——认知领域与道德——实践领域划分疆界,以重新确立后者的地位,费希特和谢林试图把二者并进绝对意识,黑格尔以绝对精神重构实在。总之,都试图在一个大全式的宇宙论体系中重置精神(道德一宗教)的崇高地位,从而给英法启蒙主义的“个人”注入精神(道德——宗教)因素,由此显出德国个人主义一个明显特征:如果我们同意史蒂史·卢克斯在观念上对于个人主义类别的划分,则英法启蒙主义个人主义更接近“政治个人主义”和“经济个人主义”,而德国个人主义倾向“伦理个人主义”和“宗教个人主义”。

另外,在对英法原子式、平等的、单调的个人主义的反感中,一种注重个体独特性、多样性及自我发展的“个性”(lndividuality)观念开始在德国唯心论中出现。康德对天才的直观创造力的强调,实际上开启了一种审美和伦

① 杜科罕著,关琪桐译:《德国的精神》,中德学会1943年版,第3页。

理的个人主义,这一观念为人的个性的不平等提供了论题;"个性"观念在精神(道德—宗教)与艺术(审美)的结合以及对人的精神直观和天才创造力的强调中浮出水面,进一步在施莱尔马赫的以情感为基础的信仰与个性的统一中奠定其形而上学基础,最终被浪漫派诗人发扬光大。诺瓦利斯称:"拥有卓越的自我,成为自我的精华,乃是人类发展的最高使命。"[①]F. 施莱格尔也认为:"只有人的个性才是人的根本和不朽的因素。对这种个性的形成和发展的崇拜,就是一种神圣的自我主义。"[②]施莱尔马赫则说:"我如何逐渐明白,每个人都应以他自己的不同方式,通过他自己人性中的各种因素的特殊组合,在他自身中表现和展示人性。因为人性应该以各种特殊的方式,在整个时空中展现自身。人性所孕育的一切,都应该是从人性自身的深处形成的、具有个性的东西。"[③]这种"个性"观念不是在平等意义上对人的尊严的承认,而是把个人的价值建立在内在的、神圣的人性的充分肯定之上,强调不同的个性都是同一人性的丰富体现,每个人都应表现并发展人性赋予自身的独特能力,而完成自我(个性)的卓越实现;对"个性"不平等的承认必然导致对"个人"杰出能力的强调,为自我的无限扩展提供了精神空间,因此科恩认为:"浪漫主义寻找'自我'的纲领,如同佛教的'无为'、古代的斯多葛主义、基督教的禁欲主义和文艺复兴时代全面发展一样,是属于极少数杰出者的。它不是面向大众,而是面向英雄的。浪漫主义的个人范式既是欧洲近代个人主义的完成,又是它的开始瓦解。"[④]

德国浪漫主义"个性"观念对个人特殊性的强调,为19世纪末个人主义的出现提供了精神土壤。19世纪末极端个人主义在哲学上始于对德国唯心论集大成者黑格尔体系的反叛。黑格尔的唯心论强调作为实体的精神的普遍性,显出强烈的客观唯心主义趋向,极端个人主义的发起者施蒂纳正是从反黑格尔之绝对精神开始,认为真正的实在不是任何普遍性的"固定观念",而是作为"唯一者"的自我;克尔恺郭尔把哲学目光转向对生活世界

① L. Furst, Romanticism in Perspective, London, 1969, p. 58. 转引自史蒂文·卢克斯著,阎克文译:《个人主义》,江苏人民出版社2001年版,第63页。

② 同上书,第63—64页。

③ 同上书,第64页。

④ 伊·谢·科恩著,佟景韩等译:《自我论》,三联书店1986年版,第191页。

中宗教性个人之情态和心态的关注,叔本华通过把作为物自体的"意志"纳入自我肉身生命中,使"意志"生命化;尼采以"超人"形式高扬此岸的超越性强力意志。个体化自我以反普遍性的形式确立了自己作为道德认同的基础,毋宁说19世纪末绝对个人主义把德国唯心论确立之精神从普遍化主体和客体纳入个体之主观性中。

综上所述,德国个人主义之自我意识可以归纳为:(1) 自我是具有内在深度的精神性的自主存在("伦理个人主义"和"宗教个人主义"),与普遍性的最高实在辩证统一,自我因此获得自身存在的内在价值源泉;(2) 自我作为个体的存在是具有独特性与多样性的,但这本来是源于普遍性在个体身上显现方式的独特性与多样性,随着普遍性被解构,后者才上升到本体层面;(3) 与上述两点相关,是自我发展的观念。据史蒂文·卢克斯介绍,"自我发展的概念则是典型地源于浪漫主义"①。一旦自主的"自我"由英法启蒙主义经验理性的个人转变成"真正的""独特的""更高的"自我,自我就获得趋于完善的潜能和内在价值根源。在歌德、诺瓦利斯、F.施莱格尔、施莱尔马赫、洪堡等人的理解中,自我的个性不仅是群体利益的根本,而且就是价值目的自身。在自我发展观念的内在驱动下,早期浪漫主义的私人化的个人主义很快演变成一种有机的和民族主义的共同体理论——个人必须与民族相结合才能获得自我和个性(与"自然"的结合被自歌德、拜伦以降的浪漫艺术所继承)。从个人的个性到民族和国家的个性这种思想的发展,在19世纪初期费希特、谢林、施莱尔马赫甚至黑格尔那里都有表现,国家和社会不再被认为是如英法启蒙主义所设定的是个人之间契约性的理性建构,而是"超个人的创造性力量,用独特的个人这种材料不断构筑成的一种精神的整体,依据这种精神整体,再不断地创造出包含和体现这种精神整体意义的具体的社会政治组织的制度"②。自我发展便由"更高的"个人进一步转向个人是其中一分子的集体——民族国家。这一观念的转化不排除当时德国民族国家形成的历史背景和现实动机,但其逻辑根源存在

① 史蒂文·卢克斯著,阎克文译:《个人主义》,江苏人民出版社2001年版,第64页。

② E.特洛尔奇(E. Troeltsch)语,转引自卢克斯:《个人主义》,江苏人民出版社2001年版,第19页。

于德国个人主义的自我理念中:在个体自我与普遍性实在的关联中,后者是一个随时可以注入新内涵的位格范畴,为其由上帝到自然到国家的“填充”,在逻辑上提供了顺理成章的可能性。这样,在德国思想中,个人主义不再被认为像法国人所想象的那样危害社会共同体,而是社会共同体的最高实现,民族——国家作为有机整体获得高于个人的地位。但是,这一个人主义理念在实践中产生的不良后果引起了一些思想家的反思,认为这种自我发展的个人主义(“积极自由”),很可能变成或已经变成了奴役。[1] 这源于“这种个人主义把自由限定在这一术语的纯粹内心的意义上,很容易地获得了一种反自由的倾向”[2]。(4)与自主和自我发展观念相联系的是对自我修养和教化的强调。与英法个人主义对数量的强调相对照,德国个人主义对个人之质量的强调,必然诉诸自我的修养和教化。中国文化传统所推重的“教化”内涵,在西文中只有德语的 Bildung 一词可以恰切地对应,Bildung 一词最初起源于中世纪的神秘主义,后被巴洛克神秘教派所继承,并在克罗普斯托克的史诗《弥赛亚》中获得宗教性精神意蕴,赫尔德把它理解为“达到人性的崇高教化”,并为注重个性的浪漫主义教育思想家洪堡所强调,在黑格尔看来,人之为人就在于他具有脱离直接性和本能性的人性,人离不开精神的理性教化,此一教化就是个体向普遍性提升的一种内在的精神活动。德国哲学家很看重这一概念的内涵,从黑格尔到狄尔泰直至伽达默尔,都为德国拥有这区别于独断经验主义的“历史性教化”(狄尔泰语)而自豪。

以上分析试图说明,德国个人主义思想传统与中国思想传统在“自我”意识结构上具有同构性。如果诉诸中德两国文化交流史上的亲缘关系,这一思想上的亲近可以得到进一步的佐证。在德国哲学形成时期的莱布尼茨—沃尔夫时代,中国哲学尤其儒学中的实体观念、“天人合一”思想、“相反相成”的辩证法及其实践性道德倾向,就得到这两位代表性哲学家的强烈共鸣和推崇;中国艺术受到歌德等的青睐已是人所共知的佳话;中国近现

---

① 参见李强:《自由主义》,中国社会科学出版社 1998 年版,第 172—182 页。

② G. 西美尔(G.. Simmel)语,转引自卢克斯:《个人主义》,江苏人民出版社 2001 年版,第 19 页。

代思想界对德国思想的情有独钟亦是西学东渐史上一个引人注目的现象。虽然中国最早引进介绍的西方思想是严复译介的英国经验论哲学及其政治、经济学说,但这一思想流派并未在当时的中国引起实际反响,更未立足,英美经验论哲学及其后来的分析哲学在中国一直后继乏人,其政治、经济学说也无法产生实际效应(胡适曾在《近五十年来之中国文学》中对“五四”前夕政治经济学论战的突然消歇表示困惑)。相反,中国近现代思想家很快把兴趣转向德国哲学,一时间康德、黑格尔、尼采、叔本华成为中国哲学家译介、研究的主要对象。这些德国哲学家几乎都在中国形成百年左右的接受史。当代中国思想界对海德格尔的空前兴趣也颇能说明问题。这一现象不排除译介者的个人魅力(如王国维)的偶然因素,但中、德思想传统的亲近是决定性的,中国思想家在德国哲学中找到了自己的传统和精神寄托。康德哲学成为当代新儒家的主要理论资源,颇能发人深省。

鲁迅对德国传统的青睐与其习修德语和在日本留学时的日本文化环境有关,德语是其精通的两门外国语之一,他曾有早年到德留学和晚年赴德治病的计划,另外,日本近代思想界对德国思想的强烈兴趣及周详而及时的介绍,无疑构成了鲁迅接受德国思想的日本语境,但这些都不能否定中、德思想传统的亲近乃是内在地制约鲁迅最终接受德国个人主义的最为决定性的要素。中西往来之间的两种传统在鲁迅这里的巧遇,不仅揭示了以反传统为旗帜的现代思想家鲁迅是如何被自己的传统所制约的,而且更说明了,中国的现代性转换无法拒绝自己传统的参与,这或许是无奈的宿命。

## 第二节　20 世纪的“文学主义”:鲁迅文学观念钩沉

### 一

如果找一些关键词来把握波澜壮阔的中国 20 世纪,首先想到的关键词也许会有:救亡、启蒙、革命、解放、改革等等,但我要提醒和强调的,还有一个是“文学”,20 世纪是文学的世纪。五四新文化运动的主要内容,是思想革命和文学革命,而其中最有声势最为见效者,为后者;在后来政治革命和社会革命的主潮中,文学或固守自己的方式,或主动、被动地成为政治革命的重要“一翼”,深度介入了整个20世纪的现代性建构。五四、文研会、创造社、新月社、左联、京派、延安文艺整风、“十七年”的文艺批判、“文革”、80年代文化热,拉开长时段的视角,不难看出文学在20世纪中国的重要作用及其与革命、政治之间的复杂纠缠。

而联系到五四与20世纪中国的重要影响关系,文学之世纪影响与五四源头的内在联系,也应在情理当中。如前所述,五四提供的一个历史事实是,文学革命是其最为成功的一役,就白话文革命来说,其成就之速,连当事者胡适都始料未及,五四后新文学之雨后春笋的局面,亦如有神助,令时人不暇应接。五四的成败利钝,颇不易说,但至少可以肯定,文学的五四,是成功的。

我还想在此提出“鲁迅文学”这个范畴,这不仅指向鲁迅文学本身,而且是强调,尘埃落定,而今蓦然回首,鲁迅文学作为20世纪中国文学的“传统”和“范式”的历史存在,已愈益显著。日本时期的“幻灯片事件”,由于连接着后来一系列影响深远的文学行动,已超出其个人事件的范围,在发生学意义上成为20世纪中国文学的原点性事件;早期文言论文对“精神”(《文化偏至论》)和“诗”(《摩罗诗力说》)两个契机的把握,也正昭示了十年后五四思想革命和文学革命的两个命题,成为20世纪中国文学的先声;鲁迅文学以文学参与历史和干预现实的文学品格,深刻影响了20世纪文学的存在状况;鲁迅生前和死后都曾纠缠于文学、革命与政治之间,构成了20世纪文学的一个核心情节,从他20年代中期后对文学与革命、政治关系的复杂思考,以及晚年遭遇“洋场”后对海上文坛的观察,可以找到反思20世纪中国文学复杂性的更丰富的线索。“鲁迅文学”起源于文学救亡的动机,但其深度指向,则是国人精神的现代转型,因而在20世纪的纷繁语境中,形成了独具深度的视点。在此意义上,“鲁迅文学”,确立了20世纪中国“严肃文学”的范式。

## 二

以上就三点提出基本判断,在此基础上,本文想就此世纪姻缘及其影响进行更深入的追问,无意于捍卫或挑战的先在立场,而是力图深入历史逻辑展开梳理,并立于当下处境作出反思。

说文学的五四,并非试图以文学概括包罗万象的五四,而是强调作为载体和方法的文学在五四的神奇功效与显著影响。后人惯以西方文艺复兴或启蒙运动类比五四,常感叹后者的迅忽与短暂,从另一方面说明了五四思想动员的快捷。一校一刊之碰撞而得以迅即扩散,造成一触即燃的时代氛围,文学的作用功不可没,新思想借助新文字和新文学迅速传播,而达于新教育体系中的新青年,救亡图存的情结一旦触动,遂纷纷走上街头诉诸行动。翻看1919年大事记,可谓一呼百应,不得不承认五四学生运动对于现代民族动员的示范意义,[①]而这基础,还在新思想借助新文学的思想动员。反过来,五四学生运动又为新文学的进一步扩大影响打开了新的场面。

五四与文学的历史姻缘,需要从发生学意义上对其历史逻辑进行梳理,在我看来,五四新文化运动是自晚清以来的思想运动、文学运动和语言运动的合流,正是三者的历史会合与相互借力,遂使五四迅速蔚为声势。在思想运动的轨迹上,由救亡情结所驱动的现代转型理念,试错式地经由器物、政制、革命,到民国初年袁氏当国,已陷入停滞和倒退的局面,复辟闹剧前后,在变革者那里,越来越多的人开始把思路转向思想文化层面(胡适曾惊讶于民国初年宪政讨论的突然消歇)[②],与此同时,新文学也呼之欲出,黄远庸的思想忏悔,即伴随着对新文艺的深情呼唤[③],从事思想革命的陈独秀后来与胡适的文学革命一拍即合,也说明文学革命是思想革命题中应有之义。如果以《新青年》发动思想运动的陈独秀之垂青文学,是思想借助文学,那么,由胡适一面看来,则是由思想到语言,再由语言到文学,留美时期由政治

---

① 五四之后一年全国学生响应的盛况,可参见张允候、张友坤编:《在五四运动爆发的一年里》,湖北:武汉出版社1989年版。

② 胡适在《五十年来中国之文学》中说:"民国五年(一九一六年)以后,国中几乎没有一个政论机关,也没有一个政论家;连那些日报上的时评也都退到纸角上去了,或者竟完全取消了。这种政论文学的忽然消灭,我至今还说不出一个所以然来。"胡适:《胡适全集》第2卷,安徽教育出版社2003年版(下同),第308—309页。

③ 语见《甲寅》月刊第1卷第10期(1915年10月)《通信》栏:"愚见以为居今论政,实不知从何说起。……至根本救济,远意当从提倡新文学入手,综之,当使吾辈思潮如何能与现代思潮相接触,而促其猛醒。而其要义须一般之人,生出交涉。法须以浅近文艺普遍四周。史家以文艺复兴为中世改革之根本,足下当能语其消息盈虚之理也。"

兴趣到文章本业,固有传统习惯使然,更有借语言改良思想的设计,通过胡适,晚清以来的语言运动——自土话字母翻译《圣经》,到官话字母“专拼白话”,再到读音统一会和国语研究会之拼文言——开始与文学运动合流,按胡适的话说,就是借文学造国语。注音字母运动始于《圣经》的翻译和传播,而胡适的“一念”来自基督徒钟文鳌的宗教宣传的启发,此中可见胡适之努力与晚清语言运动的逻辑联系。[①] 语言运动借由文学革命,终于大功告成。文学运动借由陈独秀的思想运动和胡适的白话文革命,也一战告捷。其中,胡适的“实验主义”操作,在方法上是成功的关键,在此意义上亦可说,没有胡适,何来鲁迅?

无论是陈独秀以思想借由文学,还是胡适由思想到语言再到文学,五四那代人,都不约而同抓住了思想与文学这两个变革契机,十年前形成于日本的“第二维新”方案——在某种意义上属于周树人、周作人和许寿裳的三人团体,其对“精神”与“诗”的双重把握,其实已开始了五四思想革命与文学革命两个基本命题,然超前而寂寞的思路,此时正停滞于S会馆的绝望中,周树人对“新青年”们“心有戚戚”而不置可否,正是过来人心态使然。金心异的闯入,方使相隔十年的思路开始合流,周树人始成为鲁迅。

同是经由思想到文学的路径,陈、胡、鲁在五四走到一起,然三人对文学内涵的具体考量,其实未必相同。确切地说,陈、胡虽垂青于文学的路径,但对这文学是什么,可能尚未遐思。胡适的新诗创作,旨在以白话文攻坚文学堡垒的实验,《尝试集》诚乃第一部白话诗集,却证明作者并非诗人,胡适本人后来也敬谢不敏。今人多争议《文学改良刍议》一文是偏重形式还是不忘内容,其实胡适所着眼者,非形式与内容的孰轻孰重,而是实验的可操作性,故所提“八事”,虽卑之无甚高论,然皆切中肯綮,具体可行。陈氏以革新家之敏锐,为前者摇旗呐喊,其声援大论,虽振振有词,极富鼓动,然掇拾西方文学口号,出之以文言对仗,终嫌有名无实,有勇无谋。

---

① 胡适:《中国新文学大系·建设理论集导言》,《胡适全集》第12卷,第263—264页。

## 三

相较而言,十年前鲁迅对文学的选择,有着断念和决断的深思背景。"幻灯片事件"显示了以文学改变精神的原初动机。弃医从文后得以实施的两件文学方案——一是在《河南》杂志发表的系列文言论文,一是兄弟二人翻译出版的《域外小说集》——皆能显示其对文学的全新想象。系列论文实际上构成了一个初步的思想体系,由对西方进化论、科学史和19世纪文明史的梳理,及对晚清以来救亡之路的检讨,彰显了"进化"、"科学"及整个"19世纪文明"背后的"人类之能"、"神思"、"精神"、"意力"等的重要,批判了"兴业振兵"和"国会立宪"等救亡方案的偏颇,从而提出"首在立人"——"尊个性而张精神"的新救亡方案,而"精神"寓于"心声",鉴于国中"心声"蒙蔽、"诗人绝迹"、"元气黮浊"的精神状况,遂大声疾呼"吾人所待,则有新文化之士人"①,冀以刚健有力之"心声"——"新声"("诗"),激起"精神"的振拔,此即其"第二维新之声"。"精神"与"诗",诚是系列论文的核心,"诗"指向"精神"的振拔,即作为中国现代转型基础的人的精神的变革。

《域外小说集》的翻译,则是向异邦寻求"新声"的实践,兄弟二人倾心尽力,"收录至审慎"②,异于此前以林纾为代表的偏重英法美等主流国家及娱乐倾向的晚清翻译习气,侧重19世纪后之俄国及北欧短篇小说,故序文不无自信:"异域文术新宗,自此始入华土。"③所选俄国及东、北欧小说,一多为被压迫民族国家的文学,二多为挖掘心灵、具有精神深度的作品,显示了与时人迥异的眼光和心思。其所寓于文学者,一冀以反抗之声激起国人之"内曜",以助邦国的兴起,二以文学移入异质之精神,改造固有之国民性,即所谓"性解思维,实寓于此","籀读其心声,以相度神思之所在"④。

---

① 鲁迅:《坟·摩罗诗力说》,《鲁迅全集》第1卷,第100页。

② 鲁迅解释说:"集中所录,以近世小品为多,后当渐及十九世纪以前作品。又以近世文潮,北欧最盛,故采译自有偏至。惟累卷既多,则以次及南欧及泰东诸邦,使符域外一言之实。"见鲁迅:《译文序跋集·〈域外小说集〉序言》,《鲁迅全集》第10卷,第155页。

③ 同上。

④ 同上。

在对俄及东、北欧文学的接触中,二人惊艳于其所显示人性的新异与深度,发现了以文学"转移性情,改造社会"的力量。鲁迅后来不无偏激的强调"新文艺"是"外来的",与"古国"无关,①大概也就在于这源于异域的文学新质吧。值得一提的是,在五四之前的周氏文学方案中,文言还是白话,并非问题所在,五篇论文,皆出以文言,《域外小说集》在文言追求上,甚至意在与林琴南一比高下,此皆过于聚焦文学思想功能之故,周作人在五四白话文革命告一段落时提醒时人别忘了"思想革命",亦是此一思路的显现。②

异域文学所显现的精神与人性的异质性,既使鲁迅看到精神变革的方向,也使他感到过于隔膜的悲哀。当时曾有一杂志,也翻译刊载显克微支的《乐人杨珂》,却加标识为"滑稽小说",对此"误会",鲁迅深感"空虚的苦痛"③。《域外小说集》十年后再版,还不无感慨:"这三十多篇短篇里,所描写的事物,在中国大半免不得很隔膜;至于迦尔洵作中的人物,恐怕几于极无,所以更不容易理会。"④正是苦于知音难觅,八年后,"礼拜六"作家周瘦鹃翻译《欧美名家短篇小说丛刊》,下卷专收英美法以外国家如俄、德、匈、丹麦、塞尔亚、芬兰等国的作品,1917 年 8 月上海中华书局出版,即得到时任教育部通俗教育研究会小说股审校干事的鲁迅的激赏,并以部名义拟褒

---

① 鲁迅曾经说:"现在的新文艺是外来的新兴的潮流,本不是古国的一般人们所能轻易了解的,尤其在这特别的中国。"(鲁迅:《集外集拾遗补编·关于〈小说世界〉》,《鲁迅全集》第 8 卷,第 112 页。)"新文学是在外国文学潮流的推动下发生的,从中国古代文学方面,几乎一点遗产也没摄取。"(鲁迅:《集外集拾遗补编·"中国杰作小说"小引》,《鲁迅全集》第 8 卷,第 399 页。)

② 周作人强调思想革命的重要:"表现思想的文字不良,固然足以阻碍文学发达,若思想本质不良,徒有文字,也有什么用处呢?……所以我说,文学革命上,文字改革是第一步,思想改革是第二步,却比第一步更为重要。我们不可对于文字一方面过于乐观了,闲却了这一面的重大问题。"(周作人:《谈虎集》,上海北新书局,1936 年,第 5—8 页。)

③ 鲁迅:《译文序跋集·〈域外小说集〉序》,《鲁迅全集》第 10 卷,第 163 页。

④ 同上。

状加以推介,誉之为"昏夜之微光,鸡群之鸣鹤"①。鲁迅一生最重翻译,所选也多在精神深异之作,可谓一以贯之。

由此可见,鲁迅文学的原初动机,是救亡图存的原始情结,而其深度指向,则是人的精神的现代转型,这就是救亡——精神——文学的转型理路;这一深度指向一经确立,也就越过民族国家的视域,指向人的精神的提升与沟通。在这两个层面上,可以说,鲁迅文学以其示范效应,开启了20世纪中国"严肃文学"的范式和传统。

肇始于周氏兄弟世纪初的想象与实践,十年后汇入五四文学革命,与胡适白话文运动结伴而行,修成正果。鲁迅文学的汇入,使内蕴不清的陈、胡文学革命方案,加入了深度精神内涵。鲁迅的每篇小说,都以"表现的深切"引起同仁击节称赏,周作人《人的文学》一出,举座皆惊,后被胡适推为"当时关于改革文学内容的一篇最重要的宣言"②,皆因周氏兄弟实乃渊源有自,有备而来。

在一定程度上,鲁迅世纪初的文学想象,通过五四,融入了现实,其所确立的严肃文学范式,进入了20世纪中国文学史。这不仅体现在他本人终其一生的文学实践中,而且体现在五四问题小说对社会和人生问题的关注中,体现在文研会"将文艺当作高兴时的游戏或失意时的消遣的时候,现在已

---

① 褒奖辞谓:"凡欧美四十七家著作,国别计十有四。其中意、西、瑞典、荷兰、塞尔维亚,在中国皆属创见,所选亦多佳作。又每一篇属著者名氏并附小像略传,用心颇为恳挚,不仅志在娱悦俗人之耳目,足为近来译事之光。""当此淫佚文字充塞坊肆时,得此一书,俾读者知所谓哀情惨情之外,尚有更纯洁之作,则固亦昏夜之微光,鸡群之鸣鹤矣。"(1917年11月30日《教育公报》第四卷第十五期。)据周作人回忆:"总之他对于其时上海文坛的不重视乃是事实,虽然个别也有例外,有如周瘦鹃,便相当尊重,因为所译的《欧美小说丛刊》三册中,有一册是专收英美法以外各国的作品的。这书在1917年出版,由中华书局送呈教育部审查注册,发到鲁迅手里去审查,他看了大为惊异,认为'空谷足音',带回会馆来,同我会拟了一条称赞的评语,用部的名义发表了出去。"(周遐寿:《鲁迅的青年时代》,北京鲁迅博物馆编:《鲁迅回忆录》(专著中册),北京出版社1999年版,第846页)"只有一回见到中华书局送到部里来请登记还是审定的《欧美小说丛刊》,大为高兴。这是周瘦鹃君所译,共有三册,里边一小部分是英美以外的作品,在那时的确是不易得的,虽然这与《域外小说集》并不完全一致,但他感觉得到一位同调,很是欣慰,特地拟了一个很好的评语,用部的名义发了出去。"(周遐寿:《鲁迅的故家》,北京鲁迅博物馆编:《鲁迅回忆录》(专著中册),北京出版社1999年版,第1069页。)鲁迅后来的翻译,一直贯穿着这样的宗旨。

② 胡适:《〈中国新文学大系·建设理论集〉导言》,《胡适全集》第12卷,第296页。

经过去了。我们相信文学是一种工作,而且又是于人生很切要的一种工作"[①]的宣言及其"为人生"文学的创作实践中,体现在20世纪文学与革命、政治的复杂纠缠中。拉开20世纪中国文学的主流线索,可以看到,文学作为一种行动,与启蒙、革命、政治一道,深刻参与了中国的现代进程。鲁迅之后来成为20世纪中国文学最有代表性的存在,乃有历史的必然。

## 四

然鲁迅文学在与20世纪中国的摩擦、纠缠中,扭曲、变异或被遮蔽的可能,也在所难免。其深度指向,蕴涵着尚待挖掘和彰显的新的文学想象。

在围绕"救亡"形成的晚清实学思潮中,周氏兄弟重揭文学大旗,似乎逆潮流而动,然所张主,为文学之新质。既以"精神"诉诸"诗",故"立人"之外,还当"立诗",《摩罗诗力说》可谓新语境下之"为诗一辩",而周作人的《论文章之意义暨其使命》,更为文学之本质在世界语境中穷追猛索。周氏兄弟的文学立论,在世纪初驳杂纷呈的中西语境中展开,其必须面对的文学观念,一是晚清刚刚传入的西方纯文学观念,二是中国固有之文学观,其一为以文学为游戏、消遣的观念,晚清结合商业运作,此类文学正方兴未艾,与此相关,是文学无用论,其二是"文以载道"、以文章为"经国之大业"的文学功用观,晚近则是梁启超对小说与群治关系的揭示,以文学为治化之助。于是三者,周氏皆有不满,游戏观念,自所不齿,载道之言,视为祸始,梁氏之说,直趋实用,西方传来之近代纯文学观,又过于明哲保身。文学既关乎"救亡",首先要排斥的,是本土之游戏、消遣观,舶来之纯文学观,亦须加修正。文学是有所为的,然其有所为,非传统之载权威之"道",经一姓之"国",亦非直接以助治化,而又要有所不为。要从这有为与无为的悖论夹缝中挣脱而出,需追寻文学更坚实的基座,故二人由此出发,把文学上推,与"精神"、"神思"等原初性存在直接对接。《摩罗诗力说》论文学之"用",先以"纯文学"视角,承认文学"与个人暨邦国之存,无所系属,实利离尽,究理弗存"。其"为效","益智不如史乘,诫人不如格言,致富不如工商,弋功名

---

① 周作人起草:《文学研究会宣言》,《小说月报》第12卷第1号。

不如卒业之券"[①]。但否定排除之后强调:"特世有文章,而人乃以几于具足。"[②]最后,把这一"不用之用"的原因归结为二,一为"以能涵养吾人之神思耳。涵养人之神思,即文章之职与用也"[③]。二以"冰"为喻,强调文学涵"人生诚理",使读者"与人生即会"的"教示"作用[④]。周作人则广集西方近世诸家之说,考索文学要义,最后采美国宏德(Hunt)文论,归为"形之墨"、"必非学术"、"人生思想之形现"、"具神思(ideal)、能感兴(impassioned)、有美致(aristic)""四义"[⑤],于三、四者,尤所置重;论及文学之"使命",亦采宏德之说归为四项:"裁铸高义鸿思,汇合阐发之"、"阐释时代精神,的然无误也"、"阐释人情以示世"、"发扬神思,趣人生以进于高尚也"[⑥]。篇末,周氏直抒己见:"夫文章者,国民精神之所寄也。精神而盛,文章即固以发皇,精神而衰,文章亦足以补救。故文章虽非实用,而有远功者也。……文章一科,后当别为孤宗,不为他物所统。"[⑦]

在周氏兄弟的文学想象中,文学与精神、神思等原初性存在直接相关,二者的直接对接,一方面使它得以超越知识、伦理、政教等"有形事物"的束缚而获独立,"别为孤宗",另一方面,它又与政治、伦理、知识等力量一道,对社会、人生发挥作用和影响。这样,进者可使文学通过精神辐射万事万物,发挥其"不用之用"和"远功",退者亦可使文学通过回归精神而独立,在有为与无为(独立)之间,文学找到了存在的基点。

文学与知识、道德、宗教一道,分享了精神的领地,但文学又自有其超越性在。二人都强调文学与学术等有形之思想形态的不同:"盖世界大文,无不能启人生之閟机,而直语其事实法则,为科学所不能言者。……此为诚

---

① 鲁迅:《坟·摩罗诗力说》,《鲁迅全集》第1卷,第71页。

② 同上。

③ 同上。

④ 同上书,第71—72页。

⑤ 周作人:《论文章之意义暨其使命》,《周作人集外文(上集)》,海南国际新闻出版中心1995年版(下同),第41—44页。

⑥ 同上书,第46—49页。

⑦ 同上书,第57—58页。

理,微妙幽玄,不能假口于学子。"①"文章犹心灵之学"②"高义鸿思之作,自非思入神明,脱绝凡轨,不能有造。凡云义旨而不自此出,则区区教令之属,宁得入文章以留后世也……以有此思,而后意象化生,自入虚灵,不滞于物。"③文学自由原发、不拘形态,因而在精神领域亦占据制高点的位置,尤其在王纲解纽、道术废弛的世纪初语境中,文学更显出其推陈出新的精神功能。故此,在周氏兄弟那里,文学,成为精神的发生地和真理的呈现所,它与知识、道德、伦理、政治等的关系,不是后者通过前者发挥作用,而是相反,文学作为精神的发生地,处在比后者更本原的位置,并有可能通过它们发挥作用。

这就是周氏兄弟在世纪初驳杂语境中确立的文学本体论,文学本体之确立,在中国文学史上第一次把文学确立在独立的位置上,而其独立,不是建立在纯文学观之审美属性上,而是建立在原创性精神根基上,随着与精神的直接对接,文学被推上了至高的位置。文学摆脱了历来作为政教附庸的位置,但并没有放弃文学的社会作用,相反,摆脱束缚后的文学以更为原创的力量发挥其影响。文学,既非"官的帮闲",亦非"商的帮忙",而是作为独立的行动,参与到社会与历史中去。周氏文学本体论的形成,固然来自救亡图存的动机,然已超越救亡方案的单一层面,成为一个终极性立场。文学不仅在救亡局面中超越了技术、知识、政制等有形事物,甚至在精神领域取代了僵化衰微的宗教、道德、政教、知识等的位置和作用,成为新精神的发生地和突破口。

在这个意义上,称之为"文学主义",大概也不为过吧。不难看出,周氏文学主义背后,有着老庄精神哲学、儒家经世传统,以及西来浪漫主义文学观的观念因子,④正是遭遇"三千年未有之大变局",在周氏兄弟那儿,这些

---

① 鲁迅:《坟·摩罗诗力说》,《鲁迅全集》第1卷,第71—72页。

② 周作人:《论文章之意义暨其使命》,《周作人集外文(上集)》,第48页。

③ 同上书,第49页。

④ 在老庄那儿,精神与道相通,是遍及客观与主观的创始性存在,是一种不拘于形的超越性力量;在西方,通过路德打通的个人与上帝的沟通渠道,浪漫主义文学中的个人凸现出来,作者凭借灵感,像神灵附体一般,成为最高存在的直接沟通者和表达者。文学,通过天才性的个人,成为精神的发生地和突破口。

中、西观念才得以相互碰撞并重新激活成崭新形态。

周氏兄弟后来以各自的方式对应现实的挑战,作为积极和消极回应现实的结果,二人的文学实践,划出了越来越分离甚至截然不同的轨迹,20世纪中国的剧烈动荡,由此可见一斑。在某种程度上说,世纪初的这一文学立场,主要是通过鲁迅的卓越文学实践,对世纪文学产生了深远影响。从这一终极立场出发,鲁迅以文学为独立的行动,积极参与和深度介入了中国的现代转型,并经历了多次绝望,切己的是,所有现代参与的不幸,都化为他个体的、心理的精神事件,作为副产品,在这一过程中,他以文学的形式表达了堪称现代中国最深刻的生命体验,留下了中国近现代文化转型最深刻的个人心理传记,这些,都成了文学家鲁迅的底色。

至此,可以把“鲁迅文学”的要义归结为两点:一、文学是一个终极性的精神立场;二、文学是一个独立的行动。

## 五

作为一种独立的行动,鲁迅文学与启蒙、革命和政治等20世纪的重要力量一起,在共同参与20世纪中国的现代转型中,曾发生复杂的姻缘和纠缠,这其中,也有着尚待清理和揭示的问题。

以文学启蒙民众,转移性情,改良社会,正是鲁迅文学救亡方案的题中应有之义。晚年谈到为什么做起小说,鲁迅仍然强调:“说起‘为什么’做小说罢,我仍抱着十多年前的‘启蒙主义’,以为必需是‘为人生’,而且要改良这人生。”[①]终极性文学立场决定了,文学,既是启蒙的有效方式,亦是启蒙的原发性领域,不是文学来自启蒙,而是启蒙来自文学,这大概就是竹内好所曾看到的“文学者鲁迅无限地生成出启蒙者鲁迅”[②]之意吧。

如何处理在共同参与历史过程中与革命、政治的现实关系?对此,在20年代中期革命话语甚嚣尘上的纷繁语境中,鲁迅曾经历过并未明言的艰难思考。一方面他怀疑当下所谓革命文学的存在,讽刺那些貌似的革命文

---

① 鲁迅:《二心集·我怎么做起小说来》,《鲁迅全集》第4卷,第512页。

② 竹内好:《鲁迅》,孙歌编:《近代的超克》,三联书店2005年版,第143页。

学者,同时又把文学与革命放在不满现状、要求变革的同一阵营,[1]但他又承认,政治性革命的现实功效,比文学更为快捷。[2] 鲁迅此时期有关文学与革命的言述,常常欲言又止,话中有话。在《文艺与政治的歧途》中,他把文艺家与政治家分开,因为后者安于现状,前者永远不满现状,[3]另外,他似乎又对"文艺"和"革命"(政治革命)进行了分别,[4]这不仅在于笔杆和大炮的区别,也在于"政治革命家"最终会成为"政治家",而"文艺家"终将遭遇现实与理想的冲突,永无满足之时,[5]文艺——鲁迅既不说"文艺革命",对"革命文艺"也审慎使用——与政治革命,既有方式的不同,还有彻底性的差别。二者同道而驱,然当各以自方为根本,以对方为"一翼"之时,冲突在所

---

① "文艺和革命原不是相反的,两者之间,倒有不安于现状的同一。"(《集外集・文艺与政治的歧途》,《鲁迅全集》第7卷,第113页);"所谓革命,那不安于现在,不满意于现状的都是。文艺催促旧的渐渐消灭的也是革命(旧的消灭,新的才能产生)……"(同上书,第118—119页。)

② "一首诗吓不走孙传芳,一炮就把孙传芳轰走了。"(《而已集・革命时代的文学》,《鲁迅全集》第3卷,第423页)"我是不相信文学有旋乾转坤的力量的。"(《三闲集・文艺与革命》,《鲁迅全集》第4卷,第83页)"倘以为文艺可以改变环境,那是'唯心'之谈,事实的出现,并不如文学家所豫想。"(同上,第134页)"自然也有人以为文学于革命是有伟力的,但我个人总觉得怀疑,文学总是一种余裕的产物,可以表示一民族的文化,倒是真的。"(《而已集・革命时代的文学》,《鲁迅全集》第3卷,第423页)

③ "我每每觉到文艺和政治时时在冲突之中;文艺和革命原不是相反的,两者之间,倒有不安于现状的同一。惟政治是要维持现状,自然和不安于现状的文艺处在不同的方向。不过不满于现状的文艺,直到19世纪以后才兴起来,只有一段短短历史。"(《集外集・文艺与政治的歧途》,《鲁迅全集》第7卷,第113页)"政治想维系现状使它统一,文艺催促社会进化使它渐渐分离;文艺虽使社会分裂,但是社会这样才进步起来。文艺既然是政治家的眼中钉,那就不免被挤出去。"(同上书,第114页)"从前文艺家的话,政治革命家原是赞同过;直到革命成功,政治家把从前所反对那些人用过的老法子重新采用起来,在文艺家仍不免于不满意,又非被排轧出去不可,或是割掉他的头。"(同上书,第118页)"而文学家的命运并不因自己参加过革命而有一样改变,还是处处碰钉子。……在革命的时候,文学家都在做一个梦,以为革命成功将有怎样怎样一个世界;革命以后,他看看现实全不是那么一回事,于是他又要吃苦了。"(同上书,第119页)

④ "我以为革命并不能和文学连在一块儿,虽然文学中也有文学革命。"(《集外集・文艺与政治的歧途》,《鲁迅全集》第7卷,第117页)"革命文学家和革命家竟可说完全两件事。"(同上书,第119页)

⑤ "理想和现实不一致,这是注定的运命。""以革命文学自命的,一定不是革命文学,世间哪有满意现状的革命文学?"(《集外集・文艺与政治的歧途》,《鲁迅全集》第7卷,第119页)

难免。

值得追问的是，在鲁迅的闪烁其词中，是否也保留着从未明言的基于前述“文学主义”立场的革命想象？鲁迅文学之原初动机固起于救亡，但经由对救亡方案的终极求索，发现并确立了文学的终极立场。在这一终极立场上，文学指向的变革与转型的深远愿景，救亡远不能囊括。在这个意义上，鲁迅的文学想象，也就是鲁迅的革命想象，文学与革命，在这样的制高点上才能重合。故鲁迅对于政治革命，视为同道，当作契机，也应有所保留。羡慕大炮的功效，调侃文学的无用，是在两次绝望之后，其文学想象，愈到后来，愈益显现其世纪初所力排的迂阔，后来的人生选择，已见出文学立场的调整，最终有点“煞风景”的遗言，也透漏了盈虚之消息。但是，文学的终极立场，及其深度指向，应该未被抛弃，而是更深地藏纳于内心吧。

## 六

鲁迅文学，通过其示范效应，深刻影响了20世纪中国文学，并和世纪文学一道，形成了20世纪中国“严肃文学”的范式和传统，表现在以下几个层面：

一、20世纪中国文学深度介入了民族国家的救亡与现代转型，形成了参与历史和干预现实的积极品格，在某种意义上说，20世纪中国文学是“民族国家的文学”。

二、文学不再仅仅是政教的附庸或娱乐、消遣的工具，而是一种独立而深入的精神行动，并在参与历史和干预现实的过程中，与启蒙、革命、政治等20世纪重要力量，发生了复杂的姻缘与纠缠。

三、20世纪文学与中国现代性的复杂纠缠，使中国现代文学成为20世纪中国艰难转型的丰富见证或“痛苦的肉身”，并空前丰富了我们对文学性的理解。

四、文学之终极精神立场的确立，潜移默化地影响了现代中国人文知识分子的文学认知与自我认知，形成了一种批判性的人文立场及其精神传承。

## 七

世纪回首，毋庸讳言，鲁迅文学及其世纪影响，亦存在值得反思的问题。如：

**1. 文学与拯救**

鲁迅文学背后，有着世纪末价值废墟的背景，19世纪末，中、西精神规范普遍遭遇解构，当鲁迅以人性的视角发现国民性的危机——这无疑是救亡理念中的一个最深视点——后，如何拯救？他在资源上是无援的。鲁迅垂青于文学的精神生发功能，转向新精神的生发地——文学，试图以文学的精神原创力和感召力振拔沉沦私欲的国民性，在这个意义上，鲁迅的文学救亡已深入人性拯救的层面。文学与拯救并置，就会产生一个问题：文学能否承担人的拯救？“拯救”一词来自宗教，在宗教中，拯救源自确定性和超越性的至高价值。鲁迅文学终极立场的确立，使文学站到了比宗教、道德、知识等更本原的位置，在人性拯救的意义上，取代了宗教、道德的功能，或者说，文学，成为新的宗教和伦理。但是，在鲁迅那儿，文学作为精神的发源地，是以非确定形态出现的，其价值就在不断否定、不断上征的超越功能，问题是，以非确定的否定性精神作为人性拯救的资源，是否可能？与此相关的是——

**2. 文学与启蒙**

解构启蒙，已成为当下中国的普遍思潮，这个西方时尚学术话语与中国式世俗聪明的混血儿，正在百年启蒙的沉重身躯前轻佻地舞蹈。其实，对于21世纪的中国，启蒙远不是已经过时的话题，而是尚未完成的工程。面对世纪启蒙的困境，吾人有必要作一番彻底的反思。当下需要追问的，一是我们拿什么启蒙？与此相关的是，我们用什么方式启蒙？或者借用英文的启蒙问：enlightenment，但“光源”何在？

启蒙是来自西方的近代观念，理性，是启蒙的根本资源和绝对依据，是启蒙主义的自明的前提。启蒙者普遍相信，理性是人的本性，依靠人所共有的普遍理性，就可以摆脱此前的愚昧状态。康德的《答复这个问题：“什么是启蒙运动？”》是对启蒙的经典阐释，在他的阐释中，“理智”、“勇气”、“自由”是三个关键词，“勇气”和“自由”，是启蒙的内在和外在条件，而“理智”

或“理性”，则是康德启蒙的真正内核所在，它被预设为人的先验本性，康德启蒙要人们回到的自己，是具有自主理性的人。[①]

作为启蒙依据的理性，并非17、18世纪的发明，它的背后，有着源远流长的西方理性主义传统。理性的本质是普遍的、超越性的原则和秩序，被认为是人的先验本性，其实，与其说理性是与生俱来的先验本性，不如说理性来源于人们对理性的信仰——对宇宙秩序和自身思维秩序存在的相信，有什么样的信仰，就有什么样的本性，没有信仰，难以启蒙。

自然人性论和个人主义，是世纪启蒙的两个话语基石，就其内涵作进一步反思、检讨，宜其时矣。此处不赘。

**3. 文学的历史参与问题**

文学的历史参与和现实干预，一方面形成了中国20世纪文学的可贵品格与优秀传统，丰富了我们对文学的理解，并为现代中国的思想运动和社会运动提供了丰富的想象资源和强大的鼓动力，另一方面，它又带来了诸多有待反思的问题。在文学自身方面，过强的使命意识和过重的历史承担，易使文学沦为时代的弄潮儿或追随者，少了对自我主体的观照和自身建设的意识。在思想影响和社会影响方面，表现为感性过多和理性欠缺。社会变革需要激情和感性，但更需要的是理性、是知识与经验的积累和操作的审慎。反观20世纪中国的现代变革，一方面应看到文学在其中的积极作用，另一方面，从社会变革本身来说，文学参与的尺度，也是一个有待反思的问题。

## 八

文学的世纪，已经过去，20世纪意义上的文学，正陷入四面楚歌的处境中。90年代经历了世纪文学的转型，市场化、世俗化带来了文学的边缘化，在政治之外，市场——媒体、畅销书、收视率等成为影响文学生态的新的强大力量，在某种意义上，中国文学正经历着空前的转型，与此相关，“鲁迅文学”范式，正面临着危机。文学何为？已成为摆在我们面前的新的严峻问题。值此非常时刻，吾人之反思，在情感上就更为复杂：一方面，反思刚刚开始并有待深入，另一方面，在当下处境追问文学何为，为诗一辩，鲁迅文学，

① 参阅康德：《历史理性批判文集》，何兆武译，商务印书馆1990年版。

无疑又是我们在新语境下追问并确立文学意义和价值的值得呵护的宝贵资源。

鲁迅似乎对文学的处境早有预见。在《文艺与政治的歧途》中,鲁迅笑谈道:"我每每觉到文艺和政治时时在冲突之中;文艺和革命原不是相反的,两者之间,倒有不安于现状的同一。惟政治是要维持现状,自然和不安于现状的文艺处在不同的方向。"[①]"从前文艺家的话,政治革命家原是赞同过;直到革命成功,政治家把从前所反对那些人用过的老法子重新采用起来,在文艺家仍不免于不满意,又非被排轧出去不可……"[②]鲁迅又说:"等到有了文学,革命早成功了。革命成功以后,闲空了一点;有人恭维革命颂扬革命,就是颂扬有权力者,和革命有什么关系?"[③]

是否由此可以说:"治世"无文学?

莫非其世不治,其文斐然,世既已治,其文"歇菜"?

《野草》中有一篇《希望》,该篇围绕"希望"的可能性,层层设置终极悖论,不断设置,不断突围。借由"我只得由我来肉薄这空虚中的暗夜了"超越第二个悖论("我"寄希望于"身外的青春",然而"身外的青春"也消逝了)之后,裴多菲的绝望之诗又把文思退回到前一悖论中,就在这时,第三个也是最后一个悖论突兀出现:"但暗夜又在那里呢?……而我的面前又竟至于并且没有真的暗夜!"[④]对"暗夜"的一笔勾销,终于釜底抽薪地取消了"反抗"的意义。

如果真的"暗夜"都不存在了(是否可能?),"文艺家"就灭绝了,或者反过来,"文艺家"灭绝了,"暗夜"也就不存在了。

问题是在何种意义上理解"治世"和"暗夜"?在鲁迅那里,"文艺家"总是不满现状,因而即使在所谓"治世","文艺家"恐怕还是有所不满,看到"暗夜"。

但若世人皆曰太平,文学该如何自处?

君不见现如今全民娱乐化的国学热和游戏文学热的盛世景观。在新世

---

① 鲁迅:《集外集·文艺与政治的歧途》,《鲁迅全集》第7卷,第113页。
② 同上书,第118页。
③ 同上。
④ 鲁迅:《野草·希望》,《鲁迅全集》第2卷,第178页。

纪的殷切心态中,以自我批判为内核的现代启蒙话语,已然不合时宜,解构启蒙,也已成为学术时尚,现在来谈鲁迅的国民性批判,不仅不识时务,无人喝彩,甚至会招来口水和笑声,以批判国民性为内核的鲁迅文学,走向末路,势所必然。

但无论是“官的帮闲”,还是“商的帮忙”,对鲁迅来说恐怕都不是真的文学吧。

文学何为?诚是当下处境中需重新追问的问题。

鲁迅文学的深度指向,是国人精神的现代转型。贯穿整个20世纪的现代转型,并没有随着20世纪结束,而是正在艰难深入,被鲁迅视为现代转型基础的国民性,其“暗夜”尚在。故在自我认定的意义上,鲁迅文学,无疑仍有其存在的价值。

需进一步追问的是:若天下真的太平了,文学到底还有没有存在的价值?越过笼罩20世纪中国文学的民族国家层面,鲁迅的“文学主义”立场,是否仍可提供文学合法性的价值资源?

我想在此把“暗夜”作更普泛化的理解。即使不再是批判性立场上的政治的、社会的、国民性的甚至人性的“暗夜”,在人的存在意义上,存在的被遮蔽,也许是人类生存之永恒的“暗夜”吧。语言照亮暧昧的生存,在语言达不到的地方,存在处于晦暗之中。在终极意义上,文学,作为一种非确定的言说方式,是在知识、体制、道德和宗教之外,展现被遮蔽的隐秘存在、使存在的“暗夜”得以敞亮的一种不可或缺的独特方式。20世纪初鲁迅为诗一辩,即把文学确立在独立性和终极性的精神立场上,《摩罗诗力说》论文学之“为效”,首先将其与知识(“益智”)、道德(“诫人”)和实利(“致富”、“功名”)等区别开来,强调“特世有文章,而人乃以几于具足”;[①]又以“冰”为喻,彰显文学优于知识之所在:“盖世界大文,无不能启人生之閟机,而直语其事实法则,为科学所不能言者。”[②]《科学史教篇》篇末,兀然加入一段逸出科学史内容的议论:“顾犹有不可忽者,为当防社会入于偏,日趋而一极,精神渐失,则破灭亦随之。盖使举世惟知识是崇,人生必大归于枯寂,

① 鲁迅:《坟·摩罗诗力说》,《鲁迅全集》第1卷,第71页。

② 同上书,第71—72页。

如是既久,则美善之感情漓,明敏之思想失,所谓科学,亦同趣于无有矣。故人群所当希冀要求者,不惟奈端已也,亦希诗人如狭斯丕尔(Shakespeare);不惟波尔,亦希画师如洛菲罗(Raphaelo);既有康德,亦必有乐人如培得诃芬(Beethoven);既有达尔文,亦必有文人如嘉来勒(Garlyle)。凡此者,皆所以致人性于全,不使之偏,因以见今日之文明者也。"[①]鲁迅的文学立论,固然起于民族救亡的现实动机,但它始终建立在普遍性的人类需要与终极性的精神立场上。穿越民族救亡与现代转型的世纪图景,这一终极性"文学主义"立场,亦是吾人于新世纪困境中寻求文学新的合法性的唯一本土资源。

## 第三节 国民性批判:中国现代转型的最深视点

### 一、鲁迅国民性批判的内在逻辑系统

一

鲁迅在1907年、1908年写的一系列长篇文言论文中,首次提出了对中国现代化道路的根本思考:"首在立人"、"根柢在人"、"人立而后凡事举"、"若其道术,乃必尊个性而张精神"。"立人"是个宏大的工程,当时一直萦绕青年鲁迅的三个问题可以视为其三个层面:1. 怎样才是最理想的人性? 2. 中国国民性中最缺乏的是什么? 3. 它的病根何在?[②] 当然,鲁迅的终极目的是在中国建立"理想的人性",但其首要步骤是2和3,——对中国国民性的考察和批判。然而,即使这第一步即如此艰难,以至付出毕生的精力亦难完成,因此,宏大的"立人"工程在鲁迅有生之涯的现实践履,成为毕其一生的批判国民性的工作。可以说,国民性批判是鲁迅最重要的思想,是作为"思想家"的鲁迅奉献给我们民族的最宝贵思想财富。这一思想遗产,使今天的中国人或多或少已经能够有意识对自己的文化传统进行批判性反思,

① 鲁迅:《坟·科学史教篇》,《鲁迅全集》第1卷,第35页。

② 许寿裳:《我所认识的鲁迅》,人民文学出版社1952年版,第59页。

在某种程度上说，业已成为当代文化传统的“五四”精神，在鲁迅那里“道成肉身”。

作为文学家，鲁迅的国民性批判散见于他的文学创作尤其是杂文中，而且，这一批判往往不是诉诸严格的概念、推理等逻辑方法，而是通过其惯用的体验——本质直观——例证的途径展开的；然而还应看到的是，作为思想家鲁迅毕其一生的事业，作为奉献给我们民族的最宝贵思想财富，国民性批判绝不仅仅是简单并置的现象描述，而应有其内在逻辑系统，即使鲁迅本人尚未明言甚至没有明确意识到，我们也应从他直观式的真知灼见出发，深入其意识的深层结构中，通过逻辑整合使其内在逻辑系统彰显出来，从而发现鲁迅对中国国民性的根本认识。笔者认为，鲁迅的国民性批判中蕴涵着解读其思想的重要“密码”，是其历史哲学和文化哲学的深度所在，对鲁迅国民性批判的逻辑整合，可以带来鲁迅思想的一系列新的整合，使其复杂世界得以重新“敞亮”。更为重要的是，鲁迅国民性批判作为“解码”中国文化和社会的“钥匙”，在依然谋求现代生存的当代中国，当具有更为重要的现实意义！

## 二

首先，有必要依据鲁迅的作品对其国民性批判作初步分类描述和整理：

纵观其一生的创作，鲁迅所着重提到并加以批判的国民劣根性有：退守、惰性、卑怯、奴性、自欺欺人、麻木、健忘、巧滑、无特操等。

鲁迅在谈到国民性弱点的时候，这样说道：“中国人的不敢正视各方面，用瞒和骗，造出奇妙的逃路来，而自以为正路。在这路上，就证明着国民性的怯弱，懒惰，而又巧滑。一天一天的满足着，却一天一天的堕落着，但却又觉得日见其光荣。”①“最大的病根，是眼光不远，加以‘卑怯’与‘贪婪’。但这是历久养成的，一时不容易去掉。”②

早在日本时期的论文中，他就谈到中国人的退守和惰性：“中国之治，

---

① 鲁迅：《坟·论睁了眼看》，《鲁迅全集》第1卷，第240页。
② 鲁迅：《两地书·一〇》，《鲁迅全集》第11卷，第40页。

理想在不撄……宁蜷伏堕落而恶进取”[①],“心神所注,辽远在于唐虞……为无希望,为无上征,为无努力。”[②]五四时期,他更是对以国粹派为代表的保守势力施以直接的抨击。

其实鲁迅谈得最多的是“卑怯”。他还把上述“惰性”和“退守”归之为“卑怯”,1925年在与友人讨论国民性的信中,鲁迅指出:“先生的信上说,惰性表现的形式不一,而最普遍的,第一就是听天任命,第二就是中庸。我以为这两种态度的根柢,怕不可仅以惰性了之,其实乃是卑怯,遇见强者,不敢反抗,便以‘中庸’这些话来粉饰,聊以自慰。所以中国人倘有权力,看见别人奈何他不得,或者有‘多数’作他护符的时候,多是凶残横恣,宛然一个暴君,做事并不中庸;待到满口‘中庸’时,乃是势力已失,早非‘中庸’不可的时候了。”[③]在另一处,鲁迅又指出:“中国人不但‘不为戎首’,‘不为祸始’甚至于‘不为福先’。所以凡事都不容易有改革,前驱和闯将,大抵是谁也怕得做。然而人性岂真能如道家所说的那样恬淡,欲得的却多。既然不敢径取,就只好用阴谋和手段。从此,人们也就日见其卑怯了……”[④]卑怯最显著的表现是欺软怕硬,“怯者愤怒,却抽刃向更弱者”[⑤],“卑怯的人,即使有万丈的愤火,除弱草以外,又能烧掉甚么呢?”[⑥]他们是“羊样的凶兽”或“凶兽样的羊”,“对于羊显凶兽相,而对于凶兽则显羊相”[⑦],所以“中国人对外国人是爱和平的”,却“国内连年打仗”[⑧],在中国这个“吃人的厨房”,人人不仅被吃,却又同时吃人,被强者所吃,同时又去吃更弱者。如此“卑怯”,鲁迅有时称之为“奴性”。

“自欺欺人”是一种清醒的虚伪。中国人“万事闭眼睛,聊以自欺,而且欺人,那方法是:瞒和骗”,“其实,中国人是并非没有‘自知之明’的,缺点只在有些人安于‘自欺’,由此并想‘欺人’”,他们大都是“做戏的虚无党”,

---

① 鲁迅:《坟·摩罗诗力说》,《鲁迅全集》第1卷,第68页。
② 同上书,第67页。
③ 鲁迅:《华盖集·通讯》,《鲁迅全集》第3卷,第26页。
④ 鲁迅:《华盖集·这个与那个》,《鲁迅全集》第3卷,第142页。
⑤ 鲁迅:《华盖集·杂感》,《鲁迅全集》第3卷,第49页。
⑥ 鲁迅:《坟·杂忆》,《鲁迅全集》第1卷,第225页。
⑦ 鲁迅:《华盖集·忽然想到(七至九)》,《鲁迅全集》第3卷,第60页。
⑧ 鲁迅:《华盖集·补白》,《鲁迅全集》第3卷,第101页。

“什么保存国故,什么振兴道德,什么维持公理,什么整顿学风……心里可真是这样想?一做戏,则前台的架子,总与在后台的面目不相同。但看客虽然明知是戏,只要做得像,也仍然能够为它悲喜,于是这出戏就做下去了;有谁来揭穿的,他们反以为扫兴”①。长期“自欺”下去,并成为本能,就是“愚昧”、“麻木”和“健忘”,这尤其体现在下层民众身上。鲁迅把民众喻为在“铁屋子”中昏睡的人们,他常以“示众”作为中国民众愚昧、麻木的典型场景。“群众,——尤其是中国的,——永远是戏剧的看客。……北京的羊肉铺前常有几个人张着嘴看剥羊,仿佛颇愉快,人的牺牲能给与他们的益处,也不过如此。而况事后走不几步,他们并这一点愉快也就忘却了。”②“再进一步,并可以悟出中国人是健忘的,无论怎样言行不符,名实不副,前后矛盾,撒诳造谣,蝇营狗苟,都不要紧,经过若干时候,自然被忘得干干净净。”③

虚伪的另一面即“巧滑”。鲁迅认为中国人“将心力大抵用到玄虚漂渺平稳圆滑上去”④,他称所谓“道德家”、“国粹家”为“聪明人”、“伶俐人”和“巧人”,因为只有他们才深知“得阔之道”。因而又大多是“阔人”,他们“也都明白,中国虽完,自己的精神是不会苦的,——因为都能变出合式的态度来”⑤。他们是那样的善于改变,“每一新的事物进来,起初虽然排斥,但看到有些可靠,就自然会改变。不过并非将自己变得合于新事物,乃是将新事物变得合于自己而已”⑥。而中国人之要“面子”,正是一种“圆机活法”,“于是就和‘不要脸’混起来了”⑦。

虚伪和巧滑,正证明着中国人的“无特操”,即没有精神上的执著操守。“中国人自然有迷信,也有‘信’,但好像很少‘坚信’……崇孔的名儒,一面拜佛,信甲的战士,明天信丁。宗教战争是向来没有的,从北魏到唐末的佛

---

① 鲁迅:《华盖集续编·马上支日记》,《鲁迅全集》第3卷,第327页。

② 鲁迅:《坟·娜拉走后怎样》,《鲁迅全集》第1卷,第163页。

③ 鲁迅:《华盖集·十四年的“读经”》,《鲁迅全集》第3卷,第129页。

④ 鲁迅:《华盖集·忽然想到(十至十一)》,《鲁迅全集》第3卷,第90页。

⑤ 鲁迅:《华盖集·忽然想到(一至四)》,《鲁迅全集》第3卷,第18页。

⑥ 鲁迅:《华盖集·补白》,《鲁迅全集》第3卷,第102页。

⑦ 鲁迅:《且介亭杂文·说“面子”》,《鲁迅全集》第6卷,第126页。

道二教的此仆彼起,是只靠几个人在皇帝耳朵边的甘言蜜语。”①“佛教初来时便大被排斥,一到理学先生谈禅,和尚做诗的时候,‘三教同源’的机运就成熟了。听说现在悟善社里的神主已经有了五块:孔子,老子,释迦牟尼,耶稣基督,谟哈默德。”②“他们的对于神,宗教,传统的权威,是‘信’和‘从’呢,还是‘怕’和‘利用’?只要看他们的善于变化,毫无特操,是什么也不信从的,但总要摆出和内心两样的架子来,要寻虚无党,在中国实在很不少。”③

鲁迅有关国民劣根性的言论很多,只能举其大者分类陈列于此。必须指出的是,鲁迅对国民劣根性的描述有这样两个特点:(1) 国民劣根性在鲁迅的描述中不是完全分类独立的,而是彼此渗透、相互发明的,如卑怯的两面性正表现为虚伪和巧滑,卑怯者亦必备虚伪和巧滑的素质,卑怯、虚伪和巧滑的共同特点是两面性和多变性,其实质即无特操,无特操者必表现为卑怯、虚伪和巧滑。(2) 作为20世纪初密切关注中国危机及其出路的知识分子,鲁迅对国民劣根性的批判性考察始终不离民族近代危机的历史背景和救亡图存的近代情结,即他的国民性批判首先是放在近、现代中国人“苟活”的历史情境中来具体考察的,直到晚年,在谈到国民性的时候,仍然不忘民族两次沦于异族的屈辱历史。因此可以说,鲁迅所描述的卑怯、虚伪、巧滑、无特操等,与其说是抽象出的中国国民劣根性,不如说是劣根性在民族危机中的诸表现,即“苟活”的种种形状,亦是“苟活”之方及其必备之素质。

## 三

如果鲁迅的国民性批判完全着眼于民族危机的“苟活”情境而展开,则无疑是一种存在论模式,存在论分析会得出这样的结论:民族处境先于国民性存在,先验抽象的国民性是不存在的。这一分析有一定合理性,但如果认为鲁迅国民性批判仅仅停留于此层面,显然不符合其思想固有的深度模式,

---

① 鲁迅:《且介亭杂文·运命》,《鲁迅全集》第6卷,第131页。

② 鲁迅:《华盖集·补白》,《鲁迅全集》第3卷,第102页。

③ 鲁迅:《华盖集续编·马上支日记》,《鲁迅全集》第3卷,第328页。

他应走得更远。事实上,在探讨国民劣根性的根源时,鲁迅一方面念念不忘民族历史的屈辱经历并着重强调近、现代民族生存危机,另一方面,作为思想革命者的他,其历史哲学和文化哲学的深度,显然把他对国民性根源的探讨推到民族文化传统的深处。一个难以回避的问题是:苟活的存在困境为什么必然导致卑怯等劣根性而不能相反激发反抗和奋进的积极品格呢?如果鲁迅仅仅停留于存在论的分析,岂不等于给中国人的劣根性寻找解释并推脱责任吗?事实上鲁迅决不满足于“苟活”的生存,他一方面强调“一要生存,二要温饱,三要发展”,但同时又强调:“我之所谓生存,并不是苟活;所谓温饱,并不是奢侈;所谓发展,也不是放纵。”[①]因而可以说,鲁迅对中国国民性的考察绝不仅仅停留于存在论层面,肯定深入到中国传统文化的深层,试图进一步发现“它的病根何在”。所谓国民性,是一个民族区别于其他民族的品性的结合,其形成的根源应有多种层次,如民族的生存环境和生存方式(生产方式、文化等),而对于从事思想革命的鲁迅来说,民族劣根性的“文化根源”无疑是其最终关注点和探索的深度所在,而且,这一考察是在中外文化比较的语境中展开的。如果如前所述,卑怯等国民性弱点是国民劣根性在民族危机的“苟活”情境中之诸表现,则在它们背后,应该有一个抽象、概括的根本之“性”,即劣根性根本,它是派生出这些国民性表现的泉源,是使它们融贯成一个整体的那种渗透到一切的东西。换言之,鲁迅之国民性考察作为一个具有内在逻辑系统的思想体系,我们能不能找到其逻辑原点,正是通过它,这些国民性表现得以统摄起来,成为具有内在联系的有机统一体并得到合理的解释呢?

由于鲁迅本人没有指明这一“原点”的存在并说明它是什么,所以严格上讲,要从他的国民性考察中逻辑推出这一原点是困难的,在某种程度上,这一寻找“原点”的工作,既是演绎,更是阐释、揭示和印证,但这一原点的揭示必须既能逻辑整合鲁迅的考察,又能符合鲁迅思想的实际。下面试作分析。鲁迅所述的国民劣根性表现总的看来有这样两个共同特性:一是它们都具有“术”的可操作性和技巧性;二是它们都具有两面性和变通性。要找到国民性批判的逻辑原点,则找到这些可操作的技巧性“术”的动机和出

---

① 鲁迅:《华盖集·北京通信》,《鲁迅全集》第3卷,第52页。

发点,发现这些变动不居的表象后唯一不变的因素,无疑是重要的。当然还是首先让我们诉诸前述鲁迅本人的描述:谈到老庄思想的“不撄人心”时,鲁迅说:“中国之治,理想在不撄,而意异于前说。有人撄人,或有人得撄者,为帝大禁,其意在保位,使子孙王千万世,无有底止,故性解(Genius)之出,必竭全力死之;有人撄我,或有能撄人者,为民大禁,其意在安生,宁蜷伏堕落而恶进取,故性解之出,亦竭全力死之。”①(着重号为笔者所加,下同)如前所述,鲁迅在分析卑怯时就指出,所谓“中庸”和“听天任命”乃是出于苟活保命的卑怯,既想退守,而“欲得的却多”,因此就日见其卑怯。中国人的“无特操”,其实是实用主义态度,“要做事的时候可以援引孔丘墨翟,不做事的时候另外有老聃,要被杀的时候我是关龙逄,要杀人的时候他是少正卯,有些力气的时候看看达尔文赫胥黎的书,要人帮忙就有克鲁巴金的《互助论》”②。“耶稣教传入中国,教徒自以为信教,而教外的小百姓却都叫他们是‘吃教’的。这两个字,真是提出了教徒的‘精神’,也可以包括大多数的儒释道教之流的信者,也可以移用于许多‘吃革命饭’的老英雄。”③

从以上鲁迅本人对国民劣根性的表述可以看出,它们直指一个原初动机或不变的出发点,如果加以总结命名,笔者以为“私欲中心”几个字庶几近之。“私欲中心”,即中国人的个人感性欲望中心,它的另一面即无特操,即唯独缺少超越个人感性存在及其欲求的精神上的原则和信念、执著和坚韧,精神上无特定追求和操守即无精神,与黑格尔老人所诊断之中国“无宗教——无精神”同。如果“特操”亦能包括物质范畴,则中国人最终不可动摇的唯一“特操”即个人物欲,只此不够,其他则无往而不宜。抓住这个逻辑原点,则所谓卑怯、虚伪、巧滑……等就可统摄起来并得到解释,即它们都是民族近代危机中的“苟活”式生存的国民劣根性表现,或者说是“苟活”之方,而其逻辑原点则是“私欲中心”,这也就是抽象概括的根本之“性”——国民劣根性。

一个思想家最早的思想材料往往能透露其人思想理路的真正源头和潜

① 鲁迅:《坟·摩罗诗力说》,《鲁迅全集》第1卷,第68页。

② 鲁迅:《华盖集续编·有趣的消息》,《鲁迅全集》第3卷,第199页。

③ 鲁迅:《准风月谈·吃教》,《鲁迅全集》第5卷,第310页。

在信息。"立人"时期的文言论文作为鲁迅最早的思想材料,就潜藏着鲁迅国民性批判的重要信息。《文化偏至论》这篇重要论文对于当时改革者只重物器和体制层面改革的偏颇提出严厉的批评,固然,鲁迅的批判首先是以"文化偏至论"的文明发展模式为其理论基础的,指出了西方19世纪"物质"和"公数"文明的偏颇。然而,在具体的文本运作中,我们发现,年青的鲁迅一再怀疑和指责的不是别的,而是倡言改革者的"干禄之色"、"温饱之图"和"私利"之实,无论"黄金黑铁"或"国会立宪",都不过是"假是空名,遂其私欲",而无"确固之崇信"。由于重要,请允着重引出:他揭露"竞言武事"者:"虽兜牟深隐其面,威武若不可陵,而干禄之色,固灼然现于外矣!"揭露倡言"制造商估立宪国会"者:"前二者素见重于中国青年间,纵不主张,治之者亦将不可缕数。盖国若一日存,固足以假力图富强之名,博志士之誉;即有不幸,宗社为墟,而广有金资,大能温饱,即使怙恃既失,或被虐杀如犹太遗黎,然善自退藏,或不至于身受;纵大祸垂及矣,而幸免者非无人,其人又适为己,则能得温饱又如故也。""至尤下而居多数者,乃无过假是空名,遂其私欲,不顾见诸实事,将事权言议,悉归奔走干进之徒,或至愚屯之富人,否亦善垄断之市侩,特以自长营搰,当列其班,况复掩自利之恶名,以福群之令誉,捷径在目,斯不惮竭蹶以求之耳。"而后又一再担忧:"夫势利之念昌狂于中,则是非之辨为之昧,措置张主,辄失其宜,况乎志行污下,将借新文明之名,以大遂其私欲者乎?""况乎凡造言任事者,又复有假改革公名,而阴以遂其私欲者哉?"并不引人注目却应引起我们注意的是,论文的结尾出现这样一句结论性的话:"夫中国在昔,本尚物质而疾天才矣。"概观该文,鲁迅实际上在这里提出了中国改革的三个误区:(1)中国人所借鉴之西方19世纪"物质"和"众数"文明是偏颇的,而且只是西方文明的表象,此为"交通传来之新疫";(2)"夫中国在昔,本尚物质而疾天才",此为"本体自发之偏枯";(3)在具体操作中,改革往往被个人私利所利用,即所谓"假是空名,遂其私欲"。三者之间,后二者应是危机的根本所在。选择是主体的选择,有这样的文化与个人,必然只能看到"物质的闪光",而不知"此特现象之末,本原深而难见",因而不能深入西方文化的本原,作"立人"的"根本之图";不是技术和体制不必改革,问题是以这样的人承担的任何改革,最终不过是一句空话。由是观之,鲁迅实际上深刻地指出了中国现代化的根本难题是文化与人,二者互为因果,其症结就是所谓“私欲”、“自利”、“尚物质”等,而“疾天才”在逻辑上实乃前者的后果。

五四时期的随感录《五十九·“圣武”》,是一篇更明确触及中国人“私欲中心”的典型文本:

> 中国历史的整数里面,实在没有什么思想主义在内。这整数只是两种物质,——是刀与火,“来了”便是他的总名。
>
> ……
>
> 古时候,秦始皇帝很阔气,刘邦和项羽都看见了;邦说,“嗟乎:大丈夫当如此也!”羽说,“彼可取而代也!”羽要“取”什么呢?便是取邦所说的“如此”。“如此”的程度,虽有不同,可是谁也想取;被取的是“彼”,取的是“丈夫”。所有“彼”与“丈夫”的心中,便都是这“圣武”的产生所,受纳所。
>
> 何谓“如此”?说来话长;简单地说,便只是纯粹兽性方面欲望的满足——威福,子女,玉帛,——罢了。然而在一切大小丈夫,却要算最高理想(?)了。我怕现在的人,还被这理想支配着。
>
> 大丈夫“如此”之后,欲望没有衰,身体却疲敝了;而且觉得暗中有一个黑影——死——到了身边了。于是无法,只好求神仙。这在中国,也要算最高理想了。我怕现在的人,也还被这理想支配着。
>
> 求了一通神仙,终于没有见,忽然有些疑惑了。于是要造坟,来保存死尸,想用自己的尸体,永远占据着一块地面。这在中国,也要算一种没奈何的最高理想了。我怕现在的人,也还被这理想支配着。
>
> 现在的外来思想,无论如何,总不免有些自由平等的气息,互助共存的气息,在我们这单有“我”,单想“取彼”,单要由我喝尽了一切空间时间的酒的思想界上,实没有插足的余地。

“私欲中心”实际上成为贯穿鲁迅一生的洞察视点,成为鲁迅式洞察一切的“冷眼”所在。从对世纪初倡言改革者的怀疑,到20年代中期对当代青年运动“有许多巧人,反利用机会,来猎取自己目前的利益”的担忧,以及二三十年代革命文学论争中对“我以为根本问题是在作者可是一个‘革命人’”的强调,从对现实弊端的无情针砭,到对儒、道传统的深入批判,“私欲中心”一直是其最深视点。这一视点亦潜藏分布于他的小说创作中，孔乙己被打折的腿换来的不是最起码的人道同情，而是看客与己无关的旁观，夏瑜的肉体被杀于敌手的屠刀，其精神复又被夏三爷、康大叔和华老栓诸人的“私欲”所扼杀，葵绿色的肥皂闪现的不是四铭口头的仁义道德，却是其心里的男盗女娼，陈士成读书进举的失败则讽刺地即刻转入对地下银钱的疯狂刨掘。其代表作《阿 Q 正传》可以说是国民性批判的小说形态，阿 Q 的所有存在即其“生计”、“恋爱”和“革命”的欲望三部曲，其“革命”的目的不为别的，只为报复、“女人”和“东西”。

综上所述，通过逻辑整合揭示的鲁迅国民性批判的内在逻辑系统，可以图示如下：

退守、巧滑、虚伪、麻木、
健忘、自欺欺人、卑怯、奴性 } ———— 苟活 ————→ 私欲中心
无特操……

（国民劣根性表现）　　（生存处境）　　（原点）

## 四

自近代中国人开始文化自觉并反思自己的文化传统以来，已形成了一系列对本民族文化的自我认知模式，我们所熟知的概括有：天人合一、和谐和合、重道轻器、重义轻利、以道制欲、意欲持中、内在超越、静定自足、理欲调融、趋善求治等等，应该说这些在一定程度上表达了中国文化的品格和特征，同时又带有一定的褒扬色彩。然而，鲁迅的批判性反思却给我们带来了一个截然不同甚至相反的结果——私欲中心，这不是夜莺的歌唱，却是鸱鸮的恶音，令人振聋发聩，触目惊心！鲁迅的考察决不是纯粹学理意义的观照，而是几千年中国历史上第一次对本位文化的“本质直观”，他悬置了一切已有的对中国文化的定性评说或自我粉饰，直接从在中国历史和现实中形成的深切生命体验出发，对中国文化及中国人的国民性进行无所顾忌的直观，从而洞察出“私欲中心”这个劣根性本质。尼采说，一个人洞察人生的深度与其所受苦难的程度成正比，鲁迅承受了太多个人的和民族的苦难，在漫长的黑暗中积淀成难以言传的深切生命体验，在某种程度上说，其历史

哲学和文化哲学的深度正是以其生命哲学的深度为基础的。苦难如同炼丹的炉火,终于炼就了鲁迅的“火眼金睛”,它“于一切眼中看见无所有”,于一切“无所有”中看见“私欲中心”,真正洞察出中国问题的“病根”。这是前所未有的大发现,是亘古未闻的“呐喊”!对于“身在庐山”的国人来说,其真理性深隐难见,下面通过对中、西文化“自我”设定的比较,试彰显其深度所在。

文化人类学认为,文化与人取决于对“自我”的设定。自我,作为纯粹生物性的自我,只有自然原欲本身,作为寻求意义生存的真正人类的自我,需要一定的人格建构;自我的人格建构一般包括三个自我层次:生物自我、社会自我和精神自我。不同文化类型对“自我”的设定不同,在某种程度上说,文化的高下取决于文化“自我”设定的高下。可以说,中、西在其文化“轴心时代”(西方之“两希”、中国之先秦)对“自我”的设定就形成了根本差异。西方对“自我”的设定,首先是在个体与外在绝对超越性存在(如古希腊之“绝对实在”、古希伯来之“神”或“上帝”)的关系中来进行的,在这种设定中,个人由于分有了绝对超越存在的本质,从而上升到精神自我的高度,形成了自我的普遍性和相沟通性。文艺复兴后,西方近代又进一步把“自我”定位于个体与普遍理性的关系中,从而历史地建构成健全的人格结构,在这一结构中,既突显个人作为个体本位的主体存在的独特性,又内含从超越性存在中分有的超越性本质,从而形成主体间得以精神通约的普遍性即主体间性。即既具备了我之作为我的规定,又具备人之作为人的规定,且后者是前者的前提。

中国文化轴心时代的文化可以儒、道两家为代表。首先要指出的是,道家在中国的文化建构中并不是积极主动的,它悬置了儒家所关心的人的社会关系和伦理关系,把人还原成独立的自我,虽然道家显露出形上兴趣,但其形上玄思并没有价值建构的意义,其智慧的闪光匆匆闪现即归覆灭,堕入带有强烈术数色彩的辩证思维中。因此说在道家体系中,既没有儒家对“自我”的社会规定,也没有形成人格建构中普遍性和确定性的价值背景,最后剩下“重生贵命”、“求真保性”、“适性得意”等带有生物性自我色彩的个体感性存在。道家之后被道教迅速世俗化,实有其必然。真正主动地对中国文化进行积极建构的是儒家,但同样也没有给自我设定带来创造性人格机制。儒家以血缘伦理为出发点,首先把"自我"放在"君君、臣臣、父父、子子"的礼制等级关系中来进行设定,即孔子所谓"正名"。这样的伦理等级关系中难以形成真正意义上的人格结构,因为处在这一关系中的"自我",不可能有真正独立的人的意识,而只有关系中的角色意识,这个"自我",与其说有人格,不如说只有"名格",即所谓"君格"、"臣格"、"父格"、"子格"。

实际上人格与"名格"存在本质的区别:一、人格建构是历史地首先从绝对超越性、普遍性的观念出发的,因而人格规定的自我达到了精神自我的高度;而"名格"设定首先是从血缘伦理的经验事实出发的,因而名格规定的自我最多只达到社会自我的层面。二、人格的自我规定是整体的、唯一的和内在的,它诉诸人的真正自觉(古希腊理性传统诉诸人的理智,古希伯来的信仰传统诉诸人的信仰、意志和情感的一体性,同样需要内在自觉);相反,"名格"的自我规定则是片面的、多样的和外在的(儒家虽强调理性,但其"名格"设定非诉诸人的主动自觉,而是被动确认)。三、人格规定的自我在与绝对超越性存在的预设关系中确立了价值意向上的确定性和稳固性,同时又在个体向超越性存在的无穷趋近中具备了历时性的动态特征。在古希腊的理性传统中,作为自我对象的绝对存在的预设在位格上虽然是一定的,然而对自我本质的确认还必须不断经过理性的审察,因而在严格的理性拷问中,自我的本质始终向未来开放,不断更新。古希伯来的宗教教义虽然给自我以严格的外在规定,但在人的不完满和上帝的绝对完满的预设中,形成了前者向后者无穷趋近的动态关系。"名格"规定来自于经验事实,它一经确定便具体化、定型化,自我也在对这种片面、外在规定的被动确认中被束缚和僵化;另一方面,在共时的关系状态中,"名格"规定又不是唯一不变的,人既可为子,亦可为父,既可为臣,亦可为君,因而又不是稳固和确定的。也许可以这样总结:人格化自我具有共时的稳定性和历时的开放性,"名格"化自我则相反,在历时性上是僵化的,在共时性上却是多变的。四、落实到笔者想要强调的方面:自我的人格结构包容了自我的生物性欲望和社会性需求,并由于精神自我的存在形成创造性转化、超越和升华前者的内在机制;而自我的"名格"规定却不具备这一机制,在"名格"规定中,人的欲望和需求不是被包容并进而转化升华,而是被抵制和压抑,二者始终处于紧张的对立关系中。不知是否当时“礼崩乐坏”的历史情境使然，中国的圣人们似乎对“人欲”格外害怕和反感，孔子“正名”的目的就是为了“克己复礼”，顶多也是“安分守己”，以此维系社会的伦常秩序和政治秩序，此可谓“以名制欲”，然而“名格”设定的先天不足却使孔子的理想不仅无法实现，而且去之更远，一者，由于“名格”的自我规定是从经验事实的历史原则出发的，缺少超验的终极源头，所以，一旦它在现实操作中被证明难以实行或遭到怀疑，就不能像人格化自我那样因有超越性意向的维系而可以返本开新，在结构内部重新塑造自我，而是往往被彻底解构，堕入无原则无秩序的失范状态，在这一混乱状态中，真正切实可行的还是人的欲望机制，“人欲”最终浮出海面并泛滥成灾。二者，由于“名格”的自我规定是外在和片面的，而欲望作为自我的本能更内在于人的本性，“名格”的自我规定是可变的，而欲望存在本身却是不可变的，因而它实际上并不能抵制欲望，反而往往被欲望哗变而颠覆。这时，“名格”规定不仅徒有虚名，而且往往被利用为欲望操作的机制。欲望为了实现自我，既可充分利用其“名位”四周的关系网络，亦可通过直接改变“名位”而巧取豪夺。从“克己复礼”到“存天理灭人欲”，“义利”之争一直紧张，恰恰说明在中国文化的自我设定中，欲望一直是个难题，不仅未被克服，反而被偷袭而占据中心。因此说，中国文化对自我的“名格”规定既没有达到“仁德”中心或“周礼”中心，又没有形成西方的“逻格斯”中心和“上帝”中心，却堕入低下的“私欲中心”！它可以随实现可能性之大小而伸缩自如，即既可为暴君的自我膨胀，亦可为奴隶的苟且偷生，但其作为最初出发点及其中心地位却是确定不移的。

## 五

抓住“私欲中心”这个逻辑原点，不仅使鲁迅的国民性批判得以逻辑整合，而且，其思想和创作的其他重要方面亦得以展现新的整合性视野。这里仅择其较为重要的两个方面试加阐释。

**鲁迅对传统文化的代表儒、道文化的审视**

这是鲁迅文化批判的重要部分，亦正是其探究国民劣根性文化根源的关键所在。反之亦可说，“私欲中心”这个文化视点，使他对儒、道传统的审视呈现出新颖独特的文化视野。鲁迅对儒家的态度是复杂的,一方面,作为具有历史使命感的中国知识分子,他对儒家积极干预现实的参与意识,“知其不可而为之”的进取精神,“为民请命”的社会责任感无疑是肯定的,他自己身上正有着儒家精神的积极遗传;而另一方面,鲁迅“本质直观”的深刻性和独特性,使他在明确表达的看法中,儒家被去掉固有的光环,还原到实践形态的实用目的及其操作效果中,成为“为治民众者,即权势者设想的方法”,成为统治者维护统治的“儒术”,成为“士人”谋生的“儒业”和进科取士的“敲门砖”,成为“道德家”“做戏”的“前台的架子”;就是孔圣人也被他还原成“世故的老头”,其“瞰亡往拜”、“出疆载质”、“厄于陈蔡”等都“滑得可观”。鲁迅对道家的批判则更为决绝,日本时期他就激烈批判老庄“不撄人心”的退守倾向,后来,对其身上的道家影响也一再深有顾忌。而鲁迅最激烈的批判其实是发向道教,他曾说过这样两段话:“中国的根柢全在道教”①、“人往往憎和尚,憎尼姑,憎回教徒,憎耶教徒,而不憎道士。懂得此理者,懂得中国大半”②。此处大有深意,但因鲁迅本人从未对此加以阐释,其深意尚不为人所知,但如今既获得“私欲中心”这个视点,解读就成为可能:1. 道教继承了道家思想追求个体精神超越的价值意向,却在仙道神话中改变了其心性追求的精神特性,而是补以民间巫术、方术等手段,发展成为具有极强操作性的、支派繁多的行为体系。其个体本位的价值指向和注重操作的物化特征,使它成为最重个体欲求及其满足的“宗教”;2. 儒道两家的直接影响严格上讲限于士大夫阶层,而道教则彻底民间化、世俗化和大众化,其影响最为普遍(当然,士人也包含在内),同时也最深,真正表达了普通中国人的“理想”、“愿望”和“抱负”,是中国真正土生土长的“宗教”。作为世俗信仰的道教在中国已非儒家和道家意义上的文化存在,而成为乌略诺夫所言之“风俗”和“心惯”力量③,已深入骨髓,改革犹难。“中国根柢全在道教”,即在道教所代表的“私欲中心”,中国人的“私欲中心”完

---

① 鲁迅:《书信·180820》,《鲁迅全集》第11卷,第353页。

② 鲁迅:《而已集·小杂感》,《鲁迅全集》第3卷,第532页。

③ 鲁迅在《二心集·习惯与改革》中说:“真实的革命者,自有独到的见解,例如乌略诺夫先生,他是将‘风俗’和‘习惯’,都包括在‘文化’之内的,并且以为改革这些,很为困难。”(《鲁迅全集》第4卷,第224页)乌略诺夫,通译乌里扬诺夫,即列宁。

全体现在道教信仰中,反过来说,“私欲中心”的中国人必产生这样的“宗教”。虽然道家作为具有形上背景和哲学形态的思想体系,并不同于道教,但由于二者在思维方法和价值意向的继承关系以及发生学上的渊源关系,实际上可视为逻辑一体。以此视之,则被普遍认可的“儒道互补”的认识模式就不能真正揭示中国文化的实质,而应建立“儒道表里”的认识模式,即中国文化是这样一个深层结构:道家和道教一体所代表的“私欲中心”的价值意向和“应物变化”的生存策略处于结构的深层,而所谓中国文化代表的正统儒家思想只是表层。实际上儒、道对中国文化的历史影响循了两条不同的路向:道家在显露形上智慧并提供给士人遁逸空间后,马上堕入民间,成为中国人最普遍的世俗信仰和最深层的支配一切的意识。儒家虽是具有自己的道德理想和社会理想的思想体系,但在“投趋明主”的过程中逐渐与政统结合,一方面走上庙堂成为官方教化哲学和政治意识形态,一方面成为士人们垄断的个人特权,成为他们谋生求仕的“饭碗”。价值理性终于蜕变为工具理性,而其“利用”的动机和技巧依然来自“道”。因此可以说,中国文化是一个两面体,儒只是体面的、堂皇的正面,反面则是“道”,儒的正面理想却从来没有真正实现过;或者说中国文化行使的实际上是儒、道的双重语码,一显一隐、一虚一实,前者是空洞的能指,后者是潜隐的所指。顾准曾谓中国几千年来的政治操作是“内法(或荀)而外孔”,我想更确切地讲应补上“内道外孔”,即驭民之术是“内法外孔”,而官场权争则是“内道外孔”。《红楼梦》可视为“儒道表里”的象征文本,小说首先呈现给读者的是中国文化堂皇、博大和体面的一面,而深入下去,就能发现深处隐藏的黑暗与丑恶,小说到后半部,每况愈下,其“下人世界”展现的私欲角斗,让人“如脱春温而入于秋肃”,真是不忍卒读。在这个意义上,《红楼梦》实在是中国文化的集大成之作。

**阿 Q 典型的真正内涵**

对于阿 Q 是国民劣根性的典型这一点上,学界已基本达成共识,但这一典型内涵的阐释一般停留于“精神胜利法”是阿 Q 典型的核心。无论是典型论还是系统论,都把焦点集中于“精神胜利法”,试图通过解读“精神胜利法”揭示阿 Q 典型的内涵。一个明显的疑问是,如果“精神胜利法”是阿 Q 典型的核心,则小说有第二章“优胜记略”和第三章“续优胜记略”就够了,后面的第四、五、六、七、八、九章到底有何用呢?笔者以为,《阿Q正传》是鲁迅国民性批判的小说形态,阿Q典型不是对国民劣根性的一般反映,而是整体反映,即鲁迅在小说中全方位展开了对国民劣根性的批判,因此说,对阿Q典型的认识深度取决于对鲁迅国民性批判整体把握的深度。以鲁迅国民性批判的内在逻辑系统整合阿Q典型的内涵,应是小说解读的关键所在。

以鲁迅国民性批判的内在逻辑系统整合《阿Q正传》,会发现小说的国民性批判并不是以“精神胜利法”为代表的阿Q性格的现象罗列,应有相应的深层结构系统。

首先,“精神胜利法”不能完全理解为国民劣根性本身,把它当作矛盾性格或二重人格系统作静态的分析,而应看成是这一个“阿Q”在小说提供的特定的苟活情境中国民劣根性的表现,把它作为阿Q的弱势生存策略进行动态的展示:阿Q处于未庄的最下层,他要在不能生存的地方苟活下去。人要活得像个人,必须满足起码的自尊要求,阿Q的“自尊自大”正是他基本生存要求的反映,然而,这一要求是不可能得到实现的,作为补偿,他形成了三种对策,即自轻自贱、自慰自欺和怕强凌弱。正是在阿Q的苟活要求及其策略中,全面展现了他身上的国民劣根性:身为下贱而自尊自大是“自欺欺人”,自轻自贱则为“退守”,既能自尊自大又能自轻自贱体现为“巧滑”和“无特操”,自慰自欺必须具备“虚伪”、“麻木”、“健忘”的素质,怕强凌弱则为典型的“卑怯”,亦是“无特操”的表现。应该说,第二、三章通过“精神胜利法”集中展示了鲁迅批判过的劣根性诸表现,但只此是不够的。第四章“恋爱的悲剧”、第五章“生计问题”、第六章“从中兴到末路”和第七章“革命”,既充分展现了阿Q的苟活处境,更重要的是,揭示了“私欲中心”这个劣根性根本。“生计”和“恋爱”,乃“食、色,性也”,无法实现而诉诸“革命”时,“革命”就只为报复、“东西”和“女人”,即“作威作福”。因此,阿Q“革命”的实质不是别的,正是“私欲中心”,这才是国民劣根性之根本所在!这一劣根性在小说中还通过阿Q之外的许多细节表现出来,如赵府的怜惜蜡烛、索要赔款,举人藏箱子,宣德炉事件,“咸与维新”等,总之,也提供了一个国民劣根性的典型环境。

总之,阿Q典型作为国民劣根性的整体反映,实际上是一个具有内在深度的结构系统,只有在这一系统中,其内涵才能真正展现。

## 六

“立人”,是我们民族的先知者20世纪初留给现代中国人的根本启示,今天我们重新考察其第一步骤——国民性批判,其意义不仅在于对鲁迅思想的整合及其深度的揭示,而且更在于对仍在进行的现代化道路的反思。国民性批判是鲁迅毕生未竟的事业,在我们苦苦谋求现代生存而不时陷入重重困境中的时候,思绪,又油然回到20世纪初的起点。

现代化是在知识、技术、体制、价值、审美各方面全方位展开的过程,而且各方面有着相互影响和促成的关系。中国现代化是场根本意义上的文化变革,而人,作为文化变革的最小单位,作为任何变革的始基和最终承担者,应是其中最具可塑性和决定性的因素,故而“根柢在人”、“首在立人”,不然,任何改革都不免被“染缸”所染。“私欲中心”的人殊难承担现代化工程,其问题在于:一是眼光不远,“仅眩当前之物,而未得其真谛”,一是“有许多巧人,反利用机会,来猎取自己目前的利益”。

鲁迅曾谓在中国的思想里没有阶层的差别,如果此言当真,则作为文化精英的中国知识分子亦难辞其咎。中国士人在先秦的奔走谒拜中早就形成尊君求势的主流学术传统,在道与势的对立中,其少有的求道热情和形上兴趣逐渐让位于后者;或谓道家避君背势,然更为趋利避害之个人打算,而势利一体,其庙堂指向则为一。鲁迅则直指其或仁或隐,皆为“瞰饭之道”。在这样的传统中,谈何知识分子的人格独立和学术独立?“五四”曾第一次萌发了中国知识分子作为独立阶层的自觉意识,然而仅为历史的闪光。在进一步的职业化和科层化中,又陷入求道与求生的尴尬处境,“著书都为稻粱谋”,所谓“职称文章”泛滥成灾,在这里,“知识所有者的利益,倒成了语言高产中最隐秘的原型语言,成了文本繁荣中最隐秘的原型文本”①,又谈何学术独立和人格独立?在社会转型的钱权夹缝中,知识分子更面临空前的卑微处境,不仅形上焦虑无暇顾及,甚至中国知识分子传统的群体焦虑也顿感陌生,剩下的唯有生存焦虑。然而真正的悲剧在于,“私欲中心”的存

① 韩少功:《公因素·临时建筑以及兔子》,载《读书》1998年第6期。

在使他们在这一尴尬处境中不仅不感到紧张,反而更因适其本性而如鱼得水、游刃有余,不仅趋势之传统依然固在,又直接显露逐利的劣根,势利一体,根革犹难。最后,还是让我们把鲁迅这样的话记在后头:“真的知识阶级是不顾利害的,如想到种种利害,就是假的,冒充的知识阶级。”[①]必须从知识分子做起!从现在做起!

## 二、国民性:作为被“拿来”的历史性观念

### 一

“国民性”批判是贯穿鲁迅一生的重要思想,这大概已成为学界同仁的共识,然而,这一思想对于鲁迅始终是一个尴尬的话题,国民性话题之受冷遇或成为热点,多少与此相关。20 世纪 90 年代悄然形成的文化语境中,国民性思想又渐渐成为“热点”。在“国学热”、“东方热”、“华夏中心主义”、“东方主义”、“后殖民主义理论”等 90 年代知识语境中,鲁迅的国民性批判显得那样不合时宜,面临新的尴尬处境,并受到新的指责。应该说,80 年代在天津召开的鲁迅国民性思想学术讨论会对有关问题的讨论与研究相当广泛与深入,但此后十多年的“搁置”,与“国民性”思想在鲁迅思想中的重要性是不相配的。今天,重新讨论这一问题,并应答目前的挑战,应该有其必要性和重要性。

我认为,国民性批判是作为思想家的鲁迅奉献给我们民族的最宝贵思想财富,也是解开鲁迅复杂世界的一把重要“钥匙”,因而对此颇有兴趣。《鲁迅国民性批判的内在逻辑系统》[②]一文,是我基于以上认识,尝试把鲁迅国民性思想当作真正思想形态的对象来把握。其具体理路是,在鲁迅国民性批判的文学性描述中,抽象出一些范畴,整合其内在逻辑,并试图发现其逻辑原点——鲁迅对中国国民性的根本性认识。这一思路是否可行,当然学界可以讨论,在此不论。我在此反思自己的是“私欲中心”的推演和归纳

---

① 鲁迅:《集外集拾遗补编·关于知识阶级》,《鲁迅全集》第 8 卷,人民文学出版社 1981 年版,第 190 页。

② 载《鲁迅研究月刊》1999 年第 7 期。

是否准确。记得钱理群先生在看到文稿后,就曾提出质疑:对“私欲”的否定是否会重新导致“毫不利己,专门利人”的极端?虽然当时自认为拙作第四节可解释这一问题,但后来想,不能说鲁迅是完全否定人的欲望的,那么鲁迅对“私欲”的强烈批判究竟所指为何呢?现在看来,更确切地说,应是那些其实只有“私欲”却以种种高尚面目出现的人。人的正常欲望,只要是真实的,鲁迅并不反感。换言之,在鲁迅那里,有两个问题层次,首先是真实和虚伪的问题,其次才是高尚和卑鄙的问题。鲁迅在日本时期就认为中国国民性最缺乏的是“诚”和“爱”,[①]在鲁迅那里,“爱”必须以“诚”为前提,这是中国“国情”之特殊所在,鲁迅的洞见常常来自这一经验智慧。因此,与其说鲁迅国民性批判的基点是“私欲中心”,不如说是“虚伪”——“自欺欺人”。在反思自己的同时,我有幸看到竹潜民先生的新著《鲁迅晚年思想的当代解读》[②],其中第六章对拙作提出商榷,此后又撰写了《鲁迅国民性“密码”和“原点”探密:兼与汪卫东先生商榷》一文,发表于《鲁迅研究月刊》2002 年第 2 期。竹先生在充分肯定我的基本研究意向及研究框架的前提下,对“私欲中心”说提出商榷,认为这一概括“缺少中国民族的特点”[③],并且“容易同中国历史上的‘存天理、灭人欲’封建意识、现代的‘狠批私心一闪念’和极‘左’观念相混淆”[④]。通过论证,他最后认为“鲁迅国民性批判的‘密码’和‘原点’应该是‘自欺欺人’四个字”[⑤],“鲁迅用‘从外国药房里贩来的一帖泻药’——‘改造国民性’思想为武器,将属于‘东方文明’中最丑恶的东西——‘自欺欺人’的国民性原点揭示出来,成为鲁迅思想宝库中最有价值的东西”[⑥]。应该说,竹先生的学术对话,也正符合我当初的反思,进一步把问题引向深入。

再思鲁迅国民性思想,我认为首先要面对两个问题:一、国民性是一个舶来词,而且是一个历史性范畴,梳理它的理论渊源、语义史和分辨它的历

---

① 许寿裳:《我所认识的鲁迅》,人民文学出版社 1952 年 6 月版,第 18 页。
② 当代中国出版社 2001 年版。
③ 竹潜民:《鲁迅晚年思想的当代解读》,当代中国出版社 2001 年 7 月版,第 126 页。
④ 同上书,第 127 页。
⑤ 同上书,第 133 页。
⑥ 同上书,第 139 页。

史作用，都是必要的。同时，还需审慎处理它与民族性、民族精神、国民精神、国粹等相关概念之间的纠缠；二、鲁迅作为思想家的个性是，任何语词在他那里都首先不是一个抽象、静止和自明的概念，而是被他的复杂经验所整合、经过他个人独到理解、并运用于自己所面临的要解决的问题的，因而，在研究鲁迅国民性思想时，需结合鲁迅的“生活世界”并深入鲁迅思想的内在逻辑，注意到“国民性”是如何被鲁迅“拿来”、整合并使用的。对于这两点，限于篇幅关系，笔者不能展开，只能略说一二。

“国民性”一词并非中国原有，而是近代西学东渐过程中从日本引进的源自西方的外来词，属于高名凯所谓“先由日本人以汉字的配合去‘意译’或部分的‘音译’欧美语言的词，再由汉族人民搬进现代汉语里面来，加以改造而成的现代汉语外来词”[①]，与此相关的词还有“民族性”、“民族精神”、“国民精神”等，日语中，其对应的英语词汇是 nationality。[②] 在英语中，nationality 和 national character、national characteristic、nationalism 可以互释，[③] 有趣的是，“国粹”一词也是日语对英语 nationality 的翻译。[④] “国民性”等有关词汇在日语中的大量出现是明治维新时期，面对异质的西方文明，日本知识人自然对两种文明以至两种民族进行比较，论题集中在对于“国民性”、“民族性”、“国民精神”、“民族精神”、“国粹”等问题的探讨上，并经过了明治维新初期的“日本人种劣等”论，中期的“国粹主义”文化论和后期的

---

① 高名凯、刘正琰：《现代汉语外来词研究》，文字改革出版社 1958 年 2 月第 1 版，第 88 页。

② 《广辞苑》（株式会社岩波书店 1998 年版）、《日本语大辞典》（株式会社讲谈社 1996 年版）、《哲学事典》（株式会社平凡社 1990 年版）对“国民性”词条的英语释词都是 nationality（pp. 489，762，489），《新英和大辞典》（株式会社研究社 1980 年版）对 Nationality 一词的日语译义是“国民性”（p. 1407）。

③ *The Qxford English Dictionary*（Second Edition Volume X）[《牛津英语词典》第二版第 X 卷]对 Nationality 词条的解释是：（1） a. National quality or character, b. With p1. A national trait, characteristic or peculiarity；（2） Nationalism, attachment to one's country or nation; national feeling.（p. 234）。

④ 参见松本三之介：《明治维新の构造》，1981 年日文版，第 126 页，转引自郑师渠：《晚清国粹派——文化思想研究》，北京师范大学出版社 1993 年版，第 2 页。另据《明治用语辞典》（株式会社东京堂 1989 年版，第 163—164 页）介绍，明治三十七年《和法大辞典》和大正四年《罗马字及国语辞典》对“国粹”词条的解释分别是 Nationalite-ron 和 Nationality。

“国家主义”阶段。[1] 西方世界中 nationality 概念来自于西方近代民族国家理论。15 世纪至 17 世纪东罗马帝国的覆灭开始了西欧近代民族国家的时代,17 世纪初西欧“三十年战争”签订的威斯特斐利亚和约成为西方民族国家建立的里程碑,18 世纪英、法之间的长期战争推进了两国作为现代民族国家制度建构和民族意识形成的进程,18、19 世纪,各民族起源、历史、现状、发展、民族关系和民族主义等论题,成为西方社会科学和人文科学研究的主要内容,形成了为民族国家合法性提供理论基础的西方近代民族国家理论,nationality 在这一历史潮流中成为关键词。[2] 从理论资源看,nationality 的意识形态前提是中世纪神义论的解体和近代自然理念(自然神论、世俗化自然法和自然人性论)的形成,有关人的界定的统一的神性基础被与神性无关的近代自然理念所偷换,为属于“自然”范畴的血缘种族、地域、语言、风俗以及区域性宗教信仰对人的规划提供了基础;nationality 另一个应该强调的理论资源是 18 世纪末、19 世纪初与德国浪漫主义相伴而行的德国民族主义思潮。在西欧,德国民族国家的形成晚于西班牙、葡萄牙、荷兰、英国和法国,当英、法两强作为统一民族国家主宰欧洲的时候,德国尚未统一,且被视为落后和未开化。法国多次发动对德战争,1807 年普鲁士败于拿破仑,最终刺激了德意志民族意识的觉醒,德国作为后进国以弱抗强、要求摆脱控制而独立和统一的历史动因,形成了德国民族主义不同于西欧民族主义发轫期英、法民族主义——其历史动因主要是资本主义生产关系发展而带来的对封建专制的反叛和对民族共同市场的诉求——的新特征,并在 19 世纪初德国浪漫主义思潮中得以充分展现:1. 强调一个民族、一个国家、一种精神的民族原则,强调德意志民族血统、语言、风俗尤其是精神传统的独特性,表现出对民族国家中央霸权的整合性要求;2. 强调民族精神在动员和整合民族力量过程中的作用,强调民族精神(民族个性)是组成民族的每个个体的个性(精神)的有机融合。这一思想在 18 世纪的弗里德里希·卡尔·冯·莫泽尔、赫尔德和 19 世纪初期费希特、谢林、施莱尔马赫以

---

① 参见卞崇道等:《跳跃与沉重:二十世纪日本文化》,东方出版社 1999 年版,第 2—10 页。

② 参见徐迅:《民族主义》,中国社会科学出版社 1998 年版,第 12—22 页。

至黑格尔等德国思想家那里都有体现,莫泽尔在《论德意志民族精神》中第一次提出 Nationalgeist(民族精神)的概念[①];赫尔德的民族有机体论强调民族精神是民族演变发展的动力之源[②]。费希特发表《对德意志人的演讲》,号召德国精神的复兴,认为相信人类的自发创造力和自由的人才是德意志人的标志[③];弗里德里希·路德维希·雅恩出版著名的《德意志民族性》,鼓吹爱国主义,成为德语 Volkstum(民族性)——“一个民族共同的内在生命的特性”——的发明人;在黑格尔那里,Volktsgeist 即各民族集团固有的独特精神的概念[④]。通过德国民族主义,Nationality 获得了作为民族整合动力的民族精神的内涵,并成为继德国之后处于奴役地位的非西方民族为摆脱异族统治,争取民族解放、独立和统一,而进行民族动员、实现民族认同的民族国家意识形态,深刻影响了 19—20 世纪的世界民族主义。

日本民族主义的兴起早于中国,作为后进国,其民族主义自然承续了德国民族主义传统。作为中国近代民族主义重要部分的鲁迅国民性思想正是形成于日本,其经由日本对德国传统的承续,当在情理之中。鲁迅的国民性思想首先表现为对国民精神现状及其未来的强烈关注。日本时期,鲁迅、周作人和许寿裳组成以“立人”为中心的三人团体,他们那时期发表的长篇系列论文,表达了一个共同思路:中国问题的症结在于国民精神,立国的根本不在物质而在精神,精神的确立需从发扬个性开始。[⑤] 从鲁迅这时期的文言论文看,他把以生命存在为根基的创造性“精神”——“意力”看成是人的

---

① 参见李宏图:《西欧近代民族主义思潮研究——从启蒙主义到拿破仑时代》,上海社会科学院出版社 1997 年版。

② 赫尔德曾用一系列名词表示“民族精神”和“民族魂”的概念,如 National Geist, Genius des Volks, Geist des Volks, Geist der Nation, Seele des Volks。参见李宏图:《西欧近代民族主义思潮研究——从启蒙主义到拿破仑时代》,上海社会科学院出版社 1997 年版,第 125 页。

③ 〔美〕科佩尔·S. 平森著,范德一译:《德国近现代史:它的历史和文化(上册)》,商务印书馆 1987 年版,第 57 页。

④ 参见李宏图:《西欧近代民族主义思潮研究——从启蒙主义到拿破仑时代》,上海社会科学院出版社 1997 年版。

⑤ 参见当时发表于《河南》杂志的鲁迅早期五篇论文和周作人《文章之意义暨使命因及中国近时论文之失》、《哀弦》,许寿裳《兴国精神之史曜》中对“国民精神”、“国魂”的强调。

存在及国的存在的根本,[①]痛心于国民精神的沉沦,他大声疾呼"尊个性"、"张精神",呼吁中国人发出"心声",显出"内曜",以达到"精神"——"意力"的重建,以民族创新精神与创造力的振拔,为中华民族文明创新与超越之道。他还继承发扬了德国民族主义的"个性"概念,把"张精神"与"尊个性"统一起来,民族精神的重建建立在国民个体"个性"的发扬的基础之上。作为个体之"精神"——"意力"的确立即个体主体的确立,亦是民族国家新主体的确立。这是真正"拿来"的主体,因而既非东方中心,亦非西方中心。从这里可以看出,"国民性"在鲁迅这里,指的是精神委顿、沦亡与缺失的精神状态及其在国民身上的人格化体现,[②]精神的缺失在现实中的最大表现即是国民沉溺于卑下之私利与物欲,唯一身之活是图,而面子上却又以"道德"自居,以获取人群中存在的合法性并窃取更多私利,因而造成"虚伪"这一国民劣根性。可以说,在鲁迅的批判性眼光中,如此"国民性"与所谓"国民劣根性"是相通的。

由此,鲁迅的国民性思想显出与晚清国粹派的差异。如前所述,"国粹"和"国民性"同样都可以从日本语中找到 nationality 的词源,因此,这一差异是耐人寻味的。明治二十一年日本政教社创办《日本人》杂志,提倡"国粹"(nationality),以对抗明治维新初期"明六社"的全盘欧化论,一般来说,他们认为国粹是:(一) 一种无形的民族精神;(二) 一个国家特有的遗产;(三) 一种无法为其他国家模仿的特性。[③] 晚清国粹派承日本政教社的

---

① 《人之历史》在人类进化律之"遗传"与"适应"之间,倾向于强调主动因素的"适应",因人类"自卑而高"、"自进无既"之因不能归于被动之"遗传",只能归于主动之"适应",正是在"适应"律上,"斯亦见人类之能";《科学史教篇》对"科学"背后"神思"、"理想"、"圣觉"的强调,亦是对人的创造力背后的非智力精神因素的置重;《文化偏至论》中,"众数"——"个人"和"物质"——"精神"的双举,精神——个人是所当倡导张大者,精神性意力之个人正是"立人"之本;《摩罗诗力说》诉诸"诗力",通过"诗人"之"诗"感动民众之"诗",以达到《破恶声论》所言之"心声"和"内曜"——"精神"和"意力"的重建、振拔和洋溢。

② 有关精神沉沦的表述在鲁迅的文言论文中随处可见:"众庶率纤弱颓靡"(《文化偏至论》)、"萧条"、"颓唐佗傺"、"苓落颓唐之邦"、"终至堕落而之实利"、"为时既久,精神沦亡"(《摩罗诗力说》)、"本根剥丧,神气旁皇"、"寂漠为政,天地闭矣"、"沦没"、"黄神啸吟,种性放失"、"心夺于人,信不繇己"、"元气黯浊,性如沉垽,或灵明已亏,沦溺嗜欲"(《破恶声论》)等。

③ 〔美〕Hartin Bernal:《刘师培与国粹运动》,见《近代中国思想人物论——保守主义》,台湾《时报》文化出版有限公司 1980 年版,第 95 页。

余绪，把“国粹”寄于中国传统的文化、学术，把“保学”看成“保种”的前提，这样，传统文化、学术成为民族命脉所寄和民族存亡的根本。应该说，强调一个民族固有的精神上的特长，以本民族的文化精髓而自耀，也是德国民族主义的应有之义（德国民族主义甚至走向日耳曼人优越论和国家主义），但鲁迅并没有延续这一思路，而是“拿来”并放大了德国民族主义中对民族精神活力和组成民族的个人之个性的强调。同样强调“精神”，前者面向过去，后者面向现在和未来。在鲁迅看来，文明是人类精神的创造物，“国粹”正是“古民”“神思”的产物。对于“国粹”本身的价值，鲁迅是并不否定的，这可参见早期文言论文对传统文化的评价，他认为“古民之心声手泽，非不庄严，非不崇大，然呼吸不通于今，则取以供览古之人，使摩挲咏叹而外，更何物及其子孙？”[①]鲁迅“五四”时期对“国粹派”的批评，指向的就是他们把作为精神成果的“国粹”看成是现代人和未来人“命脉”的保守心理，他指出：“要我们保存国粹，也须国粹能保存我们”，“保存我们，的确是第一义”[②]。和国粹派相反，鲁迅把“保存我们”放到“保存国粹”前面，正是看到了以人的生命存在为根基的创造性“精神”——“意力”是人的存在本质和一切文明成就的创造性源泉。

德国浪漫主义的民族主义是一把双刃剑，在谋求民族独立、自主的同时，它又带来了民族的自大意识，在近代产生了种族优越论和民族扩张主义，如德国的日耳曼人优越论和纳粹主义、日本军国主义、埃及纳赛尔的大阿拉伯主义、庇隆的大阿根廷主义及尼赫鲁的扩张思想等。这在德国民族主义中可以找到思想资源。基于一种来自法国的挫折感，德国民族主义在国家起源问题的解释上有别于法国，在他们看来，国家不是在自然状态下的人出于自我利益契约性设计的结果，而是在一个民族的血缘、语言、习俗、历史和文化中约定俗成而形成的，国家存在的命脉是一种民族精神，而这一民族精神的根基就在该民族的文化传统及其特性中，由此，国家成为一种世俗性的精神宗教——国民情感、精神的寄托对象。这一文化民族主义倾向成为许多有着自己深厚传统的被压迫民族寻求民族独立的意识形态，在日本

① 鲁迅：《坟·摩罗诗力说》，《鲁迅全集》第1卷，第65页。

② 鲁迅：《热风·随感录三十五》，《鲁迅全集》第1卷，第306页。

和中国的国粹主义中,正可以找到它的影响。同样是对民族精神的强调,不过,在鲁迅这里,民族精神的根基不再像德国民族主义那样被理解为存在于民族固有的文化和精神传统中;从尼采那里,鲁迅"拿来"了新的思想因素,尼采向古希腊悲剧精神(生命意志)中寻求救治现代道德和精神堕落的要素,其实是超越了德国民族主义囿于本民族传统的狭隘眼光。鲁迅正是把对民族精神的诉求诉诸从尼采那里"拿来"的"生命意志",在鲁迅这里,"生命意志",不再属于民族范畴,而是具有人类学意义的生命形而上学。这一思想嫁接使鲁迅既继承了德国民族主义的"民族精神"概念,又超越了其民族局限性,同时与形形色色的国粹主义区别开来。通过对民族文化自大和排外意识的摒弃,鲁迅确立了一种内含世界主义和人道主义的开放、平等的民族意识,因而他极力主张民族、国家间的平等,尤其关心那些弱小民族的命运。在日本时期,他对那些颂美"暴俄强德"而冷嘲"受厄无告如印度波兰之民"的人给以指责,称之为"兽性的爱国"。鲁迅的国民性思想所蕴涵的,与民族自大意识及扩张主义不同的民族主义内涵,应该引起我们足够的重视。

这一思想也影响了他对国民性形成原因的看法。鲁迅的国民性批判虽然形成了文化批判的视点,但如果说,鲁迅把国民性的根源仅仅归之于思想形态的民族文化传统,似乎缺少足够材料的支持(早期论文中有对道家"不撄人心"和儒家诗学"思无邪"的指责)。民族思想文化传统是精神的产物,因而是人(精神)决定文化,而不是文化决定人(精神)。实际上,在谈到国民劣根性的根源时,鲁迅往往强调的是历史中的现实力量:一是民族思想文化传统与封建专制体制合谋而造成的对个性的扼杀,这正是国民精神委顿、沦亡的深刻原因;二是民族两次奴于异族的历史。据许寿裳回忆,鲁迅在与他讨论有关国民性的三个问题时,对于"它的病根何在"这一问题,认为"两次奴于异族",是"最大最深的病根",[①]1936年,在谈到中、日民族性的不同时,还是把中国国民劣根性归于"历受游牧民族之害,历史上满是血痕"[②];三是文化地理原因,早期论文多有表述:"(古代中国)屹然出中央而无校

① 许寿裳:《我所认识的鲁迅》,人民文学版社1952年版,第18—19页。

② 鲁迅:《书信·附录·致尤炳圻》,《鲁迅全集》第15卷,第683页。

雠,则其益自尊大,宝自有而傲睨万物,固人情所宜然,亦非甚背于理极者矣。虽然,惟无校雠故,则宴安日久,苓落以胎,迫拶不来,上征亦辍,使人茶,使人屯,其极为见善而不思式”①,“发展既央,隳败随起,况久席古宗祖之光荣,尝首出周围之下国,暮气之作,每不自知,自用而愚,污如死海。其煌煌居历史之首,而终匿形于卷末者,殆以此欤?”②鲁迅对作为现实力量的历史原因的强调,说明国民性在他这里是一个历史性范畴,它的形成有历史中的具体原因,也必将在未来被改变,不过这取决于民族中每个个体精神的重新振拔与洋溢。国民性的可改变性基于鲁迅对人性的乐观,成为毕其一生为此奋斗的最基本信念和精神支柱。但国民性改造的艰难常使鲁迅陷入痛苦的矛盾之中,不由产生对国民性是否精神遗传的恐惧,“难道所谓国民性者,真是这样地难于改变的么?倘如此,将来的命运便大略可想了,也还是一句烂熟的话:古已有之”③。同时又自我解脱:“幸而谁也不敢十分决定说:国民性是决不会改变的。在这‘不可知’中,虽可有破例——即其情形为从来所未有——的灭亡的恐怖,也可以有破例的复生的希望,这或者可作改革者的一点慰藉罢。”④这一矛盾纠缠了鲁迅的一生,并在穿透绝望中内化为其深刻的生命体验,“彷徨”—“野草”时期的生命哲学,正是在这一艰难过程中孕育形成。

## 二

90 年代的文化语境中,鲁迅的国民性思想受到质疑,其主要代表是冯骥才先生和刘禾女士的两篇文章。冯文《鲁迅的功与过》发表于《收获》2000 年第 2 期;刘文有两个版本,一是最早载于《文学史》第一辑⑤的《一个现代性神话的由来:国民性话语质疑》,一是收入作者著《语际书写》(上海三联书店 1999 年 10 月出版)一书作为第三章的“国民性理论质疑”,后者

① 鲁迅:《坟·文化偏至论》,《鲁迅全集》第 1 卷,第 44 页。
② 鲁迅:《坟·摩罗诗力说》,《鲁迅全集》第 1 卷,第 64 页。
③ 鲁迅:《华盖集·忽然想到(一至四)》,《鲁迅全集》第 3 卷,第 17 页。
④ 同上书,第 18 页。
⑤ 陈平原、陈国球主编,北京大学出版社 1993 年版。

以前者为基础(删掉了一些语气较为激烈的言论),与另一篇文章合并而成。[①] 两位作者来自不同领域,前者是著名作家,80 年代文化热中,以其“文化小说”颇受读者欢迎,后者是留美新锐学者,但两者对鲁迅的质疑基本相同:鲁迅的国民性思想来自西方传教士话语——西方中心主义立场对中国的歪曲。冯文指出这一点,但并无怎样的理论发挥,刘文则有较为显赫的理论背景——西方后殖民主义理论和爱德华·萨义德(Edward Said)的“东方学”理论,以及在此基础上刘禾自己提出的“跨语实践”理论,在具体论述中还运用了叙事学、巴赫金对话理论等。应该说,90 年代对鲁迅的质疑热中,刘文是比较具有理论素养,挑战较为有力的一个,发表后引起学界的关注。鉴于鲁研界对冯文已有不少应答文章,而对刘文尚未有真正的回应,故在此以刘文为对象,提出对它的“质疑”的质疑,目的是通过商榷把这一对话进一步引向深入。

虽然收入《语际书写》的文章删去了载于《文学史》一文中的一些过激言论,但由于它另外结合了其他文章,为全面起见,我还是以此文为对象。从刘禾《语际书写》一书来看,其“跨语实践”论的提出,有接着萨义德东方学理论往下讲的意思,其挑战西方学术权威的勇气令人敬佩,其理论设计对思想史研究也颇有启发性。《国民性理论质疑》一文,可以看出是试验其“跨语实践”论的一个精心选择的案例,也似乎是《语际书写》中自认为比较成功的一个案例,但可惜的是,深入刘文的内在理路,却发现作者为了自身理论的有效性而简化或曲解了作为历史性观念和个人性观念的鲁迅“国民性”思想的复杂性和具体性,因而其质疑并不符合鲁迅的思想实际。

刘禾首先质疑的是:“‘国民性’是一个什么样的知识范畴? 它的神话在中国的‘现代性’理论中负载了怎样的历史意义?”[②]接着刘文就给出了一个回答:

> “国民性”一词(译为民族性或国民的品格等),最早来自于日本明治维新时期的现代民族国家理论,是英语 national character 或 national

---

① 另一篇文章是刘禾用英语写作的 Translating National Character: Lu Xun and Arthur Smith,参见刘禾:《语际书写》,上海三联书店 1999 年版(下同),第 98 页“注释”。

② 同上书,第 67—68 页。

> characteristic 的日译,正如现代汉语中的其他许多复合词来自于明治维新之后的日语一样。19 世纪的欧洲种族主义国家理论中,国民性的概念一度极为盛行。这个理论的特点是,它把种族和民族国家的范畴作为理解人类差异的首要准则(其影响一直持续到冷战后的今天),以帮助欧洲建立其种族和文化优势,为西方征服东方提供了进化论的理论依据,这种做法在一定条件下剥夺了那些被征服者的发言权,使其他的与之不同的世界观丧失存在的合法性,或根本得不到阐说的机会。[①]

这一看似精彩的论断在提出之前,没有经过足够论证,不知道这是作为基于事实的一种归纳呢?还是作为论证出发点的基础命题呢?但不管怎样,都需给出它得以成立的证据。可是,刘禾的这一“先验知识”并不恰切,看到的只是国民性话语背后西方中心论的话语霸权,却并未顾及国民性话语作为历史范畴,曾是 19、20 世纪弱小民族反抗压迫、争取独立和自由的民族国家理论的重要内涵及其历史作用。也许刘禾把这一论断当作论点提出,有待后文论证,但从后文看,她确实是将其作为论证的出发点——基本命题——而提出的。由此命题出发,她非常果断地把从梁启超到孙中山等人用来建构中国现代民族国家理论的国民性话语归结为“不得不屈从于欧洲人本来用来维系自己种族优势的话语——国民性理论”[②],而鲁迅的国民性理论来源即是亚瑟·史密斯的《中国人的气质》(Arthur H. Smith, *Chinese Characteristic*)——传教士话语,“在他(鲁迅,笔者注)的影响下。将近一世纪的中国知识分子都对国民性问题有一种集体情结”[③]。刘禾显然觉得在鲁迅身上找到了一个有力的证据,所以着重考察了鲁迅与史密斯的关系,强调二人的思想联系,然后只要能证明后者的片面性,前者也就不攻自破了。刘禾认为《中国人的气质》一书是站在西方中心主义立场对中国的歪曲,为证明这一点,她特以书中关于中国人睡眠习俗的一段为例,认为史氏对中国人睡眠习惯的描述,“在话语上使用现在的时态和‘中国人’这个全称来表达‘真理’,描述中国人与西方人之间的本质差异。睡眠,一个人们共同的

---

① 刘禾:《语际书写》,第 68 页。

② 同上书,第 69 页。

③ 同上书,第 72 页。

生理状态,在这儿被用来描述文化差异,而其意义早已被西方人优越的前提决定,这儿要紧的,不是描写错误的问题,而是语言所包含的权力问题"①。我想,文化的差异总是表现在具体的行为习惯等细节上的,西方人对中国的认识确实往往从细节开始,除非我们绝对怀疑任何抽象和概括的可能性,否则,具体的细节愈多,我们认识的普遍性就愈具有可靠性。但刘禾紧紧抓住她所发现的"语言所包含的权力"——"种族歧视"和"阶级差异",索性把传教士和侵略中国的列强混为一谈:"事实上,他的动词可以轻易翻译成帝国主义行动:伸入即侵入,净化即征服,登上宝座即夺取主权。"②

刘文的过激言论不仅仅是发向史密斯本人,其实指向的是整个西方人的中国观及其 Sinology(中国学),其背后是萨义德的理论背景。这里就涉及西方人的中国观的客观性及其价值问题。自马可・波罗以来,西方的中国观伴其 Sinology 的发展经历了几个世纪,17、18 世纪,以利玛窦为代表的欧洲耶稣会传教士,为寻找基督教文化和中国传统文化的契合点,对中国传统与现实进行了详细而深入的观察和研究,加深了对中国文化理性精神的了解,这一理性精神受到 17、18 世纪欧洲思想家笛卡儿、莱布尼茨、沃尔夫、伏尔泰等的大力推崇并成为他们反神学的武器,使中国文化成为当时欧洲的时尚;随着来自中国材料的增多,孟德斯鸠、卢梭、亚当・斯密等近代思想家开始以批评的眼光审视中国,揭示其停滞不前的原因,黑格尔则站在世界精神的高度批评中国。纵观西方人的中国观及其 Sinology 的演进,我们应看到:(1) 不同文化的相互认识总是难以摆脱自身固有文化眼光的限制,因而认识的不准确是难免的,但如果说西方人是有意歪曲、丑化中国形象,则不尽符合事实,难道他们早期对中国文化的赞赏和推崇也是丑化吗?欧洲中国观在 19 世纪虽有西方中心主义倾向,这源于他们对西方近代化成功的优越感和德国"日耳曼精神"优越论。但是,总的来说,西方对中国的认识和评价经历了一个逐渐深入的过程,他们对中国的批评有许多相当准确的地方,值得我们反省;(2) 平心而论,西方的中国观对中国观察的范围之广、层次之多、内容之细、态度之客观,非同时期中国人对西方的认识可比,看看

---

① 刘禾:《语际书写》,第 76—77 页。
② 同上书,第 78 页。

当时中国人的西方观，就知道我们恰恰显露出自我中心、藐视一切的自大毛病；(3) 西方人认识中国的动机，不能一概归之于殖民扩张的需要，历史本身是复杂的，中国文化的魅力及西方人对中国文化的憧憬和求知热情也是他们走近中国的不必遮蔽的因素。欧洲人中国观出自殖民扩张需要说，始自苏联东方学者对十月革命前中国学的本质界定，现在又在西方后殖民主义理论中得到强化，我们在认识这一论说的合理性的同时，也要切忌走向极端，把东、西方文明的交流史看成你死我活的斗争史。其实，任何文明都是在与不同文明的交流中成熟的，民族和个人一样，如果没有他者的存在，就不可能形成真正的自我认识。中国以前是在周边弱小国家环绕中形成自己的“天下”意识的，近代西方的逼近，引起自我认同的危机，新的自我认识在冲突、交融中孕育，在这一过程中，西方的中国观——尤其是对中国的批评——恰恰启发了我们的反思并帮助我们调校形成新的自我，因为每个人都是首先通过他人的眼睛看到自己的。西方人的中国观好比一面镜子，照一照这镜子，可以了解自我意识之外的人对自己的看法，这会有利于我们在比较中反省和完善自己的民族性，在“争存天下”的新格局中进行新的自我定位。鲁迅对外国人赞赏中国的言论并不表示好感，反而推崇批评中国的言论，正是出于这一动机。所以，在这一问题上，理应采取审慎态度，如一位学者所说：“认识一个民族及其文化是一件复杂而长期的事情。无论是认识者还是被认识的对象，都会受到历史和现实因素种种制约，且自身也并非一成不变。”①但如果一听到别人的指责就还以指责，只会走向自我封闭的老路。

刘禾肯定史密斯笔下的中国，就是萨义德所批评的东方主义所构筑的神话，但她还要进一步质问：“但是这样的分析是不够的，特别是当我们考虑到中国国民性的理论被翻译而流传在中国境内的情形。传教士话语被翻译成当地文字且被利用，这种翻译创造了什么样的现实？”②这一问题即是其“跨语实践”理论的运用，驾驭着这一理论快车，刘禾遂顺利进入自己的

---

① 黄兴涛、杨念群：《“西方视野里的中国形象”主编前言》，见［英］约·罗伯茨编著：《十九世纪西方人眼中的中国》，时事出版社 1999 年版，第 6—7 页。

② 刘禾：《语际书写》，第 81 页。

论述轨道:“在跨语实践的过程中,史密斯传递的意义被他意想不到的读者(先是日文读者,然后是中文读者)中途拦截,在译体语言中被重新诠释和利用。鲁迅即属于第一代这样的读者,而且是一个不平常的读者。他根据史密斯著作的日译本,将传教士的中国国民性理论‘翻译’成自己的文学创作,成为现代中国文学最重要的设计师。”①

应该说,刘禾的“跨语实践”理论把关注点放在理论的译体语言使用者的实践需要上,充分估计到了思想史上理论旅行过程的复杂性,但是,在鲁迅这一个案中,由于她过于注意自己理论设计的有效性和理论运用结果的颠覆效应,而无意于鲁迅国民性思想的实际。为了自己的理论需要,她勾画了这样一个鲁迅形象:

> 从一开始,鲁迅就对国民性理论充满复杂矛盾的情绪。一方面,国民性理论吸引他,因为它似乎帮助他解释中国自鸦片战争(1839—1842)以来的惨痛经验。但另一方面,西方传教士观点对中国人的轻蔑又使作为中国人的鲁迅无法认同。②

这里勾画出一个尴尬的主体:鲁迅在国民性问题上存在理论与立场的分裂。分裂的鲁迅对于刘文具有一石二鸟的功能:一是避开了对鲁迅全盘否定之嫌,二是为自己对国民性的预设提供了一个强有力的证据。但是,这一鲁迅形象是否是她的想象呢? 且看她是如何勾画的。

刘禾主要通过对《呐喊·自序》中“幻灯片事件”和《阿Q正传》的叙事学分析,有意提炼出一个分裂的叙事人形象。在她看来,“幻灯片事件”的叙事人“既与看客又和被观看者重合(因为都是中国人),但又拒绝与他们任何一者认同”,处于“两难处境”。《阿Q正传》是刘文的分析重点,为了塑造鲁迅的分裂主体,她有意把阿Q的重体面与《中国人的气质》对中国人重体面的描写区分开,她的理由有二:“首先,鲁迅构思阿Q的故事是在他熟稔史密斯的理论之后,因此他的写作有可能不单单在证实史密斯所言,而是有它意的。第二,史密斯笔下的县官身着官服,而阿Q穿的是一件‘洋布

---

① 刘禾:《语际书写》,第81—82页。

② 同上书,第82页。

的白背心’。”①这里的第一个理由逻辑上不是必然的,为什么鲁迅写作阿Q故事是在知悉史密斯理论之后,就必然要避开后者另立他意呢?这一点似乎有待证明。第二个理由借偶然发现的“洋布”立论,刘文似乎颇得意此一“翻天妙手”,故而接连发问:“这两者之间(指‘官服’与‘洋布’,笔者注)有何关联?穿着洋布白背心的阿Q代表的是中国国民性,还是别的什么?中国国民性的理论是否也如白背心一样,是洋布编织出来的?”②但我要问的是,如果“洋布”不代表什么怎么办呢?把主要论点建立在一个偶然发现的“文眼”之上,虽然显示了论者的机灵,却使其论证看起来过于惊险。刘禾又引鲁迅《马上支日记》中的一段话:“他们(指外国人,笔者注)实在是已经早有心得,而且应用了,倘若更加精深圆熟起来,则不但外交上一定胜利,还要取得上等‘支那人’的好感情。”③以此作为论据,她认为:“鲁迅此处的讽刺有更深的含义,他准确地指出,上层中国人和帝国主义之间存在某种利益交易,他们对‘体面’的研究出于其共同利益者多,为合理解释中国种族者少。”④我不知这是否是刘禾自已的发挥,因为无论从鲁迅国民性思想看,还是从该文的语境看,鲁迅在这里表达的意思似乎并不如刘文所言。为了创造鲁迅的分裂,刘禾有意强调鲁迅与史密斯的距离,而不顾鲁迅终其一生对史氏《中国人的气质》一书的关注与推崇。⑤

再看看刘禾对《阿Q正传》的叙事分析。她要处理的是“叙事人和阿

---

① 刘禾:《语际书写》,第88页。

② 同上。

③ 同上。

④ 同上。

⑤ 鲁迅在《华盖集续编·马上支日记》中曾介绍了安冈秀夫的《从小说看来的支那民族性》和史密斯的《中国人的气质》两书,虽指出了前者的缺点,但对史氏是基本肯定的,称其书中关于中国国民性的话“并不过于刻毒”,感叹中国人对此“却不大有人留心”。此后,鲁迅对这两本书念念不忘。《二心集·宣传与做戏》一文中说:日本人“做文章论及中国的国民性的时候,内中往往有一条叫作‘善于宣传’”。鲁迅对此作了肯定并加以发挥。在1933年,鲁迅在一封信中又提到这两本书,特别是专门“攻击中国弱点”的史氏著作,认为“值得译给中国人一看”(《书信·331027致陶亢德》)。以后,在1936年《且介亭杂文末编“立此存照”(三)》中,又一次提起“我至今还在希望有人翻出史密斯的《支那人气质》来。看了这些,而自省,分析,明白那几点说的对,变革,挣扎,自做功夫,却不求别人的原谅和称赞,来证明究竟怎样的是中国人”。这说明虽然时隔十年,但鲁迅对史密斯的《中国人的气质》一书的评价是前后一贯的。

Q,以及和未庄居民之间的关系是怎样的"[1]。通过对叙事人的详细分析,刘禾尽力把叙事人限制在未庄之内——即叙事人并不是未庄的局外人,于是,她就可以质问:"(叙事人)也列身于未庄社会中。要是他完全属于那个社会,又为何能够同时置身事外,嘲讽阿Q的愚蠢以及村民的残忍呢?"[2]刘禾自己的回答是非常巧妙的:"写作使叙事人获得权势,不识字使阿Q丧失地位。"这里的逻辑是,既然同在未庄,叙事人就应和阿Q相同,而之所以不同,即在于一个识字,一个不识字。围绕阿Q临终画押的典型场景,她作了进一步的发挥:

> 假如阿Q把圈画圆了,看起来会像英文字母O,离Q不远。但既然书写的权力掌握在叙事者手里,阿Q画不圆并不奇怪。他只能跪伏在文字面前,在书写符号所代表的中国文化巨大象征权威面前颤抖。相对而言,叙事人的文化地位则使他避免作出阿Q的某些劣行,并且占有阿Q所不能触及的某些主体位置。叙事人处于与阿Q相反,使我们省悟到横亘在他们各自代表的"上等人"和"下等人"之间的鸿沟。叙事人无论批评、宽容或同情阿Q,前提都是他自己高高在上的作者和知识地位。[3]

刘禾这一"翻天妙手"确实精彩。我们知道,在叙事学中,叙事人虽不同于作者,但直接与"隐含作者"相通,而"隐含作者"即是作者在该小说中的现身侧面,因为叙事人在价值立场上最终是来自作者的。在刘禾的策略中,叙事人即是鲁迅。在她的揭示下,鲁迅的分裂就在于他拥有了知识(当然是指来自西方的)及其知识者身份。不是阿Q,而是鲁迅成为尴尬的角色。刘禾由对知识的合法性的怀疑,走向对鲁迅式知识者存在本身的怀疑,然而,没有鲁迅式知识者存在的中国近代社会将会是怎样的呢?

有趣的是刘禾最终还是把颠覆国民性理论的发明权授予鲁迅:"《阿Q正传》呈现的叙述人主体位置出人意料地颠覆了有关中国国民性的理论,那个尤其是史密斯的一网打尽的理论。""鲁迅的小说不仅创造了阿Q,也

---

① 刘禾:《语际书写》,第95页。

② 同上书,第95—96页。

③ 同上书,第96—97页。

创造了一个有能力分析批评阿Q的中国叙事人。由于他在叙述中注入这样的主体意识，作品深刻地超越了史密斯的支那人气质理论，在中国现代文学中大幅改写了传教士话语。”[①]刘禾这样做似乎是捍卫了鲁迅，但她让鲁迅最重要的思想财富在他自己的手里变成空头支票，是不是让鲁迅自己打了自己的耳光？

笔者进入刘文的文脉，其目的是把握其论证的内在逻辑，以免惑于理论障。现在可以看到，刘文的写作有两个相互联系的动机，一是对西方中心主义的强烈反叛，一是为自己的“跨语实践”理论寻求精彩的个案，因而该文写作的价值前提首先是确定的，即刘文首先就有国民性是西方中心主义话语的价值预设，其“跨语实践”理论实际上受到这一价值预设的潜在制约，因而看似客观的理论就变成一个历史叙事，鲁迅的国民性思想在这一历史叙事中，被虚构成完全不同的一个“故事”。其实刘文对鲁迅的潜在指责无非两个：一是其国民性概念有本质主义倾向，二是其国民性理论来自西方传教士话语——西方中心主义对中国的歪曲，总之，是一个内含知识权力的话语。这恰恰有悖于鲁迅国民性思想的两个特征：一是鲁迅国民性概念是一个历史性范畴，二是鲁迅所“拿来”的国民性话语本来是19、20世纪被压迫民族争取解放和独立的民族国家理论的重要部分。刘禾的理论渊源是福柯的知识权力理论，她在运用这一理论指责鲁迅国民性的本质主义倾向时，是否也陷入了“知识即权力”的另一本质主义呢？作为一篇精彩的翻案文章，它固然显示了作者的机智，也颇能发泄国人的民族感情，但由于离开了鲁迅的思想实际，就只能说是制造了一个“国民性神话”的神话，离真正的质疑还有距离。

毋庸讳言，鲁迅的国民性批判是现代中国人的一个沉重包袱，但它曾鞭策了中国人的深刻反省和发愤图强。在鲁迅的信念中，“国民性可改造于将来”，因而他希望自己的思想速朽。然而，抛弃其国民性思想的那一天至少现在还未到来，在仍将谋求现代生存的21世纪的中国，鲁迅的国民性思想仍然具有不可忽视的价值和意义。

---

① 刘禾：《语际书写》，第97页。

# 第四节　第二次绝望:1923年的鲁迅

## 寻找"原点"

竹内好在1940年代写的《鲁迅》中,通过对鲁迅生平的考查,发现其中的一个"最不清楚的部分",[①]即"蛰居"绍兴会馆的时期,这正是周树人成为鲁迅之前的长达六年的沉默时期,因而成为竹内的关注点,并试图在其中发现文学家鲁迅诞生的秘密。由于这时期鲁迅个人文本资料的欠缺,竹内以打破沉默后的第一篇小说《狂人日记》以及后来的《〈呐喊〉自序》作为主要分析对象,来推知鲁迅会馆时期的所思所想。在近乎直观式的揣测和文学性的描述中,竹内敏锐地发现,鲁迅在这一时期形成了"罪的自觉",并对政治产生了绝望,前者指向自身,后者指向中国近代变革的方式,这大概就是他所说的作为鲁迅文学基础的"无"吧,在此基础上,竹内断定,文学家鲁迅产生于沉默的S会馆时期,它孕育形成了鲁迅之成为鲁迅的东西。竹内天才式的阐释其实确立了日本鲁迅研究的范式,其后的日本鲁迅研究者多以极大的兴趣关注这一时期对于鲁迅的意义,并作出了种种新的阐释,如伊藤虎丸的杰出研究。也就是说,不管他们的研究结论有何分歧,但试图在神秘的S会馆时期发现鲁迅的"原点",则是他们的共同兴趣所在。[②] 由竹内奠基的日本鲁迅研究的这一范式,确实对鲁迅世界有着烛幽洞微的发现,并具备一定的说服力,但把鲁迅的"秘密"集中于某一时期的做法,则容易在放大某一时期的同时,而忽略了其他时期的重要性,在论述中也不免陷入自圆其说的困境,如竹内为了突出、强调鲁迅的文学自觉源于此时,不得不压低日本时期鲁迅弃医从文的重要性,因而着重对"幻灯片事件"进行解构,以强调鲁迅这时并未形成真正的文学自觉;面对鲁迅后来在自述性的文章中不断回顾、强调"幻灯片事件"的事实,又不得不花大量篇幅去解释、淡化

---

① 〔日〕竹内好著,李心峰译:《鲁迅》,浙江文艺出版社1986年版,第44、46页。

② 有关论述参阅:〔日〕竹内好著,李心峰译:《鲁迅》(浙江文艺出版社1986年版)。〔日〕伊滕虎丸著,李冬木译:《鲁迅与日本人——亚洲的近代与"个"的思想》(河北教育出版社2000年版);伊藤虎丸著,孙猛等译:《鲁迅、创造社与日本文学》(北京大学出版社1995年版)。

这些文章的意义。[①] 我觉得，鲁迅强烈的自我意识，使他的一生实际上经历了一个不断反思、挣扎、调整和转化的过程，其中某些时期确实具有决定性的意义，但不能只看到某一个时期。鉴于此，我愿意在此剔出1923这一年，试图发掘它在鲁迅的自我形成过程中的重要意义。

## 1923年的鲁迅

1923年，是鲁迅两个创作高峰间的沉默的一年。在此之前，是五四高潮时期的“一发而不可收”的《呐喊》的创作，其后，开始了《彷徨》和《野草》的创作，而在这一年，鲁迅却几乎停止了创作，除了没有间断的日记，现在所能见到的作品，是收入《鲁迅全集》中的《关于〈小说世界〉》和《看了魏建功君的〈不敢盲从〉以后的几句声明》两篇，以及致蔡元培、许寿裳和孙伏园三位熟人的四封信，前者收入他去世后辑录的《集外集拾遗补编》，后者收入“书信”集，皆为其生平所未亲自收集者。总之，鲁迅1923年的文字，只有寥寥几篇，其中很难找到真正称得上是创作的作品，更不用谈小说的创作了。因此可以说，鲁迅在这一年陷入了沉默。具有象征意味的是，恰在1923年的“前夜”——1922年12月3日夜，鲁迅编定自己前期最重要的成果——小说集《呐喊》，并作了著名的《〈呐喊〉自序》；走出1923年的1924年2月7日，鲁迅开始了《彷徨》的第一篇小说《祝福》的写作，并一发而不可收。年前的总结和年终的发言，正好衬托出这一年中黑洞般的沉默。

1923年，也是鲁迅前期成果开始收获的一年。1923年6月，他与周作人合译的《现代日本小说集》由商务印书馆出版；8月，第一本小说集《呐喊》由北京新潮社出版；12月，所编讲义《中国小说史略》（上册）由北京新潮社出版，同时，下册也已编定。这些成果，包括小说创作、翻译和学术研究，几乎囊括了走出会馆以后各方面所有的成果。诸多收成在同一年获得，如果从象征意义来看，大概意味着前一时期工作的告一段落吧。

1923年，发生了对于鲁迅的人生有着决定性影响的事件。1923年7月19日，鲁迅接到周作人亲手递给他的一封绝交信，曾经誓言永不分离的周氏兄弟突然失和，8月2日，鲁迅搬出八道湾十一号；同在7月，鲁迅因许寿

---

① 参见〔日〕竹内好著，李心峰译：《鲁迅》，浙江文艺出版社1986年版。

裳的关系,受聘为北京女子高等师范学校讲师,并于10月13日开始授课。如果说兄弟二人的分裂让鲁迅与前期的家庭生活告一段落,那么,接受北京女子师范学校的聘书,因为涉及女师大事件及许广平的"闯入",拉开了鲁迅此后新的人生大幕。应该说,这两个偶然发生于同月的事件,恰恰在鲁迅的人生中起到了决定性的承前启后的作用。

以上事实至少象征性地说明,1923年,对于鲁迅是一个颇有意味的一年,问题是,1923年对于鲁迅到底意味着什么?和竹内对鲁迅迷人的沉默尤感兴趣一样,我想了解的是,这一年的沉默对于鲁迅意味着什么?在一年的沉默中,鲁迅又孕育了什么新的东西?

沉默之后留下的只有行为,我们先看除了上述象征性事件外,鲁迅在这一年主要做了些什么。

要探寻鲁迅的日常行止,他自己的日记是最好的传记。在日记中可以看到,1923年所记,大多是与以前日记相似的日常琐事,但如果细加分辨,则可以发现,7月19日兄弟失和之前鲁迅的日常行止,和以前的日记所记载同,如书刊信件的寄收、老友学生的造访、同友人在外餐饭、"往大学讲"、"游小市"、"购书"、"夜修补古书"等日常琐事,所不同者,这年的日记中少了前此时期("五四"时期)常见的对夜间创作的记载,这本来是鲁迅的习惯,有所创作一般都在日记中留下。如果不计较这一迹象,这一年的日记大概也和以前任何一年的日记没有什么区别吧。但是,7月兄弟失和以后,日记中出现了此前包括以后都没有出现过的内容,并成了日记的主要内容——对搬家、寻屋、购房和装修的大量记载。7月19日二人失和,26日"上午往砖塔胡同看屋。下午收书籍入箱"。29日"终日收书册入箱,夜毕"。30日"上午以书籍、法帖等大小十二箱寄存教育部"。31日"上午访裘子元,同去看屋。……下午收拾行李"。8月1日"午后收拾行李"。2日"下午携妇迁居砖塔胡同六十一号"①。一系列紧锣密鼓的行动,说明鲁迅在7月19日对周作人"后邀欲问之,不至"后的绝望、愤怒与果决。砖塔胡同是临时租住,为了找到可以长期居住的地方,鲁迅转入频繁的看屋行动中。从8月16日"午后李茂如、崔月川来,即同往菠萝仓一带看屋"始,至

① 鲁迅日记皆引自《鲁迅全集》第14卷,人民文学出版社1981年版,下所引日记同。

10 月 30 日买定阜成门内三条胡同二十一号旧屋六间,在这短短的两个多月共出门看屋二十多次,此后,又多次出门办理房屋过户手续,其间,9 月 24 日“咳嗽,似中寒”,鲁迅因兄弟失和的打击及连日的操劳,生了一场病,其后有多次服药和上山本医院就医的记载,直至 11 月 8 日,始记下“夜饮汾酒,始费粥进饭,距始病时三十九日矣”。才初告痊愈。但即使在卧病期间,还坚持亲自看房、办理房屋过户手续、装修房屋等。这一年对于鲁迅,确实是琐事缠身的一年。

这些琐事都产生于兄弟的失和,由此可见这一事件对鲁迅生活的影响,但这事件对其内心的冲击,应该说是更大吧。我觉得,在鲁迅拼命忙碌的背后,该是一颗试图极力掩藏起来的流血的心。周氏兄弟失和的原因,由于已无法找到实证,至今仍像谜一样吸引着人们的猜测,即使现在不能确认是什么原因导致这一对兄弟二人都影响至大的事件,但可以肯定,这件事来得太突然,且兄弟二人对原因都讳莫如深。在事情发生的十几天前的 7 月 3 日,日记中还有“与二弟至东安市场,又至东交民巷书店,又至山本照相馆买云冈石窟佛像写真十四枚,又正定木佛像写真三枚,共泉六元八角”的记载,当周作人十多天后突然拿来绝交信的时候,至少鲁迅是始料未及的吧;如果真如传言所说,周作人的理由是认为大哥对弟媳的非礼,则无论是真是假,这样的失和对于双方都像吃了苍蝇一样恶心。在日常生活中,兄弟失和也是不少见的,但这件事发生在周氏兄弟之间,其影响非同寻常,这是由二人后来的人生所证明了的,尤其是对于鲁迅,其强烈的自我意识及精神气质,使几乎每一件事都成为其精神世界中的精神事件,兄弟失和亦应作如是观。充分估量这一精神事件对鲁迅自我的影响,尚需进入鲁迅当时的精神世界,也就是说,我们还得先了解走进 1923 年时鲁迅的心态。

走进 1923 年的鲁迅,虽然还没有开始《彷徨》的写作,其实其心境早已进入了“彷徨”时期。1921 年胡适写信给《新青年》各位编辑同仁,征求刊物以后的改变方向,标志着《新青年》团体开始解体。虽然鲁迅在代周作人的回信中,语气显得颇为豁达,但其实他知道,他曾默默寄予希望的思想阵地又将散失了。这一事件的打击,在《新青年》的同仁中,恐怕谁也没有对于鲁迅的大。我们知道,当《新青年》在北大渐成声势时,鲁迅对它却并没有表示怎样的看好,[①]他并不是不知道,这是一班和自己年青时一样颇有抱负的青年,但日本时期的绝望经历,使他觉得这必将是又一次徒劳无功的行动,因而对它表现的态度是"隐默";鲁迅的加入《新青年》,是在钱玄同的劝说下,因在理性上不能否认希望之"可有"而加入的,换言之,是他对《新青年》在未来的希望的可能性的期许,使他在绝望之后又一次勉为其难地启动了启蒙的行动,这同时也就意味着,《新青年》的失败将给他带来又一次的绝望,这一次绝望将连仅有的一点希望的可能性也勾销了,只剩下彻底的绝望。因此,鲁迅虽不是《新青年》的编辑,但其解体,在他内心中是一次毁灭性的打击,他只是在后来才描述了当时的境况:"后来《新青年》的团体散掉了,有的高升,有的退隐,有的前进,我又经验了一回同一战阵中的伙伴还是会这么变化,并且落得一个'作家'的头衔,依然在沙漠中走来走去,不过已经逃不出在散漫的刊物上做文字,教作随便谈谈。"[②]值得一提的是,《新青年》的解体,对周氏兄弟的打击似乎都是毁灭性的,周作人 1921 年的一场大病,应是与这一事件直接相关,其后的思想和人生道路的转折,也自此拉开了序幕。对于鲁迅来说,如果说他在日本时期经历了第一次绝望,那么,以《新青年》的解体为标志,鲁迅由此进入了第二次绝望,而且是一次不可救药的绝望。

其实,虽然加入了《新青年》,鲁迅仍然是有保留的,这就是所谓"我自有我的确信"[③]。深深的绝望如一根伏线,潜藏于其出击身影的背后,站在边缘"呐喊几声",正是近乎折中的姿态。早就在写于 1920 年 10 月的《头发的故事》中,就借阿尔志跋绥夫的话对"黄金世界"的希望提出了不合时

---

① 周作人回忆说:"在与金心异谈论之前,鲁迅早知道《新青年》的了,可是并不怎么看得它起。""总结的说一句,对于《新青年》总是态度很冷淡的。"(周遐寿:《鲁迅的故家》,北京鲁迅博物馆编:《鲁迅回忆录(专著中册)》,北京出版社 1999 年版,第 1067 页)

② 鲁迅:《南腔北调集·〈自选集〉自序》,《鲁迅全集》第 4 卷,人民文学出版社 1981 年版(下同),第 456 页。

③ 鲁迅:《呐喊·〈呐喊〉自序》,《鲁迅全集》第 1 卷,第 419 页。

宜的质疑[1],而在此之前,他已对这位俄国的“个人的无治主义”者[2]产生了强烈的个人兴趣,并开始了阿氏小说的热情翻译的工作,我猜测,20年代对阿尔志跋绥夫的翻译介绍,除了他一贯坚持的文化引进的启蒙动机,应该有正是在阿氏著作那里找到了可以交心的知音的内在因素。《新青年》的解体只不过使他又一次确证了“绝望”的发生。《故乡》之后,鲁迅隔了将近一年时间没有创作,直到这一年的12月,又拿起了笔,开始创作《阿Q正传》,在这篇被视为其启蒙文学的代表作中,却拿出了一个可悲又可笑的“国民灵魂”。这一“国民灵魂”的展示,与《狂人日记》里对“没有吃过人的孩子”的严峻追索,已拉开了距离,充满戏谑和杂语的语体,也与所谓“启蒙文学”的严肃性有一定距离,这篇代表作透露了鲁迅第二次启蒙的危机。《阿Q正传》后,鲁迅明显加快了《呐喊》创作的进度,以前是三年写了八篇小说,而在1922年6月,鲁迅完成了《端午节》和《白光》两篇,10月,又接连创作了《兔和猫》、《鸭的喜剧》和《社戏》三篇,11月,作最后一篇《不周山》。1922年的一年之内就完成了剩下的六篇,从小说题材看,大多是身边生活的速写,没有了此前小说对主题及题材的精心设计,最后一篇是历史题材的小说,属于后来的“故事新编”的题材范围。这些似乎表明,鲁迅想匆忙结束《呐喊》的创作。

### 《〈呐喊〉自序》

1922年12月3日,鲁迅终于编订完《呐喊》,并作了著名的《〈呐喊〉自序》。我们知道,这篇名文其实是对“呐喊”时期的一个自我总结和反省,作为他第一篇真诚披露心迹的文字,对于了解其前期的生活和思想具有重要的文献价值。我所感兴趣的是,在给《呐喊》作序的时候,鲁迅在心境上已经进入了“彷徨”时期,那么,对“呐喊”的叙述叠印了多少“彷徨”的底色?《〈呐喊〉自序》恰恰写于走进1923之前的最后一月,该隐含有多少鲁迅走

---

① 在小说《头发的故事》中,N问道:“我要借了阿尔志跋绥夫的话问你们:你们将黄金时代的出现豫约给这些人们的子孙了,但有什么给这些人们自己呢?”(鲁迅:《呐喊》,《鲁迅全集》第1卷,第465页。)

② 鲁迅在《译了〈工人绥惠略夫〉之后》中称阿尔志跋绥夫小说中的赛林和绥惠略夫的形象表现了“无治的个人主义”或“个人的无治主义”。(《鲁迅全集》第10卷,第166页。)

进 1923 年时的心态密码?

《自序》首先从“梦”谈起:

> 我在年青的时候也曾经做过许多梦,后来大半忘却了,但自己也并不以为可惜。所谓回忆者,虽说可以使人欢欣,有时也不免使人寂寞,使精神的丝缕还牵着已逝的寂寞的时光,又有什么意味呢,而我偏苦于不能全忘却,这不能忘却的一部分,到现在便成了《呐喊》的由来。

首段无疑想首先点明《呐喊》创作的由来,但行文却极尽吞吐曲折,第一句话中的“梦”、“忘却”、“并不以为可惜”之间,就经过了两重转折,“也曾经做过许多梦”中的“也”也颇有意味,“也”所指的他者是谁?但话题接着由“梦”突然转到“回忆”,由“回忆”牵连到“寂寞”,由“寂寞”又转到“苦于不能忘却”,中间又经历了几层转折;有意思的是,经过这几次迷宫式的转弯,当最后告知“这不能忘却的一部分,到现在便成了《呐喊》的由来”时,我甚至难以判断,“这不能忘却的”是指这一句话中的主题语“回忆”呢?还是指前一句中的“梦”?

作者并不多加解释,便转入对往事的回顾。回顾颇为跳跃省净,对以往经历进行了电影镜头般的闪回,其中包括父亲的病、到南京求学、日本仙台的幻灯事件、弃医从文筹办《新生》、失败后的“寂寞”和 S 会馆的对话,这大概是鲁迅第一次集中披露自己的经历,这些片段后来在自述式的《朝花夕拾》中都有更详细的叙述。与《朝花夕拾》平静舒缓的单纯叙述格调不同,《〈呐喊〉自序》的回顾是在颇为复杂的叙述格调中进行的。表面上颇为平静流畅,即使在叙及《新生》失败后深深的“寂寞”时,也尽量保持着颇为客观的语调,给人一种往事如烟的超脱感,同时,在平静的叙述背后,又能感到弥散着一种“蒙蒙如烟然”的悲哀,形成难以言传的叙事张力。

在叙及《新生》的夭折后,鲁迅提到了成为研究者关注焦点的“寂寞”:

> 我感到未尝经验的无聊,是自此以后的事。我当初是不知其所以然的;后来想,凡有一人的主张,得了赞和,是促其前进的,得了反对,是促其奋斗的,独有叫喊于生人中,而生人并无反应,既非赞同,也无反对,如置身毫无边际的荒原,无可措手的了,这是怎样的悲哀呵,我于是以我所感到者为寂寞。

这寂寞又一天一天的长大起来，如大毒蛇，缠住了我的灵魂了。

由于“寂寞”的描述紧接《新生》事件之后，研究者多把后者看成前者的原因，而忽视了《新生》计划失败后尚有《域外小说集》的翻译出版和《河南》杂志上系列长篇论文的发表，尤其是后者，系统地提出了鲁迅对于中国摆脱近代危机的主张，颇为“慷慨激昂”。如果在《新生》事件后就已落入“寂寞”心态的话，大概难有其后的两个更大的举动吧。但是，这两次努力的结局同样是失败，《域外小说集》（上册）虽然出版了，结果只卖出了20本，深思暇瞩的“立人”主张，在发表后并没有得到任何反响，最后一篇《破恶声论》未完而终，我想，鲁迅在这时，大概更能体会“叫喊于生人中，而生人并无反应，既非赞同，也无反对，如置身毫无边际的荒原”。因此，“我感到未尝经验的无聊，是自此以后的事”，如果解释成为自《新生》事件始的一系列文学启蒙努力失败以后的事，就更加合理吧。

鲁迅的描述说明，所谓“寂寞”、“无聊”、“悲哀”，首先是对启蒙对象的可启蒙性的绝望，“荒原”感是其最形象的表达。但鲁迅强烈的自我意识使他又马上转入对自身的反省：“我决不是一个振臂一呼应者云集的英雄。”将绝望指向了自身的行为能力。这就是鲁迅日本时期经历的第一次的绝望。“绝望”带来的只能是“痛苦”，正是因为“太痛苦”，S会馆时期的鲁迅不得不扼杀产生绝望感的觉醒意识，这就是他所说的通过“钞古碑”等方法“麻醉”自己，使自己沉入于“国民”与“古代”中去。钱玄同的到来打破了S会馆的平静，在他的一再追问下，鲁迅终于说出了自己的“铁屋”理论：

> 假如一间铁屋子，是绝无窗户而万难破毁的，里面有许多熟睡的人们，不久都要闷死了，然而是从昏睡入死灭，并不感到就死的悲哀。现在你大嚷起来，惊起了较为清醒的几个人，使这不幸的少数者来受无可挽救的临终的苦楚，你倒以为对得起他们么？

“铁屋”理论所表达的无非是绝望，对启蒙有效性的绝望。“铁屋”与前文所说的“荒原”同，不过，这一次采取了彻底放弃的姿态。然而，钱玄同随口说出一句其实是极普通的话：

然而几个人既然起来，你不能说决没有毁坏这铁屋的希望。

这由好辩的钱玄同随口说出的话,却使鲁迅马上改变了立场,并意识到自己的问题所在:

> 是的,我虽然自有我的确信,然而说到希望,却是不能抹杀的,因为希望是在于将来,决不能以我之必无的证明,来折服了他之所谓可有,于是我终于答应他也做文章了,这便是最初的一篇《狂人日记》。

"我之确信"无疑指自己所体验的绝望,对绝望的"证明"是过去的经验,而所谓"希望",却指向"将来","过去"无法否定"将来",因而"希望"也不能被"绝望"所否定。这是理性的推理,本来,"希望"与其说是存在,不如说是一种信念,相信它,就要以它为未来的必然性,但是,在鲁迅这里,作为信念的希望被进行了理性的处理,它以"可有"为希望的维系。钱玄同的话其实卑之无甚高论,它之所以对鲁迅产生顿悟效应的原因,恐怕还在鲁迅自己,即希望对他信念般的召唤,换言之,对话其实早已发生在鲁迅心里,只不过这一次通过他者口中说出,因而产生了偏斜效应,确认了另一方。然而,信念和理性之间的摇摆,使鲁迅确认的"可有"岌岌可危,很难经得住现实的考验。

这样看来,似乎"希望之可有"成为此次写作行为的动机,然而鲁迅又强调:

> 在我自己,本以为现在是已经并非一个切迫而不能已于言的人了,但或者也还未能忘怀于当日自己的寂寞的悲哀罢,所以有时候仍不免呐喊几声,聊以慰藉那在寂寞里奔驰的猛士,使他们不惮于前驱。

"在我自己"的强调,无非是说,同意出来写文章的直接动机并非上面所说的希望,而是对"如我那年青时候似的正做着好梦的青年"的"同情",而本来应作为文学启蒙的首要动机的所谓启蒙主义希望,这次被放到了第二位,更准确地说,是作为由外在"同情"所启动的行为的可能性结果而出现的。无论如何,鲁迅承认了,外在因素是这次写作行为的主要动机,本来是内在动因及行动前提的"希望",被置于行动之后,即位于将来的"可有",在这个意义上,鲁迅无异承认了"呐喊"并不是完全发自自己的内心。在说到自己小说中的"曲笔"时,鲁迅指出有两个原因,一是"须听将令",二是"至于自己,却也并不愿意将自以为苦的寂寞,再传染给也如我那年青时候似的正做着好梦的青年",都是为了他人。所谓"曲笔",在鲁迅的意思是不如实去写,也就是说,"寂寞"是真实的,"好梦"是虚幻的,那么,鲁迅对真实的保留,其目的就是不唤醒他们,免得遭受"寂寞"之苦,这似乎又回到"铁屋"理论中的立场。同是不唤醒,"铁屋"理论指的是不把人从"昏睡"中唤醒,这里指的是不把人从"好梦"中唤醒,两者都肯定了绝望的事实。

通观《〈呐喊〉自序》,有两点值得注意,一是"寂寞"、"无聊"、"悲哀"等关键词,表达了深深的绝望情绪,一是公开表白,他的"呐喊"是有所保留的,并不是真正发自内心。试想,如果《〈呐喊〉自序》写于"五四"高潮时期,这些都是不便于直说的吧。确实,鲁迅于"彷徨"时期给《呐喊》作序,给《呐喊》打上了"彷徨"的色彩,当鲁迅在文章中渲染"寂寞"的时候,他自己正处在"两间余一卒,荷戟独彷徨"的空前寂寞的处境中,所以,鲁迅对"寂寞"、"无聊"、"悲哀"、"荒原"感等体验的表达,一定同时揉进了此时此刻的绝望感受,反过来,通过《〈呐喊〉自序》,正可以体味鲁迅当时的绝望处境;同时,孤独、寂寞的处境使鲁迅获得前所未有的内心自由,使得他终于可以无拘无束地披露《呐喊》创作的真相。在这个意义上,《〈呐喊〉自序》是糅合进了鲁迅的第一次绝望和第二次绝望的有趣文本。

## 第二次绝望

《〈呐喊〉自序》以自我回顾的形式让过去告一段落,同时又借此倾诉了此时此刻的绝望。这篇名文其实标志着鲁迅陷入了其启蒙事业的第二次绝望。经过《〈呐喊〉自序》的自我清理之后,进入 1923 年的鲁迅停止了几乎所有文章的写作,他似乎散失了一切生存的意义。人是一个有意义的存在,鲁迅,作为近、现代中国的知识分子,"志于道"的传统使命意识及民族危机的现实,使他首先把对人生意义的寻求,放在为民族振兴而启蒙的事业上;当然,除此之外,他应还有中国人所普遍具有的人伦意义的寄托,在这一层面上,家道的中衰和婚姻的不幸使他把对此一意义的寻求集中在对母亲的孝顺及对兄弟手足之情的珍惜上,尤其对二弟周作人,因年龄的接近和对他才华的欣赏,兄弟二人情同手足,曾立誓终生相守,鲁迅对他爱护有加,从南京到日本到北京,都是鲁迅去在前,周作人跟在后并肩创业。可以想象,当进入如前所述的第二次绝望时,周作人的存在,对于鲁迅,既是《新青年》解体后身边最后一个战友,又是人伦生活中的莫大寄托,如果说,周作人是此时的鲁迅人生意义的最后寄托,恐怕并不过分。巧合的是,周氏兄弟的分裂恰恰发生在鲁迅陷入第二次绝望的1923年,而且,这一分裂是出于令人尴尬的猜测和无法沟通的误解,揭示了二人内心已经形成的可怕裂痕。周氏兄弟的分裂,对于鲁迅是致命的,至此,他丢失了曾经支撑前期生存的全部意义。鲁迅一生经历了两个人生的低点,一是我们都熟知的S会馆时期,一个就是1923年,亦即两次绝望的时期,如果说会馆时期的第一次绝望还留有余地,其现实生存尚有整个家庭的寄托,那么,1923年的第二次绝望是致命的,并且连现实生存的寄托也没有了。1923年,应是鲁迅人生的最低点。

生存到绝境大概只剩下沉默吧,和S会馆时期以"钞古碑"打发寂寞一样,这时期的鲁迅投入到没完没了的琐事当中。现在无法知道,在繁忙和疾病背后,他到底想了些什么,但可以肯定的是,他的自觉意识并没有停止。陷入绝境的人,结果无非两种可能,一是走不出绝境,一是走出绝境,我们现在知道,和第一次绝望期一样,鲁迅最终走了出来,不过,这次并没有花费多少时间。这一年的年末(1923年12月26日),鲁迅前往北京女子高等师范学校,作了著名的《娜拉走后怎样》的演讲,标志再次由"沉默"转向"开口",第二年的1月,又赴北京师范大学附中演讲《未有天才之前》,2月7日,开始了《彷徨》的第一篇小说《祝福》的写作,2月一口气写了三篇,在9月的一个无人的秋夜,又开始了《野草》的写作。那么,必然要问的是,既然第二次绝望比第一次绝望更严重,鲁迅为何这么快就打破了沉默?

打破沉默的秘密正在其沉默之中,要想知道其中的秘密,又何其难也。首先要说明的是,鲁迅如此快地打破沉默,大概有两个心态上的因素,其一,既已走上言说的道路,就不得不言说下去。"已经逃不出在散漫的刊物上做文字,叫做随便谈谈。"[①]鲁迅又拿起笔,不管是为了卖钱养家,还是为了个人抒发愤懑,这已是他的职业习惯,也是团体离散后唯一可以寄托的本业,这一心态在当时同陷于绝境的周氏兄弟那里是相同的,周作人在《新青

---

① 鲁迅:《南腔北调集·〈自选集〉自序》,《鲁迅全集》第4卷,第456页。

年》解散后把自己的本业定位在文学上，认为“治文学的人也当以这事为他终身的事业，正如劳农一样”[①]，也于20年代初去种他的“自己的园地”去了。“逃不出在散漫的刊物上做文字”，完全可以在《新青年》解体后鲁迅小说发表的刊物上看到，1921年1月的《故乡》之后，鲁迅小说发表的刊物不再像以前集中于《新青年》、《新潮》等杂志，而是分散于北京《晨报副刊》、《民国日报副刊》、《语丝》周刊、《莽原》半月刊和上海《小说月报》、《东方杂志》、《妇女杂志》等各种杂志，由此可知此时的“游勇”状态。其二，第二次绝望后，鲁迅反而获得了一个充分自由的心态，可以不受约束地从事文学创作。与《新青年》的合作中，“听将令”的姿态使他并没有和盘托出自己的态度和主张，这一点表现在《呐喊》和同时期的随感录的创作中，木山英雄就敏锐地看到鲁迅五四时期的文章略显空洞的地方：

> 他相继把中国人的国粹主义、迷信、祖先崇拜、野蛮、折中主义、双重思想、非个人的群体的自大意识之类，纷纷举到锋利的批判枪口上，但并未提示任何取而代之的东西或者改革的具体方案，只是一意催促思想的觉醒和改革的决心。作为“新文化”的实绩，陈独秀曾积极地打出各种口号，周作人在“人的文学”的名目下倡导个人主义的人道主义，胡适则提出“国语的文学，文学的国语”，显示了改革方案的具体性。与这些论客为伍的鲁迅似乎也以“人”、“进化”、“世界”、“科学”、“爱”等语词阐述着自己的新思想，当然，仅用这些新的语词便能使青年感奋，正是所谓的“五四文学革命”这一时代的特色。但总之，鲁迅并没有给这些语词注入应有的内容而予以充分的阐释，则是不争的事实，在鲁迅来说，这些词语只不过是在与之正相反的中国现状中被逆向性的规定了的，专为否定用的相反概念而已。[②]

由此可以看出，鲁迅在那时并未完全获得自己。而当前彻底的绝望，使鲁迅失去了以前所寄托的一切，只剩下孤独的个人，这样的处境反而使他摆

---

① 《文学研究会宣言》(此文为周作人所作)，转引自《文学研究会资料》，湖南人民出版社1985年版，第1页。

② 〔日〕木山英雄著，赵京华译：《〈野草〉的诗与“哲学”(上)》，载《鲁迅研究月刊》1999年第9期。

脱了不必要的束缚,真正地获得了自己。这从鲁迅复出后的演讲中对胡适的评述可以看出,作为《新青年》时期的同仁,鲁迅和胡适之间的关系是较为融洽的,胡适是《新青年》团体的主将,在思想立场上,鲁迅即使在具体问题上有所保留,"听将令"的他也要与胡保持着同一阵营应有的同一步调,同时,在学术领域,他们之间也曾有较为密切的学术来往,从鲁迅书信可以看到,二人之间的学术来往一直保持到1924年,1924年8月后,通信便中断了。在复出后的演讲中,鲁迅开始对胡适公开提出批评,1923年12月的《娜拉走后怎样》对胡适五四时期所翻译易卜生名剧《玩偶之家》的主题作了颠覆式的重估,已透露此中消息,接着,1924年1月的演讲《未有天才之前》就对胡适几年前提出的"整理国故"的主张提出批评,把它列为社会上"一面固然要求天才,一面却要他灭亡,连预备的土也想扫尽"的几种"论调"之首,[①]试想,如果在《新青年》时期,这是不可能说出的,如果没有鲁迅此时期的自由心态,他也不可能发表真正属于他自己的言论,因此可以说,1924年的演讲标志着鲁迅在言论上离开了《新青年》时期的暧昧局面,真正获得了自己。空前自由的心态使鲁迅获得了自我表达的自由,正是在这一角度上,我们可以理解,鲁迅迎来了又一个更加多产的创作高峰,并在20年代以自由个人的身份展开了与章士钊和现代评论派的著名论争,在论争中使自己的思想和文章开始淬发出真正属于鲁迅的光彩,由此初步奠定了作为杰出杂文家和战士的名声和地位。必须指出的是,20年代中期的鲁迅在出击奋战的跃动身姿的背后,隐藏着内心的尚未愈合的伤口,因此出现了两个不同文本中的鲁迅,一是中期杂文中手拿"投枪"的叱咤风云、所向披靡的战士鲁迅,一是《彷徨》、《野草》中手拿解剖刀进行严酷的自我拷问和自我挣扎的鲁迅,当我们把写于1925年6月18日的《忽然想到(十一)》与写于1925年6月17日的《墓碣文》,以及写于1925年11月18日的《十四年的"读经"》及《评心雕龙》,与分别写于1925年10月17日和21日的《孤独者》和《伤逝》,放到一起,大概很难判断是出于同一时期的同一人之手。如果说论战的文字确立了鲁迅杂文家和战士的形象,那么,《彷徨》尤其是《野草》的自我拷问和自我挣扎,则标志着鲁迅通过对旧的自我的总结和清算,

① 鲁迅:《坟·未有天才之前》,《鲁迅全集》第1卷,第167页。

终于走出了第二次绝望,迎来了真正的新生。出击奋战既伴随着这一艰难的自我反思的过程,也可以说是这一自我反思过程的成果。

## 穿越绝望的努力

正如竹内好所发现的,鲁迅在作品中“所描写的自己可以说是过去的自己,而不是现在的自己”[①],就是说,其作品所表达的大都是过去体验、思考的结果,如同研究者在《狂人日记》中探寻S会馆时期鲁迅内心的隐秘世界一样,我们当然也可以在鲁迅后来的“开口”中寻找他走出绝望的秘密。1924年2月,鲁迅开始了《彷徨》的创作,9月,又开始了《野草》的创作,《彷徨》和《野草》既标志着鲁迅打破了一年的沉默,又记录着鲁迅走出绝望的心路历程。《彷徨》开始阶段的创作,显示了和《呐喊》不同的创作意向——《呐喊》中极力压制的来自创作者自身的自我意识,在《彷徨》中以各种方式突现出来。鲁迅在回顾自己为什么写小说时,多次强调自己的启蒙动机,从《〈呐喊〉自序》可以了解到,《呐喊》的创作交织着外在启蒙动机和内在个人动机的紧张,前者如他所言,是为了“呐喊几声,聊以慰藉那在寂寞里奔驰的猛士”[②],后者在鲁迅的表述中就是对启蒙有效性的怀疑,它来自会馆时期的绝望,作为一条伏线潜藏在《呐喊》中,被鲁迅尽力压制。应该说,这两个动机对鲁迅来说都是主动的,但在个人内心的判断中,他更倾向于后者。其实,正如我们已经论述的,《呐喊》中的启蒙动机在《明天》的单四嫂子的绝望中就开始遇到危机,经《头发的故事》、《风波》、《故乡》和《阿Q正传》,小说的启蒙主题逐渐受到本来试图压抑下去的个人意识的质疑,并在《阿Q正传》中达到顶点,最后抛下几篇速写式的小说,让《呐喊》戛然而止。总之,在以启蒙为创作动机和主题的《呐喊》中,已显露出原初启蒙主题和极力压制着的个人意识的冲突。第二次绝望使鲁迅进一步确证了启蒙主题的无效,如果说第二次绝望后马上就开始的《彷徨》的创作延续了启蒙的主题,就不符合鲁迅的思想和心理实际。那么,《彷徨》的创作动机来自哪里呢?可以肯定的是,既已摆脱了启蒙的外在重负,心态反而较为自由,鲁迅

---

① 〔日〕竹内好著,李心峰译:《鲁迅》,浙江文艺出版社1986年版,第28页。

② 鲁迅:《呐喊·〈呐喊〉自序》,《鲁迅全集》第1卷,第419页。

在介绍《彷徨》时说:“技术虽然比先前好一些,思路也似乎较无拘束,而战斗的意气却冷了不少。”[①]很明显,“战斗的意气”指原来的启蒙动机,“思路也较无拘束”云者,即是说创作不再受外在因素的制约,可以自由地表达自己。因此在某种程度上说,《彷徨》是为自己写的。从《彷徨》可以看到,第一人称“我”的小说比《呐喊》多得多,而且,这里的“我”并非《呐喊》中的小说叙述者或客观的事件目击者,而就是小说人物命运的重要参与者和人格批判的对象,即使那些不以第一人称出现的小说,也带有强烈的自我观照色彩。鲁迅通过《彷徨》的创作,寄托了个人在绝望中的自我情绪,进行了深刻的自我怀疑和自我反思,并对自我的生存意向作了预测。

《彷徨》的首篇《祝福》,主要讲述了祥林嫂的悲惨故事,但下层妇女的悲剧并不是这篇小说的唯一主题,小说以几乎三分之一的篇幅写到了“我”这样一个悲剧目击者和参与者的角色,从小说看,“我”的身份是一个知识分子,但祥林嫂在这里不再是如“单四嫂子”一样的“粗笨”女人,“我”也失去了《呐喊》中的优越视角,“我”竟无法回答流落街头的祥林嫂的提问,在她的逼问下落荒而逃。祥林嫂的提问是发向作为启蒙者的“我”的一个巨大问号;《在酒楼上》中的“我”和吕纬甫同样生计潦倒、心境落寞,惺惺相惜的二人其实都是作者人生失意的心境写照,小说营造的失落哀伤的浓重氛围,充分寄托了作者身陷绝望中的无助情绪;《幸福的家庭》在轻喜剧风格中使“我”落入一个极具反讽意味的境地;《肥皂》、《高老夫子》对主人公性心理的微妙解剖,直指知识分子自我封闭起来的深层意识心理;《孤独者》和《伤逝》同写于1925年10月,《孤独者》中的魏连殳,正直、富有爱心但终至穷途潦倒,走投无路的他最后采取背叛自己理想的形式,结束了失意的人生;《伤逝》中涓生和子君因爱情走到一起,又在生活的艰难面前分手,最终的结局是子君的死。从《孤独者》的描写看,魏连殳的外貌及其性格特征极似鲁迅本人,魏的绝境也使人想到鲁迅的绝望处境,因此我觉得,魏连殳的结局大概是鲁迅对自己未来人生的一个最悲观的预测,其实,魏连殳投奔军

---

① 鲁迅:《南腔北调集·〈自选集〉自序》,《鲁迅全集》第4卷,第456页。

阔的行为，就曾是鲁迅自己在绝望时期对未来道路的一个打算；①鲁迅和许广平确定关系于1925年10月，正是鲁迅写作《伤逝》的时候，那么，《伤逝》的婚姻悲剧，是否鲁迅在作出重大选择时对未来婚姻结果的一种最悲观的预测呢？这两篇小说写于同一个月，正值鲁迅人生的重要转折点——毋庸讳言，这一转折点是许广平带来的，“害马”的闯入不仅意味着鲁迅婚姻关系的变化，更意味着鲁迅整个人生态度的调整。鲁迅在这重要人生关头，以小说形式对自我人生作一次自我清算和自我预测（自我演习），对具有强烈自我意识的鲁迅来说，应是符合情理的，鉴于此，我认为，《彷徨》中的小说有一种“梦魇模式”，即作者通过小说对自己人生结局的最坏一种结果进行了预演或推测，这不仅在上述两篇中可以看到，在《在酒楼上》、《兄弟》等小说中同样可以明显看到。“梦魇模式”的存在，是身陷绝境的鲁迅绝望体验的心理反映，也是鲁迅面临人生重大转折时的自我预测，更是自我总结和自我清算，通过魏连殳的死，鲁迅和旧我告别——“我的心地就轻松起来，坦然的在潮湿的石路上走，月光底下。”通过子君的死，涓生的忏悔指向了“无爱”的反面，从此开辟了“新的生路”。因此可以说，《彷徨》的创作完全出于个人动机——个人情感的抒发、对旧的自我的怀疑、清算和告别、未来人生意向的预测等，这正是《彷徨》被称为最具“鲁迅味”的小说的原因所在。

1924年9月的一个“秋夜”，伤痕累累的鲁迅走进幽暗的《野草》，开始独自解剖、舐舔内心的伤痕。半年后开始创作的《野草》，是《彷徨》中开始的个人意向的继续，并以新的文体形式，掘向内心的更深层。进入《野草》的鲁迅，是一个一切外在寄托均已丧失的鲁迅，经过第二次绝望，他已是一个一无所有的孤独个人。外在生存的困境总是转化为主体自身的矛盾，第二次绝望给他带来的是空前错综的矛盾组合，难以自拔的鲁迅，退到《野

① 孙伏园在回忆20年代中期的鲁迅时说：“鲁迅先生度着战斗的生活，处处受绅士们的压迫，大学教授中绅士居多，使他不能好好的教书，批评家中绅士也多，使他不能好好的创作。被绅士们包围的水泄不通的时候，好像我们在敌机临空时想念防空洞一样，他常常会想念他幼年同学时的好朋友，说：‘不教书了，也不写文章了，去公侠那儿做“营混子”去了。’”（孙伏园：《鲁迅先生二三事》，重庆作家书屋1944年版，第45页）陈公侠（1883—1950），名陈仪，和鲁迅同乡，同在日本留学，辛亥革命后任浙江都督府军政司长，1914年赴北京在袁世凯统帅办事处任职，1924年孙传芳邀任浙江陆军第一师师长。鲁迅与陈仪一直交谊甚厚。

草》的深处,对自我展开了近乎自虐的解剖和拷问。这对鲁迅来说,是一次孤注一掷的行动,他需要把自我推到绝地中来一次或生或死的终极逆转,这是生命的炼狱,或者因自我的无法重新组合而彻底崩溃,或者通过自我的反思和清算而涅槃新生。

难以排解的"自厌"情结,是鲁迅走进《野草》的主要心理动机。疲惫不堪的"影"在无限哀伤中选择了意味灭亡的"无地"和"黑暗",虽在"只有我被黑暗沉没,那世界全属于我自己"中不无悲壮之感,但在"我愿意只是黑暗,或者会消失于你的白天;我愿意只是虚空,决不占你的心地"中,可以感受到明显的自我厌弃,"过客"即突兀地说出:"因为我就应该得到咒诅。"①在《故事新编·铸剑》中,黑色人也意味深长地对眉间尺说:"我的魂灵上是有这么多的,人我所加的伤,我已经憎恶了我自己!"②鲁迅此时期的自厌情结,在可称之为自我小说的《在酒楼上》和《孤独者》中充分表现出来,吕纬甫的事事不如意而又无意于抗争的慵懒心态,已视生命为行尸走肉,在没有被完全窒息的清醒意识的观照下,处处显露出对自身生命的不满意;魏连殳早已对自我的生存产生了厌倦,维系他生存下去的唯一牵挂,就是年迈的祖母的残生,这是唯一一点爱的维系,这同时就意味着,祖母的死亡,也将是魏连殳的毁灭,因此,小说开头就安排的祖母之死,与魏连殳性命攸关,因为这无异于宣布了他的死刑,魏连殳先声夺人式的嚎哭,既是为了祖母,也是为了自己:"我虽然没有分得她的血液,却也许会继承她的运命。然而这也没有什么要紧,我早已豫先一起哭过了。"③祖母死后,魏连殳开始走向死亡的历程,不过,他的死亡,是放弃过去一直坚持的对爱承诺的有意义生存,向世俗的无意义生存迅速堕落,以彻底背叛自我的方式,来毁灭已经无意义的世界和无意义的人生,这无异于自杀。魏连殳复杂的自杀方式,来自对现实自我的厌弃,既然在这个世界所给定的必然性中,自我的结局就是失败和死亡,则这个自我和这个世界本来都不配有好的命运,不如以自我摧残的形式来向这个世界复仇,以自我的毁灭来宣判这个世界的必将灭亡。祖母的死

---

① 鲁迅:《彷徨·孤独者》,《鲁迅全集》第2卷,第192、96页。

② 鲁迅:《故事新编·铸剑》,《鲁迅全集》第2卷,第426页。

③ 鲁迅:《彷徨·孤独者》,《鲁迅全集》第2卷,第192、96页。

给了魏连殳铤而走险的自由,因此他反而觉得"快活"与"舒服":

> 你看,有一个愿意我活几天的,力量就这么大。然而现在没有了,连这一个也没有了。同时,我自己也觉得不配活下去;别人呢?也不配的。同时,我自己又觉得偏要为不愿意我活下去的人们而活下去;好在愿意我好好活下去的已经没有了,再也没有谁痛心。使这样的人痛心,我是不愿意的。然而现在是没有了,连这一个也没有了。快活极了,舒服极了。[①]

祖母的死,使他采取了"为不愿意我活下去的人们而活下去"的"快意恩仇"式的生存,这种活法,已不是他一直坚持的有意义生存,因为这已经被证明为不可能,而是以无意义的生存来嘲弄这无意义的世界,但魏连殳生命的意义毕竟在于前者,因此,他的这一选择也就葬送了他的生命——不过,这正是他现在所希望的。魏连殳生存逻辑的复杂性,充分地展示了鲁迅这一时期内心矛盾的复杂性。

自我厌弃对于鲁迅来说,乃是作为启蒙者的他长期经受希望和绝望的折磨的产物,在信念式的希望和事实性的绝望之间,鲁迅受尽了煎熬。长期在痛苦中煎熬而又无望的状态,最后往往对自身产生怀疑甚至厌弃,形成自我的危机。当鲁迅走进第二次绝望的时候,陷入了严重的自我危机,这意味着,对于他来说,他所面临的首先要解决的最大问题,已不是以前的启蒙可能性的外在的问题,而是自身的自我危机——生命成了问题!他或者直面并解决这一危机,或者如吕纬甫回避这一危机,或者如魏连殳因彻底绝望而加剧这一危机,虽然在小说中写出了吕纬甫和魏连殳的选择,但是,现实中的鲁迅选择的是直面自我的危机。自我的危机表现在自我矛盾的纠集和难以解决,危机状态中的自我是一个矛盾的集合体,重重矛盾的纠缠使自我陷入严重的分裂状态,难以形成统一的自我认同,必须直面这些矛盾,并给予解决。换言之,鲁迅已经厌弃了在重重矛盾中难以抉择的非生存状态,希望来一次最终的解决,不管其结局是生还是死,否则他首先就未曾生存。鲁迅直面矛盾的方式近乎惨烈,他以特有的执拗切入自我矛盾的深处,像一个人

---

① 鲁迅:《彷徨·孤独者》,《鲁迅全集》第2卷,第101页。

拿着解剖刀解剖自己的身体,亲自凝视自我的内在奥秘,展示自我各部分的组成。《野草》就是这样一个自我解剖的手术台。在《野草》中,鲁迅充分展示了一直纠缠自身的深层矛盾,我们可以看到,《野草》中的矛盾以一直纠缠他的希望和绝望的矛盾为中心——这在《希望》一篇中有极尽曲折的展示——衍射开来,展示了由这一矛盾所导致的种种矛盾的情感体验——先驱者和庸众(《复仇》、《复仇(二)》)、仇恨与悲悯(《复仇》(二))、求乞与布施(《求乞者》)、宽恕与忘却(《风筝》)、说与不说(《立论》)、眷念决绝、爱抚与复仇、养育与歼除、祝福与咒诅(《颓败线的颤动》),并直抵生与死的深层,这就是《影的告别》中的光明与黑暗、存在与虚无的纠缠,就是《过客》、《死火》和《墓碣文》中的生与死的追问;矛盾的纠缠在《野草》中甚至在具体行文的细节中呈现出随处可见的悖论式表达,如"无地"、"不知道时候的时候"、"用无所为和沉默求乞"、"他们俩将要拥抱,将要杀戮"、"这使他痛得舒服"、"用那希望的盾,抗拒那空虚中的暗夜的袭来,虽然盾后面也依然是空虚中的暗夜"、"死火"等,表现出作者对一切矛盾存在的极度敏感,其调遣矛盾的艺术,简直称得上是矛盾大师。为了清理和解决这些矛盾,他不惜把矛盾激化,把它推到无可逃避的死角,在这极端的两难处境中拷问自我的真谛。《野草》中的极端矛盾随处可见:"影"在黑暗和光明之间处于无论怎样选择其结局都是灭亡的两难处境;以希望之盾抗拒空虚中的暗夜袭来,但盾后面依然是空虚中的暗夜,以及终于孤注一掷以肉搏与暗夜决战,但最终发现暗夜其实并不存在;"我"终于启口向兄弟道出一直埋藏在心中的道歉,但对方的已经忘却让我陷入永远无所求其宽恕的境地;"死火"的冻结和燃烧都难逃灭亡;"墓中人"欲尝心而不得其味等等。这些无法解开的两难处境是作者自我危机的纽结所在,似乎有新的生命的催促,使他必须对此作出最终的解决,而如果不把它推到极端,也就难以最终解决。可以说,《野草》的写作过程就是作者生命追问的过程,从《影的告别》、《过客》直面死亡、依然向坟走出的果决姿态,经过七个梦境的艰难求索,以《墓碣文》为标志,作者像大梦初醒一样终于发现,既然死亡也不能解决自我的难题,则企图通过矛盾的解决而发现的矛盾背后的真正自我,原来是并不存在的,自我的实质即当下的生存,艰难的自我追寻过程终于落实在"绝望的抗战"的"这样的战士"和具有顽强生命力的"野蓟"身上。

隔了一年多后,鲁迅才把自己的这些文章定名为“野草”——这一名称直接承《一觉》中的“浅草”和“野蓟”意象而来,并写下了《题辞》。像一个久病初愈的人又获得了新生,鲁迅发出了生的欢快而粗暴的声音:

> 过去的生命已经死亡。我对于这死亡有大欢喜,因为我借此知道它曾经存活。死亡的生命已经朽腐。我对于这朽腐有大欢喜,因为我借此知道它还非空虚。
>
> 生命的泥委弃在地面上,不生乔木,只生野草,这是我的罪过。
>
> 野草,根本不深,花叶不美,然而吸取露,吸取水,吸取陈死人的血和肉,各各夺取它的生存。当生存时,还是将遭践踏,将遭删,直至于死亡而朽腐。
>
> 但我坦然,欣然。我将大笑,我将歌唱。

生与死的辩证,意味着鲁迅经过生与死的历险,参透了生的真谛,并在这生死不明的时代,紧紧地抓住了即使并不显赫的当下生存。生命具神性,生存在现实,人毕竟要首先获得生存,才能领会生的全部意义。鲁迅通过直面死亡的方式穿透了死亡,以旧的自我的埋葬获得了新的自我,并在这方生方死、方死方生的大时代自我作证:

> 我以这一丛野草,在明与暗,生与死,过去与未来之际,献于友与仇,人与兽,爱者与不爱者之前作证。
>
> 为我自己,为友与仇,人与兽,爱者与不爱者,我希望这野草的死亡与朽腐,火速到来。要不然,我先就未曾生存,这实在比死亡与不朽更其不幸。
>
> 去罢,野草,连着我的题辞!

经过《野草》中的生命历险,鲁迅终于确证了“反抗绝望”——“绝望的抗战”的人生哲学,从而解决了自我的难题,走出了自我的困境。当然,我们可以说,《野草》的写作伴随着他同时期的内心探索,但同时我们也不能否认,《野草》也就是鲁迅 1923 年自己走出困境的心路历程的反映,否则,1923 年走出自我困境的鲁迅之谜就难以真正得到解释。换言之,1923 年,不仅是鲁迅陷入第二次绝望的最低点,同时,也就在这一年的沉默中,他的内心深处经历了一次惊心动魄的自我挣扎和自我转换的历程,这在后来写的《野草》中才得以充分展现出来。1923年处在鲁迅由中期到后期的关节点上,其外在事件的巧合和内在心路的反映,足以说明,这一年是其人生的重要分水岭。1923年的转折意义,也反映在鲁迅的书账中:1923年之前,虽然他已经购买了大量外文书籍以及外国思想和文学的译著,但在书账中从未记录,所记者仅限于中国古籍,从1924年开始,书账开始记录外文书籍及译著,自此后逐渐增多,成为书账的绝大部分,这看似琐屑的习惯变动,大概也能说明一些问题吧。我们可以看到,经过这一发生在20年代中期——以1923年为标志——的艰难自我转换,后期的鲁迅,是以更为明确、宽广的心态和更加坚实、从容的姿态跨入现实生存的鲁迅,从他"神寒气凝"的脸上,我们能感到,曾经经历而终于平息的那场心灵的风暴,已经内化为他卓绝的生命的一部分,并最终凝定入"民族魂"的伟大形象中。在这个意义上,我们可以说,真正的鲁迅,不是在第一次绝望(S会馆时期)之后,而是在第二次绝望(1923年)之后,才得以诞生。

## 第五节　《野草》:穿越绝望的行动

### 一、《野草》的"诗心"

#### 1. 该拥有怎样的"诗心",才能与《野草》对话

《野草》,在鲁迅的文本中,是一个特异的存在。在20世纪中国文学中,大概也还没有比《野草》更为幽深诡丽的文本。对《野草》的解读,研究界的前辈与同人已做出过相当杰出的研究,无论是注疏的还是阐释的、实证的还是象征的、现实的还是哲学的,这些解读,都为我们走近《野草》铺设了道路。实证的史料爬梳、象征的意象阐释、玄学的哲理思辨,似已各展其能,但隐隐的不满依然存在:诸种阐释与《野草》的"诗心",还有距离。似乎无法首先从方法入手进入这一问题,这不是方法的选择,只是感到:历史参与的绝望化为了鲁迅的"诗",面对这一从《野草》,我们该拥有怎样的"诗心",才能与它真正对话?

《野草》之为"诗",不是文体学上的概念,以"散文诗"等来界定《野草》,太偏重文体的界定及文学史的意义。《野草》,与其说是一个写作的文

本,或者说是心灵的记录,不如说是1920年代中期陷入第二次绝望的鲁迅生命追问的一个过程,是穿越致命绝望的一次生命的行动,它伴随着情感、思想和人格的惊心动魄的挣扎和转换的过程,是一个由哀伤、绝望、挣扎、解脱、欢欣等等组成的复杂的情思世界,又是一个由矛盾、终极悖论、反思、怀疑、解剖、追问、顿悟等等组成的极为沉潜的哲思世界,还有它独特的语言与形式的世界,它不是抒情诗,也不是哲学(或者生命哲学),而是由思、情、言、行、形等结合在一起的精神的和艺术的总体。作为最后绝望中个人危机和个人能量的总爆发,《野草》展现了一个人在断念与决断关头最丰富、最复杂的心理状态,鲁迅的诸多精神奥秘,蕴于其中。《野草》,是我们走近鲁迅的一条捷径,但恐怕也是最难走的一条道路。

作为生命追问的一个过程,一次穿越绝望的行动,《野草》并非一般意义上的单篇的合集,而是一个整体,《野草》中,存在一个自成系统的精神世界。诸篇的形成,固然或多或少皆可找到一点外在的因由,最直接的,如《〈野草〉英文译本序》"因……作……"式的自我解释,但即便是最明白的起因,也只能是外在的参考材料,而不能成为《野草》"诗"的主体。对于《野草》,任何外在事件,都是作为一种精神事件,是这些精神事件,而不是外在的某个"本事",才可能是构成《野草》"诗"的"材料",起因只是起因,它不能代替《野草》自身的动力,所谓"不能直说",大概也不能只从外在现实环境找原因,而应进一步在《野草》的精神困境中来理解。实证主义的生平或文本材料的爬梳,是《野草》解读的必由之路,然仅止于此,似终有隔。象征主义的意象阐释,拿来了解诗的工具,这一方法的启用,使《野草》的阐释文学化或诗化,但仅仅意象加实证的结合,其意义阐释还是源于外在的世界,没有进入《野草》自身的意义系统,而且,零散化的象征意象的阐释,如何面对《野草》的"整体"? 哲学的解读,充分估量和展示了《野草》的形上旨趣,然而,如果首先从先在的存在、自由、虚无、绝望、选择、决断等生命哲学或存在主义理念出发,作对照式阐释,而不能意识到,《野草》自身就是一个自发的意义场域、一个自成体系的精神系统和表达系统,则再精妙的哲学解读,也不过证明了,《野草》也达到了西方生命哲学或存在主义哲学的高度,但《野草》自身的意义和价值,又在哪里呢? 至于近年出现的近于"索引式"的解读,在《野草》中搜寻鲁迅的性爱潜意识,也许被视为研究困境中"新的生长点”吧,不过,以完全“形而下”的心态面对《野草》,不仅与《野草》的“诗心”无缘,也与《野草》研究所追求的“客观”无关。

读《野草》,需要诗的敏感、哲学的思辨和艺术的鉴赏力,需要调动、倾注解读者自身的所有生命体验——体贴的同情。但《野草》研究绝不是主观任意的,作为研究对象,《野草》自有它的客观性,这个客观性,不仅来自本事或文本的实证、索引或意象阐释,也不仅来自文本与周围现实的联系,及《野草》文本与作者其他文本的联系,而且更存在于鲁迅走进《野草》时的生命状态,以及《野草》自足的精神系统和文本系统中,因此,只有充分了解、同情鲁迅当时的生命状态,并把握了作为整体的《野草》的精神系统和文本系统,具体的阐释才具备客观的背景和坐标。解读《野草》,必须进入作者深层的内在生命中去,进入这个以语言建构起来的自成系统的文本世界中去。

**2. 1923 年的沉默**

《野草》的写作始于 1924 年 9 月,在这之前的 1923 年,鲁迅曾陷入一年的沉默。1923 年,正是《野草》的“前夜”,这一年的沉默,对于《野草》的写作,又意味着什么?说起鲁迅的沉默,我们脑海中首先浮现的是 S 会馆抄古碑、校古书的鲁迅。1923 年的沉默,还没有引起学界的关注。对此,第一章第四节“第二次绝望:1923 年的鲁迅”已作过专门揭示,发现 1923 年的沉默,是鲁迅第二次绝望的标志。

不在沉默中爆发,就在沉默中灭亡。我们现在知道,1924 年 2 月,鲁迅打破沉默,开始写《彷徨》,2 月一连写了三篇,9 月,又开始了《野草》的写作。值得重视的是,在写于 1924 年 2 月的《在酒楼上》的结尾,“我”开始向颓唐不堪的吕纬甫告别,向相反的方向走去。这一次的打破沉默,没有任何人的劝说,他自己走了出来,而且以后再也没有回来过,在某种程度上说,他从此超越了自日本时期就开始的绝望情结。值得一问的是:鲁迅是靠什么自我超越的?在这一年的沉默中,他又孕育了什么新的东西?

在沉默中爆发的原因,就在沉默之中。有人说鲁迅的写作都是过去时,即他的写作,记录的是以前的所思所想。诚哉斯言,我觉得,1923 年的秘密,就在他打破沉默后的《野草》与《彷徨》之中,而《野草》,作为直接解剖自身的作品,应潜藏更多的信息。可以说,正是借《野草》的写作,鲁迅走出了第二次绝望。

### 3. 自厌与自虐

首先值得一问的是:走近《野草》时的鲁迅,究竟处在怎样的自我状态中?

《野草》写作时期,与《彷徨》、《两地书》(北京时期)大致相同,从同时期的作品可以看到,此时期的鲁迅,已然陷入强烈的自厌情结中,并由此形成了一种潜在而强烈的自虐意识。自厌与自虐,是鲁迅第二次绝望中的一个强烈的心理意识,也成为他走向《野草》的一个主要创作动机。

自我厌弃,是启蒙者鲁迅屡次遭遇绝望的产物,在信念式的希望和事实性的绝望之间,强烈的反思意识,使其怀疑和绝望,首先是“内向”的——指向自身。日本时期的第一次绝望,曾导致难以救药的自我怀疑,这怀疑指向的是青年鲁迅的自我期许——“我并非一个振臂一呼应者云集的英雄”①。十年后在钱玄同的劝说下走出S会馆,虽然绝望像一根伏线,仍潜藏在出击身姿的背后,但他对《新青年》群体,毕竟赋予了莫大的希望,因此,《新青年》的解体和五四的退潮,又一次把他推入绝望之中。人不能经受两次绝望,从此,内向的怀疑和绝望,以一种极端的形式出现了:一是对“庸众”的怀疑、绝望和愤怒;二是可怕的自我厌弃,进而形成潜在而强烈的自虐意向。对“庸众”的绝望和对自身的绝望,是内向性绝望的连锁反应,而自厌和自虐,也正是自我怀疑的恶性发展。

《孤独者》中,魏连殳之死与一个非常关键的精神事件有关,这就是“进化论”信念的最后的倒塌。“我”与他争论“孩子为什么变坏”,连殳在论辩中失败,小说虽没有渲染信念支柱倒塌的轰响,但这对于他的灭亡,无疑是决定的一击,因此,我们吃惊地看到,曾经以“孩子”为信念支柱的魏连殳,开始要他们下跪!《野草》中,绝望鲁迅的最复杂的感情,投向了“孩子”和“庸众”。面对孩子们的“求乞”,“我”拒绝“施与”(《求乞者》);最小的孩子最后一声的“杀”,终于使老女人彻底绝望,决然“遗弃”了他们的遗弃(《颓败线的颤动》);两篇《复仇》,是最为典型的刻画这一复杂情感的诗篇。第一篇以调戏式的反“看”,来使“看客”(庸众)们的“看”同样转为虚空,第二篇通过对十字架上耶稣的复杂心理的展示,极写了对于“庸众”的

① 鲁迅:《〈呐喊〉·自序》,《鲁迅全集》第1卷,第417—418页。

复杂心理,近乎绥惠略夫转而向民众开枪的愤激。向民众复仇,是第二次绝望的鲁迅内向性绝望的表现,是向自身复仇——自厌和自虐的第一步。

长期在痛苦中煎熬而又无望的状态,最后的结果,往往使痛苦的主体对自身产生怀疑乃至厌弃,形成自我的危机。《铸剑》中,“黑色人”即突兀地说:“我的魂灵上是有这么多的,人我所加的伤,我已经憎恶了我自己!”①“过客”也说:“因为我就应该得到咒诅。”②这种无处不在的自厌感,弥漫于《彷徨》中。《在酒楼上》、《孤独者》和《伤逝》,是《彷徨》的主干作品,它们的存在,使《彷徨》显出了强烈的“自我”色彩。《在酒楼上》中,人生失意、百无聊赖的吕纬甫一个人回到了阔别多年的故乡,这次回乡,为的是两件事,一是给小兄弟迁坟,一是顺便给邻家姑娘顺姑带朵剪绒花,两件事,皆是奉母亲之命,而且这对于一个启蒙者来说,似乎都是不足挂齿的吧。然而,就连这两件事,也没办好:小兄弟的坟终于打开了,却发现连最难烂的头发也没有了——“踪影全无”!顺姑曾给吕纬甫留下过美好的印象,所以特意辗转周折买了两朵,但送去方知,斯人已逝。两件不足挂齿的“小事”的没办成,加重了吕纬甫失意人生的“无聊”。这次还乡,所可注意者有二,一是,他强调这两件事是母亲叫他回来办的,说明这两件事出自母亲的意志,这非出于自我意志的“小事”,对于启蒙者吕纬甫来说,应近乎“无聊”;二是,这两件事虽不是出于自己的意志,但毕竟也投入了相当多的个人情感。故乡、故去的亲人、旧日邻家姑娘,这也许是一个男人心中最后的温暖,因此,这两件小事,其实又很大,这也许是最后的回乡之旅,也是失意人生仅存的意义所在,没办成导致的绝望后的绝望,也就更显其“无聊”。母亲的意志和暗藏的自我意义的寄托,看似矛盾,也许恰恰说明,母亲的存在,对于业已丧失自我意志的吕纬甫来说,其实是生存意义的最后维系,因而两件事的失败,也就透露了不祥的消息。《在酒楼上》写出了一个失败之人濒临崩溃的前夜。

既然母亲成了吕纬甫生存意义的最后维系,接着的问题就是,倘若这个母亲不在了,其结局会怎样?《孤独者》的写作虽距《在酒楼上》相隔一年零

---

① 鲁迅:《故事新编·铸剑》,《鲁迅全集》第2卷,第426页。

② 鲁迅:《野草·过客》,《鲁迅全集》第2卷,第192页。

八个月,但堪称姊妹篇,因为,《在酒楼上》提出的问题,《孤独者》中有了答案。小说以送葬始,送葬终,刚开头,魏连殳在这世界上的最后一个亲人——并无血缘关系的祖母去世了,他在送葬时突然迸发的一声嚎哭,既是为祖母,也是为了自己,因而他后来意味深长地说:

> 我虽然没有分得她的血液,却也许会继承她的运命。然而这也没有什么要紧,我早已豫先一起哭过了。

祖母之死,敲响了连殳的丧钟,自此后,他正式开始了自己的死亡过程,在某种程度上说,整篇小说,写的就是他的死亡过程。自厌的极端便是自杀,果然,连殳自取灭亡。小说所展示的连殳写给"我"的唯一的也是最后一封信,读之幽寒彻骨!

《两地书》中的通信,始于学生向老师求教摆脱人生痛苦的方法,其时,许广平陷入个人的困境,而鲁迅,正处于第二次绝望的无言的痛苦中。鲁迅马上认真地回了信,从此你来我往,每信必复。如此投入,当初固是为了回答学生的提问,但也不排除当时确实需要一个倾诉的对象。因此,面对"害马",一贯城府颇深的鲁迅,变得少有的坦率和倾心,借劝说对方,对自己作了较为彻底的反思。书信的坦诚之言,显露了鲁迅此时矛盾缠身、积重难返的生存状态及由此而生的自厌心理:

> 你好像常在看我的作品,但我的作品,太黑暗了,因为我常觉得惟"黑暗和虚无"乃是'实有',却偏要向这些作绝望的抗战,所以很多着偏激的声音。①

> 我所说的话,常与所想的不同,至于何以如此,则我已在《呐喊》的序上说过:不愿将自己的思想,传染给别人。何以不愿,则因为我的思想太黑暗,而自己终不能确知是否正确之故。至于"还要反抗",倒是真的,但我知道这"所以反抗之故",与小鬼截然不同。你的反抗,是为了希望光明的到来罢?我想,一定是如此的。但我的反抗,却不过是与黑暗捣乱。②

① 鲁迅:《两地书·四》,《鲁迅全集》第11卷,第20—21页。

② 鲁迅:《两地书·二四》,《鲁迅全集》第11卷,第79页。

所以我忽而爱人,忽而憎人;做事的时候,有时确为别人,有时确为自己玩玩,有时则竟因为希望生命从速消磨,所以故意拼命的做。……总而言之,我为自己和为别人的设想,是两样的。所以者何,就因为我的思想太黑暗,但究竟是否真确,又不得而知,所以只能在自身试验,不敢邀请别人。①

面对许广平的爱情呼唤,鲁迅一直处于被动退守的状态,时时生怕"太将人当作牺牲",到广州之前,二人还在围绕"牺牲"问题争论不休。面对爱情时的自卑意识,正是自厌情结的显现。

作为自厌发展的极端,一种潜隐而强烈的自虐倾向,也从该时期的文章中破土而出。百无聊赖的吕纬甫面对小兄弟的坟,突然有一种强烈的愿望:"我当时忽而很高兴,愿意掘一回坟,愿意一见我那曾经和我很亲睦的小兄弟的骨殖",他站在雪地中对土工们说"掘开来!"自认为这是"一生中最为伟大的命令"。掘"和我很亲睦的小兄弟"的坟,执意要亲眼看他的"骨殖",似乎隐隐透着自虐的意向。魏连殳对死亡的选择,则显现了一种复杂的死亡逻辑,不是立即自杀,而是"躬行我以前所憎恶、所反对的一切"——在精神上杀死自己,让无意义的肉体暂时存活下来——这无异于选择了一种"生存的死亡方式"。为什么要如此延长自己的死亡过程?推测起来无非有三:一是,由对生存的珍视而产生的对死亡的珍视——要死得有所作为,这就是他说的"偏要为不愿意我活下去的人们而活下去";二是,自我的生存已陷入了无意义,无意义的自己只配生存于这无意义的世界;最后,我想指出的是,连殳延缓死亡的过程,让一个清醒的自我看着另一个自我慢慢走向灭亡,其实更接近自残与自虐!

自虐意向,也潜藏于《野草》中。两篇《复仇》,就无意中流露了作者的自虐意识。《复仇(其二)》进入耶稣的心理,有意拉长了耶稣被钉杀的过程。耶稣拒绝喝"那用没药调和的酒",是为了"要分明地玩味以色列人怎样对付他们的神之子,而且要永久地悲悯他们的前途,然而仇恨他们的现在"。钉尖在穿透他的手足,钉碎了他的骨头,而文章的描述是:"使他痛得

---

① 鲁迅:《两地书·二四》,《鲁迅全集》第11卷,第79—80页。

柔和"、"使他痛得舒服"、"突然间,碎骨的大痛楚透到心髓了,他即沉酣于大欢喜和大悲悯中"。对痛苦的渲染,也许说明了,中国启蒙者的最后收获,只能是"痛苦",但对"痛苦"的承担异化成了"享受",却透露了一定的受虐意向。六百字出头的《复仇》,却首先以两整段的较大篇幅,详细展示、描写"桃红色的,菲薄的皮肤",皮肤下的"鲜红的热血","利刃"击穿皮肤后热血的飞迸,被刺者在热血飞迸中"得到生命的飞扬的极致的大欢喜"。两段描写,固然是给裸露站立的男女的未来行动"蓄势",但这极富感染力的描写,却也透露出对肉体痛苦的享受意向。

"唯黑暗和虚无乃是实有",鲁迅在中国的启蒙人生,最后获得也只能是自身丰富的痛苦,谁也不堪痛苦,才有对痛苦自我的厌弃,当痛苦成为生存本身,则易走向自虐,即由对痛苦的承担,转向对痛苦的"享受"——这本身就是纠缠不清的悖论。现在的问题是,鲁迅既已厌弃并试图摆脱这种矛盾状态,无论是生存还是灭亡,势必要做出新的抉择。这抉择,就在《野草》中,鲁迅没有回避矛盾,而是直面矛盾和死亡,把缠绕自身的矛盾一一打开,进而推向极端,置之死地而后快。

**4. 矛盾的旋涡**

自厌与自虐,源于自我的矛盾和分裂。新的自我对原来的自我产生了厌弃,陷入了分裂(矛盾)之中,而原来的自我之所以被厌弃,正是因为它已矛盾缠身。这意味着,对于陷入第二次绝望的鲁迅,他所面临的首先要解决的问题,已不是启蒙的可能性的外在的问题,而就是自我的危机——生命成了问题!或者直面并解决这一危机,或者如吕纬甫企图回避这一危机,或者如魏连殳因彻底绝望而加剧这一危机。虽然在小说中写出了悲观的预测,但现实生存中的鲁迅,选择的是直面危机,他已然厌弃了在重重矛盾中难以抉择的非生存状态,希望来一次最终的解决,不管其结局是生还是死,否则,首先就未曾生存。

鲁迅直面矛盾的方式近乎惨烈,他以特有的执拗切入自我矛盾的深层,像一个人拿着解剖刀打开自己的身体,并亲自凝视自身的奥秘。《野草》就是这样一个自我解剖的手术台,通过它,作者对纠缠自身的诸多矛盾,进行了一次彻底的展示和清理。于是,《野草》成了矛盾的旋涡,生命中的各种矛盾环绕纷呈,连单个语词的表述都是矛盾形态的,而且,诸多矛盾推向极处,形成无法解决的终极悖论,一个旋涡套着一个旋涡,让人无法自拔。

从《野草》文本的表面,首先就可以直观到诸多矛盾的存在:

光明与黑暗、求乞与布施、拥抱与杀戮、看与被看、先驱者和庸众、痛楚与舒服、悲哀与欢喜、仇恨与悲悯、希望与绝望、雨与雪、宽恕与忘却、说与不说、狂热与中寒、天上与深渊、无所希望与得救、眷念与决绝、爱抚与复仇、养育与歼除、祝福与咒诅、沉默与开口、充实与空虚、死亡与存活、朽腐与非空虚、明与暗、生与死、过去与未来、友与仇、人与兽、爱者与不爱者……

还有那随处可见的悖论式的表达:"无地"、"不知道时候的时候"、"用无所为和沉默求乞"、"他们俩将要拥抱,将要杀戮"、"这使他痛得舒服"、"用那希望的盾,抗拒那空虚中的暗夜的袭来,虽然盾后面也依然是空虚中的暗夜"、"死火"、"无词的言语"……

《野草》矛盾杂沓纷呈,缠绕纠结,一时颇难识别。但深入分析可以发现,"希望"——"绝望"这一对矛盾,作为诸多矛盾的纠结所在,处于《野草》的核心。希望与绝望的纠缠,在《希望》一篇中有极尽曲折的集中展示:围绕希望与绝望,《希望》接连设置了三层悖论,但层层设置,层层突围,层层剥笋地敞开真正的内核。第一个悖论("希望,希望,用这希望的盾,抗拒那空虚中的暗夜袭来,虽然盾后面也依然是空虚中的暗夜。")消解了反抗主体的"希望"——"盾"后面的那个人,第二个悖论(我老了,但寄希望于"身外的青春",然而,他们的"青春"也消逝了)消解了身外的"希望"——"身外的青春",两重绝望之后,"我"作出了孤注一掷的绝望的抉择——"肉薄",裴多菲把希望喻作娼妓的"'希望'之歌",开始绝望地奏响。这时,伴随绝地的转换,"绝望之为虚妄,正与希望相同"第一次出现,其所要表达的应偏重在"希望"一边——即"绝望之为虚妄",然而,只要树起希望,第二个悖论又出现了,又回到那孤注一掷的"肉薄",接着而来的第三个悖论——"但暗夜又在那里呢? ……而我的面前又竟至于并且没有真的暗夜。"对"暗夜"的一笔勾销,把这一点仅存的意义也消解了。但最后还是:

> 绝望之为虚妄,正与希望相同!

这不是简单的重复,作为对第三个悖论的解答,被赋予了新的意义。作为最后的指向,它已经超越了围绕"希望"和"绝望"之争的一切纠缠不休的难题，甚至超越了“暗夜”的并不存在和希望的被彻底勾销，因为一切已化为行动，指向行动。《希望》把长期纠缠于内心中的希望和绝望之争作了一次追根究底的审视，逐一翻检出围绕希望的几个悖论，并最终确立了以行动超越矛盾的姿态。

发源于希望与绝望的诸多矛盾，最后归结为一个现实生存的难题——生与死的抉择，这就是《过客》、《死火》和《墓碣文》中生与死的追问。无法解开的两难处境，是自我危机的纽结所在，似乎有新的生命的催促，使他必须对此作出最终的解决，而如果不把它推到极端，也就难以最终解决。因此，《野草》不惜把矛盾激化，并推到无可逃避的死角，在极端的两难处境中拷问自我的真谛。《野草》中的终极悖论随处可见：“影”徘徊于“黑暗”和“光明”之间，处于无论怎样选择其结局都是灭亡的两难处境；“我”以希望之“盾”抗拒空虚中的“暗夜”的袭来，但盾后面依然是空虚中的“暗夜”；及至终于孤注一掷以“肉薄”与“暗夜”决战，但最终发现其实“暗夜”并不存在；“我”终于启口向兄弟道出一直埋藏在心中的道歉，但对方的全然忘却让“我”陷入永无被宽恕的境地；“死火”的结局是冻结和燃烧，但两者都难逃灭亡；“墓中人”“抉心自食”，“欲知本味”，但却落入“本味”永无由知的绝境……

综上所述，《野草》中的矛盾可以图示如下：

| 绝望——希望<br>（虚无——实有）<br>（黑暗——光明） | 求乞—布施、拥抱—杀戮、看—被看、痛楚—舒服<br>悲哀—欢喜、仇恨—悲悯、宽恕—忘却、说—不说<br>眷念—决绝、爱抚—复仇、养育—歼除、祝福—咒诅<br>沉默—开口、充实—空虚…… | 死——生 |
| --- | --- | --- |
| 矛盾处境<br>现实抉择 ——→ | 矛盾状态 ——→ | 终极悖论 |

**5. 生死的追问**

鲁迅此时期的作品，隐藏着一个不易察觉的“凝视”的意向：《在酒楼上》中，吕纬甫执意要一睹小兄弟的“骨殖”；《死火》中，“我”欣喜于终于获得死去的“火”，因为这满足了自小就有的“凝视”的欲望；《好的故事》中，留恋于美丽事物的“我”欲“凝视”它们的存在，却忽而化为幻影……“凝

视”,显示了对变动不居事物的兴趣,以及试图把捉无常的努力,盖为耽思善感之人所同好吧,正如《死火》自述:

> 当我幼小的时候,本就爱看快舰激起的浪花,洪炉喷出的烈焰。不但爱看,还想看清。可惜它们都息息变幻,永无定形。虽然凝视又凝视,总不留下怎样一定的迹象。

作为《野草》的关键词,“凝视”显现了自我生命追问的强烈意向,《野草》的写作过程,就是一个自我生命追问的过程。

从《影的告别》始,中经《求乞者》、《复仇》、《复仇(二)》、《希望》、《雪》,一直到《过客》,这一组文章可视为《野草》追问的第一个部分——作者把追问意向固执地指向了死亡:《影的告别》中,身心交瘁的“我”已厌烦了“徘徊于明暗之间”的状态,需要在“光明”和“黑暗”之间来一次最终的抉择,但他选择的是“黑暗”和“虚无”;《求乞者》中的“我”选择了“用无所为和沉默求乞”,因为“我至少将得到虚无”;两篇《复仇》,是真正绝望的篇章,透露出强烈的绥惠略夫式的绝望;《希望》里以“青春”逝去后的“肉薄”,作出了孤注一掷的选择;《雪》无意于美丽的“暖国的雨”和“江南的雪”,而盼望成为彻底的“死掉的雨”;到《过客》,这一意向终于化身为在荒野中向“坟”踉跄而去的“过客”。值得注意的是,匆忙向“坟”奔去的“过客”,却不经意间给出了一个新的问题:

> 老丈,走过那坟地之后呢?

从《死火》到《死后》的七篇,是第二组文章。皆以“我梦见”开头的七篇,深入到梦境之中,开始了“上穷碧落下黄泉”的求索。“死火”,这一前无古人的意象,就是生与死的矛盾组合,“死火”已死,被“朋友”的“温热”唤醒,从“死”出发,又面临两个选择:冻灭和烧完,虽然这两种结局都不过是死亡,但“死火”选择了“烧完”——近乎一种生存的死亡方式;值得注意的是,《过客》中向“坟”奔去的“过客”,已来到《墓碣文》中,面临自己的尸体和墓碑,阳面的碑文,交代了死者的精神履历与死因,阴面的碑文,则展现了惊心动魄的自我拷问:

> ……抉心自食,欲知本味。创痛酷烈,本味何能知?……

……创痛之后，徐徐食之。然其心已陈旧，本味又何由知？……

……答我。否则，离开！……

直抵死亡的追问却最终发现，所谓真正的“自我”并不存在——“本味”永无由知！像噩梦惊醒般的，《颓败线的颤动》中，老女人已经“颓败”的身躯，在绝望后，第一次出现了“颤动”，这无疑是生的萌动。在天人共振中，以前所有的矛盾，在此汇集并得到重新整合。空前繁复、旋转、缠绕的语言，意味着《野草》已进入华彩乐章。《颓败线的颤动》是《野草》的高潮，诸多矛盾在此汇集，形成《野草》矛盾旋涡中的一个最深最大的旋涡，面对它，你会不由自主地被裹挟进去。这是继《墓碣文》后的第二个噩梦，在以死揭穿了自我的真相后，获得新生的《野草》主体又在新生中对以前的种种矛盾和问题进行了总结式的回顾和整合，使之告一段落。

《死后》也是一个关于死的噩梦——“我梦见自己死在道路上”，不过不再那么峻急和紧张，恐怖中已加入了轻松诙谐的调子，笔调也由格言和抒情体转向现实主义的细节写实。在琐细诙谐的记述中，一个虽死而知觉仍存的死者的尴尬处境被再现出来，这一死不再有《墓碣文》的恐怖和悲情，而是一次对死的搞笑式的游历，并适可而止地回到人间，在庆幸式的结尾中，我们可以感知，《野草》主体业已超越死亡的心态。

《死后》，真是“死后”，翻过《死后》的“山岭”，赫然发现站立在山那边的“这样的战士”，从而转入第三组文章的生存主题。自《这样的战士》始的最后五篇文章，艰难的自我追寻过程终于落实在绝望的抗战的“这样的战士”、“真的猛士”、被爱人呵护的“腊叶”和具有顽强生命力的“野蓟”身上。终于像一个久病初愈的人，重新紧紧抓住了生存。

在直奉战争的炮火声中，鲁迅写下了最后一篇《一觉》。飞机在掷下炸弹，却更真切地感到了生存——窗外的树叶、桌上的微尘、周边的书籍、青年的杂志、还有头顶上扔炸弹的飞机的哄鸣……，一切的一切，都与自己有关，他从来没有这样强烈地感觉到人间的真实和生命的实在，并最终凝结成一个卑微但有着顽强生命力的意象——“野蓟”。

如果联系整个《野草》的意象的发展，可以发现，从开始的“无地”、“黑暗”、“虚无”、“绝望”、“坟”、“墓碣”和“荒原”，到最后的“腊叶”和“野蓟”，鲁迅终于把艰难的自我追寻，凝定在坚强的生的意象上。漫长的梦到此终于“忽然惊觉”,回到生的现实,这大概正是“一觉”之名的由来吧。“烟篆不动的空气中上升,如几片小小夏云,徐徐幻出难以之明的形象。”这最后凝定的作者的现实姿态,和《野草》的第一篇《秋夜》的结尾,竟如出一辙,遥相呼应。①

隔了一年多后,鲁迅把这些文章结集为《野草》,并写下了《题辞》。像一个久病初愈重获新生的人,发出了生的欢快的呼喊:

> 过去的生命已经死亡。我对于这死亡有大欢喜,因为我借此知道它曾经存活。死亡的生命已经朽腐。我对于这朽腐有大欢喜,因为我借此知道它还非空虚。
>
> 生命的泥委弃在地面上,不生乔木,只生野草,这是我的罪过。
>
> 野草,根本不深,花叶不美,然而吸取露,吸取水,吸取陈死人的血和肉,各各夺取它的生存。当生存时,还是将遭践踏,将遭删刈,直至于死亡而朽腐。
>
> 但我坦然,欣然。我将大笑,我将歌唱。

生与死的辩证,意味着鲁迅经过生死的历险,参透了生的真谛,并在这生死不明的时代,紧紧地抓住了即使并不显赫的当下生存。既然死亡也不能解决自我的难题,则企图通过矛盾的解决而发现的矛盾背后的真正自我,原来并不存在。生命具神性,生存在现实,人毕竟要首先获得生存,才能领

---

① 《秋夜》的结尾:

> 猩红的栀子花开时,枣树又要做小粉红花的梦,青葱地弯成弧形了……。我又听到夜半的笑声;我赶紧砍断我的心绪,看那老在白纸罩上的小青虫,头大尾小,向日葵子似的,只有半粒小麦那么大,遍身的颜色苍翠得可爱,可怜。
>
> 我打一个呵欠,点起一支纸烟,喷出烟来,对着灯默默地敬奠这些苍翠精致的英雄们。

《野草》最后一篇《一觉》的结尾:

> 在编校中夕阳居然西下,灯火给我接续的光。各样的青春在眼前一一驰去了,身外但有黄昏环绕。我疲劳着,捏着纸烟,在无名的思想中静静地合了眼睛,看见很长的梦。忽而惊觉,身外也还是环绕着昏黄;烟篆在不动的空气中上升,如几片小小夏云,徐徐幻出难以指明的形象。

两个结尾何其相似:梦的残片尚在飘逝(《秋夜》:“猩红的栀子花开时……我又听到夜半的笑声”;《一觉》:“在无名的思想中静静地合了眼睛,看见很长的梦”),对残梦的毅然打断(《秋夜》:“我赶紧砍断我的心绪”;《一觉》:“忽而惊觉”),最后都凝定为手捏纸烟而遐想的坐姿。

会生的意义,自我的实质即当下的生存!在《野草》中,鲁迅通过直面死亡的方式穿透了死亡,以旧的自我的埋葬获得了新的自我。并在这方生方死、方死方生的大时代自我作证。

《野草》中生命追问的过程,亦可图示如下:

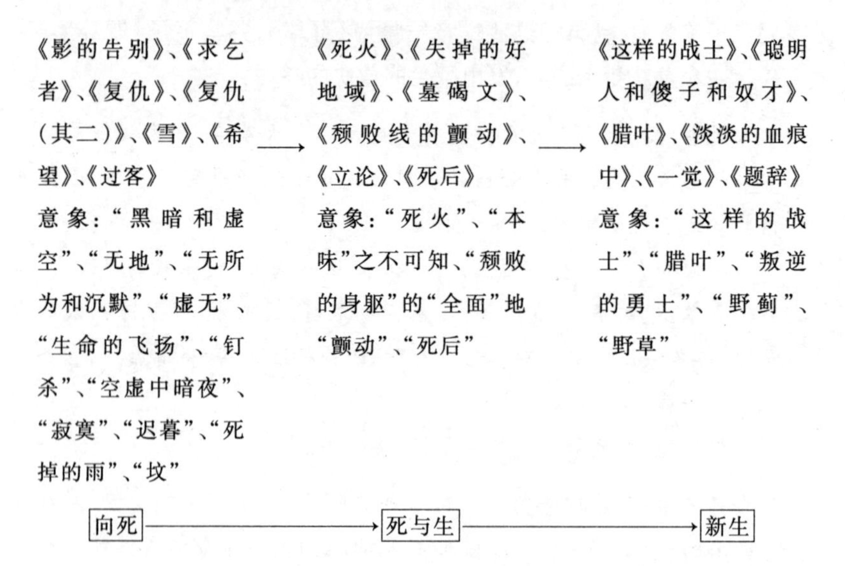


**6.《野草》“哲学”的形成**

经由生命追问而达新生,与其说是通过走向死亡的方式找到了真正的自我,不如说是一次自我的超越,因为所欲寻求的矛盾之后的真正自我,并没有找到。打开自己,但最终没能按原样缝合,新的自我不是通过复原而生的,而是如顿悟一般突然涌现,就像被巨大旋涡吸进去的人终又被突然的反作用力抛上水面。

一个还需触及的问题是,鲁迅得以完成自我超越的精神契机,到底在哪里?我以为,这一契机就在作为《野草》核心的《希望》一文中。

我们已经知道,《希望》一文直面《野草》矛盾的核心——希望与绝望,通过对矛盾双方穷追不舍的“鞭打”,层层剥笋地催逼三层悖论的现形。“绝望之为虚妄,正与希望相同”的第一次出现,是在第二个悖论出现之后,作为对裴多菲“‘希望’之歌”的绝地转换,这句话所要表达的,应偏重在“希望”一边——即“绝望之为虚妄”,因为,前面的两个悖论,已得出“希望之为虚妄”的结论。绝望之后的转折,是一次重新起航。然而,只要树起希望,第二个悖论接着又马上出现了,终于又回到那孤注一掷的抉择——“我只得由我来肉薄这空虚中的暗夜了。”这次似乎更为绝望,因为,这甚至是为了“一掷我身中的迟暮”。但接着而来的第三个悖论——突然发现“暗夜”并不真正存在,把这一点仅存的意义也消解了。在这个险峰之上,那句谜一般的隽语最后一次奏响:

绝望之为虚妄,正与希望相同!

这决不是再一次重申“绝望之为虚妄”,因为范式已经转换,至此,鲁迅哲学才真正形成。在最终定型的这句话中,既没有站在“绝望”一边,也没有站到“希望”一边,而是站到了“虚妄”之上。这一“虚妄”,不再是“希望”之为“虚妄”的“虚妄”(否定希望),也不是“绝望之为虚妄”的“虚妄”(否定绝望),而是既否定了“希望”,也否定了“绝望”的“虚妄”。在这一新的逻辑中,否定绝望,并不等于就肯定希望,反之亦然,因而,它不再是“不明不暗”的固有状态,而毋宁说是否定了所有前提和目的后的虚待之“无”,是一次自我的“清场”和“重新洗牌”。

这一内在逻辑,也可图示出来:

(绝望——虚妄[1]——希望——虚妄[2]——绝望)——→**虚妄**——→**反抗**

虚妄[1],是对绝望的否定从而指向希望,虚妄[2],在同一逻辑中必然是通过对希望的否定重回绝望。似乎再一次的“虚妄”之后,紧接着就是希望,落入希望与绝望的循环。然而,最后的“虚妄”,绝不是又一次对绝望的否定,而应视作对前面整个的“希望——虚妄——绝望”循环逻辑的全盘否定。否定之后,什么最终留了下来?不是希望,也不是绝望,而是行动本身!是反抗本身!这样的反抗,不再需要任何前提,无论是希望还是绝望,它以自身为目的,以自身为意义,是一种为反抗而反抗的反抗。

鲁迅的反抗成了这个样子,是一个沉重的代价,但太多“黑暗和虚无”的体验,使他不如此就难以为继其反抗的人生。要真正反抗于中国,就必须悬置包括希望和绝望在内的一切矛盾,甚至勾销“暗夜”的并不存在。对所有前提的悬置,自然危及包括同情、感激和爱在内人类公认的价值。因此,在《过客》中,“过客”拒绝了有着紫色头发的小女孩送给他的裹伤口的布

片,并且很突兀地说了一大段令人费解的话:

> 是的。但是我不能。我怕我会这样:倘使我得到谁的布施,我就要像兀鹰看见死尸一样,在四近徘徊,祝愿她的灭亡,给我亲自看见;或者咒诅她以外的一切全都灭亡,连我自己,因为我就应该得到咒诅。但是我还没有这样的力量;即使有这力量,我也不愿意她有这样的境遇,因为她们大概总不愿意有这样的境遇。我想,这最稳当。

如果“过客”接受了小女孩的布片,他所秉有的爱心,势必要还以一定的报答,而正是这一点是没有指望的。报答之心的复苏,会使已决断的“过客”,重回犹疑恍惚的矛盾境地,从而拖延了义无反顾的复仇。“过客”宁愿自己的反抗行为与任何人无关,只是反抗,自我作主,自我承担,自我负责,因为,“这最稳当”。这反抗,鲁迅曾自嘲为“与黑暗捣乱”。①

鲁迅确乎成了这样一个不计成败、义无反顾的反抗者,决绝的反抗,成了他存在的方式,这在首篇《秋夜》中,就由“枣树”的倔强姿态昭示出来,在《死后》之后,凝定成手拿投枪向无论一切掷去的“这样的战士”。他最终给我们的是一个铁铸的“横站”着的复仇斗士的形象,很少提到爱,绝不讳言恶,不仅提倡“以牙还牙”,甚至怀疑“同情”、“感激”这些人类公认的温暖价值在中国的意义,其最终遗言竟是煞风景的“一个都不宽恕!”人之将死,其言也善,可见这是最终的立场。博学的人们很容易发现他的局限,然而,如果我们深入体会其反抗的艰难,自然难以动辄求全责备。《希望》一篇的极尽曲折,就是明证。深入他的内心,我们会发现,其人本来具有更为健全的素质,但在中国的反抗本身,就已先验地决定了他的反抗的样子,也许,在中国,只能有这样的反抗,反抗者也只配有这样的命运。

**7.“虚无”、“反抗”、肉身性与丰富的痛苦**

以“虚妄”为基座的反抗,通过对一切前提的勾销,展露了其虚无的指向,并终于使“唯一者”——“肉身”呈现出来。身外的一切既已抛弃,反抗的最后承担者只能是当下的“肉身”,于是反抗者最终所收获的,也只能是

---

① 鲁迅:《两地书·二四》,《鲁迅全集》第11卷,第79页。

“丰富,和丰富的痛苦”①。

《颓败线的颤动》是《野草》第二部分梦境求索的终篇,在逻辑上是整个《野草》的高潮和转折,在该篇的开头,作者通过梦境惊心动魄地呈现了明灯下的一幕:

> 板桌上的灯罩是新拭的,照得屋子里分外明亮。在光明中,在破榻上,在初不相识的披毛的强悍的肉块底下,有瘦弱渺小的身躯,为饥饿,苦痛,惊异,羞辱,欢欣而颤动。弛缓,然而尚且丰腴的皮肤光润了;青白的两脸颊泛出轻红,如铅上涂了胭脂水。
>
> 灯火也因惊惧而缩小了,东方已经发白。
>
> 然而空中还弥漫地摇动着饥饿,苦痛,惊异,羞辱,欢欣的波涛……

这几乎是对现代中国启蒙者的存在处境的精彩隐喻。

作为后进现代国家,中国现代转型的资源取向,在逻辑上有三种可能:一是外来(主要是西方),二是本土,三是“肉身”化的当下践履。本土资源取向,表达了民族主义情怀和保守主义温情,也具有被权力意识形态利用的价值,在20世纪中国的现代进程中,它不时会成为潜隐或主导的诉求。但对于鲁迅和五四一代文化启蒙者,本土取向已然失去历史有效性,现代转型理念开始根本性转向,从而把现代资源取向坚定地指向以西方为代表的外来资源,“别求新声于异邦”。这一转向,基于对本土传统的重估、否定和批判,鲁迅的国民性批判,是其最深的视点。

由于所欲取法的“西方”,正是近代民族国家体系中的利益侵犯者和中华文化危机的致命对手,因此,五四文化启蒙者就在动机与理性上陷入巨大的悖论中,他们的行动源自救亡图存的近代情结,意欲唤醒的是普通民众,但是,他们又恰恰被民众视为文化中国的判敌者和掘墓人,这样的悖论处境,使他们无法获得基层民众的支持——这是中国行动成功的关键,因此可以说,真正西方资源取向的启蒙在中国无法获得它的合法性及实现的基础,也就注定了悲剧的命运。鲁迅启蒙人生的多次绝望,与此密切相关。

在“初不相识的披毛的强悍的肉块底下”挣扎的“瘦弱渺小的身躯”,难

① 穆旦:《出发》,《穆旦诗全集》,中国文学出版社1996年版,第151页。

道不是近代以来西学东渐、中西碰撞中的中国现代启蒙者挣扎处境的形象隐喻？从受动者主体角度对“饥饿,苦痛,惊异,羞辱,欢欣而颤动”的复杂体验的渲染,以及对“弛缓,然而尚且丰腴的皮肤光润了;青白的两脸颊泛出轻红,如铅上涂了胭脂水”的外在描述,浓缩了多少中国启蒙者的复杂现代体验？因此一幕,“老女人”给小女孩带来了生存的粮食,但也因此最终遭到儿女的抛弃,“老女人”的绝望和最终“颓败”,正是中国现代启蒙者宿命般的结局。

但真正的鲁迅也就在这“颓败线”上产生,因为,这“已经荒废的,颓败的身躯的全面都颤动了”,“颤动”,在“颓败”之后,应是新生的萌动,前文所述的反抗哲学,通过“颓败线”上的绝地反转,终于得以形成。至此,《野草》达到了它的顶点,也真正进入了它的华彩乐章,此前几乎所有的矛盾,在此进行了回放、汇集和重整,并把它们推向一个新的高度,重新化身为肉身无言的颤动。

在“老女人”雕像般的躯体颤动中,鲁迅绝望反抗的“肉身”本质呈现出来。这里所说的“肉身”,一是指,既然本土取向与西方取向都不可能,则中国现代转型最后真正依赖的,只能是否定性和实践性的当下践履。其否定,是由于不具有,所以拒绝一切先在的前提,如竹内好所谓“拒绝自己成为自己,同时也拒绝成为自己以外的任何东西”[①];实践性是指,由于无法提供先在的理性前提,这种践履,只能是当下的经验性的摸索,如鲁迅所谓从没有路的地方走出路来。但问题是,如果超越性理性资源的缺失,正是后进的根本原因,则这种诉诸经验与实用理性的“肉身”化的转型之路,本质上最终还是回归了本土,所谓“转型”,成为回转,我们的现代转型,只能是大地性的指向“前面”,或者时间性的指向“将来”。鲁迅启蒙的艰难及其内在危机,或正在其中。

“肉身”内涵之二是:中国启蒙者最终只能以肉身承担现代转型的痛苦,启蒙的最终收获,不是目的的实现,而只能是充满挫折与失败的个体体验——丰富的痛苦;作为“苦闷的象征”,现代中国文学,正是此“肉身”的呈

① 竹内好:《何谓近代——以日本与中国为例》,竹内好著,孙歌编,赵京华等译:《何谓近代——以日本与中国为例》,三联书店2005年版,第206页。

现。对于鲁迅来说,所有现代参与的不幸,都化为他个体的最深刻的痛苦,并化为鲁迅的文学,在启蒙之途中,作为副产品,他以文学的形式表达了堪称中国现代最深刻的生命体验,留下了中国近现代文化转型最深刻的个人心理传记,这些,都成为文学家鲁迅的底色。鲁迅文学,正是承担中国现代转型之艰难的痛苦“肉身”。

在这个意义上,《野草》,通过鲁迅,成为中国现代转型之复杂痛苦的经典“肉身”。作为深陷第二次绝望的断念之作,《野草》以“肉身”的方式,空前深刻地展现了这个中国20世纪忧患心灵的自我怀疑和自我挣扎的残酷过程,并以“虚无”为支点,透露了中国现代性的“肉身”本质。在《野草》中,由“虚无”呈现“肉身”的进路,大致有二。

一是于“虚无”中的挣扎,首先是以“肉身”的形式呈现出来,并以“肉身”的方式承担。如前所述,《野草》的第一部分,通过“虚无”、“黑暗”、“无所有”等关键词,显现了死亡的意向。这一虚无指向,最终通过肉身化的叙事呈现出来,正如前文已揭示的,两篇《复仇》,通过“受虐”的意向,展现了肉身对虚无的承担,而“受虐”意向的形成,正是因为,启蒙者最后的唯一收获,只能是丰富的痛苦。

“肉身”性进一步体现在,在“虚无”提炼成“虚妄”后,由此打造出的“反抗”,是以“肉身”为基质的反抗。《希望》一文,一再凸显那别致的“肉薄”,并通过围绕希望和绝望的终极悖论的层层设置和不断突围,使“绝望之为虚妄,正与希望相同”成为最后的绝响,如前所述,在围绕希望与绝望的一切前提都“虚妄”之后,“反抗”,作为最后的唯一者,终于水落石出。反抗者别无依凭,只有自身——“过客”一无所有,甚至拒绝了小姑娘善意的“布片”,“这样的战士”只拿着野蛮人用的“投枪”,“老女人”在遗弃了一切对她的“遗弃”后,剩下的只是自我肉身的无言的颤抖:

> 她赤身露体地,石像似的站在荒野的中央,于一刹那间照见过往的一切:饥饿,苦痛,惊异,羞辱,欢欣,于是发抖;害苦,委屈,带累,于是痉挛;杀,于是平静。……又于一刹那间将一切合并:眷念与决绝,爱抚与复仇,养育与歼除,祝福与咒诅。……她于是举两手尽量向天,口唇间漏出人与兽的,非人间所有,所以无词的言语。

这最后的"颤动",几乎浓缩了中国现代启蒙者所有的复杂体验。终于,在绝望之后,《野草》重回矛盾遍布的现实人生,去延续现代中国的"肉身"践履。

**8. 文体、语言及其他**

语言照亮了暧昧的生存,在语言达不到的地方,存在处于晦暗之中。走进《野草》的鲁迅,已面临生存的深渊,《野草》的写作表明,鲁迅不甘在无言的痛苦中毁灭,试图通过语言清理自己的生存,《野草》,是对语言从未达到过的尖端存在的表达,是一次语言的历险,超越规范的文体和语言,又怎能以规范去套?《野草》的文体,通常被视为散文诗,文学史家几乎都把它看成中国现代散文诗的里程碑之作,这样的界定,似乎太注重文体的划分和文学史的意义。像鲁迅的杂文一样,在《野草》中,存在诸多文体杂陈的现象,如《过客》之为戏剧、《我的失恋》之为诗、《风筝》之近乎小小说……面对《野草》的语言,评论家和文学史家也常常大惑不解、莫衷一是,它竟然如此蔑视和不顾严正的语法规范和日常的语言习惯,它公然违反简洁、通顺、符合逻辑等语言要求,那一个接一个的"然而"、"然而",形成了一个个 360 度的否定,一个旋涡套着一个旋涡;那由不断否定的意象、实词和转折词组成的长句,扭曲、缠绕、挣扎、转换,构成了纠缠如毒蛇、虬劲如老松的语言力量,在不断的否定中把意义推向更高的虚空,又在虚空中把捉新的可能……除文体、语言外,还有《野草》的色彩和音乐……这些,都等待我们以艺术之心去叩问其内蕴的"诗心"。《野草》中否定性的思维方式、语言方式与东方思想传统尤其是佛教与道家思想的影响,则更有待于深层的挖掘。

## 二、《野草》与佛教

《野草》面世已八十多年了,但面对这一丛"野草",总是隐隐感到,有一种核心的东西存在着,却难以抵达。就像一粒跌落人间的陨石,尽管再小,却来自一个更广大的宇宙,《野草》的背后,似乎也有一个广大而未知的精神世界。《野草》的信息,只有在进入这个精神世界后,才有可能得到更好的破译。

我想指出的是,这一隐藏在《野草》背后的精神世界,是佛教。

鲁迅与佛教的关系,作为"鲁迅与 × × ×"的研究模式,早已成为研究对象,鲁迅与佛教的事实性联系,就像鲁迅研究的其他领域一样,也几乎被穷尽。基本的事实是,鲁迅接触过佛教,曾大量购阅佛典,但他并没有皈依三宝,在气质与个性上看,他甚至与佛教相当隔。

这里强调佛教对鲁迅的影响,就像刚开始提到的《野草》背后似乎有一个广大的精神世界一样,确实是出于一种直感,我感到,在外在的个性气质、人生态度与佛教似乎格格不入的鲁迅身上,潜隐着一股来自佛教的气息,这些,亦已成为人间鲁迅的底色。鲁迅与佛教,二者若即若离,且皆幽深曲折,若仅限于事实性层面,或仅执著于佛教的义理作对照式阐释,似难深入。深得佛门三昧的徐梵澄曾借用庄子"雷声而渊默"语形容鲁迅:

> 其冷静,"渊默",不能纯粹是对辛亥革命后的许多事情的失望造成的,必亦是由于一长期的修养,即内中的省察存养而致。换言之,在自己下过绝大的功夫。显然,这必是受了佛经或老、庄的影响。[①]

此语最能传神其人神寒气凝的卓异气质,如同沉默下来的火山,正是经过炽热躁动的历史,才显出如今的沉静与幽寒。然由"雷声"而探其"渊默",则又何其难也。

《野草》与佛教,亦复如是。

**1. 鲁迅与佛教的因缘**

鲁迅与佛教,曾有一定因缘。为求平安,自小就被父亲领着拜当地长庆寺的主持龙师傅为师,赐法号长庚;幼时出入迎神赛会和目连戏,"无常"和"女吊"等佛、道结合的民间宗教文化,也给他一定的熏陶。如果龙和尚是他的第一个师傅,则第三个师傅也与佛教有关,日本留学时随章太炎学《说文解字》和楚辞,章氏其时已转治佛学,倡以佛法救国,深谙唯识宗。也许正是受章氏影响,青年鲁迅曾在日本时期的《破恶声论》中为佛教辩护,称"夫佛教崇高,凡有识者所同可",而怒斥那些"毁伽蓝为专务"的人。[②] 民国初隐默于北京绍兴会馆,陷于"寂寞"的鲁迅曾大量购读佛经,从 1913 年始日记中出现购读或借阅佛典的记录,1914 年尤甚,《日记》所记 1914 年书

---

① 徐梵澄:《星花旧影——对鲁迅先生的一些回忆》,北京鲁迅博物馆编《鲁迅回忆录·散编下册》,北京出版社 1999 年版,第 1330 页。

② 参见鲁迅:《集外集拾遗补编·破恶声论》,《鲁迅全集》第 8 卷,第 29—31 页。

账,佛教经论等竟占百分之八十,确属惊人。当然,买了不一定就读了,从那一年日记看,鲁迅经常给"二弟"(周作人)寄佛书,故不排除有些书是为周作人买的,日记中亦殊少读经的记载,但10月4日则很不显眼地记有"午后阅《华严经》竟"[①],《华严经》是卷帙浩繁的大乘经典,可见鲁迅还是看了不少经书的。好友许寿裳谓"用功很猛,别人赶不上"[②]。此期间与教育部同事许季上过从甚密,许是精通梵文的佛教徒,二人经常相互交流佛典,1914年还专门出了一大笔钱,由许季上经手,托金陵刻经处刻《百喻经》广布流行。但鲁迅与佛教的直接联系,似乎到此为止,1915年后所记书账中,佛书开始渐渐减少,至1917年9月22日"午后往图书分馆借涅槃经"[③]记载后,他与佛教的事实性联系,除了文章中触及佛教的言论,线索几乎消失,这大概与他此后不久加入《新青年》的举动有关吧。

佛教对鲁迅究竟有何影响?据许寿裳回忆,鲁迅看过佛经后,曾对他感叹说:"释迦牟尼真是大哲,我平常对人生有许多难以解决的问题,而他居然大部分早已明白启示了。真是大哲!"[④]同时又说:"佛教和孔教一样,都已经死亡,永不会复活了。"[⑤]许氏认为:"别人读佛经,容易趋于消极,而他独不然,始终是积极的。""他对于佛经只当做人类思想发达的史料看。"[⑥]许氏之言当为不虚。鲁迅以后的文章涉及对佛教的评价并不多,从留下的片言只语看,在大、小乘之间,他似乎褒小乘而贬大乘,垂青于小乘的执于亲躬

---

① 鲁迅:《鲁迅全集》第14卷,人民文学出版社1981年版,第130、285页。

② 许寿裳:《亡友鲁迅印象记》,《鲁迅回忆录·专著上册》,北京出版社1999年版,第247页。

③ 鲁迅:《鲁迅全集》第14卷,人民文学出版社1981年版,第285页。

④ 许寿裳:《亡友鲁迅印象记》,《鲁迅回忆录·专著上册》,北京出版社1999年版,第247页。

⑤ 同上。

⑥ 同上。

和严于守戒,而对大乘的徒作空言与流于浮滑颇有微词。①

鲁迅没有皈依佛教,其人个性气质和人生态度,都与佛教有一定距离,但所谓受影响,却并不取决于信仰与皈依与否。实际上,人们与周围思想信息之间的联系,或多或少、或此或彼、潜移默化、润物无声,其迎拒取舍、吐纳更张的错综情形,虽局中人亦难分清,何况佛教义理广博,层次繁多,所受其影响,并不是斤斤执著于某一教义本身所能说明。佛教要人们看事物取"中观",不可偏于两边,此亦应作如是观。

佛教在听闻、观想和修行上分不同层次,由浅入深。所论《野草》中的佛教影响,也应由表及里,下面亦依次述说《野草》所受的佛教影响。

**2.《野草》中所现佛教的雪泥鸿爪**

《野草》所受佛教的影响,如果仅从文本表面判断,就可以把捉到一些线索。一是《野草》中佛教语汇的大量存在,如:

> 虚空、布施、冰山②、大欢喜、大乐、虚妄、悲悯、伽蓝、火宅、大火聚、三界、地狱、剑树、曼陀罗、牛首阿旁、一刹那……

其中,"大欢喜"一词竟出现六次。那些本源于佛经,但已被现代汉语通用的词汇,虽所在皆是,但此处似不适作例证。

甚至,《野草》语式和节奏似乎也受到佛经的影响。试举几例:

《淡淡的血痕中》:

> 日日斟出一杯微甘的苦酒,不太少,不太多,以能微醉为度,递给人间,使饮者可以哭,可以歌,也如醒,也如醉,若有知,若无知,也欲死,也欲生。

---

① 如《庆祝沪宁克复的那一边》:"我对于佛教先有一种偏见,以为艰苦的小乘教倒是佛教,待到饮酒食肉的阔人富翁,只要吃一餐素,便可以成为居士,算作信徒,虽然美其名曰大乘,流播也更广远,然而这教却因为容易信奉,因而变为浮滑,或者竟等于零了。"《在钟楼上》:"我说青天白日旗插远去,信徒一定加多。但有如大乘佛教一般,待到居士也算佛子的时候,往往戒律荡然,不知是佛教的弘通,还是佛教的败坏?"《叶永蓁作小小十年小引》:"释迦牟尼出世以后,割肉喂鹰,投身饲虎的是小乘,渺渺茫茫地说教的倒算是大乘,总是发达起来,我想,那机微就在此。"1927 年秋讲演《伟大的化石》:"伟人生前总多挫折,处处受人反对;但一到死后,就无不圆通广大,受人欢迎。佛说一声'唵',众子皆有所悟,而所悟无不异。"(据王任叔记述,收入《鲁迅演讲资料钩沉》)

② 《经历异相》卷第十五云:"寒地狱者,八方冰山。山十八隔,复有十八诸小冰山,寒冰山间如瓦莲华,高十八旬,上有冰轮。"

《金刚般若波罗蜜经》：

> 佛告须菩提：诸菩萨摩诃萨，应如是降伏其心。所有一切众生之类，若卵生、若胎生、若湿生、若化生、若有色、若无色、若有想、若无想、若非有想、非无想，我皆令入无余涅槃而灭度之。

《墓碣文》：……

> 于浩歌狂热之际中寒；于天上看见深渊。于一切眼中看见无所有；于无所希望中得救。……

“于……”的句式，于佛经颇为常见。如《大方广入如来智德不思议经》：

> 于一法中了一切法。……于一毛道中现一切世界。于一毛道中现于十方。……于一众生身现无量众生身。于一切众生身现一众生身。于一生身现三世生身。……于一佛身现一切众生身。一切众生身现一佛身。于众生身现净法身。于净法身现众生身。

另外，《影的告别》中的“彷徨于无地”，与《八千颂》所谓“住无所住”；《求乞者》超越“布施”之心，与《金刚经》所谓“不住色布施”、“不住相布施”；《希望》一文之“绝望之为希望，正与虚妄相同”与《金刚经》所谓“凡所有相，皆是虚妄”……都似有若即若离的关系。

当然，所列诸例毕竟数量有限，也许不能充分说明问题，但相对于仅仅万言的《野草》，也许算是比较集中的吧。佛经作为《野草》的影响源还表现在，在语词或句式方面，除了佛经，我们在《野草》中很难再找到来自其他典籍文化的集中影响。鲁迅嗜爱《庄子》言辞，庄子语汇，在他的文章中不难找到，但《野草》中殊难见；当然，《野草·复仇（其二）》以耶稣受难为题材，算是涉及《圣经》，但也仅此一篇；除此之外，也殊难找到来自儒家、墨家等典籍文化的集中影响。比较而言，佛教用语对《野草》的影响，是比较集中和明显的。

用语习惯，与内在影响直接相关，郭沫若曾由鲁迅文章中《庄子》语言的使用量来观照庄子对鲁迅的影响[1],颇能说明问题。鲁迅日本时期长篇论文中大量《庄子》用语的存在,与他长期嗜好《庄子》文辞密切相关,其实,如果深入日本时期论文的内在脉络,当更能发现,在《庄子》用语的背后,还有作者所受庄子思想的深刻影响,"立人"方案对"人"之"精神"的置重,及其对"主观之精神"的阐释,与《庄子》思想实血脉相通,此处不赘。现在的问题是,佛经对《野草》的语词和句式的影响,是否也连带着进入到《野草》的内容呢?

**3. "人生苦"、"厌离心"与"四圣谛"**

苦、集、灭、道"四圣谛",作为释迦所亲证的四种人生真理,是佛教的最基本教义。"集"为"苦"的根本,此二谛为流转于世间的因果,知苦而断集,断集以离苦,为声闻乘厌离世间的观行。"灭"为"道"的收获,此二谛为超出世间的因果,求证灭而修道,由修道以证灭,是为声闻乘修证涅槃的行果。

人生有生老病死,还有爱别离苦,怨憎会苦,求不得苦,五阴炽盛苦,都是苦的果报。佛教四圣谛以"苦"为第一谛,可见佛教是以个人的感受性为出发点的,首先具有切近人生和个人的性质,较易引起共鸣,这正是佛教在世界各大宗教中与众不同的特点。人生无不在"苦"中,世人有身在苦中不知苦,则与佛教无缘,但感受了"苦"而不想脱离,或想脱离苦而不知苦之因,则终不能真正得声闻乘解脱之道。佛教以"厌离"之心为修行之本。深感人生苦,难以承受,遂欲解脱之而后快,这样,大概就与佛教不远了吧。"苦"感和"厌离"之心,诚然是进入佛教的前提和基础。

进入《野草》之前的鲁迅,恰纠缠于此一情境中。

鲁迅曾评说托尔斯泰、易卜生、尼采、叔本华、罗曼·罗兰、高尔基和克鲁巴特金等人的肖像,谓诸人脸上皆现"悲哀和苦斗的痕迹"[2],其实,看鲁迅的照片,亦不难发现那"苦斗"的刻痕。其人一生确与悲苦有缘,幼年家道中落,过早领略世态的炎凉和人情的冷暖,也许幼年的挫折注定了此生悲苦的命运,苦难愈加敏锐了他感受苦难的神经,挫折感,几乎伴随了其前半

---

① 郭沫若:《庄子与鲁迅》,中国社科院文研所鲁迅研究室编:《鲁迅研究学术论著资料汇编(3)》,中国文联出版公司1987年版,第594—604页。

② 参见鲁迅:《坟·论照相之类》,《鲁迅全集》第1卷,第186页;《三闲集·我的态度气量和年纪》,《鲁迅全集》第4卷,第111页。

生。日本求学时期,正当指点江山、激扬文字的青年鲁迅,接连遇到几次挫折,文学救国的第一个计划——《新生》杂志流产,作为补充的《域外小说集》上册,只卖出20本,深思遐瞩的系列长篇论文也没有得到任何响应,如“浩歌狂热之际中寒”,鲁迅陷入其人生的第一次绝望。这一绝望没有马上恢复,中经辛亥革命的挫折,竟延续了近十年。北京S会馆时期,绝望似乎达到顶点,他寡居于寂寞的会馆,日日以校古书、钞古碑打发生活。“而我的生命却居然暗暗的消去了,这也就是我唯一的愿望。”[1]此语幽寒如冰。鲁迅于此时的猛读佛经,除了许寿裳提到过的“当人类思想发达的史料”和文学趣味外,一定与此时期的心理状况相关,即他也是带着释疑解惑的动机进入佛典的,他对释迦牟尼的“真是大哲”的感叹,是从“人生有许多难以解决的问题”入手的,对于释氏的启悟,感叹再三,分明是发自内心。可以说,正是难以承受的人生之苦,使他走近了佛教。

如果十年隐默是鲁迅的第一次绝望,那么,以1923年为标志,鲁迅又陷入第二次绝望。钱玄同的“激将法”,使鲁迅暂时摆脱了“铁屋子”理论的纠缠,得以重新出山,但这不过是一次勉为其难的出行,因为这是以逻辑上难以否定的希望的“可有”作为维系的。事实上,S会馆后的鲁迅,其战斗的业绩固然可观,但绝望的阴影,一直隐藏在他出击身姿的背后。五四的退潮和《新青年》的解体,使他又一次经历了“同一战阵的同伙还会各自走散”[2]。人不能经历两次失望,噩梦成真,最后的根基也丧失了。1922年12月的一个深夜,鲁迅把前期的小说结成了《呐喊》,并写了一篇《自序》,通过对日本时期绝望经历的回顾,表达了深深的寂寞和虚无感。此文表明,鲁迅陷入了第二次绝望,1923年,鲁迅几乎什么也没写,他又一次选择了沉默,在《呐喊》和《彷徨》之间的这一次沉默,虽然短暂,却显得别有意味。第二次沉默,正是第二次绝望的标志。

祸不单行,1923年7月,一直亲密无间的周氏兄弟突然失和,而且这失和起因于难以启齿的误解。周作人,作为一直跟随他的二弟和思想上最能沟通的战友,未尝不是鲁迅莫大的寄托,周作人的离去,几乎抽掉了他最后

① 鲁迅:《呐喊·自序》,《鲁迅全集》第1卷,第418页。

② 鲁迅:《南腔北调集·〈自选集〉自序》,《鲁迅全集》第4卷,第456页。

的意义支撑。此后不久,鲁迅搬出八道湾,接着,他又开始频繁外出寻房,日记记载,1923 年 7 月至 10 月,外出寻房达二十多次,11 月终于买定,接着又装修房屋,在此期间,鲁迅肺病复发,延续一月有余。1923 年的意外变故如雪上加霜,在他拼命忙碌背后,是一颗已经彻底绝望的心。

历经人生苦的鲁迅,此时正处于人生最痛苦的深渊。日记中,并没有 S 会馆时期购读佛经的记载,出山后的鲁迅,此调久已不弹,经过前次的猛读佛经,他对佛经大概已有自己的判断,虽然曾经一定是带着解惑的动机进入佛经的,但此后的判断除感叹佛祖的大智慧外,应不过如许寿裳所言,并未作为信仰而皈依,鲁迅的气质与释家究竟有隔。然而,我还想强调的是,走进《野草》前的鲁迅,正处在人生最痛苦的深渊,应与佛教的"苦谛"最为接近。如果鲁迅与佛教注定会有什么因缘,这次应该最为接近吧。因此,面对学生许广平的第一封来信,他似乎对来信所言的"痛苦"深有同感,竟不顾掩饰,一吐为快:

> 我想,苦痛是总与人生联带的,但也有离开的时候,就是当睡熟之际。醒的时候要免去若干痛苦,中国的老法子是"骄傲"与"玩世不恭",我觉得我自己就有这毛病,不大好。苦茶加糖,其苦之量如故,只是聊胜于无糖,但这糖就不容易找到,我不知道在那里,这一节只好交白卷了。①

体验人生苦是一回事,如何面对人生苦则是另一回事。深味人生苦的鲁迅,又是如何面对的呢?

我们已经说过,1923 年的沉默,后来都写在《野草》中。《野草》,作为鲁迅穿越第二次绝望的一次生命的行动,我们可以从中逆向考察 1923 年沉默中的所思所想。

在《野草》中,可以感到,身心交瘁的《野草》主体,已陷入难以自拔的自厌情结中。《野草》的第一篇《影的告别》(我把《秋夜》解读为《野草》的"序"),就以悲情难抑的语调,宣告自己的即将离去;《希望》中,绝望于"身外的青春"的"我",产生了"肉薄这空虚中的暗夜"的冲动;"过客"对不堪

---

① 鲁迅:《两地书·二》,《鲁迅全集》第 11 卷,第 15 页。

回首的过去，坚定地说不，再也不愿回转去……在一定程度上说，自厌情结，正是《野草》写作的一个主要动机。长期辗转于矛盾夹缝的《野草》的主体，似乎已不满于身心交瘁的状态，想来一个彻底的了结，无论其结果是生还是死。

自厌感发展到一定程度，就表现为自虐的倾向，这在《野草》中也有不易察觉的表现。两篇《复仇》，对先驱者和庸众之间的隔膜，作了痛心疾首的揭示，但强烈的自虐意象，却潜藏在这一主题之后。绝望后的愤怒，不是首先指向黑暗的敌手，而是所欲拯救的民众，这一“向内转”的谴责指向，已透露了不祥音。《复仇》中对拥抱和杀戮的鲜血淋漓的展示、《复仇（之二）》对被钉十字架的耶稣的肉体痛苦及“痛得舒服”之矛盾感受的详细描述，就带有强烈的自虐意向。

自厌和自虐，在同时期的《彷徨》中，也有所表露。《在酒楼上》和《孤独者》虽然不是写于同一时间，却带有姊妹篇的性质，它们写出了一个失败者最后的日子，可能是作者对自我人生的一个悲观预测。人生失意的吕纬甫，处于崩溃的前夜，他最后回乡办的两件“无聊”的事，也“无聊”地没有办好，事事不如意和百无聊赖，使他处于强烈的自我厌弃状态中。魏连殳在唯一的亲人祖母——他生存的最后维系——死后，开始了自己的死亡历程，连殳没有直接选择肉体的自杀，而是选择了“躬行我先前所憎恶所反对的一切”的方式，最后在自我憎恶中陨颠。让一个自我看着另一个自我缓慢死亡，亦无异于自虐。

深味人生“苦”，并生“厌离”之心，这两者，已近于佛教之门了。“苦”是“果”，但若不能了解“苦”之“因”，则终难觅解脱之道。因此，“四谛”又立“集”谛，为第一谛“苦”之因，知苦而断集，断集以离苦，进入“集”，了解自我痛苦的根源，方能进一步闻解脱之道。

《野草》的写作产生于对自我状态的不满，是为了解脱不堪重负的痛苦，作为穿越致命绝望的一次行动，《野草》对自我困境的原因作了深刻的探索，并试图作最后的冲决。

《野草》中，作者把自己的困境归于缠绕自身的太多的矛盾。人无往不在矛盾之中，但太执著，则会困于诸多矛盾的纠缠，难以自拔。不选择是丰富的，但它终究不是存在本身。《野草》的主体已厌弃于长期矛盾中犹疑惶惑的状态，希望做一次最终的抉择。《影的告别》中，长期徘徊在“光明”和

“黑暗”之间的“影”,再也不愿“徘徊于明暗之间”了,要作最后的“告别”——“不如在黑暗里沉没”;《希望》对长期困扰自己的核心矛盾——希望与绝望之争,作了层层剥笋式的分析,试图借此摆脱那致命的困扰;一意孤行的“过客”,为怕重回矛盾的纠缠,小题大做地拒绝了小女孩送给他裹伤的小布片;陷入终极悖论的“死火”,终于做出了自己的选择……

矛盾,正是“我执”的结果,所以佛教叫人破对待,达到“无我相”、“无法相”、“无众生相”、“无寿者相”。《野草》对困扰自身的矛盾有清醒的自觉,并做出了摆脱矛盾的努力,可见《野草》主体不仅有了“苦”感,而且对自身问题所在亦已了然于心。但是,“苦”与“集”,只是此世间的果与因,要真正达到解脱,尚需进入“灭”与“道”二谛,此是出世间的果与因,循佛教理路,下一步则需闻“道”,习八正道,修善断恶,解脱生死痛苦。解脱的意向,使《野草》趋于“灭”,但《野草》是如何走向“灭”的呢?

**4. “无我”、“缘起”与《野草》的解脱之道**

灭、道二谛是出世间证悟的因果。道有多种,主要的指修习八正道,由此修善断恶,离烦恼、了生死。“道”的根本是“无我”,“我”、“法”皆无“自性”,“人无我”,“法”亦“无我”。《金刚经》破“人无我”,从破“我相”、“人相”、“众生相”和“寿者相”四相入手,“我相”即为一切相总称。破“法无我”,佛教主要从缘起观入手,即须知“诸行无常,诸法无我”,“缘起性空”,大千世界,万事万物,都是因缘和合而成,空无自性。妄见持有“我执”,行恶作业,不得解脱。故欲求解脱,首先就要破除“我执”。

矛盾,即由“我执”而起,因执著于“我”,便产生对待,金刚所破之“四相”,就是由“我执”而生的相对之见。由佛法观《野草》,其“苦”即由“我执”而来,其解脱,首先就要摆脱矛盾缠身的状态。按照直接皈依的理路来理解,如果鲁迅已经证成“苦”、“集”,接下去就是走向佛陀,听闻圣道。但我们知道,《野草》不是直接皈依三宝,以达涅槃,而是自我怀疑、自我挣扎、自我探寻、自我求证,走了一条自我见证之路。

《野草》首先不是回避和抛弃矛盾,而是采取了相反的路向,迎难而上,反而进入矛盾之中,把自身所有矛盾都摆出、打开,鲜血淋漓地展现出来,而且,还将矛盾的双方进一步激化,推向极端,至于无可退避之境。这近乎一种“休克疗法”。

于是，我们看到，《野草》成了矛盾的漩涡。几乎每一篇，都由矛盾构成，形成一个个的旋涡，整个《野草》，也以矛盾的相互展开、碰撞、纠缠、合并、分裂、再生、抵消……为动力，一个个旋涡汇成一个大的旋涡，让人应接不暇、艰于呼吸。不仅《野草》的语辞经常是矛盾的组合，而且，矛盾已成为《野草》的基本“语法”。把矛盾的两端推向相反的两极，那些“终极悖论”的展开更是令人触目惊心。《野草》主体似乎把自己放到了手术台上，拿着解剖刀亲自打开自己的身体，不管此后能否再次重合。

求解脱就需破我执，但激化矛盾的方式无疑在“我执”的路上愈走愈远，《野草》主体为何如此执著于矛盾？既知矛盾是致“苦”之因，为何不与之一刀两断？如果这是走向解脱之路，这又是一条怎样的路呢？

如果自身即是矛盾，则打开矛盾本身也带有自杀的意象。但如果真是一意去死，则当下了断最为快捷，犯不着像执刑一样一点点去割自己的肉。决定去死但不当机立断，当有其他动机的存在。实际上死的决心已下，但生的疑难未解，《野草》主体拿手术刀一片片解开自己的身体，似乎像是要发现其中的究竟，这样，死亡的过程一旦被拉长，也就留下了新的生机。所以，到《过客》，从《影的告别》就开始的死亡意向终于成形为向“坟”奔去的“过客”，一个新的意向同时也悄悄出现——“过客”突兀地问出一个谁也想不到的问题：“走完那坟地之后呢？”问题发生了转换，去死变成了一种穿透死亡的追问。至此，方知解开矛盾，似乎还是为了试图一探那矛盾之后的“真正自我”的面目。

绝望后仍寻找“自我”的努力，与佛教已知的“无我”背道而驰，但如果最终发现那“真正的自我”并不存在，则最终与佛法殊途而同归。《野草》的追寻，到最后，并没有找到那不可分析之点——真正的自我或实在。《希望》对缠绕自身的核心矛盾——希望与绝望，作了层层剥笋式的分解与剖析，让构成这一矛盾的诸因素层层消解，试图抵达那最后的基石，但最终抵达的却是“虚妄”。《墓碣文》是《野草》追问的顶点，“过客”已来到自己的“坟地”，并面临自己的“墓碣”，终于窥见自己的死尸，但死者通过“墓碣文”告诉他，死也无法了知自我的本质，因而虽死仍疑云不断：

> ……抉心自食，欲知本味。创痛酷烈，本味何能知？……
>
> ……痛定之后，徐徐食之。然其心已陈旧，本味又何由知？……

……答我。否则,离开!……

上穷碧落下黄泉,至此方知,所谓真正的自我,并不存在。

打开,是为了证明其中并无所有,这不正是佛教般若学所惯有的逻辑吗?周览诸经,可以发现,佛教为断惑证智而说"无我",往往采取的就是分解法,即把一个整体存在——"我执"妄念视为有自性的存在,层层分解下去,最后归为空无自性,分解诚是佛法的重要钥匙。《野草》迎向自身矛盾,并一一打开,恰恰起到了分解的作用。《野草》分解矛盾,并穷追不舍,像穿过一层层的门户,最终抵达"无我"的真谛。

现在可以说,《野草》的自我追问,证成了和佛法相同的结论,那就是"无我"。虽然同是基于"苦"和"厌离"之心,但《野草》并没有皈依佛法,而是走了一条充满艰辛的自我体验、自我见证之路,恰是通过被佛教所欲破除的"我执",证得同样的"无我"真言。也许,《野草》之路正合佛法所要求的,修道当然首先依赖于听闻正道,但最终还须经过自己的慧照和修行。

证得无我,应该就达到所谓心无黏附、常乐我静的涅槃境界吧,《希望》中确有对相似状态的描述:"我的心分外地寂寞。然而我的心很平安;没有爱憎,没有哀乐,也没有颜色和声音。"然而,该文恰恰出自对这一状况的不满。对于《野草》,证得无我还非最后之解脱,无我之后,最终还要回到生存的人间。

依四圣谛之理而修者为声闻乘,佛教另一个重要解脱法门是缘觉乘,依十二因缘之理而起修。相传释迦牟尼在菩提树下睹明星而证"缘起"。"缘起",具足说就是"因缘和合生起",和四圣谛同为原始佛教的基本观念。"诸法因缘生,诸法因缘灭","缘起性空,性空缘起",佛法惯以"缘起"证"性空"。

以文学活动主动参与历史,以严肃的一生与中国现代性如此深刻地纠缠在一起,这样的人大概不多吧。鲁迅始终清醒地意识到自己是活在人间,并与人间的一切存在息息相关,厦门大学图书馆楼上深夜寂寞中与四周无量存在的感应与交流①、大病间隙对周边什物与远方人们的感知与关切②,

① 鲁迅:《三闲集·怎么写——夜记之一》,《鲁迅全集》第4卷,第18—19页。

② 鲁迅:《且介亭杂文末编·"这也是生活"……》,《鲁迅全集》第6卷,第601页。

都让人强烈感受到一个忧国忧民、多情多感之人与周围存在的因缘与纠缠。《野草》矛盾的空前纠结以至积重难返,若以佛法观之,都与缘起有关,他之欲悚身一摇、摆脱诸多纠缠,在佛教上也或多或少见出一点“缘起性空”的理路吧。《好的故事》对梦中故乡风物的呈现,颇见佛教因缘际会之理。佛教中,地、水、火、风被认为是能造作一切的四大种,而水的作用则是摄(摄集),山阴道上交织一起的“美的人和美的事”,悉数投入水中,如镜月水花,虚幻不实。“两岸边的乌桕,新禾,野花,鸡,狗,丛树和枯树,茅屋,塔,伽蓝,农夫和农妇,村女,晒着的衣服,和尚,蓑笠,天,云,竹,……”一切有情与无情,因缘聚会,随着桨的摇动,相互扩大、碰触、变幻,复又相互交集,进入你中有我,我中有你的永恒幻化,分分合合,缘生缘灭,形成流转生动,和合自由的绝妙幻境。然大石下落,水波陡起,“好的故事”被撕成“碎影”,心造幻境归于虚空。佛教讲“真空妙有”,真空即妙有,心灵由色相的幻化中,超拔提升,在否定(空)之后,以一个更大的空性来消解包容一切色相,以至“事事无碍法界”。记忆故乡、梦中故乡、水中故乡,在对故乡的不断消解中,既写出又抹去,在真幻中方才得以接近真相,真正看到“好的故事”,感受到万物之妙。体悟色相本质与人生得失后,不沉溺于虚无的悲感,而是从中超拔,进入自由自在,任运流通的境界。

《野草》的解脱方式诚与“缘起”观在深层次上相通。“缘起”虽为阐明“性空”而设,似乎否定前者而肯定后者,然以佛教“中观”、“沤和”或真、俗二谛的理路观之,则二者实为二而不二,不宜执于边见,《中论·观涅槃品》第二十五品第二十颂谓:“涅槃与世间,无有少分别;世间与涅槃,亦无少分别。涅槃之实际,及与世间际,如是二际者,无毫厘差别。”涅槃与世间的轮回,最后竟毫无差别,也可以说,最终达到的是此缘起而非彼缘起的立场。这种不舍世间的态度,在《八千颂》亦多见:

> 不离色故,观色无常。不离受想行识故,观识无常。
>
> 随如来生,如如来如,不离诸法。如是如,不异诸法。
>
> 菩萨成就二法,恶魔不能坏。何等二?一者观一切法空;二者不舍一切众生。

因而佛教缘起在深层次上,又有“随顺因缘”之说。世界无不在缘起之中,缘起性空,缘起是相,性空是实,但不是舍缘起而就性空,而是不执著于缘起而处于缘起之中,同时广结善缘,避弃恶缘,这就达到了"随顺因缘"。

《野草》的写作起于对矛盾缠身的厌弃,中经"上穷碧落下黄泉"式的求索,在发现所谓"本味""无所由知"之后,《野草》主体终于又站在了现实的大地上。"这样的战士"处于虚幻无实的战阵中,周围的一切似乎与自已有关,又似乎无关,但他仍然举起了"投枪",战士业已超越缘起的表象,坚定地立于大地的真实之上;在最后一篇《一觉》中,窗外的树叶、桌上的微尘、周边的书籍、青年的杂志、还有头顶上扔炸弹的飞机的轰鸣……,一切的一切,都与自己有关,他从来没有这样强烈地感觉到人间的真实和生命的实在。从佛教看来,可以说,《野草》主体由厌弃因缘,又回到因缘,回到普遍缘起的真实世界。

《野草》写作结束一年之后,鲁迅才写下《题辞》,在这里,他愈加发出了重生的欢欣而粗暴的叫喊:

> 过去的生命已经死亡。我对于这死亡有大欢喜,因为我借此知道它曾经存活。死亡的生命已经朽腐。我对于这朽腐有大欢喜,因为我借此知道它还非空虚。
>
> 生命的泥委弃在地面上,不生乔木,只生野草,这是我的罪过。
>
> 野草,根本不深,花叶不美,然而吸取露,吸取水,吸取陈死人的血和肉,各各夺取它的生存。当生存时,还是将遭践踏,将遭删刈,直至于死亡而朽腐。
>
> 但我坦然,欣然。我将大笑,我将歌唱。

穿透生死因缘的《野草》主体,又回到因缘遍布的人生:

> 我以这一丛野草,在明与暗,生与死,过去与未来之际,献于友与仇,人与兽,爱者与不爱者之前作证。
>
> 为我自己,为友与仇,人与兽,爱者与不爱者,我希望这野草的死亡与朽腐,火速到来。要不然,我先就未曾生存,这实在比死亡与不朽更其不幸。
>
> 去罢,野草,连着我的题辞!

时间上的"明与暗"、"生与死"、"过去与未来",与空间上的"友与仇"、

“人与兽”、“爱者与不爱者”,构成了一个广大缘起的世界,两相对立的矛盾对举,正是缘起的最复杂的结构形态。《中观 · 观涅槃品》第二十五品第九颂云:“受诸因缘故,轮转生死中;不受诸因缘,是名为涅槃。”改变的不是缘起的世界,而是面对这一世界的态度,不再厌弃,而是“坦然,欣然”,因为,我已经“愿意在无形无色的鲜血淋漓的粗暴上接吻”。“我总记得我活在人间。”以前是认妄作真,执著不舍,成为世间第一等苦人,现在是识得凡所有相皆是虚妄,正智了了,心无黏附,得大欢喜。

证得无我与重归缘起的世间,《野草》的解脱之途与佛教可谓如出一辙。鲁迅与佛教,在趣味和志向上大相径庭,却在人生最关键处智慧相通,除了旷代智者的所见略同外,我想,曾经在寂寞中苦心孤诣佛经的经验,一定会给鲁迅带来无形而深刻的影响吧。不是执著于义理和仪规,而是潜移默化为自己的血肉,于人生践履中显出,这正是佛教所曾力倡者,吾侪谈佛教对鲁迅的影响,当在此处找到最深刻的显现。

**5.《野草》否定性表达与佛教论理之关系**

《野草》与佛教之关系,尚需探入二者意识之本源处,笔者以为,从思维方式入手,探讨《野草》行文方式与佛教论理逻辑之关系,当能揭示二者关系之最深层面,并能一窥《野草》世界的最深层信息。

## 一

《野草》确乎展现了一个奇异的言说景观,直观《野草》,首先感到面对的是一个陌生的世界,有一种全新的感受,但又难以说出,这就是行文中突破常规的表达方式。文本表面,就可以直观到诸多矛盾的并置:

> 光明与黑暗、求乞与布施、拥抱与杀戮、灭亡与欢喜、看与被看、先驱者和庸众(《复仇》、《复仇(二)》)、仇恨与悲悯、疼痛与舒服(《复仇(二)》)、希望与绝望、雨与雪、宽恕与忘却、说与不说(《立论》)、狂热与中寒、天上与深渊、无所希望与得救、眷念与决绝、爱抚与复仇、养育与歼除、祝福与咒诅(《颓败线的颤动》)、“沉默”与“开口”、“充实”与“空虚”、“死亡”与“存活”、“朽腐”与“非空虚”、“明与暗”、“生与死”、“过去与未来”、“友与仇”、“人与兽”、“爱者与不爱者”(《题辞》)……

再就是那些令人叫绝的虚实结合的语词与互为悖论的表达:

> "无地"、"无物之阵"、"无血的大戮"、"死火"、"无词的言语"、"不知道时候的时候"、"用无所为和沉默求乞"、"他们俩将要拥抱,将要杀戮"、"这使他痛得舒服"、"用那希望的盾,抗拒那空虚中的暗夜的袭来,虽然盾后面也依然是空虚中的暗夜"、"待我成尘时,你将见我的微笑"、"我梦见自己在做梦"、"待我知道自己已经死掉的时候,就已经死在那里了"、"这大概是我死后第一次的哭"、"在无形无色的鲜血淋漓的粗暴上接吻"……

《野草》,确乎成了矛盾的旋涡,生命中的各种矛盾环绕纷呈,连单个语词的表述都是矛盾形态的,而且,诸多矛盾推向极处,形成无法解决的终极悖论,一个旋涡套着一个旋涡,让人无法自拔。

这种相互否定的矛盾表达,也表现在行文逻辑中,最突出的是转折词的大量出现。

五百字左右的《影的告别》,接连用了五个"然而"。尤其是在短短几句中,四个"然而"接连出现:

> 我不过一个影,要别你而沉没在黑暗里了。然而黑暗又会吞并我,然而光明又会使我消失。
>
> 然而我不愿彷徨于明暗之间,我不如在黑暗里沉没。
>
> 然而我终于彷徨于明暗之间……

"然而",作为转折词,一般构成对上一分句的否定,但四个"然而"的接连使用,形成了连续的否定,就像在原地打圈,让人莫衷一是,无所适从。

《复仇》中,"然而"四次,"但"一次;《复仇(其二)》"然而"四次;《希望》一文,转折词的使用达到顶点,"然而"出现了八次,"而"(转折性的)出现了两次,"但"出现五次,可以想见那一个否定连着一个否定的旋涡。

矛盾,其实质就是两个对立项(相互否定)的并列表达,是一种否定性表达。《野草》中矛盾语词和转折语的大量、密集的呈现,使否定成为其最主要的表达方式和行文语法,或可称之为否定语法。

表达方式的背后是思维方式,二者息息相关。《野草》的否定,固然与作者此时期不堪回首和莫衷一是的心境有关,但从思维传统视之,其无处不在的否定意识,则显现出浓烈的东方思想色彩。我这里说的东方思想色彩是指,比较而言,在宗教、哲学(包括逻辑)等形上思维领域,于思维方法与论理逻辑上,以古希腊、罗马和希伯来为起源的西方传统倾向于肯定,而东方包括中国、印度和日本的思想偏向于否定,换言之,前者倾向于以肯定的方式来阐释自我与世界,后者倾向于以否定的方式来阐释自我与世界。肯定性的思维方式倾向于规范性诉求,否定性思维方式则倾向于超越性诉求。固然,此只是大略言之。

在西方思想传统中,从世界的本原,到巴门尼德的“是者”,再到苏格拉底的“是什么”和柏拉图的“理念”,作为西方思想源头的古希腊哲学一直以肯定的方式探讨着世界。巴门尼德把“是者”(to be)或“存在”(to on)作为自己的探究对象,认为只有两条选择存在:“一条是:所是的东西不能不是,这是确信的途径,与真理同行;另一条是:不是的东西必定不是,我要告诉你,此路不通。”[①]他同时强调,“能够被说和被想的与是者是同一个东西”[②],也就是说,“非是者”不是思想和谈论的对象,知识必须与对象保持一致。从古希腊对绝对实在的追问,到中世纪对上帝存在的证明,再到近代以来对人的认识原则和认识能力的探讨与限定,西方思维传统一直以肯定的方式探究思维与其对象的一致性,即使是对超越性存在的探询,也是诉诸肯定的思维方式。否定性思维,在黑格尔以来的西方近代思想尤其是德国思想那里,同样可以找到例证,不过,可以看到,它们在基本精神和整体倾向上还是偏于肯定的,而且,在整个西方思想传统中,它们或属于例外,或限于一隅,或可能正是受到东方思想影响的结果。近代以来对形而上学的解构,也正是源于对知识对象之确定性的追问,西方思想之所以形成了一个不断自我否定的思想传统,其动力恰恰来自对肯定性的追求。

与此相对,东方思想对不可言说者的追问与描述,往往诉诸否定的方式,中国、印度的宗教与哲学,皆显现这一特点。《老子》论“道”,玄之又玄,常常出之以否定性描述,如“无状之状,无象之象,是谓恍惚”[③]。“天下万物

---

① 北京大学西方哲学史教研室编:《西方哲学原著选读》,上卷,商务印书馆1981年版,第31页。

② 同上。

③ 《老子》第十四,第四十。

生于有,有生于无。"[①]《庄子》之否定,则显现于对超越性的诉求,而其超越性取向,不是表现为对超越性的确定性追问,而是表现为对层层规范和局限的不断否定,或者说其超越性的灵魂就是绝对的否定。受老、庄影响,魏晋玄学或崇本贵无,或贵玄谈有,津津于有无之辩。佛教东来,其言空取向与老、庄谈无旨趣相契合,对中国以至整个东方世界的形上思维,产生了普遍性的影响,此影响即表现在形上思维领域对否定性思维的偏嗜。可以说,在中国思想传统中,肯定性的思维多表现于现世秩序等形下层面,如儒、法两家,而进入形上层面,则大多显现以无为本的否定倾向,或可谓之为否定本体论倾向。

东、西思维这一显著对照,在其代表性宗教佛教与基督教上尤显突出。犹太教和基督教对世界的描述,首先从肯定出发的,《圣经》开篇《创世纪》即写道,"上帝说:'要有光,于是有了光。'"与此形成对照的是,佛教首先谈空,佛陀首立之四谛与缘起说,即意欲破解俗见所执的空相,其主要法门和理路,即是分解,即是否定。

## 二

否定是佛教尤其是大乘般若惯用的论理逻辑,所谓"遮诠法",是佛教最主要的思维方法和论式。否定是佛教解脱的必要法门,通过理路上的"破邪显正",最终抵达涅槃。对佛教否定性思维和论式的研究,是一个颇为繁难的课题,笔者通过整理,试将佛教否定方式归纳于下,并显现其内在逻辑理路。

佛教否定论式,较常见者有双边否定、空空逻辑、即非逻辑和著名的中观派"四句论式"等。

双边否定是对于表示相对的两边的概念,予以同时否定。通常以"不×不×"或"非×非×"语式来表达,故又称"不不"或"非非"逻辑。在大乘佛经中,这样的表达所在皆是,如《小品般若波罗蜜经》卷第一:

> 舍利弗语须菩提:今菩萨云何行,名为行般若波罗蜜?须菩提言:

---

① 《老子》第十四,第四十。

若菩萨不行色,不行色生,不行色灭,不行色坏,不行色空,不行受想行识,不行识生,不行识灭,不行识坏,不行识空,是名行般若波罗蜜。不念行般若波罗蜜,不念不行,不念行不行,亦不念非行非不行,是名行般若波罗蜜。

如卷第三:

须菩提言:般若波罗蜜于色,不作大,不作小,不作合,不作散。

如《般若波罗蜜多心经》:

是诸法空相,不生不灭,不垢不净,不增不减。

如《摩可般若波罗蜜经》:

如虚空非色非无色,非可见非不可见,非有对非无对,非合非散……如虚空非常非无常,非乐非苦,非我非无我……如虚空非空非不空,非相非无相,非作非无作……

此双边否定论式亦散见于《八千颂》中,如:

般若波罗蜜于色不作大不作小,不作合不作散;于受想行识不作大不作小,不作合不作散。

若色不缚不解,不生不灭,是名色不着。若受想行识不缚不解,不生不灭,是名识不着。……一切法不缚不解,故不着。

大乘空宗的代表是中观派,龙树的三论尤其是《中论》,对其核心思想"空"或"中道",作了详尽的阐述,其思路,即是一套独特的否定性逻辑。《观因缘品第一》云:

不生亦不灭　　不常亦不断
不一亦不异　　不来亦不出
能说是因缘　　善灭诸戏论
我稽首礼佛　　诸说中第一

即是以"八不"来总破一切法,而此"八不","生、灭"、"常、断"、"一、异"和"来、去",两相对举,双边否定。

双边否定对相对的两边的概念,如有无、断常、大小、合散等等,同时否定,从西方的形式逻辑看,似乎明显违背了同一律和矛盾律。然而双边否定所要达到的,超越所否定的概念所联同指涉的构造论的现象世界。在佛教看来,对立的双边,都不能作为有自性者看,以之建构现象世界,并执取之为实有。“非有非无”型的双边否定,便是要显示这些都是空无自性。

双边否定两相对举,似是否定了整个现象界或经验界,以之皆无自性。更进一步否定下去,是连实在界或先验界之自性也予以否定。龙树防人执于空本身,故说空亦是假名,空亦是空。此类思考,便是所谓“空空逻辑”,亦遍于般若思想中。如《金刚经》谓:

> 无法相,亦无非法相……不应取法,不应取非法。

《八千颂》不直接用“空空”二字,但其“非心心”、“有无不可得”等,均显示了“空空”思路,如:

> 菩萨行般若波罗蜜时,应如是学,不念是菩萨心。所以者何? 是心非心,心相本净故。……有此非心心不? ……非心心可得若有若无不?
>
> 是(法)性亦不生,“不生”亦不生。
>
> 无生法不可得。
>
> 如来不住有为性,亦不住无为性。

空是对经验世界自性的否定,空空是对先验的空的自性的否定,更进一步,对于这空空,亦不可执取其自性。空空之后还要空,在不断否定中远离对自性的执著。此意趣佛法谓之“无住”,即不住于任何法而执取其自性,如《金刚经》谓:“菩萨于法应无所住。”“诸菩萨摩诃萨应如是生清净心:不应住色生心,不应住声香味触法生心,应无所住而生其心。”“菩萨应离一切相,发阿耨多罗三藐三菩提心。不应住色生心,不应住声香味触法生心,应生无所住心。”《八千颂》谓:“当知是菩萨毕竟住不退转地,住无所住。”“如来无所住。无住心名为如来。”“是心不住,住于寂灭,无所依止。”

另外一种显示无自性空之否定逻辑的,是所谓“即非”逻辑,其表达公式一般是:P即非P,是名P。《金刚经》不长,此类句式多见。如:

> 如来所说身相,即非身相。……凡所有相,皆是虚妄。若见诸相非相,则见如来。

所谓佛法者,即非佛法。

庄严佛土者,则非庄严,是名庄严。

佛说般若波罗蜜,则非般若波罗蜜。

诸微尘,如来说非微尘。如来说世界非世界,是名世界。……如来说三十二相,即是非相,是名三十二相。

所言一切法者,即非一切法,是故名一切法。

如来说三千大千世界,即非世界,是名世界。

所言法相者,如来说即非法相,是名法相。

表面看,“即非”显然违背形式逻辑的矛盾律。但即非的思考,表面似是诡辞,其实内含般若空之智慧,即第一步P是一般的提举;第二步非P是以自性的立场对P的否定;第三步显示在无自性空的观照下的P。前后三步中的P,含义都不同,处于不同的理解层次,显示了认识层面的不断升进,已然超越矛盾律。

还有一种否定是中观派所特有的“四句式否定”,如《中论·观因缘品第一》即云:

诸法不自生　　亦不从他生

不共不无因　　是故知无生

在这首偈颂的四句里,第一句是对“自生”的否定,第二句是对“他生”的否定,这可以说是一个双边否定,第三句是对“共生”(“自生”加上“他生”)和“无因生”的否定,可以说,“自生”、“他生”和“自他共生”都是有因生,现在又接着否定“无因生”,因而“有因生”与“无因生”又构成了一个双边否定,如此一共否定了四种“生”的可能性。通过四重否定,最后揭橥“无生”的主张。这首偈颂呈现了一种独特的否定逻辑,便是佛学上的“四句(catuskoti)否定”。如果用P代表“自生”,Q代表“他生”,其逻辑进路可以展示于下:

1. －P——否定的命题

2. －Q——否定的命题(－P ＝ Q或－Q ＝ P)

3. －(P和Q)(不共)和－[ －P、－Q和－(P和Q)](不无因)——否定的命题

4. -[-P、-Q、-(P和Q)和-[-P、-Q和-(P和Q)]](无生)——否定的命题

可以看到,四句逻辑既违背了经典形式逻辑的同一律和矛盾律,同时又不同于我们所熟知的辩证逻辑。与形式逻辑相悖之处较为明显,可以不论,与辩证逻辑肯定-否定-否定之否定-更高的肯定的逻辑理路不同的是,四句逻辑全出之以否定的命题。当然,我们可以认为第一个命题-P即是一个肯定命题Q,或第二个命题-Q即是一个肯定命题P,但它紧接着的否定却不是否定之否定的-(-Q),而是对P和Q的同时否定,以及对P、Q和"P和Q"之否定的否定;最后的命题4,则是对前此一切否定的否定。此处否定的否定,不同于辩证法螺旋上升式的"否定之否定",辩证法通过否定之否定最后达到的是更高的肯定,但四句逻辑最后达到的仍然是否定判断——"无生"。其实,这仍然不是终点,熟悉中论义旨的人当能会意,彻底无自性的立场最终连"无生"本身也要加以否定,从而达成空空逻辑。《中论》诸偈中的四句论式并不依严格的格式运行,因而不尽完全相同,或有例外情况存在,但大致理路则是相近的。另如《中论·观涅槃品》第二十五:"非有,非无,非亦有非亦无,非非有非无。"即是典型的四句论式。

现在可以总结四句逻辑的特征:一是全否定命题形式;二是无穷否定的逻辑进路;三是最终达成的以否定形式展现的超越立场。这其中,包含了大乘般若惯用之否定论式的双边否定和空空否定等。

## 三

《野草》所显示的否定思维,与上述佛教否定论式,多有相似或重合之处,以下分别论述之。

1.《野草》中的双边否定:

> 我不过一个影,要别你而沉没在黑暗里了。然而黑暗又会吞并我,然而光明又会使我消失。(《影的告别》)
>
> 希望,希望,用这希望的盾,抗拒那空虚中的暗夜的袭来,虽然盾后面也依然是空虚中的暗夜。(《希望》)
>
> "你的醒来,使我欢喜。我正在想着走出冰谷的方法;我愿意携带你去,使你永不冰结,永得燃烧。"

“唉唉！那么，我将烧完！”

“你的烧完，使我惋惜。我便将你留下，仍在这里罢。”

“唉唉！那么，我将冻灭了！”(《死火》)

……抉心自食，欲知本味。创痛酷烈，本味何能知？……

……痛定之后，徐徐食之。然其心已陈旧，本味又何由知？……(《墓碣文》)

“影”面对的是“光明”和“黑暗”这两个否定力量，“希望之盾”的前后都是“空虚”，“死火”陷于“烧完”或“冻灭”的两难境地，墓中人“抉心自食”，然陷入“本味”永不能知的终极悖论中。矛盾的并置，已使对立的双方相互否定，但对双方的同时否定，达到无可适从的状态。此显现了双边逻辑，并指向了空空逻辑的进路。

2. 通过无穷否定最终抵达类似于“空空逻辑”的超越性立场的行文逻辑，在《野草》中所在皆是，并显现了“四句逻辑”的旨趣。

《影的告别》、《复仇》、《希望》等篇章中接连出现的“然而”等转折词，通过层层否定的进路，表达了无以肯定、无所选择的困境状态，并指向了某种新的可能性。其实，小到具体篇章，大到整部《野草》，都显示了这样一个由层层否定到超越的进路。

《希望》就是这样一个典型文本。《野草》矛盾的核心——希望与绝望之争，在这篇只有几百字的短文中，得到了极尽曲折的展示，围绕希望和绝望这一核心矛盾，通过终极悖论的层层设置、层层否定和不断突围，鲁迅反抗绝望的哲学，借以锻造而成。

元旦之夜的“我”，突然感到身心的老去，于是回顾从前，追踪生命老去的轨迹。在此，呈现了《希望》的第一个悖论：

希望，希望，用这希望的盾，抗拒那空虚中的暗夜的袭来，虽然盾后面也依然是空虚中的暗夜。然而就是如此，陆续地耗尽了我的青春。

接着，对“身外的青春”的寄托，试图构成对第一个悖论的否定和突围。但是，勉为其难的寄托终是不可靠的，紧接着的第二个悖论的出现，又否定了对第一个悖论的否定：

然而现在何以如此寂寞？难道连身外的青春也都逝去，世上的青年也多衰老了么?

无奈之下,“我”以孤注一掷的抉择来作第二次的否定和突围:

> 我只得由我来肉薄这空虚中的暗夜了。

“我”放下了希望之盾,这时听到裴多菲绝望的“希望之歌”,诗句的大段引用,散发出直接而浓烈的绝望气息,似乎,“绝望”已到达山穷水尽的地步。

> 但是,可惨的人生!桀骜英勇如Petofi,也终于对了暗夜止步,回顾着茫茫的东方了。他说:
>
> 绝望之为虚妄,正与希望相同。

这真是悬崖勒马!绝望借回到虚妄,与希望达成了暂时的抗衡。推向极致的绝望又得以回过头来。

> 倘使我还得偷生在不明不暗的这“虚妄”中,我就还要寻求那逝去的悲凉漂渺的青春,但不凡在我的身外。因为身外的青春倘一消灭,我身中的迟暮也即凋零了。
>
> 然而现在没有星和月光,没有僵坠的蝴蝶以至笑的渺茫,爱的翔舞。然而青年们很平安。

似乎又回到前面的第二个悖论。是啊,费尽周折后所达到的“绝望之为虚妄”,也不过是重回以前的状态,即希望与绝望之间的“不明不暗”的状态。但这一次的回环并不是简单的重复,而是为了推向更高处的再一次出发。

> 我只得由我来肉薄这空虚中的暗夜了,纵使寻不到身外的青春,也总得自己来一掷我身中的迟暮。

以“肉薄”“暗夜”来“一掷身中的迟暮”,是在“我”已“衰老”且“身外的青春”也已“逝去”后的最终无奈的选择,至此,通过层层剥笋所要最终抵达的立场似乎就要达到。就在这个时候,意想不到的一句却从天外飞来:

> 但暗夜又在那里呢?现在没有星,没有月光以至笑的渺茫和爱的翔舞;青年们很平安,而我的面前又竟至于并且没有真的暗夜。

这一节外生枝，使此前的文思秩序突然陷入混乱，进入新的无所适从的未知状态！这就是《希望》的第三个悖论。真是刀锋上的历险，通过对作为反抗对象的“暗夜”的一笔勾销，釜底抽薪地消解了前此围绕希望与绝望的一切纠缠，连反抗的对象都不存在了，还谈什么希望与绝望？否定至此，真正是山穷水尽了。

绝望之为虚妄，正与希望相同！

那句谜一般的隽语再一次奏响，成为整个乐章的最后一击。这决不是再一次重申“绝望之为虚妄”，因为范式已经转换。在最终定型的这句话中，既没有站在绝望一边，也没有站到希望一边，而是站到虚妄之上，这一虚妄，不再是“希望”之为“虚妄”的“虚妄”（否定希望），也不是“绝望之为虚妄”的“虚妄”（否定绝望），而是既否定了“希望”，也否定了“绝望”的“虚妄”，在这一新的逻辑中，否定绝望，并不等于就肯定希望，反之亦然，因而，它不再是“不明不暗”的固有状态，而毋宁说是否定了所有前提和目的后的虚待之“空”，是一次自我的“清场”和“重新洗牌”。

这一内在逻辑，也可图示出来：

（绝望——虚妄[1]——希望——虚妄[2]——绝望）——→**虚妄**——→**反抗**

虚妄[1]，是对绝望的否定从而指向希望，虚妄[2]，在同一逻辑中必然是通过对希望的否定重回绝望。似乎再一次的“虚妄”之后，紧接着就是希望，落入希望与绝望的循环。然而，最后的“虚妄”，绝不是又一次对绝望的否定，而应视作对前面整个的“希望——虚妄——绝望”循环逻辑的全盘否定。这一飞跃，就来自对“暗夜”的一笔勾销。

《希望》篇章极为充分地展现了《野草》的否定哲学，它层层设难、层层突围，无穷否定、不断超越。最后抵达的也是类似于佛教的否定式的空空之境——“虚妄”——对围绕希望和绝望的一切判断的全盘否定。如果套用中观派的“四句论式”，《希望》一文完全可以改写为：

诸法无希望，亦无有绝望，
希绝同时绝，始知有虚妄。

如“希望”是 P，“绝望”是 Q，则第一句是 – P（“绝望”），第二句是 – Q

(“希望”),P 和 Q 构成了一个双边否定,第三句是对“希望”和“绝望”的同时否定,即 -(P 和 Q)和 -[ -P(“绝望”)、-Q(“希望”)和 -(P 和 Q)],最后的“虚妄”,其内容无疑就是:-[ -P、-Q、-(P 和 Q)和 -[ -P、-Q 和 -(P 和 Q)]]。

否定之后,什么最终留了下来?是反抗本身!反抗不再需要任何前提和依据,无论是希望,还是绝望,它以自身为目标,以自身为意义,成为一种为反抗而反抗的反抗。至此,鲁迅反抗绝望的哲学,才得以形成。

3. 把《野草》作为一个整体来观照,也显现了同样的否定逻辑。

如前所述,从《影的告别》始,中经《求乞者》、《复仇》、《复仇(二)》、《希望》、《雪》,一直到《过客》,这一组文章可视为《野草》的第一个部分——作者把自己的追问固执地指向了死亡。经过《过客》“走过那坟地之后呢?”的突兀提问,否定、超越了第一部分求死的意向。从《死火》到《死后》七篇的第二组文章,生与死潜入深沉的梦境中,进行空前猛烈地交战。从《这样的战士》到《一觉》的第三部分,《野草》终于超脱此前生死难题的纠缠,确立了以“虚妄”为底座的当下生存。

统而观之,整部《野草》通过否定不断追问的理路,可以概括为:

非生—非死—非非生亦非非死。

此与般若诸经的否定逻辑,确有异曲同工之妙。

四、《野草》所现具体否定方法与佛法思维之相似既已揭示,此时蓦然回首,则其借由否定而达成的解脱之路,在整体上与佛法理路的相似性,顿时卓然可见。

《野草》之解脱,以佛法观之,循了两个基本路向,一为扒开丛丛矛盾追问真正自我,到最终发现所谓自我并不存在,乃顿悟我执的空幻;一为试图离弃诸多因缘的缠绕,最终又回到普遍缘起的世间。此两者,前者近于声闻乘,后者近于缘觉乘。但此处所欲揭示者,关键还不在于《野草》与佛教之解脱理路的相近,而更在此两种解脱理路综合显现的否定逻辑,与佛教否定逻辑的根本相通处。

证得无我与重归缘起的世间,皆经由否定而达解脱,现在,可以反观两种解脱路向与佛教否定逻辑的内在关系:由对矛盾缠身的自我的厌弃,试图追索那真正自我的存在,经过出生入死的自我探索,在发现自我的虚妄性后,最终又重回布满矛盾的人间,其整个历程,恰在理路上显出了佛法所擅之“即非”论式。真正的解脱,不是离弃此一物质性世间而飞升至别一世间,而是当下转换,即心成佛,不同的是面对世界的态度,于是此岸即彼岸,彼岸亦此岸,即如宋代禅宗大师青原行思所谓看山仍然是山,看水仍然是水。

佛教之即非逻辑论式,可以表示为:P 即非 P,是名 P,如套用于《野草》之解脱径路,就是:

所谓自我,即非自我,是为自我。

所谓因缘,即非因缘,是为因缘。

费尽周折的解脱之路,于此一目了然,此当为二者思维模式在整体上最为接近者。

于无声处听取那隐隐的“雷声”,至此可以说,《野草》与佛教,在论理逻辑和思维方式上,杳然相通。S 会馆寂寞中孤诣佛经的体验,确乎融入了十年后《野草》的写作。然更应指出的是,《野草》与佛教,二者之神会处,盖源于东方人共同的文化蕴藏,在苦难与解脱的人生要害处,智者的慧根终于不谋而合。无迹可求的所谓《野草》的艺术魅力,亦当在此处寻找。

## 第六节　鲁迅杂文与 20 世纪中国的“文学性”

### 一、鲁迅杂文之谜

杂文,是鲁迅倾力最多的写作,后期更是以几乎所有的精力投入;在其一生的创作中,杂文字数占约百分之八十。杂文又是鲁迅创作中最受争议的,对于其成就,肯定者给以很高的评价[①];否定者也不少,其生前就有论者

---

① 李泽厚在《略论鲁迅思想的发展》中认为,鲁迅文集(其中百分之八十是杂文,笔者注)无愧于“中国近代社会的百科全书”,视之堪与《红楼梦》并列为百读不厌的两部中华散文文学(李泽厚:《中国近代思想史论》,人民出版社 1979 年版,第 439 页);郭预衡在《鲁迅杂文——一代诗史》(《鲁迅研究》1981 年第 2 期)誉之为“一代诗史”。

对杂文是否属于文学提出质疑,更多人惋惜未能于占尽先机且出手不凡的小说创作竭尽全力。

20世纪中国最重要的文学家百分之八十的创作是杂文,这个事实,使杂文是否文学这个问题,摆在了我们面前。

有趣的是,鲁迅生前说到杂文,往往语焉未详,话中有话,使杂文问题平添一种富有魅力的神秘色彩。

一方面,对于种种非议,每每在杂文集的序言或后记中提及,并略作辩解。如在其杂文写作初期的《华盖集·题记》中说:

> 也有人劝我不要做这样的短评。那好意,我是很感激的,而且也并非不知道创作之可贵。然而要做这样的东西的时候,恐怕也还要做这样的东西,我以为如果艺术之宫里有这么麻烦的禁令,倒不如不进去;还是站在沙漠上,看看飞沙走石,乐则大笑,悲则大叫,愤则大骂,即使被沙砾打得遍身粗糙,头破血流,而时时抚摩自己的凝血,觉得若有花纹,也未必不及跟着中国的文士们去陪莎士比亚吃黄油面包之有趣。[①]

将杂文称之为"短评",并在字面上与"创作"分开。"创作"所指何为?是一般所说的现代意义上的文艺创作?如果如此,五四后公认的四大现代文体,为小说、诗歌、散文、戏剧(话剧),难道"短评"不属于散文?所谓"短评"者,与"艺术之宫里"的散文,差别何在呢?

在杂文写作中期的《三闲集·序言》中,又以"杂感"称之:

> 但粗粗一想,恐怕这"杂感"两个字,就使志趣高超的作者厌恶,避之惟恐不远了。有些人们,每当意在奚落我的时候,就往往称我为"杂感家",以显出在高等文人的眼中的鄙视,便是一个证据。……
>
> "杂感"之于我,有些人固然看做"死症",我自己确也因此很吃过一点苦,但编集是还想编集的。[②]

在后期的《且介亭杂文·序言》中又说:

> 近几年来,所谓"杂文"的产生,比先前多,也比先前更受着攻击。

---

① 鲁迅:《华盖集·题记》,《鲁迅全集》第3卷,第4页。

② 鲁迅:《三闲集·序言》,《鲁迅全集》第4卷,第3页。

例如自称“诗人”邵洵美,前“第三种人”施蛰存和杜衡即苏汶,还不到一知半解程度的大学生林希隽之流,就都和杂文有切骨之仇,给了种种罪状的。然而没有效,作者多起来,读者也多起来了。①

三段自述,正好分别处于其杂文创作的早、中、晚期,具有代表性。三段自述有以下几个特点:一是对倾情所注的对象,命名上一直有些含糊,称之为“短评”、“杂感”,及后来偶尔直呼其为“杂文”,其中确有个变化的过程;二是自觉将杂文与惯常所界定的“艺术”、“文艺”、“文学”和“创作”拉开距离;三是一再强调“然而要做这样的东西的时候,恐怕也还要做这样的东西”、“但编集是还想编集的”,情有独钟的态度非常明确,始终如一。

另一方面,杂文对于鲁迅,又是一个始料未及、不断发现的过程。《华盖集·题记》中说:“在一年的尽头的深夜里,整理了这一年所写的杂感,竟比收在《热风》里的整四年所写的还要多。”《华盖集续编·小引》中又说:“还不满一整年,所写的杂感的分量,已有去年一年的那么多了。”在编订完《且介亭杂文二集》写的《后记》中,鲁迅回顾道:“我从在《新青年》上写《随感录》起,到写这集子里的最末一篇止,共历十八年,单是杂感,约有八十万字。后九年中的所写,比前九年多两倍;而这后九年中,近三年所写的字数,等于前六年,……。”发现杂文的过程,也是一个发现自我的过程,其与杂文的缘分约定,是一步步确立的,是偶然,似乎也是必然。

可以看到,鲁迅言及杂文,大多是在自我辩解的语境中,不能说没有自信,处境却相当被动。换言之,他一直是在抵抗中守护他与杂文的缘分约定。所可注意者,鲁迅从来不说杂文是什么,只是强调其与所谓“艺术”、“文艺”、“文学”、“创作”等等不相干。通过否定性的言说来呈现对象,自是佛、道二家之所擅,莫非鲁迅继承了这一传统言说智慧?还是内有隐衷,难以说出,或说来话长,难以尽述?

大作家如此钟情执意于区区杂文创作,确乎成为20世纪中国文学的一个谜,此谜非同小可,不仅关乎对20世纪中国最有成就的文学家的评价,而且牵连对20世纪中国文学的本质性理解,弥足重要,而又索解为难。

---

① 鲁迅:《且介亭杂文·序言》,《鲁迅全集》第6卷,第3页。

对鲁迅杂文的研究,前贤同仁已做出过杰出的贡献,对于理解"鲁迅杂文"现象,皆收启蒙发聩之功效。出于善情美意,论者多喜为鲁迅杂文之"艺术"的或"文学"的身份"正名"。历来对其文体特征的界定,就强调其"文学"和"艺术"的归属,瞿秋白认为杂文是"文艺性的论文"[①],冯雪峰认为是"诗和政论凝结"[②],后来研究者则归之为"侧重于议论性的散文"[③];对于杂文文学特征的论述,大多聚焦于形象、类型、诗性、想象、情感、修辞、格式和语言等所谓"文学艺术特色"层面。

在接受美学的观点上,以规范的、普泛的文学和艺术标准来探讨鲁迅杂文之受普通读者欢迎的原因,原也无可厚非。然而,以作者意图视之,本无意于常规的"文学"与"艺术"标准,如何以此类标准视之?更为关键的是,从常规文学标准出发,无法历史地理解鲁迅与杂文之间的宿命般的联系,进而发现其中可能蕴藏的文学问题。

鲁迅杂文之谜,蕴涵着尚待挖掘的资源。值得追问的是,在谈到他人对杂文的非议的时候,鲁迅多表示对一般"文学理论"和所谓"艺术之宫"的不屑,这一否定之后,究竟潜伏有怎样的定见?是什么样的"文学"观念使他走向杂文的?杂文对于鲁迅,并不是一个预先的设计,而是一个不断发现自我的过程,那么,他又是怎样一步步走向杂文的?其中有什么必然性?对规范文学标准的拒绝,显现了什么样的"文学性"?鲁迅杂文现象,展现了20世纪中国"文学性"的哪些隐秘特征?作为文学范式,又是如何影响了20世纪中国"文学性"的意向性建构?

## 二、文学自觉、小说自觉与杂文自觉

杂文背后,有全新文学观念的支持,这就是前述日本时期形成的"文学主义":一、文学是一个终极性的精神立场;二、文学是一个独立的行动。[④]需要进一步探究的是,如此至高的精神立场,如何诉诸文学的行动?负载精

---

① 参见何凝(瞿秋白):《鲁迅杂感选集·序言》,青光书局(上海北新书局)1933年版。

② 参见冯雪峰:《鲁迅与中国民族及文学上的鲁迅主义》,1940年8月1日《文艺阵地》第5卷第2期。

③ 参见林非:《中国现代散文史稿》,中国社会科学出版社1981年版。

④ 参见本书第一章第三节"二十世纪的'文学主义'"。

神使命的文学行动,又是如何真正成为鲁迅个人的行动? 如果说“弃医从文”标志着鲁迅的“文学自觉”,那么,它以什么样的文学行动来践履? 又以什么样的文体来承担呢?

日本时期的文学自觉,应该在人生决断的意义上来理解。对于鲁迅,文学是一种行动,既是社会历史意义上的参与现代变革的独立行动,同时又是生命意义上的个人存在的抉择,这一复杂的承担者,最终找到的可能只有杂文。只有杂文,才能在“仓皇变革”的现代语境中,将个人存在与国族存在紧紧纠缠在一起,并在相互映照中得到最充分的呈现。日本时期的“文学自觉”后,鲁迅先后经历了“小说自觉”与“杂文自觉”,“小说自觉”发生于隐默十年(第一次绝望)之后,其时间在1918—1922年,“杂文自觉”则发生于1923年后,以1923年为标志的“第二次绝望”是其分水岭。

《摩罗诗力说》所宣扬的摩罗精神的承担者,皆是诗人,小说并非关注的对象。[①] 初上文学之途的周树人,所着意者是诗(文体),诗的主观性与鼓动性,与其对“个性”与“精神”的高扬正相合拍。“无不刚健不挠,报诚守真;不取媚于群,以随顺旧俗;发为雄声,以起其国人之新生,而大其国于天下”[②],这是对摩罗诗人的评价,也正是自我期许吧。盖棺定论,在二十世纪中国,可以说,鲁迅差不多实现了当初的期许,但其“雄声”,并非诗歌。

完全可以设想,若主、客观条件适合,青年周树人完全可能成为一个富有晚清主观精神、激越气息与英雄情结的诗人。终于没有成为“诗人”,诗之“别才”的局限? 抑或文体的困境? 成为现实的是,作为文学家的鲁迅,十年后是凭小说而一炮打响。

鲁迅之走向小说,当然可以找到诸多切身的姻缘,如近代对小说社会作用的认识,自小对小说的喜爱,长期以来在古代小说方面的学术积累,日本时期开始的对域外小说的译介等等,但这些尚不足说明其选择小说的内在原因。

伊藤虎丸曾以鲁迅的“出山”之作《狂人日记》为文本,探讨其成为“小

---

① 如在说到摩罗精神的斯拉夫谱系时,作为小说家的“鄂戈理”(果戈理),特强调排除在外:“前二者以诗名世,均受影响于裴伦;惟鄂戈理以描写社会人生之黑暗著名,与二人异趣,不属于此焉。”(鲁迅:《摩罗诗力说》,《鲁迅全集》第1卷,第87页。)

② 鲁迅:《摩罗诗力说》,《鲁迅全集》第1卷,第99页。

说家”背后的秘密,他认为,通过“罪”的自觉,在《狂人日记》中,一种新的“现实主义”的亦即“科学”的态度和方法形成了,小说家的鲁迅于是产生,小说家鲁迅的产生,也是一个现实主义者甚至科学者的产生。① 如果这里所谓小说的态度和方法,指向一种清醒的、客观的、展示的、批判性的态度,一种诉诸虚构的耐心,那么可以说,小说的自觉,与日本时期的绝望后现实感与批判意识的上升内在关联。小说的虚构性,提供了将危机洞察转化为深刻批判的自由度和总体性要求(概括),同时,又提供了作者隐藏自己的可能。

谈到鲁迅的文学主义立场,不可离开处于其思想核心的国民性问题。至高精神立场的确立,基于对“沦于私欲”的国人精神状况的洞察,冀望于文学来振拔国人的精神沦丧。与中国固有的人性论相联,在鲁迅这里,精神,首先诉诸人性——其近代形态为国民性——的状况,并要作为“个”的人格来承担。因此,文学的精神立场,又可转换为我们所熟知的“立人”与国民性问题。据许寿裳回忆,鲁迅留日时期关注三个问题:1. 怎样才是最理想的人性? 2. 中国国民性中最缺乏的是什么? 3. 它的病根何在?② 这三个问题,可以视为青年鲁迅“立人”工程的两个层面,1 是正面的目标,2、3 是反面的批判。

日本时期的文言论文,皆可视为第一个层面对“精神”和“意力”的正面寻找和激越呼唤,虽然这基于对时事和人性的洞察和批判,但后者毕竟还未成为论文的主旋律,指点江山、激扬文字的激情,遮蔽了潜隐而冷静的洞察。青年人的热情自信、晚清的激越氛围,这些相较于“小说”,更接近“诗”。

如果说“怎样才是理想的人性”是一个理想性的、颂扬性的、诗意的命题,那么,“中国国民性中最缺乏的是什么”和“它的病根何在”则需要现实的、批判的、甚至科学的态度去面对。正是对国民劣根性的认识,一种批判的使命感的产生,使鲁迅由一个诗性青年,变成一个冷静的中年小说家。国民性批判,确乎成为鲁迅终其一生的使命。

---

① 参见伊藤虎丸:《鲁迅与日本人——亚洲的近代与“个”的思想》,河北教育出版社 2001 年版。

② 许寿裳:《我所认识的鲁迅》,人民文学出版社 1952 年版,第 59 页。

这一转换源于文学志业的一系列挫折,形成于十年隐默的第一次绝望。

“弃医从文”的文学计划刚刚展开,就接连遭遇挫折——“于浩歌狂热之际中寒”。[①]“我决不是一个振臂一呼应者云集的英雄”,[②]不过是对年轻人自我期许的打击,而后来经历的每况愈下的社会乱象,则使鲁迅逐渐陷入一种隐默和沉潜状态,前后近十年时间,[③]这就是鲁迅的第一次绝望,S 会馆的六年,是其顶点,也是其标志。会馆的不动声色中,洞察的冷眼看得更深,纷纷乱象展现的,是近代危机进一步深入和危机症结进一步暴露的过程,并印证了他对国民性问题的思考,如果说日本时期国民性的问题框架没有改变,那么,他所关注的中心,应不再是第一个问题,而是国民性的弊端和根源。隐默的十年,对于鲁迅,是危机意识与批判意识不断上升的过程。不在沉默中爆发,就在沉默中灭亡,钱玄同的到来,终于引发《狂人日记》,小说家的鲁迅正式产生。

被视为鲁迅的,也是 20 世纪中国的第一篇现代小说的《狂人日记》,是鲁迅危机意识的总爆发,并通过“吃人”这样极为直观的概括,对中国危机的本质及其根源做出了空前宏深的总体性揭示和批判。所谓“表现的深切”与“格式的特别”,互为因果,隐默十年后的第一声“呐喊”,积蓄着十年中的深切体验与思考,必须通过特定的格式才能表达出来。空前宏深的洞察与批判,诉诸一种极为“深文周纳”的小说构型,狂语被放置在“假作真时真亦假”的语境中,极尽曲折地表达出来。

《狂人日记》的复杂构型为作者展示世界提供了充分自由,使短短篇幅浓缩了巨大的概括性和批判性,同时又具备复杂的隐藏功能。小说构型使“呐喊”的声音突出出来,而“呐喊”者自己是模糊的。文言的“识”有意突出“余”作为日记发现者的身份,从而与声音保持充分的距离。隐藏自己,正是鲁迅五四时期的自我愿望。深深的绝望如一根伏线,潜藏于出击身影的背后,站在边缘“呐喊几声”,正是近乎折中的姿态。

---

① 鲁迅:《野草·墓碣文》,《鲁迅全集》第 2 卷,第 202 页。

② 鲁迅:《〈呐喊〉自序》,《鲁迅全集》第 1 卷,第 419 页。

③ 鲁迅后来回忆:“见过辛亥革命,见过二次革命,见过袁世凯称帝,张勋复辟,看来看去,就看得怀疑起来,于是失望,颓唐得很了。”(鲁迅:《〈自选集〉自序》,《鲁迅全集》第 4 卷,第 455 页。)

《呐喊》就在揭露与隐藏、批判与掩饰之间曲折前行,不久,小说批判就开始难以为继,启蒙主题逐渐受到本来试图压抑下去的个人意识的质疑。《阿Q正传》之后,鲁迅明显加快了《呐喊》创作的进度,似乎想尽快结束《呐喊》的创作。

1920年《新青年》团体解散,鲁迅"又经验了一回同一战阵中的伙伴还是会这么变化"①。1922年12月深夜,作《〈呐喊〉自序》,在深深的绝望感中第一次以文字回顾失败的经历。1923年,鲁迅又一次陷入了沉默。② 这是两个创作高峰间的沉默的一年,这之前,是五四高潮时期的"一发而不可收"的《呐喊》的创作,其后,开始了《彷徨》和《野草》的创作。两个写作高峰正好衬托出这一年黑洞般的沉默。

1923年,发生了对于鲁迅的人生有着决定性影响的两件事。一是周氏兄弟失和;二是同月接到北京女子高等师范学校的聘书。如果说兄弟失和让其前期的家庭生活告一段落,那么,接受聘书,因为涉及女师大事件及许广平的到来,拉开了此后新的人生大幕。兄弟分裂,发生于第一次绝望和《新青年》解体之后,几乎葬送了最后的意义寄托。1923年的沉默,是第二次绝望的标志。③

和第一次绝望一样,鲁迅最终走了出来,1924年2月,开始《彷徨》的写作,该月一连写了三篇,在9月一个无人的"秋夜",又走进《野草》。

《彷徨》和《野草》既标志着鲁迅打破了一年的沉默,又记录着走出绝望的心路历程。《彷徨》和《野草》一样,是一次自我疗伤的过程。在《彷徨》中,鲁迅寄托了个人在绝望中的自我情绪,进行了深刻的自我反思,通过对自我结局的悲观预测,试图向旧我告别。正如《野草》的写作只能有一次一样,《彷徨》也是一次性的,此后,小说难以为继。

杂文的自觉,于"第二次绝望"后正式发生。如果说,小说自觉依赖于

---

① 鲁迅:《南腔北调集·〈自选集〉自序》,《鲁迅全集》第4卷,第456页。

② 除了没有间断的日记,1923年所能见到的作品,是收入《鲁迅全集》中的《关于〈小说世界〉》和《看了魏建功君的〈不敢盲从〉以后的几句声明》两篇,以及致蔡元培、许寿裳和孙伏园三位熟人的四封信,前者收入他去世后辑录的《集外集拾遗补编》,后者收入"书信"集,皆为其生平所未亲自收集者。

③ 有关鲁迅"第二次绝望"的论述,详见本书第一章第二节。

现实感和批判意识的产生,那么,杂文自觉,则依赖于对自我与时代的进一步发现,这一发现过程,就在后来写的《彷徨》,尤其是《野草》中。在《野草》中,鲁迅将纠缠自身的矛盾全部袒露出来,通过穿越死亡,终于获得新生。

## 三、鲁迅杂文:自我与时代的双重发现

《野草》追问的结果,是对自我与时代的双重发现。这就在最后写的《题辞》中:

> 过去的生命已经死亡。我对于这死亡有大欢喜,因为我借此知道它曾经存活。死亡的生命已经朽腐。我对于这朽腐有大欢喜,因为我借此知道它还非空虚。
>
> 生命的泥委弃在地面上,不生乔木,只生野草,这是我的罪过。
>
> ……
>
> 但我坦然,欣然。我将大笑,我将歌唱。
>
> ……
>
> ……我以这一丛野草,在明与暗,生与死,过去与未来之际,献于友与仇,人与兽,爱者与不爱者之前作证。
>
> 为我自己,为友与仇,人与兽,爱者与不爱者,我希望这野草的死亡与朽腐,火速到来。要不然,我先就未曾生存,这实在比死亡与朽腐更其不幸。①

生与死的辨证,意味着面向死亡的追问,终于参透了生的真谛,企图发现的矛盾背后的真正自我,原来并不存在。生命具神性,生存在现实,首先要获得生存,在这生死不明的时代,紧紧抓住即使并不显赫的当下生存。

最终确认的自我,就是当下的反抗式生存,这是自我与时代的双重发现,是自我与时代关系的重新确认。所谓当下性,已不同于前述"小说自觉"赖以产生的现实感,现实感是打破自我想象之后一种危机意识的形成,一种面向现实的态度,而当下性,则是对现实本质的进一步确认,是对20世

① 鲁迅:《野草·题辞》,《鲁迅全集》第2卷,第159、160页。

纪中国变乱与转型的“大时代”性的发现,这就是“明与暗,生与死,过去与未来之际”,是所谓“方生方死,方死方生”,是“可以由此得生,而也可以由此得死”的“大时代”①。“大时代”处在生死未明的转换中,由每一个转换中的“当下”组成,大时代之生与死,取决于每一个当下的抉择。大时代中的自我,与时代共存亡,只有投入对每个当下生存的争夺——反抗,才有个人与时代的未来。

反抗意识也不同于“小说自觉”赖以产生的批判意识。批判意识固然具备严峻的使命感,但尚未达到使命感与个体存在的真正融合;作为个人存在的决断,经过《野草》确立的无条件的绝对反抗,既是一种参与历史、投身现实的行动,也是一种在生命体验与生存哲学层面上经得起拷问的生命姿态。在绝对的反抗中,长期困扰鲁迅的“人道主义”与“个人主义”的内在矛盾,才得以解决,个人与时代显得过于紧张的关系,也开始和解。从此,自我无须隐藏于虚构之后,完全可以直接袒露出来,以真实的身份投入到文学与时代的互动。

确实能把捉到鲁迅自我意识逐渐凸现的过程。五四时期,“站在边缘呐喊几声”和“听将令”的姿态,使他没有和盘托出自己的态度和主张,这表现在《呐喊》中,也表现在同时期的“随感录”中。写于五四时期的杂感,是广泛的“社会批评”和“文明批评”,采取声援《新青年》的边缘姿态,属五四道德革命的范围,虽厚积薄发,论理透彻,但还没有找到真正属于自己的抗击目标,投入个人的人格力量,显得散兵游勇,不在状态。

第二次绝望,使鲁迅失去所寄托的一切,只剩下孤独的个人,摆脱了启蒙的外在重负,心态反而较为自由。鲁迅与五四主将胡适的关系,可作为考察的凭借,二人之间的通信一直保持到 1924 年,也就在这一年结束。在复出后的演讲中,鲁迅开始公开对胡适的批评,②若在五四时期,这些都是不可能的吧。空前自由的心态使鲁迅迎来了又一个更加多产的创作高峰,并

---

① 鲁迅:《而已集·〈尘影〉题辞》,《鲁迅全集》第 3 卷,第 547 页。

② 在复出后的演讲中,鲁迅开始公开对胡适的批评,1923 年 12 月的《娜拉走后怎样》对胡适五四时期所翻译易卜生名剧《玩偶之家》的主题作了颠覆式的重估,已透露此中消息;1924 年 1 月的演讲《未有天才之前》又将胡适几年前的“整理国故”的主张列为“一面固然要求天才,一面却要他灭亡,连预备的土也想扫尽”的几种“论调”之首提出批评。

开始以自由个人的身份，展开与杨荫榆、章士钊和现代评论派的论战，论战中的思想和文章，开始淬发出真正属于自己的光彩。

《野草》追问的终点，就是杂文自觉的起点。《野草·题辞》，说的是《野草》，同时也就是杂文，它是不堪回首的《野草》的结束，同时也是鲁迅杂文时代真正来临的宣言！

20年代中期，在内向型《彷徨》和《野草》写作的同时，一种新的外向型写作已悄然开始，于是出现了两个不同文本中的鲁迅，一是《彷徨》、《野草》中自我挣扎、自我疗伤的鲁迅，一是《华盖集》中叱咤风云、所向披靡的鲁迅。如果说《彷徨》尤其是《野草》的自我拷问和自我挣扎，标志着鲁迅通过对旧的自我的总结和清算，终于走出了第二次绝望，那么，在论战的文字中，一个行动者、反抗者和杂文家的鲁迅，已经产生。

小说创作逐渐减少背后，是虚构热情和耐心的消失。第一次绝望后催生小说的危机意识，基于对现状的洞察，指向对真相的揭示，因而垂青于“虚构”所提供的文本世界的总体性。“杂文自觉”基于对当下性的发现，及由此催生的自我行动（生存）的迫切感，产生时不我待，直接诉诸行动的自我欲望，失去虚构的耐心。时代就是文本，写作就是行动，变乱中国的现实，比虚构更具有写作的意义，现实完全可以取代虚构，直接成为写作的对象。[①] 在《且介亭杂文·附记》中，鲁迅最后意味深长地说：“我们活在这样的地方，我们活在这样的时代。”[②]

鲁迅杂文的开始编集，始于1925年，该年编有《热风》和《华盖集》，两篇相隔不到一个月的“题记”，情感态度颇值得比较玩味，《热风》收的主要是五四时期的随感录，《华盖集》则是1925年一年杂感的结集，《热风·题记》有一种事不关己、立此存照式的淡定，《华盖集·题记》的感觉就大为不

---

① 鲁迅曾说：“中国现在的事，即使如实描写，在别国的人们，或将来的好中国的人们看来，也都会觉得grotesk。我常常假想一件事，自以为这是想得太奇怪了；但倘遇到相类的事实，却往往更奇怪。在这事实发生以前，以我的浅见寡识，是万万想不到的。”（鲁迅：《华盖集续编·〈阿Q正传〉的成因》，《鲁迅全集》第3卷，第380、381页。）“假如有一个天才，真感着时代的心搏，在十一月二十二日发表出记叙这样情景的小说来，我想，许多读者一定以为是说着包龙图爷爷时代的事，在西历十一世纪，和我们相差将有九百年。”（同上书，第382页。）

② 鲁迅：《且介亭杂文·附记》，《鲁迅全集》第6卷，第213页。

同,情有独钟,敝帚自珍,并在自我否定与辩解中,曲折地透露了杂文的自觉意识:

> 在一年的尽头的深夜中,整理了这一年所写的杂感,竟比收在《热风》里的整四年中所写的还要多。意见大部分还是那样,而态度却没有那么质直了,措辞也时常弯弯曲曲,议论又往往执滞在几件小事情上,很足以贻笑于大方之家。然而那又有什么法子呢。我今年偏遇到这些小事情,而偏有执滞于小事情的脾气。正如沾水小蜂,只在泥土上爬来爬去,万不敢比附洋楼中的通人,但也自有悲苦愤激,决非洋楼中的通人所能领会。
>
> 这病痛的根柢就在我活在人间,又是一个常人,能够交着"华盖运"。……
>
> 然而只恨我的眼界小,单是中国,这一年的大事件也可以算是很多的了,我竟往往没有论及,似乎无所感触。……
>
> 现在是一年的尽头的深夜,深得这夜将尽了,我的生命,至少是一部分的生命,已经耗费在写这些无聊的东西中,而我所获得的,乃是我自己的灵魂的荒凉和粗糙。但是我并不惧惮这些,也不想遮盖这些,而且实在有些爱他们了,因为这是我转辗而生活于风沙中的瘢痕。凡有自己也觉得在风沙中转辗而生活着的,会知道这意思。①

"华盖运"、"小事情"、"执滞"、"耗费"、"无聊"、"灵魂的荒凉和粗糙",诸多说辞背后,皆有反面的对应,潜藏杂文自觉的密码:一、"小事情",是个体存在与时代命运的扭结,是小自我与大时代的直接碰撞,是当下发生的历史。"大事件"历来是正史叙述的对象,而"小事情"才是亲身见证的"野史",以小见大,"小事情"更能揭示时代的真相。这里所说的"小事情",是因女师大风潮引起的与杨荫榆、章士钊、陈西滢等的一系列笔战,鲁迅的杂文由此开始与实际的人事产生关联,这些笔墨官司,看似纠缠于个人恩怨,不足挂齿,但对于鲁迅自己却有重要的意义,在笔战中,开始以真实的自我出击,并以整个人格来承担。自我的突出,使鲁迅杂文真正变成一种行

---

① 鲁迅:《华盖集·题记》,《鲁迅全集》第3卷,第3、4、5页。

动,一种自我存在的方式。二、“执滞”于“小事情”,正是一种直面现实、不放过每一个当下的杂文态度,一种“纠缠如毒蛇,执著如怨鬼”①的韧性,一种“所遇常抗,所向必动”②的早年“摩罗诗人”理想的践履。三、“耗费”。从这时起,鲁迅杂文集的题记、引言或后记中,经常出现对生命消逝的感叹,这既有正言若反的时光虚掷的感喟,同时也说明,杂文写作正是有限生命对于“大时代”的全身心投入。四、“无聊”、“荒凉和粗糙”。这是杂文写作作为绝望的反抗的题中应有之义。鲁迅曾以“与黑暗捣乱”③来形容他的反抗,业已放弃一切前提的为反抗而反抗的反抗,就像西绪弗斯推石上山,未免“无聊”、“荒凉和粗糙”,但却是别无选择的当下生命的最真实状态。

《华盖集》成为鲁迅“杂文自觉”的标志。“华盖运”,不幸?还是有幸?

## 四、鲁迅杂文与20世纪中国的“文学性”

20世纪中国最杰出的文学家的创作主要是杂文,使我们无法回避这样的问题:杂文是否文学?杂文的“文学性”何在?

“文学性”(literariness),是20世纪上旬西方文学研究领域的核心问题,90年代又成为我国文学研究界的热议话题。20年代,“文学性”由俄国形式主义批评家、结构主义语言学家罗曼·雅柯布森提出,意指“那种使特定作品成为文学作品的东西”④,即文学的本质特征和属性。文学性是一个试图拿来代替文学从而方便给文学本质加以界定的概念,历来就此问题的争议,无论是本质主义倾向的分析与界定,还是具有解构倾向的历史主义描述,都深入并丰富了我们对文学的理解。对于众说纷纭的“文学性”问题,我们需要确立一些基本态度:一是,人们无法穷尽对某一本质的追问,但本质追问又是理解的必然路径。可以谈论的本质,并非一种绝对的存在,而是人类的一种可贵的(并非谬误)认识模式,试图抵达文学本质的文学性,是

---

① 鲁迅:《华盖集·杂感》,《鲁迅全集》第3卷,第49页。

② 鲁迅:《坟·摩罗诗力说》,《鲁迅全集》第1卷,第81页。

③ 鲁迅:《两地书·二四》:“你的反抗,是为了希望光明的到来吧,我想,一定时如此的。但我的反抗,却不过是与黑暗捣乱。”(《鲁迅全集》第11卷,第79页。)

④ 转引自周小仪:《文学性》,载《文艺学新周刊》2006年第13期。

一种意向性的存在,存在于我们对于文学的意向性建构中。二是,文学的本质规定性,是在与他者的区别和关系中建立起来的,在不同的历史语境中有不同的显现,所谓本质必须放在历史语境和与他者的关系中来理解。三是,文学是一种社会性的话语实践,文学性是在实践活动中呈现或者被指认出来的,文学的历史实践构成了文学性的要素,当下的文学实践又不断地改变并且开拓文学性的构成。

鲁迅不是从某一既定的“文学性”出发,走向文学的。文学对于鲁迅,始终是一种行动,是参与民族国家现代转型的行动,同时也是个人存在的选择。“弃医从文”,是“志业”的选择,文学,并非借以谋生的职业和社会身份的寄托,而是深度介入近代危机、促进现代转型的精神行动;文学,也不是坐在象牙塔中进行从容虚构的艺术品,而是与现实进行直接搏击的行动本身。对于生存的可能性、价值和意义来说,所谓文学性等等,都并不重要。

作为历史行动与个人存在方式的文学,不是规范文学性的产物,相反,文学性才是真诚的、原创的文学行动的产物。鲁迅一路走来,以其真诚、原创的文学实践,冲击并改变着固有的文学规则和秩序,同时带来并确立了新的文学性质素,丰富并深刻影响了现代中国的文学性建构。

在现代文学的文类秩序中,杂文只能勉强地被安放在较为边缘的“散文”里,它与想象性、创造性、情感性、形象性、总体性的现代文学性要求可能相距最远,但就是在这一边缘地带,杂文却构成了对固有文学秩序的最大挑战。通过对规范文学性的拒绝,杂文在更为阔大的版图上显现了文学性的要求,并彰显了20世纪中国现代文学性的新质。

杂文的文学性,难以把它作为既有的、具有自然本质的中性客体,从对象性的观察与分析中提取出来。只有从文学行动入手,杂文作为一个整体的文学性才得以呈现。

在鲁迅自己的表述中,我们现在所言的杂文,一般称之为“杂感”或“短评”,这一称呼一直延续到30年代。在《写在〈坟〉后面》里,鲁迅第一次提到“杂文”,但却把“杂文”与“杂感”明确分开,这里的杂文,指收在《坟》中跨度达二十年的“体式上截然不同的”文章的总称①，而“杂感”，应是有感而发，随感随写的短文。到后期，鲁迅才渐渐将“杂感”与“杂文”称谓合一。

在晚年所写的《且介亭杂文·序言》中，才道出“杂文”的原委：

> 其实“杂文”也不是现在的新货色，是“古已有之”的，凡有文章，倘若分类，都有类可归，如果编年，那就只按作成的年月，不管文体，各种都夹在一处，于是成了“杂”。分类有益于揣摩文章，编年有利于明白时势，倘要知人论世，是非看编年的文集不可的，……况且现在是多么切迫的时候，作者的任务，是在对于有害的事物，立刻给以反响或抗争，是感应的神经，是攻守的手足。②

从最传统的编年法中，一种全新的现代文学意义呈现出来。编年意义上的“杂文”，不在于艺术性的“揣摩文章”，而在于“知人论世”和“明白时势”，“文章”——文学艺术不是最终寄托，而是让编年的“杂文”成为个人与民族的历史写照。编年，正是展现文学行动的最合适方式，如果说每一篇“杂感”是“攻守”当下、“感应”现实的“神经”和“手足”，作为整体的“杂文”，则展现为人生的历史和行动的轨迹，是让当下变为历史，与现实一道成长的力量，杂文写作，是于转型时代让每个有意义当下成为现代史的行动。鲁迅以杂文为武器，最充分地发挥了文学参与历史和干预现实的功能，展现了其个人存在与中国20世纪历史的复杂纠缠，鲁迅杂文，不仅成为其本人最出色的个人传记，也是20世纪中国的一份“野史”，成为中国现代性的丰富见证。以杂文为核心的鲁迅文学，以其示范效应，深刻影响了20世纪中国文学，并和世纪文学一道，形成了20世纪中国“严肃文学”的范式和传统，从而丰富了我们对文学的理解。

对于文学性问题，鲁迅并非全无考量。日本时期文学自觉之初，在追问“文章”（文学）之价值时，就曾直言：“由纯文学上言之，则以一切美术之本

---

① 鲁迅：《写在〈坟〉后面》：“所以几年以来，有人希望我动动笔的，只要意见不很相反，我的力量能够支撑，就总要勉力写几句东西，给来者一些极微末的欢喜。人生多苦辛，而人们有时却极容易得到安慰，又何必惜一点笔墨，给多尝些孤独的悲哀呢？于是除小说杂感之外，逐渐又有了长长短短的杂文十多篇。其间自然也有为卖钱而作的。这回就都混在一处。”（《鲁迅全集》第1卷，第282、283页。）

② 鲁迅：《且介亭杂文·序言》，《鲁迅全集》第6卷，第3页。

质,皆在使观听之人,为之兴感怡悦。文章为美术之一,质当亦然,与个人暨邦国之存,无所系属,实利离尽,究理弗存。”①在“纯文学”立场上,通过一系列否定,将文学之“用”,寄托于价值中性的“兴感怡悦”上。相对于一切有形之“实利”与“究理”,“兴感怡悦”不指向某一具体目标,它是一个否定性的“不是”,同时也是一个具有更大可能性的“是”,最终收获的是文学的“不用之用”。吾人皆知,鲁迅之追问,其实正是试图将文学与“个人暨邦国之存”的救亡使命联系起来,但这一联系,不是二者之间的直接对接,而是以原发的、创造性的、具有无穷可能性的精神世界为中介,故将文学价值归结为——“涵养人之神思,即文章之职与用也。”②

“兴感怡悦”只是没有能指的所指,为何“兴感”? 为何“怡悦”? “兴感”什么? “怡悦”什么? 仍是需要进一步落实的问题。鲁迅不可能满足于文学内涵的空洞状态,更不可能满足于为“皇帝鬼神”而“兴感”,为“才子佳人”而“怡悦”。文以载道、游戏消遣、为艺术而艺术,皆非鲁迅文学的最终目的地,文学必然要面向人生,有所关怀,“兴感怡悦”必然要被填以更具价值的内涵,指向更高更广的精神空间。

如果非要追问“文学性”何在,则惯常所想象的“文学性”似乎都被“蔓延”了。文学性是审美? 则从艺术到日常生活,审美无处不在;文学性是虚构和形象性? 则影视剧目、电脑游戏等等皆具此特征;文学性是乔纳森·卡勒(Jonathan Culler)所谓的“语言的突出”? 则无处不在的广告语未尝不擅此道;文学性是创造性? 则这一浪漫主义时期的文学优越感,现如今已经不为文学所独具。文学,我们需要寻找它得以存在的更为坚实的基座。

俄国形式主义曾将文学的本质归结为语言的陌生化,落脚点依然是语言本身。对语言的关注显示了形式化的倾向,也难免走向能指的游戏。笔者以为,语言即存在的符号化,若要打开文学面向众生的怀抱,则不如说,文学的本质是“存在”的陌生化。在终极意义上,文学,作为一种非确定的话语方式,是在知识、体制、道德和宗教之外,展现被遮蔽的存在,通过揭示存在使存在陌生化,使存在的可能性得以展现的一种不可或缺的独特力量。

① 鲁迅:《坟·摩罗诗力说》,《鲁迅全集》第1卷,第71页。

② 同上。

真正的文学,始终面向人生,揭示存在的真实,“官的帮闲”和“商的帮忙”的文学则只会为了某种利益去重复人生、简化生命和粉饰现实。

存在最终是精神性的,文学揭示的存在,本质上是精神存在。面向人生、揭示存在的文学,不可能满足于物质世界的展示,无疑要进入更高的精神空间,反过来,如果没有更高的精神存在,如何面向和揭示人生?

“三千年未有之大变局”的 20 世纪中国的现代转型,将现代民族国家的命运与现代文学的命运紧紧联系在一起,现代中国文学积极参与了民族国家的现代转型。在 20 世纪中国艰难转型的历史语境和精神场域中,现代转型最深处的国人精神的转型,无疑是从族、国、家、到个人的存在的最核心所在。鲁迅文学,以其对现代国人魂灵的深刻洞察,以终其一生的国民性批判,击中了现代中国文学的精神命脉,无论是小说、《野草》还是杂文,皆是对他人与自我内在真实(精神存在)的深度揭示。放弃虚构、直面现实的杂感,所指摘的一人一事,并不局限于人、事本身,无不上升到精神的反思,一篇篇杂感,就是一个个精神现场,这些杂感合在一起——杂文,更是以整体的方式,展现了 20 世纪中国的精神生态,揭示了中国现代生存中被遮蔽的精神难题。鲁迅杂文每能于平常中见真相,于现象中见本质,不断刷新我们对现实与自我的认知,使沉溺于传统惯性的存在变为陌生,同时展开现代生存的新的可能性。无论是就现代文学使命,还是在所谓文学性本身,以杂文为代表的鲁迅文学,都是 20 世纪中国文学中最有深度、最具代表性的所在。

## 五、鲁迅杂文的“文学性”与“文章性”

鲁迅杂文的文学性,还有一个他本人并未明言或并未意识的来源,就是中国的“文章”传统,由于一直将杂文放在“现代”范畴进行考察,这一来源对于我们更为隐秘。在中国古代,“文学”是一切文献之学的总称,而与现代的“文学”概念较为接近的,则是“文章”,所谓“文章”,即有文采的文字的集合体,其核心是文字。古来“文章”与西来“文学”的差别,源于汉字的独特性:一、古代汉字以单字为独立的声音和意义单元,作为声音和意义的独立单元,汉字形成了讲究对仗与平仄的基本属性;二、汉字又是一种独特的象形和表意文字,作为表意符号,与拼音文字的抽象意义与感性符号、所指与能指可以独立分开不同,汉字符号本身的象形、音韵等感性因素,与所要表达的意义融为一体,能指与所指难以截然两分,表现在“文章”中,本来作为能指符号的汉字,不仅是单纯指称意义的工具性符号,也成为意义的载体及意义生发的源头。与西文直接诉诸逻辑与意义的精确不同,汉语文章的写作与阅读更易发生一种“滞留”现象,即流连于汉字感性符号本身的意味。文字是“文章”的最基本意义单位,以文字为起点,汉语文章的写作,相比较纯粹意义的表达,更讲究文字符号本身的组织,这就是对字法、句法与章法的经营,不仅表现在对仗与平仄上,也表现在用字、造语、修辞和行文的追求古奥与新异上。古人品评文章,常将文章作为一个由文字组成的具有物质性的有机体,讲气、韵、味等等,皆源于汉字符号系统的物质性与感性。

我们在论述鲁迅杂文的“文学”性时,常常从来自西方的文学规范出发,将焦点集中在对其形象性和情感性的挖掘上,虽然可以在一定程度说明鲁迅杂文的文学性所在,然圆凿方枘,终觉不适。鲁迅以最为传统的文章编辑法来说明杂文之“杂”,也提示我们杂文与传统文章或多或少的联系,杂文不是诗歌,不是小说,不是戏剧,也难以把它安放到艺术性的现代散文里,“四不像”而以汉字为基本单元的杂文,也许还是与传统的文章特性最近,在以形象性、情感性等标准来说明鲁迅杂文“文学性”的同时,也要进入传统文章的评价系统中,更贴切地探讨鲁迅杂文的“文章性”。

从鲁迅的文言写作中,可以看出其对于字法与句法的追求,早期翻译在用字造语方面欲求古奥,意在与林琴南一比高下,五四时期虽已转向白话,从善如流,但在与好友钱玄同的私信中,亦常玩弄古字,聊作笑谈,毕竟,二人都曾拜师于古文字家章太炎,深谙文字之道。其经常谈及的魏晋文章与晚唐小品,对其杂文的影响亦尚待挖掘。

字法体现在用字的贴切、巧妙、简约、新异、古奥,以及音韵的和谐等等,句法体现在造语的对仗、平仄,以及修辞与用典的古奥与新异等等;对仗与平仄是汉字的基本属性,它不仅体现在字法和句法上,也体现在章法上,作为韵文的诗词和骈文在篇章结构上对对仗与平仄的依赖不用说,其实非韵文的散文文章的章法也是以此为基础。被视为“陈词滥调”的八股文,其实就是中国文章形式化与功用化的产物,旧时文章章法的毛病与特点,在八股文上有明显的体现,启功解释八股文之“八股”,就指出在“破承起讲”后,为论述主题,“把那个主题从上下、前后、正反、左右,讲得面面俱到,常常要说好多条,但常用八条。由于每条怕单说不够,常变换地,相对地配上一条陪衬,用以辅助加强前面那个论点,使它不致孤立。既配上了一条,便成了一副对联,一篇中便有四联。”[①]由此可见古代文章在字法、句法与章法上的统一性。

姚鼐于《古文辞类纂》总结为文之法:“所以为文者八,曰:神、理、气、味、格、律、声、色。神、理、气、味者,文之精也;格、律、声、色者,文之粗也。”林纾在论文章的《应知八册》中,列意境、识度、气势、声调、筋脉、风趣、情韵、神味为作文之“八册”,[②](林纾曾经是鲁迅的批评对象,但其有关古文的论点,却对理解鲁迅杂文有所帮助,林纾与鲁迅,代表不同的文学时代,却更能说明问题。)这些为文之要,亦可视为文章评价的标准。当面对鲁迅杂文,感到所谓形象性、情感性等现代文学标准未免圆凿方枘时,回头一想,似乎古文评价的标准对鲁迅杂文更为合适。古文评价是将“文章”作为以汉字为基本单位的有机体,从汉字的特性出发来整体把握“文章性”,鲁迅杂文基于汉语写作的“文章”特性,在这一传统评价机制中才能显现出来,原来很难放到“文学性”中进行评价的鲁迅杂文的逻辑力量,放到文章学的整体评价中,则成为“文章性”的核心部分,渗透在神、理、气、势、味、韵、筋、脉的方方面面,在这一评价系统中,鲁迅杂文的继承性与创造性才可以体现,可以说,传统汉语文章的起承转合,在鲁迅杂文的谋篇布局及现代逻辑技巧中,发挥到出神入化的地步。其他如用字、造语方面的匠心,如不识对仗、平仄、“单句行义,双句行气”等汉语文章要义,以及由此上升到对文章整体的体会,对于鲁迅杂文作为汉语文章的魅力,殊难心领神会。

在隐意识层面,鲁迅杂文的文学性,与源远流长的中国文章传统息息相关,将其放在中国文章固有的评价系统中来把握,通过基于汉字基本属性的“文章性”来认识鲁迅杂文的文学性,或许是一条曲径通幽之道。

---

① 启功:《论八股》,《启功丛稿·论文卷》,中华书局1999年版,第337页。

② 林纾:《畏庐论文》,《畏庐论文等三种》,台北文津出版社1978年版,第21—32页。

# 第七节　鲁迅与20世纪中国

## 一、百年树人:鲁迅“立人”观之世纪末回顾[①]

和儒、道一样,五四精神业已汇入当代中华文化传统,成为其必要的组成部分。而鲁迅,正是这一精神的杰出代表,或“道成肉身”。出于对中国现代转型道路的终极求索,他提出的“立人”思路以及作为“立人”首要步骤和现实践履的批判国民性的毕生工作,形成了“鲁迅主义”的核心命题。“立人”和批判国民性,这相辅相成的命题,是鲁迅奉献给我们民族最宝贵的思想和精神财富。

“立人”思路是鲁迅对中国近代危机的强烈关注和对摆脱危机出路的深入思考的结晶。近代以来,在“救亡图存”原始情结的驱使下,一代代的先驱者苦苦求索着现代转型的道路,形成了前仆后继的艰难历程。把“立人”放在这一历程中,则尤见其重要性和深刻性。经过洋务派的物器改革和早期维新派的政体改良,在当时鲁迅留学的日本,激烈交锋的是以梁启超为代表的后期维新派的“立宪”、“新民”主张和资产阶级革命派的政治革命、民族革命的主张。“立人”则属于以鲁迅为中心的包括周作人、许寿裳的三人团体,他们于1907年、1908年发表的一系列长文形成了一个共同思路:中国问题的症结在于精神,立国的根本不在物质而在精神!由此开始把眼光移注于文学之上。不可否认,“立人”思路受启发于梁启超等人的启蒙主张,并感染了革命派的激进风格,然而,正是在这一历史综合的基础上,“立人”形成了双重的超越:“首在立人”,“根柢在人”,“人立而后凡事举”,“人各有己,则群之大觉近矣”。在这里,个人及其精神契机被推到转型逻辑的终极性地位,成为不可动摇的根本性前提,从而超越了后期维新派作为政改方案之补缺环节的群体启蒙,更远远超越革命派只重现实操作而忽视思想启蒙的偏颇。而对个体精神契机以及文学契机的双重把握,则隐示着十年后五四的风雷。鲁迅隐默十年后的第一声呐喊,实际上远接十年前激

① 文中所引鲁迅“立人”言论皆出自鲁迅:《坟·文化偏至论》,《鲁迅全集》第1卷。

扬文字的声音。

由此可知,鲁迅首先是上个世纪之交中华民族危机中一个具有强烈责任感和使命感的知识分子。把“立人”看成由民族动机推动的危机反应,则能扩展出“立国——立人——立国”的“立国”逻辑,即“立人”来自“立国”的动机和以“立国”为目的,在这里,“立人”似乎和其他救亡途径一样属于中介环节和手段。然而还应看到的是:由于“立人”这一环节被鲁迅突出并极致化为“立国”的终极出路和根本前提,因而成为他思路的中心。或者说鲁迅悬置了“立国”的隐意识存在,使“立人”成为他意识中的唯一关注点。而且,当鲁迅专注于“立人”工程设计的时候,并不是在本民族的狭隘背景下,而是在中西文化比较的语境中,在整个世界文明大势的宏阔背景下,在理想人性的终极指引下来展开设计,这样,所立之“人”就不是以某个民族为价值取向,而是属于整个世界和人类,“立人”工程就不是仅仅停留于民族主义,而是达到了人类主义的高度。世界性、人类性和理想性使“立人”成为空前宏大的工程,成为具有自身本体性和目的性的存在,这就是中介目的化和本体化,它使“立国”的动机被遮蔽并被无限延置,使“立国”的目的被超越并被最终取代。

应该说,立人——立国是一个从部分到整体、从个体到群体的简单逻辑,作为民族国家的现代化方案,它并未顾及现实操作过程的复杂性。现代化是在知识、价值、审美、物质、技术、制度等诸方面全方位展开的过程,“人”与“国”之间不可能只存在从前者到后者的纯逻辑的单向推演,还应该包括现代化各方面相互影响和促进的复杂关系。但鲁迅提供给我们的不是全面性和复杂性,而是深度,是中国现代转型的终极思路和根本解决,我们尽可以指出这一思路有忽视其他方面的单一性,或者指出它的迂阔及难以操作,甚至找出其中“以思想文化解决问题”的传统渊源,然而,必须看到,“立人”毕竟是中国现代转型经由物器论、制度论和革命论之后的选择。“人”,毕竟是现代化诸方面得以展开的始基和最终承担者,作为人的社会实践产物的制度、物质、技术等与实践主体——人之间,固然有着相互构成的关系,然而,比较而言,人作为向未来开放的存在,应是其中最终具有可变性的因素。制度等一经产生便会凝固,其改变不能单纯依靠自身完成,最终依赖人的参与,而即使制度得以变迁,陈旧的人依然会复制陈旧的制度。鲁迅正是以其固有的直指其心的方式,抓住了"人"这个关键!在依然专注于谋求经济与政治现代化的当代中国,每当改革陷入困境的时候,鲁迅遥远的声音将不时牵引着焦虑中的中国人。

"立人"的深刻性还来自于对中国症结的深刻洞察。"立人"工程在鲁迅首先是毕其一生的反思和批判中国国民性的工作,这一方面是因为生命的有限使他只能施行其首要步骤,更重要的原因是:"立人"的设计正是建立在对中国人性深刻洞察基础之上的有针对性的方案。我以为,在鲁迅终生从事的国民性批判中,蕴含着"立人"思想的真正内涵。作为文学家,鲁迅的国民性批判散见于他的文学创作尤其是杂文中,而且,这一批判往往不是通过概念和推理,而是通过体验——本质直观——例证的途径展开的;然而,作为思想家鲁迅毕其一生的事业,作为他奉献给我们民族的最宝贵思想财富。国民性批判绝不仅仅是简单并置的现象描述,而应有其内在的逻辑系统,即使鲁迅本人未能明确意识到,我们也应深入其意识的深层结构中,使其内在系统得以彰显出来,从而找到鲁迅对中国国民劣根性的根本认识。鲁迅经常批判的中国国民劣根性有:卑怯、懒惰、退守、虚伪、巧滑、健忘、无特操等等,但这些是否就是国民劣根性的"性"之根本呢?所谓"性"者,应是抽象概括出的根本规定,以上这些与其说是国民性之"性",不如说是国民劣根性之诸表现,而且,应该说,它们是鲁迅始终关注着的民族生存危机中的劣根性表现,即"苟活"的种种形状。那么,在这些表现后面有没有抽象的根本之"性",并且通过它,这些表现成为具有内在联系的有机统一体呢?通过对鲁迅所经常提到的这些劣根性的现象学分析,发现它们直指一个也只有一个逻辑原点,可以称之为"私欲中心",即国人的个人感性物欲中心,它的另一面即"无特操",即唯独缺少超越感性的精神上的原则和信念、执著和坚韧。精神上无特定追求和操守即无精神,与黑格尔老人所诊断之无精神——无宗教同。如果"特操"亦能包括物质范畴,则国人最终不可动摇的唯一"特操"就是个人物欲,只此不移,其他则无往而不宜。抓住这个逻辑原点,则所谓卑怯、巧滑、虚伪……等都可统摄起来并得到解释。

换言之,鲁迅的国民性批判是这样一个深层结构系统:"卑怯"、"退守"、"虚伪"、"巧滑"、"健忘"、"无特操"等,不是国民劣根性本身,而是国民劣根性诸表现,尤其是国民"苟活"式生存困境中的劣根性表现。然而,

“苟活”本身尚不是这些劣根表现的根本原因,一个难以回避的问题是:苟活的生存困境为什么必然导致卑怯等劣根性,而不能相反激发反抗和奋进的积极品格呢?如果鲁迅仅仅停留于存在论分析,岂不等于给中国人的劣根性寻找解释并推脱责任吗?事实上鲁迅决不满足苟活的生存,鲁迅对中国国民性的考察不仅仅停留于存在论层面,而深入到中国传统文化的深层,试图进一步发现“它的病根何在”,民族劣根性的“文化根源”,无疑是其最终关注点和探索的深度所在。此文化病根即“私欲中心”这一劣根性本质,亦即鲁迅国民性批判之内在逻辑系统的逻辑原点。

一个思想家愈早的思想材料愈能透露其人的思想信息。在“立人”时期的论文中,年轻的鲁迅一再怀疑和指责的不是别的,而是倡言改革者的“干禄之色”、“温饱”之图和“自利”之实,无论“黄金黑铁”亦或“国会立宪”,都不过“假是空名,遂其私欲”,而实无“确固之崇信”。在后来的《随感录》中,他一针见血地指出中国历史上所谓“圣武”不为别的,即“子女”和“玉帛”。实际上阿 Q 的革命也不外乎“女人”和“东西”……。与国粹派和新儒家者流所夸言的东方重精神、西方重物质的模式恰恰相反,鲁迅则直指其心地洞察出国人的私欲中心和精神缺失。因而作为“立人”之方,他再三强调的是两点:“重个人”与“轻物质”、“尊个性”与“张精神”。“轻物质”——“张精神”,这确是深察中国国民性根柢的对症猛药。鲁迅在 20 世纪初以西方 19 世纪末之“新神思宗”来匡救时弊,并非趋时求新,而实有洞察在此!

理解了“轻物质”与“张精神”的真正内涵,就能进一步深入理解鲁迅所“尊”所“重”之“个性”,理解鲁迅为什么要把它与“害人利己主义”区别开来。如果说个人主义是指以个人为中心的自私自利,则私欲中心的劣根性使中国充斥这样的个人,这样的个人由于精神的缺失,没有形成以健全个性为基础的人格自觉,这是没有成人的个人,有这样个人的国度,如同一群没有“父亲”的孩子,实际上是一盘散沙。真正的个人是成人的个人,即以健全成熟个性为基础的人格自觉,是在物质和精神、技术和价值、知识和信仰各方面都充分拓展了的健全人格,是在人生的意、知、情、欲各层面都无所偏重的圆满个性。有这样的个人,必有健全规范的群体和社会,即如章太炎之古奥命题:“大独必群”,亦如鲁迅所言之“人立而后凡事举”、“国人之自觉至,个性张,沙聚之邦,由是转为人国"。由是观之,立人——立国实为根深叶茂、水到渠成的途径。这是20世纪初留给我们的根本启示,今天,穿越时间的隧道回顾这个起点,其价值愈益彰显,对于新世纪继续谋求现代生存的中国人,仍将垂示其价值。

百年树人。这是鲁迅有限的一生无法完成的宏大工程,亦是我们未竟的艰巨使命!

## 二、变化的语境与鲁迅作为资源的意义

刚刚过去的鲁迅研究20年可以大致分为1980和1990两个年代,这确实是值得回顾的20年,两个年代的不同语境带给鲁迅研究的不同面貌,提供了对比与反思的可能性。80年代,在伴随思想解放、对外开放和文化热的新启蒙语境中,鲁迅研究迎来了繁荣时期。80年代前期,长期统治鲁迅研究的政治革命范式被打破,思想革命范式确立,还原了鲁迅作为近、现代思想启蒙者的身份和价值;80年代中后期,鲁迅思想和精神的个性受到关注,学者们通过对其精神结构的挖掘,及其文化选择中复杂矛盾和痛苦的揭示,确立了鲁迅在中国近现代文化转型中独特的思想地位和精神价值。可以看到,80年代的鲁迅研究经历了不同"范式"(Paradigm)的转换,这些不同"范式"之间并非如库恩(Thoms Kuhn)所言是不可通约的,其中每一个研究"范式",都是研究者本着回到并趋近"鲁迅本身"的目的,基于对鲁迅的重读及重新发现,从各自不同的"视界",丰富了鲁迅研究的维度,而且,大多是在研究对象中发现已有范式的阐释困境,然后促成范式转换的,从而推动了鲁迅研究的阶段性深入。90年代,历史似乎翻开了新的一页,政治风波后文化热的骤然降温、市场化引起的世俗化浪潮、国学热及文化本位主义思潮出现、反思现代性进一步深入、后现代思潮涌入等等,语境的转换带来了鲁迅研究的变化,于是有学者鲁迅、存在者鲁迅、东亚的鲁迅及第三世界的鲁迅等形象的发现,尤其是在90年代中国和东亚对现代性的反思中,鲁迅的文化选择提供了新的丰富思想资源,获得了新的意义。但是,我们还要看到,整体上看,90年代语境对鲁迅研究构成了一定的压力,可以不论在媒体参与下诸多作秀式的言论,但来自理论界的挑战不断出现:鲁迅国民性思

想遭遇质疑和解构[①];随着自由主义思潮的复兴,胡适的文化选择被作为鲁迅的对立面得到强调,甚至在二者之间作出了非此即彼的价值判定;另外,90年代文化消费方式多样化,新的“图像的一代”出现,文学被边缘化,小说逐渐成为一门“古老的技艺”,也影响了鲁迅文学在青年人中的传播。这些,对于鲁迅研究者来说,既不能无视,更不能“你说便是你错”,需要从学理上去面对。

90年代的语境提出了研究者反思自己的必要性,我们为什么要研究鲁迅?研究鲁迅是因为研究对象的显赫,还是因为其自身的价值?对这个问题的思考其实关联着:在90年代的语境中,我们的鲁迅研究哪些需要反思?又有哪些需要坚持?我认为,鲁迅与当代语境的纠缠,并非如有些论者所说,纯粹是语境的产物,因而90年代语境变了,鲁迅也会失去价值。一方面,时代语境塑造着鲁迅,另一方面,也正说明鲁迅给时代提供着丰富的思想和精神资源,说明鲁迅作为现代精神资源的意义所在。像鲁迅那样以自身的存在与中国现代性如此深刻地纠缠到一起的人,大概不多吧。以一生的选择主动参与历史,这是鲁迅的方式,也正是中国知识分子传统的积极承传。与近现代中国的曲折命运相关,鲁迅的现代参与之途空前坎坷,他一生的几次绝望,都与此相关,经历了常人所难以承受的困境。对鲁迅来说,切己的是,所有现代参与的不幸,都化为他个体的、心理的精神事件,作为副产品,在这一过程中,他以文学的形式表达了堪称中国现代最深刻的生命体验,留下了中国近现代文化转型最深刻的个人心理传记,这些,都成为了文学家的鲁迅的底色。

面对中国的近代危机,鲁迅以一个普通知识分子的身份发言,日本时期,在革命派和维新派激烈论战的日本,青年鲁迅发出了自己的声音,提出“立人”方案,鲁迅所揭橥的中国改革的精神的和文学的契机,在当时言论纷纭的言新主张中,形成了一个独具深度的视点,并昭示了近十年后五四的文化选择。在“立人”方案的三个步骤中,鲁迅所实际践履的是“中国国民性中最缺乏的是什么”和“它的病根何在”——终其一生而未尽其业的国民

---

① 有关论述详见第一章第三节之“国民性:作为被‘拿来’的历史性观念”。

性批判。① 无论人们怎样强调国民性话语与传教士话语之间的联系,我坚持认为,今天看来,作为“立人”第一环节的国民性批判,是作为思想家的鲁迅奉献给我们民族的最宝贵的精神财富,因为国民性批判虽不是鲁迅的创举,但他以终其一生的国民性批判,最为振聋发聩地指出了,中国危机的本质是人的问题,中国的现代变革如果不建立在人的现代变革的基础之上,终将是沙上建塔! 鲁迅的思想成就与文学成就,恐怕最终与此相关。鲁迅小说代表作被我们公认为《阿Q正传》,《阿Q正传》成为中国20世纪文学最负盛名的文学作品,如果仅从艺术方面着眼,似乎不能完满解释,我认为,除艺术因素外,对《阿Q正传》艺术难题的真正解答恐怕是:《阿Q正传》正是鲁迅国民性批判的最完整、最集中的小说形态的表达,思想家和文学家鲁迅的素质在此得到了最完满的结合,换言之,中国近现代语境对文学的要求与鲁迅作为思想家和文学家的个人素质的完满结合,是造就鲁迅文学在20世纪中国的崇高地位的一个关键因素。

20世纪中国的现代性方案中,在“理想人性”——“国民性”的框架中展开的鲁迅的“立人”方案,也许是显得迂阔、颇为繁难的一种,也是最易招致国人抵触的一种,因而给鲁迅带来多次的绝望,也终于无法在其有限的一生中将其完成,但是,它来自人性与历史的深处,显示了鲁迅思考的深刻与彻底,也因此提供了中国现代性的一个深度取向,今天,仍在进行的现代转型遇到重重阻力的时候,我们不禁油然想起鲁迅的国民性批判,回到鲁迅的起点。日本时期的最初发言中,在批判“黄金黑铁”、“国会立宪”时,青年鲁迅一再指摘的不是别的,正是倡言者的“以是空名,遂其私欲”,可以说,对人性的洞察,是鲁迅设计中国现代性方案的一个起点,也始终是鲁迅的一个最深的视点。我们把鲁迅与胡适加以比较,在看到二人思路的不同时,还应看到,在政治视野中,鲁迅和胡适虽然有一定的对立性,但是,他们都是20世纪中国两个独立的现代知识分子,在传统与现代之间,他们属于同一个阵营,作为中国现代文化的两位智者,他们都为中国的现代转型奉献了杰出的

---

① 据许寿裳回忆,日本时期的鲁迅一直关心的三个问题是:1. 怎样才是理想的人性?2. 中国国民性中最缺乏的是什么?3. 它的病根何在?(许寿裳:《我所认识的鲁迅》,人民文学出版社1952年版,第59页)这正是鲁迅日本时期提出的“立人”工程的三个层面。

思想。胡适是"五四"阵营的代表人物,从思想、文化上改造中国,本是其初衷,即使20年代后转向谈政治,其实也并没有放弃文化启蒙的工作,1923年计划改《努力》周刊为月刊时,鉴于国政的腐败,他不得不又一次重申《新青年》时期的思想文艺革新的方向,又一次回到思想和文化的起点。[①] 鲁迅对中国问题的思考抵达人性的深层,开启了长期而艰难的国民性批判的工作,以独有的对历史和人性的洞察和体验,形成了一个难以企及的深度;胡适对制度理性的诉求,渐进的、实验的注重实行的方法,也具有深刻的洞见,很有必要并有很强的实用性。如果没有鲁迅的国民性批判,中国的现代性方案就缺少了一个人性的深度,如果没有胡适的知识批判和对制度理性的诉求,中国的现代性方案也许就缺少了一个稳健的、可具操作性的思考,二人不同的文化选择,并非水火不容,而是各具特色,相互补充,丰富了中国现代性的维度和精神资源。

被边缘化是90年代文学的普遍命运,文化消费多样化,阅读逐渐成为少数人的文化享受,随着诗歌在80年代末的滑坡,我们似乎突然发现,小说也成了大学文科教师和学生的读物。马原曾感叹:"小说是已经进入死亡期的恐龙。"[②]希利斯·米勒在谈到文学的终结时说:"我们现在正处在向其他媒介进行彻底而迅猛的转向过程中,因为我们所说的文学性被转移到了诸如电影之类的媒介上,其中也包括电脑游戏。大量的文学创意进入到电脑游戏之中。对此我没有丝毫的怀疑。在文学的印刷文本周围,将会出现形形色色的'文学性'形式。小说、诗歌和戏剧等传统意义上的文学,在普通百姓的文化生活中已经明显今不如昔,至少在美国是这样,欧洲基本上也是如此。"[③]我认为,在此语境中谈论鲁迅的文学价值,不是在读者的多少上与通俗读物一争高低,而是追问鲁迅文学的经典意义:被视为20世纪文学经典的鲁迅文学究竟价值何在?有哪些价值值得我们护惜和继承?新的语境中谈论鲁迅文学的经典意义,我认为有两点:一是以文学主动参与历史的文学价值的选择。鲁迅从来不否认自己的小说是为了启蒙,他的有关文学

---

① 参阅胡明:《胡适评传》(下),人民文学出版社1996年版,第606—608页。

② 马原:《阅读大师》,上海文艺出版社2002年版,第216页。

③ 希利斯·米勒:《为什么我要选择文学》,邱国红译,2004年7月1日《社会科学报》第6版。

的一切人生选择都与民族的命运息息相关,在这一点上,可以说,紧密关乎家国命运的中国文学的深厚传统,在鲁迅身上得到了积极的承传,并进一步发扬形成现代文学的积极传统,在这一传统中,文学性与社会、历史意义是相辅相生的,正是在这一文学观念中,鲁迅奉献了20世纪中国小说的代表作《阿Q正传》,今天我们谈论20世纪文学的代表性人物,鲁迅无论如何都是第一人选,很大程度上是因为,他的文学奠定并代表了中国现代民族国家的文学的传统,可以断言,如果鲁迅文学得以产生的语境不变,也就是说如果中国的现代性历程仍在继续,鲁迅文学的意义就会存在;鲁迅文学经典意义之二,我认为来自于他的杰出艺术成就,鲁迅不多的小说创作,在艺术上至今难以超越,一本散文诗《野草》,堪称20世纪中国最为幽深瑰丽的文学文本,这些都来自他个体生命的自我体验和他对文学的艺术自觉。历史参与的不幸化为了鲁迅的诗,如果没有对生命的极为幽深的尖端体验,大概很难有《彷徨》和《野草》这样的作品产生。鲁迅文学,是中国当代文学绕不过去的遗产。1999年8月,新世界出版社出版由莫言、余华、苏童和王朔编选的《影响我的十部短篇小说》,其中三位作家同时选择了鲁迅的小说,而更为年轻的作家在面对"导师"和"楷模"这些撩拨式字眼时,即使采取"断裂"的姿态,但谈到技术创造层面,他们在内心中还是大多服膺鲁迅的大师地位。[①] 文学传统的杰出承传和艺术技巧的杰出创造,奠定了鲁迅在20世纪中国文学中的经典地位,只要文学的价值存在,我们就不得不承认鲁迅在20世纪中国文学中的经典地位。

## 三、21世纪,还需要鲁迅吗?

在刚刚过去的20世纪,鲁迅之在中国,无疑是一个显赫的存在,他在这个世纪只活了36年,但死后却以不以其个人意志为转移的方式持续发生更加深刻的影响。20世纪末,随着中国社会的复杂转型,思想文化语境产生新的变局,在这一新语境中,对鲁迅的评价开始发生微妙的变化,在新世纪初年暧昧不清的时代语境中,鲁迅的影响正在逐渐淡化,其所盼望的"速

---

① 参阅汪继芳:《断裂:世纪末的文学故事——自由作家访谈录》,江苏文艺出版社2000年版。

朽”,似乎终于迟迟来临。

被遗忘正是鲁迅自己的期望,为何还要问:21 世纪,还需要鲁迅吗?

在 20 年代中期的《野草》中,鲁迅曾经对缠绕自身的“希望”,进行层层剥笋式的自我消解和突围,最后的消解是:“但暗夜又在那里呢?……而我的面前又竟至于并且没有真的暗夜。”可以说,“暗夜”的不存在,是“反抗者”鲁迅自我消解的最致命一击。鲁迅希望自己“速朽”,因为他是与黑暗同在的,他的被遗忘,正是黑暗消失的反面证明。

然而需要追问的是,鲁迅之在当下被遗忘,究竟是其提出的问题已经失效,抑或使命已经完成,还是像他生前经常经历的“寂寞”一样,被遗忘就是他的命运?

寂寞,来自一种误解,一种真实价值的遮蔽?抑或来自真实价值与现实世界的隔膜?其实是一个二而一的问题。这是一种双重的寂寞,一是被过多的话语所包裹,阐释之下被层层遮蔽,热闹之下是深深的寂寞,二是这些误解的话语复又被视为真实的存在,在新语境下遭到出于种种动机的话语解构。双重寂寞之下,难逃被遗忘的命运。

1936 年其人辞世,鲁迅的存在,就成为一种可以称之为“鲁迅传统”的存在,它本质上是一种对鲁迅的话语阐释。20 世纪对“鲁迅传统”的解读,大致形成了两套话语系统:一是政治意识形态鲁迅传统,二是人文意识形态鲁迅传统。前者形成于 30 年代左翼文化界,经过 40 年代延安文艺的系统阐释,新中国成立后成为官方正统鲁迅话语,80 年代前在大陆拥有绝对话语权力,它强调鲁迅后期的现实革命立场,强调鲁迅与中国共产党领导下的无产阶级革命的精神联系,将鲁迅阐释为由个人觉醒到集体主义革命的 20 世纪中国知识分子的典范,将鲁迅文学解读为中国政治革命的现实主义再现;80 年代,随着思想解放中官方政治意识形态的内部松动,现代思想启蒙者的鲁迅,作为一种还原性的认知,被人文知识分子推到前台,在思想解放是中断的五四传统的承续的想象中,鲁迅,成为 80 年代新的现代启蒙和人文知识分子确立主体性的深度精神资源。在 80 年代前期的人文学科领域,鲁迅研究的影响力无与伦比,它已然超越学科的范围,成为影响甚至带动整个人文科学研究和社会思想文化语境的重要力量。可以说,80 年代中国人文知识分子阵营及其意识形态的形成,基于一定的话语空间,它是在思想解放的语境下,官方改革派为了吸引人文知识分子参与新的改革意识形态的建设,从而让渡出来的一定话语空间,因而,80 年代的官方意识形态鲁迅传统与人文意识形态鲁迅传统之间,既存在内在的冲突和紧张,又具有体制内的同构关系。

90 年代,历史似乎翻开了新的一页,政治风波后文化热骤然降温,国家放弃意识形态和文化领域的纷争,真正将工作重心转移至经济与市场领域。与 90 年代之前政治意识形态与人文意识形态相互依存甚至分庭抗礼不同,权力与资本成为决定 90 年代以来中国社会发展的核心力量,一方面政治意识形态进一步强化其在思想文化领域的主导地位,另一方面,在不涉及意识形态的领域,国家全面推行经济主导的市场策略。在知识、文化领域,国家一方面大力扩大非关意识形态争议的应用性社会科学的发展,吸引大量知识分子投入体制内建设,同时,又通过中国特色的市场化策略促进大众通俗文化的繁荣。90 年代以来中国社会的主流话语,一是官方政治意识形态话语,二是大众通俗文化意识形态话语。前者在中国特色的政治意识形态基础上,暗含文化民族主义的资源诉求;后者基于官方监管的市场经济,在政治许可范围内,资本获得更加自由的发展机会,市场资本主动迎合大众的审美趣味,现代网络则给大众通俗文化提供了更为便捷的载体,大众通俗文化获得畸形繁荣,一方面带有全球化特征的大众文化如物质主义、消费主义、享乐主义等在中国得以迅速成型,同时,中国大众文化一旦获得自由发展就会呈现的本土要素,也渐渐复原并浮出水面,这主要表现在日常生活尤其是情感审美领域,如大众化的"国学"热、阅读市场的历史热和小说分类化、影视市场的宫廷热与古装热、审美情感的娱乐化和滑稽化、人际关系的"厚黑"化等等,形成一种"民间"权力话语,消费主义、娱乐主义、民族主义是 90 年代市场资本引导下的大众意识形态的主要价值取向。大众通俗文化意识形态的崛起,深刻改变了 90 年代以来中国文化的格局,它取代 80 年代人文意识形态在文化格局中的位置,成为 90 年代与政治意识形态对应与共生的重要文化力量,与 80 年代人文意识形态与政治意识形态既存在体制内的同构关系又存在意识形态的对立不同,90 年代以来网络化的大众通俗文化意识形态与政治意识形态之间的潜在对立来自不同的体制运作,但前者的现实立场由于资本的参与,与后者具有更多的共谋性。90 年代初知识分子想象的试图融入并能容身的独立“民间”，事实上并不存在，民间成为权力与资本的场所。

这些方面的迅速扩展，使80年代曾经试图自我扩展的人文意识形态的发展空间，受到越来越强的挤压。在90年代，80年代想象性的知识分子同一性人文立场开始分裂，政治意识形态与人文意识形态的互动与对立，随着前者的抽身离去，演变成人文意识形态内部的纷争，人文思想界形成所谓文化保守主义、中国“后学”、“新左派”、“自由派”等等之间战线不清的纷争局面。一方面，人文思想界内部的纷争纠缠激烈，另一方面，在人文思想界之外，这些热闹都不过是书生意气和“茶杯里的风波”，决定社会舆论导向的，是逐渐合谋的强大的政治意识形态和资本力量，这一巨大存在，不仅使人文空间愈益萎缩，也对人文意识形态本身产生强大的牵引力。因而，人文思想界在分裂之后，又被绝对权力抽空，在外在强力的挤压下，或者丧失存在的空间，或者为了获得现实的生存而暗中向权力与资本靠拢与借力，打着纯粹思想旗号的人文思想，主动与权力意识形态及其主导下的社会舆论保持或多或少、或明或暗的一致，就成为并不稀奇的现象。大致看来，90年代以来的中国人文意识形态，其话语策略一方面要征引域外的流行资源，另一方面，又要暗合域内各种权力的需要。90年代开始流行的中国后现代主义思潮，迎头引进20世纪后半叶西方流行的后现代主义文化思潮，以其理论话语的新颖时尚，在国内迅速扩展流行，其对现代规范的解构尤其是后殖民主义对西方霸权的批判，为80年代现代性追求的挫折与多舛，找到了新的阐释资源与情绪发泄口。在国内舆论方面，后现代主义尤其是后殖民主义的文化政治立场，在解构西方霸权的同时，指向的是中国本位的民族主义意识，成为90年代权力话语所接纳的新的西方理论资源。后现代主义其实也正是“新左派”的主要理论资源，中国现代性的本位意识则是其潜在文化政治立场。“新左派”的理论资源当然不再是传统的马克思主义，而是法兰克福学派的西方马克思主义与后现代主义的综合，后现代批判一方面指向了市场资本主义及其自由主义思想的弊端，为马克思主义的合法性提供新的批判资源，另一方面，后殖民主义取向又指向了反思西方霸权并重提中国本位的可能性。不过，“新左派”的复杂性在于，其马克思主义指向不是建立在正统马克思主义理论基础之上，而是建立在新颖的后现代批判的基础之上,其中国本位的价值指向不是建立在中华传统文化本位之上,而是建立在现实的中国现代性的创新实践之上,为中国现代性的独特性和合法性提供支持,与传统的文化保守主义的文化民族主义倾向不同,这可以说是一种现实立场的民族主义取向。90年代以来的文化保守主义内基于本土传统文化,外接海外新儒家资源,是一种典型意义的文化保守主义,在新的大国崛起的语境下,以前政治上显得不太正确的儒家意识形态和民族主义取向,获得了新的现实意义,成为政治意识形态暗中接纳的意识形态之一。对于90年代以来中国的人文意识形态,新的、外来的理论资源,只不过保持了其固有的人文色彩和知识形态,而现实的话语权力及其利益诉求,则是核心关注所在,为此必须善于借"势",90年代中国人文意识形态意欲借势的对象,不外两个,一是政治权力话语,二是资本权力话语,或与前者一致,进入体制内的利益格局,或与后者打得火热,达成利益的双赢,这是90年代以来保持活跃的中国人文知识分子的生存策略,更为灵巧者,则是或此或彼,两可兼得。

如果说文化保守主义、中国"后学"、"新左派"与"自由派"构成了90年代日益边缘化的人文意识形态场域,那么,在它们各自分化甚至对立的立场后,又具有自己尚未意识到的某些潜在的一致性,正是这些潜在的一致性,与90年代权威意识形态达成了和谐,因此,不是它们的外在文化立场,而是它们的潜在价值立场的一致性,才构成对90年代文化格局的影响。如前所揭,文化保守主义、中国"后学"、"新左派"的话语论述,指向共同的中华本位的价值立场,正是这一终极立场参与了90年代主流意识形态的合唱。90年代兴起的"自由派",在政治文化立场上保持着较为激进的西化自由主义立场,但在反左翼激进文化的过程中对本土文化传统采取同情和认同的温和文化姿态,这一倾向自我认同的文化立场与90年代文化保守主义、中国"后学",甚至与针锋相对的"新左派"并无二致。90年代中国"自由派"的文化盲区在于,其价值诉求缺失文化批判的重要环节,陷入"明礼仪而疏于知人心"的中国难题,这一文化盲区的存在,使"自由派"与文化保守主义形成你我难分的局面。

在90年代以来的中国文化思想场域中,随着政治意识形态重心的变迁和人文意识形态内部的分化,以前分别通过政治意识形态和人文意识形态想象建构的“鲁迅传统”,也在迅速瓦解。首先,90 年代的政治意识形态渐渐放弃了对鲁迅的资源运用,曾被奉为旗帜的鲁迅,其“官方待遇”每况愈下,这从鲁迅周年纪念的官方规格可见一斑。政治意识形态从鲁迅资源阐释领域的进一步退出,理应给人文意识形态提供更大的自由空间,然而,80 年代凭借人文意识形态形成的鲁迅阐释的兴旺局面,在 90 年代后并没有得以重现,一方面,90 年代以来人文意识形态的分化及其主流价值的变迁,形成解构鲁迅的话语倾向,另一方面,本着继承鲁迅传统的重新阐释,不再有 80 年代单纯而激进的理想取向,掺杂了更多的现实动机,形成种种似是而非的鲁迅阐释。随着 80 年代追求现代化主题向 90 年代反思现代性主题的转换,鲁迅由反传统主义的现代启蒙的思想资源,演变成反思现代性——批判西方主导的现代性,寻求中国本位的现代性——的思想资源,鲁迅由反传统主义的现代启蒙思想者,渐渐成为反抗西方文化霸权的中国的甚至是东方的文化斗士。在这一转换中,鲁迅国民性批判的重要思想被努力遮蔽,而其对“现代性”(最好是西方现代)的批判被充分彰显放大。反思现代性是西方后现代主义思潮题中应有之义,但这一西方思想传统内部的自我反思和批判,被拿来作为我们批判西方霸权、确立文化主体性的理论资源,其文化政治立场、与政治意识形态的现实需求不谋而合。虽然反思现代性的鲁迅重释暗合了官方与大众的民族主义诉求,但除了在学术圈引起追捧外,其对政治与社会的影响力几乎为零。

鲁迅在 90 年代以来中国的境遇,更多的是遭遇新兴话语的解构,从而变得不合时宜,与反思现代性的阐释局限于学术思想界不同,解构语境由人文意识形态和大众意识形态共同构成。在人文意识形态内部,中国“后学”基于激进的解构本性和潜在的理论进化逻辑,将属于现代范畴的精神思想遗产全盘否定,作为中国现代思想传统的五四启蒙主义思想,被视为落后遭到解构,80 年代阐释中被视为五四现代启蒙代表的鲁迅,自然也成为质疑的对象。而中国“后学”中华本位的价值指向,更与人文意识形态内部的文化保守主义思潮以及大众意识形态化的“国学热”沆瀣一气,构成让鲁迅变得不合时宜的话语氛围。文化保守主义思潮的出现,可以追溯到 80 年代中后期的传统文化热,彼时的思潮尚局限于人文意识形态内部,是 80 年代前期人文意识形态现代化追逐之疲惫后对本土传统思想与审美资源的回顾与重新发现,与政治意识形态无涉,大众化的意识形态更是尚未形成。90 年代初,本着海外新儒家的余绪,文化保守主义思潮在人文意识形态内部的激进与保守的文化论战中形成局面,并随着 90 年代学术大众化的潮流,形成方兴未艾的学术界与大众文化共谋的国学热。国学热一开始就得到了官方媒体的认可和支持,1993 年 8 月 16 日和 17 日,《人民日报》分别发表两篇关于国学热的文章,前一篇用了整版的篇幅,后一篇为《久违了,"国学"》,官方的阐释将"优秀传统文化"融入"爱国主义"意识形态,在新世纪大国崛起的语境中,传统文化的独特性与优越性,成为弥足珍贵的意识形态资源。对于市场资本来说,大众化的国学热,更是有利可图的对象。在各种利好局面下,新世纪的国学热蔚然兴盛。新世纪国学热如其说是学术动向,不如说是一种大众文化意识形态,它起于对"国学大师"的莫名期盼,在被戴帽者自知名号的虚妄半就半推后,大众意识形态将对大师的热情转向《百家讲坛》包装出来的学术"超男"与"超女",(《百家讲坛》在 2001 年刚刚播出的时候,走的是文化精品路线,请一些资深专家、学者做讲座,可惜收视率不高,自从央视开始收视率考核,换了制片人,走通俗的、偏重历史演义的路线后,终于一下火爆。)百家讲坛和于丹成为国学热的亮丽风景,充分显示了新世纪国学热的通俗流行文化本质。不甘寂寞的学术界则应时而动,学者们也开始纷纷换上对襟中式服装,俨然以大师自居,并与于丹争宠。国学、大众与商业走到一起,各种总裁国学班、少儿国学班、读经热、汉服热如雨后春笋般涌现。文化保守主义思潮和国学热将当下的传统取向直接对接现代转型之前的传统,以五四为代表的现代启蒙主义则成为旁逸斜出、无事生非的文化异类,生前屡次反对读经、甚至说出"我以为要少——或者竟不——看中国书"的鲁迅,自然成为大煞风景、急于被抛弃的对象。随着大众通俗文化的繁荣,通俗文学逐渐占领文学阅读的市场,先是张爱玲热,后是金庸热,最后是网络文学热,鲁迅在阅读市场中逐渐成为冷门,可以预见,在娱乐化的指标下,电脑游戏终将战胜所有的文学阅读。在 90 年代的中国人文意识形态中,自由主义人文思潮在价值取向上更多地呈现出 80 年代人文意识形态的延续,但其思想资源的本土取向,则发生了重要的变化,以前统一性的五四资源想象,被分化为不同甚至分裂的层面,以前被遮蔽的以胡适为代表的一批自由主义知识分子，在90年代被重新发掘，现代自由主义思想作为被主流历史压抑的思想一脉，得到了更多的关注。但可惜的是，在90年代自由主义的思想解读中，鲁迅被作为激进政治文化的文人代表放到对立面，甚至不幸成为自由主义人文思潮兴起首先祭旗的对象，胡适和鲁迅，被放到非此即彼的单项选择中。有意思的是，在对鲁迅历史形象的定位上，90年代自由主义人文思潮与政治意识形态形成了一致，换言之，自由主义人文思潮将政治意识形态的鲁迅阐释，作为不加分析的历史前提，展开自己的历史批判，过分放大了鲁迅与胡适的现实政治立场的不同，而漠视了二者五四文化立场的一致性。

值得一提的，还有90年代以来社会文化语境和人文意识形态对学术圈内的鲁迅研究的影响。与90年代之前鲁迅研究在现代文学学科甚至整个人文学科研究领域的绝对主导地位不同，90年代以来，随着更多现代文学现象与作家被重新发现，鲁迅所占的比重客观上在减少，这是正常现象。值得注意的是鲁迅研究界自身的状况。90年代以来，政治意识形态不再干涉鲁迅研究的学术动向，从政治意识形态出发的鲁迅研究不再是研究者的不可承受之重。政治意识形态的放松使鲁迅资源向学术圈与大众媒体两个方向分流。90年代以来的鲁迅研究界在队伍不断收缩的过程中越来越显示学院化的研究品质，研究成果的发表数量甚至质量，在现代文学研究中仍保持龙头位置。但是，新语境下的鲁迅研究也产生了自身的危机。随着学术的进一步学院化与体制化，庞大的灰色学术大军带来的，是大量功利化的以项目和职称为目的的研究，其最常见的研究模式是，带着80年代理论热、方法热的习惯残留，在对研究对象并无准确把握甚至毫无心得的情况下，就将鲁迅作为某种新思潮新理论新方法的“实验田”，以致有些本着弘扬鲁迅的研究，本身就不自觉地构成对鲁迅自身价值的解构。如果说这类研究是无思想的学术操作，那么，90年代以来具有思潮倾向的鲁迅研究，则来自社会思想文化语境。一是反思现代性思潮对鲁迅研究的影响。如前所述，随着80年代追求现代化主题向90年代反思现代性主题的转换，鲁迅由反传统主义的现代启蒙的思想资源，演变成反思现代性的思想资源，鲁迅早期的文言论文对19世纪西方物质文明的批判,成为阐释者关注并发挥的对象[①]。在反思现代性的阐释下,鲁迅国民性批判的小说代表作《阿Q正传》,竟然成为解构近代以来中国国民性理论——来自传教士话语——的核心文本。[②] 在反思现代性的阐释思潮中,日本思想家竹内好的鲁迅研究,成为被广为引用的阐释资源。竹内好40年代当做绝笔写的小册子《鲁迅》[③],本着一个日本思想者的真诚反思,以现代中国和鲁迅思想为参照,对日本"转向"的近代化历史提出批判,通过对鲁迅个人内心挣扎的富有魅力的描述,试图抽绎出鲁迅与现代之间的反抗性关系,从而将鲁迅与现代中国视为后进现代国家理想的"回心"型近代化路向的楷模。竹内好的鲁迅论,基于对日本近代化道路的反思,将鲁迅作为异域参照的资源,其存在的问题是,竹内的阐释聚焦于自己的日本问题意识,鲁迅所面对的中国时代难题及其内在问题意识,是其先天的盲区。竹内基于日本问题意识对鲁迅未免避重就轻的阐释,却成为90年代以来中国鲁迅研究界一个近乎文学意识形态的存在,甚至达到"言必称竹内"的地步,这种一哄而上的现象,固然大多源于道

---

① 其实,鲁迅早期文言论文的批判矛头并非直接针对西方文明本身,而是针对中国言新人士只看到西方19世纪物质文明的偏颇,而忽视了物质文明背后的"科学",以及"科学"背后的"神思"(参见《科学史教篇》与《文化偏至论》),在鲁迅看来,这种短视,正来自于"本体自发之偏枯","夫中国在昔,本尚物质而疾天才矣"(鲁迅:《坟·文化偏至论》,《鲁迅全集》第1卷,第57页),"劳劳独躯壳之事是图"(鲁迅:《坟·摩罗诗力说》,《鲁迅全集》第1卷,第100页),更有甚者,来自于倡言改革者的"假是空名,遂其私欲"(鲁迅:《坟·文化偏至论》,《鲁迅全集》第1卷,第46页)。必须将五篇论文放在一起,才能看到鲁迅批判的真正所指。

② 刘禾在《语际书写》(上海三联书店1999年10月版)中认为:"《阿Q正传》呈现的叙述人主体位置出人意料地颠覆了有关中国国民性的理论,那个尤其是史密斯的一网打尽的理论。""鲁迅的小说不仅创造了阿Q,也创造了一个有能力分析批评阿Q的中国叙事人。由于他在叙述中注入这样的主体意识,作品深刻地超越了史密斯的支那人气质理论,在中国现代文学中大幅改写了传教士话语。"(第97页)在其阐释下,一方面,鲁迅的国民性批判来自于西方传教士对中国的偏见,非常果断地把从梁启超到孙中山等人用来建构中国现代民族国家理论的国民性话语归结为"不得不屈从于欧洲人本来用来维系自己种族优势的话语——国民性理论"(第69页)另一方面,《阿Q正传》又成为颠覆国民性理论的核心文本,让鲁迅自己打了自己耳光。对《阿Q正传》的解读一定要紧扣鲁迅自己的中国问题意识,笔者仍然相信,《阿Q正传》是鲁迅国民性批判的小说代表作。

③ 竹内好的《鲁迅》目前在大陆有两个版本,一是李心峰译《鲁迅》,浙江文艺出版社1986年版,二是由李冬木译、收在中译本竹内好文集《近代的超克》之第一部的《鲁迅》,北京三联书店2005年版。

听途说、浅尝辄止者由西洋转向东洋的一种学术时尚追逐,但提倡者的内在动机,却是试图通过竹内的阐释,塑造一个抵抗西方现代的东方英雄形象,为反思现代性提供魅力资源,其被广泛接纳的精神氛围与接受语境,与时代语境正相谐。反思现代性阐释下的鲁迅,为中国独特的现代性及其现实合法性提供了资源,其更为激进的政治指向,甚至直接回到80年代前政治意识形态的阐释思路,在他们那里,80年代的阐释被视为浅薄并被轻易否定,而80年代前政治化的阐释重新获得某种新的深刻性,完成中国人文知识分子鲁迅阐释的话语循环。反思现代性在学术界的另一种阐释路向,是对中国现代文学起点的重新讨论,上世纪80年代中后期现代文学研究界"20世纪中国文学"概念的提出,还是基于以五四为现代化开端的标志的基本立场,只不过试图将现代的发生追溯到晚清维新思潮,显示20世纪的完整性,但在90年代开始的晚清学术热中,随着"没有晚清,何来'五四'"这一具有广告效应的表述的不胫而走,这一口号几乎成为现代文学界一种新的学术意识形态。如果这一表述指的是为五四现代性寻找晚清的源头,其实无可厚非,但是,其真正想说的是"被(五四)压抑的现代性",将晚清解读成比五四更丰富、更具有开创性的现代开端,相反,五四却成为中国现代性本来良好开端的"窄化的收煞",在其视野中,所谓"被压抑"的现代性,实质上就是晚清商业市场形成后小说领域的某些具有市场取向的变化,[①]跟进者则进一步将中国现代文学的起点归于晚清的某一篇小说的出现。且不说鲁迅是否就能代表并非一元的五四,仅在这一文学意识形态下的文学史叙述中,鲁迅又一次作为五四现代性的代表遭遇或明或暗的"压抑"。对鲁迅研究的另一种可能性的影响来自大众通俗文化意识形态,随着90年代以来学术大众化的媒体取向,鲁迅研究也未免蠢蠢欲动,如果说鲁迅上《百家讲坛》并未获得预料中的成功(说明将鲁迅大众通俗化确属不易),那么,学术圈内部的大众通俗化研究却获得意外的热烈反响。新世纪初年,两位学者不约而同对鲁迅最为晦涩幽深的《野草》进行了纯粹"形而下"的解读——将《野

① 见王德威:《被压抑的现代性:没有晚清,何来"五四"》,《想象中国的方法:历史·小说·叙事》,北京三联书店1998年版;同文又以"被压抑的现代性:晚清小说的重新评价"为题收入王晓明编《批评空间的开创:二十世纪中国文学研究》,东方出版中心1998年版。

草》视为鲁迅20年代中期性爱潜意识的集中表现,竟然被视为鲁迅研究新的生长点,造成了一个不大不小的研究热点。由此亦可见大众通俗文化意识形态下鲁迅研究的落寞。

可以看到,其人虽逝,作为话语的鲁迅仍然随着世纪中国的复杂变动与世沉浮,在90年代以来变化的社会文化语境中,其形象开始变得陌生、模糊,甚至不合时宜。追问"21世纪,还需要鲁迅吗?"首先需要正本清源,删繁就简,回到这样一个原点性问题:鲁迅存在的基本历史定位及其思想遗产的价值核心究竟是什么?其次才是:鲁迅资源在当下还有没有价值?

研究一个人的思想,最直接的办法就是进入他自己的时代背景,及其思想动机和问题意识,可以首先从三个问题入手:他生活于怎样的时代?他那个时代所面临的共同时代问题是什么?他是如何应对这些问题的?可以确认的是,鲁迅是20世纪初走上历史舞台的中国现代知识分子,他生活的时代,是李鸿章所谓"三千年未有之大变局"的中国现代转型,中华文明遭遇西方文明的挑战,被动地进入改变之途,这个时代,鲁迅称之为"可以由此得生,而也可以由此得死"的"大时代"。[①] 鲁迅出道的20世纪初,救亡图存,是共同面对的时代难题,作为一个具有传统使命感的中国现代知识分子,他首先面对的就是这样一个时代共同问题,并要做出自己的回答。青年鲁迅的第一次发言,是世纪初年留学日本时期,1905年,鲁迅弃医从文,确立了文学——精神——救亡的文学救亡道路,1907、1908年,鲁迅一连发表五篇文言论文,基于对西方现代文明的全面梳理,对当时流行的救亡思路如"黄金黑铁"的洋务派、"国会立宪"的维新派以及种种流行的维新言论提出批判,提出"首在立人"、"尊个性而张精神"的主张,并大力推介"摩罗""诗力",寄希望于"介绍新文化之士人",以此为"第二维新之声"。彼时,孙中山、章太炎为代表的革命派正在东京与维新保皇派论战,可以说,在革命派成功之前,青年鲁迅就在考察并否定洋务派器物层面的救亡方案和维新派制度层面的救亡方案的同时,提出了与方兴未艾的革命派民族主义革命方案不同的新的救亡方案,这一救亡方案抓住了中国现代转型的两个契机,一个是"精神",一个是"诗",其内在理路是,中国现代转型的真正基础,是国

---

① 鲁迅:《而已集·〈尘影〉题辞》,《鲁迅全集》第3卷,第547页。

人精神的现代转型,而诉诸精神的文学,是改变国人精神现状最有力的工具。周氏兄弟又通过《域外小说集》的翻译,展现其对改变精神的新文学的想象。晚清以林纾为代表的翻译小说,基于中国固有阅读习惯选取外国小说,注重故事的传奇性及内容的分类化,所取大多是 18 世纪以来英、法、美主流国家的文学,而周氏兄弟另辟蹊径,引进在当时非常边缘的 19 世纪俄国及东、北欧弱小民族的文学,这一取向除了呼应当时刚刚兴起的民族主义革命思潮,更为潜在的动机,则属于其文学—精神—救亡的新思路。这些小说所展现的,是一种全新的精神世界,尤其是鲁迅所择取、翻译的小说,其主人公的内心世界,真诚、执著、深广,甚至达到分裂与发狂的境地,正是分裂,显示着精神的存在。周氏兄弟对异域小说的引进,所可注意者有五:一是轻故事而重内心,二是轻长篇而重短篇,三是轻主流国而重东、北欧,五是轻 18 世纪而重 19 世纪,这一指向,是对 19 世纪西方文学所内涵的迥异精神世界和人性世界的发现,故序文直言:“性解思维,实寓于此”,“籀读其心声,以相度神思之所在”,并不无自信:“异域文术新宗,自此始入华土。”[1]在鲁迅那里,作为救亡根本的“立人”——现代转型的精神基础的建立,其精神资源已经无法在世纪末业已衰微的宗教、道德、伦理、政治等“有形事物”中来寻找,而 19 世纪崛起并得以在精神界独立的西方文学,其内在精神深度及其富于感染力的特性,被鲁迅视为改变中国人沦于“私欲”、“劳劳独躯壳是图,而精神日就于荒落”[2]的国民精神现状的最好途径,文学,取代了原来的宗教和道德,成为精神的策源地。然而,文学—精神—救亡的“立人”方案被掩盖于风起云涌的革命呼声,导致青年鲁迅深深的寂寞和自我怀疑,并形成近十年的沉默。十年后,其“精神”与“诗”的救亡理路,在五四思想革命与文学革命中得到了呼应,在钱玄同的劝说下,鲁迅第二次出山,通过小说等新文学的创作,汇入五四潮流,至此,十年前的救亡思路与十年后的现实运动终于合流。鲁迅在五四时期再也没有系统阐释过自己的救亡主张,作为过来人,他主要是通过精神深异的文学创作,汇入五四新文学的潮流,显现文学内在的精神力量,可以说,通过文学创作,鲁迅将十年前的精神脉

① 鲁迅:《译文序跋集·<域外小说集>序言》,《鲁迅全集》第 10 卷,第 155 页。
② 鲁迅:《坟·摩罗诗力说》,《鲁迅全集》第 1 卷,第 100 页。

络,注入了五四,鲁迅一加入五四新文学,就能在创作上显示别人达不到的新异与深度,为五四新文学带来了不可或缺的实绩,其原因正在此。

自五四开始的鲁迅文学创作,怎样延续了十年前的文学救亡理路?经过"立人"方案的挫折和十年隐默中对中国乱象背后的人性洞察,十年后,鲁迅将文学救亡的"立人"方案,落实在国民性批判这一首要的环节上,国民性批判,是鲁迅五四后文学创作最核心的创作动机和思想命题,实际上也成为他终其一生也未完成的文学救亡方案的现实践履。鲁迅五四时期的小说,通过小说虚构的自由,对国民性展开整体性的象征批判,《狂人日记》、《阿 Q 正传》是其国民性批判的小说代表作,五四时期的随感,则是更为广泛、直接的社会批评和文明批评。以 1923 年的沉默为标志,五四后鲁迅经历了第二次绝望,借由《彷徨》与《野草》的写作——《野草》是其冲决绝望的文学行动,他终于走了出来,走出绝望的鲁迅,开始摆脱前期缠绕自身、积重难返的矛盾,跨人更为坚实的现实生存,并越来越多地将写作重点转向杂文。对于鲁迅,国民性不再是抽象的存在,而就是"大时代"中乱象纷呈的现实,面对急剧变迁的现实,小说的虚构和象征,已经失去它的即时性和及物性,因而,直面现实的杂文,成为其最后的文学选择,不是是否文学,而是是否具有现实批判的有效性,成为鲁迅后期文学转换的内在动机。在其后期倾力以赴的杂文里,国民性批判与现实批判,融为一体,具有了更强的现实效应,而其现实批判的深度,仍然来自国民性批判的洞察眼光;晚年的《故事新编》,更像是杂文化的小说,其古今杂糅、虚实交织的特色,将小说的虚构和游戏,与杂文的现实感与批判力,匪夷所思地融合在一起,完成了国民性批判最富创造性的文学表现。

综上所述,我们现在可以回答前面提出的三个问题,作为 20 世纪中国知识分子,鲁迅生存于艰难现代转型的 20 世纪中国,他面临的时代共同问题是救亡图存和现代转型,面对这一时代共同难题,其所关注的,是现代转型的精神基础问题,故提出"首在立人"、"尊个性而张精神",并试图通过引进崭新的文艺,为现代精神的形成提供深度资源。鲁迅"立人"方案的现实践履,后来成为终其一生也未完成的批判国民性的工作,可以说,其所有的文学创作,都围绕着这一核心命题。

基于这样的基本判断,可以看到,90 年代以来新的社会语境下的鲁迅阐释,虽然更为自由,但是,或者偏离了鲁迅存在的基本历史定位,或者无视鲁迅的真实存在及其现实价值,径直加以抛弃。面对这一现象,我们需要追问的是:鲁迅的时代真的已经过去了吗?其所批判的国民性问题,真的已经失效了吗?

20世纪,并没有随着21世纪的到来而结束,中国仍然处在近代以来艰难的现代转型之中,鲁迅曾经面对的共同时代问题,仍然是我们的问题,而且,随着中国现代转型的进一步深入,其所揭示的现代转型的精神基础问题,越来越成为关键。现代转型由易到难、由浅入深,从器物到制度再到精神文化层面,由晚清至五四,中国曾经经历这样的转型理念变迁与深化的认识过程,一个多世纪以来,中国人民在现代转型的各个层面,都进行了艰苦卓绝的努力,五四之后,中国选择了马克思主义,在制度与思想方面都进行了深刻的社会改造,这在几千年的中国历史中,都是空前的并可载入史册的。中国的现代转型取得令人瞩目的成就,但仍存在很多问题。以马克思主义救中国,本来是以先进的思想、文化和制度改造旧中国,尤其是改造固有传统中不利于现代转型的文化因素,但在这一过程中,传统中某些最为顽固的、最不利于现代转型的文化因素,还是未免留了下来,并渗透进我们的制度、思想甚至日常生活的秩序中,阻碍着正在进行的中国改革事业。表面来看,阻碍改革事业的如权力腐败、社会公平等问题,来自法律、制度与规则的不健全,但是,如果落实到文化层面,其深层原因则是源于国人缺少对超越性、普遍性存在的理性共识和自我反思的能力,问题不仅在于有没有秩序和规则,而且在于难以真正相信并遵守超越于自身的秩序与规则,在我们的固有文化意识中,人,总是可以改变和利用秩序和规则的。这一“人本”——“天人合一”与自我本位——的文化取向,在人文与审美层面,自然有它的优越之处,但在现代社会的转型过程中,却是极为不利的民族文化心理传统。如果说现代市场社会得以维系的两大元素是利益诉求与秩序规范,可以说,中国一直不缺少的是利益诉求,但缺少的是规范化的秩序,尤其是对秩序的承认和尊重。如果现代社会充斥的都是没有规则意识的利益中心的个人,最后就会形成无原则的巧取豪夺,如果每个人都不能超越自身利益思考问题,最后导致的是矛盾积压并且积重难返。中国近代以来的现代转型,目前在社会物质财富的创造方面取得了举世瞩目的成就,但是,在已有的带来高度效率的红利因素消耗之后,如何进一步保持高效的发展,是中国面临的一个问题，这也就需要进一步通过深化改革，释放更为持久的效率因素。在这一层面，我们需要做的，一方面要进一步健全制度建设，完善法律法规，加强对权力的监督和秩序的规范，另一方面，缺少理性共识和反思精神的现世的、个人的、利欲中心的文化心理，更是我们每一个人亟待自我反思并加以改变的最深厚文化传统。这一自我文化反思与改造的工作，自然极为艰难，但现在所能做的，是对不利于现代转型的传统遗留保持充分的警惕，不要急于产生文化自满情绪与自我中心意识。传统文化的自豪感，当然是一个民族立于世界民族之林所需要的，但是，如果将传统文化不加分析地作为大国崛起甚至故步自封的意识形态，则不仅局限了我们的现代视野，而且会进一步束缚我们的现代进程。

鲁迅的国民性批判，是我们反思传统的一个最重要的现代精神资源。在反思传统的现代转型中，鲁迅，是对中国文化弊端洞察得最深的思想者，他以对国人"营营于治生，活身是图，不恤污下"[①]、"劳劳独躯壳是图，而精神日就于荒落"[②]的精神状况的洞察和批判，将近代以来中国的自我文化反思，推到了人性的深度，并因过深的洞察，产生了绝望，在反抗这绝望中战斗了一生。对于鲁迅，传统从来不是优劣不分的，他所批判的，是阻碍中国现代转型的文化心理遗留，相反，对于传统中的优秀部分，一直是珍视并加以发扬的，他收藏、博览中国古籍，他是整理、研究中国小说史的第一人，被称为反传统主义者的他，着中式服装、爱绣像绘画，私藏并赏玩中式信笺，一生写作都是绝佳的毛笔行楷，他深爱传统又批判传统。可以说，鲁迅的存在，是有着几千年历史的伟大中华文明的一副解毒剂，而鲁迅的伟大本身，也正是中华文明具有文化反省意识、能够自我更新、具有强大生命力的证明。

20 世纪初，鲁迅写道："意者欲扬宗邦之真大，首在审己，亦必知人，比较既周，缘生自觉。"[③]21 世纪，我们仍然处在 20 世纪尚未结束的现代转型之中，以批判国民性为核心的鲁迅思想与文学，仍然是有待进一步发掘的现代精神资源。

---

① 鲁迅：《坟·文化偏至论》，《鲁迅全集》第 1 卷，第 69 页。
② 鲁迅：《坟·摩罗诗力说》，《鲁迅全集》第 1 卷，第 100 页。
③ 鲁迅：《坟·文化偏至论》，《鲁迅全集》第 1 卷，第 65 页。

# 第二章　鲁迅文学:现代转型的痛苦"肉身"

## 第一节　无声的"呐喊"

### 一、"格式的特别":《狂人日记》的象征格式

每次读《狂人日记》,总想起挪威现代画家蒙克的名画《呼喊》:在不知名的所在,在无所名状的脸上,一张大口正在发出无声的呼喊,连天空都因声浪的震击扭曲变形而成旋涡。面对此画,虽然无法听到呼喊者的声音,但分明感到那声浪穿越时空裹挟而来,使人震撼!

《狂人日记》正是鲁迅隐默十年后的第一声"呐喊",它蓄积了太多的能量,却未能厚积薄发引起应有的轰动,虽然当时因"表现的深切和格式的特别""颇激动了一部分青年读者的心",然而却是"向来怠慢了绍介欧洲大陆文学的缘故"的新形式的冲击。[①] 据茅盾介绍,"前无古人"的《狂人日记》当时并"不曾在'文坛'上掀起显著的风波"[②],我想,这原因一方面是那时《新青年》读者的"见怪不怪",更内在的原因恐怕是鲁迅这第一声"呐喊"恰恰因为过于"深切"和"特别"而失声,人们分明目睹"呐喊"者"特别"的姿态,却难以聆听其"深切"的声音。其实,"表现的深切"与"格式的特别"两者密切相关,关于前者,鲁迅曾指出"意在暴露家族制度和礼教的弊害"[③],而后者一直是《狂人日记》研究的中心所在,论者对其创作方法的复

---

① 鲁迅:《且介亭杂文二集·〈中国新文学大系〉小说二集序》,《鲁迅全集》第6卷,第238页。

② 雁冰(茅盾):《读〈呐喊〉》,1923年10月8日《文学周报》第91期。

③ 鲁迅:《且介亭杂文二集·〈中国新文学大系〉小说二集序》,《鲁迅全集》第6卷,第239页。

杂性尤其是象征主义因素较多论及。笔者以为,对《狂人日记》象征主义的研究,不应过多胶着于贴标签式的对创作方法归属问题的争执,而应把它作为"呐喊"主体的表达需要,深入分析其象征策略的文本运作。为了真正显示其"特别"所在,笔者把《狂人日记》放到世界文学的大背景下,通过其象征格式和一般西方象征小说格式的对比,以揭示其奇妙与新鲜。

**1. "象征"释义**

首先,还得从象征艺术的经典描述入手。艺术作为符号,广义上讲其本质都是象征,但在狭义上,黑格尔的艺术类型观又把艺术分为古典型艺术、象征型艺术和浪漫型艺术,他在《美学》中对三种艺术类型作过经典描述。何为象征型艺术呢?黑格尔在谈到"理念"借以实现的"类型"时说:

> 理念所借以实现的类型之所以不同,是因为类型所表现的有时是理念的抽象定性,有时是理念的具体整体。①

对应于艺术,朱光潜解释道:"例如象征型艺术所表现的是理念的抽象定性,古典型艺术所表现的是理念的具体整体。"②也就是说,同是理念的表现,象征型艺术表现的是其"抽象"形式(意义和哲理),而古典型艺术表现的是理念的"具体整体"形式,在这种表现形式中,"意义和感性表现,内在的和外在的,题旨和形象就不再是彼此割裂开来,……而是二者融为一个整体,其中现象在本身以外别无本体,本体在本身以外也别无现象,显现者和被显现者转化为具体的统一体"③。用今天的话说,即古典型艺术是通过具体可感的"个性"来反映作为"共性"的"理念","理念"就包含在这一具体个性中,二者融为"具体整体"。

那么象征型艺术是如何表现"抽象定性"的呢?黑格尔又说:

> 象征一般是直接呈现于感性观照的一种现成的外在事物,对于这种外在事物,并不直接就它本身来看,而是就它所暗示的一种较广泛较普遍的意义来看。因此,我们在象征里应该分出两个因素,第一是意

① 黑格尔:《美学》第2卷,商务印书馆1981年版,第3页。

② 同上书,第4页。

③ 同上书,第20页。

> 义,其次是这意义的表现。意义就是一种观念(按,即观念的抽象定性)或对象,不管它的内容是什么,表现是一种感性存在或一种形象。①

这里明确指出了象征的两个层面:1. 所要表现的“抽象定性”或“意义”,这是象征的最终指向。2. 意义的“表现”,值得注意的是,黑格尔把“表现”明确定义为“是一种感性存在或一种形象”,指出“象征一般是直接呈现于感性观照的一种现成的外在事物”,说明象征型艺术是通过具体可感的事物或形象来表现的。但首先应看到的是,象征型艺术和古典型艺术在表现形态上存在差异,正如黑格尔所说,象征表现对于“直接呈现于感性观照的一种现成的外在事物”,“并不直接就它本身来看,而是就它所暗示的一种较广泛较普遍的意义来看”,与古典型艺术于感性具体中就融合了抽象整体的完美结合不同。

黑格尔的艺术类型观是建立在其整个客观唯心主义的庞大体系之内的,而且是在其艺术发展史中的历史描述,然而,它却经典地阐释了象征性艺术的本质特征及其与其他艺术类型的差别所在。需要进一步追问的是:同样都诉诸感性事物和形象,则象征型艺术所借以表现的感性事物和形象,与古典型艺术所直接表现的感性事物或形象,有什么不同呢?黑格尔没有明确告诉我们。对这一问题的解答,必须进一步诉诸象征型艺术的艺术实践。需要说明的是,下面就要梳理的作为艺术实践的象征型艺术并非黑格尔所论证的古代象征艺术,而是20世纪现代象征艺术,现代艺术鲜明的主观色彩也许在黑格尔看来正符合其浪漫型艺术的特征,黑格尔正作如是预言,然而事实上,强烈的哲理化倾向却使现代艺术普遍向象征艺术回归。实际上浪漫型艺术和象征型艺术同样作为意象型艺术,本来就是异中有同的。

**2. 西方象征小说的一般格式**

象征主义诗歌作为西方现代文学第一个也是影响最大的流派,昭示了20世纪西方文学广义上的象征性。实际上,象征主义质素(象征意象和象征手法)已广泛渗入西方现代文学,这是由现代文学对内心真实和世界意义之确定性的寻求决定的。然而,真正称得上是“象征主义”的作品必须是

---

① 黑格尔:《美学》第2卷,商务印书馆1981年版,第10页。

整体象征,即具备整体深度模式和象征结构,象征主义一开始强调的就是整部作品的象征性,而不是那种仅仅作为一种修辞手段为某个主题服务的局部象征。按照一学者划分:整体象征有寓言象征和符号象征两种①,“寓言象征的主要特征是以一个不避怪诞的外部故事直指哲理内涵,而这个哲理内涵就是作品的主旨”②。这里所谓“寓言象征”其实指有故事情节的象征作品;关于符号象征,抽象型符号象征不必说,“具象型符号式象征意象,一般是由自然物体的变形、夸张和拼接组合而成”③。综上所述,象征主义艺术基本具备这两个特征:1. 整体象征;2. 整体象征意象(亦即黑格尔所谓“直接呈现于感性观照的一种现成的外在事物”)的变形。西方象征主义文学主要集中于诗歌和戏剧两大文体,这是由这两大文体的诗性特征决定的。小说并没有形成被称为象征主义的小说流派,虽然象征意象和象征手法已被现代小说广泛使用,但要真正能称得上是象征小说,必须具备一个最起码条件,即整体象征。整体象征对于象征主义小说来说更是第一位的要求,因为象征主义诗歌可以较为自由地通过部件性的“客观对应物”传达内心世界,戏剧的象征亦可借助人物、道具、场景、对话等局部象征来完成,因为其文体的诗性特征本来就可以弥补整体象征的不足。而小说的文体本质就是一个故事,其象征如果仅仅依靠局部象征而不使整个故事形成整体象征结构,就难以达成。因此,诉诸西方现代小说的实践,真正能称之为象征小说的作品其数寥寥,主要集中于被称为“戏剧、小说领域的象征主义”的表现主义文学流派中,以卡夫卡、德布林的小说为代表,其他屈指可数的如英国当代小说家威廉·戈尔丁的《蝇王》也是典型的象征小说。考察这些代表性的象征主义小说,会发现它们有这样一个共同点:故事整体的荒诞性。荒诞,可以说是西方现代文学的又一普遍特征。随着现代文学由外向内转入内心,已放弃了对客观世界外在真实的追求,体现在文学作品中,是荒诞性的出现。在象征主义及其后的表现主义、超现实主义等早期现代派文学中,外部世界往往被变形、扭曲和幻化,进行荒诞化处理,在这里,荒诞仅仅是作

① 顾祖钊:《艺术至境论》,百花文艺出版社 1992 版,第 127—129 页。

② 余秋雨:《艺术创造工程》,上海文艺出版社 1987 版,第 221 页。

③ 顾祖钊:《艺术至境论》,百花文艺出版社 1992 版,第 127—129 页。

为表达内心真实的技巧性因素;到存在主义文学、荒诞派戏剧、新小说和黑色幽默,荒诞已不再仅仅作为表现手段,而且就是本体,从形式到内容的彻底荒诞正是荒诞世界的真实写照;在拉美魔幻现实主义小说中,其荒诞体现在小说局部人物、事件、神话、传说、迷信、习俗等魔幻成分,它服务于小说整体的历史写实,目的是更内在、传神地表现历史真实,因而又成为文学表现手段。象征小说故事整体的荒诞化处理作为象征主义文学的表现手段,正是与象征小说的整体象征的原则要求相联系的,是整体象征得以实现的首要手段,也是唯一手段。小说为了实现整体象征,除了对小说整体故事框架进行荒诞化处理,别无他法,即小说本文故事不再是客观外在世界的再现或模态虚构,而是其彻底扭曲、幻化和变形,使之背离一般逻辑、情理和常规。基于上,西方象征小说的一般格式可图示如下:

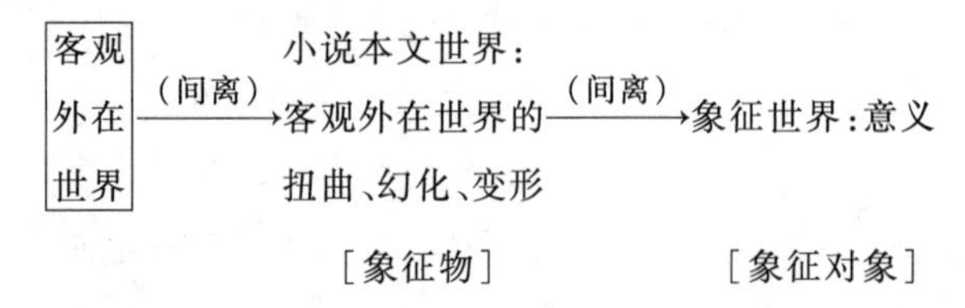


这里的“客观外在世界”指一般所理解的符合常规的外在世界,它在象征小说中是不在场的。小说直接呈现给读者的是小说本文世界,作为有情节的故事,它是“直接呈现于感性观照”的“感性存在”,但却并非客观世界的经验和日常形态,而是其扭曲、幻化和变形。在小说整体象征结构中,这是象征物;象征对象是小说的象征世界,它是故事背后的抽象和形上“意义”,是小说的最终指向。由于西方象征小说的本文世界首先脱离了客观外在世界的真实框架,使读者在阅读时容易摆脱象征物的虚构外壳,较早进入象征情境,或者说使象征进入期待视野,为进入小说内在真实、升腾至象征世界并达到视界融合作好了心理准备。

**3. 妙绝一世的奇文、象征主义的奇葩:《狂人日记》的象征格式**

《狂人日记》作为鲁迅对中国历史和文化十年思索的小说表达,其意义指向空前深切:“意在暴露家族制度和礼教的弊害”,因此,它首先形成了典型的整体象征结构;另外,象征物“狂人日记”作为“不正常人”对外在世界的虚幻意识,又具备了一般象征小说的荒诞特征。所以说,《狂人日记》应该是一篇象征小说。但是,这篇象征小说在象征格式上却显出与一般西方象征小说极为奇妙的不同之处:荒诞是日记的内容,而“狂人”的“日记”本身却是现实世界中客观存在的,无论它如何荒诞不经,在存在上,它都隶属于客观世界;这一点又通过“日记”前的一则文言短序加以证实和强调,短序言之凿凿地详细交待了日记的来历、日记主人的经历甚至近况。文言短序的介入,使《狂人日记》在叙事学上成为一种叫做“被发现的手稿”的小说形式,它属于典型的“缺席的叙事者”的叙事类型,在这一叙事类型中,叙述者一般只在小说的开头或结尾出现,声明“手稿”发现或整理的经过,而小说正文则是没有叙述者的纯粹“手稿”的展示。《狂人日记》作为“缺席的叙事者”的小说文本,本来读者还可以对它的是否虚构作出自由判断,而短序的作用,使叙述者一开始就出现并肯定了“日记”的实在,这样,短序不啻为一枚盖在“日记”上的“现实之章”,更加确凿无疑地打下了小说的整体写实的鲜明印记！本来,“日记”的荒诞因素已导致小说本文世界(狂人内心世界)和客观外在世界的分离,为象征世界的达成提供了一个必要条件,然而,在整体写实的制约下,小说的荒诞因素却并未成为对客观外在世界进行荒诞化处理的手段,而始终属于狂人内心世界本身,更加证实了客观外在世界的真实性。对应于前述西方象征主义小说的一般格式,《狂人日记》实际上形成了这样一个独特的象征格式:

从图示可以看到:小说本文世界是“狂人日记”,即狂人内心世界,作为“狂人”对外在客观世界的虚幻意识和扭曲反映,它是对客观外在世界的扭曲、幻化和变形,但作为“日记”,它却隶属于客观外在世界,是客观存在的,因此,在小说的象征格式中,小说本文世界难以脱离客观外在世界的框架。按照一般象征小说的格式,象征情境的形成有赖于小说本文世界从客观外在世界拉开,脱去后者的虚假外壳。这样看来,《狂人日记》的象征情境很难形成,从本文世界向象征世界的跳跃显得尤为艰难。

“狂人”,又叫疯子,在病理学中,他是精神病患者,从社会角度看,他往往指称所谓“不正常”的人。其实,“正常”与“不正常”是相对的,在一个传统引导和他人引导的社会中,“正常”与“不正常”往往不是价值判断,而是依据习惯、习俗、常规甚至人数的判断。因此,如果读者处于小说的写实层面,即站在客观外在世界的立场来评价“狂人”,那只能是:世界正常,狂人不正常。反之,如果我们进入狂人的内心世界,站到狂人内心世界的价值立场,得出的评价则完全相反:狂人正常,世界不正常。这是两个完全不同的价值世界!狂人内心世界是为所谓客观世界设立的“他者”,只有在对立面面前,后者才可能获得自我判断,不管这判断是正常还是不正常,“他者”的设立都为价值的置换提供了可能,而一旦实现价值颠覆,就无疑使在整体写实制约下本来属于狂人内心世界的荒诞性,外推到客观外在世界,使外在客观世界荒诞化,这样,小说通往象征世界之路即可打通。因此,《狂人日记》象征世界的达成,与其说是通过狂人内心世界从客观外在世界的脱离和拉开,不如说是狂人内心世界在客观外在世界框架内的价值“哗变”和“反客为主”,是这两个世界的价值翻转。

那么《狂人日记》该采用何种手段以促成这两个世界的翻转呢?我们知道,一般采用的象征手段是捕捉象征物和象征对象之间的对应关系,寻找对应点,埋下诱发因素,通过隐喻、暗示、对比、烘托等手法以促成前者向后者的跳跃;在象征小说中,还经常采用细节写实的手段,其作用是诱导读者逐渐进入故事的内在真实,从而最终摆脱整体荒诞的外壳。如《变形记》对格里高尔变为虫后的心理、行为及外界对它的反应都极尽写实之能事,让读者在不知不觉中进入主人公的真实体验中。作为象征小说,《狂人日记》也采用了以上手法。客观外在世界历史和现实的吃人事实,通过狂人虚幻无序的“共时化变形”[①],杂糅成时空交错、亦真亦幻的整体吃人氛围,与象征世界精神领域的抽象“吃人”,构成了整体的对应关系。小说还采用了暗示手法,如狂人因刺激形成的“强迫观念”,强烈而执拗,其心理定势与其致狂刺激因素息息相关,在小说中表现为狂人执著追问的精神:“凡事需要研究,才会明白”、“吃人的事,对么?”、“从来如此,便对么?”,其指向性尤为强烈;还有语象层面的暗示,“嘴”、“怪眼睛”、“毒”、“刀”、“牙齿”、“白厉厉”、“青面獠牙”、“食肉寝皮”、“狼子村”、“海乙那”、“心肝”、“人

① 王一川:《中国现代卡里斯马典型》,云南人民出版社1995年版,第74—79页。

油”……,通过诸多语象渲染了一个极其恐怖的整体吃人氛围;语象层面的细节暗示则有“古久先生”、“陈年流水簿子”、“仁义道德”等。值得注意的是,小说也采取了惊人的细节写实的手法,作者运用早年学医的知识和经验,在小说中极为详细、逼真地再现了一个精神病患者的病理特征,简直可视为一个迫害狂患者的病例记录而具有科学文献价值。日记开始于某个“三十多年”不遇的月夜,这是有一定科学根据的,在西方人看来,人的发狂与月亮有关系,英语的“狂人”lunatic 和法语的“狂气”lunatique,其词根都来自 lunar(月的),所以,西方人对月亮并不像中国人是把它当做鉴赏和移情的对象,他们更多的是在月光下冥想、反省、感悟甚至中邪、发狂。在贝多芬和德彪西的《月光》中,都潜伏着难以掩抑以至狂乱的热情。现代精神病理学已经证实,精神病患者发病的周期与月亮引起地球潮汐的周期有一定的自然联系。而日记本文显示的狂人强烈、执拗的强迫观念,恐惧、敏感、多疑的心理特征,幻觉、错觉和白日梦式的意识形式,简单、武断的判断方式,乖张、诡异的行为举止,以至“语颇错杂无伦次,又多荒唐之言”的行文特点,无不符合一个迫害狂病人的病理特征,达到惊人的细节真实。但与一般象征小说不同的是,细节写实在这里并不必然导向象征,而是具有绝妙的一箭双雕、一语双关的功能,即在小说整体写实的框架中,细节写实增强了小说经验形态写实的一面,使读者更坚定地站在客观外在世界的立场,为象征设置障碍;但如果转到狂人内心世界的价值立场,则正是通过狂人心理的写实展示,使读者真正进入狂人内心世界,参悟其内心真实,即狂人亦有其“病态逻辑”,在其逻辑中,他有自己的合理性——“我怕得有理”。所以,小说中的每一细节写实都奇妙地关联着两个世界:“今天晚上,很好的月光,我不见他,已是三十多年;今天见了,精神分外爽快。才知道以前的三十多年,全是发昏。”狂人在这个晚上发疯或者旧病复发了,却是他首次的觉醒;医生把脉看病,却是“揣一揣肥瘠”;“静静地养几天”,却是“养肥了,他们自然可以多吃”;“赶紧吃(药)罢!”成为“赶紧吃(人)罢!”……每一细节在两个自成系统的世界都具有逻辑的合理性。

细节写实同时为两个世界作证,其价值中性使它自身不能成为导致两个世界价值翻转的因素,只有借助其他“翻天妙手”,才能起到应有的作用。由于《狂人日记》象征内涵的深刻及其象征格式的特别,前述暗示手段也不具备真正的力度，因此，小说不得不采用“非常手段”，以强行促成两个世界的翻转，这就是《狂人日记》中游离本文的杂文式警句的作用：“我翻开历史一查，这历史没有年代，歪歪斜斜的每页上都写着‘仁义道德’几个字。我横竖睡不着，仔细看了半夜，才从字缝里看出字来，满本都写着两个字是‘吃人’！”“你们立刻改了，从现在改起！你们要晓得将来是容不得吃人的人……”“有了四千年吃人履历的我，当初虽然不知道，现在明白，难见真的人！”“救救孩子……”，这些杂文式警句的突兀出现，是黑格尔所谓的“理性溢出了外表”，或者说是鲁迅无声的呐喊迸出的几丝真声。

综上所述，《狂人日记》实际上是一种整体写实其表，整体象征其里的象征主义，或者说是披着现实主义外衣的象征主义，这与整体荒诞变形的西方象征小说格式是大大不同的。而且，其象征世界的达成，不像一般象征小说是经由象征情境缓慢孕育，而是两个世界的顷刻翻转和瞬间达成，也不像一般象征小说那样显得顺理成章、胸有成竹，而是充满障碍、难保一定成功，因而，与其说它像一般象征小说那样是诉诸暗示等象征手段，不如说是诉诸有同样体验的读者的顿悟，即唤醒能够唤醒的人。茅盾曾夸《狂人日记》是“前无古人”①，我想在世界范围内它也是独一无二，真正称得上是妙绝一世的奇文，象征主义的奇葩！

**4. 无声的呐喊：象征策略及其他**

呐喊者最好是直接吼出自己的声音，然而鲁迅却无形中为自己的呐喊设置了两重障碍：首先是象征，它使呐喊者的声音借助他物隐曲传出；二是整体写实，它又为象征的完成设置障碍。真是欲言又止，吞吐再三。鲁迅的第一声呐喊就因此而失声，如同蒙克的绘画，成为无声的呐喊！鲁迅为什么不彻底亮开自己的嗓子呢？我想有以下策略考虑：

（1）小说所揭示象征意义的隐蔽性和平常性。

《狂人日记》发表之初，好友许寿裳怀疑作者鲁迅可能就是周树人，于是来信探问，鲁迅在回信中说：“偶阅《通鉴》，乃悟中国人尚是食人民族，因此成篇。此种发现，关系亦甚大，而知者尚寥寥也。”②这确是大秘密、大发

---

① 雁冰（茅盾）：《读〈呐喊〉》，1923 年 10 月 8 日《文学周报》第 91 期。

② 鲁迅：《书信 · 180820 致许寿裳》，《鲁迅全集》第 11 卷，第 353 页。

现！几千年温情脉脉的伦理面纱背后竟然是“吃人”的血腥事实和残酷本质,而且,“吃人”就发生在人伦情谊的核心——家庭之中,在父兄姊妹的血缘关系中,我就“吃了我妹子的几片肉”！更有甚者,礼教吃人往往是以“无主名无意识的杀人团”的方式,使被杀者不知凶手是谁,甚至杀人者也不知自己是凶手,中国也就成了这样一个“人肉的筵宴”和这“筵宴的厨房”①,在这里,人人不仅自己被吃,而且被吃的同时又去吃人,悲剧在发生着,却都是如孔乙己、阿Q、祥林嫂、魏连殳、陈士成那样“无事的悲剧”,真是“杀人如草不闻声”。这一秘密极为平常,因而也极为隐蔽,一般中国人对此是难以察觉的,直说出来,他们不仅不相信,而且也不愿听,甚至反说你是发疯。因此,小说不得不以极其隐秘的面目出现,深文周纳,把真意隐含心中,在“铁屋子”一样的中国,唤醒能够唤醒的人,如同火山,“不在沉默中爆发,就在沉默中灭亡”。

(2) 发现“吃人”之“震惊体验”。

遥想当狂人“翻开历史一查,这历史没有年代,歪歪斜斜的每页上都写着‘仁义道德’几个字。我横竖睡不着,仔细看了半夜,才从字缝里看出字来,满本都写着两个字是‘吃人’”时,他一定出了一身冷汗,这是发现大秘密的“震惊体验”！对于小说来说,就要求它把这种体验传达给读者。《狂人日记》的象征格式达到的正是这种阅读效果。小说象征世界的达成,不是依靠象征情境的缓慢孕育,而是诉诸读者顿悟的顷刻翻转和瞬间达成,这样,几千年的大秘密突然暴露所产生的能量于“顷刻”或“瞬间”释放出来,给人的无疑是前所未有的冲击。读者至此,定然会极为震惊,霍然汗出了吧。

**5. 结语**

艾略特曾说:“诗人没有什么个性可以表现,只有一个特殊的工具,只是工具,不是个性,使种种印象和经验在这工具里用种种特别的意想不到的方式来相互结合。”②可以说,不仅诗歌,整个现代艺术已由传统的“个性”时代转入“工具”时代。正如我们无法分析格里高尔的人物形象一样,我们其

---

① 鲁迅:《坟·灯下漫笔》,《鲁迅全集》第1卷,第217页。

② 艾略特:《艾略特诗学文集》,国际文化出版公司1989年版,第6页。

头也不能分析狂人的形象，对其形象内涵作无谓的争执。《呐喊》的人脸是模糊的，重要的不是狂人的形象，而是狂人的声音。小说的真正意图和最终指向是象征意义，“狂人”，在小说的象征格式中不过是手段、策略和工具，其荒诞和实在的双重性，使它成为小说两个世界分离和翻转的绝妙中介，真正是“翻天妙手”。不过鲁迅选择“狂人”，还别有深意：在重传统、经验、常识、实用的中国，那些异端、超验、偏至和形而上的思想和行为都会被看成是不正常，在中国历史中，有多少先觉者、叛逆者和不合作者，或被冠以狂、狷之名，或干脆扣上“疯子”的帽子，李贽、徐渭被视为疯子而迫害至死，民国初年特立独行的章太炎一发议论，舆论便称之为“章疯子大发其疯”[①]，而阮籍、刘伶等则索性装疯卖醉得以苟且偷生……在这样的社会，真实往往在所谓“不正常”人那里，正常和不正常发生了颠倒，恰恰说明中国社会的不正常，也只有进入“狂人”们的内心世界，我们才能体悟到中国社会的不正常。历史上，有多少“狂人”觉醒了，却像彗星一闪又消失于无边的黑暗，《狂人日记》是中国历史上对“狂人”心理的第一次展示，让我们第一次真正了解了“狂人”。然而，短序中狂人“候补”的象征信息，又透露出鲁迅对历史循环的悲观：“狂人”恢复“正常”，觉醒者复归于黑暗——这是中国的老例。

中国传统文学缺少真正意义上的象征主义作品，有的只是诗歌中局部的比兴，寓言虽具备了整体的双重结构，但它所揭示的是经验形态的常识和道理，远远达不到具有象征内涵的形而上哲理的高度，如爱尔兰现代诗人叶芝所言，只有理智的象征才是真正的象征。在中、西文化大碰撞的历史情境中，现代中国人开始了对民族传统的整体反思和对现代化道路的求索，反映在文学中，形成了现代中国文学意义追寻的整体倾向，为现代文学象征结构的形成提供了“意义”根基，可以说，和西方现代文学一样，中国现代文学也进入了象征时代，不仅象征性已广泛渗入现代文学，而且真正的象征主义作品也呼之欲出。《狂人日记》试图揭示“吃人”这个对中国历史和文化的空前宏深的整体认识，是鲁迅历史哲学的小说表达，因而可说是中国文学史上第一篇真正意义上的象征小说，也即真正具有现代性的小说，正是在这个意义上，《狂人日记》当之无愧为中国现代小说史第一篇“现代”小说。更值得

① 鲁迅：《华盖集·补白》，《鲁迅全集》第3卷，第103—104页。

强调的是,中国第一篇象征小说在世界象征小说之林中独树一帜,呈现了别具特色的象征景观！而这一切,都服从于“呐喊”主体的表达需要。

大音希声,鲁迅于历史的荒原发出的这第一声“呐喊”,以特别的姿态定格于纸上,当时也许少有人听到,后来却启示了一代代中国人。穿越世纪的隧道,那声音依然清晰,震撼人心！

## 二、“表现的深切”——何谓“吃人”?

**《狂人日记》,我们真的读懂了吗?**

《狂人日记》,对于20世纪以来的中国读者来说,是再也熟悉不过的文本,长期以来,文学史家、评论家、文学老师大多是这样在描述和评论着:“中国现代第一篇白话小说”、“揭露家族制度与礼教的弊害”、“鲁迅的第一声呐喊——救救孩子”、“狂人是个某某形象”等等,这几乎成为有关这篇杰作的常识;学界从叙事学、解释学、接受美学、诸多主义等视角的轮番解读,也是花样繁多,层出不穷。

第一篇白话小说?若聚焦于“白话”二字,头把交椅恐怕难当,不说胡适1906年开始在《竞业旬报》连载的《真如岛》,以及1908年载于该报的《东洋车夫》,也不说陈衡哲女士1917年的《一日》,白话在近代通俗小说中并非鲜见,纠缠于此,诚遗诸多“翻案”的契机;反封建战士?真狂人?有着成熟思想的狂人?抑或思想还不够成熟的狂人?围绕“狂人形象”的争议,曾是学术界的热点①,然而,“狂人形象”问题,或许是个假问题;“揭露家族制度和礼教的弊害”?此语来自鲁迅②,自然拿来作为小说主题思想的权威阐释,众口一词,然何谓“家族制度”?何谓“礼教”?仍然不甚了了;第一声“呐喊”?“救救孩子”?其实,鲁迅到底喊出了什么,是和盘托出,还是有所保留,远未成为定论。至于从各种“学”和“主义”出发的阐释,终嫌与鲁迅的“声音”相隔。

从开始发表到现在,将近一个世纪,《狂人日记》在中国,始终是一个最

---

① 围绕“狂人”形象问题,曾分为若干观点进行论争,如“反封建战士”(又分为有成熟思想和尚未具备成熟思想两种)、“真狂人”、“既是狂人又是革命者”等等。

② 鲁迅:《且介亭杂文二集·〈中国新文学大系〉小说二集序》,《鲁迅全集》第6卷,第239页。

熟悉的陌生文本,一个尚未开掘的话语矿藏,一颗尚未引发的思想炸弹。

20世纪初,在轰轰烈烈的《新青年》阵地,《狂人日记》带着周树人的隐默气息悄然出世,据茅盾见证,它当年并未引起显著的风波,茅盾的解释是,因《新青年》中无篇不奇,读者见怪不怪。① 但我还觉得,平静之后也许还有惊愕后的失语,无法把握的困惑,太过超前的寂寞。

白话而非文言,短篇而非长篇,日记而非故事,狂人而非常人,这些,在当时的小说界,都算惊世骇俗了吧。茅盾称《狂人日记》"前无古人"②,确实,中国文学中还从未出现过如此新奇、怪异、另类的文本,无论是《水浒传》、《三国演义》还是《红楼梦》,诸杰作皆可找到可资凭借的前本,然而,在中国文学几千年固有的文学史中,《狂人日记》找不到任何参照系。

茅盾所言,可能更多指向小说的形式,鲁迅自己谈《狂人日记》,指出了两个方面——"格式的特别"与"表现的深切"③,相较而言,前者显而易见,后者隐晦难明,如果说惊愕后的无语来自"特别"的"格式",那么,"表现的深切"——小说的真正指向,读者们可能更无法真正触及。

无语的惊愕与困惑业已消散,《狂人日记》已成为现代国人再熟悉不过的文本,随着"鲁迅"的名字逐渐被人熟悉,并成为20世纪最显赫的文学符号,一个世纪以来,这个被冠以"第一篇"的名篇,渐渐被包裹上各式各样的话语。当初的陌生感也消失了,今天的读者面对课本中的《狂人日记》,脑中首先充斥的是诸如此类的"前理解":"第一篇白话小说"、"第一声呐喊"、"揭露家族制度与礼教的弊害"、"救救孩子"、"吃人的旧社会"、"反封建的战士"……虽然不至于像五四时代的读者,有可能将其误读为一篇真的、搞笑的疯子的日记,或者20世纪第一篇恐怖小说,但带着麻木的阅读心态和败坏了的阅读胃口,首先就丧失了读进去的可能性,大多是道听途说,人云亦云,断章取义,盲人摸象。

"格式的特别"和"表现的深切",一体两面,前者固然令人流连忘返,但后者更值得好好玩味。《狂人日记》,是鲁迅隐默十年后的第一次开口,作

---

① 雁冰(茅盾):《读〈呐喊〉》,1923年10月8日《文学周报》第91期。

② 同上。

③ 鲁迅:《且介亭杂文二集·〈中国新文学大系〉小说二集序》,《鲁迅全集》第6卷,第238页。

为“憋”了十年才出现的东西,吾人诚不可以掉以轻心。

**“第一声呐喊”,为何不和盘托出?**

弃医从文,以文学启蒙为人生的志业,写小说为何又藏着掖着?

日本时期开始的一系列文学行动遭遇挫折后,鲁迅陷入长达十年的隐默,这就是其人生中的第一次绝望,北京绍兴会馆的六年达到顶点。《狂人日记》的写作,打破了十年的沉默,开启了鲁迅的第二次文学行动。

《〈呐喊〉自序》回忆了《狂人日记》写作的缘起,不可忽略其中的细节。

小说的发表,源于“金心异”(钱玄同)的拉稿,当钱玄同不满于鲁迅的钞古碑、校古书,说出“你可以做点文章”时,鲁迅首先是断然拒绝,他用的是“铁屋子”的比喻:

> 假如一间铁屋子,是绝无窗户而万难破毁的,里面有许多熟睡的人们,不久都要闷死了,然而是从昏睡入死灭,并不感到就死的悲哀。现在你大嚷起来,惊起了较为清醒的几个人,使这不幸的少数者来受无可挽救的临终的苦楚,你倒以为对得起他们么?①

意思是,中国已是一个绝无希望的“铁屋子”,人们已将麻木至死,没有必要再叫醒他们,叫醒了,徒然增加临死前的痛苦,还是不写的好。但好辩的钱玄同随即说:

> 然而几个人既然起来,你不能说决没有毁坏这铁屋的希望。②

一句随意的“抬杠”,却使鲁迅幡然顿悟,又站到“希望”一边:

> 是的,我虽然自有我的确信,然而说到希望,却是不能抹杀的,因为希望是在于将来,决不能以我之必无的证明,来折服了他之所谓可有,于是我终于答应他也做文章了,这便是最初的一篇《狂人日记》。③

通过把“绝望”归之于个人的过去的有限经验,鲁迅将“他们”的“希望”放到了时间之维的“将来”上,重新肯定了“希望”的“可有”——可能性,因此回答:“我可以写一篇。”于是有了1918年5月发表于《新青年》的

---

① 鲁迅:《呐喊·自序》,《鲁迅全集》第1卷,第419页。
② 同上。
③ 同上。

《狂人日记》。

1923年,鲁迅将自《狂人日记》开始的小说命名为"呐喊"。在主流的想象中,鲁迅是五四时期摇旗呐喊、冲锋陷阵的旗手,然而他自己解释"呐喊"道:"所以有时候仍不免呐喊几声,聊以慰藉那在寂寞里奔驰的猛士,使他们不惮于前驱。"[①]确实,作为"已经并非一个切迫而不能已于言的人"[②],五四时期,鲁迅自甘边缘地位,他不是《新青年》团体的核心成员,只是在绍兴会馆偶尔投稿,不仅与主将陈独秀、胡适等不熟,名声也远在弟弟周作人之下。陈独秀等突然感到引颈呼吁的"新文学",就在鲁迅的小说里诞生了,激动莫名,也只能托周作人代为催促——"令兄"小说五体投地地佩服,务必请他赶快多写。[③]

打破沉默,开始"呐喊",却没有完全亮开嗓子,和盘托出,因为,"呐喊"的动机,并非十年前日本时期那样"切迫而不能已于言",而是"聊以慰藉那在寂寞里奔驰的猛士",不是对民众的启蒙,而是对启蒙者的同情,成为写作的动机。"他们的可有",表明重新选择的"希望",并不属于自己,而且,希望不再是行动的必要前提,而是被放到行动之后,成为一种可能性。

终于答应写了,但"铁屋子"意识仍在,作为《呐喊》的第一篇,《狂人日记》没有真正"呐喊"出来,成为无声的呐喊,如同挪威画家蒙克的《呼喊》,只见呼喊者的姿态,但听不到呼喊者的声音。纠缠于表达与遮蔽之间,关注的不是说什么,而是怎么说。让人不懂,不是言不尽意,而是有意为之。

**一篇小说,两个文本,两个世界**

"呐喊"没有直接亮开嗓子,直达听众,而是戴上疯狂的面具,借"狂人"之口说出,人为设置了障碍。

---

① 鲁迅:《呐喊·自序》,《鲁迅全集》第1卷,第419页。

② 同上。

③ 陈独秀常给周作人写信向鲁迅催稿,1920年8月22日陈独秀致信周作人:"鲁迅兄做的小说,我实在五体投地的佩服。"(鲁迅博物馆供稿、陆品晶注释:《陈独秀书信》之二,载《历史研究》1979年第5期。又收入《中国现代文艺资料丛刊》第5辑,第309页)9月4日再次表示:"请先生要时常鼓动他的兴致才好。请先生代我问候他。"(《陈独秀致周作人》,收入《中国现代文艺资料丛刊》第5辑,第310页)又参见鲁迅自述:"但是《新青年》的编辑者,却一回一回的来催,催几回,我就做一篇,这里我必得记念陈独秀先生,他是催促我做小说最着力的一个。"(《南腔北调集·我怎样做起小说来》,收入《鲁迅全集》第4卷,第512页)

《狂人日记》的奇妙之处,是一篇小说,两个文本。所谓两个文本,不仅仅指人们常说的“日记”的白话文和“小序”的文言文,而且是指文本中存在两个不同的价值世界。造成这两个世界的“翻天妙手”(《狂人日记》语),就是“狂人”。

所谓“狂人”,就是不正常的人,正常与不正常,并无确定的标准,终极意义上取决于人数的多少,多数为正常,少数为不正常。作为不正常的人,“狂人”,对于我们自视为正常的传统秩序,是一个另类的“他者”,“他者”的存在,在密不透风的“正常”秩序中,打开了一个窗口,在逻辑上出现了两种可能性:一是:我们正常,“狂人”不正常,还有一个是:“狂人”正常,我们不正常,这是两个不同的价值世界。

小说每一个细节,每一句话,都关联着这样两种截然不同的判断,形成相互对立的两个价值世界。试看“日记”第一段:

> 今天晚上,很好的月光,我不见他,已是三十多年;今天见了,精神分外爽快。才知道以前的三十多年,全是发昏。不然,那赵家的狗,何以看我两眼呢?

见到“月亮”,狂人觉醒了,感觉“爽快”,发现以前“全是发昏”。反过来即是,以前不见月色的三十多年病情稳定,现在见到月亮,发疯或旧病复发了,“爽快”,正是疯狂的自我感受。那神经质的“不然,那赵家的狗,何以看我两眼呢?”即是证据,人多看狗两眼,狗会警觉,狗多看人两眼,正常人是不会注意的。

大哥请医生来看病,老中医眼神不好,在狂人看来是“满眼凶光”、鬼鬼祟祟;把脉诊断,却是“揣一揣肥瘠”;“静静地养几天,就好了”,却是“养肥了,他们自然可以多吃”;医生对大哥说“赶紧吃(药)罢”,却成就了狂人的大发现:“合伙吃我的人,便是我的哥哥!”

狂人劝转大哥时说:

> 我只有几句话,可是说不出来。大哥,大约当初野蛮的人,都吃过一点人。后来因为心思不同,有的不吃人了,一味要好,便变了人,变了真的人。有的却还吃,——也同虫子一样,有的变了鱼鸟猴子,一直变到人。有的不要好,至今还是虫子。这吃人的人比不吃人的人,何等惭

> 愧。怕比虫子的惭愧猴子，还差得很远很远。
>
> 易牙蒸了他儿子，给桀纣吃，还是一直从前的事。谁晓得从盘古开辟天地以后，一直吃到易牙的儿子；从易牙的儿子，一直吃到徐锡林；从徐锡林，又一直吃到狼子村捉住的人。去年城里杀了犯人，还有一个生痨病的人，用馒头蘸血舐。

两大段话，乍听起来，难道不是不知所云的疯话？但其实又有根有据，第一段来自尼采的人性进化论，尼采将达尔文生物进化论提高至人性领域，认为人远远没有进化完成，人性中还遗留虫、鱼、鸟、野兽、猴子等性，即使进化为人，还不是最终目的，人还需要进一步自我超越，做超人。第二段来自史实，只不过小说有意张冠李戴，将齐桓公说成桀纣，但是易牙蒸子与徐锡麟被杀，却是实有其事。进入狂人的内心追问及其相关知识背景，就会知道“狂语”并未离谱。

每一细节在两个自成系统的世界都具有逻辑的合理性，同时为两个世界作证。

我们正常，“狂人”不正常，面对小说，这是每一个读者以自我为中心对“狂人”所作的首先的、自发的判断，而“狂人”正常，我们不正常，这一立场只是一种逻辑的存在，只具有潜在的可能性。

当读者站在第一个立场来看小说，《狂人日记》就是真正疯子的日记，日记本文显示的狂人恐惧、敏感、多疑的心理，强烈、执拗的强迫观念，幻觉、错觉和白日梦式的意识形式，简单、武断的判断方式，乖张、诡异的行为举止，以至“语颇错杂无伦次，又多荒唐之言”的行文特点，无不符合迫害狂的病理特征，无处不在的对“正常”世界的“不正常”理解，带来颇为搞笑的阅读趣味。同时，日记通过“嘴”、“怪眼睛”、“毒”、“刀”、“牙齿”、“白厉厉”、“心肝”、“人油”、“青面獠牙”、“食肉寝皮”、“通红斩新”、“狼子村”、“海乙那”、“呜呜咽咽的笑”等语象层面的渲染，展示了一个极其恐怖的吃人氛围。恐怖，也许是站在第一立场的读者的另一个较为明显的阅读感受。

要真正读懂小说，阅读者势必要站到第二个立场——“狂人正常，我们不正常”，其前提是，要进入“狂人”的内心，了解其自身的逻辑。

漫长的中国历史中，曾有过多少“狂人”？他们发狂了，也在世人的冷眼和笑语中默默消失了，谁也不想也不会真正了解疯子的内心世界。通过

“日记”,鲁迅第一次替中国狂人展开了内心。更为重要的是,写日记的狂人,还是一个讲道理、好研究、有追问癖的疯子,“日记”第一则即强调:

> 我怕得有理。

疯子也有疯子的道理!他一再强调“凡事须得研究,才会明白”,反复追问“吃人的事,对么?”狂人的认真与执著,为我们走进其内心,从而理解他提供了可能。

小说暗暗地预设了走进“狂人”内心的可能性,然而,又亲手扼杀了这种可能性。正文之前的文言小序,交待“日记”的来历,宣称“日记”来自“余”中学时的同学兄弟,病者是其弟,日记由哥哥转交给我,并且说弟弟已经“早愈”,赴某地“候补”了。煞有介事,言之凿凿,目的只有一个,就是向读者强调:下面这十三册日记,真的是一个迫害狂病人的日记,有意让读者站到“我们正常,‘狂人’不正常”的价值立场,将“日记”理解成真的狂人的日记。

本来,篇幅不长的小序文言文本,引出后面大面积的白话日记,白话文本具有蔓延生长之势,给两个世界的颠覆提供了可能。然而,小序提供的日记的确凿证明与狂人“候补”的重要信息,确立了于“呐喊”不利的叙事立场,四两拨千斤,使小序文言文本重新凌驾于日记白话文本之上。

虚假的文本袒露着,真实的文本却隐藏起来。在表达与遮蔽之间,《狂人日记》真是欲言又止,吞吐再三!

**“吃人”的发现**

遥想五四时期的青年读者,面对《狂人日记》,大多将其读成搞笑或恐怖小说的吧。今天的读者,冲着“鲁迅”的鼎鼎大名,谁也不会产生这样的误读,“‘狂人’正常”,这一判断先天就达到了,然而,我们就因此进入“狂人”的内心,理解“狂人”的闪烁言辞了吗?

今天对《狂人日记》的解读,可谓多矣,并新见迭出,然删繁就简,追问小说创作的原初动机,不能不认为就是对“吃人”的发现,以及由此产生的危机感。《狂人日记》刚发表,无人问津,好友许寿裳来信探问真正作者,鲁迅在回信中谈到了写作的动机:

> 《狂人日记》实为拙作,又有白话诗署“唐俟”者,亦仆所为。前曾

> 言中国根柢全在道教,此说近颇广行。以此读史,有许多问题可以迎刃而解。后以偶阅《通鉴》,乃悟中国人尚是食人民族,因此成篇。此种发现,关系亦甚大,而知者尚寥寥也。①

对中国人"尚是食人民族"的新发现,将中国近代危机放入进化论视野,突出的是中国人在人类进化过程中被淘汰的危机及其紧迫性。因此"狂人"一再呼告:

> 你们可以改了,从真心改起!要晓得将来容不得吃人的人,活在世上。
>
> 你们要不改,自己也会吃尽。即使生得多,也会给真的人除灭了,同猎人打完狼子一样!——同虫子一样!

这是"吃人"者必将被消灭的紧急呼号。只要与"吃人"有关,就不配活在这个世界上,"我"如果于"无意之中"吃了人,甚至只不过是"吃人的人的兄弟",那都与"吃人"脱不了干系,最终逃脱不了被淘汰的命运——这是一个民族整体的命运。"吃人",被描述成这个民族的原罪,因而也注定了这个民族的宿命。"狂人"对"吃人的人"被淘汰的忧心,远远大于自身被吃的恐惧,这第一声"呐喊",是发向整个民族的呼吁。

危机意识和紧迫感,确是鲁迅复出后文章的中心意识。在同时期写的《热风·三十六》中鲁迅说:

> 现在许多人有大恐惧;我也有大恐惧。
>
> 许多人所怕的,是"中国人"这名目要消灭;我所怕的,是"中国人"要从"世界人"中挤出。②

发现"吃人",既然是小说的核心,"吃人"在小说中又是如何被发现的呢?

总揽"日记","狂人"经历了以下的心路历程:

> 发疯(觉醒)——发现——探究——发现——劝转——呼吁——

① 鲁迅:《书信·180820 致许寿裳》,《鲁迅全集》第 11 卷,第 353 页。

② 鲁迅:《热风·随感录三十六》,《鲁迅全集》第 1 卷,第 307 页。

再发现——呼救

这是一个不断发现的过程。狂人见“月色”而发疯（觉醒），遂有对周围“吃人”现象的发现：赵家的狗、赵贵翁奇怪的“眼色”、人们甚至小孩子“交头接耳的议论”。由此，引发相信“凡事须得研究，才会明白”的狂人的探究，于是有进一步的发现：“女人”的指桑骂槐、村子里“大恶人”被杀之后心肝被“用油煎炒了吃”，及至这样的发现：

> 我翻开历史一查，这历史没有年代，歪歪斜斜的每叶上都写着“仁义道德”几个字。我横竖睡不着，仔细看了半夜，才从字缝里看出字来，满本都写着两个字是“吃人”！

由此推出“他们会吃人，就未必不会吃我”、“我也是人，他们想要吃我了！”

大哥请中医来诊治，狂人又有了新的发现：

> ……原来也有你！这一件大发见，虽似意外，也在意中：合伙吃我的人，便是我的哥哥！
>
> 吃人的是我哥哥！
>
> 我是吃人的人的兄弟！
>
> 我自己被人吃了，可仍然是吃人的人的兄弟！

在狂人的探究中，发现《本草纲目》的“人肉可以煎吃”、“易子而食”、“食肉寝皮”、“海乙那”等等，都是“吃人”的证据。与此同时，还发现了他们吃人的方法：

> 我晓得他们的方法，直捷杀了，是不肯的，而且也不敢，怕有祸祟。所以他们大家连络，布满了罗网，逼我自戕。

狂人尤其痛心的是大哥，决定“我诅咒吃人的人，先从他起头；要劝转吃人的人，也先从他下手”。于是开始了“劝转”的行动。

第一个“劝转”的对象是一个年轻人，狂人劈头就问：“吃人的事，对么？”无论对方怎样躲闪其辞，一再追问——“对么？”“从来如此，便对么？”对于狂人的追问，对方最后的答复是：“我不同你讲这些道理；总之你不该说，你说便是你错！”

第二个“劝转”对象就是大哥,在这次清晨的对话中,面对大哥,狂人将内心的纠结几乎和盘托出,可谓苦口婆心:

> 他们要吃我,你一个人,原也无法可想;然而又何必去入伙。吃人的人,什么事做不出;他们会吃我,也会吃你,一伙里面,也会自吃。但只要转一步,只要立刻改了,也就是人人太平。虽然从来如此,我们今天也可以格外要好,说是不能!大哥,我相信你能说,前天佃户要减租,你说过不能。

大哥恼羞成怒,公开称弟弟为“疯子”。狂人因此又有了新的发现:

> 这时候,我又懂得一件他们的巧妙了。他们岂但不肯改,而且早已布置;预备下一个疯子的名目罩上我。将来吃了,不但太平无事,怕还会有人见情。佃户说的大家吃了一个恶人,正是这方法。这是他们的老谱!

家丁陈老五拖狂人回家,狂人一边挣扎,一边大声呼吁:

> 你们可以改了,从真心改起!要晓得将来容不得吃人的人,活在世上。
>
> 你们要不改,自己也会吃尽。即使生得多,也会给真的人除灭了,同猎人打完狼子一样!——同虫子一样!

……

狂人对“吃人”的洞察、研究、发现和揭露,层层深入、触目惊心,其呼吁义正词严,振聋发聩。本来,小说若在此戛然而止,也已经忧愤深广,不同凡响。但是,像抖包袱一样,《狂人日记》突然亮出了最后的也是最大的一个发现——

> 我未必无意之中,不吃了我妹子的几片肉,现在也轮到我自己,……

一直深处被“吃”恐惧中的“我”,最终发现自己也无意中“吃”过人,即使没“吃”过,也因共同的历史,具有“四千年吃人履历”!被吃者无意中也成为吃人者,本来几乎站在审判者位置的“狂人”,一下子落入被审判的位置。这是“狂人”的最终自觉,达到这一步,小说的深度才真正显示出来。

在这一“吃人”世界中,谁也难逃干系,都有意或无意地吃过人,连孩子也不干净,日记一开始不就对孩子们的交头接耳产生怀疑?事已至此,最后发出的“救救孩子……”,与其说是振臂一呼的“呐喊”,不如说是绝望的呼救!

**何谓“吃人”?**

狂人对“吃人”的发现,步步紧逼,层层深入,然则,究竟何谓“吃人”?

按照文本的字面意思及惯常思路,对“吃人”大致可以归纳出这样两种理解思路:一是事实性的吃人,即吃人肉;二是抽象的吃人。

事实性吃人,在文本层面随处可见,如“打死大恶人”、“人肉可以煎吃”、“易子而食”、“食肉寝皮”、“易牙蒸了他儿子,给桀纣吃”、“徐锡林”、“去年城里杀了犯人,还有一个生痨病的人,用馒头蘸血舐”。还有“嘴”、“怪眼睛”、“毒”、“刀”、“牙齿”、“白厉厉”、“青面獠牙”、“狼子村”、“通红斩新”、“海乙那”、“心肝”、“人油”等语象层面的渲染。

鲁迅回答许寿裳时说:“偶阅《通鉴》,乃悟中国人尚是食人民族。”“狂人”也于深夜发现:“我翻开历史一查,……满本都写着两个字是‘吃人’!”在中国历史中,事实性的吃人所在多是。史书记载,每到荒年,就会发生吃人惨剧;一治一乱,兵荒马乱中,常会发生以吃人充饥和泄愤的事件;甚至还有专门以食人为乐的怪癖。事实性的吃人,写出来触目惊心,事实中又司空见惯。

抽象的吃人,常见的理解有:一、吃人的旧社会。这是阶级论的理解模式,只有万恶的旧社会才吃人,吃人是封建剥削制度的产物;二、“家族制度与礼教”吃人。这是按鲁迅的原话来理解,首当其冲。但所指为何,却言不及义,最后往往还是归结到阶级论的批判。遥想鲁迅当年说“揭露家族制度与礼教的弊害”时,一定会包含母亲包办、婚姻失败的惨痛体验吧,但若仅将小说主题归结为个人经历,则未免因一叶而障目;三、传统文化吃人。这是文化批判眼光下看似更为深刻的认识,然而,何谓“文化”?如没有具体所指,笼统的对传统文化的否定,极易招致热爱传统文化者的反感,20世纪90年代,《狂人日记》开始遭遇义正词严的指摘:将四千年中国文化说成“吃人”,简直是数典忘祖、大逆不道!在今天的语境下,将“吃人”笼统地指向传统文化,也更加不合时宜。

何谓"吃人"?其意深切。鲁迅所揭示的"吃人",极为抽象,也极为具体,极为宏深,也极为切近。"吃人",不能由任何抽象名词来承担,"吃人"既在观念中,也在现实中,既在过去,也可能在现在。抽象的"吃人",就在具体的日常经验中。

文化,不仅指论语老子、唐诗宋词、甲骨青铜、故宫长城等成就态的存在,更是一种鲜活的生存方式,文化不仅在过去,更是在现在,真正的文化传统,就在当下正在进行的群体生存方式中。因此,与其将《狂人日记》所揭示的"吃人",指向"封建"、"礼教"、"文化"等等抽象名词,不如指向现实的群体生存方式,一种群体"生态"。这一群体生态,既表现在显在的制度层面,更表现在隐在的生存秩序中。

在人类文明中,最高的智慧不是个人的智慧,而是群体生存的智慧。动物世界依从弱肉强食的丛林原则,尚未文明的民族依赖武力压制,文明的族群则将自由、正义、平等、博爱等超自然原则带入人类群体生存的秩序和制度的设计中。文明的制度设计,以个人的利益诉求为出发点,最终诉诸于超越个人私利的正义原则,落实在合理的制度设计中。如果人们相信并奉守合理的秩序,则社会良性发展,如果没有合理的制度设计,或者即使有,却形同虚设,群体生存就会陷入无序状态,最终依赖的是变动无形的一己私利,形成以个人生存智慧为依靠的新的"丛林原则"——不是"食肉",而是侵犯别人的利益,不是依靠体力,而是依靠阴谋。这一群体生态,就是"吃人"生态。

我们再回头看看《狂人日记》对"吃人"的描述:

> 自己想吃人,又怕被别人吃了,都用着疑心极深的眼光,面面相觑。……

这难道不是对"吃人"生态的最经典描述?争存于"吃人"生态的人们,一方面不择手段,巧取豪夺,一方面相互怀疑,胆战心惊。

无秩序的生存方式,最终必然会自发形成不成文的"秩序",近年热门的"潜规则"一词,可以用来概括。"潜规则"原来专指演艺界的不良幕后交易,后来迅速扩大为对广泛存在的社会潜在秩序状况的描述。潜规则依据的不是白纸黑字的纸上条文,而是变动不居的一己私利,奉行的不是不损害他人基本利益的公平和正义原则,而是不择手段的巧取豪夺。因而,"吃",完全可以换成"潜",你被"吃"过吗?就是你被"潜"过吗?你"吃"过别人吗?就是你"潜"过别人吗?自己想"潜"人,又怕被别人"潜"了,都用着疑心极深的眼光,面面相觑——盛行潜规则的群体,不就是处在这样的"生态"中吗?生活在潜规则生态中的人们,都是私欲中心、心怀叵测的人,他们聪明伶俐,闪转腾挪,随时想获得"潜"别人的机会,同时又疑心重重,惴惴不安,随时处在被别人"潜"的恐惧之中,形成尔虞我诈、"面面相觑"的人际关系,社会诚信尽失。

因而狂人苦口婆心地劝告:

> 去了这心思,放心做事走路吃饭睡觉,何等舒服。这只是一条门槛,一个关头。他们可是父子兄弟夫妇朋友师生仇敌和各不相识的人,都结成一伙,互相劝勉,互相牵掣,死也不肯跨过这一步。

生活本来可以很明朗、很简单、也很舒服,人们本来不必生活在如此复杂、恐惧的人际环境中,改变也并不是那么艰难,只要跨过"一条门槛"、"一个关头"!但是,"吃人"的生态一旦形成,就尤难改变。

**"吃人"生态的特征**

在小说揭示的"吃人"生态中,"吃人"极为普遍、极为平常,因而也极为隐蔽。诸多揭示,就在小说的字里行间。

1."吃人"不是某个孤立的事件,而是最基本的生存秩序和生态系统。

在狂人觉醒后的双眼中,展现的是普遍的"吃人"现状:"自己想吃人,又怕被别人吃了,都用着疑心极深的眼光,面面相觑。……"每个人可能被吃,又会自觉或不自觉地"吃人"。"我"不仅"被吃",而且,"吃人"的就是"我"的哥哥。"我自己被人吃了,可仍然是吃人的人的兄弟。""我未必无意之中,不吃了我妹子的几片肉"!

1925年,有感于"赞颂中国固有文明的人们多起来了",在《灯下漫笔》中,鲁迅引鹤见佑辅《北京的魅力》,将中国文明的吸引力归于"生活的魅力","中国人的耐劳,中国人的多子,都就是办酒的材料,到现在还为我们

的爱国者所自诩的"[1]。并由此揭示了"吃人"生态的内在秩序:

> 但我们自己是早已布置妥帖了,有贵贱,有大小,有上下。自己被人凌虐,但也可以凌虐别人;自己被人吃,但也可以吃别人。一级一级的制驭着,不能动弹,也不想动弹了。因为倘一动弹,虽或有利,然而也有弊。[2]

鲁迅指出:

> 所谓中国的文明者,其实不过是安排给阔人享用的人肉的筵宴。所谓中国者,其实不过是安排这人肉的筵宴的厨房。[3]

2."吃人"生态中,只有固定的"吃"与"被吃"的位置,没有固定的"吃人者"与"被吃者","被吃者"只要处在可以"吃人"的位置,也会有意或无意地成为"吃人者"。

"吃"狂人者,不仅有权势者赵贵翁,而且,"也有给知县打枷过的,也有给绅士掌过嘴的,也有衙役占了他妻子的,也有老子娘被债主逼死的",这些人,不正是常处在"被吃"的位置而任人宰割的吗?但是,他们也有意无意参与"吃人"。"大哥"也加入了吃"我"的一伙,处于"被吃"恐惧中的"狂人",最后发现自己也于无意中吃了妹子的肉。

在"吃人"生态中,被吃者为了获得补偿,一有机会也就会吃人,但吃的不是吃他者,而是其他人,去吃可以吃到的人,并对此视为当然,毫无纠结。"自己被人凌虐,但也可以凌虐别人;自己被人吃,但也可以吃别人。"对于吃他的人,被吃者可能义愤填膺,但决不会反抗,更不会反思,他们所能做的,就是转嫁损失。一边骂吃人者,一边去吃其他更弱者,这是"吃人"生态中常有的现象,看似双重人格,其实不然,因为他们愤恨的,是他被别人吃了,而不是吃人行为本身。20年代中期,鲁迅说:"现在常有人骂议员,说他们受贿,无特操,趋炎附势,自私自利,但大多数的国民,岂非正是如此的么?

---

① 鲁迅:《坟·灯下漫笔》,《鲁迅全集》第1卷,第215页。
② 同上。
③ 同上书,第216页。

这类的议员,其实却是国民的代表。”①30年代初,鲁迅又说:“先前确曾和黑暗战斗,但他们自己一有地位,本身又便成黑暗了。”②

3.“吃人”的生态一旦形成,就尤难改变。

狂人苦口婆心,又无可奈何:

> 去了这心思,放心做事走路吃饭睡觉,何等舒服。这只是一条门槛,一个关头。他们可是父子兄弟夫妇朋友师生仇敌和各不相识的人,都结成一伙,互相劝勉,互相牵掣,死也不肯跨过这一步。

为什么?因为,“吃人”生态的核心,是一已私利,在“吃人”生态中游刃有余的人,都是私欲中心的人,都是“阔人”和“聪明人”,他们是不会打破已经形成的与己有利的利益关系的。“自己被人凌虐,但也可以凌虐别人;自己被人吃,但也可以吃别人。一级一级的制驭着,不能动弹,也不想动弹了。因为倘一动弹,虽或有利,然而也有弊。”

改变的看似是秩序,其实是本性,秩序不难改变,最难改变的是本性。

4.“吃人”往往隐藏在道德、伦理、大义、历史等冠冕堂皇的说辞之后。

“我”不仅“被吃”,而且,“吃人”的就是“我”的哥哥,“我自己被人吃了,可仍然是吃人的人的兄弟”、“我未必无意之中,不吃了我妹子的几片肉”!“吃人”,就发生在温情脉脉的人伦情谊的核心——家庭之中,在父兄姊妹的血缘关系中。

“我翻开历史一查,这历史没有年代,歪歪斜斜的每页上都写着‘仁义道德’几个字。我横竖睡不着,仔细看了半夜,才从字缝里看出字来,满本都写着两个字是‘吃人’。”这是“狂人”经过研究后的一大发现。历朝历代,字面上大多信奉“仁道”、“仁义”、“仁政”,实际上实行的却是基于武力的“霸道”和基于阴谋的“厚黑”之道。春秋时代,真诚笃信仁义礼信、将“仁义”绣上大旗的宋襄公,最后不是落得惨败的下场,为后人耻笑?

1925年,针对当时的读经风气,鲁迅说:“……诚心诚意主张读经的笨牛,则决无钻营,取巧,献媚的手段可知,一定不会阔气;他的主张,自然也决

---

① 鲁迅:《华盖集·通讯》,《鲁迅全集》第3卷,第22页。

② 鲁迅:《书信·300222致章廷谦》,《鲁迅全集》第12卷,第5页。

不会发生什么效力的。""我总相信现在的阔人都是聪明人;反过来说,就是倘使老实,必不能阔是也。至于所挂的是佛学,是孔道,那倒没有什么关系。"[1]在另一篇文章中,鲁迅指出:"孔夫子之在中国,是权势者捧起来的,是那些权势者或想做权势者们的圣人,和一般民众并无什么关系。"[2]

5. 在"吃人"生态中,被吃者找不到真正的凶手。

对于"吃人"的方法,狂人有两个发现:

> 我晓得他们的方法,直捷杀了,是不肯的,而且也不敢,怕有祸祟。所以他们大家连络,布满了罗网,逼我自戕。
>
> ……
>
> 这时候,我又懂得一件他们的巧妙了。他们岂但不肯改,而且早已布置;预备下一个疯子的名目罩上我。将来吃了,不但太平无事,怕还会有人见情。佃户说的大家吃了一个恶人,正是这方法。这是他们的老谱!

对于"被吃"者,"吃人"者往往首先加上某一罪名,或者逼其自尽。这样不仅使"吃人"者摆脱干系,长此以往,也真的以为与己无关,坦然自若。而对于"被吃者",也被吃得不明不白,找不到凶手。

更为隐秘的是,"吃人"是普遍的生态,吃与被吃是一个网络,每个人都有可能吃你一口。鲁迅小说写了那么多被吃者,孔乙己死了,阿Q死了,魏连殳死了,陈士成死了,被谁吃了?祥林嫂死了,凶手是谁?鲁四老爷?柳妈?甚或是"我"?吃人,往往是以"无主名无意识的杀人团"的方式,使被吃者不知凶手是谁,甚至吃人者也不知自己是凶手,在这里,人人不仅可能被吃,而且同时又去吃人,悲剧在发生着,却都是"无事的悲剧"[3],"杀人如草不闻声"。

失学儿童,被谁吃了?失地农民,被谁吃了?失业工人,被谁吃了?一个禀性善良、智商不低、身体健康、勤劳刻苦的年轻人,相信凭自己的努力就会获得成功,但在一个盛行潜规则的社会,他的每一次努力得到的都是相反

---

① 鲁迅:《华盖集·十四年的"读经"》,《鲁迅全集》第3卷,第128页。
② 鲁迅:《且介亭杂文二集·在现在中国的孔夫子》,《鲁迅全集》第6卷,第316页。
③ 鲁迅:《且介亭杂文二集·几乎无事的悲剧》,《鲁迅全集》第6卷,第370页。

的结果,一而再,再而三,如果他最终人生失败,如果他的失败是因为被他人“潜”了,那么,他是被谁吃了?他能找到凶手吗?

6. 在“吃人”生态中,吃人者对自己的“吃人”是不自觉的。

“吃人”生态中的人们,可以感受到自己的“被吃”,却绝难觉悟自己的“吃人”,因而,人人都有被迫害感,人人牢骚满腹,把自己当作受害者,而不知自己也在有意无意地参与了“吃人”。倾诉、抱怨、指责、批判,人们作为受害者发泄自己的不满,动人、感人,甚至洞若观火、振聋发聩,然而,绝少有人自觉:自己也许正是这“吃人”生态中的中坚。“吃人”生态中不缺少愤青、抱怨者、批判者,缺少的是真正超越性的批判资源,对自己也有罪的自觉。

真正的批判,必须超越“吃人”生态中的循环。如果《狂人日记》对“吃人”的发现,到“吃人的是我哥哥!”为止,小说仍然属于“吃人”生态中常见的批判文本,但是到了“我是吃人的人的兄弟!我自己被人吃了,可仍然是吃人的人的兄弟!”尤其是最后的发现——“我未必无意之中,不吃了我妹子的几片肉”,这真正的自觉,才使小说的批判得以超越固有的模式,上升到一个全新的高度。

7. 不仅吃人者不自觉吃人,最底层的被吃者也常常感觉不到自己被吃。

对于“吃人”现象,人们如此淡定,“狂人”对此苦思不解:

> 还是历来惯了,不以为非呢?还是丧了良心,明知故犯呢?

面对第一个“劝转”对象,“狂人”追问:“吃人的事,对么?”年轻人回答:

> “有许有的,这是从来如此……”
> “从来如此,便对么?”

“历来惯了,不以为非”、“从来如此”,这正是“吃人”生态之普遍、平常与隐蔽性所在,“吃人”者习惯之,悲剧的是,“被吃”者也习以为常,不以为非,安之若素。不仅如此,如果有人揭示真相,不仅不受“被吃”者的欢迎,而且还会招致他们的怨恨。小说刚开始,面对周围人仇视的眼光,“狂人”曾大惑不解:

他们——也有给知县打枷过的,也有给绅士掌过嘴的,也有衙役占了他妻子的,也有老子娘被债主逼死的;他们那时候的脸色,全没有昨天这么怕,也没有这么凶。

这些处在被吃位置的人,平时积累的怨愤够多了吧,为何唯独对“狂人”如此深仇大恨、不依不饶?因为,他们讨厌狂人说出的话,狂人揭示的真相,也许会重新唤起他们用遗忘掩盖的痛苦,打破费尽周折好不容易建立起来的“幸福感”。我们活得好好的,哪里有吃人?

8. 在“吃人”生态中,有些事可以做,但不可以说。

在“狂人”穷追不舍的追问下,年轻人最后终于说:

“我不同你讲这些道理;总之你不该说,你说便是你错!”

这正道出“吃人”生态中一个公开的秘密:有些事可以做,但不可以说,“你说便是你错”。“吃人”见不得人,但可以心照不宣,不必天知地知你知我知,即使人所共知,只要不公开指出,就不会打破默契,伤了和气,虽然各自心知肚明,但仍然可以光明正大地做人,还会被认为聪明、老练、识大体、好相处、能力强、会办事;如果有人把做的说出来,就会被视为搅局、坏事、不懂事、不识趣、不合作、不讲大局。错不在做,而是在说,“说”既坏了“吃人”者的大事,也会损害“被吃”者的利益,对于“被吃”者来说,被说的损失,比不说的更大,“因为倘一动弹,虽或有利,然而也有弊”。权其轻重,不如不说或不被说。被吃者的出发点,与吃人者一样,不在正义,而在私利。鲁迅曾感叹:“不厌事实而厌写出,实在是一件万分古怪的事。”①

**“吃人”生态的人性基础**

“吃人”生态何以会产生?它形成的基础是什么?

如前文所揭示,“吃人”生态作为群体的生存方式,其结构形态,显在的秩序设计如制度固然重要,但是,潜在的、内在的、自发的、约定俗成的群体秩序,更为要害。自发秩序形成的基础,就在人性之中。

“吃人”生态,就是人性的状态。以民族国家为单位、以文化传统为基础的人性,就是国民性,国民性,是“吃人”生态的基础。

---

① 鲁迅:《〈幸福〉译者附记》,《鲁迅全集》第10卷,第173页。

《狂人日记》第六则写道:

> 黑漆漆的,不知是日是夜。赵家的狗又叫起来了。
>
> 狮子似的凶心,兔子的怯弱,狐狸的狡猾,……

还要加上海乙那的“贪婪”。凶险、狡猾、怯弱、贪婪,这是“吃人”生态中的国民性,“黑漆漆的,不知是日是夜。”“自己想吃人,又怕被别人吃了,都用着疑心极深的眼光,面面相觑。……”这就是“吃人”生态中的国民性状况。

先有秩序,后有国民性?还是先有国民性,后有秩序?这似乎是一个鸡生蛋、还是蛋生鸡的问题。

我们知道,鲁迅一生批判国民性,而对制度层面较少涉及。早在日本时期的文言论文中,青年周树人第一次发言,就将激越的批判,指向当时“黄金黑铁”与“国会立宪”的改革思路,面对“国会立宪”的指摘,今天看起来未免令人失望,受师傅章太炎的影响?[①] 还是思考中缺少制度之维?其实,只需细读文本,就会发现,青年鲁迅指摘的,主要还不是“国会立宪”本身的设计(论文中有受“新神思宗”影响对民主制度本身的怀疑[②]),而是“倡言改革者”的“假是空名,遂起私欲”![③] 其后来对倡言“革命”者的怀疑,亦是同一思路。辛亥事起,民国成立,宪政初建,鲁迅也曾充满向往,然而,民初宪政每况愈下,终至不可收拾。制度建设的挫败,似乎证明了其对国民性的怀疑。

有什么样的秩序,就有什么样的国民,有什么样的国民,也就有什么样的秩序。我们需要制度层面的批判与建设,也不可缺少鲁迅式的国民性洞察与持久批判,在中国,后者更为艰巨,也更为重要。终其一生,鲁迅的焦

---

① 章太炎有关言论如:“代议者,封建之变形耳。”“无故建置议士,使废官豪民梗塞其间,以相陵轹,斯乃挫抑民权,非伸之也。”(《与马良书》)“徒令豪民得志,苞苴横流,朝有党援,吏依门户,士习嚣竞,民苦骚烦。”(《政闻社员大会破坏状》)“议院者,受贿之奸府,……选充议士者,大抵出于豪家;名为代表人民,其实依附政党,与官吏相朋比,持门户之见。则所计不在民生利病,惟便于私党之为。”“有议院而无平民鞭箠于后,得实行其解散废黜之权,则设议院者,不过分官吏之脏以与豪民而已。”(《五无论》)等。

② 见《文化偏至论》中对施蒂纳、尼采、易卜生等“重个人”观点的介绍。

③ 鲁迅:《坟·文化偏至论》,《鲁迅全集》第1卷,第45页。

虑,是对国民性的焦虑,鲁迅的绝望,是对国民性的绝望,鲁迅的批判,是对国民性的批判。

《狂人日记》,是对“吃人”生态的大发现,更是对国民劣根性的深刻揭示!

“吃人”秩序与国民劣根性的关系,《狂人日记》既已揭示,然而,吾人要进一步追问下去,尚需进入鲁迅尚未涉及的论域。

笔者以为,所谓国民性,基于一个民族国家中的人们对自我、他人与世界秩序的基本认知,这一基本认知,形成于约定俗成的生活实践,并凝结、塑形为在这个实践基础上形成的思想文化传统。自“轴心时代”始,在中国,所谓“天人合一”的思维模式就已成形,殷商尚言“天”、“帝”,周公“以德配天”,“德”者“得”也,“天”与“人”始趋同,孔子“从周”,故一部《论语》,不语“怪力乱神”,亦不问“天”,所重者乃在“仁”——人人之间,由“仁”到“礼”——体制性伦理规范,正是内在逻辑使然。“天人合一”模式成为中国人理解群体与自我的深层思想传统,在中国人的世界图式中,只存在一元的世俗秩序:以血缘伦理为基础的家国同构秩序。何谓“天”?何谓“人”?“天”,是人类通过超越性追问建构的普遍性的价值理性世界,“人”,就是历史的、现实的世俗世界。“天”与“人”合一的结果,不是“人”合于“天”,只会是“天”合于“人”,所谓“天人合一”,最后剩下的就是“人”的一元世俗秩序,这既是生存的世界,也是价值的世界,历史即价值,现实即合理。如果这个一元秩序是良性的秩序,则皆大欢喜,但如果一元秩序出了问题,就会缺少自我更新的价值资源,因为,修正“人”的秩序的资源,只能在超越性、合理性的普遍理性中寻找。一元秩序中的核心,不是超越性的普遍理性,而是为历史和现实验证的“私欲”,一元秩序中的所谓自我更新,往往堕入以私欲为中心的恶性循环,一元秩序,最终就是“吃人”秩序。所以鲁迅指出:

> 任凭你爱排场的学者们怎样铺张,修史时候设些什么“汉族发祥时代”“汉族发达时代”“汉族中兴时代”的好题目,好意诚然是可感的,但措辞太绕弯子了。有更其直捷了当的说法在这里——
>
> 一,想做奴隶而不得的时代;
>
> 二,暂时做稳了奴隶的时代。

> 这一种循环,也就是“先儒”之所谓“一治一乱”;……①

所谓“奴隶”,不是“奴隶主——奴隶”对立关系中的绝对位置,而是“——奴隶主(奴隶)——奴隶(奴隶主)——”可以无限延长的等级秩序中可以变动的角色,对于在你上面的人来说,你是“奴隶”,但对于你下面的人,你同时也可为“奴隶主”,“奴隶主”是吃“奴隶”者,“奴隶”是被吃者,但同时又作为“奴隶主”吃属于他的“奴隶”,每个人都有可能兼备两个角色。“奴隶”或“奴隶主”角色是可变的,永恒的是既可作“奴隶主”也可作“奴隶”的“奴隶性”。所谓“暂时做稳了”,就是自身获得在“自己被人吃,但也可以吃别人”的秩序中暂时稳定的位置,所谓“想做而不得”,就是秩序中的利益关系被打破,打破的不是“吃人”秩序,而是“吃人”秩序中的自我利益。于是,一元秩序的历史,也就成为一“治”(“吃人”生态暂时稳定)一“乱”(“吃人”生态的暂时平衡被打破)的循环。一元秩序的历史所呈现的,也只能是这样的循环。

**启蒙文学,抑或赎罪文学?**

最后“救救孩子……”的呼救,就在狂人发现自己也吃过人之后,也就是说,被吃者狂人也不可救,狂人失去的是被救的资格。那么,值得追问的是:“吃人”生态中,谁是拯救者?

连被救资格也丧失了,狂人怎么可能是拯救者?

《狂人日记》被视为启蒙文学的代表作。在今人对“启蒙”的想象中,启蒙是一种以己之昭昭启人之昏昏的先觉者行为,一种众人皆醉我独醒的自许,因而,今人对启蒙的指摘,直指启蒙者自身,谁比谁优越?谁要谁启蒙?

在解构启蒙的热潮中,鲁迅不正是被视作这样的启蒙者的代表吗?

在“日记”的前十则,狂人清醒后不断发现:周围人要“吃人”,甚至小孩,甚至“大哥”,“我自己被人吃了,可仍然是吃人的人的兄弟!”于是去“研究”真相,“劝转”他人,发出呼吁。小说至此,已经相当忧愤深广,称得上比一般小说更深刻的启蒙文本。作为先觉者,“狂人”的批判,近乎义正词严的审判。

但是,出乎意料的是,小说最后三则日记,又推出一个新发现——“我”

---

① 鲁迅:《坟·灯下漫笔》,《鲁迅全集》第1卷,第213页。

也无意中吃过人!

这最后的也是最大的发现,将小说推至一个全新的高度。

“我”也吃过人!这是先觉者身上发生的彻底的自觉,一种近乎“原罪”意识的形成,自此,“狂人”,不再是之前看上去高高在上、独善其身的先觉者和审判者,而是有罪者和被审判的对象,启蒙文学,成为赎罪文学!

敏感的日本学者,曾在《狂人日记》中感悟到某种“自觉”的产生。竹内好认为,小说表明作者有了“罪的自觉”,并由此产生“文学上的自觉”[①]。伊藤虎丸认为,《狂人日记》是“作者的告别青春,获得自我的记录”[②],是“个的自觉”和“科学者的自觉(即现实主义小说家的诞生)”[③]。罪的自觉——个的自觉——文学的自觉,这一自觉的内在逻辑,说明由周树人到鲁迅的产生,基于近乎“原罪”的自觉之上。

如果再回到前文所论“正常”与“不正常”的对立判断,可以看到,阅读至此,这一判断发生了奇妙的转换,第一层次,是我们正常,狂人不正常,第二层次,是狂人正常,我们不正常,第三层次则是:狂人认为自己和周围人一样不正常。第三层次的判断才是狂人的自我视角。

在一元秩序中,觉醒者是痛苦的,一方面,他发现了自身的孤独,另一方面,它无法在一元秩序中找到拯救的资源,就如同《风筝》里的“我”,终于找到机会向“弟弟”道歉,希望得到宽恕,然而,对方却全然忘却!谁来拯救?在一元秩序中,不可能有拯救者,但无论如何,发现自己不正常,对自身有罪的自觉,才有可能打破“吃人”的循环。

**谁解其中味?**

《狂人日记》写作的两百多年前,在“吃人”生态中尝尽炎凉的曹雪芹,以“辛酸泪”,托“荒唐言”,成一部《红楼梦》。雪芹绝望于人情世态,然在彼时,无以找到“新的生路”[④],于是复堕于固有文明的生活魅力,使《红楼梦》成为绝望与贪恋并置的文本,终至“泪尽而逝”。两个多世纪后,又一个

---

① 竹内好著,李心峰译:《鲁迅》,浙江文艺出版社 1986 年版,第 44、46、81 页。

② 伊藤虎丸著,李冬木译:《鲁迅与日本人:亚洲的近代与“个”的思想》,河北教育出版社 2000 年版,第 120—121 页。

③ 同上书,第 122—123 页。

④ 语见《彷徨·伤逝》,《鲁迅全集》第 2 卷,第 129—130 页。

在固有生态中绝望的人出发了,时代在他的面前呈现了新的地平线,他不再流连于固有文明的生活之美,坚定地向前方逃亡。

但洞见后的焦灼与绝望,依然托于“狂人”的“荒唐之言”,就像《皇帝的新装》里说真话的孩子,不合时宜地说出了真相,更像一个偶然发现杀人小屋的小孩,在大街上奔走相告,但熙熙攘攘的人群中没有一个人相信他。

对于一元秩序中的人们,唯一合理的秩序,就是当下的秩序,每个人首先选择的,就是适应这个秩序。争存于一元秩序中的人,视自己与秩序为唯一,故正常,如果说他们不正常,一定绝对无法相信,反过来说你不正常。“不正常”的“狂人日记”,在这个密不透风的“正常”秩序中,撕开了一个缺口,树起了一个“他者”,为反思这个秩序,埋伏下一个可能。穿越世纪的隧道,我们听到了“狂人”的话外之音吗?

真可谓:

> 满纸荒唐言,一把辛酸泪。
> 都云狂人狂,谁解其中味?

## 三、阿Q与艺术难题

《阿Q正传》几乎一开始发表就引起国内的广泛称赞,并不久获得国际声誉。鲁迅所塑造的阿Q,从书上跳下来,活灵活现地活在我们中间,成为一个“不朽的典型”。现在,无论在国内还是国外,《阿Q正传》都被视为20世纪中国文学的代表作,千年之交,日本评选20世纪最有影响的百部综合类国外经典译本畅销图书及20名综合类国外最优秀作家,《阿Q正传》排名第二,鲁迅名列第一。[①] 国人对其的推崇更是不必多说。盛名之下,不禁要问:作为20世纪中国文学经典之冠冕,《阿Q正传》的魅力到底来自哪里?

### 1. 典型论的困惑

伟大的艺术家总是给艺术规范制造难题。我们的评论界和文学史家对

---

① 资料来源见《鲁迅研究月刊》1998年第11期《文摘》栏“日本评选20世纪最具影响的百种图书及作家”。

《阿Q正传》艺术成就的把握,基本上是在典型论的范式内,即把阿Q视为一个成功的文学典型。[①] 但是,围绕其典型的论争,却一直没有真正得到解决,对于阿Q是一个什么样的典型的问题,一直困惑着经典的或权威的典型论者。著名的关于阿Q典型的三次论争,曾经热闹非凡,现在,随着理论时尚的变迁,大家似乎不再想提起那些论争。但这并不意味着一个问题的解决,因为,这一争论本身不仅远没有达成共识,其中尚存留许多棘手的问题,迄今为止,我们还没有真正提出能够取代典型范式的新的解读模式。围绕阿Q典型的三次论争,成了一个不了了之的积案。

30年代中期胡风和周扬之间的一场争论,首先是围绕典型理论展开的,阿Q被作为典型的例证,成为双方分歧的焦点之一。分歧首先是围绕对典型的普遍性和特殊性的理解。胡风认为,"典型""含有普遍的和特殊的这两个看起来好象是互相矛盾的观念"[②],"所谓普遍的,是对于那人物所属的社会群里的各个个体而说的;所谓特殊的,是对于别的社会群或别的社会群里的各个个体而说的"[③],他以阿Q为例:"就辛亥前后以及现在的少数落后地方的农村无产者来说,阿Q这个人物的性格是普遍的;对于商人群地主群工人群或各个商人各个地主各个工人以及现在的在不同的社会关系里的农民而说,那他的性格就是特殊的了。"[④]周扬在《现实主义试论》中谈到典型问题时说:"典型具有某一特定的时代,某一特定的社会群所共有的特性,同时又具有异于他所代表的社会群的个别风貌。"[⑤]他对胡风的论点进行了"修正":"阿Q的性格就辛亥前后以及现在落后的农民而言是普遍的,但是他的特殊却并不在对于他所代表的农民以外的人群而言,而是就在他所代表的农民中,他是一个特殊的存在,他有他自己独特的经历,独特的生活样式,自己特殊的心理的容貌,习惯,姿势,语调等,一句话,阿Q真是

---

① 虽然1980年代有学者借用系统论和变态心理学等新兴理论阐释阿Q,在一定程度上打开了研究视角,但不能说他们的研究对典型论构成了挑战。

② 胡风:《什么是"典型"和"类型"——答文学社问》,转引自陈漱渝主编:《说不尽的阿Q》,中国文联出版公司1999年版,第412页。

③ 同上。

④ 同上。

⑤ 周扬:《现实主义试论》,1936年1月《文学》第6卷第1号。

一个阿 Q,即所谓'This one'了。"[①]对于周扬的"修正",胡风立即发表《现实主义的一"修正"》进行反驳,点明双方的分歧是在:他认为"阿 Q 的性格对于某一类农民是普遍的"[②],对方则认为"阿 Q 在他所代表的农民中是特殊的存在"[③],胡风认为,如果按周扬所说,阿 Q 的性格里面就不会含有普遍性,因而也就绝对成不了典型,强调"独特的个性"、"独特的性格"是和"典型"概念不相容的。周扬又写了《典型与个性》进一步辩论:"在'人的本质是社会关系的总和'的意义下,人总是群体的人,各个人具有群体的共同性,但是在同一群体的界限里面,各个人对于现实的各方面有各种各样的接近和体验,因此虽同是群体的厉害的表现者,但是各个人的性格却是沿着不同的独特的方向而发展的。"[④]他举了许多实例,以说明文学典型是"群体的意义和个别的个人的可惊叹的融合"[⑤],因此,阿 Q 的"那种浮浪人性在农民中就不能说是普遍的","但阿 Q 的这些特殊性并不妨碍他做辛亥革命前后的农民的代表"[⑥]。胡风接着又发表了《典型论的混乱》,进一步申述:阿 Q 所代表的"就是落后的带浮浪人(Lumpen)性的中国贫农""阿 Q 的浮浪人性虽然对于那些农民是特殊的,但对于他所代表的'那一类农民'却一定是普遍的"[⑦]。他最后的结论是"阿 Q 不是佃农,不是自耕农,不是富农,更不是周扬先生底'一般中国农民',他是落后的带浮浪人性的贫农底共同性格被个性化了的典型"[⑧]。周扬没有进一步对这个问题发表意见。

由于论争过程中双方争论焦点的无意或有意的偏离以及论争逻辑的不清晰,这场论争其实并没有形成真正的交锋,也就没有解决实际的理论问题。其实,双方的分歧开始于对典型的普遍性和特殊性的不同理解,周扬对胡风的"修正",针对的就是胡风认为:典型的特殊性是"对于别的社会群或别的社会群里的各个个体而说的"、阿 Q 的性格"对于商人群地主群工人群

---

① 周扬:《现实主义试论》,1936 年 1 月《文学》第 6 卷第 1 号。
② 胡风:《现实主义的一"修正"》,1936 年 1 月《文学》第 6 卷第 2 号。
③ 同上。
④ 周扬:《典型与个性》,1936 年 4 月《文学》第 6 卷第 4 号。
⑤ 同上。
⑥ 同上。
⑦ 胡风:《典型论底混乱》,1936 年《作家》创刊号。
⑧ 同上。

或各个商人各个地主各个工人以及现在的在不同的社会关系里的农民而说，那他的性格就是特殊的了”，因此周扬强调阿Q的特殊“就在他所代表的农民中”，“阿Q真是一个阿Q，即所谓‘This one’了”。从我们一般对典型的普遍性和特殊性的理解看，周扬的理解是符合马、恩对典型的经典论述的，既然胡风的典型观也是在马、恩的框架中来阐述的，可以说，胡风的理解是不够正统和标准的，也不符合我们对典型的一般理解。但是，后来的争论焦点转向了典型的普遍性和特殊性哪个更为重要。在胡风的反驳中，焦点转向了阿Q的性格在他所代表的那一类农民里是“普遍”的还是“特殊”的。虽然周扬的辩解试图进一步阐述典型的普遍性与特殊性辩证统一的特点，强调典型塑造中“这一个”的重要性，胡风在接着的反驳中，又进一步申述了典型塑造中普遍性对特殊性的优越性。其实，就论争双方的真正观点看，胡风认为阿Q性格主要体现在他所代表的“浮浪贫农”的普遍性，而其特殊性表现在与非“浮浪农民”的不同，则胡风也承认的典型的普遍性与特殊性的合一就难以有“个性”体现“共性”的辩证内涵，实际上他是在普遍性和特殊性中，只承认了前者。这场论争最后形成的实际立场，是胡风强调典型性格中的普遍性，周扬则针对胡风的立场强调典型性格中的特殊性或“个性”。现在留给我们的疑惑是，双方都知道二者的统一，但“普遍性”和“特殊性”对他们到底意味着什么，却都没有明确的界定，实际上，这一分歧恰恰源自对所谓“普遍性”和“特殊性”的不同理解。胡风对普遍性和特殊性的理解，除了上述的解释外，还有“我底这说法是由于一个中心的理解：文艺和科学同样是为了认识客观的真理，不同的是，文艺是通过感象的个体(this one)去表现普遍性（=现实的本质的内容=合理的思想内容）的”①。也就是说，普遍性是“现实的本质的内容”或“合理的思想内容”；对特殊性，“一个典型，是一个具体的活生生人物，然而却又是本质上具有某一群体底特征，代表了那个群体的”②。“首先我要指出，我曾郑重地一再解说过文艺上的典型须得通过个性化的创作过程，须是‘一个具体的活生生的人物’，不过，作为典型的人物是代表了许多个体的个性，是包含了某一社会群体底

① 胡风：《典型论底混乱》，1936年《作家》创刊号。

② 同上。

普遍性的个性。”[1]在胡风这里,“个性化”、“具体的活生生的人物”或“感象的个体(this one)”与前述“特殊性”(“对于别的社会群或别的社会群里的各个个体而说的”)似乎是两种概念,“普遍性”是“某一群体的特征”或“某一社会群体的普遍性”、“现实的本质的内容”或“合理的思想内容”;对于周扬来说,“典型的创造是由某一社会群里面抽出最性格的特征,习惯,趣味,欲望,行动,语言等,将这些抽出来的体现在一个人物身上,使这个人物并不丧失独有的性格。所以典型具有某一特定的时代,某一特定的社会群所共有的特性,同时又具有异于他所代表的社会群的个别的风貌”[2]。“文学典型的实例就明示了群体的意义和个别的个人的可惊叹的融合。”[3]“我们可以知道这些艺术家对自己或自己最接近的人的个性观察和认识得最深刻,因此,他们就能够把那个性表现得最生动和具体,而在那具体生动的个性上体现出时代的社会群的意义来,这时,他们所表现出来的已经不是单单个人的肖像画,而是普遍化的典型,概括的典型了。”[4]由此可见,周扬的“普遍性”是指“某一特定的时代,某一特定的社会群所共有的特性”、“群体的意义”和“时代的社会群的意义”,“特殊性”是指“这个人物”的“独有的性格”、“异于他所代表的社会群的个别的风貌”、“个别的个人”。由此可以看到,胡、周在典型是“某一社会群”的共性和具体的个体的个性的统一上,是一致的,分歧主要产生于对所谓“特殊性”的不同理解,以及“普遍性”和“特殊性”何为典型的本质方面。

围绕阿Q典型的第二次论争发生在50年代初的冯雪峰和耿庸之间。冯雪峰在《论〈阿Q正传〉》一文中,提出了著名的阿Q典型是“精神的性格化和典型化”、是“一个思想性的典型”之说。冯文首先用很大篇幅强调鲁迅小说的“思想批判的特色”,强调鲁迅小说及其杂文在思想批判上的内在联系,尤其强调鲁迅的“一个政论家”、“一个战斗的启蒙主义者”的身份:“当我们要理解这作品的思想的特点和艺术的特点的时候,则先明白它的作者是一个政论家,是一个战斗的启蒙主义者,他是从这样的态度去从事小

① 胡风:《典型论底混乱》,1936年《作家》创刊号。

② 周扬:《现实主义试论》,1936年1月《文学》第6卷第1号。

③ 周扬:《典型与个性》,1936年4月《文学》第6卷第4号。

④ 同上。

说的制造的,先明白这件事情,我觉得是很重要的。至少,我以为,这是我们必须先有的预备知识。因为我们如果拿对付普通一篇作品的办法去看它,那么我想,这篇伟大杰作的基本精神就很难加以说明。”[①]然后,冯雪峰一面强调《阿Q正传》确实写了具体的农民形象,一方面强调:“但阿Q这典型,从一方面说,与其说是一个人物的典型化,那就不如说是一种精神的性格化和典型化。”[②]“阿Q,主要是一个思想性的典型,是阿Q主义或阿Q精神的寄植者;这是一个集合体,在阿Q这个人物身上集合着各阶级的各色各样的阿Q主义,也就是鲁迅自己在前期所说的‘国民劣根性’的体现者。”[③]接着,冯雪峰似乎划分了“阿Q形象的典型性”和“这典型的思想性”两个范畴,对于前者,他承认阿Q“是一个活生生的人物”,“阿Q的形象,即使单单当作一个流浪的雇农的性格,也就是不仅非常活生生的,而且是很典型化的。不仅这个流浪雇农的日常生活是写得很逼真,而且他的身上就反映着全部的现实的社会关系,……在这里,鲁迅是真正写了农民,在极深广的基础上写了农村及其阶级对立的关系”[④]。对于后者,冯强调:“但是,阿Q这个人,这个流浪的雇农,跟阿Q主义,是可以统一的,可是也应该有区别的。……阿Q和阿Q主义是可以统一又应该分别的。”[⑤]接着着重分析“寄植”在阿Q身上的“阿Q主义”的内涵,归结为各阶级各色各样的奴隶的(奴才的)失败主义与投降主义,主要体现在统治阶级身上,“鲁迅现实主义巨匠的概括力,把封建半封建统治阶级及其一切帮闲者的奴隶失败主义和精神胜利法,也概括到阿Q这个典型中去,却并不会使我们引起混淆的感觉,因为鲁迅对于一个流浪的雇农的阿Q和对于阿Q主义的阿Q,态度上是有分别的;所以,我们只会从阿Q身上看见各色各样的一切阿Q主义,而不会以为这只是阿Q这个流浪的雇农独有的‘劣根性’”[⑥]。但是,冯又特别地论述了阿Q主义与阿Q本人的联系,认为“人民被压迫的历史才真是人民的

① 冯雪峰:《论〈阿Q正传〉》,1951年11月《人民文学》第4卷第6期。
② 同上。
③ 同上。
④ 同上。
⑤ 同上。
⑥ 同上。

阿主义的产生史”[①]。对于鲁迅为什么不采取别的人物而是采取下层人物阿Q来“寄植”阿Q主义,冯的解释是鲁迅对农民命运的关注。针对冯雪峰的“思想典型”说,耿庸写了《阿Q的性格·阿Q性格的形成和发展》予以辩驳,他反对冯雪峰对阿Q形象的抽象化的理解,认为阿Q的精神胜利法是封建统治阶级的思想,是鲁迅要批判的,阿Q性格的主要方面是他作为雇农的革命性,因此阿Q是一个革命农民的典型。

第三次论争是由何其芳1956年10月发表的《论阿Q》一文引起的,文章围绕如何解决“阿Q是一个农民,但阿Q精神却是一种消极可耻的现象”难题展开,逐一否定了以前的各种解释,如阿Q是破落的地主阶级的子弟说、冯雪峰的思想寄植说和阿Q是落后农民的典型说。何其芳对这一难题的解决是把典型性和阶级性分开:“阿Q性格的解释问题,实际上是一个典型性和阶级性的关系问题,……然而在实际的生活中,在文学的现象中,人物的性格和阶级性之间都不能划一个数学上的全等号。道理是容易理解的。如果典型性完全等于阶级性,那么从每个阶级就只能写出一种典型人物,而且在阶级消灭以后,就再也写不出典型人物了。”[②]认为不仅“从一个阶级中也可以写出多种多样的典型来”[③],而且“生活中还有一种现象,某些性格上的特点,是可以在不同的阶级的人物身上都见到的。文学作品如果描写了这样的人物,而且突出地描写了这种特点。尽管他也有他的阶级身份和阶级性,但他性格上的这种特点却就显得不仅仅是一个阶级的现象了。”[④]阿Q就是这样的典型,阿Q作为辛亥革命前后的雇农,他的性格和行动都带有那个时代那个阶级的特色,但阿Q的精神和性格在不同时代不同阶级的人身上都能见到。《论阿Q》发表不久,李希凡便发表了《典型论质疑》,批评何其芳的典型论试图脱离阶级分析,否认了典型的阶级性。

综观三次围绕阿Q典型的争论,可以说都起源于对阿Q典型问题的非正统阐释。如前所述,胡、周之争起于胡风对典型的特殊性的非正统阐释;冯雪峰的“思想典型”说以及何其芳的“共名”说都试图突破阶级性对典型

---

① 冯雪峰:《论〈阿Q正传〉》,1951年11月《人民文学》第4卷第6期。

② 何其芳:《论阿Q》,1956年10月16日《人民日报》。

③ 同上。

④ 同上。

性的制约,冯、何二人的初衷之一是解决阿Q典型面临的一个政治难题:作为流浪雇农的阿Q怎么会有非积极的阿Q性格?冯雪峰把阿Q“形象的典型性”和“典型的思想性”分开,意即阿Q“形象的典型性”作为贫雇农反映了其时代的社会的和阶级的本质,但所谓典型的思想性——阿Q主义则是中国人各种“劣根性”的集合;何其芳则把典型性和阶级性分开,阿Q的典型性体现在“共名”,而他的阶级性则使阿Q可能成为一个具有革命性的农民。从典型的普遍性和特殊性两方面看,应该说胡风、冯雪峰和何其芳三人都着意于前者,胡风强调典型对他所代表的那一类人的普遍性,冯雪峰看重的是阿Q性格对鲁迅所批判的“国民劣根性”的概括,何其芳把阿Q性格的巨大概括性称为“共名”。可以看到,冯雪峰和何其芳对典型的普遍性的理解并不符合马、恩的经典解释,因为在马、恩的典型观看来,典型的普遍性是指由“这一个”所反映的阶级的、时代的和社会的本质,而冯、何的解释把它视为某种代表性,这一解释偏离了当时正统的典型观。也可以说,冯、何以解释阿Q的政治难题为由提出了自己对阿Q典型问题的新见解。在几次典型观的论战中,我们确实看到如胡风文章题目所言的“典型观的混乱”。

**2.《阿Q正传》:鲁迅国民性批判的小说形态**

对于阿Q是国民劣根性的典型这一点,学界已基本达成共识,但是,在何种意义上阿Q是国民劣根性的典型?这一典型的真正内涵是什么?又是如何体现在阿Q形象的塑造上的?典型论的分析存在什么限度?这些问题还存在进一步追问的空间。对阿Q典型内涵的分析,大多围绕“精神胜利法”展开,曾有诸多学者在研究方法上进行了创新的努力,或者围绕“精神胜利法”,对阿Q的性格要素进行新的排列与组合,或者就“精神胜利法”,尽量扩大其阐释的意义空间。但问题仍然存在:我们是否真正进入了阿Q作为国民劣根性典型的内在世界?一个明显的疑问是:小说一共九章,所谓“精神胜利法”,集中展现在第二章“优胜记略”和第三章“续优胜记略”,如果“精神胜利法”是阿Q典型的核心,则小说只需第二章和第三章就可以了,后面的六章到底何用呢?

《阿Q正传》是鲁迅国民性批判的小说形态,阿Q,不是对国民劣根性的一般表现,而是整体表现,即鲁迅在小说中全方位地展开了对国民劣根性的批判,因此,对阿Q典型的认识深度,取决于对鲁迅国民性批判整体把握的深度,重新审视鲁迅的国民性批判,应是小说解读的关键所在。

首先的问题是,我们该如何把握鲁迅的国民性批判?

鲁迅思想有多方面的展开,都展现了一定的魅力和深度,笔者认为,国民性批判,是鲁迅奉献给我们民族的最宝贵思想财富。处于现代转型最深处的精神转型,是鲁迅关注的重点,与中国固有的人性论相连,在鲁迅这里,精神,首先诉诸人性——其近代形态为国民性——的状况,并要作为“个”的人格来承担,因而国民性批判成为鲁迅毕其一生的事业。作为鲁迅研究的重点,对鲁迅国民性批判的内涵、社会背景、思想文化渊源及其现实批判性,诸多学者都做过杰出的研究。对于国民性批判本身,已有研究大多是依据鲁迅的文学式表述,加以分类和描述,还没有将其真正作为思想形态的对象给以整合。当然,作为文学家,鲁迅的国民性批判散见于他的文学创作尤其是杂文中,这一批判不是诉诸严格的概念、定义与推理等逻辑方法,而是通过其惯用的体验——本质直观——例证的途径展开的;然而还要看到,作为鲁迅毕其一生的事业,作为他奉献给我们民族最宝贵的思想财富,国民性批判在他那里,不会仅仅是简单并置的现象描述,应该存在一个内在的思想系统。所以,如若我们把鲁迅的国民性批判真正当作思想形态的对象进行研究,就应穿透文学性描述,深入到其背后的思想系统中去。

鉴于此,笔者曾在 1999 年第 7 期的《鲁迅研究月刊》上,发表了《鲁迅国民批判的内在逻辑系统》一文,试图通过逻辑整合,使鲁迅国民性批判的内在逻辑系统彰显出来。拙文的论述理路是:首先,依据鲁迅的文本,对其国民性批判作初步分类描述和整理。通过文本梳理可以看到,鲁迅所着重描述并批判的国民劣根性,主要有“退守”、“惰性”、“巧滑”、“虚伪”、“麻木”、“健忘”、“自欺欺人”、“卑怯”、“奴性”和“无特操”等等,初步分析可以发现,这些描述在现象上具有两个特点:一是国民劣根性在鲁迅的描述中不是完全分类独立的,而是彼此渗透、相互发明;二是鲁迅对国民劣根性的批判性考察,始终是放在近、现代中国人“苟活”的历史处境中,来具体考察的。由此可以说,鲁迅所描述的种种,与其说是他抽象出的国民劣根性,不如说是劣根性在民族危机中的诸表现,即“苟活”的种种状态,亦是“苟活”之方及其必备之素质。在此基础上,拙文进一步追问“苟活”是否就是鲁迅批判国民劣根性背后的“原点”?如果鲁迅的国民性批判完全着眼于民族危机的“苟活”处境展开,则无疑是一种存在论模式,存在论分析会得出这样的结论:民族处境先于国民性存在,先验抽象的国民性是不存在的。这似乎不符合鲁迅思想的深度模式,因为一个难以回避的问题是:苟活的生存困境为什么必然导致“卑怯”等劣根性,而不能相反激发反抗和奋进的积极品格呢?如果仅仅停留于存在论分析,岂不等于给中国人的劣根性寻找推卸责任的解释吗?鲁迅对国民性的考察,应该穿透“苟活”层面,在更深层挖掘“它的病根何在”。这一“病根”,即是在“苟活”处境中表现出的诸种国民性表现的劣根性根本,也就是鲁迅国民性批判的内在逻辑系统的逻辑原点。由于鲁迅本人没有指明这一“原点”的存在,严格上讲,从其国民性批判中逻辑地推出这一“原点”是存在困难的,在某种程度上,这一寻找“原点”的工作,既是演绎,更是阐释、揭示和印证,但这一揭示,必须既能逻辑整合鲁迅的考察,又能符合鲁迅思想的实际。拙文在此预设的基础上,对鲁迅所揭示的诸种劣根性进行了分析,揭示了这些劣根性表现的两面性、变通性和可操作性,这些都直指一个原初的动机或不变的出发点,诉诸鲁迅对这些劣根性表现的具体描述,可以用“私欲中心”四个字概括之。“私欲中心”,并非否定“私欲”的合理性,而是指出只有“私欲”的可悲性。抓住这个“原点”,则所谓“卑怯”、“虚伪”、“巧滑”、“无特操”等就可以统摄起来并得到解释,即它们都是民族近代危机中“苟活”式生存的国民劣根性表现,或者说是“苟活”之方和必备之素质,而其人性源头或逻辑“原点”,就是“私欲中心”。拙文又把此“私欲中心”的揭示,印证于鲁迅思想和文学的诸方面:在其最早的发言——日本时期的文言论文中,青年鲁迅一再怀疑和指责的不是别的,正是倡言改革者的“假是空名,遂其私欲”;五四时期的随感录《五十九·“圣武”》,正是一篇揭示中国人“私欲中心”的典型文本;“私欲中心”,实际上成为鲁迅贯穿一生的洞察视野,成为其“冷眼”所在,分布在杂文与小说中。拙文还着重通过中、西文化“自我”的详细比较,试图彰显“私欲中心”说的深度所在,并以“私欲中心”作为逻辑原点,重新审视、整合鲁迅对儒、道文化的批判,从而进一步印证这一论述的有效性。通过逻辑整合揭示的鲁迅国民性批判的内在逻辑系统,可以图示如下:

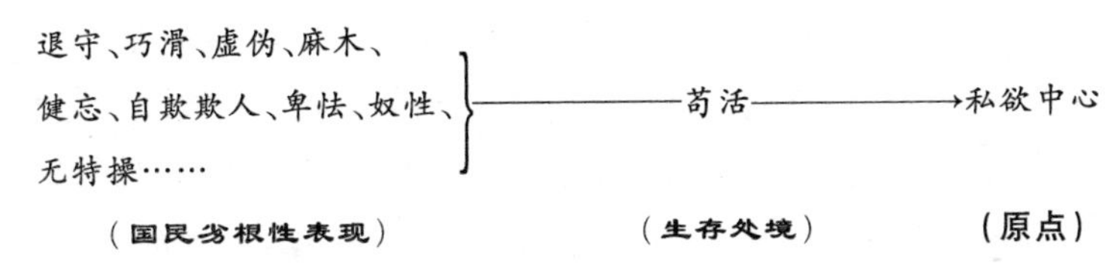


拙文发表后,引起了学界的争鸣。2002 年 4 月,北京鲁迅博物馆专门为此次争鸣召开学术研讨会①,进行了深入的讨论。结合学界对拙文提出的质疑及笔者个人的反思,我觉得需要斟酌的有两点:一是逻辑原点的追问是否有本质主义倾向;二是“私欲中心”的概括是否合理。第一个问题如果指的是理论的理解方式是否符合鲁迅国民性批判的思想实际,则首先应该承认,“国民性”在鲁迅那里,作为被“拿来”的历史性观念,并非一个本质性的概念。拙文对逻辑原点的追问,固然出于理论形态的逻辑整合,但“私欲中心”的得出,并非纯粹逻辑的推演,而是从鲁迅文本的批判意向中分析、阐释和揭示出的,并能印证于鲁迅思想和文学诸方面,所以与其说是本质论的,不如说也是历史论的。如果对于任何理论性追求,都名之以“本质主义”加以否定,则人类的研究思维就只能放弃。对“本质”的解构,固然是当下的理论时尚,但其实,解构思维本身如果离开了所谓深度模式,也会一筹莫展。第二个质疑,针对的是“私欲中心”的总结是不是又否定了“人欲”。固然,“灭人欲”是礼教传统的一大弊害,反传统的鲁迅怎么会也否定“人欲”?鲁迅的文章从来不否定而是强调人的合理的生命欲望。所以“私欲中心”说是最容易受到置疑的。但笔者要阐明的是,把鲁迅对国民劣根性的批判指向“私欲中心”,并非指向一个中性的“私欲”本身(谁都不能否定,个人欲望,恰恰是文明创造的动力),而是指向了,国人的人格自我的文化建构,在人的感性欲望之上,是否真正建构起对于感性欲望的超越之维?如果只以个人的感性欲望为中心,则这样的文化人格建构,最终是不健全的,所谓劣根性等等,其根源恐怕还要在这里来找。这方面意思,拙文通过中、西文化自我的比较,作了充分的阐述。② 有论者指出,“私欲中心”之说来自 90 年代以来中国物欲横流的现实的刺激,然而可以反问的是,对物欲的肯

① 《鲁迅研究月刊》2002 年第 5 期辟专栏刊发了会议论文,详细情况请参阅。

② 详细论述见本书第一章第三节。

定,难道不正是在今天的现实面前才“开窍”的吗?总之,对“私欲”这个问题,不能只就两个字本身来作或褒或贬的判断,而应放在一定的阐述语境中来具体把握。在此再次强调拙文的观点,并非意在这一研究全无问题,比如说,虽然通过逻辑整合的方式,试图推动对鲁迅国民性批判的研究的进一步深入,但面对国民性这样一个复杂的论题,逻辑整合还是不够的,“国民性”话语作为“拿来”的历史性观念,其在传播、旅行过程中的历史复杂性,如何和鲁迅的生活世界和文学世界产生关联,又如何成为鲁迅思想的重要组成部分,这些,都需要更为细密的历史梳理和考察。①

但在拙文的论域范围内,笔者还是相信“私欲中心”说对鲁迅思想和文学的阐释有效性。拙文已经就这一观点,印证于鲁迅对儒家、道家文化的批判,进行了新的阐释,并呈现一个新的整合性视野。在此想进一步强调的是,以“鲁迅国民性批判的内在逻辑系统”解读鲁迅代表作《阿Q正传》,不仅许多难题得以迎刃而解,而且可以由此彰显一个统一的文本世界。

以国民性批判的内在逻辑系统整合《阿Q正传》,会发现小说的国民劣根性批判,并不是以“精神胜利法”为代表的阿Q性格的现象罗列,应有其相应的深层结构系统。

小说共九章,第一章是“序”,第二、三章是“优胜记略”和“续优胜记略”,第四章是“恋爱的悲剧”,第五、六章是“生计问题”和“从中兴到末路”,第七、八章是“革命”和“不准革命”,第九章是“大团圆”。这样的安排,是有一定的意图的:第二章和第三章,首先展示阿Q的“精神胜利法”,目的是通过对“精神胜利法”的描述,集中展示鲁迅所批判的国民劣根性诸表现;后面的六章,作者让阿Q进入时间,动态展示阿Q的生存。第四章写的是“色”,第五、六章写的是“食”,“食色,性也。”“饮食男女,人之大欲存焉。”②最基本的生存得不到满足,只有诉诸“革命”,最后的结局是“大团圆”——阿Q之死。后六章绝不是多余的,而是展示了阿Q——一个普通中国人的一生,通过阿Q式的“活着”,揭示了鲁迅所批判的国民劣根性表

① 详细论述见本书第一章第三节。

② 《孟子·告子上》:“食色,性也。仁,内也,非外也;义,外也,非内也。”《礼记》:“饮食男女,人之大欲存焉。”

现背后的原点——"私欲中心"式的人格系统及其生存。

第二、三章的"精神胜利法"的展示,不能完全理解为国民劣根性本身,把它当作矛盾人格或二重人格系统作静态的分析,而应看成是"这一个"阿Q在小说提供的特定"苟活"处境中的劣根性的表现,把它作为阿Q的弱势生存策略进行动态的展示。阿Q处于未庄的最下层,"阿Q没有家,住在未庄的土谷祠里;也没有固定的职业,只给人家做短工,割麦便割麦,舂米便舂米,撑船便撑船。"阿Q甚至连姓什名谁都不知道,有一回,他似乎是姓赵,但赵太爷的一个嘴巴,便剥夺了姓赵的权利,他连名字也不清楚,只能照"洋字"的拼法略作"阿Q"。虽处于如此境地,阿Q却很"自尊","自尊",在马斯洛现代心理学中,是人仅高于"食欲"和"性欲"的最基本生存需求,阿Q的"自尊",正是基本生存要求的反映。但阿Q的"自尊",由于得不到满足,竟至变态的"自大","所有未庄的居民,全不在他眼睛里","我们先前——比你阔的多啦!你算是什么东西!"赵太爷、钱太爷家的"文童",别人都格外崇奉,独阿Q不以为然,"我的儿子会阔得多啦!"进了几回城,就很自负,但又鄙薄城里人的生活习惯。阿Q的自尊自大,最典型地表现在他对癞疮疤的忌讳上,"讳"在中国传统中,是尊者、长者和权势者的特权,但阿Q也讲究"讳",不仅讳说"癞",而且连"光"、"亮"、"灯"、"烛"一并都"讳",别人一犯讳,他便骂、打或"怒目而视",阿Q毕竟不是人家的对手,往往以失败告终。处于未庄最底层,想自尊而不得,这就是小说提供的阿Q在未庄的"苟活"处境。阿Q要在不能生存的地方苟活下去,作为自尊不能实现的补偿,他形成了三种对策,即他的弱势生存策略:自轻自贱、自慰自欺和怕强凌弱。

"优胜记略"和"续优胜记略"两章,着重写的就是阿Q的弱势生存策略。"优胜记略"主要写了两个故事,一是阿Q自尊忌讳而被打,一是阿Q聚赌而被打。前一个故事中,阿Q由于忌讳自己的癞疮疤而经常被打,为了满足自尊,常以"儿子打老子"来获得补偿,别人打的时候,有意叫他说"这不是儿子打老子,是人打畜生。"但阿Q索性等而下之,说"打虫豸",然后觉得自己"是第一个能自轻自贱的人……状元不也是'第一个'么?"于是心满意足了。这写出了阿Q的第一个生存策略——自轻自贱。第二个故事讲的是,阿Q好赌,但平时总是输,好容易鬼使神差地赢了一次,白花花的洋钱却被人抢了,身上还很挨了几下拳脚,这是很切实的失败,说“儿子打老子”、“打虫豸”都不顶用了,最后,阿Q索性用力抽了自己几个耳光,似乎被打的是别人,立刻转败为胜了。这是典型的自慰自欺,属于阿Q的第二个生存策略。“续优胜记略”,主要写的是阿Q是如何转嫁失败的痛苦。阿Q自被赵太爷打,名声反而高了,但不想因“比捉虱子”,而被平时瞧不起的王胡打了。阿Q正在空前的屈辱中无可适从的时候,看见假洋鬼子远远地来了,这是他最厌恶的人,心里正有气,于是不觉骂出了声。假洋鬼子听到,拿起文明棍打来,阿Q赶紧指着近旁的一个孩子分辩道:“我说他!”但文明棍还是狠狠地落在自己的头上,这是阿Q一天内的第二次屈辱。这时,对面走来了静修庵的小尼姑,阿Q心想:“我不知道我今天为什么这样晦气,原来是因为见了你!”于是在众人的喝彩声中调戏小尼姑,在得意中“报了仇”。向孩子和小尼姑转嫁失败的痛苦,典型地展现了阿Q应对失败的第三个策略——怕强凌弱。

通过对阿Q的三个弱势生存策略的描述,小说动态地集中展示了鲁迅在杂文中所揭示的诸种国民劣根性的表现:身为下贱而又自尊自大是为“自欺”,自轻自贱是为“退守”,既能自尊自大又能自轻自贱则体现为“巧滑”、“奴性”和“无特操”,而自慰自欺必须具备“虚伪”、“麻木”、“健忘”的素质,怕强凌弱则为典型的“卑怯”,亦是“奴性”和“无特操”的典型表现。

如果鲁迅的国民性批判所指就是这些劣根性表现,则小说到此已完成了任务,但如果以拙文所揭示的鲁迅国民性批判的内在逻辑系统来解读小说,则小说到此只展示了现象,国民劣根性的深层次存在还有待进一步展开,而这,正是后面几章的任务。后六章,既进一步展现了阿Q的“苟活”处境,更重要的是揭示了“私欲中心”这个劣根性本质。

第四章“恋爱的悲剧”,阿Q因拧小尼姑而生“恋爱”之心,遂向吴妈求爱,“我和你困觉”式的“求爱”方式吓坏了吴妈,阿Q人生之一大欲,遂以“悲剧”告终。如果第四章写的是“色”,则第五、六章写的是“食”,从“生计问题”到“从中兴到末路”,虽一波三折,但此一“欲”终于也遇上危机。“食色,性也”,既然无法实现,则只有诉诸“革命”,第七章“革命”和第八章“不准革命”,展现的就是阿Q式“革命”。“革命”对于走投无路的阿Q,起于“革命也好罢”的朦胧向往,在他亢奋而跳跃的想象中,“革命”不是别的,而就是报复、“东西”和女人。可以说,“生计”、“恋爱”和“革命”,就是阿Q人生的欲望三部曲,其实质,在“五四”时期的随感录《五十九·“圣武”》中,鲁迅已一语道破:“简单地说,便只是纯粹兽性方面欲望的满足——威福,子女,玉帛——罢了。”[①]这才是国民劣根性之根本所在——私欲中心。这一点还通过小说中的其他细节展现出来,如赵府对阿Q的敲诈、举人藏箱子、宣德炉被掠、“咸与维新”等。后六章展示了阿Q这个普通中国人的一生,并揭示了国民劣根性之根本所在——私欲中心的人格系统。

总之,以鲁迅国民性批判的内在逻辑系统解读阿Q典型的内涵,获得了一个新的整合性视野和一个统一的文本世界。阿Q,不是对国民劣根性的一般表现,而是整体表现,作为鲁迅国民性批判的小说形态,小说也具有内在的结构系统,在此系统内,阿Q作为国民劣根性典型的内涵,得以真正展现。同样可以图示如下:

| 国民劣根性表现 | 精神胜利法(生存策略) | 苟活处境 | | 原点 |
|---|---|---|---|---|
| (退守、巧滑、奴性、无特操) | 自轻自贱 | 自尊而不得 | 私欲中心 | “恋爱的悲剧”、“生计问题”、“从中兴到末路”、“革命”、“不准革命”…… |
| (虚伪、麻木、健忘) | 自慰自欺 | | | |
| (卑怯、奴性、无特操) | 怕强凌弱 | | | |

**3. “阿Q”的挑战**

鲁迅希望通过阿Q,“写出一个现代我们国人的魂灵来”[②],这不是现代国民性格的全方位表现,而是着重展现现代国人的人格缺陷——国民劣根性,而且,阿Q所代表的国民劣根性,不是一般的性格的罗列,而是一种人格系统,一种来自洞察和总结的思想成果,与其说阿Q是人物的典型,是性格的典型,不如说是某种思想或观念的寄植者,这样看来,当年冯雪峰的“思想典型”说,自有其独到的发现[③],王朔指出“阿Q是概念的产物”[④],也

---

① 鲁迅:《坟·五十九·“圣武”》,《鲁迅全集》第1卷,第355页。

② 鲁迅:《集外集·俄文译本〈阿Q正传〉序及著者自序传略》,《鲁迅全集》第7卷,第81页。

③ 冯雪峰:《论〈阿Q正传〉》,1951年11月《人民文学》第4卷第6期。

④ 王朔:《我看鲁迅》,《王朔文集·随笔集》,云南人民出版社2004年版,第122页。

不无道理。阿Q的最终指向,不是艺术形象的塑造,而是国民劣根性的揭示,但我们又不得不承认,"这一个"阿Q竟然在鲁迅的笔下活了,他是如此具体、生动,成为一个生气灌注的"活的整体",成了一个"不朽的典型",这一打破艺术规律的意外成功,既说明了鲁迅艺术技巧的卓越,也反过来证明了鲁迅对国民劣根性的极其精确的洞察。

伟大的作家总是给艺术规范制造难题。虽然我们惯于用典型论来衡量《阿Q正传》的艺术成就,然而,阿Q形象正是正统典型理论的一个潜在的挑战。

特殊性和普遍性(或者个性与共性),是现代典型论的两个要点,通过特殊来表现普遍,是现代典型论的要义所在。大致来说,在近代(18世纪)之前,西方类型论强调的是普遍性之维。"普遍性"是对于"诗"的本质要求,亚里士多德说:"诗所说的大半带有普遍性,而历史所说的则是个别的事。所谓普遍性是指某一类型的人,按照可然律或必然律,在某种场合会做些什么事,说些什么话,诗的目的就在此,尽管它在所写的人物上安上姓名。"[①]他在《修辞学》中又说:"不同阶级的人,不同气质的人,都会有他们自己的不同的表达方式。我所说的'阶级',包括年龄的差别,如小孩、成人或老人;包括性别的差别,如男人或女人;包括民族差别,如斯巴达人或特沙利人。"[②]显然,亚氏着眼的是类型的普遍性,是阶级的、民族的、年龄的、性别的及可然的、必然的等共性方面。对普遍性的强调,被古罗马的贺拉斯和17世纪新古典主义的布瓦洛继承和发展。自18世纪开始,文学形象塑造的特殊性方面开始受到重视,从德莱顿、约翰孙到狄德罗、鲍姆加登、莱辛、希尔特、歌德,都不满艺术中的"类型"人物,强调"个别"、"特殊"、"特征"、"个性"("性格")的重要,黑格尔在此基础上集大成,对普遍性和特殊性作了辩证的阐释,强调特殊性的重要:"理想所要求的,却不仅要显现为普遍性,而且还要显现为具体的特殊性,显现为原来各自独立的这两方面的完整的调解和互相渗透,这就形成完整的性格……"[③]在黑格尔看来,艺术作品

① 转引自朱光潜:《谈美书简》,《朱光潜全集》第5卷,安徽教育出版社1989年版,第713页。

② 伍蠡甫:《西方文论选》上卷,上海译文出版社1979年版,第93页。

③ 黑格尔:《美学》第1卷,商务印书馆1979年版,第301页。

必须要通过“个别的感性的东西”来显现普遍性,强调“有一个更迫切的要求,就是要性格有特殊性和个性”①。马克思、恩格斯对典型人物的塑造,也同样强调“这一个”的个别性和特殊性。

阿Q典型的存在,使古老的“普遍性”问题,又呈现在我们面前。阿Q形象的魅力,不仅来自人物塑造的生动形象本身,而且更深层地来自其所寄植的鲁迅国民性洞察的深度,换言之,阿Q之成为阿Q,更在于形象所包含的思想性内涵。如前所述,可以看到,20世纪围绕阿Q典型的三次论战,都不约而同地将焦点集中在阿Q作为典型的普遍性之上,虽然在正统的马、恩典型观中,典型的成就和魅力来自普遍性和特殊性的统一,但胡风、冯雪峰和何其芳的强调,不约而同地都指向阿Q典型的普遍性。胡风对周扬的反驳集中在阿Q性格在他所代表的那一类农民里是“普遍”的还是“特殊”的,并申述典型塑造中普遍性对特殊性的优越性;冯雪峰、何其芳二人所要处理的,皆是阿Q典型普遍性方面的问题,前者所谓阿Q的“形象的典型性”与“典型的思想性”,皆属普遍性方面,不过更强调阿Q“典型的思想性”——阿Q主义;后者的“共名”说将典型性和阶级性分开,以“共名”来代表阿Q典型的巨大概括性及其艺术效果,其实,典型性和阶级性,皆是普遍性范畴,只不过何其芳更看重阿Q典型的“共名”效应。二人对普遍性的强调,既有以某种更大的普遍性超越阶级性的动机,同时也说明,在他们看来,阿Q典型的魅力来自其普遍性。普遍性是阿Q典型争议的焦点所在,或者说他们争夺的是对阿Q典型普遍性的阐释。

值得注意的是,黑格尔所指的“普遍性”,在内涵上已经不同于他以前关于文学形象塑造的“普遍性”。从亚里士多德到歌德,来自类型论的传统,“普遍性”一般指形象的代表性,但在黑格尔这里,普遍性内涵悄悄发生了变化。黑格尔的艺术分析是在其理念哲学的框架中进行的,美(艺术)是“理念”的感性显现,艺术类型的不同,来自于“理念”借以显现自身的方式的不同,古典型艺术(相当于写实型艺术)所表现的是理念的“具体整体”,当黑格尔强调以个别的感性的东西,以完满的个性来表现“普遍性”的时候,这一“普遍性”其实就是他的核心概念“理念”,这是世界的本质,在这一

---

① 黑格尔:《美学》第1卷,商务印书馆1979年版,第304页。

高度上,普遍性所指不再仅仅是“某一类人”的代表,而是与世界的、时代的和民族的精神相关。马、恩典型观的重要理论资源是黑格尔,其对典型的普遍性的描述,强调典型要反映现实关系和社会生活的本质,应与黑格尔对普遍性的本质界定有关。这后来成为对典型的普遍性的经典理解。

冯雪峰和何其芳对阿Q典型的普遍性的理解并不符合马、恩的经典阐释。在马、恩的典型观中,典型的普遍性是指由“这一个”所反映的阶级的、时代的和社会的本质,而在冯、何的解释中,“思想典型”强调的是阿Q典型巨大的思想概括性,“共名”说强调阿Q性格特征的代表性及其艺术效果,二人阐释的似乎还是黑格尔以前的普遍性,即代表性和概括性。这也提示出这样一个问题,阿Q的形象塑造虽然十分具体生动,达到了典型论的要求,但是,在普遍性方面看来,又接近一种类型论的特征。

对普遍性的追求,是人类艺术的初衷,从亚里士多德,到黑格尔,直至马、恩,对艺术形象的塑造,其实看重的还是形象背后的普遍意义,只不过近代以后更强调使形象得以“成活”的“个性”或“特殊性”。而类型论对普遍性的重视,使它对形象概括性的要求,要远远大于形象具体的真实生动性,或者说,它看重的是比具体的真实性更高的普遍性意义上的真实性。这样看来,类型论对艺术的要求,介乎典型论与黑格尔所谓象征型艺术之间。

黑格尔将人类艺术的历史形态划分为象征型艺术、古典型艺术和浪漫型艺术三种艺术类型。其艺术类型观,从属于他的“理念”哲学。他在谈到“理念”借以实现的“类型”时说:

> 理念所借以实现的类型之所以不同,是因为类型所表现的有时是理念的抽象定性,有时是理念的具体整体。①

也就是说,同是理念的表现,象征型艺术表现的是其“抽象”形式(意义和哲理),而古典型艺术表现的是理念的“具体整体”,在这种表现形式中,“意义和感性表现,内在的和外在的,题旨和形象就不再是彼此割裂开来,……而是二者融为一个整体,其中现象在本身以外别无本体,本体在本

---

① 黑格尔:《美学》第2卷,商务印书馆1981年版,第3页。

身以外也别无现象,显现者和被显现者转化为具体的统一体”[1]。用今天的话说,即古典型艺术是通过具体可感的“个性”来反映作为“共性”的“理念”,“理念”就包含在这一具体个性中,二者融为“具体整体”。

那么象征型艺术是如何表现“抽象定性”的呢? 黑格尔又说:

> 象征一般是直接呈现于感性观照的一种现成的外在事物,对于这种外在事物,并不直接就它本身来看,而是就它所暗示的一种较广泛较普遍的意义来看。因此,我们在象征里应该分出两个因素,第一是意义,其次是这意义的表现。意义就是一种观念(按,即观念的抽象定性)或对象,不管它的内容是什么,表现是一种感性存在或一种形象。[2]

这里明确指出了象征的两个层面:1. 所要表现的“抽象定性”或“意义”,这是象征的最终指向。2. 意义的“表现”。值得注意的是,黑格尔把“表现”明确定义为“是一种感性存在或一种形象”,指出“象征一般是直接呈现于感性观照的一种现成的外在事物”,说明象征型艺术是通过具体可感的事物或形象来表现的,但与古典型艺术于感性具体中就融合了抽象整体的完美结合不同,象征型艺术对于“直接呈现于感性观照的一种现成的外在事物”,“并不直接就它本身来看,而是就它所暗示的一种较广泛较普遍的意义来看”。

阿Q形象背后巨大的抽象性、观念性,使它近乎表现鲁迅国民性批判这一深刻思想成果的象征符号,它具备这样几个特征:一、观念化。阿Q形象背后复杂深刻的国民性批判思想,使形象具有明显的观念化痕迹和哲理化倾向;二、浓缩性。对于形象塑造来说,国民性是一个空前复杂的观念性存在,作为国民性劣根性的代表,阿Q身上浓缩了空前丰富的内涵。三、单一性。阿Q又是国民性中缺点的结晶,在形象设计上不能不说又是单维的形象。四、荒诞性。为了突出阿Q的特征,鲁迅在形象塑造中充分运用了夸张手法,使小说具备了某些荒诞、变形的因素。

这些特征,也正是象征艺术的特点。所谓象征,是借助一个具体可感的

---

① 黑格尔:《美学》第2卷,商务印书馆1981年版,第20页。

② 同上书,第10页。

形象来表达一个抽象的观念，作为直接表现对象的象征物，总是浓缩了背后丰富复杂的抽象观念，观念的抽象性和纯粹性，又往往使其显得理念化和单一化。荒诞，是象征艺术的普遍质素。在黑格尔那里，象征型艺术与古典型艺术同样都诉诸感性事物和形象，但其感性事物和形象有什么不同呢？黑格尔没有明确告诉我们。诉诸于象征艺术的实践，可以发现，随着现代文学的真实趋向转入内心，已放弃了对客观世界外在真实的追求，体现在文学作品中，是荒诞性的出现，即象征艺术通过将外在现实世界扭曲和变形，以突出内心世界的真实。象征小说的要素有两个，一是小说最终所要达到象征世界——一般是抽象的意义，二是小说本文的具体可感的故事，但它必须是变形、扭曲的。小说为了实现整体象征，除了对小说整体故事框架进行荒诞化处理，别无他法。《阿Q正传》虽然没有达到象征小说的整体荒诞化要求，但阿Q行为的荒诞因素，使他具备了象征的质素。

我们在这里强调阿Q形象的象征性质素，并非说《阿Q正传》就是一篇象征小说，而是指出小说在艺术类型上的模糊性和越界性。阿Q形象奇迹般的真实、具体和生动，已经使“这一个”阿Q获得了成功，因而鲁迅也说：“只要在头上戴上一顶瓜皮小帽，就失去了阿Q。”[①]阿Q已经“成活”，出色地完成了以“个性”来表现“共性”的典型任务，成为“不朽的典型”；但是，阿Q背后巨大的观念性存在，和阿Q身上或隐或显的象征色彩，又使小说不时越出典型论的边界，伸向更为深远的艺术时空。

以文学为行动，鲁迅“天马行空”的文学实践，不断冲击着固有的文学规则和秩序，杂文是，《野草》是，《故事新编》是，《阿Q正传》也是。鲁迅文学的出发点，不是既成的文学性及其规范，而是以文学为原创的精神立场和独立的行动，参与中国“三千年未有之大变局”的现代转型。鲁迅的国民性批判，指向现代转型最深处的精神转型，提供了中国现代转型的深度意向，《阿Q正传》，是国民性批判的最完整、最集中的小说形态的表达，思想家和文学家的素质在此得到了最完满的结合，其被称为鲁迅小说的代表作，也是20世纪中国文学最有代表性的文学作品，当在情理之中。

---

① 鲁迅：《且介亭杂文·寄〈戏〉周刊编者信》，《鲁迅全集》第6卷，第150页。

# 第二节 《彷徨》的“梦魇”意识

## 一、错综迷离的忏悔世界——《伤逝》重读

### 一

作为鲁迅的以爱情婚姻为题材的小说,《伤逝》历来是其作品研究的重点。然而对作品内涵的解读,长时期停留于一种社会性认识:《伤逝》是对青年个性解放和妇女解放问题的反思和批判。应该说这一认识有一定高度,而且符合作家主体鲁迅作为一个思想家、革命家型的小说家,主动以文学参与历史发展的创作实际。然而另一个实际是:鲁迅又是一个具有强烈自我意识和自我批判精神的作家,在他的小说中,历史、现实的文化批判和社会批判,总是伴随着严格的自我解剖,他小说中的人物,尤其是知识分子形象,往往带着作家主体强烈的心理投射。社会学解读由于忽视了作家主体在作品中的应有地位,因而远未揭示《伤逝》作为鲁迅这一个丰富创作主体之精神产品应有的丰富内涵。更为明显的是,社会学阐释漠视了一个不容回避的文本实际:《伤逝》本文是一个充满歧义和矛盾的存在!这些事实表明,单一的解读模式远远不能穷尽《伤逝》的世界,其潜能的开发有待于新的解读模式和方法的启用:作家主体的存在要求我们必须在解读过程中把《伤逝》作为鲁迅这一个丰富个体的精神产品,密切关照作品中作家主体的参与,以作家主体世界应有的深度和广度来把握作品,或者以作品解读中建构起来的作者形象反观和重审作家主体,这种解读方式可以称之为作家主体存在论解读;同时,文本裂缝的存在又使语言论意义上的叙事学解读成为必要,小说文本的歧义和矛盾首先是叙事学的问题,我们必须正视它并给予叙事学解释。当然,社会学解读、叙事学解读和作家主体存在论解读是各自独立的不同解读方式,但小说文本的复杂性和作家主体的复杂性,要求《伤逝》的解读势必把这几种异质性的解读方式糅为一体。笔者要作的就是这样一种尝试。在作品文本世界与作家主体世界的相互联系与相互映照中重新认识作品文本世界与作家主体世界将是解读的主要目的,因此作家

主体存在论解读是解读的重点；同时，文本世界与作家主体世界的打通又依赖于叙事学解读，正是从文本裂缝中，我们得以切入作家主体世界。这两种解读方式的结合试图揭示的一个事实是：也许《伤逝》文本的分裂正来自作者主体的分裂，文本危机正反映了作者潜意识中自我意识的危机。

## 二

阅读《伤逝》，细心的读者首先就会发现它是一个充满歧义和矛盾的文本：1. 小说开头和结尾部分（这里称之为前、后文本）以浓烈的抒情呈现的是强烈的忏悔情绪，忏悔，首先是一种自责，向内追究自己的责任，以自我良心的谴责来承担罪过或乞求宽恕。而作为小说主体部分的中间部分（这里称之为中间文本）却又为“我”之厌弃子君申述和强调了大量的理由，甚至显得振振有词，这无疑是一种向外推脱责任的行为。这里明显形成了矛盾。2. 中间文本在回叙子君婚恋经历的过程中，明显存在情感线索的突兀和冲突。如果把中间文本看做交响乐的一个乐章，则第一部分的涓生和子君热恋、求婚到结合的经历就好像该乐章的第一主题：甜蜜的爱情，充满温馨和幸福。然而同居后不到三星期，涓生的隔膜感便油然而生，接着就出现一个不谐和音：“这是真的，爱情必须时时更新，生长，创造。”但接着又被第一主题（“唉唉，那是怎样的宁静而幸福的夜呵！”）所掩盖。接下去，第二主题便出现，这就是涓生对子君的隔膜、猜疑、失望到最终厌弃，这一主题逐渐掩盖并取代第一主题成为乐章的主体部分。可是，当子君终于离家出走之后，该主题又马上被忏悔主题所取代。总之，在热恋、厌弃和后悔之间，涓生的情感缺少必要的衔接，存有嫁接的痕迹。这也是一种矛盾。

文本矛盾首先是必须面对的事实，问题是：我们能不能弥合这些矛盾？或者说，该如何理解这些矛盾。

如果从本事角度对《伤逝》进行解读，把《伤逝》看成作者婚恋生活的折射和反映，颇可解释以上矛盾。《伤逝》写于 1925 年 10 月，正是鲁迅和许广平正式确定关系之后，这时的鲁迅陷入了思想感情的强烈矛盾之中：接受许广平后，该如何处理和原配夫人朱安的关系？作为“母亲送给我的礼物”，鲁迅与朱安之间无爱情幸福可言，而作为一个无辜的弱女子，朱安又是不幸的，鲁迅为此感到良心的强烈内疚和巨大悲哀。《伤逝》是一篇悼亡之作,其浓烈的忏悔之情是发向朱安的。涓生和子君的恋爱经历是鲁迅和许广平经历的反映,对子君的厌弃和忏悔则是鲁迅对朱安的情感反映。这两种感情在《伤逝》中被糅合到一起。这一本事解读确实能解释文本的矛盾和嫁接现象。然而,这一解读除了从本事角度提供一种解释以外,似乎不能给我们更多的东西。

如果我们认为涓生在忏悔的同时仍然坚持自己的理由,即涓生坚持他厌弃子君的理由是对的,他忏悔的只不过是子君的死——子君是死在他的手上,这也可能弥合文本的矛盾。这一解释把子君悲剧的真正责任推向了社会,颇符合鲁迅当时的思想实际。1923 年鲁迅作过《娜拉走后怎样》的讲演,对妇女解放问题提出自己独特的思考。他认为娜拉走后的结局是堕落或者回来,因为在妇女的经济权尚未独立、尚未解放的前提下,社会还不能给娜拉的出走提供必要条件。子君的悲剧可以看成“娜拉走后怎样”的形象说明。子君出走了,一是从她父亲的家庭出走,然而她没有得到她想要得到的幸福,二是从自己的小家庭出走,无论是出于主动还是被动,结局同样是悲剧。在这里,子君的悲剧和娜拉的悲剧一样,其责任都要由社会来承担。但问题是:在《伤逝》中,鲁迅批判的直接对象——社会,为什么隐去而代之以涓生?鲁迅的社会批判为什么要以涓生强烈的忏悔面目出现?当然还可以这样理解:涓生以自我的忏悔承担了社会的批判,且二者是成正比的,涓生忏悔愈深,则社会批判愈强,这一点也许反映了鲁迅常常引以为苦的作为社会悲剧创造者之一的自我体认。然而,小说既以涓生的忏悔来承担,涓生既把解剖刀开向自己,则涓生的忏悔不会仅仅停留于肤浅的人道主义同情,从而轻易过渡到对忏悔背后的社会的批判。否则,小说忏悔的深度无以形成。我们有理由问:涓生真正忏悔的应该是什么?涓生既然为子君的死而忏悔,当初为什么不帮助子君,反而站在子君的反面,作为社会之网的一部分,成为子君悲剧的直接推动者?

## 三

小说文本矛盾在叙事学上就是叙事矛盾,对此进行叙事学解读,不仅必要,而且通过这一解读,会发现文本矛盾更为确凿、难以弥合。

作为“涓生的手记”,《伤逝》在叙事情境上属于第一人称叙事,由于第一人称叙事的叙述者同时又是故事的经历者(目击者或主人公)，就具备了故事叙述自我(叙述者)和经验自我(经历者)的双重身份。这两个自我在故事中一般是统一的，但有时又存在差异和分离，当故事侧重于叙述自我时，则体现的是承担讲述(telling)的叙述者性格——对故事的写作目的和整体意义有一个清醒、自觉的意识和把握，他是故事价值和情感基调的传达者；当侧重于经验自我时，体现的则是承担展示(showing)的反映者性格——处于故事发展过程之中，无力超越故事整体，把握故事的整个进程及其意义。《伤逝》中涓生作为第一人称叙事者兼具叙述者和主人公的双重身份：前、后文本突出的是涓生作为叙述自我的叙述者性格，为整个故事打上了浓烈的忏悔情绪，传达故事的创作动机和意义，而中间文本突出的是涓生作为经验自我的反映者性格，他陷入故事的发展情境之中，身临其境地强调理由，为自己辩护，从而背离了叙述自我的叙述基调。一般来说，在第一人称叙事作品中，叙述自我与经验自我的差异和分离是难免的，有时作家故意调动这一手段以形成叙述的张力，不过二者一般不构成根本冲突，因为在这种分离状态中，经验自我即使在展示过程中游离了叙述自我的叙述基调，但在故事整体的价值判断上，它始终是被否定的对象，仍然从属于叙述自我的价值趋向。然而，《伤逝》中叙述自我与经验自我的分离，在价值上没有形成以叙述自我为主体的统一趋向，文本中两种自我在价值上分庭抗礼，读者很难对作品作出明晰的价值判断。当然，在叙事规律上，叙述自我所确定的忏悔基调应该是首先被肯定的，它无论如何不能降格到经验自我的“理由”之下。因此，涓生忏悔的内涵是什么？应是文本解读的重点。

既然忏悔内涵成为解读的重点，文本中应该从哪里去发现它呢？呈现忏悔基调的前、后文本除掉浓烈的抒情，已无法提供更多有关忏悔内涵的细节。对忏悔内涵的揭示只有潜入作为主体部分的中间文本，从中寻找被经验自我的展示所掩盖的、与叙述自我的忏悔相一致的文本因素。

## 四

中间文本在经验自我展示的过程中，潜藏着一个不易觉察的心理意向，这个心理意向被迷离错综的文本所掩盖，很难察觉。然而正是它在子君悲剧的形成中具有举足轻重的作用，也正是在这里，中间文本与前、后文本的忏悔得以打通。

在涓生与子君的热恋期间,我们可以看到涓生有强烈的爱的需要,有真切的爱的体验,并终于把“纯真热烈的爱”表示给子君,还可以看到子君对爱的坚定和无畏,以及涓生由此而生的赞赏和敬佩。但是,彼时涓生自己对爱情的态度到底怎样?文本却没有明确提供涓生从“手记”角度理应展示的相关信息。换言之,中间文本的经验自我在展示“我”对爱的情感需求、经验及后来未免唐突的求爱举动之外,却没有展示“我”在理性上对爱情的清醒、明确的肯定和认识。我们不禁要问:涓生对爱的态度到底怎样?中间文本涓生情爱态度的缺失,是否来自爱的信心和勇气的缺乏呢?对此,还不能马上作出判断,有待印证其他内容。

文本潜藏着这样两条线索:(1)虽然婚后涓生对子君态度的转变被交待为三个星期谙熟后的“隔膜”——这其实是婚姻生活中的正常现象,一般也不会直接导致婚姻的破裂,但涓生较为明显的情绪波动在文本中表现在三个地方:第一次是傍晚回家看到子君脸上包藏着的“不快活”的颜色,因而感到“不乐”;第二次是他自己被解雇后对子君流露的“怯弱”和“凄然”的发现;更为明显的是第三次:经过长时间的冷战后,在一个“极冷”的早晨,涓生终于发现子君脸上呈现出“怨色”,因而不禁“愤怒”而且“冷笑”了。(2)涓生对婚姻生活中将要遇到的打击似乎早有预料,这从手记中偶尔露出的语言可以看出。文本中婚姻生活所遇到的打击有两次:一次是涓生被解雇,一次是子君被逼走。奇怪的是,在这两次不幸之前,涓生都似乎有预感:在接到解雇通知之前,有这样一句话:“我所预期的打击果然到来”;无独有偶,在子君出走之前是:“然而觉得要来的事,却终于来到了”,在最后阶段,经常袭上涓生心头的,则是子君的死。不祥的预感似乎早已存在于涓生的心中,并最终变成实际。

这两条线索结合我们对涓生爱情态度的疑问,潜藏于文本的一个心理意向就昭然若揭:涓生内心对爱是否存在怀疑?因而缺乏爱的信心和勇气?作为一个人,他需要爱,但有没有信心和勇气接受爱?从文本看,涓生和子君的结合,与其说是他自身秉有爱的信心和勇气,不如说是从子君的确认和坚定中分有了对爱的肯定,然而这又始终无法内化为他自己的信念,因而无意之中把爱的确认及其应该承担的后果推到对方身上,他对爱情的态度最终还是以子君的态度为转移的。问题是一旦子君首先动摇或者涓生以为子君开始动摇该怎么办?我想,如果这样,涓生从子君那儿分有的信心和勇气会马上消失,并且立刻更确切地证实了它的反面。因而,涓生对子君婚后的神色极为敏感,"这就使我也一样地不快活,傍晚回来,常见她包藏着不快活的颜色,尤其使我不乐的是她要装作勉强的笑容"(着重号为引者所加,下同),但"幸而探听出来",那不快活是子君为油鸡和邻居争执引起的;被解雇对涓生自己固然是个打击,而子君因此而露出的"凄然"和"怯弱"对他才是真正的打击:"那么一个无畏的子君也变了色,尤其使我痛心;她近来似乎也较为怯弱了。""人们真是可笑的动物,一点极微末的小事情,便会受着很深的影响。""我真不料这样微细的小事情,竟会给坚决的,无畏的子君以这么显著的变化。她近来实在变得很怯弱了,但也并不是今夜才开始的。"涓生对子君的认识第一次有了明确的改变,对他来说,这无疑是一次震惊体验。"我的心因此更缭乱,忽然有安宁的生活的影像——会馆里的破屋的寂静,在眼前一闪,刚刚想定睛凝视,却又看见了昏暗的灯光。"值得注意的是,正是在这里,涓生婚后第一次地在脑海中闪现出昔日会馆的生活;在那个"极冷"的早晨,当又一次也是最后一次看到子君脸上的怨色时,涓生当时的情感是值得玩味的:"子君有怨色,在早晨,极冷的早晨,这是从未见过的,但也许是从我看来的怨色。"——这是发现新大陆的欢呼雀跃和奔走相告。"我那时冷冷地气愤和暗笑了;她所磨练的思想和豁达无畏的言论,到底也还是一个空虚,而对于这空虚却并未自觉。"这"愤怒"是得知子君最终也不过是一个虚无的气愤,同时又终因证明自己的怀疑而窃喜!当然,这里也许存在涓生和子君之间的误解,因为对于子君来说,她的"凄然"和"怨色"不是爱的"动摇"和"空虚",而恰恰是为了爱——对失去爱的担忧。但问题是涓生的误认在多大程度上来自他自己内心的参与。

## 五

一个必须提出的问题是:涓生凭什么对爱失去信心?或者说涓生怀疑爱的根据是什么?对爱的怀疑,一般可能有这几个原因:1. 爱在这个世界有没有可能性?即这个世界能不能容得爱?这是针对爱的外部环境;2. 男、女能不能达到真正的沟通和交融?这是针对男、女二人世界爱的可靠性。对于第一种怀疑,人间无爱,难道涓生不能创造爱给子君?即使这爱必葬送于这世界,爱在世界必将以悲剧结局,爱本身难道就没有值得涓生殉身的独立价值?对于第二种怀疑,涓生完全有理由首先怀疑子君,但涓生会不会把怀疑对准自己呢?在尚未超越文本之前,答案还只有在中间文本中去寻找。中间文本较为明显的线索是涓生作为经验自我一再申述和强调的理由,先后出现有三条:

> 1. 这是真的,爱情必须时时更新,生长,创造。
>
> 2. 第一,便是生活。人必生活着,爱才有所附丽。
>
> 3. ……人的生活的第一着是求生,向着这求生的道路,是必须携手同行,或奋身孤往的了,倘使只知道捶着一个人的衣角,那便是虽战士也难于战斗,只得一同灭亡。

这三个理由可称之为涓生的情爱逻辑。理由 1 颇接近周作人 20 年代初介绍的日本女作家与谢野晶子《爱的创作》一书中的观点:"'人的心在移动是常态,不移动是病理,……世人的俗见常以为夫妇亲子的情爱是不变动的。但是在花与衣服上会变化的心,怎么会对于与自己更直接有关系的生活倒反不敏感地移动呢?……我们常在祈望两人的爱长是进化移动而无止息。……'"[①]此一爱情观可以说是近代思潮的产物,但人类之爱与物之喜好毕竟不能完全等同,此处姑且不论;夫妇之爱诚然需要时时生长、创造,涓生倘若感到爱的静止和无望,为幸福考虑,明智的选择当然是离开,但若子君对爱的判断并不如此该怎么办?起码在子君一方,并无隔膜之感,亦无失望产生,无论如何,她仍在操劳家务、"汗流满面"并乐此不疲,涓生若只依据自己的主观判断就率性抛弃子君,不仅不符合当下的人类婚姻道德,也不合其应有的良心。涓生的选择后面应该有其他理由的支撑。

理由 2 和理由 3 是涓生情爱逻辑的核心,在这里,"生活",后更进一步明确为"求生"被推到绝对的、首要的地位,成为爱之成立的逻辑前提,这明显不同于子君的情爱逻辑:子君是为爱而存在者,她的坚决和无畏是为了爱,她的凄然和胆怯也是为了爱,她的惨淡经营以及得知真相后的惶恐,莫

① 周作人:《自己的园地·〈爱的创作〉》,岳麓书社 1987 年版,第 126—127 页。

不说明涓生的爱是她的整个生命。她的第一次出走是义无反顾的，因为那是走向爱，第二次出走是走向死，因为那是走出爱！二人的情爱逻辑形成了内在的对立，从这个广义上理解，《伤逝》正写出了男女世界的隔膜：但关键是涓生依据的究竟是什么样的逻辑，涓生虽然需要爱，但他绝不是为了爱而存在者，在他的逻辑中，生存被放在第一位。当然，涓生在文本中尚未遇到生命危机，那么，他极力维持的究竟是什么样的一种“存在”呢？从文本可以看到，涓生跳跃的思想中一再呈现的是：“深山大泽，洋场，电灯下的盛筵，壕沟，最黑最黑的深夜，利刃的一击，毫无声响的脚步……”广大世界中到处都是不择手段的“求生”，在这个生存竞争的世界，涓生向往的首先是反抗的生存。原来，真正支撑涓生的是其反抗逻辑！在涓生的意识里，他首先是一个反抗者，反抗是他的存在方式，爱的存在不能取代反抗的存在，否则就会被爱异化而失去存在意义。涓生一再强调自己独立生存的能力：“其实，我一个人，是容易生活的”，然而其前提却是离开子君“远走高飞”。这里的问题是：反抗是否必然以爱为代价？如果是这样，涓生作为反抗者就不能接受爱，一旦他接受了，就应遵循情爱逻辑承担起爱的责任，如果他违背了情爱逻辑，不管是为了什么高尚的理由，首先就要受到道德良心的谴责！如果他的反抗是为了爱的话，那也就在某种程度上否定了他的反抗逻辑。

反抗和爱形成了对立，在某种意义上，也就是反抗者丧失了爱的能力，涓生的忏悔倘若能达到这一点，无疑会沉重得多！其实，在子君出走后，涓生并未“轻松”和“舒展”，子君“灰黄的脸”和“孩子气的眼睛”依然浮现在眼前，正如与子君同居后不久就想到“分离”一样，子君走后他几乎是马上理解了子君：“我以为将真实说给子君，她便可以毫无顾虑，坚决地毅然前行，一如我们将要同居时那样。但这恐怕是我错误了。她当时的勇敢和无畏是因为爱。”长期的隔膜顿时砉然冰释，忏悔之雾便弥漫开来，并愈来愈浓：“我没有负着虚伪的重担的勇气，却将真实的重担卸给她了。她爱我之后，就要负了这重担，在严威和冷眼中走着所谓人生的路。”“我看见我是一个卑怯者，应该被摈于强有力的人们，无论是真实者，虚伪者。然而她却自始自终，还希望我维持较久的生活……”涓生重新感到无爱生存的空虚，在子君的有爱的生存面前，大概会自惭形秽吧。

## 六

通过解读,《伤逝》的隐含作者在我们的阅读视野中升起。隐含作者这一概念是布斯在《小说修辞学》一书中提出来的。他说:“在他(作者)写作时,他不是创造一个理想的、非个性的‘一般人’,而是一个‘他自己’的隐含替身,不同于我们在其他人的作品中遇到的那些隐含的作者。对于这些小说家来说,的确,他们写作时似乎是发现或创造了他们自己。”①因而可以说,隐含作者与小说的真实作者——作家本人既有区别又有联系,他是真实作者在写作中建构或坦露出来的“这一个”自我,可以看成真实作者在该小说中显现的一个侧面。从读者方面说,隐含作者又是读者在文本解读过程中建构或推测出来的人格,他是小说价值和情感基调的确立者,换言之,读者可以从小说中了解隐含作者的价值趋向,正如布斯所言:“读者们要知道,在价值领域中,他站在哪里——即,知道作者要他站在哪里。”②

对《伤逝》本文裂缝的解读使我们建构了这样一个隐含作者形象:他在反抗与爱的价值选择中,存在矛盾和冲突,忏悔与理由的并置,说明他分明感到了悲剧责任的所在,但尚未在理性上有清醒的认识。

隐含作者是我们从文本世界进入作家主体世界的桥梁,然而,《伤逝》在这里又存在它的特殊性和复杂性。小说加有一个副标题“——涓生的手记”,这在叙事学解读中是不可忽视的。根据叙述者介入文本的程度,叙事可分为几种叙事类型,其中之一被称之为“缺席的叙述者”,其最典型的形式是一种叫做“被发现的手稿”的形式。这些手稿或日记、或书信、或手记等,通常是由一个自称叙述者的人发现的,它常常只在本文开头或结尾出现,声明发现或整理的经过。从叙事学角度看,在这一叙事类型中,“手稿”正文不能看成叙述者的声音,而只能看成是展现者(人物)的声音,因为手稿作者只是报道即时即地的经过,而不能通晓整个故事的过程及其意义。副标题的使用使《伤逝》颇接近这一叙事类型。然而《伤逝》的特殊性在于:1. 作者并未以叙述者面目出现进入本文作任何声明,仅仅在副标题中闪现

① W. C. 布斯:《小说修辞学》,北京大学出版社 1987 年第 1 版,第 80 页。
② 同上书,第 85 页。

了身影，小说文本仍是纯粹经验自我的世界；2. 如前所述，在封闭的《伤逝》文本中，因为前、后文本与中间文本在叙述时间上并非共时性存在，又形成文本中叙述自我与经验自我的分离。二者叠加起来，《伤逝》就形成了这样一个梯级开放的文本：作家主体（鲁迅）——《伤逝》作者（手稿发现者）——手稿作者——忏悔自我（叙述者）——经验自我（展示者）。本来，“被发现的手稿”作为一种叙事策略，隐含作者还是由小说的作者承担，然而，在这一梯级关系中，手稿作者无疑被推到隐含作者的位置，而《伤逝》作者得以摆脱隐含作者的嫌疑，从而跳离和超越本文，成为除公开涓生的手记外，与本文别无关涉的存在，这样读者就很难把文本中的“我”与作家主体联系和等同起来。副标题的策略也许包含这样一个隐衷：这是否意味着鲁迅对涓生的无意识逃避？

然而策略也终不过是策略而已，策略主观上反映了作家的隐秘动机及复杂意识，在客观上，《伤逝》毕竟是鲁迅的作品，我们仍然可以借助隐含作者打通文本与作家主体世界的联系。《伤逝》文本建构起来的隐含作者作为作家主体鲁迅的一个鲜为人知的侧面，可以加深和更新我们对鲁迅的认识，反过来说，也只有深入鲁迅的作家主体世界，才能彻底揭示涓生的忏悔内涵。

## 七

从《伤逝》的隐含作者那里，我们将把有关爱、生存、反抗问题带进对鲁迅主体世界的思考。必须首先界定的是，这里所指的“爱”，不仅是文本中具体的情爱，还要将它上升到普遍形态的爱来理解。

作为一个具有强烈使命感和高度责任感的中国现代知识分子，“救亡图存”的原始情结驱使鲁迅首先把他对生命价值和意义的终极寻求寄托在为民族生存和发展而奋斗的献身当中，在这个意义上，鲁迅可以说是怀着一颗强烈的爱心进入历史的。如果中国历史缺少“诚”和“爱”①，则他以自身

① 据许寿裳回忆，鲁迅和他在日本时就关注改造国民性的工作，对于“中国民族中最缺乏的是什么？”这一问题，他们一致认为：“我们民族最缺乏的东西是诚和爱。”（见许寿裳：《我所认识的鲁迅·回忆鲁迅》）

作为历史祭品的献身本身未尝不是一种“献爱”或“补爱”行为。同时,鲁迅又是带着个体生命的深刻虚无体验和个人生活的巨大不幸进入历史的,在个体生命层面上,毋庸讳言,智慧和深刻使他意识到生命的虚无,而在献身历史的过程中被充实或被压抑到隐意识层面。在个人生活层面,家道的中落、婚姻的不幸及兄弟的失和又使他失去了普通中国人所有的人生意义的寄托,可以说,鲁迅在这方面彻底关闭了自己的心灵,而以全部的热情投身于历史之中,因此,在这个意义上说,鲁迅的“献爱”、“补爱”也是一种“寻爱”,它本身也期望在历史中得到在其他层面已然失去的爱的报偿,然而使鲁迅彻骨悲凉的是,他得到的只是“唯黑暗和虚无乃是实有”。

黑暗和虚无是一回事,如何面对黑暗和虚无是另一回事。鲁迅的选择是反抗;必须强调的是,无论怎样强调鲁迅的生命体验及其虚无意识,都不能否定他首先是20世纪初中华民族危机中一个具有强烈责任感和使命感的知识分子,在“救亡图存”原始情结的驱使下,他首要关注的是民族的生存和发展。对这一问题的过度关切和焦虑,使鲁迅把生存问题看成第一位的、绝对的、压倒一切的问题,并形成了鲁迅式的以个体生命原则为基础的生存形而上学。在不适于生存的地方,生存就是抗争,为生存而抗争的人首先必须是反抗者。鲁迅的反抗来自民族救亡的动机,但同时又给我们带来了新的价值,我们丝毫也不怀疑他的反抗是为了新历史价值的实现。但问题是:鲁迅的反抗成为我们所熟知的“反抗绝望”和“绝望的抗战”。

反抗又被鲁迅称之为“复仇”行为。行为的驱动一般有两种模式:一种是在纯粹情感驱动下,它快捷、果断而未免莽撞;另一种则较为复杂:行为一旦有理智的参与,理智往往会压抑情感,使行为丧失情感的冲动而变得优柔寡断。在这种情况下,行为就需要更高的驱动力,那就是意志。作为清醒的战士,鲁迅的反抗决不是一介莽夫纯粹情感的冲动,相反,对黑暗和虚无的洞察和体验使反抗未免染上思虑的容颜,使决绝的反抗变成无地的彷徨。作为鲁迅反抗信念的是新历史价值,而鲁迅恰恰在此存在怀疑,其怀疑不是针对这一价值本身,而是针对它在中国实现的可能性,在这一点上,甚至陷入绝望。鲁迅要反抗下去,必须首先反抗怀疑和绝望,因而他的反抗成为反抗绝望的反抗。反抗绝望,绝望感来自于自身,对黑暗和虚无的反抗成为反抗自身,在某种程度上,转徙于黑暗和虚无的斗士也难免浸染了黑暗和虚无，鲁迅常常抱怨自己的思想“太黑暗”，自感身上背了太多“古老的鬼魂”，灵魂中有“毒气”和“鬼气”，这里有鲁迅真正的悲哀。为了和内心的绝望作战，鲁迅仍然艰难地支撑起自己的希望，或者故意以“希望的盾”“抗拒那空虚中的暗夜的袭来”①，或者把失望归因于个体经验的有限性②，并最终把希望定位到时间之维的“将来”上来确立它的存在。③ 鲁迅对希望的坚执令人感动，其信念力量正是在战胜怀疑、反抗绝望中显示出来的。

“反抗绝望”未尝不是为希望留下余地的努力，然而在一个没有希望的地方，希望也就同时意味着绝望。鲁迅在支撑希望的同时也投上绝望的阴影，他反抗绝望的努力最后能确证的只是：“绝望之为虚妄，正与希望相同”，“虚妄”的存在依然是不利于反抗的，鲁迅要反抗下去，必须把自己的反抗落实到更为坚实的基座上，换言之，他必须首先在反抗中悬搁起希望与绝望之争。鲁迅的反抗终于成为“绝望的抗战”！这是一个绝望了的反抗者，虽绝望仍然反抗。悬搁了希望，似乎承认了绝望的事实，而对绝望的正视也正是对绝望的超越，既然希望都不存在了，还谈什么绝望？反抗最终被留了下来；这是一场“还原”，鲁迅通过“悬搁”最终落实到反抗本身，反抗成为绝对的、无条件的、第一位的存在，形成了自己的反抗形而上学，反抗形而上学与前述生存形而上学有着直接的因缘，是其逻辑的必然推衍和发展。在一切被悬搁后，反抗不仅摆脱了羁绊和重负，而且反抗本身已上升为意志——反抗意志。反抗本身作为意志来自于民族救亡的根本动机，可见在鲁迅人性的知、情、意三方面，来自民族的意志方面最终不可动摇。

绝望的反抗对希望的悬搁无疑也包括爱的希望在内。这首先表现在对敌反抗中杜绝爱心的参与。实际上鲁迅在反抗行为中也的确成为一个铁面的反抗者：他是“这样的战士”，手握只有投枪，向无论一切掷去；他是“黑色人”，其使命只是报仇。④ 他横站于历史的荒原，铁铸成复仇的斗士，既不奢

---

① 鲁迅：《野草·希望》，《鲁迅全集》第2卷，第177页。

② 参见鲁迅：《南腔北调集·〈自选集〉自序》；《两地书·四》。

③ 参见鲁迅：《呐喊·自序》；《华盖集续编·记谈话》。

④ 参见鲁迅：《故事新编·铸剑》。

言爱,也不讳言“以恶抗恶”①,以无情的反抗,反抗于这无情的人间。

鲁迅显露给我们的冷酷与无情很容易招致道德主义的批评,这涉及一个问题:鲁迅对爱之希望的悬搁是否意味着完全中止或否定了爱的价值意向?这关键在于我们如何理解鲁迅的悬搁,悬搁之称之为悬搁,首先是一种暂时的行为;再者,悬搁是便利于反抗的举措,在对恶人和敌手的抗战中,被抽离的爱心依然深藏于内心,指向爱人和同志。鲁迅的反抗固然无情,而在其诸多坦露灵魂的作品中,我们分明感到他秉有一颗中国人所缺少的大爱之心,《铸剑》中“黑色人”的无情固然是令人向往的,而“眉间尺”的优柔寡断正表现了作者的另一面。正因为这样,鲁迅成为“火的冰”,形成内热外冷的人格,他正具有我们熟知的“横眉冷对”和“俯首甘为”的两面;对于鲁迅来说,还有一点至少是确定的,即在悬搁一切价值以后,反抗本身作为价值被保留下来——对黑暗和虚无的反抗正是以相反的价值为指向的,即使仅仅是“和黑暗捣乱”,对恶的反抗也未尝不是为爱争取地盘。

鲁迅在反抗行为中对爱的悬搁不仅表现为对敌手的毫不容情和“一个也不宽恕”,还表现在他虽然付出自己的爱给友人和同志,却在自己个人生活上放弃了对爱的幸福的欲求。在《过客》中,鲁迅表现了反抗者对别人爱的赠予的拒绝领承。“过客”谢绝了小女孩送给他的裹伤的布片,他说“我怕我会这样:倘使我得到了谁的布施,我就要像兀鹰看见死尸一样,在四近徘徊,祝愿她的灭亡,给我亲自看见;或者咒诅她以外的一切全都灭亡,连我自己,因为我就应该得到咒诅。但是我还没有这样的力量;即使有这力量,我也不愿意她有这样的境遇。我想,这最稳当。”其实无爱的言行正出于爱的动机。鲁迅本来是为爱而反抗的,而爱的希望的渺茫使他的反抗成为“绝望的抗战”,作为绝望的反抗者,业已放弃对反抗结果的任何具体的承诺,为“大爱”的反抗是无须承担具体的责任的,反抗只属于自己的行为,自己承担、自己负责。然而,如果鲁迅在反抗过程中接受了别人爱的赠与,他所禀有的爱心势必要还以一定的爱的报答,而正是这一点是没有指望的,“这太多的好意,我没法感激”。无法报答的好意对反抗者来说无疑是太多

① 鲁迅这样表述自己的反抗方式:“以眼还眼,以牙还牙”、“拳来拳对,刀来刀挡”、“用更粗的棍子对打”、把扔过来的“秽物”捡起来再扔过去。

的负担,反而拖延了义无反顾的复仇行为,"绝望而反抗者"愈为决绝,就愈"每容易蹉跌在'爱'——感激也在内——里"[①],所以《过客》中的老者一再警告:"你不要这么感激,这于你没有好处。"反抗者要反抗下去,宁愿身外与自己有关的具体的爱都不存在,使反抗成为纯粹自我的决绝行为。鲁迅在另一个地方曾经这样解释:"同我有关的活着,我倒不放心,死了,我就安心,这意思也在《过客》中说过。"[②]

在某种程度上说,因怕难以报答而拒绝别人的爱也反映了对自身爱的能力怀疑。"过客"说:"因为我就应该得到咒诅","黑色人"是如此善于报仇,然而他说:"我的魂灵上是有这么多的,人我所加的伤,我已经憎恶了我自己!"反抗必须以拒绝别人的爱为条件,是否意味着反抗者丧失了爱的能力?这更明显地表现在:绝望的反抗不仅要以自己的牺牲为代价,而且势必葬送爱他者——他的爱人!鲁迅的反抗成为这个样子,是一个痛苦的代价,它固然使反抗者更为决绝,然而如果我们认为他满足于这反抗,就不能真正理解《伤逝》的忏悔。绝望的反抗者也许根本不配获得爱,也不应接受爱,而涓生接受了,就最终葬送了子君。因此,《伤逝》中浓烈的忏悔恐怕最终来自于反抗者对个人无能的自责。不过这在《伤逝》本文中尚未被作者明确意识并被遮蔽于反抗理由的申述。如果我们对照鲁迅另一篇也涉及情爱悲剧的小说,就能发现《伤逝》中被掩盖的这一侧面。这是写于 1926 年年底的历史小说《奔月》,它提供了和《伤逝》不同的另一种悲剧模式。在《奔月》中,羿和嫦娥的婚姻也遇到了生计的压迫并以悲剧告终,然而,他们恰恰扮演了和涓生、子君完全相反的角色。羿虽吃药就能飞升摆脱困境,然而为了妻子的幸福他仍然在大地上苦苦谋生,最后反被嫦娥抄了后路,偷药飞升,落下个众叛亲离、英雄末路的结局。《奔月》模式有助于我们形成这样的认识:1. 涓生对爱的怀疑不是没有可能的,子君也可能"奔月";2. 更为关键的是:即使悲剧的责任主要在女方,但羿自始至终无法排解的是深深的内疚和自责。面对爱人"如火的红唇"他每不能自已地为不能供奉如此美妙的人儿而惭愧,即使在嫦娥背叛自己偷药独升后,他射月的复仇也无法

① 鲁迅:《书信 · 250411 致赵其文》,《鲁迅全集》第 11 卷,第 442 页。

② 鲁迅:《两地书 · 二四》,《鲁迅全集》第 11 卷,第 79 页。

掩盖深深的内疚与自责。《奔月》模式较为明显地表现了男性的无能感，作为鲁迅的小说，它正揭示了《伤逝》中被本文掩盖的另一面。

在实际生活中，鲁迅当初确实杜绝了任何个人幸福的向往，甚至有意识消磨自己的生命，对于爱情，他几乎完全关上了心灵的大门。当“害马”闯进他的生活的时候，他是始料未及并顾忌重重的，甚至萌生了自卑意识。然而许广平的坚执撼动了他久蛰的爱心，鲁迅终于接受了爱，并与自己的爱人恩爱一生。鲁迅的实际人生最终与《伤逝》拉开了距离。我认为鲁迅小说中存在一种“梦魇模式”:其反抗人生有多种可能性，然而他对人生的最悲观的预测往往通过小说隐示出来，《伤逝》就是这样一个例子。鲁迅并没有陷于涓生的逻辑，他接受了爱而反抗下去，这或许正是鲁迅博大和复杂的一面吧。

## 八

“依然是这样的破屋、这样的板床，这样的半枯的槐树和紫藤，但那时使我希望，欢欣，爱，生活的，却全都逝去了，只有一个虚空，我用真实去换来的虚空存在。”涓生走出个人世界的寂寞和空虚，来到爱的二人世界，然而反抗者对爱之希望的怀疑和悬搁使他复感到爱的虚空，反而确认了“无爱的人间”的真实。而用这“真实”换来的却又是新的虚空。可以说，涓生走了和贾宝玉相同的情感历程。石头来自虚空，静极思动来凡尘寻爱，因凡尘无爱或石头并不具备爱的素质，幻灭之后又复遁于虚无。然而有一点可以肯定的是，遭此一劫的石头在重回大荒山时应不完全是以前的石头，其冰冷的外表下，定然留下为情灼焦的痕迹。涓生也成为“火的冰”，当他最后说:“我要向着新的生路跨进第一步去，我要将真实深深地藏在心的创伤中，默默地前行，用遗忘和说谎做我的前导……”这里的“真实”该不再是“无爱的人间”，涓生在“真实”——“无爱的人间”换来的“新的虚空”中，应该确认了“新的真实”——爱。然而，为了前行的道路，涓生仍须把它深藏于心的创伤中，用遗忘和说谎做自己的前导。从这个意义上理解，《伤逝》可看成宝玉的《芙蓉女儿诔》，这是“为了忘却的纪念”，在对爱的亡灵做了最后的祭奠后，宝玉决然走上叛逆之路，而对于涓生来说，以后的道路将更是义无反顾的残酷战斗!

鲁迅终于以"绝望的抗战"的姿态出于人间。浮出海面,这决不是鲁迅的全部!其人博大深刻的心灵,其实秉有更为健全的素质,然而生命个体的有限以及民族历史和文化的局限使他无法展现全身。这究竟是鲁迅个人的不幸,抑或民族历史和文化的不幸?

## 二、"梦魇"中的姊妹篇:《在酒楼上》与《孤独者》细读

经过1923年的沉默,1924年2月,鲁迅开始写《彷徨》,2月一口气就写了三篇,其中一篇就是《在酒楼上》,1925年10月,又写了《孤独者》和《伤逝》,这是其仅有的两篇写完但没有发表的小说。写于1923年后的《彷徨》,不再是如《呐喊》那样的"启蒙文学"(虽然我们从其中仍然可以发现若干启蒙的因素)。鲁迅曾经对许广平说,"我所说的话,常与所想的不同"①,"我为自己和为别人的设想,是两样的"②,如果说"听将令"的《呐喊》还是"为别人",是"所说的",《彷徨》则是"为自己"的,透露了"所想的"隐秘。《彷徨》,是试图走出绝望的鲁迅自我观照、自我挣扎和自我调整的产物,在《彷徨》中,鲁迅向自我展示了内心的伤口,并对未来的人生可能性作了最悲观的预测,同时,一个新的意向亦已出现,鲁迅似乎试图借此冲出致命的绝望,以获得新的生存。

《在酒楼上》与《孤独者》,虽然写作时间相隔一年多,但在《彷徨》的创作意向中,其实是姊妹篇,两篇连在一起看,更能接近这两篇小说及《彷徨》的本质。

### 1.《在酒楼上》中的"最后"气息

《在酒楼上》被周作人称为"最富鲁迅气氛"的小说,此话意味深长,不宜妄加解释。但看过峻急峭拔的《呐喊》,再来看这篇《在酒楼上》,首先感受到的是不一样的气息:

> 我从北地向东南旅行,绕道访了我的家乡,就到S城。这城离我的故乡不过三十里,坐了小船,小半天可到,我曾在这里的学校里当过一年的教员。深冬雪后,风景凄清,懒散和怀旧的心绪联结起来,我竟暂

---

① 鲁迅:《两地书·二四》,《鲁迅全集》第11卷,第79页。

② 同上书,第80页。

寓在S城的洛思旅馆里了;这旅馆是先前所没有的。城圈本不大,寻访了几个以为可以会见的旧同事,一个也不在,早不知散到那里去了,经过学校的门口,也改换了名称和模样,于我很生疏。不到两个时辰,我的意兴早已索然,颇悔此来为多事了。

我所住的旅馆是租房不卖饭的,饭菜必须另外叫来,但又无味,入口如嚼泥土。窗外只有渍痕斑驳的墙壁,帖着枯死的莓苔;上面是铅色的天,白皑皑的绝无精采,而且微雪又飞舞起来了。我午餐本没有饱,又没有可以消遣的事情,便很自然的想到先前有一家很熟识的小酒楼,叫一石居的,算来离旅馆并不远。我于是立即锁了房门,出街向那酒楼去。其实也无非想姑且逃避客中的无聊,并不专为买醉。一石居是在的,狭小阴湿的店面和破旧的招牌都依旧;但从掌柜以至堂倌却已没有一个熟人,我在这一石居中也完全成了生客。然而我终于跨上那走熟的屋角的扶梯去了,由此径到小楼上。上面也依然是五张小板桌;独有原是木棂的后窗却换嵌了玻璃。

一开头即是两大段,足有五百多字,详细交代了这次绕道回乡的经过,“深冬雪后”、飞舞的微雪、“白皑皑的绝无精采”的“铅色的天”、“渍痕斑驳的墙壁”、“枯死的莓苔”、“懒散和怀旧的心绪”、“入口如嚼泥土”的饭菜、早已四散的“旧同事”、“于我很生疏”的环境……一切是那样的破败、陈旧、毫无生机,连“我”的“怀旧”也颇为“懒散”。迂缓的、徐徐道来的语调,显示了叙事者并非迫切的心态。事情原委的交代和周围环境的描写交织在一起,事无巨细、颇为细密,看上去竟不像出自斩钉截铁的鲁迅笔下,倒有点像同乡(浙江)郁达夫的文笔。鲁迅竟然也有这样“世俗”的心态和琐碎的文笔,如果是在峻急的《呐喊》时期,大概是很难想象的罢。更为称绝的是,酒、菜名竟也进入小说:

“一斤绍酒。——菜?十个油豆腐,辣酱要多!”

“辣酱要多”,亏他写的这么细。后面又有:

我略带些哀愁,然而很舒服的呷一口酒。酒味很纯正;油豆腐也煮得十分好;可惜辣酱太淡薄,本来S城人是不懂得吃辣的。

终于说不清那一样是谁点的,就从堂倌的口头报告上指定了四样菜：茴香豆，冻肉，油豆腐，青鱼干。

这些在实际生活中可能是不过如此的酒和菜，化为汉字摆在小说里，却意味浓郁。酒菜如此细节地进入小说，这在鲁迅是第一次；人生飞扬时期，人是不大能够注意到平凡生活的细节的，“贫贱溪头自浣纱”，繁华落尽，升华自生活本身的诗意，才显现出来。

似乎是欲扬先抑，接着的“废园”一景，突然插入，鲜明有力，让人一振：

> 几株老梅竟斗雪开着满树的繁花，仿佛毫不以深冬为意；倒塌的亭子边还有一株山茶树，从暗绿的密叶里显出十几朵红花来，赫赫的在雪中明得如火，愤怒而且傲慢，如蔑视有人的甘心于远行。我这时又忽地想到这里积雪的滋润，著物不去，晶莹有光，不比朔雪的粉一般干，大风一吹，便飞得满空如烟雾。……

这是全篇最有生机、唯一显示亮色的一段文字，在此前低沉琐屑的文字之后，不禁让人眼睛一亮。从观者的眼中显示的景色，足以感知心中埋藏的余烬，是重新反抗的振作？抑或回光返照式的一闪？于此尚不得而知。这里传来的，是八个月后开始的《野草》的旋律，在那篇著名的《雪》中，就有“南方的雪”和“朔方的雪”的权衡和抉择，与此神似。以“游子”的身份回乡，却并不认同南方积雪的“滋润”，向往粉一般干的“朔雪”，观者的身世之感与身份认同颇为纠缠。在插叙堂倌送来酒菜的动作后，“雪”的思绪又天衣无缝地衔接上来：

> 我转脸向了板桌，排好器具，斟出酒来。觉得北方固不是我的旧乡，而南来又只能算一个客子，无论那边的干雪怎样纷飞，这边的柔雪又怎样的依恋，于我都没有什么关系了。

在《雪》中，作者尚通过两种雪的对比，激昂地以“朔方的雪”自许，而在《在酒楼上》中，这些似乎都无所谓了。“于我都没有什么关系了”，表达了一种身份认同的无奈，散发出一丝绝望的气息，令人担心。

颇有些“花近高楼伤客心，万方多难始登临”的意味。激昂与神采只是一念之间，于是又回到现实。

> 我略带些哀愁，然而很舒服的呷一口酒。酒味很纯正；油豆腐也煮

得十分好;可惜辣酱太淡薄,本来S城人是不懂得吃辣的。

生活虽然无聊,但很丰富。下午的酒楼空无一人,“毫无酒楼气”,一个人喝着闷酒,享受着同时又不满着这孤独。随着楼梯的脚步声,上来了一位客人,似乎是“废园”的感应,小说主角终于出现了——上来的原来是“我”的十几年不见的老朋友吕纬甫。

吕纬甫,是“我”十多年前的“旧同窗”和“旧同事”,同为曾经的“新青年”,同样离家北上谋生,也在几乎同一时间回乡,甚至,“但当他缓缓的四顾的时候,却对废园忽地闪出我在学校时代常常看见的射人的光来”,对“废园”的感觉竟也如此神似。两个角色,如出一辙。

久别重逢,对于老友的观察,颇值玩味:“我就邀他同坐,但他似乎略略踌躇之后,方才坐下来。我起先很以为奇,接着便有些悲伤,而且不快了。细看他相貌,也还是乱蓬蓬的须发;苍白的长方脸,然而衰瘦了。精神很沉静,或者却是颓唐,又浓又黑的眉毛底下的眼睛也失了精采”。双方因久违而变得客气,抢着点菜。吕纬甫介绍别后情况,用了反讽色彩的自喻:

> 我在少年时,看见蜂子或蝇子停在一个地方,给什么来一吓,即刻飞去了,但是飞了一个小圈子,便又回来停在原地点,便以为这实在很可笑,也可怜。可不料现在我自己也飞回来了,不过绕了一点小圈子。又不料你也回来了。你不能飞得更远些么?

盖棺定论式的人生回顾,带有黑色幽默的残酷。

“为什么飞回来呢”,“我”的提问引出了后文的主体部分吕纬甫的自述,小说在“我”与吕纬甫的对话中缓缓进行,主要是吕纬甫的回答。就在这一部分开始之前,又有这样的一笔:

> 堂倌搬上新添的酒菜来,排满了一桌,楼上又添了烟气和油豆腐的热气,仿佛热闹起来了;楼外的雪也越加纷纷的下。

“楼外的雪也越加纷纷的下”——这句切不可掉以轻心!《水浒传》“林教头风雪山神庙”一回,写林冲妻子被占,复被诬陷,大雪纷飞之际被发配草料场。林冲的末路是随着大雪一道降临的,他不知,身后跟随的听差就是刽子手,草料场就是他的行刑之地。在路旁店小二那里温了一壶酒,切了几斤熟牛肉，末路英雄林冲正在向生命的终点走去。就在此处，小说写下这样一句话：

> 那雪正下得紧。

这并不起眼的一句曾得到金圣叹的击节赞叹，成为名句。“楼外的雪也越加纷纷的下”与“那雪正下得紧”之间难道没有关系？不是说《在酒楼上》有意识地借鉴了《水浒》，这更可能是一种无意识的文本互涉，是文本之间跨时空的气息传承。同是写末路英雄，同具有最后的凄绝之美，当写到曾经“敏捷精悍”的吕纬甫的“颓唐”末路时，这一神来之笔自然会出现于深研中国小说的鲁迅的笔下。如酒菜名进入小说，传统小说的影响，在以反传统著称的新小说家笔下浮出水面，大概也只能在繁华落尽的《彷徨》中才可能出现吧。

在纬甫的娓娓道来中，主要讲述了回乡办的两件“无聊”的小事：一是给三岁夭折的小兄弟迁坟，一是顺便给邻家姑娘带剪绒花。可以说，这两件小事，对于曾经的革新人物吕纬甫来说，真是无足挂齿的小事，但是，就是这两件“无聊”的小事，却成为他也许是最后的回乡之旅的唯一动机，在这个意义上，“小”事又不可等闲视之。值得注意的是，说到这两件事，吕纬甫一直强调办这两件小事的动机，并非出于自我的意志，而是来自母亲的命令：

> “我连他的模样都记不清楚了，但听母亲说，是一个很可爱念的孩子，和我也很相投，至今她提起来还似乎要下泪。今年春天，一个堂兄就来了一封信，说他的坟边已经渐渐的浸了水，不久怕要陷入河里去了，须得赶紧去设法。母亲一知道就很着急，几乎几夜睡不着，——她又自己能看信的。然而我能有什么法子呢？没有钱，没有工夫：当时什么法也没有。
>
> ……
>
> 这一次我动身回来的时候，我的母亲又记得她了，老年人记性真长久。她说她曾经知道顺姑因为看见谁的头上戴着红的剪绒花，自己也想一朵，弄不到，哭了，哭了小半夜，就挨了她父亲的一顿打，后来眼眶还红肿了两三天。这种剪绒花是外省的东西，S城里尚且买不出，她那里想得到手呢？趁我这一次回南的便，便叫我买两朵去送她。”

虽然来自母亲的命令,但吕纬甫还是投入了自己的感情。毕竟骨肉连心,迁坟过程的讲述,耐人寻味:

“我当时忽而很高兴,愿意掘一回坟,愿意一见我那曾经和我很亲睦的小兄弟的骨殖:这些事我生平都没有经历过。到得坟地,果然,河水只是咬进来,离坟已不到二尺远。可怜的坟,两年没有培土,也平下去了。我站在雪中,决然的指着他对土工说,‘掘开来!’我实在是一个庸人,我这时觉得我的声音有些希奇,这命令也是一个在我一生中最为伟大的命令。但土工们却毫不骇怪,就动手掘下去了。待到掘着圹穴,我便过去看,果然,棺木已经快要烂尽了,只剩下一堆木丝和小木片。我的心颤动着,自去拨开这些,很小心的,要看一看我的小兄弟……”

顺姑也曾给“我”留下相当美好的印象,肖像的转述,虽特地提及“不太好看”,但仅此“平常的瘦瘦的瓜子脸,黄脸皮;独有眼睛非常大,睫毛也很长,眼白又青得如夜的晴天,而且是北方的无风的晴天,这里的就没有那么明净了”,已经脱俗。况且,与顺姑的直接接触也曾留下无比美好的印象:

“前年,我回来接我母亲的时候,有一天,长富正在家,不知怎的我和他闲谈起来了。他便要请我吃点心,荞麦粉,并且告诉我所加的是白糖。你想,家里能有白糖的船户,可见决不是一个穷船户了,所以他也吃得很阔绰。我被劝不过,答应了,但要求只要用小碗。他也很识世故,便嘱咐阿顺说,‘他们文人,是不会吃东西的。你就用小碗,多加糖!’然而等到调好端来的时候,仍然使我吃一吓,是一大碗,足够我吃一天。但是和长富吃的一碗比起来,我的也确乎算小碗。我生平没有吃过荞麦粉,这回一尝,实在不可口,却是非常甜。我漫然的吃了几口,就想不吃了,然而无意中,忽然间看见阿顺远远的站在屋角里,就使我立刻消失了放下碗筷的勇气。我看她的神情,是害怕而且希望,大约怕自己调得不好,愿我们吃得有味,我知道如果剩下大半碗来,一定要使她很失望,而且很抱歉。我于是同时决心,放开喉咙灌下去了,几乎吃得和长富一样快。我由此才知道硬吃的苦痛,我只记得还做孩子时候的吃尽一碗拌着驱除蛔虫药粉的沙糖才有这样难。然而我毫不抱怨,因为她过来收拾空碗时候的忍着的得意的笑容,已尽够赔偿我的苦痛而有余了。所以我这一夜虽然饱胀得睡不稳,又做了一大串恶梦,也还是祝赞她一生幸福,愿世界为她变好。"

吕纬甫说:"我对于这差使倒并不以为烦厌,反而很喜欢;为阿顺,我实在还有些愿意出力的意思的。"因此为剪绒花费了很大的周折,太原没有找到,特地绕道到济南买了两朵,顺姑喜欢红色,不知是深红还是浅红,就买了一朵大红的,一朵粉红的。

然而,这两件虽"无聊"却未免投入个人感情的小事,最终也"无聊"地没有办成。小兄弟的坟掘开了,却出乎意外,不仅被褥、衣物、骨骼都不见了,连最难烂的头发,也没看到,四个字——"踪影全无"！带着剪绒花找来顺姑家,物是人非,女孩不见了,向往幸福的顺姑早已病故！既然两件事是母亲所托,吕纬甫最后采取的只能是对母亲有所交待,将空空如也的坟中的土装进了新买的棺材,也将剪绒花赠与自己并不喜欢的阿昭,回去"欺骗"母亲。两件小事的落空,对于吕纬甫自己意味着什么,则更值得追问,他只是说:

这些无聊的事算什么？只要模模胡胡。模模胡胡的过了新年,仍旧教我的'子曰诗云'去。

……

这些无聊的事算什么？只要随随便便,……

"醉不成欢惨将别",时候终于到了,楼梯的乱响宣告陌生酒客的闯入,"我转眼去看吕纬甫,他也正转眼来看我,我就叫堂倌算酒账。"老友间的默契跃然纸上。本来,初见时二人还在抢着点菜,意味着要买单,但最后的场景令人心酸:

堂倌送上账来,交给我;他也不像初到时候的谦虚了,只向我看了一眼,便吸烟,听凭我付了账。

《在酒楼上》是一篇具有"最后"气息的小说,确切地说,是写一个失败的男人的最后状态——濒临崩溃的前夜——的小说。故乡、亲人、邻家姑娘,大概是一个男人心中最后的柔软和温暖,凡俗生活的诗意、传统小说的痕迹、末路英雄的处境,蛛丝马迹,可以揣测这大概是吕纬甫最后的回乡之旅。吊诡的是,即使这最后的行动,也并非出自他个人的意志,而是来自母亲的旨意,如此说来,回乡行动本身近乎行尸走肉,吕纬甫的存在危机由此可见一斑;另一方面,虽然不是来自自己的意志,但业已丧失自我意志但尚存行动力的吕纬甫,毕竟也在这最后的、唯一的行动中寄托了最后的情感。他一直强调两件“小事”的“无聊”,“迁坟”和“送花”,对于曾经的强者来说,确实不足挂齿,何况还是受别人支使,但来自亲人的意志也就成为最后的人生寄托,因而这两件“小事”,其实也很大,“无聊的小事”的“无聊”地没有办成,背后潜藏着可怕的信息。

既然母亲成为吕纬甫最后行动的意义来源,一个问题必然会随之问出:如果这个“母亲”不存在了,他的结局会怎样?

**2.《孤独者》的死亡过程**

《在酒楼上》提出的问题,在一年零八个月之后的《孤独者》中有了答案,两篇小说的故事与人物全不相属,但内在脉络上堪称姊妹篇。如果说《在酒楼上》尚存最后的诗意,令人流连,《孤独者》则将真实和残酷和盘托出,找不到一丝慰藉。小说以死亡开始,也以死亡结束,整篇写的就是主人公魏连殳的死亡过程。

小说开头,连殳在这个世界上最后一个亲人——非血缘关系的祖母死了。因是“承重孙”,双方又感情深厚,他肯定会回乡为祖母送葬,“我”和乡民们才得以一睹这被视为“异类”的行为怪异的魏连殳。

对于连殳的出场,小说蓄足势能,外面的传说、“我”的好奇、族人的防备计议、村人等着看热闹。族人们甚至设计了预备的方案:

> 聚议之后,大概商定了三大条件,要他必行。一是穿白,二是跪拜,三是请和尚道士做法事。总而言之:是全都照旧。
>
> 他们既经议妥,便约定在连殳到家的那一天,一同聚在厅前,排成阵势,互相策应,并力作一回极严厉的谈判。

对连殳的描写,颇有大侠之风。身怀绝技,其貌不扬,谦卑感恩,出人意料,这些都是传说中大侠的特征。对其相貌的描写突出一个“黑”:

> 原来他是一个短小瘦削的人,长方脸,蓬松的头发和浓黑的须眉占了一脸的小半,只见两眼在黑气里发光。

其次是出人意料:

> 传说连殳的到家是下午,一进门,向他祖母的灵前只是弯了一弯腰。族长们便立刻照豫定计画进行,将他叫到大厅上,先说过一大篇冒头,然后引入本题,而且大家此唱彼和,七嘴八舌,使他得不到辩驳的机会。但终于话都说完了,沉默充满了全厅,人们全数悚然地紧看着他的嘴。只见连殳神色也不动,简单地回答道:
>
> “都可以的。”

更出人意料的是,作为“新党”的魏连殳,不仅不反对,而且亲自给祖母穿寿衣:

> 那穿衣也穿得真好,井井有条,仿佛是一个大殓的专家,使旁观者不觉叹服。寒石山老例,当这些时候,无论如何,母家的亲丁是总要挑剔的;他却只是默默地,遇见怎么挑剔便怎么改,神色也不动。站在我前面的一个花白头发的老太太,便发出羡慕感叹的声音。

一切以意料之外的方式按预定计划进行,并无村人们预想的“奇观”,惊异和不满之后,失望的人们“怏怏”走散,就在这时,意料之外的事情又发生了:

> 但连殳却还坐在草荐上沉思。忽然,他流下泪来了,接着就失声,立刻又变成长嚎,像一匹受伤的狼,当深夜在旷野中嗥叫,惨伤里夹杂着愤怒和悲哀。这模样,是老例上所没有的,先前也未曾豫防到,大家都手足无措了,迟疑了一会,就有几个人上前去劝止他,愈去愈多,终于挤成一大堆。但他却只是兀坐着号啕,铁塔似的动也不动。

这是“我”和连殳的第一面。连殳先声夺人的嚎哭,成为给“我”的“见面礼”。

此后,小说主要叙写“我”与连殳后来的几次会面,直到最后一面——连殳的死。“我”见连殳的过程,其实也就是连殳死亡的过程,“我”成为连殳之死的唯一见证者。每次见面,都含有关键的信息,不可轻易放过。

第二次见面,仍只见大侠之风:

> 恐怕大半也还是因为好奇心,我归途中经过他家的门口,便又顺便

去吊慰。他穿了毛边的白衣出见,神色也还是那样,冷冷的。我很劝慰了一番;他却除了唯唯诺诺之外,只回答了一句话,是:

"多谢你的好意。"

第三次相见在这年初冬S城的一个书铺子里;第四次相见是"我"来连殳租住的寓中拜访,不善见陌生人的连殳依然很沉默,"但套话一说就完,主客便只好默默地相对,逐渐沉闷起来。我只见他很快地吸完一枝烟,烟蒂要烧着手指了,才抛在地面上。'吸烟罢。'他伸手取第二枝烟时,忽然说。"正在沉闷中,四个房东小孩闯进屋来,魏连殳"眼里却即刻发出欢喜的光来了",往里屋取出几把口琴,送了出去,一面在后面追着嘱咐:"一人一个,都一样的。不要争呵!"这次相见让"我"发现连殳特别喜爱孩子。有一次,他随口对我说:"孩子总是好的。他们全是天真……""我"因跟他颇为熟悉了,就有意跟他辩驳,引发了一次争论:

"那也不尽然。"我只是随便回答他。

"不。大人的坏脾气,在孩子们是没有的。后来的坏,如你平日所攻击的坏,那是环境教坏的。原来却并不坏,天真……。我以为中国的可以希望,只在这一点。"

"不。如果孩子中没有坏根苗,大起来怎么会有坏花果?譬如一粒种子,正因为内中本含有枝叶花果的胚,长大时才能够发出这些东西来。何尝是无端……。"我因为闲着无事,便也如大人先生们一下野,就要吃素谈禅一样,正在看佛经。佛理自然是并不懂得的,但竟也不自检点,一味任意地说。

然而连殳气忿了,只看了我一眼,不再开口。我也猜不出他是无话可说呢,还是不屑辩。但见他又显出许久不见的冷冷的态度来,默默地连吸了两枝烟;待到他再取第三枝时,我便只好逃走了。

这次争论,在连殳的崩溃之途上不可小视,因为其中能隐约听到连殳的理性信念——进化论——轰毁的声音。连殳之所以不堪一击,可能是因为这支柱本来就已经摇摇欲坠,只不过经过"我"的抬杠被偶然推倒。于是,三月后他来拜访的时候,竟然说出了这样的话:

想起来真觉得有些奇怪。我到你这里来时,街上看见一个很小的小孩,拿了一片芦叶指着我道:杀!他还不很能走路……

此后的连殳每况愈下,先是听说他被学校辞退了,三月后又在书店里发现他已经穷得卖书了。“我”便买了“一瓶烧酒、两包花生米和两个熏鱼头”去看他。来到他的租处,人不在,房东不耐烦地说:不知道,出去了,他能到哪里呢?一会儿就会回来。“我”于是在空空如也的房间里等,天色越来越暗。终于,连殳回来了,小说是这样描述的:

> 的确不过是“一会儿”,房门一开,一个人悄悄地阴影似的进来了,正是连殳。也许是傍晚之故罢,看去仿佛比先前黑,但神情却还是那样。

“阴影似的”、“看去仿佛比先前黑”,都是富含死亡气息的文字。“黑”是失意之人魏连殳的本色,“比先前黑”则意味着什么?1924年9月,鲁迅开始写《野草》,在9月写的《影的告别》中,“影”开始向“形”告别,“我不过一个影,要别你而沉没在黑暗里了。然而黑暗又会吞并我,然而光明又会使我消失”、“我将向黑暗里彷徨于无地”,通篇“影”的告别辞,其实也就是“影”的绝命书。因此,一年后此处的“阴影似的进来”,无疑传达了《野草》式的悲剧气息。

连殳寓里的凄清,引发了又一次关键的对话:

> “连殳,”我很觉得悲凉,却强装着微笑,说,“我以为你太自寻苦恼了。你看得人间太坏……。”
>
> 他冷冷的笑了一笑。
>
> “我的话还没有完哩。你对于我们,偶而来访问你的我们,也以为因为闲着无事,所以来你这里,将你当作消遣的资料的罢?”
>
> “并不。但有时也这样想。或者寻些谈资。”
>
> “那你可错误了。人们其实并不这样。你实在亲手造了独头茧,将自己裹在里面了。你应该将世间看得光明些。”我叹惜着说。
>
> “也许如此罢。但是,你说:那丝是怎么来的?——自然,世上也尽有这样的人,譬如,我的祖母就是。我虽然没有分得她的血液,却也许会继承她的运命。然而这也没有什么要紧,我早已豫先一起哭过了……。”

这是连殳自己第一次正面回应小说开头先声夺人的大哭。“我虽然没有分得她的血液,却也许会继承她的运命。然而这也没有什么要紧,我早已豫先一起哭过了……。”开头的悬念终于在此不经意透露,话中有话,隐隐指向一个愈来愈明晰的答案:连殳在祖母送葬时的大哭,既是为了祖母,也是为了自己,也就是说,祖母之死不是结束,而是一个开始,它敲响了魏连殳的丧钟。祖母死后,连殳终于开始在内心启动自己的死亡程序。

“我”与连殳生前的最后一次相见,是他的一次深夜来访。

> 他那时生计更其不堪了,窘相时时显露,看去似乎已没有往时的深沉,知道我就要动身,深夜来访,迟疑了许久,才吞吞吐吐地说道:
>
> “不知道那边可有法子想?——便是钞写,一月二三十块钱的也可以的。我……。”
>
> 我很诧异了,还不料他竟肯这样的迁就,一时说不出话来。
>
> “我……,我还得活几天……。”
>
> “那边去看一看,一定竭力去设法罢。”

从此,“我还得活几天”成了连殳留给“我”的最后印象。大雪开始纷飞,年关已经逼近,在鲁迅小说中,悲剧人物的死亡,往往是在年关的祝福氛围中。就在此时,“我”意外收到从不给人写信的连殳的信。

连殳的信几乎被全文放到小说中,在小说叙述性语言背景上凸起的内心自白,成为引人注目的文本,这是文本中的文本,是小说文本表面乍露的深渊,是整篇小说的精神内核,如果《孤独者》写的就是魏连殳死亡的过程,那么,信则透露了死亡的内在逻辑与奥秘。至此,我们不得不把信的主要部分也放在下面:

> “申飞……。
>
> “我称你什么呢?我空着。你自己愿意称什么,你自己添上去罢。我都可以的。
>
> “别后共得三信,没有复。这原因很简单:我连买邮票的钱也没有。
>
> “你或者愿意知道些我的消息,现在简直告诉你罢:我失败了。先前,我自以为是失败者,现在知道那并不,现在才真是失败者了。先前,

还有人愿意我活几天,我自己也还想活几天的时候,活不下去;现在,大可以无须了,然而要活下去……。

"然而就活下去么?

"愿意我活几天的,自己就活不下去。这人已被敌人诱杀了。谁杀的呢?谁也不知道。

"人生的变化多么迅速呵!这半年来,我几乎求乞了,实际,也可以算得已经求乞。然而我还有所为,我愿意为此求乞,为此冻馁,为此寂寞,为此辛苦。但灭亡是不愿意的。你看,有一个愿意我活几天的,那力量就这么大。然而现在是没有了,连这一个也没有了。同时,我自己也觉得不配活下去;别人呢?也不配的。同时,我自己又觉得偏要为不愿意我活下去的人们而活下去;好在愿意我好好地活下去的已经没有了,再没有谁痛心。使这样的人痛心,我是不愿意的。然而现在是没有了,连这一个也没有了。快活极了,舒服极了;我已经躬行我先前所憎恶,所反对的一切,拒斥我先前所崇仰,所主张的一切了。我已经真的失败,——然而我胜利了。

"你以为我发了疯么?你以为我成了英雄或伟人了么?不,不的。这事情很简单;我近来已经做了杜师长的顾问,每月的薪水就有现洋八十元了。

……。

连殳。十二月十四日。"

悖论、纠缠、顿挫、富有节奏、直入"精神无人区"的文字,让我们不得不感到,正在进行中的《野草》(1924—1926),也进入了《彷徨》。如果说《彷徨》是鲁迅对自我悲剧人生可能性的叙写,那么,《野草》则是直入内心、穿越致命绝望的一次精神探险,连殳的信作为《彷徨》悲剧叙事中乍现的直接敞开内心的片断,堪称《彷徨》中的《野草》。《彷徨》中《野草》的旋律,初见于前述《在酒楼上》中有关南方之雪与朔方之雪的对照,于《孤独者》同时创作的《伤逝》,诗性与感伤的语言,更是回荡着《野草》的节奏。

如《野草》中诸多终极悖论一样,连殳在信中提炼出两个终极悖论:一个是"胜利"与"失败",一个是更为本质的"活下去"还是"不""活下去"。

成与败,是最为常见的世俗人生的总结,魏连殳首先说"我失败了",

“先前,我自以为是失败者,现在知道那并不,现在才真是失败者了”,在当下“真的失败”的对照下,以前自以为的“失败”,并不是“真的失败”;“真的失败”又是如何呢?——“我已经躬行我先前所憎恶,所反对的一切,拒斥我先前所崇仰,所主张的一切了。我已经真的失败,——然而我胜利了。”这是一种彻底放弃,然而又等同于“胜利”。这样,在“先前”“自以为”的“失败”、“真的失败”与“胜利”之间,就构成了一个既矛盾又同一的纠缠关系。这一混乱局面的背后,无疑有两种截然不同的价值立场的存在,自我曾经坚守的“胜利”与“失败”的标准,与世俗“胜利”与“失败”的标准完全相反,而自我同时采取了两种相反的立场,产生了分裂。现在,连殳要以彻底“失败”的方式“胜利”,也即是以“胜利”的方式彻底“失败”。

“失败”与“胜利”的纠缠,也就使连殳面临更深的悖论——“活下去”还是“不”“活下去”。To be or not to be,曾经是哈姆雷特面临的根本难题,但他最终在这一终极问题面前退回了,现在,鲁迅笔下的魏连殳,又要向他发起东方式的冲击,可以说,在几千年的中国文学史中,还没有人如此深刻地直面这个问题。连殳既然去心已决,完全可以一刀两断,但他却采取了一种空前复杂的死亡方式。自古艰难唯一死,值得追问的是,连殳究竟采取了怎样的死亡方式?其中的死亡逻辑到底是什么?

在连殳的逻辑中,先前“活”的动力来自他人,一是有个人希望他活,一是连殳也愿意为这个人活,而现在是,这个人已经不存在了,“然而现在是没有了,连这一个也没有了”、“现在,大可以无须了”,连殳的悲伤表述中夹杂快意,斯人已逝,他开始由被动的生转入主动的死,何况“同时,我自己也觉得不配活下去”,但是,他最后的选择是“然而要活下去”。与“胜利”和“失败”的纠结一样,“活”与“不活”又成了失去界限的矛盾。连殳选择了“活”,但其目的则是加快自己的死亡,他选择的是一种活着的死亡方式!

为何要选择如此复杂的死亡方式呢?打捞其可能的逻辑,可以有三:一、“同时,我自己又觉得偏要为不愿意我活下去的人们而活下去”,生既然无意义,死就要死得其所,以“与黑暗捣乱”的方式死去,向无意义世界的复仇;二、以无意义的方式向无意义的世界复仇,“胜利”的结局同时就是“失败”,这种无意义的自我,只配“活”在这无意义的世界;三、连殳杀死了精神的自我,却杀不死清醒的意识,让一个自我看着另一个无意义的自我慢慢堕入虚无，是一种更残酷的自杀方式——对无意义自我的自虐与复仇。

连殳最终做了杜师长的顾问。据鲁迅学生孙伏园回忆：“鲁迅先生度着战斗的生活，处处受绅士们的压迫，大学教授中绅士居多，使他不能好好的教书，批评家中绅士也多，使他不能好好的创作。被绅士们包围的水泄不通的时候，好像我们在敌机临空时想念防空洞一样，他常常会想念他幼年同学时的好朋友，说：‘不教书了，也不写文章了，去公侠那儿做‘营混子’去了。’”[1]陈公侠（1883—1950），名陈仪，和鲁迅同乡，同在日本留学，辛亥革命后任浙江都督府军政司长，1914 年赴北京在袁世凯统帅办事处任职，1924 年孙传芳邀任浙江陆军第一师师长。鲁迅与陈仪一直交谊甚厚。如果孙氏所言属实，则魏连殳的现实，就曾是 20 年代中期第二次绝望中的鲁迅的自我想象。如果鲁迅真的做了“营混子”，重蹈绍兴师爷的覆辙，对他来说就是最大的人生失败吧。

连殳“失败”地“活着”，最终又“胜利”地死去，“我”与连殳的最后一面，是为他送葬。连殳别后的一切，皆由房东大良祖母的口中道出，信中偶一乍现的内心，又被掩盖于世俗话语，以世俗立场来转述连殳的成败，极尽反讽的张力，中国社会中“胜利”与“失败”的吊诡性，在此展露无遗。据房东说，别后连殳的境况确实大变，先前门可罗雀，现在高朋满座，先前极“迂”，态度谦恭，唤房东为老太太，对孩子有求必应，低声下气，现在则“有趣”，唤房东为老家伙，要孩子磕头；花钱如水，不想积蓄，不肯成家，近乎“胡闹”。信中乍现的连殳痛苦的内心，复被掩盖于无处不在的世俗话语。

连殳的最后一面，令人难以释怀：

> 这很出我意外。一条土黄的军裤穿上了，嵌着很宽的红条，其次穿上去的是军衣，金闪闪的肩章，也不知道是什么品级，那里来的品级。到入棺，是连殳很不妥帖地躺着，脚边放一双黄皮鞋，腰边放一柄纸糊的指挥刀，骨瘦如柴的灰黑的脸旁，是一顶金边的军帽。
>
> ……

---

① 孙伏园：《鲁迅先生二三事》，重庆作家书屋 1944 年版，第 45 页。

> 他在不妥帖的衣冠中,安静地躺着,合了眼,闭着嘴,口角间仿佛含着冰冷的微笑,冷笑着这可笑的死尸。

其人虽死,自我仍未同一,犹如《墓碣文》中虽死而疑云不断的墓中死尸。连殳偶露峥嵘的隐默一生,最终盖棺定论地埋葬于世俗话语与可笑的衣冠中。他是谁?谁能知?

回顾连殳的死亡过程,始终存在一个潜在的机关——他在这个世界上的最后一个亲人(而且并非血缘关系)的祖母的死亡。“我和魏连殳相识一场,回想起来倒也别致,竟是以送殓始,以送殓终。”小说一开始渲染的祖母之死,除了让主人公得以出场,更重要的是宣告了主人公的命运,丧钟为谁而鸣?祖母之死,成为连殳之死的起因与动机,以祖母之死为起点,整个小说写的就是魏连殳的死亡过程。这一暗藏的设计,小说有意通过若干提示悄悄显露:一是连殳与“我”的对话——“我虽然没有分得她的血液,却也许会继承她的运命。然而这也没有什么要紧,我早已豫先一起哭过了……。”二是作为文本核心的连殳的信——“先前,还有人愿意我活几天,我自己也还想活几天的时候,活不下去;现在,大可以无须了”、“你看,有一个愿意我活几天的,那力量就这么大。然而现在是没有了,连这一个也没有了。同时,我自己也觉得不配活下去;别人呢?也不配的。同时,我自己又觉得偏要为不愿意我活下去的人们而活下去;好在愿意我好好地活下去的已经没有了,再没有谁痛心。使这样的人痛心,我是不愿意的。然而现在是没有了,连这一个也没有了。快活极了,舒服极了”。

联系前述《在酒楼上》中提出的问题:既然吕纬甫最后的行动意志和意义寄托来自母亲,那么,如果这个母亲不存在了,他的结局会怎样?通过对《孤独者》的解读,现在可以回答,魏连殳最后一个亲人走了,其结果就是自己的死亡!《在酒楼上》与《孤独者》,一个写失败之人濒临崩溃之前的最后状态,一个写的就是他的崩溃过程,两篇小说连起来读,在逻辑和文脉上,确实是姊妹篇。

**3. 第二次绝望、“梦魇”与《彷徨》**

“绝望”,是鲁迅人生与文学的关键词。受日本竹内好鲁迅论的影响,谈到鲁迅的绝望,国内学者多把目光聚焦S会馆六年的沉默,在竹氏幽玄孤诣的描述中,这一段被称之为“无”的存在被充分放大,闪现着魅惑的色彩,被视为文学家鲁迅之所由生的起点。姑不论竹内为自圆其说有意否认“幻灯片”事件的真实性,与鲁迅生平回顾口口声声提及的幻灯片明显抵牾,如果将S会馆六年的绝望视为鲁迅文学的起点,固然可以一定程度说明《呐喊》的起因,然而,对于其后来的《彷徨》、《野草》和杂文创作的动因,则缺少足够的说服力。

如果说S会馆的隐默是鲁迅的第一次绝望,则1923年的沉默是鲁迅第二次绝望的标志①,真正的鲁迅,一定是在第二次绝望后才走出来。

鲁迅终于走出了这次致命的绝望,他是怎么走出来的?在沉默的背后,是怎样一颗流血的心?可以说,走出绝望的秘密,就在次年开始写的《彷徨》与《野草》中。《彷徨》和《野草》既标志着鲁迅打破了一年的沉默,又记录着鲁迅走出绝望的心路历程。在《彷徨》中,鲁迅寄托了个人在绝望中的自我情绪,进行了深刻的自我反思,并通过对自我结局的悲观预测,试图向旧我告别。《野草》则是穿越绝望的一个生命的过程,在《野草》中,鲁迅把自身的矛盾全部袒露出来,通过穿越死亡,终于获得新生。

写于1923年之后的《彷徨》与《野草》,留下了第二次绝望中的“梦魇”经历。所谓“梦魇”,既指做了个噩梦,显示了主体的潜意识与存在的可能性,同时它的非真实性又将现实的自我与它分开。作为穿越绝望的内心历程,《野草》中间部分,一连有七篇都是以“我梦见”开头,进入惊心动魄的生与死的挣扎,最后一个梦是在《颓败线的颤动》中,最后是这样的文句:

> 我梦魇了,自己却知道是因为将手搁在胸脯上了的缘故。

《彷徨》中的主干作品,如《在酒楼上》、《孤独者》、《伤逝》、《兄弟》等,皆是带有梦魇性质的作品,在小说中,鲁迅通过虚构与叙事,将其在绝望时期对于自我人生的最坏可能性,进行了预测和预演,《伤逝》写于1925年10月,据说正是鲁迅与许广平正式确立关系的时期,可以说,这篇小说是对情感选择的一种悲观的预测,《兄弟》虽写于弟兄失和之后,依然是对曾经存在的兄弟之情的悲观预测,《在酒楼上》和《孤独者》,则通过姊妹篇的形式,对自我人生结局作了最悲观的预测。

---

① 参见第一章第四节。

最后一个亲人——母亲或者非血缘关系的祖母——成了两篇小说的机关所在,其实,对于深陷第二次绝望的鲁迅,母亲也成为至关重要的存在。人是有意义的存在,每个人都有自己人生意义的寄托,第二次绝望中的鲁迅,其意义寄托所剩几何呢?作为那一代有志之士最大抱负的救亡事业——对于鲁迅来说就是魂牵梦萦的文学救亡事业,已经遭遇两次绝望,作为中国人最普遍的世俗人伦的意义寄托,家道中落、父亲早逝、婚姻不幸等等,使他将人伦之爱寄托在母亲和兄弟之上,1923 年 7 月,曾经誓言“兄弟怡怡,永不分手”的兄弟二人的突然分裂,几乎抽调了最后的意义寄托。兄弟失和后,可以说,在世俗人伦层面,鲁迅最后的意义维系,就是母亲。鲁迅是个大孝子,与母亲相依为命,对其一味顺从,但鲁迅对母亲的感情又是复杂的,母亲是爱的对象,同时又是压力甚至不幸的来源,婚姻悲剧与母亲相关,更为关键的是,对于深陷绝望的鲁迅来说,母亲的存在既是最后的意义寄托,也成为放心不下的生存负担。

因而可以看到,在此时期鲁迅的笔下,经常会出现有关“感激”好坏的奇怪议论,固然可以找到尼采相关言论的背景,但它更出自鲁迅自己的切身体验。《过客》中,“感激”是一个“不利”的词汇,“老翁”就一再劝告“过客”:“你不要这么感激,这于你没有好处。”“过客”也立刻心知肚明。小女孩送给“过客”裹伤的布片,“过客”婉言谢绝,并且说了一大通匪夷所思的话:“是的,但是我不能。我怕我会这样;倘使我得到了谁的布施,我就要像兀鹰看见死尸一样,在四近徘徊,祝愿她的灭亡,给我亲自看见;或者咒诅她以外的一切全都灭亡,连我自己,因为我就应该得到咒诅。但是我还没有这样的力量;即使有这力量,我也不愿意她有这样的境遇,因为她们大概总不愿意有这样的境遇。我想,这最稳当。(向女孩,)姑娘,这布片太好,可是太小一点了,还了你罢。”为何“感激”别人,就对自己不利,如果接受了别人恩惠,甚至就要诅咒对方的灭亡呢?在给文学青年赵其文的两封信中,鲁迅专门讨论了《过客》中的这段话:

> 感激,那不待言,无论从那一方面说,大概总算是美德罢。但我总觉得这是束缚人的。譬如,我有时很想冒险,破坏,几乎忍不住,而我有一个母亲,还有些爱我,愿我平安,我因为感激他的爱,只能不照自己所愿意做的做,而在北京寻一点糊口的小生计,度灰色的生涯。因为感激

别人,就不能不慰安别人,也往往牺牲了自己,——至少是一部分。

……

《过客》的意思不过如来信所说那样,即是虽然明知前路是坟而偏要走,就是反抗绝望,因为我以为绝望而反抗者难,比因希望而战斗者更勇猛,更悲壮。但这种反抗,每容易蹉跌在‘爱’——感激也在内——里,所以那过客得了小女孩一块破布的布施也几乎不能前进了。[①]

早在1918年,好友许寿裳夫人病逝,鲁迅去信安慰,说到遗孤,竟出此言:“人有恒言:‘妇人弱也,而为母则强。’仆为一转曰:‘孺子弱也,而失母则强。’此意久不语人,知君能解此意,故敢言之矣。”[②]

在鲁迅的表述中,母亲的爱,或者反过来说,他对母亲的爱,既是人生意义的寄托,也成为失败人生的负担。这一感觉在第二次绝望时期无疑达到顶点,落叶飘零之后,母亲的存在就变得更加性命攸关,这一现实人生的内在逻辑,被鲁迅无意识地写进了《彷徨》,也成为解读《在酒楼上》与《孤独者》的不易察觉却至关重要的文本关节。

将自我放入最坏可能性进行演绎的同时,一个新的自我应该也已经产生,“我”与吕纬甫,与魏连殳,行状与性情近似,惺惺相惜,彼此彼此,但吕纬甫、魏连殳是小说观照的对象,“我”是观照者与叙事者,“我”的命运,与前者渐渐拉开了距离。令人惊奇的是,两篇小说的结尾,都安排了“我”与主人公分别的相同场景:

我们一同走出店门,他所住的旅馆和我的方向正相反,就在门口分别了。我独自向着自己的旅馆走,寒风和雪片扑在脸上,倒觉得很爽快。见天色已是黄昏,和屋宇和街道都织在密雪的纯白而不定的罗网里。(《在酒楼上》)

敲钉的声音一响,哭声也同时迸出来。这哭声使我不能听完,只好退到院子里;顺脚一走,不觉出了大门了。潮湿的路极其分明,仰看太

① 鲁迅:《书信·250411致赵其文》,《鲁迅全集》第11卷,第442页。

② 鲁迅:《书信·180820致许寿裳》,《鲁迅全集》第11卷,第353页。

空,浓云已经散去,挂着一轮圆月,散出冷静的光辉。

我快步走着,仿佛要从一种沉重的东西中冲出,但是不能够。耳朵中有什么挣扎着,久之,久之,终于挣扎出来了,隐约像是长嗥,像一匹受伤的狼,当深夜在旷野中嗥叫,惨伤里夹杂着愤怒和悲哀。

我的心地就轻松起来,坦然地在潮湿的石路上走,月光底下。

(《孤独者》)

在同样令人清醒的冷冽氛围中,《在酒楼上》中“我”与颓唐落寞的吕纬甫正好分道扬镳,《孤独者》中,“我”最终是从魏连殳的悲剧氛围中脱缰而出。“顺脚一走,不觉出了大门了”,几乎是梦中人自欺欺人的摆脱噩梦的惯用手法,是对缠身噩梦的勉为其难的大逃亡。因而可以说,在《在酒楼上》与《孤独者》中,作者通过吕纬甫与魏连殳两个角色的设置,玩了一个金蝉脱壳之计,一个新的自我已经产生,开始向旧我告别。《在酒楼上》写于1924年2月,就在1923年的沉默之后,因而有理由相信,鲁迅穿越第二次绝望的生命行动,在1923年之后的文学行动中就已经发生。

## 第三节　《野草》的踪迹

### 一、《野草》细读(之一)

**《秋夜》:《野草》的“序”**

《野草》的首页,赫然有一篇《题辞》,为何又把《秋夜》忝列为“序”?

因为有《题辞》的存在,正常的解读法,是把《秋夜》视为《野草》中的一篇,除了它处于首篇位置,不应有更多的特殊性。实证的、象征的和玄学的解读大多作如是观,诸种解读诚然尽力矣,然而没有解决一个问题:《秋夜》作为首篇有何特殊性?这是读者面对作为首篇的《秋夜》常常感到而终觉茫然的一个问题。

1924年2月,鲁迅打破一年的沉默,开始了《彷徨》的写作。9月,在一个无人的“秋夜”,孤独的鲁迅走进“野草”,以新的文体形式,拓进了内心的更深层。《秋夜》,成了《野草》的第一篇。《野草》的写作经历了近两年时间,1926年4月10日,鲁迅作完最后一篇《一觉》,结束了《野草》的写作。

1927年4月26日,相隔一年之后,已身在广州的鲁迅,写了一篇《题辞》,并把这一组文章题名为"野草"正式出版。文章结集后自己或请别人作一篇东西放在前面,无论内容是谈什么,称之为"序"都不为过,"序"和鲁迅自署之"题辞",也只是名词的差别吧。我在这里说《秋夜》是"序",非与《题辞》争夺"序"之名分,只是想指出,在《野草》写作的自然顺序中,《秋夜》作为首篇,承担了"序"的功能。"序"者,正文开始之前介绍和评价书中之文章之谓也,所说"'序'之功能",也并没有纠缠于"序"之定义的精确所指,而是强调《秋夜》作为首篇对整个《野草》的统领作用,对于《野草》这样一个很难用一般文体概念加以界定的文集,大概也是很难用一般的"序"之定义加以要求的吧。《秋夜》对"序"的功能的承担,也许并非作者明确的有意识所为,不然,鲁迅后来不会又把《题辞》加诸前面。下面的文本分析将会发现:《秋夜》不仅象征性地点出了鲁迅进入"野草"的时间和状态,而且,如果把《野草》视为一个整体,其文本结构,恰恰浓缩、隐喻了整个《野草》的文本结构和精神脉络,《秋夜》所营构的精神氛围和美学氛围,亦弥散于整个《野草》之中。

以"哇的一声,夜游的恶鸟飞过了"一句为界,《秋夜》在文本结构上大致可分为两个部分。恶鸟的"哇"声,打破了第一部分"秋夜"幽暗静谧的氛围,从而转入第二部分鲜明的动而有声的世界。第一部分,似乎是随着一个夜半醒来的夜游者的视角,作者描绘了"默默地铁似的直刺着奇怪而高的天空"的"枣树"、"非常之蓝"、"鬼眨眼"的"奇怪而高的天空"、"窘得发白"的"圆满的月亮"、"在冷的夜气中,瑟缩地做梦"的"小粉红花"、"瘦的诗人"、"蝴蝶"、"蜜蜂"和"打枣子"的"孩子",展开了一个"秋夜"的流动的夜的幕景,首先引领读者进入了一个幽暗隐秘的"野草"氛围。拟人、变形、时空交错、意象重叠等修辞手法的运用,使在夜游者眼里幽暗而流动的夜的幕景,进入狂想者的境界:极具精神气质甚至神经质的"枣树"、"天空"和"月亮"、暧昧不清的"小粉红花"、飘忽如游魂的"瘦的诗人"……在视觉上,形成了一幅幽暗朦胧的印象派画:天空幽深暗蓝的背景,被枣树坚硬而交错的黑的枝桠剪破,浮浅的淡粉的小花碎红点点,隐隐绰绰的瘦诗人的影子在飘荡——一幅极美的狂想者的构图,使我想起了凡·高发狂后的《星空》。似是无声的画,不过,这里的无声,并非完全静止的无声,而是充满着内在的紧张——一场无声的战斗正在激烈地进行:枣树与天空的抗衡正处于白热化状态。在常识看来,枣树对天空的挑战是遥不可及的,如果不是从枣树的视角去看,以俯视或平视的角度看去,属于大地的低矮枣树如何能挑战太空?这岂不像堂吉诃德那样荒唐?虽然这样,"一意要制他的死命"的枣树,依然从自己的角度,以"最直最长的几枝","默默地铁似的直刺着奇怪而高的天空"、"直刺着天空中圆满的月亮"。终于,现实中不可能出现的感应出现了,在枣树的"刀锋"下,"天空闪闪的鬼眨眼"、"月亮窘得发白","鬼眨眼的天空越加非常之蓝,不安了,仿佛想离去人间,避开枣树,只将月亮剩下。然而月亮也暗暗地躲到东边去了"——敌人落荒而逃。像两个高手之间的较量,无须几个回合、甚至无须直接的交锋,胜负已了然于心,果断、干脆、利索,不必惊动"小粉红花"的梦,甚至也不会惊吓树下打枣的孩子,夜深人静,谁也不知,一丝胜利的微笑悄然掠过英雄的嘴角。无声的战斗的消息只有同样"夜游"的"恶鸟"知道,静极生动,"哇"的一声,"恶鸟"的叫,震惊于战斗的残酷,或报告战斗结束和枣树胜利的消息,也就此打破了第一部分梦和狂想的境界。

由"恶鸟"的叫声,引出了"夜半的笑声",挂在英雄嘴角的微笑,终于爆发出来。第二部分动而有声的世界由此打开。"夜半笑声"本来紧承"恶鸟哇声"而来,已相当可怖,而对"夜半笑声"的描述,真可谓恐怖之极。作者并没有直接写"我"的笑,而是在"恶鸟"竦身一叫后的寂静里,"忽而听到夜半的笑声",那描述令人毛骨悚然:"吃吃的,似乎不愿意惊动睡着的人,然而周围的空气都应和着笑。"谁在夜半听过空气的笑声?更可怕的是:"夜半,没有别的人,我即可听出这声音就在我嘴里。"换一种平常的写法——"我"笑了,绝不会有这样的效果吧。"我"听到了"我"的笑,说明夜游者的自我已经分裂了。而"我"竟然被"我"的笑声"所驱逐",回到自己的房间,——恶鸟的叫声终于把我从梦境唤醒,梦游者结束了梦游。随声音带来的是光亮,因为被"笑声"赶进房间的梦游者,旋高了"灯火的带子",幽暗的梦境被彻底打破。

灯光下,一个鲜明的有声有色的现实世界展开在读者面前:

> 后窗的玻璃上丁丁地响,还有许多小飞虫乱撞。不多久,几个进来了,许是从窗纸的破孔进来的。他们一进来,又在玻璃的灯罩上撞得丁

> 丁地响。一个从上面撞进去了,他于是遇到火,而且我以为这火是真的。两三个却休息在灯的纸罩上喘气。那罩是昨晚新换的罩,雪白的纸,折出波浪纹的叠痕,一角还画出一枝猩红色的栀子。……

多么清晰、具体、细密甚至繁琐的写实主义描写,与第一部分素淡朦胧的抽象之笔相比,完全是另一副笔墨。神来之笔不见了,只剩下事无巨细的平凡写实。残梦碎影似乎尚在,对枣树的想象刚刚又要出现,就被作者马上砍杀,把目光聚焦在“头大尾小,向日葵子似的,只有半粒小麦那么大,遍身的颜色苍翠得可爱,可怜”的“小青虫”身上。

在细密的现实主义的描绘中,随意点染的“一枝猩红色的栀子花”、“苍翠得可爱的小青虫”,使幽暗的夜景顿时更加鲜明,恰如在第一部分幽暗朦胧的夜的幕景上,赫然点上两笔鲜明的色彩,“秋夜”图终告完成。《秋夜》的最后一段,似乎连作者自己也走出来了,最终凝定为油灯下“我”的现实的坐姿:

> 我打一个呵欠,点起一支纸烟,喷出烟来,对着灯默默地敬奠这些苍翠精致的英雄们。

以上文本分析,笔者尽量回避对文本中诸多意象的实证考索和象征阐释,试图在文本范围内从整体上全方位感受《秋夜》的意境和美。同时,基于以上分析,现在可以谈《秋夜》与整个《野草》的关系。

前文已经指出,《野草》是鲁迅穿越第二次绝望的一次生命的行动。在开始《彷徨》与《野草》写作之前的 1923 年,鲁迅陷入了他启蒙人生的第二次绝望,也是最后一次绝望。《新青年》的解体使他又一次体验了日本时期的“寂寞”,而 1923 年的兄弟失和,给他带来的是启蒙事业和家庭伦理的双重意义的消解。1923 年,对于鲁迅是沉默的一年,他几乎什么都没写,就像会馆时期的隐默一样,这一年的隐默标志着,他又一次陷入了绝望。1923 年,应是他人生的最低点。

1924 年 2 月,鲁迅开始写《彷徨》,一个月就写了三篇,9 月,又启动了《野草》的写作,说明他需要以更恰当的形式拓向生命的更深层。1924 年的写作,标志着鲁迅打破沉默,开始走出这一次的绝望,鲁迅走出绝望的秘密在《彷徨》中,更在《野草》中,《野草》,就是鲁迅走出这次绝望的生命过程。

进入《野草》的鲁迅,是一个矛盾缠身、积重难返的鲁迅,他已经对矛盾中未加选择的生命状态产生了强烈的自我厌弃,需要来一次孤注一掷的选择,无论其结局是生存还是死亡,否则,他首先就未生存。《野草》中,鲁迅对长期缠绕自身的矛盾展开了全面的清算,像一个人拿着手术刀亲自解剖自己的身体。鲁迅的自我解剖近乎惨烈,他把自身存在的诸多矛盾推向极处,试图置之绝地以获得一个最终的解决。《野草》真是矛盾的旋涡,生命中的各种矛盾环绕纷呈,连单个语词的表述都是矛盾形态的,而且,诸多矛盾推向极处,形成无法解决的终极悖论,一个旋涡套着一个旋涡,让人无法自拔。作为一个整体,《野草》的生命追问经历了一个内在的过程:《影的告别》中,身心交瘁的"我"已厌烦了"徘徊于明暗之间"的状态,需要在"光明"和"黑暗"之间来一次最终的选择,但可悲的是,他选择的是"黑暗"和"虚无"。从《影的告别》始,作者把自己的追问固执地指向了死亡意向,中经《求乞者》的"无所为和沉默"、两篇《复仇》的绝望、《希望》的"青春"逝去后的"肉薄",一直到《过客》,这一意向终于化身为在荒野中向"坟"踉跄而行的"过客",这一组文章可视为《野草》追问的第一部分;第二组是从《死火》到《死后》的七篇,都是由"我梦见"开头,上穷碧落下黄泉的追问,深入到梦境之中,开始了更深沉的求索。引人注目的是,《过客》中向"坟"奔去的"过客",已来到《墓碣文》中,面临自己的尸体和墓碑,直抵死亡的追问却最终发现,所谓真正的"自我"并不存在,"本味"无所由知!像噩梦惊醒般的,《颓败线的颤动》中第一次出现了生的颤动,由此转入第三组文章的生存主题,自《这样的战士》始的最后五篇文章,像一个久病初愈的人,重新紧紧抓住了生存。联系整个《野草》意象的发展,至此可以发现,从"无地"、"黑暗"、"虚无"、"绝望"、"坟"、"墓碣"和"荒原",到这里的"腊叶"和"野蓟",自我的追寻最终凝定在坚强的"生"的意象上。漫长的梦到此终于"忽然惊觉",又回到了生存的大地,这大概正是最后一篇《一觉》之名的由来吧。

将《秋夜》与整个《野草》在文本结构、意义结构和精神结构上进行对比,就不难发现《秋夜》在整个《野草》中的统领地位,具体表现在以下几个方面:

1. 作者于1924年9月一个无人的“秋夜”走进“野草”；夜色中诸多意象的纷呈，展现了一个意境深邃的“野草园”；流动的夜的幕景，潜隐着一个已经自我分裂的夜游者的身份。这些，基本提供了《野草》的时间、地点和人物主体。

2.《秋夜》所营造的意境，定下了《野草》暗昧幽深的整体氛围和基调。

3. 在文本结构和精神脉络上，《秋夜》与《野草》整体之间，具有惊人的全息式对应关系。从文本结构分析已知，《秋夜》第一部分提供的是幽暗朦胧的梦境似的狂想境界，第二部分转向了有声有色的现实世界，正好预示着整个《野草》由第一组和第二组文章的“狂想”和“梦境”，到第三组文章的“现实”的两极转换。在文本分析中，我们已经领略了《秋夜》第二部分近乎琐碎的写实主义描写，看《一觉》，也完全是一篇琐碎的写实文章：屋顶飞机的嗡嗡叫声、窗外日光下发出乌金光的白杨的嫩叶、散乱满床的日报、书桌上的苍白的微尘、编杂志的青年们、《沉钟》的“启事”……值得一提的是，《秋夜》的结尾和《野草》最后一篇《一觉》的结尾，都凝结成“我”的现实坐姿。《秋夜》的结尾：

> 猩红的栀子花开时，枣树又要做小粉红花的梦，青葱地弯成弧形了……。我又听到夜半的笑声；我赶紧砍断我的心绪，看那老在白纸罩上的小青虫，头大尾小，向日葵子似的，只有半粒小麦那么大，遍身的颜色苍翠得可爱，可怜。
>
> 我打一个呵欠，点起一支纸烟，喷出烟来，对着灯默默地敬奠这些苍翠精致的英雄们。

《野草》最后一篇《一觉》的结尾：

> 在编校中夕阳居然西下，灯火给我接续的光。各样的青春在眼前一一驰去了，身外但有黄昏环绕。我疲劳着，捏着纸烟，在无名的思想中静静地合了眼睛，看见很长的梦。忽而惊觉，身外也还是环绕着昏黄；烟篆在不动的空气中上升，如几片小小夏云，徐徐幻出难以指明的形象。

两个结尾何其相似：梦的残片尚在飘逝（《秋夜》：“猩红的栀子花开

时……我又听到夜半的笑声”;《一觉》:“在无名的思想中静静地合了眼睛,看见很长的梦”)。对残梦的毅然打断(《秋夜》:“我赶紧砍断我的心绪”;《一觉》:“忽而惊觉”),以及手捏纸烟而遐想的坐姿。如此惊人的相似,恐怕不仅仅是偶然。

4.《秋夜》在一个意象群中主要突出了“枣树”的意象,如果进行意象分析,在“枣树”表现了一种“反抗绝望——绝望的抗战”的鲁迅精神这一点上,学者如今基本能达成共识。但这里的问题是,“反抗绝望——绝望的抗战”这一精神立场的形成,在《野草》中是有一个过程的,《希望》、《过客》、《这样的战士》是其核心篇章。《秋夜》首先就亮出这一精神姿态,作为首篇,不大符合《野草》整体的精神脉络。但如果把《秋夜》视为统领整个《野草》的一篇,而不仅仅是首篇,则“枣树”的雕像,正好预示着《野草》的精神核心。

5. 如果不是把《秋夜》视为首篇,而是把列为第二篇的《影的告别》视为首篇,则更能从整体上符合《野草》的精神脉络及文本结构,因为自《影的告别》始至《过客》的十篇构成第一组文章,正好符合《野草》精神结构中的第一部分:身心交瘁的“我”走向死亡的强烈意向;而《秋夜》,除了交代了走进“野草”的时间和状态,在《野草》整体的精神脉络上,很难纳入《野草》的第一组文章中。

综上所述,我认为,《秋夜》,作为《野草》的第一篇,是作者无意间写下的一篇统领全集的“序”。在《秋夜》中,可以读出《野草》。

**被异化的“复仇”:《复仇》细读**

《野草》中接连有两篇以“复仇”为题,从所署日期看,都是写于 1924 年 12 月 20 日。这一篇是《复仇》,第二篇是《复仇》(其二)。

这个绝望的人究竟要向谁复仇?

> 人的皮肤之厚,大概不到半分,鲜红的热血,就循着那后面,在比密密层层地爬在墙壁上的槐蚕更其密的血管里奔流,散出温热。于是各以这温热互相蛊惑,煽动,牵引,拼命地希求偎依,接吻,拥抱,以得生命的沉酣的大欢喜。
>
> 但若用一柄尖锐的利刃,只一击,穿透这桃红色的,菲薄的皮肤,将

见那鲜红的热血激箭似的以所有温热直接灌溉杀戮者;其次,则给以冰冷的呼吸,示以淡白的嘴唇,使之人性茫然,得到生命的飞扬的极致的大欢喜;而其自身,则永远沉浸于生命的飞扬的极致的大欢喜中。

相爱与仇杀,也许是人类最极端的两个对立行为,但在这里,却显示其都来自共同的生命冲动,那物质基础就是血管中奔流的热血。趋向极端的人类行为又被收回到它们的原点,展现了被文明遮蔽的原始秘密。相爱与仇杀,相距十万八千里,但其间,相隔只“不到半分”的一层皮肤,趋向极端的冲动一触即发。而决定行为方向的,也正是这皮肤,热血被包裹着,就拼命以皮肤的接触与摩擦来相互感触血的温热;如想直接得到热血的灌溉,则只需利刃的一击。而它们的结果,最后又归于同一:偎依、接吻、拥抱,以求“生命的沉酣的大欢喜”,杀戮,则得到“生命的飞扬的极致的大欢喜”。“大欢喜”,是佛教用语,指极端的情感状态,这“大欢喜”,显然超越了一切人类情感的对立状态,在极端处把它们收束在一起。原点和终点在此处重逢。

短短几百字的文章,却不惜篇幅用两大段来渲染,这固然是为即将出场的无名男女的表演铺垫与造势,但在这激情飞扬的血肉描写中,让人隐隐感到一丝潜在的自虐意向。自身的血肉,作为行为的最后基础在此和盘托出,淋漓尽致地展现在人们的面前,所有的体验指向自身,这已是没有退路的展示。相爱的喜悦体验,直接过渡到被刺者的感受中,在被刺后感到“生命的飞扬的极致的大欢喜”,这似乎显得悖逆、反常的感性体验,在常人看来,颇近于自残与自虐。此处无意中露出的自虐情结,正是鲁迅第二次绝望时期的一个不易察觉的精神意向,并渗透在他此时期的许多文章中。

主角终于登场了。

这样,所以,有他们俩裸着全身,捏着利刃,对立于广漠的旷野之上。

他们俩将要拥抱,将要杀戮

前面两大段的铺垫,已为这场大戏充分地造势。“裸着全身”,意味着他们的热血仅隔一层皮肤,随时有相互拥抱等的可能,而“捏着利刃”,更使相互的杀戮变得易如反掌。

但真正的主角还在后头:

> 路人们从四面奔来,密密层层地,如槐蚕爬上墙壁,如蚂蚁要扛鲞头。衣服都漂亮,手倒空的。然而从四面奔来,而且拼命地伸长颈子,要赏鉴这拥抱或杀戮。他们已经豫觉着事后的自己的舌上的汗或血的鲜味。

这就是鲁迅笔下著名的“看客”。这段描写对看客进行了非人化的处理,它们就像嗅觉灵敏的动物发现猎物一样,从四面八方围聚而来,以争夺这空前的眼睛的盛宴,“密密层层地,如槐蚕爬上墙壁,如蚂蚁要扛鲞头”,形象而且令人恐惧。“衣服都漂亮”,对应于被看者的裸身,衣服,本为文明的标志,而裸身于“旷野”,则是非文明的存在。看客之所以奔趋而来,正是被看者的裸身对立与由此可能发生的冲动行为。本来,在前文的理解中,拥抱与杀戮已达到最基本的生物学真理与最形而上的精神体验的合一,但在看客眼里,却又回到性与暴力,这两者,正是人类社会中最具诱惑力的“示众”的材料。

但吊诡的是,裸身对立于旷野的男女处于“即将”的姿态,却突然定格,将可能的行为无限期地拖延下去:

> 然而他们俩对立着,在广漠的旷野之上,裸着全身,捏着利刃,然而也不拥抱,也不杀戮,而且也不见拥抱与杀戮之意。
>
> 他们俩这样地至于永久,圆活的身体,以将干枯,然而毫不见有拥抱或杀戮之意。

男女在充满可能性的姿态中静止,时间在渐渐干枯的身体中慢慢流逝。行动的可能性也在肉身的石化中渐渐凝固,终于凝成为一尊充满张力的雕像。看客们“拥抱与杀戮”的殷切期待渐渐变成梦幻泡影。

> 路人们于是乎无聊;觉得有无聊钻进他们的毛孔,觉得有无聊从他们自己的心中由毛孔钻出,爬满旷野,又钻进别人的毛孔中。他们于是觉得喉舌干燥,脖子也乏了;终至于面面相觑,慢慢走散;甚而至于居然觉得干枯到失了生趣。

这也许是我所见到的对“无聊”的最精彩的描写。“无聊”，本是较为“虚”的一种体验，这里通过比喻加以实写，使之具有了极佳的视觉效果，看客们由期待而疑惑、由疑惑而失望、由失望到扫兴、由扫兴到疲乏，直至完全绝望的心理过程，以及这些感觉由你到我、由我到他、由一传百、由百传千的连锁反应，如同被看者身体的干枯，都让它们在时间的流逝中得以呈现，可以目睹。如此描写，最大地拉长了“无聊”这两个字的过程，如慢镜头，充分展示了看客们的狼狈，使“无聊”成为它们的最后主题。于是，不是看客，而是被看者，成为了最终的胜利者：

> 于是只剩下广漠的旷野，而他们俩在其间裸着全身，捏着利刃，干枯地对立着；以死人似的眼光，赏鉴这路人们的干枯，无血的大戮，而永远沉浸于生命的飞扬的极致的大欢喜中。

看客成为被看者，被看者最终成为看“看客”者，这是一场有趣的无声较量，地位的最后置换，使胜负立转。然而，这较量，采取了典型的“即以其人之道，还治其人之身”的方式，颇有点恶作剧的意思，就像儿童玩的对视游戏，谁看得最久，谁就是胜者，有点儿恶趣，也带点儿调侃与自嘲。有意思的是这样的描写：已经“干枯”的男女，以“死人似的眼光”，来看“看客”，“赏鉴这路人们的干枯”，并称之为“无血的大戮”，一个悖论套着一个悖论。这场胜利，正是在悖论中完成的。“无血的大戮”，具有双重内涵，既是指没有实施的男女间的相互杀戮，更是指他们通过拒绝被看并反过来看“看客”们，最后“无血”地杀死了他们，成为这场没有硝烟的“看——被看”较量的胜利者。因而，男女最终“永远沉浸于生命的飞扬的极致的大欢喜中”。

这就是所谓“复仇”。虽然“复仇”终获成功，但实际上是一场无奈的胜利，因为，复仇的对象不是原来意义上的敌人，而是自己曾试图竭力救助的民众。抽刀转向自己人，无论如何，这不是好消息，再大的胜利，也不值得奔走相告。复仇，顾名思义，是一种报复行为，复仇者肯定受尽了对方的欺诈与背叛，否则，他不会急于向自己人施以报复。《野草》在一开始确立了死亡意向后，却以两篇《复仇》紧随其后，两次“复仇”，都指向“自己人”。这说明，《野草》的绝望，已不是针对原来意义上的敌人，而就是自己曾经爱的和试图救助的大众。庸众,已成为绝望的中心情结。

中国近代转型的艰难,使启蒙的重任历史地落到了鲁迅这一代人身上,作为这代人的先驱和杰出代表,鲁迅以他对国民性的思考与批判,在中国现代启蒙思想中形成了一个独具深度的视点,同时,也要看到,正如他曾所引用的庄子的名言,“察见渊鱼者不祥”,他对国民性的洞察,给他带来了过多的绝望。作为启蒙者,在他一生的事业中,与其纠缠最多的,不是其他人,正是所要启蒙的民众。弃医从文——这已成为中国现代启蒙的经典事件,就是受刺激于愚昧的民众只能做示众的材料和看客。在日本的第一次绝望,固然直接来自于几次受挫经历,但那一蹶不振的绝望情绪,却是来自庸众的不可救药,这一点,甚至在早期的文言论文中已有所披露。[①] S 会馆时期“铁屋子”的比喻,指向的依然是昏睡中的民众,虽然在钱玄同的劝说下,他又一次勉为其难地出山,但在出击身姿的背后,仍隐伏着来自思想深处的绝望,“五四”的退潮,又使这伏线浮现出来。其实,在其启蒙文学的代表作《阿 Q 正传》中,阿 Q 身上的调侃因素,已现出对民众信心的动摇。20 年代初鲁迅迷上了阿尔志跋绥夫的《工人绥惠略夫》,并尽全力进行翻译,这篇小说的主人公绥惠略夫,本来是为了救民众,但却屡次遭遇民众的冷漠和迫害,最后,他开始向民众复仇,“对于不幸者们也和对于幸福者一样的宣战了”[②]。《彷徨》中有一篇《示众》,对中国看客的愚昧和无聊,进行了集中的“示众”。这些,透露着鲁迅启蒙的深层危机,民众的愚昧,也就是说他们的不可启蒙性,终于使他再一次陷入绝望之中。在一种绥惠略夫式的快意恩仇的冲动中,绝望中的复仇之剑,终于指向他爱恨交织的庸众。

由绝望转而向民众的复仇之剑,其逻辑,必然是进而最后指向自己,随着这一变异复仇的启动,真正的自杀行动也就开始了。正如前文已经指出

---

① 鲁迅日本时期的文言论文《摩罗诗力说》,即怀有强烈感情叙说拜伦对所欲拯救的希腊民众的失望,如“苟奴隶立其前,必衷悲而疾视,衷悲所以哀其不幸,疾视所以怒其不争”、“裴伦平日,至不满于希腊今人,尝称之曰世袭之奴”、“裴伦大愤,极诋彼国民性之陋劣;前所谓世袭之奴,乃果不可猝救如是也。”参见《鲁迅全集》第 1 卷,第 80—81 页。

② 鲁迅:《集外集拾遗补编·译了〈工人绥惠略夫〉之后》,《鲁迅全集》第 8 卷,第 168 页。

的,自虐的意向已经在这一篇出现。因此不难理解,向民众的复仇伴随着深刻的自残与自虐的潜在意向,这一意向,最终会成为主导的旋律。在《影的告别》和《求乞者》之后,《野草》正式启动了死亡的过程,它带领我们向深渊走去,走向那从没有人从那里回来过的死亡。

**启蒙者的最后收获:《复仇(其二)》细读**

不同于上一篇的虚构,这一篇《复仇》,直接取材于最著名的宗教事件——耶稣被钉十字架。

耶稣被钉十字架的故事,在《新约》中就有多个版本,该篇的重述,是一次对经典的继续书写。

> 因为他自以为神之子,以色列的王,所以去钉十字架。

对事件原因的交代只有一句,极为简略。在《新约》中,作为基督,耶稣本为上帝之子,上帝派他来到人间传递福音。他来到人间,给病人治病,帮助苦难的人们,一边把上帝的福音传给他们,获得越来越多的人的信任,跟随他传福音的门徒也越来越多,人们都视他为未来犹太人的王。耶稣的影响引起了旧教的祭司长、长老和文士们的恐慌,他们加紧迫害耶稣,门徒们曾劝耶稣逃避,但他还是继续传福音,最后终于被抓住。罗马总督彼拉多也不知道该如何处置耶稣,去征求犹太人的意见,但众人主张钉十字架。彼拉多为讨好他们,就照办了。反过来再看那第一句话的交代,可以看出,“自以为”的表述,并没有给予耶稣究竟是否“神之子”的信息,这与《新约》的宗教言述已悄悄发生偏离。

> 兵士们给他穿上紫袍,戴上荆冠,庆贺他;又拿一根苇子打他的头,吐他,屈膝拜他;戏弄完了,就给他脱了紫袍,仍穿他自己的衣服。
>
> 看哪,他们打他的头,吐他,拜他……

这里的描述都是根据《新约》的记载,据《新约》,耶稣在被钉之前,曾被兵士们虐待和戏弄。描述的具体细节主要根据成书最早的《马可福音》①,

---

① 《马太福音》成书于主后60—70年,被放在《新约》之首,因为非常适合作介绍新约圣经的序言。《马可福音》成书于主后55—65年,《路加福音》成书于60—63年,《约翰福音》成书最迟,为主后80—95年。

两者几乎完全一致。

> 他不肯喝那用没药调和的酒,要分明的玩味以色列人怎样对付他们的神之子,而且较永久地悲悯他们的前途,然而仇恨他们的现在。
>
> 四面都是敌意,可悲悯的,可咒诅的。

据《马可福音》第十五章记载,钉十字架前,曾有兵士拿用没药调和的酒给耶稣喝,被他拒绝。没药,又称末药,由没药树树皮中渗出的脂液凝结而成,用以镇静、麻醉。耶稣为什么临刑之前拒绝麻醉?这在《新约》中并没有交代,但《复仇》(其二)却着重对此进行发挥。原来,耶稣的拒绝,是为了清醒地“玩味”以色列人是怎样杀死他的,并亲自体验他们的愚昧和无知。“玩味”,一词,颇值得玩味,这里包含了怎样复杂的感情?当然,在兵士和以色列人眼里,被钉上十字架的耶稣是他们玩味的对象,前文已交待,兵士们已对他尽情戏弄,但现在,钉在十字架上的耶稣却反过来玩味他们,这颇有前一篇《复仇》的看“看客”的意思。但“玩味”的内容还远不止这些。

> 丁丁地响,针尖从掌心穿透,他们要钉杀他们的神之子了,可悯的人们阿,使他痛得柔和。丁丁地响,针尖从脚背穿透,钉碎了一块骨,痛楚也透到心髓中,然而他们自己钉杀着他们的神之子了,可咒诅的人们阿,这使他痛得舒服。

《新约》无以描述的耶稣被钉十字架的主观感受,成为描述的主要对象,这感受,又岂是“痛苦”两字能够了得。首先通过对细部的具体展示,耶稣被钉的过程,被残酷地拉长,在钉子被打进肉体的“丁丁地响”声中,我们仿佛亲眼看见“针尖从掌心穿透”、“针尖从脚背穿透”,而且,竟然具体到“钉碎了一块骨,痛楚也透到心髓中”。在这一过程中,耶稣的复杂感受,被更为细致地描述出来,前一段的“而且较永久地悲悯他们的前途,然而仇恨他们的现在”的复杂感情,在这里与被钉时的痛苦感受交糅到一起,汇合成空前复杂的相互纠缠:“可悯的人们阿,使他痛得柔和”、“可咒诅的人们阿,这使他痛得舒服”。一方面是悲悯与咒诅,一方面是尖锐的疼痛,而这疼痛,在“悲悯”与“咒诅”的搀和下,竟然是“痛得柔和”、“痛得舒服”。“他们(要)(自己)钉杀(着)他们的神之子了”的复沓,如前文的“看哪,他们打他的头,吐他,拜他……”,把叙述放在全知展示者的视角,以展示耶稣被以色列人钉上十字架这一事实的确凿与荒唐,但耶稣的复杂感受,却无疑是出自极为自我和深刻的限知视角。为了在有限的行文中达到多重表达的目标,叙述的角度尤为跳跃。

我们在上一篇《复仇》中已经揭示的自虐意象,在耶稣的复杂感受中再一次闪现。肉体的客观疼痛与主观的“柔和”、“舒服”联合在一起,构成了一种悖论式的存在。也许,人的无论是精神的还是肉体的感受,在其顶端,往往是最对立的感受融合到一起,如佛教高僧对死亡感受——“悲欣交集”。但是,《复仇》(其二)对痛苦的集中展示,以及对痛苦感受的悖论式处理,却潜隐而强烈地显示了自虐的意向。通过叙述的改造,宗教典籍中客观记载的一次事件,在这里转换为一个心理事件,行刑的过程,展现为耶稣感受的过程,耶稣的痛苦,成为叙述的焦点;为了强化这一感受,肉体的痛苦转化为精神的痛苦,单调的痛苦转化为复杂的难以言传的心灵感受。这些“偷换”般的处理,不仅使耶稣被钉十字架的外在描述,成为耶稣痛苦感受的直接展示,而且,也使耶稣对痛苦的被动承受,演变为对痛苦的“享受”过程。

十字架竖起来了;他悬在虚空中。

又转换到展示者的视角。“他悬在虚空中”,此语实在好极!这六个字后,似乎隐伏着太多的内涵。耶稣被钉上十字架后,十字架被众人竖起来,耶稣被挂在半空中,别无依靠,这在字面上可以说是悬在了“虚空”中。但是且慢,“虚空”一词,在鲁迅那里,经常与“惟黑暗与虚无乃是实有”(《两地书·四》)、“无已,则仍是黑暗和虚空而已”(《野草·影的告别》)和“我将用无所为与沉默求乞/我至少将得到虚无”(《野草·求乞者》)等连在一起,此处“虚空”,亦当别有深意。我觉得,耶稣被所曾想拯救的以色列人钉上十字架,在鲁迅看来,并非如基督教理解的,他的死恰恰是“成了”和“道成肉身”(如《约翰福音》),而就是对他以前所有行为的消解,证明了他的彻底失败,因此,当十字架在“四面都是敌意”中树起来的时候,他也就悬在了可怕的意义虚空中,一切归于虚无。这是一个绝望的耶稣,他的心,此时也一定虚无到极点。

> 他没有喝那用没药调和的酒,要分明地玩味以色列人怎样对付他们的神之子,而且较永久地悲悯他们的前途,然而仇恨他们的现在。
>
> 路人都在辱骂他,祭祀长和文士也戏弄他,和他同钉的两个强盗也讥诮他。
>
> 看哪,和他同钉的……
>
> 四面都是敌意,可悲悯的,可咒诅的。

十字架树起来后,再一次进行复沓,但加入了祭司长和文士们对耶稣的嘲笑,甚至和耶稣同钉十字架的另两个不幸者,竟然也在讥诮他,“看哪,和他同钉的……”,这里有说不出来的愤激和无奈,真正是“四面都是敌意”,彻底的虚空!

> 他在手足的痛楚中,玩味着可悯的人们的钉杀神之子的悲哀和可咒诅的人们要钉杀神之子,而神之子就要被钉杀了的欢喜。突然间,碎骨的大痛楚透到心髓了,他即沉酣于大欢喜和大悲悯中。
>
> 他腹部波动了,悲悯和咒诅的痛楚的波。

耶稣的痛苦和感受,通过变奏再一次集中展现。这已钉在十字架上的耶稣,这悬挂在虚空中的耶稣,面对着四面的敌意和嘲笑,从鲜血淋漓的手足,痛楚正一阵阵袭来,但在这致命的痛楚中,依然交织着对以色列人的复杂情感。“玩味着可悯的人们的钉杀神之子的悲哀和可咒诅的人们要钉杀神之子,而神之子就要被钉杀了的欢喜”,这是极少见的繁复的、语词间相互纠缠的长句,似乎不符合简洁的要求,但似乎只有如此,才能充分表达那种所有情感纠集到一起时的复杂状态。试看,该句如果简化处理,那就是:“玩味着悲哀和欢喜”,然后是两个超长的修饰语,这“悲哀”,是“可悯的人们的钉杀神之子”的“悲哀”,这“欢喜”,是“可咒诅的人们要钉杀神之子,而神之子就要被钉杀了”的“欢喜”。如此写来,难言之味顿失。第一次对耶稣心理的展示,是“要分明地玩味以色列人怎样对付他们的神之子,而且较永久地悲悯他们的前途,然而仇恨他们的现在”。第二次是让“可悯”与“可咒诅”汇入被钉时的“痛”,而这一次,“可悯”与“可咒诅”分别与“悲哀”与“欢喜”配合起来。可以看出,之所以“悲哀”,是因为他们不知道,他们所杀的正是要带给他们福音的人,他们对耶稣的屠戮,必将葬送他们的将来,之所以“欢喜”，是因为这些可咒诅的人们就要杀死他们的“神之子”了，“神之子”即将离去，他们的末日就要来临，这是罪有应得。极度相反的情感反应，都源于一个不祥的预测——灭亡，这是怎样的“悲哀”和“欢喜”！难以言传的“悲哀”与“欢喜”的交织，非常巧妙地转化成生理现象而表现出来——“他腹部波动了，悲悯与咒诅的痛楚的波。”真正是“悲欣交集”！

> 遍地都黑暗了。
>
> “以罗伊，以罗伊，拉马撒巴各大尼?!”（翻出来，就是：我的上帝，你为甚么离弃我?!）

耶稣的临终之言的描述，仍然主要根据《马可福音》。其实，对于耶稣临终之言，四福音书的记载并不相同，稍早出的《马可福音》，记载的是耶稣最后对上帝的追问，而在晚出的《路加福音》和《约翰福音》中，耶稣临终之前并没有发出疑问，而是非常安静地走了，耶稣不仅没有疑问，而且对他的死的意义，早已了然于心，也就是说，他知道上帝派他来，也要让他离去，他将与上帝同在。①《复仇》（其二）在取材上偏向于最早出的《马可福音》，应不是材料的局限，而是有自己的取舍与偏向。让耶稣最后充满疑惑和略带怨愤地去质问上帝，说明耶稣不仅失败于自己的事业，而且被上帝离弃了，这是双重的绝望。他终于不是“神之子”。

> 上帝离弃了他，他终于还是一个“人之子”；然而以色列人连“人之子”都钉杀了。
>
> 钉杀了“人之子”的人们的身上，比钉杀了“神之子”的尤其血污，血腥。

耶稣终于不是“神之子”。对于“钉杀了‘人之子’的人们身上，比钉杀了‘神之子’的尤其血污，血腥”这句话，历来较有争议。基于前文解读的脉络，其实并不难理解：耶稣不是“神之子”，就是以色列人的儿子，以色列人杀死的并不是他们以为的“异类”，而就是他们自己的给他们带来福祉的杰

---

① 关于耶稣临死前的话，《路加福音》的记载是：“耶稣大声喊着说：‘父啊！我将我的灵魂交在你手里。’说了这话，气就断了。”《约翰福音》的记载的是：“耶稣尝了那醋，就说：‘成了！’便低下头，将灵魂交付神了。”

出儿子。难道还有比这更其“血污”的吗?

《复仇》(其二)借用耶稣被钉十字架的经典事件,极写了先驱者对庸众的绝望。该篇对事件过程的描述严格遵守原典(《马可福音》),可谓言必有据,同时又对这一宗教故事进行了出色的改写,叙述的中心放到了耶稣的心理感受中,通过对耶稣被钉十字架过程中的心理的慢镜头展示,宗教文本中客观记载的事件,被转换成一个复杂的心理事件,因而也有趣地转换了这一宗教事件的原有精神内涵。在《新约》的叙述中,耶稣走向十字架,是非常坦然的,他没有逃避,说明他已置生死于度外,或者他已经知道,死亡正是上帝所安排的成就福音的必由之路。因此,十字架上的耶稣,面对种种凌辱和折磨,并没有表现出非常矛盾的心理过程,这是一种就死的信仰状态,而对钉杀他的人,他只会给以他固有的宽恕,何况他们所做的他们并不知道。鲁迅把宗教故事中缺席的耶稣心理过程展现出来,展现的却是一个肉体凡胎的耶稣,他对于钉杀他的以色列人,既仍怀着深深的悲悯,同时又交织着强烈的仇恨,存有报复的冲动,甚至有点幸灾乐祸。经过鲁迅“六经注我”的地处理,耶稣被钉十字架的经典意义被消解,被输入了“哀其不幸,怒其不争”的精神内涵,这耶稣,其实也是极为鲁迅化的耶稣。

如果说第一篇《复仇》还算是一场无奈的胜利,毕竟看客们最终落荒而逃,那么,这一次复仇却没有获得成功,耶稣不仅被钉杀,而且被上帝抛弃,彻底陷入绝望之中。复仇者的复仇,发生于被钉十字架后,其复仇,只能在心理上想象性地完成,如同“精神胜利法”,最终于事无补。耶稣复仇的可能性,最后只能体现在,他的被杀死,同时就决定了杀死他的人们的必将灭亡,虽然无奈,但这里面隐藏着极为可怕的信息。对于耶稣来说,面对这些民众,他唯一所能获得的,只能是“丰富的痛苦”!

## 二、《野草》细读(之二)

### “希望”的三层悖论:《希望》细读

1925年1月1日夜,鲁迅写下《希望》。这一天是元旦。

每逢元旦,人们总是习惯于庆贺、总结和展望。也许是在撕下日历时,才突然发现又一个节日跳入眼帘,当白天和晚上围绕“元旦”的人声彻底平息之后,深夜,在新的一年的门槛上,这个正处于人生最低点的人,枯坐面对孤灯下的白纸，情不自禁地写下“希望”二字。

在鲁迅文字中，难以找到他对“节日”的好感，节日，似乎永远属于别人，而与这个孤寂多思的人无关。他有关节日的文字不多，《祝福》，也许是读者最先想到的，不错，这篇小说以中国旧历新年为背景，但在这大红喜气的背景上，却描述了一个乡村女人黑色的“悲剧”，祥林嫂生的苦难和死的挣扎、这个“愚妇”独自面对死亡时的严峻及最终充满疑惑的死，在旧历新年祝福的氛围里，显得多么无助与无告，那最后一段对祝福气氛的渲染，使节日成了最后乐章中唯一喧嚣的主题，正是节日，最终彻底埋葬了祥林嫂的苦难和质问。鲁迅对于中国的节日似乎是较为麻木的，《野草》中，有一篇《好的故事》，这也许是《野草》中最为亮色的一篇，就写于旧历新年除夕，但这里的“亮色”与除夕无关，相反，除夕的鲁迅是如此孤寂：“鞭爆的繁响在四近，烟草的烟雾在身边：是昏沉的夜。”在人们欢度春节的时候，他竟然独自向隅沉沉睡去，所谓“好的故事”，是他做的一个梦，生活在别处。

值此新年之际，这个身处绝望的人，到底“希望”什么呢？

> 我的心分外地寂寞。
>
> 然而我的心很平安；没有爱憎，没有哀乐，也没有颜色和声音。
>
> 我大概老了。我的头发已经苍白，不是很明白的事么？我的手颤抖着，不是很明白的事么？那么，我的魂灵的手一定也颤抖着，头发也一定苍白了。

似乎是一个病者在诉说自己的病情，但没有医生，也没有任何倾听者。倾诉的语调，只能针对自己。学医出身的鲁迅，一边作为病人诉说自己的病情，一边作为医生作出自己的诊断。从病人的陈述看，可以抓住三个关键词：“寂寞”—“平安”—“老了”，“寂寞”是现在的状况，但并不成问题，因为，“我”曾经寂寞、一直寂寞并已习惯于寂寞；问题是——“然而我的心很平安”，它表现为“没有爱憎，没有哀乐，也没有颜色和声音”。以前寂寞，但从没平安过，现在寂寞，但感到平安，不是“寂寞”，而是“平安”，才是症结所在；由此推出——“我大概老了”，这是最后的诊断。此处逻辑颇为清晰。

这里所言的疾病，不是肉体的，而是精神的。但也有肉体的症状提供佐证——头发的苍白与手的颤抖。写此文时的鲁迅，已经 45 岁，人过中年。

每一个走近中年的人,对于头上油然而生的“白发”,大概都会有所触动的吧,重视生命的鲁迅,当对头上突然出现的“害群之马”——白发极为敏感;更可怕的是手的颤抖,这是真正的病的迹象,鲁迅确曾出现此病状,在和许广平的厦门通信中,他曾多次提到自己的手的颤抖。[1] 现代医学一般认为,手颤抖是帕金森症的前期症状,随着年龄的增加越来越严重,鲁迅去世早,我们现在不能断定他是否患有此病,但手的颤抖一定被他看成正在老去的病兆。

但信仰人的精神存在的鲁迅,所怕的还不是肉体的老去,而是精神的衰老。因此,最终得出的是这一惊心动魄的诊断——“我的灵魂的手一定也颤抖着,头发也一定苍白了。”这种典型的《野草》式的虚实结合的句子,让我们似乎得以一窥那“犹抱琵琶半遮面”的“灵魂的手”和“灵魂的头发”,如同《影的告别》中那“举灰黑的手装作喝干一杯酒”的“影”的“手”,令人难以释怀。把笔触深深插入人的灵魂、精神深处的鲁迅,在《野草》中最为出色地调动了这一以实写虚的手法。

> 然而这是许多年前的事了。
>
> 这以前,我的心也曾充满过血腥的歌声:血和铁,火焰和毒,恢复和复仇。而忽而这些都空虚了,但有时故意地填以没奈何的自欺的希望。

回顾从前,是为了追踪生命老去的轨迹。“血腥的歌声:血和铁,火焰和毒,恢复和报仇”种种,可以说是对自己青年时期曾有的激情的回顾。刚到日本留学时的周树人,和晚清许多踌躇满志的热血青年一样,曾写下“我以我血荐轩辕”的豪迈诗句,他“往会馆,跑书店,听演讲”,还加入过革命团体光复会。他先是选择学医以拯救国人的病体,后又弃医从文转以拯救国人的灵魂。他筹办文学杂志,失败后又翻译小说出版,并撰写论文在《河南》杂志发表,从 1907—1908 年发表的系列长篇文言论文看,青年鲁迅高瞻远瞩、指点江山、激扬文字。这确是一段不“平安”也不平常的经历。

然而这些都失败了。《新生》杂志,中途夭折,《域外小说集》上册,只卖

---

① 如《两地书 · 八六》鲁迅致许广平信(1926 年 12 月 3 日)中说:“但今天我发见我的手指有点抖,这是吸烟太多了之故,近来我吸到每天三十支了,从此必须减少。”几天后许广平在回信中(《两地书 · 九四》1926 年 12 月 12 日)询问:“你的手有点抖,好了没有?”(《鲁迅全集》第 11 卷,第 228 页、第 245 页。)

出20本，具有真知灼见的系列文章，也没有得到任何反响。——“忽而这些都空虚了”。这次影响鲁迅一生的早年挫折体验，在他的许多文章中都有描述，《墓碣文》把它描述为“在浩歌狂热之际中寒”[①]，《〈呐喊〉·自序》对此有更为伤感的回忆：“我感到未尝经验的无聊，是自此以后的事。我当初是不知其所以然的；后来想，凡有一人的主张，得了赞和，是促其前进的，得了反对，是促其奋斗的，独有叫喊于生人中，而生人并无反应，既非赞同，也无反对，如置身毫无边际的荒原，无可措手的了，这是怎样的悲哀呵，我于是以我所感到者为寂寞。这寂寞又一天一天的长大起来，如大毒蛇，缠住了我的灵魂了。”[②]这就是鲁迅人生的第一次绝望。

绝望以后的人生是如何度过的？鲁迅在此非常精炼而形象地描述为：

> 但有时故意地填以没奈何的自欺的希望。希望，希望，用这希望的盾，抗拒那空虚中的暗夜袭来，虽然盾后面也依然是空虚中的暗夜。然而就是如此，陆续地耗尽了我的青春。

这段人生被描述为“自欺”，其实，这是鲁迅对自我经历的非常贴切的描述，对理解他这一段历程非常重要。我们知道，日本时期的绝望后，鲁迅陷入了沉默，北京S会馆隐默的六年，正是他第一次绝望的标志。这段沉默终止于1918年5月《狂人日记》的发表，在钱玄同的劝说下，鲁迅打破沉默，开始为《新青年》写稿，成为新文化阵营的一员。今天，鲁迅已被视为五四新文化运动的旗手，在此一叙事中，他之加入《新青年》，不仅是主动地，而且甚至是主导的，但如果从《〈呐喊〉·自序》叙述看，他之加入却是相当被动。曾经沧海的鲁迅，对于陈独秀们的所为，自然在价值立场上极为赞同，但对他们成功的可能性，内心中并不抱希望。钱玄同拉他加入，首先遭到拒绝，并暗示以著名的“铁屋子”的比喻，“铁屋子”所言者，无非绝望。但戆直而好辩的钱玄同的一句无心的“抬杠”，却让鲁迅心中的天平发生小小的偏转，因而答应了他。似是遭到当头棒喝后的顿悟，其实，与其说是钱玄同启发了鲁迅，不如说是鲁迅的一个自己说动了另一个自己，借钱玄同的话，交

---

① 鲁迅：《野草·墓碣文》，《鲁迅全集》第2卷，第202页。
② 鲁迅：《呐喊·自序》，《鲁迅全集》第1卷，第417页。

织于心中的希望一绝望之争,又让前者占了上风。从这里可以感受到“希望”对鲁迅信念般的力量。但这并不表明,他的加入《新青年》就是主动的,因为他的“顿悟”是这样的:“是的,我虽然自有我的确信,然而说到希望,却是不能抹杀的,因为希望是在于将来,决不能以我之必无的证明,来折服了他的可有,于是我终于答复他做文章了,这便是最初的一篇《狂人日记》。”① “希望”,只是作为一种未来的可能性,放到了行动之后,希望也许有,也许无,但希望的有无首先在于行动,与其说肯定了希望,不如说肯定了行动。在说到重新发言的动机时,他又说:“在我自己,本以为现在是已经并非一个切迫而不能已于言的人了,但或者也还未能忘怀于当日自己的寂寞的悲哀罢,所以有时候仍不免呐喊几声,聊以慰藉那在寂寞里奔驰的猛士,使他们不惮于前驱。”②“在我自己”的强调,无非是说,同意出来写文章的直接动机并非上面所说的希望,而是对“如我那年青时候似的正做着好梦的青年”的“同情”,而本来应作为文学启蒙的首要动机的所谓启蒙主义希望,这次被放到了第二位,更准确地说,是作为由外在“同情”所启动的行为的可能性结果而出现的。无论如何,鲁迅承认了,外在因素是这次写作行为的主要动机,本来是内在动因及行动前提的“希望”,被置于行动之后,只不过是将来的“可有”,在这个意义上,“呐喊”,并不是完全发自自己的内心。鲁迅在说到自己小说中的“曲笔”时,指出有两个原因,一是“须听将令”,二是“至于自己,却也并不愿意将自以为苦的寂寞,再传染给也如我那年青时候似的正做着好梦的青年”③。都是为了他人。所谓“曲笔”,在鲁迅的意思是不如实去写,也就是说,“寂寞”是真实的,“好梦”是虚幻的,那么,鲁迅对真实的保留,其目的就是不唤醒他们,免得遭受“寂寞”之苦,这似乎又回到“铁屋”比喻中的立场,同是不唤醒,“铁屋”理论指的是不把人从“昏睡”中唤醒,这里指的是不把人从“好梦”中唤醒,两者都肯定了绝望的事实。可以说,“希望的盾”,对于第二次出山的鲁迅,已失去实质的抵抗作用,与其说是拿来抵抗的“盾”,不如说是自我安慰的符号。“盾后面也依然是空虚中的暗

① 鲁迅:《〈呐喊·自序〉》,《鲁迅全集》第1卷,第419—420页。
② 同上。
③ 同上。

夜”，当然可以理解为：“我”拿着盾抗击黑暗，但四面都是黑暗，我被黑暗包围；但如果我们进一步展开联想，如果“盾后面”是指——拿盾的人心中就有黑暗！这将构成一幅多么恐怖、绝望的画面：无边的黑暗中，只有一只“盾”——希望的符号在黑暗中漂浮，后面空无一物。这构成了一个难以克服的终极悖论。

我以为，这就是《希望》中的第一个悖论。但紧接着，是对这一悖论的突围：

> 我早些岂不知我的青春已经逝去了？但以为身外的青春固在：星，月光，僵坠的蝴蝶，暗中的花，猫头鹰的不祥之言，杜鹃的啼血，笑得渺茫，爱的翔舞。虽然是悲凉漂渺的青春罢，然而究竟是青春。

“我”之所以仍然不知疲倦、义无反顾地反抗，是因为寄希望于“身外的青春”。身内的青春与“身外的青春”，由于秉承共同的“希望”，连成了一体，你的就是我的，因此，虽然“我”身内的青春已经流逝，但你们的身外的青春继续着希望的事业。一系列朦胧缤纷的意象，呈献出“暗夜”中“悲凉漂渺”的青春图景，让人仿佛目睹那些激烈而脆弱的青年人在禁闭与压制中辗转反抗的模糊背影。但是，新的悖论又出现了：

> 然而现在何以如此寂寞？难道连身外的青春也都逝去，世上的青年也多衰老了么？

我老了，但寄希望于身外的青春，然而，他们的青春也消逝了。——这大概是《希望》的第二个悖论。接着是对第二个悖论的突围：

> 我只得由我来肉薄这空虚中的暗夜了。我放下了希望之盾，我听到 Petofi Sandor（1823—49）的“希望”之歌：
>
> 希望是甚么？是娼妓：
> 她对谁都蛊惑，将一切都献给；
> 待你牺牲了极多的宝贝——
> 你的青春——她就弃掉你。
>
> 这伟大的抒情诗人，匈牙利的爱国者，为了祖国而死在可萨克兵的矛尖上，已经七十五年了。悲哉死也，然而更可悲的是他的诗至今没有死。

“身外的青春”既已失去,我不得不赤膊上阵,亲自“肉薄”。裴多菲诗句的大段引用,散发出直接而浓烈的绝望气息,不是深受希望之骗的人,大概不会如此认同这样直白的愤激之语吧。似乎,“绝望”已到达山穷水尽的地步。

> 但是,可惨的人生!桀骜英勇如Petofi,也终于对了暗夜止步,回顾着茫茫的东方了。他说:
>
> 绝望之为虚妄,正与希望相同。

这真是悬崖勒马,推向极致的绝望又得以回过头来。裴多菲终于对着“暗夜”止步,回顾茫茫的东方,为什么?害怕?难以忍受?还是不愿真正绝望?

“绝望之为虚妄,正与希望相同”,这句话出自裴多菲1847年7月17日致友人的一封信,这封信介绍自己的一次旅程经历,说自己乘坐的车由一匹看上去极为驽劣的马拉着,当时感到非常的绝望,但是,没想到这匹马特别棒,速度飞快,别的贵族老爷的马都赶不上,所以说,“绝望是那样地骗人,正如希望一样”。借裴多菲的这句话,构成了对同样是裴多菲的“‘希望’之歌”的反驳。这句话被鲁迅翻成极具哲学味的“绝望之为虚妄,正与希望相同”,使这句本来显得很一般的表述,摇身一变而带上了内蕴深刻的格言风格,其实也成为“鲁迅哲学”的最经典表达。这可能是翻译史上化一般为神奇的最成功的范例之一。

“骗人”,改为“虚妄”,真是点石成金。“虚妄”一词的古典风格及其词义上的摇曳不定,使这句格言顿时变得古奥莫测。虚者,妄者,都含有不真,不实之义,佛教中有“虚妄”一说,是指非真实的言论和性相或空无自性的世界本质。鲁迅的这句翻译,字面上理解起来,即绝望和希望一样都是不真实的。这句话在本文中两次出现,这一次出现,应是在否定希望之后,又否定了绝望,文本的意义指向是“希望”,也就是说,这次强调的是:绝望之为虚妄。虚妄成了一个中介,绝望借回到虚妄,与希望达成了暂时的抗衡。

> 倘使我还得偷生在不明不暗的这“虚妄”中,我就还要寻求那逝去的悲凉漂渺的青春,但不凡在我的身外。因为身外的青春倘一消灭,我身中的迟暮也即凋零了。

> 然而现在没有星和月光,没有僵坠的蝴蝶以至笑的渺茫,爱的翔舞。然而青年们很平安。

似乎又回到前面的第二个悖论。是啊,费尽周折后所达到的"绝望之为虚妄",也不过是重回以前的状态,即希望与绝望之间的"不明不暗"的状态,这一折中状态长期纠缠着鲁迅,正是《野草》一开始就要力求摈弃的,《影的告别》中,彷徨于光明与黑暗之间的"影"已经身心交瘁,急于作孤注一掷的悲壮选择。无疑,这里远不是终点。但这一回环并不是简单的重复,而是为了推向更高处的再一次出发。

> 我只得由我来肉薄这空虚中的暗夜了,纵使寻不到身外的青春,也总得自己来一掷我身中的迟暮。但暗夜又在那里呢?现在没有星,没有月光以至笑的渺茫和爱的翔舞;青年们很平安,而我的面前又竟至于并且没有真的暗夜。

以"肉薄""暗夜"来"一掷身中的迟暮",是在"我"已"衰老"且"身外的青春"也已"逝去"后的最终无奈的选择,至此,通过层层剥笋所要最终抵达的立场,似乎就要达到。但就在此时,意想不到的一句突从天外飞来——"但暗夜又在那里呢?"这一节外生枝的追问使以前的文思秩序顿时陷入混乱,进入新的无所适从的未知状态!这是《希望》的第三个也是最后一个悖论。真是刀锋上的历险!通过对作为反抗对象的"暗夜"的一笔勾销,釜底抽薪地消解了前此围绕希望与绝望的一切纠缠,连反抗的意义都不存在了,还谈什么希望与绝望?否定至此,真正是山穷水尽了。

> 绝望之为虚妄,正与希望相同!

那句谜一般的隽语再一次奏响,成为整个乐章的最后一击。这一最终的突围,决不是再一次重申"绝望之为虚妄",因为范式已经转换。我认为,至此,鲁迅哲学才真正形成。在最终定型的这句话中,既没有站在绝望一边,也没有站到希望一边,而是站到虚妄之上。这一虚妄,不再是"希望"之为"虚妄"的"虚妄"(否定希望),也不是"绝望之为虚妄"的"虚妄"(否定绝望),而是既否定了"希望",也否定了"绝望"的"虚妄"。在这一新的逻辑中,否定绝望,并不等于就肯定希望,反之亦然,因而,它不再是"不明不暗”的固有状态,而毋宁说是否定了所有前提和目的后的虚待之“无”,是一次自我的“清场”和“重新洗牌”。否定之后,什么最终留了下来?是行动本身!是反抗本身!反抗,不再需要任何前提,无论是希望,还是绝望,它以自身为目标,以自身为意义,是一种为反抗而反抗的反抗。

**[绝望——虚妄——希望——虚妄——绝望]——→虚妄——→反抗**

鲁迅的反抗成了这个样子,是一个沉重的代价,但太多“黑暗和虚无”的体验,使他不如此就难以为继其反抗的人生。在《过客》中,“过客”拒绝了有着紫色头发的小女孩送给他的裹伤口的布片,并且很突兀地说了一大段令人费解的话:

> 是的。但是我不能。我怕我会这样:倘使我得到了谁的布施,我就要像兀鹰看见死尸一样,在四近徘徊,祝愿她的灭亡,给我亲自看见;或者咒诅她以外的一切全都灭亡,连我自己,因为我就应该得到咒诅。但是我还没有这样的力量;即使有这力量,我也不愿意她有这样的境遇,因为她们大概总不愿意有这样的境遇。我想,这最稳当。

这段话其实同样包含鲁迅反抗的艰辛与无奈。“过客”拒绝别人好意的赠与,并非出于尼采式的自卑与自傲,而是因为别人的好意会成为他的负担。之所以小小的布片都会成为心灵的负担,是因为,就“过客”的秉性来说,任何好意,他都想给以一定的报答,何况“过客”执著前行所要做的,本来就是通过自己的反抗给他们带来幸福,然而,这已经证明是最没有指望的。“过客”显然已在希望和绝望之中挣扎很久,现在,“倔强”而“阴沉”的他已经疲惫于希望与绝望之间的纠缠,想使自己的反抗索性与任何具体的人无关,自我做主,自我负责,没有希望,也没有绝望。但此时一旦接受了某人的好意,其反抗又马上与希望产生关联,即希望自己的反抗能给他带来最多的幸福,这就是“过客”所说,如果接受布片,就会“咒诅她以外的一切全都灭亡,连我自己”,没有一个好东西;“但是我还没有这样的力量”,因此,才会有反而“祝愿她的灭亡”,落得个白茫茫大地真干净!可见,任何前提,都不利于“过客”的反抗。

这个人最终给我们的是一个铁铸的“横站”着的复仇斗士的形象,他很少提到爱,绝不讳言恶,他不仅提倡“以牙还牙”,甚至怀疑“同情”、“感激”

这些人类公认的温暖价值在中国的意义,他最终的遗言竟是煞风景的"一个都不宽恕!"人之将死,其言也善,可见这是他最终的立场。博学的人们很容易发现他的局限,然而,如果我们深入体会其反抗的艰难,自然难以动辄求全责备。《希望》一篇的极尽曲折,就是明证。深入他的内心,我们会发现,其人本来具有更为健全的素质,但在中国的反抗本身,就已先验地决定了他的反抗的样子,也许,在中国,只能有这样的反抗,他也只配有这样的命运。

《希望》,是《野草》的核心,《野草》矛盾的核心——希望与绝望之争,在这只有几百字的短文中,得到了极尽曲折的展示,通过围绕希望和绝望的终极悖论的层层设置和不断突围,鲁迅反抗绝望的哲学,终于锻造而成。全文脉络可以图示如下:

悖论 1→突围 1→悖论 2→突围 2→"希望之歌"→"绝望之为虚妄,正与希望相同"(悖论 3)→"绝望之为虚妄,正与希望相同"(突围 3 ="反抗绝望")

**孤独的舞者:《雪》细读**

《希望》之后,是接连的三篇——《雪》、《风筝》和《好的故事》,巧合的是,三篇都闪现了故乡的影子。我们知道,《希望》写于 1925 年元旦,元旦之后,旧历新年就渐渐近了。似乎,越来越浓的年的气息,也感染了在孤独中挣扎的鲁迅,乡思油然而生。这一篇《雪》,究竟带来了怎样的思绪呢?

> 暖国的雨,向来没有变过冰冷的坚硬的灿烂的雪花。博识的人们觉得他单调,他自己也以为不幸否耶?江南的雪……

《雪》一开始,就以典雅的、唯美的甚至雕饰的长句,描绘了一个温馨而美丽的雪的世界,那徐缓有致的节奏,宛若美丽的雪正从天空缓缓而降。记得小时候读课文时,被这悠然的节奏所迷惑,竟像《从百草园到三味书屋》里的老先生一般,一边读着,一边"将头仰起,摇着,向后面拗过去,拗过去"①。

这样的描绘,这样的节奏,在鲁迅的文章中,却是很不多见的。用语言来描绘世界,就像用手抚摸一个物体,描绘性的语言一遍遍地"抚摸"着物

---

① 鲁迅:《朝花夕拾·从百草园到三味书屋》,《鲁迅全集》第 2 卷,第 282 页。

体,借此呈现了对象。如果说描绘是“抚摸”,则鲁迅擅长的却是“击中”,他的语言常常像是子弹击中苹果一样,一下子就穿透了物体。描绘,是朱自清、郁达夫、徐志摩等的特长,似乎不属于鲁迅。但偶现妩媚,却显示了与前者相比毫不逊色的魅力,不愧又一个“描写的高手”:

> 江南的雪,可是滋润美艳之至了;那是还在隐约着的青春的消息,是极壮健的处子的皮肤。雪野中有血红的宝珠山茶,白中隐青的单瓣梅花,深黄的磬口的腊梅花;雪下面还有冷绿的杂草。胡蝶确乎没有;蜜蜂是否来采山茶花和梅花的蜜,我可记不真切了。但我的眼前仿佛看见冬花开在雪野中,有许多蜜蜂们忙碌地飞着,也听得他们嗡嗡地闹着。

这是江南的雪景。摇曳多姿的文句,是为了再现那“滋润美艳”的世界。毕竟是鲁迅的描写,在丰富多彩中,呈现的多是偏冷的、凝重的色调。但不难看出,绵密而华丽的描写,传达出写作者内心的温暖,读者无法否认:作者爱着笔下写的这一切,更确切的说,这是一种依恋。

与一般人相比,鲁迅的故乡情结并不算深,他甚至明确地说:“我不爱江南。”①于第二次绝望中回顾故乡江南的雪景,到底是为了什么?

第一自然段是自然景物,第二、三自然段则因人的活动,构成了一个场景,这是江南雪景中最典型的场景——堆雪人:

> 孩子们呵着冻得通红,像紫芽姜一般的小手,七八个一起来塑雪罗汉。因为不成功,谁的父亲也来帮忙了。罗汉就塑得比孩子们高得多,虽然不过是上小下大的一堆,终于分不清是壶卢还是罗汉;然而很洁白,很明艳,以自身的滋润相粘结,整个地闪闪地生光。孩子们用龙眼核给他做眼珠,又从谁的母亲的脂粉奁中偷得胭脂来涂在嘴唇上。这回确是一个大阿罗汉了。他也就目光灼灼地嘴唇通红地坐在雪地里。

“紫芽姜”、“雪罗汉”、“龙眼核”、“脂粉奁”……,人的存在,使江南的雪景在自然之美外,平添了童真和人情。遥想红装素裹,童语喧天,这是多么美丽而温暖的世界啊！然而,美丽和温暖却是脆弱的:

---

① 鲁迅:《书信·350901 致萧军》,《鲁迅全集》第11卷,第200页。

> 第二天还有几个孩子来访问他；对了他拍手，点头，嘻笑。但他终于独自坐着了。晴天又来消释他的皮肤，寒夜又使他结一层冰，化作不透明的水晶模样；连续的晴天又使他成为不知道算什么，而嘴上的胭脂也褪尽了。

无可奈何花落去。“滋润美艳”的江南的雪，随雪罗汉的消融悄然而逝——美丽与温暖是不可靠的！“雪罗汉”的形成，是因为能“以自身的滋润相粘结”的江南的雪的“滋润”，但他在冬阳下迅速融化，却也正是其中水分所致，真是成也滋润，败也滋润。“滋润”，涵育了江南雪野的“美艳”，孕育了“雪罗汉”的栩栩如生，原来却稍纵即逝，对此，不能不顿生“无常”之叹！

> 但是，朔方的雪花在纷飞之后，却永远如粉，如沙，他们决不粘连，撒在屋上，地上，枯草上，就是这样。屋上的雪是早已就有消化了的，因为屋里居人的火的温热。别的，在晴天之下，旋风忽来，便蓬勃地奋飞，在日光下灿灿地生光，如包藏火焰的大雾，旋转而且升腾，弥漫太空，使太空旋转而且升腾地闪烁。

像突然刮来一股狂风，一种全新的节奏的突入，使面对江南雪野逐渐消沉的萎靡情思，顿时被扫荡一空。同是写雪，但已是绝然不同的语言世界，短促、有力、不断递进、上升的文句和节奏，霎那间取代了曾经的细密和缠绵——这是“朔方的雪”。两类手法，两种情思，如果说对“江南的雪”的描绘堪称经典，则“朔方的雪”更是出神入化。对“江南的雪”的描绘，如同一个深情的画师，在记忆的画布上涂抹逝去的色彩，依恋的眼光垂视着这片江南的雪野；而“朔方的雪”的造型，则如同一个忘我的舞者，以所有的激情倾注于形象的塑造，自我也燃烧在里面。或者说，前者是不无羡慕的旁观，后者则是自我的演出和行动。“江南的雪”是美艳的，是热闹的，“朔方的雪”，在肃杀、凛冽的严寒中，丧失了美艳的衬托，也顿时成为孤独，这里，没有了“血红的宝珠山茶”、“白中隐青的单瓣梅花”、“深黄磬口的腊梅花”、“冷绿的杂草”、“嗡嗡地闹着”的“蜜蜂”、还有“堆雪罗汉”的孩子们……，只剩下“朔方的雪”自己，在无边的旷野上孤独地升腾。舞者孤独而疯狂的舞姿，渐渐凝结成永恒的雕塑：

在无边的旷野上,在凛冽的天宇下,闪闪地旋转升腾着的是雨的精魂……

是的,那是孤独的雪,是死掉的雨,是雨的精魂。

显然,"朔方的雪"是自我的塑像。《雪》写了两种雪,文章超过三分之二的篇幅用在描绘"江南的雪",但这些都不过是铺垫,但凭着最后不到三分之一的篇幅,就一下子登上了至高点。现在问题是,在总共不到一千字的篇幅里,作者这样写的意图究竟是什么?他是怎样井然有序地推出最后的形象的?

在"江南的雪"和"朔方的雪"之外,文章开头还首先提到了"暖国的雨",后者并未展开,仅为向"江南的雪"的一个过渡。但不应忽视的是,这三者恰恰构成了自然形态的一个梯级系列,即"暖国的雨"——"江南的雪"——"朔方的雪",这一系列是以什么作为中介的呢?不难发现,是"水分"的多少,从前向后的程序,是一个逐渐丧失"水分"的过程:"暖国的雨,向来没有变过冰冷的坚硬的灿烂的雪花",它尚是百分百的水的形态,"江南的雪,可是滋润美艳之至了",我以为,"滋润",是该篇的关键词,所谓"滋润",即富含水分的意思,江南雪景的美艳,全依赖于这"滋润",它使冬雪之下的诸多美丽的事物都得以存活,也正因为"滋润相粘结",才有堆雪罗汉的可能。"但是,朔方的雪在纷飞之后,却永远如粉,如沙,他们决不粘连,撒在屋上,地上,枯草上,就是这样。""朔方的雪",是最没有"水分"的,几乎干枯。同时,这个"水分"丧失的系列也是一个价值系列,"暖国的雨"不好说,但在"江南的雪"和"朔方的雪"之间,价值和情感取向昭然若揭。流连于如此美丽的"江南的雪",为什么又毅然转过身去呢?

因为"滋润","江南的雪"出奇的美丽,也充满温情,但也因为"滋润"(含有水分),她也红颜易老,稍纵即逝。借"雪罗汉"的消融,作者无奈地展示了"美丽"的落寞下场:"但他终于独自坐着了。晴天又来消释他的皮肤,寒夜又使他结一层冰,化作不透明的水晶模样;连续的晴天又使他成为不知道算什么,而嘴上的胭脂也褪尽了。""不知道算什么",结局未免暧昧而尴尬。其实,这种结局,正源于"江南的雪"的模棱两可,"滋润"正是症结所在。本来,"雪"是由"水"凝结而成的,但是,在"暖国的雨"——"江南的雪"——"朔方的雪"的价值系列中,"水"和"雪"却成了一对势不两立的矛盾存在,“雪”欲去“水”而后快,“朔方的雪”,就是几乎无“水”的“雪”。显然,完全的“水”和完全的“雪”都是彻底的,处于中间的“江南的雪”,因其“滋润”,就先天地处于不上不下、模棱两可的位置,她不是“水”,也不是真正的“雪”,也就是她其实什么也不是。“滋润”固然带来了“美艳”,但这“美艳”因其脆弱,并不可靠,毋宁说是荒诞,荒诞,正是存在不明确的印记。为了存在,必须毅然舍弃那些或此或彼的非存在状态,即使是以扼杀美丽和温情为代价。

水,常被视作生命的象征。在这个世界上,生命,往往是美丽而脆弱的,但这是人的宿命,无法逃脱,只能面对。夫死生亦大矣,对此不能不悲从中来,古往今来,多少无常的感叹,皆由此而起。面对无常,人们既可能索性舍弃生命,也可能珍视生命,后者或及时行乐,或奋发有为。但作为生者,带着残缺去生活,应是人生合理的态度。作者弃绝“水”,愿作“死掉的雨”,莫非他面对无常采取了放弃的态度?

这一估计显然不符合鲁迅思想的实际。鲁迅早已识破所谓“圆满”、“永恒”的虚幻,他嘲笑过中国人的“十全”病,以不圆满为生活应有之态度,对于耽思善感的鲁迅,此点应早有所悟。但对与生命俱来的美丽和温情的弃绝,仍然是一个确凿的自杀意向。《雪》中显露的自杀情结,当另有所指。

这里的自杀意向,与《影的告别》开始的这一意向一脉相承,即对自身存在的断念与抉择。绝望中的写作者已经讨厌了长期在或此或彼中的不选择状态,希望在矛盾缠身中脱身而出。最后归结为生与死的决断,无论是生是死,都强于不生不死的状态,因为那首先就没有存在。既然不能在生中找到存在,则只能于死中寻觅,故而终于选择了死亡。悖论出现了,只有死亡才能证实自己的存在。这死亡会带来什么?还不确定,但我们应该看到,这不仅仅是“死掉的雨”,而且是“雨的精魂”。

这一抉择,竟然是通过对美丽与温情的拒绝而实现,在《过客》里,“过客”也拒绝了小女孩送给他的“布片”。对美丽与温情的拒绝,不是厌弃美丽与温情本身,而是对可能的牵挂和留恋的彻底摒弃,绝情,然而无奈。

我仿佛看见一个多情的绝望者,他依然留恋着这个世界上的一切美好事物,但他知道,这些已经不属于他了,看着阳光下那些动人的事物,然后带着暗暗的叹息毅然转过身去……

这"江南的雪",在作者的笔下,隐现着浓郁的乡思。现在可以回答本文刚开始提出的问题了:作者为什么于绝望中回顾故乡?《希望》后一连三篇都写到了故乡,决非偶然,除了年关已近的时间因素外,我以为,绝望中的故乡之思,是一个男人心中最后的温暖和柔软,近似回光返照之类的东西。《在酒楼上》中,百无聊赖的吕纬甫回到了久别的故乡,寻觅到旧时熟识的一石居,独坐楼头重温往事,偶然间瞥见楼下的废园,这时,与《野草·雪》相似的旋律,顿时响起:

> 这园大概是不属于酒家的,我先前也曾眺望过许多回,有时也在雪天里。但现在从惯于北方的眼睛看来,却很值得惊异了:几株老梅竟斗雪开着满树的繁花,仿佛毫不以深冬为意;倒塌的亭子边还有一株山茶树,从暗绿的密叶里显出十几朵红花来,赫赫的在雪中明得如火,愤怒而且傲慢,如蔑视游人的甘心于远行。我这时又忽地想到这里积雪的滋润,著物不去,晶莹有光,不比朔雪的粉一般干,大风一吹,便飞得满空如烟雾。……

吕纬甫的回乡,所为者两件事,一是为小兄弟迁坟,一是顺便捎带一朵剪绒花给以前自己喜欢的邻家姑娘,虽然这两件事都来自"母亲"的命令,但其实也投入了吕纬甫几乎全部的温情,这几乎是濒临崩溃的他最后可以寄托的唯一情感,在这两件"无聊的事"也都失败后,他开始迅速向魏连殳的死亡坠落。《野草》中的乡思,如同一个硬汉手里最后的玫瑰,正是绝望的征兆。

**向死而生:《死火》细读**

从《死火》开始,《野草》中一连七篇都以"我梦见"开头。这是第一个梦。

> 我梦见自己在冰山间奔驰。

这是极富动态美的超现实画面,"奔驰",而且是在"冰山间",境界奇特。现实中走投无路的《野草》主体,似乎在梦境中轻飏起来,如释重负。接着是对"冰山"的描绘:

> 这是高大的冰山,上接冰天,天上冻云弥漫,片片如鱼鳞模样。山

麓有冰树枝,枝叶都如松杉。一切冰冷,一切青白。

一幅太古的冰川纪场景,绝对没有故事,又似乎等待故事的发生。“如鱼鳞模样”、“枝叶都如松杉”,虽是梦中所见,却绝不放松对细部的把握。好像梦境也确实大多如此。

但我忽然坠在冰谷中。

因为有“我”,故事终于发生了。“我”坠入冰谷,构成了一个事件。

上下四旁无不冰冷、青白。而一切青白冰上,却有红影无数,纠结如珊瑚网。我俯看脚下,有火焰在。

这是死火。有炎炎的形,但毫不摇动,全体冰结,像珊瑚枝;尖段还有凝固的黑烟,疑这才从火宅中出,所以枯焦。这样,映在冰的四壁,而且互相反映,化为无数量影,使这冰谷,成红珊瑚色。

“主角”终于出现,却是“死火”。“死火”,没有比这更虚构的形象了吧。火,历来是“生”的暗喻,是生命的典型象征。火,最终会灭,即是死,但当火正燃时,你无法用“死”来形容,这是两个绝对不能放到一起的概念,否则正负抵消,意义顿失。通过强力,这两个“相冲的”词捏合到一起,给人悖逆而强烈的感觉冲击。不可能,是想象的极限,如果这不可能得以成立,就创造了想象世界的奇迹。梦境提供了天马行空的自由,而极为精工的描述力,则使之立地成形,对这个空前凌空蹈虚的想象形象,作者的描述却如孙行者口中的真气,使它栩栩如生,难得的是竟如此具体:“有炎炎的形,但毫不摇动,全体冰结,像珊瑚枝;尖段还有凝固的黑烟,疑这才从火宅中出,所以枯焦。”并没有试图压抑矛盾的某一方让二者达到共存,而是让各自的特点尽情展出,构成了这样一个处于尖锐冲突中的然而凝固的“死火”造型。不但如此,而且进一步以颜色加以渲染,使“死火”与整个“冰谷”构成呼应,更加真实,也更加匪夷所思。

哈哈!

当我幼小的时候。本就爱看快舰激起的浪花,烘炉喷出的烈焰。不但爱看,还想看清。可惜他们都息息变幻,永无定形。虽然凝视又凝视,总不留下怎样一定的迹象。

死的火焰,现在先得到了你了!

得以目睹“死火”的惊喜,几乎让做梦人从梦中笑醒,因为,这满足了“我”自小就有的试图把握不定事物的好奇心。人类智慧的一大动力,大概就来自于在无常中发现永恒的企图,智者如“我”,自不例外。这里出现的“凝视”一词,不可等闲视之,“凝视”欲望的对象,自然是难以凝视的事物,如变动无常的“浪花”与“火焰”,视角性的欲望,来自感性地把握表象及其本质的企图,于是愈是难以“凝视”的事物,愈能激起探索的欲望,反过来,探索欲望强烈的人,大概更能表现为对“凝视”的嗜迷。无独有偶,在《好的故事》中,也同样表现了对虚幻梦境的“凝视”欲望:

我就要凝视他们……。[①]

《野草》中无意写到的“凝视”感,正泄漏了此时期鲁迅的一个强烈心理倾向——对自我与生命的奥秘的近乎偏执的探求。对“火”的“凝视”,正是生命追问的象征。同时期写的小说《在酒楼上》中,百无聊赖的吕纬甫回到故乡,为小兄弟迁坟,面对小兄弟的坟头,他突然有一种强烈的愿望:“我当时忽而很高兴,愿意掘一回坟,愿意一见我那曾经和我很亲睦的小兄弟的骨殖”,他站在雪地中对土工们说的“掘开来!”自认为是“一生中最为伟大的命令”。我以为,这段叙述,也隐喻着一种强烈的自我凝视的欲望。

我拾起死火,正要细看,那冷气已使我的指头焦灼;但是,我还熬着,将它塞入衣袋中间。冰谷四面,登时完全青白。我一面思索着走出冰谷的法子。

为了“细看”,而拾起“死火”,这是“我”与“死火”间发生的第一个动作。结果是,“冷气”使我的指头“焦灼”。极冷与极热,两种完全相反的感觉融为一体。这仍然是调遣矛盾组合的艺术,但又出人意外地符合常情。完全对立的感觉,往往在极端处合二为一,语言只不过是强分彼此罢了,小孩就常常把“好冰啊”说成“好烫啊”。但“我”的触火,不仅为了“细看”,还是为了装进衣袋,带他出去。恻隐心?好奇心?无须追究,只是因此行动,

---

① 鲁迅:《野草·好的故事》,《鲁迅全集》第2卷,第186页。

故事得以发展，并引发了作为文章核心的对话：

> 我的身上喷出一缕黑烟，上升如铁线蛇。冰谷四面，登时满有红焰流动，如大火聚，将我包围。我低头一看，死火已经燃烧，烧穿了我的衣裳，流在冰地上了。
>
> “唉，朋友！你用了你的温热，将我惊醒了。”他说。
>
> 我连忙和他招呼，问他名姓。
>
> “我原先被人遗弃在冰谷中，”他答非所问地说，“遗弃我的早已灭亡，消尽了。我也被冰冻冻得要死。倘使你不给我温热，使我重行烧起，我不久就须灭亡。”

将“死火”装进衣袋时，“冰谷四面，登时完全青白”。当“死火”因我的体温而重燃，并流泻一地时，“冰谷四面，登时满有红焰流动，如大火聚，将我包围”。描写极为注意细节的真实。“死火”重燃，“我”与“死火”的对话，开始于“死火”对“我”的埋怨，像“过客”一样，他无所谓“名姓”，只是，他已在冰谷中很久了，久得连遗弃他的人都已灭亡。但是，“我”的唤醒，却将“死火”推入到一个无所适从的终极悖论中：

> “你的醒来，使我欢喜。我正在想着走出冰谷的方法；我愿意携带你去，使你永不冻结，永得燃烧。”
>
> “唉唉！那么，我将烧完！”
>
> “你的烧完，使我惋惜。我便将你留下，仍在这里罢。”
>
> “唉唉！那么，我将冻灭了！”
>
> “那么，怎么办呢？”
>
> “但你自己，又怎么办呢？”他反而问。
>
> “我说过了：我要出这冰谷……。”
>
> “那我就不如烧完！”

“燃烧”，结局是“烧完”，“留在这里”，结局是“冻灭”，都难逃死亡的魔掌。可以看到，在生存还是毁灭的问题框架中，“死火”已陷入一个终极悖论中，难以自拔。既然结局都是死，那么，是“烧完”还是“冻灭”？结局相同，所不同的是向“死”的过程和态度。前者是“燃烧”，后者是“冻结”，“燃烧”，是生的象征，但燃烧加速了走向死亡的过程，“冻结”，在“死火”即“被冻结”的“火”的意义上,固然无异于暂时的死亡,但一息尚存,却往往拉长了生的过程。总之,其实质的不同无非是,一是在无生意的漫长生涯中默默趋死,一是以生的猛烈燃烧向死而生。终于,“死火”做出了自己的抉择——“那我就不如烧完!”至此,《野草》中的生死追问,悄悄地发生了革命性地转换,“烧完”还是“冻灭”,取代了“生”还是“死”的哈姆雷特式的问题。在新的问题框架中,生与死,已经合二为一,我选择我的死亡方式,同时就是我的生存方式,不是向生而欲死,而是向死而求新生!

> 他忽而跃起,如红彗星,并我都出冰谷口外。有大石车突然驰来,我终于碾死在车轮底下,但我还来得及看见那车就坠入冰谷中。
>
> “哈哈!你们是再也遇不着死火了!”我得意地笑着说,仿佛就愿意这样似的。

《死火》安置了这样的结局,似乎有点多余。“大石车”的出现,在“我”与“死火”外,增添了新的角色,由于它的出现多少有点突兀,也曾引起好辩者猜谜般的辩论——“大石车”究竟指什么?我觉得,“大石车”当然代表某种“敌对势力”,这在“我”对“大石车”坠谷的同归于尽的豪情中完全可以做出判断,但是,如果过于坐实或仅仅斤斤计较于此而不顾其他,则殊无诗意可言。“我”虽遇“飞来之祸”,而仍然无怨无悔,侧面说明了“死火”选择的价值正确。这颇有点像“《呐喊》”式的“光明的尾巴”。

《死火》通过梦境展示“故事”,有地点,有场景,有人物(达到三个:“我”、“死火”还有“大石车”),有情节,有对话,有开头,有发展,有高潮,有结局,具备了故事和小说的所有要素。开玩笑地说,如果谁想“戏说”《死火》,基本条件其实是不错的。问题是,这个“虚构”故事的背后,有没有作者自己的真实故事?这对于自我解剖的《野草》和自我意识极强的鲁迅,似乎不用怀疑。关键是我们可以据此进行怎样的“钩沉”。可以让我们首先联想起来的,可能是作者在《〈呐喊〉自序》中对自我生平的一段回忆——“金心异”请作者“出山”的故事。确实,“我”与“死火”的一番对话,几乎就是那场著名对话的翻演,鲁迅“第二次出山”后的矛盾处境,与“死火”情境完全可以对接。可以想象,如果实如《自序》所说,则若没有钱玄同的好辩,大概鲁迅就会“冻灭”的吧。因此,若说“死火”对话是“铁屋”对话的另一个版本，并不为过。但是，我在这里想“钩沉”的是另外一段故事，这故事与《死火》的写作是“现在进行时”，演对手戏的不是钱玄同，而是尚为学生的许广平。

我们知道，许广平给鲁迅的第一封信，写于 1925 年 3 月 15 日，《死火》的文末所署写作日期为 1925 年 4 月 23 日，是那封信的一个多月后，在这一个多月的时间里，二人的关系有较快速度的发展，许广平不仅在通信一个月后成功地造访了老师的家，而且自此后得以经常携伴或独自出入其家，不论鲁、许究竟定情于何时，再迟或再早，可以据情理推测，敏锐善感的鲁迅，一定已经听到爱情之门被叩响的声音。对于 45 岁的“生意萧条”的鲁迅来说，年轻而大胆的“害马”的闯入，既使他一时萌生了潜在的自卑感，生怕“辱没了对手”，同时，面对年轻生命的挑战，本来趋于萎顿的他，应该深深地感到了新的生命的召唤，久已关闭的爱情之门背后，那颗久蛰的爱心，已然悄悄萌动。通过解读，我们已经知道，《死火》写了“生”的复苏的过程，自然，在《野草》的封闭理路中，这一变迁完全可以得到解释，我也宁愿趋于这样的解释。但是，许广平的到来对此时鲁迅的生命状态的潜在改变，使我们无法忽略这一“外在因素”对《野草》写作的事实性影响。如果说鲁迅通过《野草》的写作，能独自走向自身生命的苏醒，我们起码可以说，许广平年轻生命的中途切入，无疑加速甚至决定了这一生命苏醒的过程。实际上，鲁迅接受许广平的爱的过程，就是他的生命逐渐复苏的过程，鲁迅曾感慨于“身外的青春”落寞，现在，这青春终于到来，使他避免了在“虚空中的暗夜”中独自“肉薄”以“一掷身中的迟暮”的可怕命运。在“我”的召唤下，“死火”毅然选择了复燃，以更纯净的燃烧，划出生的更耀眼的轨迹。在这个意义上，怎样高估许广平对鲁迅人生的意义，其实也不为过。

还值得一提的是，后来发现的写于 1918 年的鲁迅最早的一组散文诗《自言自语》，有一篇《火的冰》，就是《死火》的原型①。有趣的是，二者文体、结构明显不同，首先，《火的冰》采用的是自我抒情的独白体，只有“火的冰的人”对自身困境的悲叹，最后并没有复苏的转折；而《死火》采用了叙述

---

① 载于 1919 年 8 月 19 日《国民公报 · 新文艺》，署名神飞，1981 年被重新发现，收入 1981 年版《鲁迅全集》第 8 卷。

体,“角色”增加到三个,叙述的重点放到了“死火”的复燃;更值得注意的是,《死火》叙述化的客观处理,使得在《火的冰》中由第一人称抒情主人公承担的角色,在《死火》中,由他者化的“死火”担任,而第一人称的“我”,成为拯救者的角色。在我看来,“死火”的第一人称,似乎潜藏着写作者逃避猜疑的隐衷,而“我”之成为相反的拯救者角色,角色颠倒之为障眼法,几乎是写作者为避讳而采用的拿手好戏。这一点,可以佐证许广平与《死火》的关系。

《死火》中“生”的意向的萌动,标志着从《影的告别》到《过客》的死亡意向的告一段落,《野草》的第一部分已经结束,第二部分就此开始。但是,由死到生,并非一蹴而就的通途,从《死火》开始,到《死后》,一连七篇都以“我梦见”开头,“上穷碧落下黄泉”的追问,转入到幽深的梦境之中,展开了更为惊心动魄的灵魂探险。

## 第四节　“个人”、“精神”与“意力”:《文化偏至论》中“个人”观念的梳理

西方19世纪文明是处于19、20世纪之交的中国向西方学习的最近样板,又以其卓著的物质文明成就,令当时的中国言新之士惊羡不已并趋之若鹜。《文化偏至论》针对这一现象,以“文化偏至”的文明发展模式,通过西方文明发展史的梳理,考察西方19世纪文明的渊源所自及其弊端,并寄望于19世纪末西方最新之文明路向。文章首先指出中国之“翻然思变者”“言非西方之理弗道,事非合西方之术弗行,剖击旧物,惟恐不力,曰将以革前缪而图富强也”的激进姿态,随后,对中国由强盛到衰落的原因进行了较为同情的解释,这一解释与他后来严厉的国民性批判有一定距离,这或者是鲁迅心中本来就有的不带愤激的平心之论,或者是出于他日本时期的较强的民族情结。接着,鲁迅针对“辁才小慧之徒”的种种言新之论予以揭露和驳斥。第一是“竟言武事”者,“谓钩爪锯牙,为国家首事,又引文明之语,用以自文,征印度波兰,作之前鉴”。从文明标准的高度给予痛斥:“夫以力角盈绌者,于文野亦何关?远之则罗马之于东西戈尔,迩之则中国之于蒙古女真,此程度之离距为何如,决之不待智者。然其胜负之数,果奈何矣?苟曰

是惟往古为然,今则机械其先,非以力取,故胜负所盼,即文野之由分也。则曷弗启人智而开发其性灵,使知罟获戈矛,不过以御豺虎,而喋喋誉白人肉攫之心,以为极世界之文明者何耶?"批判以武力的胜负作为划分"文野"的标准,强调文明的标准是"人智"和"性灵",这些都属精神范畴,说明鲁迅肯认文明的发展应是精神的发展。接着,文章又进一步指出:"虽兜牟深隐其面,威武若不可陵,而干禄之色,固灼然现于外矣!"这一揭露已直指提倡者的卑下动机。其二是"制造商估立宪国会之说",对于前二者,鲁迅认为:"素见重于中国青年间,纵不主张,治之者亦将不可续数。盖国若一日存,固足以假力图富强之名,博志士之誉;即有不幸,宗社为墟,而广有金资,大能温饱,即使怙恃既失,或被虐杀如犹太遗黎,然善自退藏,或不至于身受;纵大祸垂及矣,而幸免者非无人,其人又适为己,则能得温饱又如故也。"鲁迅直接揭露的是,"制造商估"说之所以受到人们的欢迎,是因为此种新说可以使提倡者既获维新之名,又利用以满足其私欲。对于昌言"立宪国会"者,鲁迅认为,其中较好的,确实是为社稷着想,忙乱之中拿来别人的"绪余"——"众治",作为救国之方,但是其结果,是"见异己者兴,必借众以陵寡,托言众治,压制犹烈于暴君。此非独于理至悖也,即缘救国是图,不惜以个人为供献,而考索未用[①],思虑粗疏,茫未识其所以然,辄皈依于众志",这里指出的,一是"众治"对"个人"的压迫,二是言新者其实并不知道自己拿来的究竟是什么。但鲁迅批判的重点却并不在这里,引人注目的是,其揭露仍然直指昌言"国会立宪"者的"私欲":"至尤下而居多数者,乃无过假是空名,遂其私欲,不顾见诸实事,将事权言议,悉归奔走干进之徒,或至愚屯之富人,否亦善垄断之市侩,特以自长营搰,当列其班,况复掩自利之恶名,以福群之令誉,捷径在目,斯不惮竭蹶以求之耳。呜呼,古之临民者,一独夫也;由今之道,则顿变而为千万无赖之尤,民不堪命矣,于兴国究何如。"从现实动机看,鲁迅对"竟言武事"、"制造商估"和"国会立宪"的批评,其现实所指是洋务派和维新派的有关主张。在当时的日本,以章太炎为代表的革命派已经与前二者就有关问题展开了论战,在这一点上,鲁迅与章太炎的现实立场基本相同,值得一提的是,在直指人的利欲动机这一点上,鲁迅与

① 鲁迅著作各版本都作"而考索未用",此一语似不通,"用"字疑为"周"字之误。

章氏亦有惊人相似之处,此可见章氏对鲁迅的影响,在兹不赘。综上所述,鲁迅对当时新学之语的批评,有两个层面,一是指出所倡导主张本身的误区,一是揭露昌言改革者并非真正出于诚心,其实是"假是空名,遂其私欲",此两者的共同点是"势利"之心,与《科学史教篇》所指摘的倡导科学者只注重"实利"同,而后者才是鲁迅揭露的重心。这说明鲁迅意识到,中国改革的问题更关键的是改革的承担者——人的问题,如果没有人的精神的变革作为根基,任何具体的改革措施都可能是沙上建塔。

在否定了"竟言武事"、"制造商估"(二者即《科学史教篇》中所指"兴业振兵"及后文所指"金铁")和"国会立宪"诸说之后,鲁迅指出:"物质也,众数也,十九世纪末叶文明之一面或在此兹,而论者不以为有当。盖今所成就,无一不绳前时之遗迹,则文明必日有其迁流,又或抗往代之大潮,则文明亦不能无偏至。诚若为今立计,所当稽求既往,相度方来,掊物质而张灵明,任个人而排众数。人即发扬踔厉矣,则邦国亦以兴起。""物质"和"众数"的提出,在前述言论的基础上,当有鲜明的针对性。鲁迅敏锐地发现,"物质"和"众数"是 19 世纪文明的主要方面,却是文明偏至发展的产物,因而提倡与"物质"相对的"灵明"和与"众数"相对的"个人","灵明"是儒家心学用语,意指"心",与现代汉语的泛指的"精神"同义,由此,鲁迅正式提出了文章的两个关键词:"个人"与"精神"。"物质也,众数也,其道偏至。根史实而见于西方者不得已,横取而施之中国则非也。借曰非乎?请循其本。"文章由此转入对西方文明史的追溯,以考察 19 世纪文明的渊源所自及其特征。

鲁迅从世纪元年开始分别考察 19 世纪"众数"与"物质"的由来,明确地以"世纪"为新的历史时间单位。对于前者,他从历史上对统治"权力"归属的争夺,梳理"众数"的形成,认为西方社会的统治权力的归属经历了"教皇"——"君主"——"众数"的变更,其间起推动作用的是路德宗教改革和 16、17 世纪英国、美国和法国的革命,对于"众数",鲁迅的描述是:"扫荡门第,平一尊卑,政治之权,主以百姓,平等自由之念,社会民主之思,弥漫于人心。流风至今,则凡社会政治经济上一切权力,义必悉归诸众人,而风俗习惯道德宗教趣味好尚言语暨其他为作,俱欲去上下贤不肖之闲,以大归于无差别。同是者是,独是者非,以多数临天下而暴独特者,实十九世纪大潮之一派，且曼衍入今而未有既者也。”此处评价立场（褒贬）的转折极为迅忽，不易把握，“扫荡”至“人心”是中性描述，无法看出价值倾向，对于政治经济的“众数”权力，也没有明确表示褒贬，不可妄加判断，但转折推进词“而”之后的“风俗习惯道德宗教趣味好尚言语暨其他为作，俱欲去上下贤不肖之闲，以大归于无差别”等，则明显表现了作者的否定情绪。鲁迅在这里敏锐发现的，是“众数”对“独特者”的“专制”，因为，对“个人”或“独特者”价值的漠视，确实容易成为初期民主实践中的盲区。对于“物质”，鲁迅从“教力”控制——“思想自由”、“学术”“兴起”——“学理为用，实益遂生”的线索加以描述，这与《科学史教篇》的观点相同，本来是合理的，但是，“久食其赐，信乃弥坚，渐而奉为圭，视若一切存在之本根，且将以之范围精神界所有事，现实生活，胶不可移，惟此是尊，惟此是尚，此又十九世纪大潮之一派，且曼衍入今而未有既者也”。因科学带来的丰厚实利，而奉科学（知识）为人生的最高目标，更有其下者，即以实利本身为人生之全部。鲁迅要问的是：“理若极于众庶矣，而众庶果足以极是非之端也耶？”“事若尽于物质矣，而物质果足尽人生之本也耶？”这是在人的终极意义的高度对19世纪文明的质疑。鲁迅用“偏至论”的历史观来解释这一现象，认为这是西方文明发展的“不得已”之路，然而，“顾横被之不相系之中国而膜拜之，又宁见其有当也？”并进一步指出，西方人自己已经看出了19世纪文明的弊端，这就是19世纪末西方新思潮的出现，作为代表，鲁迅着重举出尼采《查拉图斯特拉如是说》对近世文明的批判。19世纪末西方新思潮，是鲁迅经过文明史的追溯所要达到的目的地，是其检讨19世纪文明弊端的新的西方思想资源，亦是其希望之所在，因而转入对19世纪末西方思想的全面深入的研讨：

> 然则十九世纪末思想之为变也，其源安在，其实若何，其力之及于将来也又奚若？曰言其本质，即以矫十九世纪文明而起者耳。盖五十年来，人智弥进，渐乃反观前此，得其通弊，察其黮暗，于是浡焉兴作，会为大潮，以反动破坏充其精神，以获新生为其希望，专向旧有之文明，而加以掊击扫荡。全欧人士，为之栗然震惊者有之，芒然自失者有之，其力之烈，盖深入于人之灵府矣。然其根柢，乃远在十九世纪初叶神思一派；递夫后叶，受感于其时现实之精神，已而更立新形，起以抗前时之现实，即所谓神思宗之至新者也。若夫影响，则眇眇来世，肊测殊难，特知

此派之兴,决非突见而靡人心,亦不至突灭而归乌有,据地极固,函义甚深。以是为二十世纪文化始基,虽云早计,然其为将来新思想之朕兆,亦新生活之先驱,则按诸史实所昭垂,可不俟繁言而解者已。

应该说,鲁迅对西方19世纪末新思潮的了解非常全面深入,他看到了19世纪末新思潮的先声是“十九世纪初神思一派”。从后文可以看到,所谓“十九世纪末思想”是指以施蒂纳、叔本华、尼采和郭尔恺戈尔等为代表的个人主义思想,鲁迅称之为“极端之个人主义”[①],其前身确是18世纪末、19世纪初德国唯心主义哲学及浪漫主义思潮,因而有人把19世纪末至20世纪初的西方思潮统称为“新浪漫主义”。尼采等人的新思想给西方思想带来震撼的强度,刚走过20世纪的我们现在回顾起来,应更为确认吧,尼采等通过对西方思想传统的清算,不仅动摇了西方几千年知识传统的基础,更重要的是,通过对20世纪思想的深刻影响,改变并重塑了20世纪人的情性和心性,无论好坏,其“后遗症”一直延续到这个世纪。在这个意义上,鲁迅所展望的新思潮给予20世纪文化的影响,不能不说具有极强的预见性。当然,鲁迅的立足点还是在中国的现在:“今为此篇,非云已尽西方最近思想之全,亦不为中国将来立则,惟疾其已甚,施之抨弹,犹神思新宗之意耳。故所述止于二事:曰非物质,曰重个人。”自此,文章开始分别从这两方面追溯介绍西方“重个人”与“非物质”的兴起。

鲁迅首先从“个人”入手:“个人一语,入中国未三四年,号称识时之士,多引以为大诟,苟被其谥,与民贼同。意者未遑深知明察,而迷误为害人利己之义也欤?夷考其实,至不然矣。”“个人”一语作为西方近代观念的引入,开始于严复用“小己”对Individual的中文翻译(1899年译,1903年出版),梁启超1903年在日本发表《中国之旧史学》、《论权利思想》、《论私德》等文章时,开始第一次使用“个人”一词,1904年,王国维在《叔本华与尼采》中,称尼采学说为“绝对之个人主义”。从1903、1904年“个人”的引进中国,到1908年的这篇文章,正好如鲁迅所说“入中国未三四年”。鲁迅这样介绍:“而十九世纪末之重个人,则吊诡殊恒,尤不能与往者比论。试案

---

① 王国维于1904年作《叔本华和尼采》,称尼采学说为“绝对之个人主义”,鲁迅称尼采为“极端之个人主义”,与此评价相近。

尔时人性,莫不绝异其前,入于自识,趣于我执,刚愎主己,于庸俗无所顾忌。”“自识”、“我执”、“主己”,前两者为佛教用语,曾是章太炎《民报》时期的文章中的关键词,不过在他的表述中,两者并非同一级别的词,“自识”与“自性”同属作为真如的圆成实自性,而“我执”则为偏计所执自性或依他起自性,前者为真,后者则为要破除的假象①,但在鲁迅这里,两者与“主己”同属所要肯定的对象;这里需要问的是,此三者与“利己”区别何在?“于庸俗无所顾忌”,不仅是前者的特性,“利己”者同样可以做到“无所顾忌”,只不过对“庸俗”的理解不同罢了,以“己”为中心,应是两者的共同特征。然则究竟区别何在?鲁迅在前几篇文章中对“实利”倾向曾给予频繁的指责,前文对“黄金黑铁国会立宪”之徒的批判,主要就是揭露其“私欲”及“利己”本性,这样看来,则“利己”的指向是物质,与此相对应,前者的指向应是精神,即“自识”、“我执”和“主己”属于精神范畴。鲁迅梳理了“个人”观念的两条文明史线索:一是随着法国大革命后平等自由观念的普及,人们由觉悟人类的尊严,到意识自我、个性的价值,又因为以往信仰和道德的解体,于是转向“极端之主我”;一是社会民主的平等诉求,把“个人”仅看成是社会的一分子,而无顾“个人特殊之性”,更有甚者,“夷峻而不湮卑”,以庸众压抑天才,“将使文化之纯粹者,精神益趋于固陋”,于是“物反于极”,极端之个人主义开始出现。前一条线索把“个人”看成是法国大革命平等自由观念的逻辑发展,后者则看成对社会民主之平等的反拨。作为对社会民主“平等”观念的反拨,鲁迅着重介绍了施蒂纳、叔本华、克尔恺郭尔、易卜生和尼采的思想。鲁迅首先以更大的热情、更多的篇幅介绍施蒂纳:“德人斯契纳尔(M. Stirner)乃先以极端之个人主义现于世。谓真之进步,在己之足下。人必发挥自性,而脱观念世界之执持。惟此自性,即造物主。惟有此我,本属自由;既本有矣,而更外求也,是曰矛盾。自由之得以力,而力即在乎个人,亦即资财,亦即权利。故苟有外力来被,则无间出于寡人,或出于众庶,皆专制也。众意表现为法律,吾即受其束缚,虽曰为我之舆台,顾同是舆台耳。去之奈何?曰:在绝义务。义务废绝,而法律与偕亡矣。意盖谓凡一个

① 见章太炎《建立宗教论》和《人无我论》,《章太炎全集》第4卷,上海人民出版社1985年版,第403—429页。

人,其思想行为,必以己为中枢,亦以己为终极:即立我性为绝对之自由者也。”对施蒂纳思想的转述,有两组关键词,一是“进步”、“自由”、“国家”、“法律”,这是西方启蒙主义观念及其制度理念,一是“己”、“自性”、“此我”、“我性”,这是鲁迅对施蒂纳“唯一者”的中文转述,在鲁迅的表述中,“真之进步,在己之足下”、“惟有此我,本属自由”、“必以己为中枢,亦以己为终极:即立我性为绝对之自由者也”,前一组概念被后一组概念所否定、占有和替代。这抓住了施蒂纳思想的本质,施蒂纳作为“青年黑格尔派”的激进思想家,在德国唯心论的主体性内在逻辑中,把对绝对自我的诉求推向极致,最终既和德国唯心论一起超越了英、法启蒙主义的自由、平等、人道等普遍主义观念,又进一步超越了德国唯心论的主体性范畴内的绝对自我及其自由(康德、费希特、谢林)、绝对精神(黑格尔)、无意识(施特劳斯)、自我意识(鲍威尔)和作为“类”的“人”(费尔巴哈),他把这些理念和“宗教”、“国家”、“民族”、“政府”等都看做外在的“固定观念”,经过排除后所剩下的就是作为“唯一者”的“我”,这才是真正的绝对之物。值得注意的是,施蒂纳的“唯一者”由于剥去了关于人的任何外在的抽象观念,但其内在却并不是精神性的存在,而毋宁就是具体、现实、活生生的肉体生存,当鲁迅以“己”、“自性”、“我性”等带有精神性的中国传统语汇去翻译它的时候,其中无疑带人了对“我”的内在精神性的理解,由于在鲁迅的思想中,此精神性已不存在任何超验的源头,它只能来自人自身,但这自身又不能是肉体的,所以,鲁迅必得寻找一个承担人的内在性的载体,它既不是超身体的,又并非肉体本身,这一内在紧张和努力,使他后来更明确地走向叔本华和尼采的“生命”及其“意力”。

如果说鲁迅对施蒂纳的介绍着重在论证“个人”(“自我”)的绝对性,那么,对叔本华、克尔恺郭尔、易卜生和尼采的介绍则集中在对“庸众”的鄙弃和对“天才”及其“个性”推崇。叔本华“自既以兀傲刚愎有名,言行奇觚,为世希有;又见夫盲瞽鄙倍之众,充塞两间,乃视之与至劣之动物并等,愈益主我扬己而尊天才也”。而克尔恺郭尔则“谓惟发挥个性,为至高之道德,而顾瞻他事,胥无益焉”。易卜生“其所著书,往往反社会民主之倾向,精力旁注,则无间习惯信仰道德,苟有拘于虚而偏至者,无不加之抵排”。尼采“斯个人主义之至雄杰者矣,希望所寄,惟在大士天才;而以愚民为本位,则恶之不殊蛇蝎。意盖谓治任多数,则社会元气,一旦可隳,不若用庸众为牺牲,一冀一二天才之出世,递天才出而社会之活动亦以萌,即所谓超人之说,尝震惊欧洲之思想界者也”。在“个人”——“众数”的对立中,最终把“个人”的价值落实在“天才”(“超人”)之上,但“天才”的价值源头来自何处?这必须在鲁迅关于“非物质”的解说中去寻找。

鲁迅首先明确“非物质主义”是对19世纪物质文明走入极端的反动:“递夫十九世纪后叶,而其弊果亦昭,诸凡事物,无不质化,灵敏日以亏损,旨趣流于平庸,人惟客观之物质世界是趋,而主观之内面精神,乃舍置不之一省。重其外,放其内,取其质,遗其神,林林众生,物欲来弊,社会憔悴,进步以停,于是一切诈伪罪恶,蔑弗乘之以萌,使性灵之光,愈益就于黯淡:十九世纪文明一面之通弊,盖如此矣。”鲁迅指责物质主义的极端,运用了一组与此相对的词:“灵敏”、“旨趣”、“主观之内面精神”、“内”、“神”和“性灵”,这些混杂着文言词汇的观念,应该说皆属人的内在精神范畴,联系前几篇文章对人的精神层面的强调,可以看出,鲁迅是相信并肯定人的精神的存在的。在这一背景下,文章引出“新神思宗”:“时乃有新神思宗徒出,或崇奉主观,或张皇意力”,将批判19世纪物质文明的“新神思宗”归结为“主观”与“意力”,即下文所说“主观与意力主义之兴”;接着,文章介绍了“主观主义”的兴起:“主观主义者,其趣凡二:一谓惟以主观为准则,用律诸物;一谓视主观之心灵界,当较客观之物质界尤尊。前者为主观倾向之极端,力特著于十九世纪末叶,然其趋势,颇与主我及我执殊途,仅于客观之习惯,无所盲从,或不置重,而以自有之主观世界为至高之标准而已。”鲁迅在这里划分了两种“主观主义”,前一种如他自己所说,是19世纪末以叔本华、尼采为代表的“意志哲学”,后一种,鲁迅没有加以解释,其实指在上文已提到的“十九世纪初叶神思一派”,即18世纪末、19世纪初以康德、黑格尔为代表的德国唯心主义哲学及浪漫主义思潮,德国唯心论的主体性哲学,确立了绝对自我的主观先验原则及主体对于客观物质世界的优先性①;值得注意

---

① 张世英先生认为:“‘主体性’一词是从德语的Subjektivitat,英语的Subjectivity翻译过来的,中文有时译作‘主观性’。”(张世英:《天人之际——中西哲学的困惑与选择》,人民出版社1995年版,第71页)由此可见,鲁迅所谓“主观性”与“主观主义”在翻译史上与近代西方哲学的“主体性”一词有关。

的还有,他把前一种“主观主义”和“主我”及“我执”区别开来,如前所述,“主我”、“我执”是鲁迅对“个人”的描述,那么,其间的区别何在呢?联系上文的分析,我的猜测是,“主我”、“我执”是否指施蒂纳并不强调内在精神存在的“个人主义”呢?如果是这样,则可以说明,鲁迅在“个人”主题下介绍了施蒂纳后,更钟情于“主观主义”者对人的内在精神的置重,因此也可以解释,鲁迅在列举19世纪末之“主观主义”代表思想家时,着重提到了尼采、易卜生、克尔恺郭尔和叔本华,唯独漏掉了列举“个人”思想家时曾情有独钟的施蒂纳。而且,从鲁迅的介绍看,他对“主观主义”的描述充满了对内在精神自主及自由的强调:“以是之故,则思虑动作,咸离外物,独往来于自心之天地,确信在是,满足亦在是,谓之渐自省其内曜之成果可也。”“谓真理准则,独在主观,惟主观性,即为真理,至凡有道德行为,亦可弗问客观之结果若何,而一仍主观之善恶为判断。”“去现实物质与自然之樊,以就其本有心灵之域;知精神现象实人类生活之极颠,非发挥其辉光,于人生为无当;而张大个人之人格,又人生之第一义也。”通过与19世纪初唯心主义及浪漫主义人格理想的比较,鲁迅置重于19世纪末“主观主义”者人格理想中的“意力”因素:“顾十九世纪垂终,理想为之一变。明哲之士,反省于内面者深,因以知古人所设具足调协之人,决不能得之今世;惟有意力轶众,所当希求,能于情意一端,处现实之世,而有勇猛奋斗之才,虽屡踣屡僵,终得现其理想:其为人格,如是焉耳。故如勖宾华尔所张主,则以内省诸己,豁然贯通,因曰意力为世界之本体也;尼佉之所希冀,则意力绝世,几近神明之超人也;伊勃生之所描写,则以更革为生命,多力善斗,即万众不慑之强者也。”在这里,“意力”不是“或崇奉主观,或张皇意力”表述中与“主观”并列的存在,而是作为19世纪末主观主义的人格要求而出现的;鲁迅用儒学术语“内省诸己”、“豁然贯通”来表达叔本华的意志主义哲学,是一个绝妙的嫁接,儒家关于“己”具有内在深度的依据被“意力”所替代。鲁迅当然不会去过分关心“世界之本体”的形而上学思路,但“意力”显然成为他的“个人”价值的源泉和动力。可以看出,鲁迅是以“意力”翻译叔本华和尼采哲学的“意志”概念,同时进行了意义上的改造,他无意于“意志”的形而上学旨趣,而看中了其中的“生命力”内涵,换言之,“意志”概念对于他来说就是“生命力”,他拿来“意志”,是要为委顿的国民性输入刚健动进的动力因素。

对“力”的置重和强调，是晚清的一个普遍思潮，如谭嗣同的“心力”，严复的“民力”，在此视角中，鲁迅的“意力”，正汇入晚清的“力本主义”思潮。

基于对19世纪末西方新思潮的考察，鲁迅对20世纪文明满怀激情地展望：“二十世纪之文明，当必沉邃庄严，至与十九世纪之文明异趣。新生一作，虚伪道消，内部之生活，其将愈深且强欤？精神生活之光耀，将愈兴起而发扬欤？成然以觉，出客观梦幻之世界，而主观与自觉之生活，将由是而益张欤？内部之生活强，则人生之意义亦愈邃，个人尊严之旨趣以愈明，二十世纪之新精神，殆将立狂风怒浪之间，恃意力而辟生路者也。”值得玩味的是鲁迅的“客观梦幻之世界”的表述，在这一表述中，主观世界为真，而客观世界是假，由此可见，鲁迅“沉邃庄严”的新文明想象，是人的精神世界的觉悟、深入与强大，而精神的依据和动力即“意力”。在追溯了西方19世纪文明的流变，并在19世纪末的新思潮中找到文明进步的真谛的基础上，鲁迅表明了对中国变革的期望：“此所为明哲之士，必洞达世界之大势，权衡较量，去其偏颇，得其神明，施之中国，翕合无间。外之既不后于世界之思潮，内之仍弗失固有之血脉，取今复古，别立新宗，人生意义，至之深邃，则国人之自觉至，个性张，沙聚之邦，于是转为人国。”鲁迅的展望展示了一个空前开阔的思想视野，文明之“新宗”，立于古今中外的综合资源之上，“世界之思潮”与“固有之血脉”之得以沟通，无疑就在于前面所强调的“精神”吧；鲁迅为20世纪中国民族国家的建设提出了“人国”的目标，它依赖于每一个国民（“个人”）的内在精神的自觉，成为真正的“人”，由这样的“人”组成的“人国”，也就超越了民族与国家，指向了世界和未来。针对“黄金黑铁国会立宪”的改革主张，鲁迅最后提出了一连串振聋发聩的反问：“将以富有为文明欤”？“将以路矿为文明欤”？“将以众数为文明欤”？“若曰惟物质为文化之基也，则列机括，陈粮食，遂足以雄长天下欤？曰惟多数得是非之正也，则以一人与众禺处，其亦将木居而食欤？”这是基于什么是文明这一基本问题的发问，在鲁迅这里，答案应是文明的进化是人的精神的进化，而精神的载体是“个人”而非“众数”。因而鲁迅最后强调：“是故将生存两间，角逐列国是务，其首在立人，人立而后凡事举；若其道术，乃必尊个性而张精神。”在此，鲁迅正式提出了“立人”的著名命题，“尊个性”与“张精神”，即相对于“众数”而提出的“个人”、与相对于“物质”而提出的“精神”—“意力”的另一种表达,它现在作为“立人”之方,归于“立人”的命题之下,这样,相互涵涉的“个人”与“精神”—“意力”的重要性,在“首在立人”四个字中得以完全彰显,换言之,“尊个性而张精神”指向“立人”的工程,所“立”之“人”即以“精神”—“意力”为内涵的“个人”。值得注意的是,鲁迅在文章的结尾处说了这样一句不太引人注目的话:“夫中国在昔,本尚物质而疾天才矣。”这是他对中国的一个敏锐洞察,这说明,鲁迅的“别立新宗”的“个人”主张,与其说来自对西方19世纪文明的批判,不如说就来自对中国固弊的清醒认识。“往者为本体自发之偏枯,今则获以交通传来之新疫,二患交伐,而中国之沉沦遂以益速矣。”在鲁迅“偏至论”的解释中,19世纪文明的“物质”与“众数”倾向是西方历史发展中之“不得已”,况且,从《科学史教篇》可知,此“物质”与“众数”还只是西方19世纪文明的表面现象,其背后仍然是深远博大的精神传统,在鲁迅的理路中,可怕者应不是西方文明的“偏至”,而是在唯西潮是瞻的时代,中国传统对西方的误读。鲁迅批判的最深视点,始终来自对中国人性的洞察。

综上所述,《文化偏至论》作为鲁迅早期正面阐述自己论点的主要论文,提出了两组关键词,一是相对于“众数”的“个人”(“任个人而排众数”)、“个性”(“尊个性而张精神”),一是相对于“物质”的“灵明”(“掊物质而张灵明”)、“精神”(“尊个性而张精神”)、“主观”与“意力”(“时乃有新神思宗徒出,或崇奉主观,或张皇意力”),并以此作为解决中国问题的一个基点。这一观点的提出,有两个出发点:一是鲁迅基于洞察世界文明发展的“大势”——西方19世纪文明的“偏至”和19世纪末文明的“真谛”——而形成的文明本质观:人类文明的精髓是人的精神;二是基于对中国人势利本性的洞察。更为关键的是,这些关键词在论文中构成了怎样的关系?两组关键词的提出,分别针对的是“众数”与“物质”的倾向,但在论证“个人”价值高于“众数”时,其实作为“个人”之价值依据的是“个人”的内在性——“个性”(属于“精神”范畴),“天才”之所以卓绝,即在于他的“个性”(“精神”)的力量;反过来,对“灵明”、“精神”、“主观”与“意力”的肯认,是以“个人”为承担者,因此,当鲁迅在提出“首在立人”的重要命题时,“立人”之“人”是“个人”,是以“个”为单位的,而此“个人”作为存在,其实体是“灵明”、“精神”、“主观”与“意力”,总之,“个人”是精神的存在,由此看来,可以涵盖“个”和“精神”两个范畴的最合适的词是“个性”。进一步要问的是,鲁迅思路中的“精神”究竟所指为何?在鲁迅的表述中,“灵明”和“精神”是一个意思,都表示一般所说的“精神”,这大概没有疑问,但是,如上所述,鲁迅在描述了19世纪的“物质主义”倾向后说:“时乃有新神思宗徒出,或崇奉主观,或张皇意力。”“主观”和“意力”在这一表述中似乎是一对意义不同的并列词;“意力”一词的集中出现,是在比较两种“主观主义”倾向对“人格理想”的要求时,强调“意力”是19世纪末“主观主义”人格理想的核心,在这一表述中,“意力”又似乎是“主观”的进一步推进,换言之,“意力”是在“主观主义”范畴内的新取向。我想,鲁迅在此一问题上的纠缠,无非是要把“主观主义”——在“非物质”框架内和“精神”处于同一位置——和带有动力特征的“意力”结合起来,其内在思想动机是,一方面鲁迅垂青于超越“物质”的“精神”,但又拒绝历来对超越性精神的神学的和玄学的解释,把它落实到对叔本华和尼采的“意志”概念加以自然主义化理解而形成的“意力”之上,反过来说,鲁迅看中了叔本华和尼采的“意志”,但纯然自然主义的理解方式使他放大了“意志”概念中的生命盲目冲动的倾向,因而固守精神的超越自我的“上征”性,这从他对施蒂纳的矛盾态度可以看到。这一内在紧张,是鲁迅把对“精神”的论述最终推到“人格”意义上的“意力”的深层原因。因此可以说,鲁迅以“个”为单位的“人”的内在性最终是由超越性精神和来自叔本华、尼采“意志”哲学的“意力”来共同承担的,在他的理解中,这一“人”的内在性,既非人的一己私欲本身,又非纯然超验的抽象存在,而是与具体身体融为一体的不断超越的精神力量,换言之,这一超物质的精神力量的根基并不来自外在于人的某一超验世界,而即在人自身。鲁迅“个人”观念的这一方面,五四时期用“生命”一词更为明确地表达出来。

## 第五节　生命的保存:鲁迅五四时期杂文对中国人生存的思考

由《狂人日记》“吃人”和“救救孩子”的“呐喊”发端,生与死,成为鲁迅五四时期小说和文章的共同主题。《孔乙已》、《药》、《明天》、《阿Q正传》、

《白光》、《兔和猫》、《鸭的喜剧》,都涉及生死问题:孔乙己在生者的视线中默默地死去;为别人而死者的鲜血却成为这活着的别人们治病的“药”;在亲生孩子生与死的内心煎熬中,单四嫂子最后把希望寄托于梦中的再见;《阿Q正传》记录的就是阿Q苟活的生与不明不白的死;《白光》详细展现了陈士成最后的疯狂之夜与明天发现的出奇之死;《兔和猫》、《鸭的喜剧》记录了大自然中弱者生命的毁灭,并迁怒于造物创造生命的过滥。在这一片“生死场”中,生与死是如此地纠缠在一起,生者与死者的心又是如此地难以沟通。生与死,是人生的终极问题,它发自存在的深渊,只有当存在者真正面临深渊,即生存的依据出现问题的时候,才有这样的终极问题出现。生死之为主题,该与鲁迅十年沉默时期的绝望有关吧,愈是深陷绝望之中,愈是感到生的存在,生死互见,应是情理之中的事。

这一主题也贯穿于同时期的杂感和随感录中。从发表于《新青年》的杂感和随感录看,鲁迅复出后把家庭伦理的改革作为一个比较集中的论题,而这一论题又与人的生命及其保存这一迫切问题紧密地结合起来。载于1918年8月《新青年》月刊第5卷第2号的《我之节烈观》和载于1919年11月《新青年》第6卷第6号的《我们现在怎样做父亲》,以及作于同时期的随感录《二十五》、《四十》、《四十九》,都是关于家庭改革问题。《我之节烈观》涉及的是家庭和社会中的夫妻关系及男女关系,《我们现在怎样做父亲》涉及的是家庭中的父子关系。这一主题倾向当然可以见出五四时期普遍的“问题”思潮和道德革命的主张,但鲁迅把沉默后的发言首先对准家庭伦理的改革,应有其深刻的思考背景,也就是说与他的对人的思考内在相关。我想,鲁迅对家庭问题的关注,一定是因为他意识到了,现代中国人的生存,首先必须从决定中国人生存的家庭开始,而作为弱者的妇女和孩子,是他首先关注的具体的“人”。

《我之节烈观》对中国传统的节烈道德进行了全面的道德重估,对这一中国人信奉已久的道德信条发出了一连串的质问。在鲁迅的揭示下,“节烈”是专门针对女子的血淋淋的道德,是中国女性的生死场。鲁迅的道德重估,呼唤的是放弃无谓的死亡的道德而谋求正当的生存的道德,寄望于家庭和社会中男女平等地位的实现。随感录《二十五》和《我们现在怎样做父亲》,针对的是父子问题,前者感慨于中国社会中生孩子之多而又不给以适当的做人的教育,呼吁中国少一些"只会生,不会教"的"孩子之父",而多一些"生了孩子,还要想怎样教育,才能使这生下来的孩子,将来成一个完全的人"的"人之父";后者其实是前者基础上的进一步发挥,文章从生物学的原理出发,对传统的父子道德进行重估,并提出了自己新道德的理想;与《我们现在怎样做父亲》写于同一年的随感录《四十九》,有感于中国长者本位的"生物界的怪现象",提倡幼者本位的"生物界正当开阔的路",涉及的其实也是父子问题。随感录《四十》,借一个因包办婚姻而失去爱情的青年的口,喊出了旧的家庭制度所制造的"没有爱的悲哀"和"无所可爱的悲哀"。应指出的是,鲁迅这时期关于家庭道德改革的文章,其实着眼于生命的保存、延续和发展,生命束缚于重重僵化的旧家庭道德,已经委顿、颓靡和消亡,只有重整家庭伦理关系,才能把人解放出来,获得生存、延续和发展的正当权利。在上举所有有关这一主题的文章中,《我们现在怎样做父亲》是分量最重的一篇长文,显示了鲁迅五四时期道德重估文章清楚和彻底的自我要求。下面,以这篇文章为中心,解读他此时期的有关思想。

《我们现在怎样做父亲》对父子道德的重估,采取了原理——阐释的结构。鲁迅首先确定了这样一个命题:

> 我现在心以为然的道理,极其简单。便是依据生物界的现象,一,要保存生命;二,要延续这生命;三,要发展这生命(就是进化)。生物都这样做,父亲也就是这样做。①

"生物界的现象"有着近代自然科学对生物界进行观察、研究的科学背景,后文又称之为"生物学的真理",鲁迅把"生物界的现象"作为父子道德的基础,反映了五四时期以科学之"真"为道德基础的普遍努力。但鲁迅以科学的合法性试图来说明的,是生命保存、延续和发展的迫切性。保存生命、延续生命和发展生命的三步骤,在20年代被鲁迅强调为"我们目下的当务之急,是:一要生存,二要温饱,三要发展。"②说明这是他此时一直关注的中心问题。鲁迅首先谈的是生命的保存和延续:

---

① 鲁迅:《坟·我们现在怎样做父亲》,《鲁迅全集》第1卷,第130页。

② 鲁迅:《华盖集·忽然想到(6)》,《鲁迅全集》第3卷,第45页。

> 生命的价值和生命价值的高下,现在可以不论。但照常识判断,便知道既是生物,第一要紧的自然是生命。因为生物之所以是生物,全在有这生命,否则失了生物的意义。生物为保存生命起见,具有种种本能,最显著的是食欲。因有食欲才摄取食品,因有食品才发生温热,保存了生命。但生物的个体,总免不了老衰和死亡,为继续生命起见,又有一种本能,便是性欲。因性欲才有性交,因性交才发生苗裔,继续了生命。所以食欲是保存自己,保存现在生命的事;性欲是保存后代,保存永久生命的事。①

生命的保存和延续分别基于人的先天本能——食欲和性欲,这种父子伦理的生物学还原,去除了附在家庭关系上的伦理道德说教,如果说鲁迅之所以这样做,恰恰因为这种道德规范是不道德的,则可以说,鲁迅的道德以预设的自然状态的善为标准。生物学真理对虚伪道德的解构,是因为固有道德已构成对生命生存和发展的障碍,因而其目的是让生命获得存在和延续的合法性权利。基于此,鲁迅进入生命发展的生物学原理的阐述:

> 生命何以必须继续呢?就是因为要发展,要进化。个体既然免不了死亡,进化又毫无止境,所以只能延续着,在这进化的路上走。走这路须有一种内的努力,有如单细胞动物有内的努力,积久才会繁复,无脊椎动物有内的努力,积久才会发生脊椎。所以后起的生命,总比以前的更有意义,更近完全,因此也更有价值,更可宝贵;前者的生命,应该牺牲于他。②

生命延续的目的是生命的发展和进化,在鲁迅的阐释中,进化似乎成为自然对于生命的必然性要求或生命难以逃脱的自然宿命,而进化之得以实现的动力,则来自于进化中的每一个生物的“内的努力”。可以看到,鲁迅得出“后起的生命,总比以前的更有意义,更近完全,因此也更有价值,更可宝贵;前者的生命,应该牺牲于他”这一结论,是基于两个论点基础上的,一是,个体生命的存在既以生命的进化为目的,则个体生命的价值需要在时间

---

① 鲁迅:《坟·我们现在怎样做父亲》,《鲁迅全集》第1卷,第130—131页。

② 同上书,第131—132页。

性的整体生命进化中来加以衡量,进化既然指向了无穷趋近的善的目标,则在进化的路上,必然推出在时间上后出者即为善的执拗逻辑;二是,进化既然完全取决于进化中生物自身的能力,则越后出的生物其能力就越强,其价值就越高。从文本的理路来看,鲁迅进化目的论的阐释,是针对中国以父对子有“恩”的父权心理,为“子”的合理生存和发展提供价值依据。但是,这一阐释蕴涵着把个体生命的价值放在整体生命价值之下的取向,并且带来了个体价值的不平等,这一点与他日本时期对“个人”之天才的价值的强调,其实内在地相通。当鲁迅基于这一判断,认为价值低的生命应该牺牲于价值高的生命时,他需要进一步把“应该”的应然要求转换成“是”的实然存在,才能使他的新道德避开超乎人力之上的旧道德的覆辙,而建立生物学的科学基础。他把这一点归之于自然之“爱”:

> 自然界的安排,虽不免也有缺点,但结合长幼的方法,却并无错误。他并不用“恩”,却给予生物以一种天性,我们称他为“爱”。动物界中除了生子数目太多——爱不周到的如鱼类之外,总是挚爱他的幼子,不但绝无利益心情,甚或至于牺牲了自己,让他的将来的生命,去上那发展的长途。①

“爱”是普遍生物界的自然天性,与人为的“恩”相对,它成为自然界“结合长幼”的通则,鲁迅又称之为“人伦的索子,便是所谓‘纲’”。正是长者对幼者的“绝无利益”的“爱”,使前者对后者的牺牲得以自然完成。可以看出,鲁迅以“爱”代替“恩”,其所强调的,是“爱”之道德是自发的,“离绝了交换关系利害关系”,而“恩”之道德强调长辈对下辈的付出,并“责望报偿”,使之成为幼者对长者的强迫性义务,成为人为的外在制约和规则。鲁迅极力强调“爱”出自人的“天性”的自发性:“便在中国,只要心思纯白,未曾经过‘圣人之徒’作践的人,也都自然而然的能发现这一种天性。例如一个村妇哺乳婴儿的时候,决不想到自己正在施恩;一个农夫娶妻的时候,也决不以为将要放债。只是有了子女,即天然相爱,愿他生存;更进一步的,便

---

① 鲁迅:《坟·我们现在怎样做父亲》,《鲁迅全集》第1卷,第132—133页。

还要愿他比自己更好,就是进化。”[①]“没有读过‘圣贤书’的人,还能将这天性在名教的斧钺底下,时时流露,时时萌蘖;这便是中国人虽然凋落萎缩,却未灭绝的原因。”[②]此处阐释颇有以庄子式的“自然”对抗名教的意味。“恩”的道德强调子女对长辈的报答,而“爱”是相互的自发性的给予,对此,鲁迅甚至使用了“爱力”的说法,“爱力”,曾是康有为宇宙构成论的一个概念,意指构成宇宙的一种精神性原质,如果鲁迅借用了康氏的概念,则无疑表达的是“爱”的宇宙本然性。但需要指出的是,鲁迅在作这些分别的时候,没有意识到“爱”和“恩”有一个根本的共同点,就是它们都是以血缘的自然事实为基础,鲁迅所欲取代的“恩”,其实就是传统儒家道德以血缘为基础的“孝”,而鲁迅所强调的长者对幼者的自发之“爱”,亦是发生于血缘关系内感性之爱,中国道德思想的特征,正是将道德诉诸人所感同身受的切身感受性,孟子即把仁义礼智建立在情感范畴的心之“四端”之上,在这个意义上,鲁迅的道德思维结构并没有超出传统的范围,他所做的,只不过是对已僵化成外在规范的儒家伦理进行重估和还原,使他重新回到人的切身感受性中,使之成为一种自发性的感性力量,但问题是,任何出诸自然的道德到最后都难免成为一种道德规范和要求,幼者本位的进化立场对长者之“爱”的置重,尽管被鲁迅一再强调为应出于一种自发之天性,实际上已颇接近一种道德的要求。因而可以说,鲁迅之“爱”对传统之“恩”的取代,其实际达到的是幼者本位取代长者本位,而其最终目的则是为生命的保存和进化扫清障碍。

在鲁迅那里,“爱”成为维系其新道德的主要扭结,他认为:“这离绝了交换关系利害关系的爱,便是人伦的索子,便是所谓‘纲’。”他一再强调:“所以我心以为然的,便只是‘爱’。”[③]“独有‘爱’是真的”[④],因此,他希望父母首先“爱己”:“无论何国何人,大都承认‘爱己’是一件应当的事。这便是保存生命的要义,也就是继续生命的根基。因为将来的运命,早在现在决

---

① 鲁迅:《坟·我们现在怎样做父亲》,《鲁迅全集》第1卷,第133页。
② 同上书,第135页。
③ 同上书,第137页。
④ 同上书,第133页。

定,故父母的缺点,便是子孙灭亡的伏线,生命的危机。”[①]这里的“爱己”并非“利己”,而是为将来的生命打下健康的基础做好充分的准备,其实质还是“利他”。在此基础上,他呼吁“所以觉醒的人,此后应将这天性的爱,更加扩张,更加醇化;用无我的爱,自己牺牲于后起的新人”[②]。“总而言之,觉醒的父母,完全应该是义务的,利他的,牺牲的,很不易做;在中国尤不易做。中国觉醒的人,为想随顺长者解放幼者,便须一面清结旧账,一面开辟新路。就是开首所说的‘自己背着因袭的重担,肩住了黑暗的闸门,放他们到宽阔明朗的地方去;此后幸福的度日,合理的做人’。”[③]

在写了《我们现在怎样做父亲》两天后,鲁迅看到日本作家有岛武郎的《与幼者》,被其中表达的对幼者之爱的深厚感情深深地打动,特地写下一篇随感录《六十三“与幼者”》,并大段摘录有岛氏的真情自白,并认为“有岛氏是白桦派,是一个觉醒的,所以有这等话;但里面也免不了带些眷念凄怆的气息。这也是时代的关系。将来便不特没有解放的话,并且不起解放的心,更没有什么眷念和凄怆;只有爱依然存在。——但是对于一切幼者的爱”[④]。

在“爱”的维系下,生命的延续和进化成为一个和平的过程:

> 我想种族的延长,——便是生命的继续,——的确是生物界事业里的一大部分。何以要延长呢?不消说是想进化了。但进化的途中总须新陈代谢。所以新的应该欢天喜地的向前走去,这便是壮,旧的也应该欢天喜地的向前走去,这便是死,各各如此走去,便是进化的路。
>
> 老的让开道,催促着,奖励着,让他们走去。路上有深渊,便用那个死填平了,让他们走去。
>
> 少的感谢他们填了深渊,给自己走去;老的也感谢他们从我填平的深渊上走去。——远了远了。
>
> 明白这事,便从幼到壮到老到死,都欢欢喜喜的过去;而且一步一

---

① 鲁迅:《坟·我们现在怎样做父亲》,《鲁迅全集》第1卷,第134页。

② 同上书,第135页。

③ 同上书,第140页。

④ 鲁迅:《坟·六十三“与幼者”》,《鲁迅全集》第1卷,第363页。

步,多是超过祖先的新人。

这是生物界正当开阔的路!人类的祖先,都已这样做了。①

在鲁迅的表述中,“生命的继续”的目的明确地指向“进化”,而且,进化之路不是达尔文自然选择理论所描述的生存竞争和优胜劣汰,而是非常平和的合作与禅让的过程。如果按照自然选择的适应规则,则“老的”和“少的”孰为优胜,取决于其“适应”社会的程度,“老的”对“少的”的压迫与阻碍,正是社会竞争的结果;鲁迅对人的进化的这样一种和平式的描述,似乎接近于赫胥黎的区分了自然进化和人的进化,但鲁迅认为这是“生物界”的“正当开阔的路”,也或者是就同类繁衍的范围而言,但同类繁衍绝不同于达尔文的进化,达尔文是在进化论的遗传意义上来看繁衍的;鲁迅的这一进化描述是一个近乎理想化的描述,自然进化的残酷竞争,展现为大家“欢天喜地”走上前路的过程,而这一状态的最终依据就是“爱”。

在此基础上,鲁迅对整体的生命的进化形成了一种乐观主义的态度,在随感录《六十六　生命的路》中,他说:

想到人类的灭亡是一件大寂寞大悲哀的事;然而若干人们的灭亡,却并非寂寞悲哀的事。

生命的路是进步的,总是沿着无限的精神三角形的斜面向上走,什么都阻止他不得。

自然赋予人们的不调和还很多,人们自己萎缩堕落退步的也还很多,然而生命决不因此回头。无论什么黑暗来防范思潮,什么悲惨来袭击社会,什么罪恶来亵渎人道,人类的渴仰完全的努力,总是踏了这些铁蒺藜向前进。

生命不怕死,在死的面前笑着跳着,跨过了灭亡的人们向前进。

什么是路?就是从没路的地方践踏出来的,从只有荆棘的地方开辟出来的。以前早有路了,以后也该永远有路。

人类总不会寂寞,因为生命是进步的,是乐天的。②

---

① 鲁迅:随感录《坟·四十九》,《鲁迅全集》第1卷,第339页。

② 鲁迅:《坟·六十六　生命的路》,《鲁迅全集》第1卷,第368页。

生命的自我保存、延续和进化的能力,使鲁迅对生命本身持一种乐观主义态度。如前所述,生命的自我保存、延续和进化,在鲁迅那里,都是出自生物的自然天性,因而也无异于自然的必然性,故此他相信,无论有什么艰难险阻,人类整体是不会灭亡的;在生命整体的进化之途中,"若干人们的灭亡"不足挂齿,因为生命将跨过这些死亡,继续向前进。鲁迅把"生命的路"描述成"从没路的地方践踏出来的,从只有荆棘的地方开辟出来的",颇接近于存在主义的"存在先于本质"的解释,说明了鲁迅视生命的本质为存在本身,只要生命存在,它就必然要延续、发展和壮大,开出生命的通衢,1921年,鲁迅又把这一命题表达为著名的"其实地上本没有路,走的人多了,也便成了路"①。生命本质的如此理解,实际意味着,只要中国人能珍视其自身生命的存在,也必能获得发展壮大的生存机会。生命的乐观主义使鲁迅似乎暂时克服了对一己民族灭亡的恐惧,站在人类主义立场,获得了超越的乐观心态,表现得颇为洒脱,在同时期给好友许寿裳的信中,他也表达了同样的情怀:"历观国内无一佳象,而仆则思想颇变迁,毫不悲观。盖国之观念,其愚亦与省界相类。若以人类为着眼点,则中国若改良,固足为人类进步之验(以如此国而尚能改良之故);若其灭亡,亦是人类向上之验,缘如此国人竟不能生存,正是人类进步之故也。大约将来人道主义终将胜利,中国虽不改进,欲为奴隶,而他人更不欲用奴隶;则虽渴想请安,一是不得主顾,止能侘傺而死。如是数代,则请安磕头之瘾渐淡,终必难免于进步矣。此仆之所为乐也。"②但是,即使在表达乐观主义的同时,仍难以切断民族存亡的原始情结,在《六十六　生命的路》的最后,作者突然转入与上文相反的论调:

> 昨天,我对我的朋友L说,"一个人死了,在死者自身和他的眷属是悲惨的事,但在一村一镇的人看起来不算什么;就是一省一国一种……"
>
> L很不高兴,说:"这是Nature(自然)的话,不是人们的话。你应该小心些。"

---

① 鲁迅:《呐喊·故乡》,《鲁迅全集》第1卷,第485页。

② 鲁迅:《书信·180820》,《鲁迅全集》第11卷,第354页。

我想,他的话也不错。①

“我”所说的话,其实重复了该文开始的“想到人类的灭亡是一件大寂寞大悲哀的事;然而若干人们的灭亡,却并非寂寞悲哀的事”。但与上文的乐观主义判断不同,这里否定了这一说法;所谓“这是 Nature(自然)的话,不是人们的话”,意思是强调,生命的乐观主义是站在自然的立场的面对人类整体的态度,而作为某一具体的人,却无资格作此高论,他所能做的,只能是为自身的现实生存而奋斗。下文对上文的主题纠正,说明在鲁迅那里,生命的乐观主义与民族生存的绝望意识,并没有达到内在的统一,前者毋宁说是一种基于暂时的超越立场而形成的绝望中的达观,后者作为一条深深的隐线,不可能在鲁迅的内心深处消失。

对生命的置重也见于鲁迅这时期反对国粹的文章中,随感录《三十五》、《三十六》专门抨击保存国粹者。我们知道,鲁迅日本时期对“国粹”并没有采取激烈否定的态度,这大概与章太炎的影响有关,但五四时期,他的态度变为激烈的否定,鲁迅回顾说:“从前清末年,直到现在,常常听人说‘保存国粹’这句话。前清末年说这话的人,大约有两种:一是爱国志士,一是出洋游历的大官。他们在这题目的背后,各各藏着别的意思。志士说保存国粹,是光复旧物的意思;大官说保存国粹,是教留学生不要去剪辫子意思。”②鲁迅对国粹派的评论,尚是平心而论,只不过认为现在提倡国粹已失去正面的意义,在鲁迅看来,国粹已成为民族生存的巨大包袱,国粹的保存与民族的生存已形成了尖锐的冲突,在这一冲突中,“我们”的生存被放在了第一位:“我有一位朋友说得好:‘要我们保存国粹,也须国粹能保存我们。’保存我们,的确是第一义。只要问他有无保存我们的力量,不管他是否国粹。”③在《三十六》中,这一强调上升为民族灭亡的“大恐惧”:“现在许多人有大恐惧;我也有大恐怖惧。许多人所怕的,是‘中国人’这名目要消灭;我所怕的,是中国人要从‘世界人’挤出。”④“国粹”成了生存的障碍,因

---

① 鲁迅:《坟·六十六　生命的路》,《鲁迅全集》第11卷,第368—369页。

② 鲁迅:随感录《坟·三十五》,《鲁迅全集》第1卷,第305页。

③ 同上书,第306页。

④ 鲁迅:随感录《坟·四十》,《鲁迅全集》第1卷,第322页。

为“而‘国粹’多的国民，尤为劳力费心，因为他的‘粹’太多。粹太多，便太特别。太特别，便难与种种人协同生长，争得地位。……于是乎要从‘世界人’中挤出。于是乎中国人失去了世界，却暂时仍要在这世界上住！——这便是我的大恐惧”①。鲁迅否定国粹所要保存的是人的最基本的“生命”，“生命”成为他所强调的生存的最起码基础。

综观上述，可以看到，鲁迅在此时期首先感到最迫切的，是生命的保存、延续和发展，对这一问题之迫切性的认识，产生于他十年隐默时期的绝望感受。鲁迅对家庭道德问题的关注，所要做的，就是把被家庭道德禁锢的“生命”解放出来，因此首先解构的是家庭道德中不合理的人际关系，呼唤妇女和子女在家庭中的解放，其尤所关注者，是改变传统家庭道德中的长者本位，确立幼者本位的新道德，目的是给新的生命提供生存和发展的机会。从鲁迅的表述可以看出，他认为道德应不离生物的自然状态，越是符合自然的就越是道德的，违反自然的道德是不道德的，长者本位的传统道德是违反自然的，幼者本位才符合自然的本来状态；鲁迅质疑传统道德的依据是生物进化论，后者在他那里，就是自然本来的状态，亦即是“生物学的真理”，生物进化论所昭示的生物向未来的进化、发展，就是道德的真正内涵，长者本位的传统道德阻碍了生命的正常延续和发展，因而是不道德的。鲁迅的这一处理，经过了两次内在理路的转换，一是以自然反对道德。自然才是合理的，道德违反自然，因而是不合理的，这一思路颇接近“越名教而任自然”的魏晋作派，与老庄思想内在地相通。二是视生物进化论为自然的真理——“生物学的真理”。在五四的思维逻辑中，科学为真理，生物进化论作为近代最有影响的科学发现之一，无疑获得了不可置疑的真理性；科学以自然为对象，科学即为自然的真理，科学即能代表自然。这样，老庄的自然主义与近代科学主义的嫁接，使生物进化论以自然的名义获得对传统道德的审判权。在以“孝”为核心的儒家伦理中，没有普遍的“人”的观念，而只有在重重关系中被具体化的“君”、“臣”、“父”、“子”之“名”，鲁迅首先把儒家伦理关系网络中的“名”还原成“人”：“我们中国所多的是孩子之父；所以以后是

---

① 鲁迅：随感录《坟・三十六》，《鲁迅全集》第1卷，第307页。

只要‘人’之父!”[①]“可是东方发白,人类向各民族所要的是‘人’,——自然也是‘人之子’——我们所有的是单是人之子,是儿媳妇与儿媳之夫,不能献出于人类之前。”[②]同时又进一步通过生物进化论,把“人”还原成更为基本的“生命”。前者以“人”的平等权利取代不平等的伦理道德,后者以进化中的“生命”给“幼者”以更有价值的生存。达尔文的生物进化论以生物对自然环境的适应能力为自然选择的主要依据,进化能力取决于遗传和适应,前者依赖于先辈的机能,后者依赖于环境,生物的优劣取决于对环境的适应程度,因此,从终极意义说,生物在进化中仍处于被动的地位。鲁迅拿出“生命”概念,以“生命”为生物展开进化的场所,并以“内的努力”解释生命的进化,这一“内的努力”与其日本时期的“人类之能”及“意力”概念相通,在日本时期的论文中,“意力”来自叔本华和尼采的意志哲学,由此,鲁迅的“生命”与叔本华和尼采生命哲学中的“意志”遥相呼应。叔本华和尼采认为支配世界万事万物的最终依据是作为世界本质的意志(叔本华的生存意志,尼采的强力意志),不同类事物的状态取决于其背后的意志的强弱,鲁迅援叔本华和尼采的意志哲学入达尔文的生物进化论,进行了创造性的改造,其结果,使生物在进化中获得内在主动性,既然生命本然具有进化发展的内在潜能,则只要提供生命正常发展的机会,它就能实现其自身的潜能甚至超越自身,这大概就是鲁迅一再强调生命的保存的真正含义,而长者对幼者的牺牲,即以生命的保存为目的。

鲁迅对长者提出牺牲的道德之要求,基于“后起的生命,总比以前的更有意义,更接近于完全,因此也更有价值,更可宝贵”的基本判断,可以看出,这一判断有两个理论基础,一是达尔文进化论所昭示的生物不断进化趋向未来的完善的生物界的史实,这一进化论提供了判断事物价值的时间标准,并把这一时间标准绝对化,换言之,按照在时间中出现的先后判断事物的优劣,越是后出的事物,较以前的事物,由于越接近处于时间之未来的完善目标,就越具有价值,但很明显,这一解释没有进一步说明物质之所以有价值的内在根据的问题;因此,鲁迅又明确以进化中生命的“内的努力”来

① 鲁迅:随感录《坟·三十六》,《鲁迅全集》第1卷,第307页。
② 鲁迅:随感录《坟·二十五》,《鲁迅全集》第1卷,第296页。

解释这一问题,从文本中可以看到,鲁迅的上述判断正是在提出“内的努力”说之后提出来的,这一解释的理论基础不再是达尔文的进化论,因为达尔文还没有明确从生物自身原因中寻找进化的动力。如前所述,这是来自叔本华和尼采的生命意志哲学,此其二。由此可以看到,鲁迅的论证,结合了不同的理论渊源。来自达尔文进化论的绝对化的时间标准使鲁迅形成了旧与新、老的与少的、长者与幼者的二元对立的人的观念,称之为二元对立,并不是没有看到鲁迅在二者之间所持有的“在进化的链子上,一切都是中间物”的辨证意识,而是发现鲁迅在两者之间作静止判断的时候,总是认为后者比前者具有更高的存在价值,因而在道德判断上,形成了前者必须牺牲于后者之发展的道德律令,这一律令最终来自作为自然规律的进化论;这一人的观念与牺牲道德,与鲁迅此时期的自我意识密切相关,鲁迅走出绍兴会馆时,已是一个接近四十岁的人,在年龄上,他与五四的代际群体已不是同一辈的人,具有自知之明的他,无疑把自己划在了与时代青年相对的“旧”、“老的”和“长者”的行列,这从同时期文章中被暂时压抑、而在后来的文章表露出来的自卑意识、绝望感等自我意识,可以感受得到,当他说“自己背着因袭的重担,肩住了黑暗的闸门,放他们到宽阔光明的地方去;此后幸福的度日,合理的做人”时,正隐含着对自我的清醒界定和要求。来自进化论观念的对自我存在位置的界定,使鲁迅明确遵循牺牲的道德,“生命”作为整体是进步的、乐天的,而“生命的路”中的个体,是进化中的一个环节,要牺牲于后来的更杰出的个体,这样才能保证“生命的路”的生生不息,这在后来被他表述为:“以为一切事物,在转变中,是总有多少中间物的。动植之间,无脊椎和脊椎动物之间,都有中间物;或者简直可以说,在进化的链子上,一切都是中间物。”①鲁迅无我的、利他的道德倾向——他后来所反思的“人道主义”意识——的一个重要来源,就是作为中间物的自我体认。

但应指出的是,上述来自不同理论渊源的解释并没有达到真正的一致,前者可以给出时间的先后的标准,但后者在这一问题上却不能绝对,这与叔本华和尼采的意志形而上学的特征有关。达尔文的生物进化论只不过证实了生物的历史是来自同一物种的不断由低级向高级进化的历程,进化中的

① 鲁迅:《坟·写在〈坟〉后面》,《鲁迅全集》第1卷,第285—286页。

每一生物都是进化链条中的一个环节,而不能成为目的本身,进化指向未来的未定的完善方向;而叔本华的意志形而上学强调的是世界——从无机物到有机物——都是作为世界本体的意志的表象,意志如康德的物自体不能被认识,但可以通过时间和空间的个体化形式显现于经验世界,借此为人所把握;意志以不同的客观化形态显现于现象世界中,由此形成事物的不同等级,如无机物、植物、动物和人,只是在生命这里,意志才达到了其完善的客观化形态,而人是意志的最完善的客观化形态,在这一等级链中,低级的客观化形态服从于高级的客观化形态,但是,事物的等级链作为意志在时间和空间中显现的表象,虽然也遵循着因果规律,却并不是如达尔文进化论那样展现为一个在时间中的先后进化顺序,而是依赖于形而上的意志在不同类事物身上表现的意志的强弱和不同的表现方式,如人的崇高地位不是低级生物进化而成的结果,而是因为他就是意志的最完善的直接显现,其最终依据是世界背后的形而上的意志。尼采把叔本华的生存意志改造为强力意志,世界的秩序完全取决于强力意志的强弱,一个人的存在价值是根据他“体现生命的上升路线还是下降路线而得到评价”①;由此可以推出,仅凭自身意志的强弱来判断事物的价值,则一个老者完全可以比幼者更有生存价值。当鲁迅糅合达尔文的进化论与叔本华、尼采的意志学说来论证长者牺牲、幼者本位的新道德的时候,并没有顾及二者之间的理论差异,他的这一理论处理,固然从内外两个方面说明生命的保存、延续和发展——长者牺牲于幼者——的意义所在,但也潜伏下不可忽视的思想矛盾,并成为导致他后来思想危机的重要引线:来自达尔文进化论的把进化时间绝对化的新—旧、幼者—长者二元对立的人的观念,导致了鲁迅此时期对人的理解的机械论倾向,这一倾向与他的来自叔本华和尼采意志形而上学的,视“意力”为人的根本的潜在倾向,形成了难以调解的内在矛盾;建立在前者基础之上的利他主义道德和牺牲精神(“人道主义”),与建立在后者基础之上的以个人为本位的个人主义冲动,亦在后来深深地交战于他的内心。其所谓中期“思路的轰毁”,当在这一思想线索中找到起因。

---

① 〔德〕尼采著,周国平译:《偶像的黄昏》,《尼采文集·查拉图斯特拉卷》,青海人民出版社1995年版,第368页。

# 第三章 资料、阐释与传承

## 第一节 《随感录》研究

### 一、1981 年版《鲁迅全集·热风》中《随感录》的署名问题

1981 年版 16 卷本《鲁迅全集》(后简称《全集》)是目前最为翔实可靠的注释本,但美中不足的是,《全集》对《热风》中《随感录》的署名注释却有些混乱。

《热风》中所收《随感录》,都是最初发表在《新青年》的《随感录》一栏。《新青年》上《随感录》的署名一般有两种:一种是目录署名,一种是文末后署(实际上是作者自署)。而且这两种署名往往是不统一的,《热风》中所收的几篇《随感录》就是。如《随感录》的《二十五》和《三十三》的目录署名是“唐俟”,但文末后署是“俟”,《三十八》目录署名为“鲁迅”,文末后署为“迅”,《四十七》目录署名为“唐俟”,但文末后署却是“戊”,《五十九“圣武”》目录署名为“唐俟”,但文末后署为“俟唐”(可能是印刷错误)。《新青年》上这两种署名的不统一,就要求《全集》的署名注释要有一个统一的标准,也就是说只能采取其中一种署名法,或以目录署名为准,或以文末后署为准,不然二者兼用,就会造成署名依据的混乱。《全集》中《随感录》的署名注释的问题就出在这里,表现在下面三个署名标准的互用:

**1. 以目录署名为准的**

《新青年》上《随感录》的《三十五》、《三十九》、《五十九“圣武”》、《六十二 恨恨而死》、《六十六 生命的路》的目录署名都是“唐俟”,文末后署分别为:《三十五》“俟”、《三十九》无署名、《五十九“圣武”》“俟唐”、《六十

二　恨恨而死》无署名、《六十六　生命的路》无署名；而《全集》中这几篇的署名注释皆为："署名 唐俟"。这显然是以目录署名为准的。

**2. 以文末署名为准的**

《新青年》上《随感录》的《三十六》、《三十八》、《四十八》和《四十九》的目录署名分别为：《三十六》"唐俟"、《三十八》"鲁迅"、《四十八》和《四十九》"唐俟"，而《全集》中这几篇的署名注释分别为：《三十六》"署名俟"、《三十八》"署名迅"、《四十八》"署名俟"、《四十九》"署名俟"，却是以《新青年》上的文末后署为准了。

**3. 上面两种署名标准都不依据的**

如《新青年》上《随感录》的《三十七》、《四十二》、《四十三》和《五十三》的目录署和文末署都是"鲁迅"，而《全集》中这几篇皆无署名注释；另外，《四十七》在《新青年》上的目录署名为"唐俟"，文末署为"戊"，而《全集》注作"署名俟"，也是属于无所依凭的一种。

除掉末一种无所依凭的署名方式外，应该说前两种署名方式都是有理由的，但是，如果这些文章收在一本集子当中，而且是堂堂的《鲁迅全集》，我们在做署名注释的工作时，就不得不统一署名标准，只以其中的一个标准依据了（我认为最好以文末后署为准，因为这一般是作者自署，这样可保留作者自己的原意）。这看起来是一个微不足道的问题，但恐怕却是每一个编辑注释工作者所不应忽视的，因为它关系着整部书的编纂质量。

## 二、周氏兄弟《随感录》考证

近来翻阅《周作人集外文》（海南国际新闻出版中心 1995 年版），见原收在《鲁迅全集·热风》中的四篇随感录《三十七》、《三十八》、《四十二》和《四十三》未加注解而赫然登列其中。其实，《鲁迅全集·热风》中的随感录有几篇可能出自周作人之手，这早已是鲁研界的一桩公案，又是一个敏感而棘手的问题。对此，有关当事人生前都有过表示：据有论者称，鲁迅自己曾明确指出随感录《四十六》是周作人的作品。[①] 鲁迅逝世后，周作人多次在不同场合提出过这一问题。最初在鲁迅逝世后不久，周作人因约写了一篇《关于鲁迅》(1936年10月24日作，载于上海《宇宙风》1936年11月16日第29期)，其中谈到五四时期的鲁迅时说：(鲁迅)“所作随感录大抵署名‘唐俟’，我也有几篇是用这个署名的，都登在《新青年》上，后来这些随感编入《热风》，我的几篇也收入在内，特别是三十七八、四十二三皆是。”该文后收入周作人《瓜豆集》(上海宇宙风社1937年3月初版印行)，对上述说法作了改动：(鲁迅)“所写随感录大抵署名唐俟，我也有一两篇是用这个署名的，都登在《新青年》上，近来看见有人为鲁迅编一本集子，里面所收就有一篇是我写的，后来又有人选入什么读本内，觉得有点可笑。”1957年，此文作为附录收入《鲁迅的青年时代》(周启明著，中国青年出版社1957年3月初版)一书时，又恢复最初发表于《宇宙风》时的说法。在1958年5月20日致曹聚仁信(收《周曹通信集》，周作人、曹聚仁著，香港南天书业公司1973年8月版)中，周作人又说：“鲁迅著作中，有些虽是他生前编订者，其中夹杂有不少我的文章，当时《新青年》的随感录中每有鲁迅的名字(唐俟)，其实却是我做的，如尊作212页所引，引用Le Bon一节乃是，《随感录三十八》中的一段，全文是我写的。其实是在文笔上略有不同，不过旁人一时觉察不出来。”在其晚年的《知堂回想录》(香港三育图书文具公司1974年4月初版)中，周作人仍持此论：“我们当时的名字便是那么用法的，在《新青年》投稿时节，也是这种情形，有我的两三篇杂感，所以就混到《热风》里去。这是外面一般的人所不大能够理解的。”1937年，许广平和许寿裳为鲁迅编年谱，又讨论到这一问题，二人当时的通信被辑为《许寿裳致许广平信二十七封》收入《鲁迅研究资料》第14辑(1984年11月)，信中提供了许多佐证。如信《十六》(1937年4月27日)中说：

---

① 李景彬先生在其长文《鲁迅和周作人的散文创作比较观》(《江汉论坛》1982年第8、9期)中说：“从《新青年》上发表的《随感录》的数量来看，周作人远不及鲁迅。鲁迅有二十七篇，而周作人用自己的名字发表的仅有两篇。后经鲁迅指出，周作人用他的笔名还发有一篇。”另一处更明确地说：“就连鲁迅指明是周作人所作的那篇《随感录·四十六》除了引证起初采易卜生的那两段主张‘超人’和‘独异’的话；也显不出差异来。”惜李文未注出处，不知所依何据。笔者亦未查明出处。

《热风·随感录三十八》一节，裳意无足轻重；可以轻描淡写过去，此事二月间，起孟对我说过，有一篇羼入。因当时都署“唐俟”名投稿《新青年》也；我便问那篇的内容是讲什么的，他答是打拳的。今见来信说是三十八，我便用电话询之，因打拳是《三十七》并非《三十八》，他说确是《三十八》，文中亦有关打拳云。又问他此外尚有所作否，他答道：其余记不清了。我又问致函改造社是何意？他说因从前大先生著书有用周作人之名出版者，如《会稽郡故书杂集》、《域外小说集》序及其中译文三篇等是，亦有他之所作一并署名唐俟者，如《随感录三十八》是。所以一并告知改造社山本君云。……裳意此事或有可信性，因为大先生为人坦白，毫无求名之意，他对兄弟本无界限，故于二先生之著，同署一名，事或可有，观于《会稽郡故书杂集》署作人名，益信。《热风》又是友人所辑，题记上明明说着：“但几个朋友却以为现状和那时并没有大两样，也还可以存留，给我编辑起来了。一时忘未剔出，不足为病。”

在信《十七》(5月3日)中又说：

《随感录三十八》条登《新青年》时，裳已查过。确系鲁迅之名。彼时大先生自己不愿居名，凡译著有关学术者概用周作人之名，而于《随感录》等攻击时弊露骨易招注目者则用别名(鲁迅、唐俟)，此合是大先生之一番好意，起孟亦深知之，故起孟云，即将来中文全集中，要收入亦可，剔除亦可无关重轻云，改造社亦只于便时略加说明可也。

在信《十八》(5月7日)中说：

《热风》我已送起孟一阅，他指出三十七三十八及四十三条为他所作，特奉闻。

许广平对此亦有评论，在1946年10月写的《读唐弢先生编〈全集补遗〉后》中，她说：

《热风》是早在中华民国十四年由鲁迅先生自己编校交北新书局出版的，得到二十五年先生逝世之后，日本改造社编《大鲁迅全集》时，从《热风》选了几篇文章，记得周作人就抗议过，说那是他写的。这抗议因为不在鲁迅先生生前出书时,而在若干年后逝世了才始听到。如果说个笑话作比方,《中国小说史略》也有人说是日本人写的,其他全部著作,倘要有张三李四,肯出来承担,不是《鲁迅全集》都可以取消了吗?(原载唐弢编《〈鲁迅全集〉补遗》卷末,1946年10月上海出版公司出版。现收入《许广平忆鲁迅》,马蹄疾辑录,广东人民出版社1979年4月版。)

综上所述,这确是一个客观存在的问题,这个问题不大也不小,摆在我们面前,有待于进一步的澄清。但研究界对此注意的人并不多。较早涉及这一问题的是李景彬先生,他在1982年发表的论文《鲁迅和周作人的散文创作比较观》(《江汉论坛》1982年第8、9期)中,从二周思想比较的角度,作过初步考察;此后倪墨炎先生在所著《中国的叛徒和隐士:周作人》(上海文艺出版社1990年7月版)中,以周作人日记为依据,初步提供了一些实证;朱金顺先生《〈鲁迅、许广平所藏书信选〉读后摭谈》(载《鲁迅研究动态》1988年第6期)一文也从史料学角度触及这一问题;而樊骏先生在他的《这是一项宏大的系统工程——关于中国现代文学史料工作的总体考察》(《新文学史料》1989年第1、2、4期)的长文中,把这一问题突出地提了出来,希望能引起研究界的充分注意。笔者在这里所努力的,是想也为此做一些工作,并没有澄清这一问题的奢望,只是想在前人研究的基础上,试作进一步的考证,尽可能提供一些新的实证。

周作人在谈及这一问题时,虽然在不同场合说法有变化,混杂的篇数也说得较为含糊,但参照鲁迅和许寿裳的有关言论,则首先可以确定疑点的最大范围是随感录《三十七》、《三十八》、《四十二》、《四十三》和《四十六》五篇,特别是周作人自己认定《三十八》是他的作品。下面,就以这五篇为疑点最大范围,分别对它们进行考证。先看《三十七》和《三十八》。

随感录《三十五》、《三十六》、《三个七》和《三十八》同时发表于1918年11月15日《新青年》第5卷第5号,前两篇署名“唐俟”,后两篇署名“鲁迅”。查鲁迅日记,1917年11月1日记有:“夜作《随感录》二册”,一般认为这里指的是《三十五》和《三十六》,而日记对《三十七》、《三十八》没有记载,我们尚不能就此判定这两篇随感录不是他的作品。再查周作人日记,1918年10月30日记有:“作《随感录》一则予杂志。十二时后睡,不甚安适。”但是，同年11月、12月的《新青年》上并没有署名周作人或其笔名的随感录。一般情况下，《新青年》同人的文章是每寄必发的，虽然杂志由上海群益书社印行，从编辑到出版的周期较长，但一般同人投寄的稿子，都是能够当期登载的。那么，除去稿件寄失的偶发因素——这一般也不大可能，是否周作人日记中所指随感录就是《三十七》和《三十八》之一呢？周作人不是咬定《三十八》是他的作品吗？只此不足为凭，下面再提供一些其他方面的考证。

我们知道，随感录《三十八》是针对那些爱国的自大家而发的，文中列举了几派自大家的爱国论，着重对戊派的爱国论痛加针砭。“戊云：‘中国便是野蛮的好。’又云：‘你说中国思想混乱，那正是我民族所造成事业的结晶。从祖先混乱起，直到昏乱到子孙；从过去昏乱起，直到昏乱到将来。……（我们是四万万人）你能把我们灭绝么？’”其实，这戊派爱国论是有所指的，《新青年》5卷2号（1918年8月15日）《通信》栏有任鸿隽（任叔永）致胡适的信，该信反对钱玄同废汉文汉语的主张，信中说：“吾国的历史、文字、思想，无论如何昏乱，总是这一种不长进的民族造成功留下来的。此种昏乱种子，不但存在文字历史上，且存在现在及将来子孙的心脑中。所以我敢大胆宣言，若要中国好，除非人（疑‘使’字之误，自注。）中国人种先行灭绝！可惜主张废汉文汉语的，虽然走于极端，尚是未达一间呢！”显然，信中提到的“混乱”、“灭绝”正是《三十八》的关键词，从内容上看，该随感录是有感于任信而发的，1981年版《鲁迅全集》中《三十八》的文末注（注[6]）正是这样注释的。但我认为，仅仅如此，这条注释的理由尚不充足，然而该篇若出自周作人之手，该注释就能有更多的依据。查周作人日记，该年10月29日记有：“晴。上午往校，收《新青年》五卷二号十册，以其一致霞卿。”《新青年》是由上海群益书店印行，刘半农在《新青年》5卷6号《通信》栏中有一封《答Y、Z君》，提及有关问题：“《新青年》是上海发行，并非北京先有，上海迟到，其所以不能按期出版的缘故，都是因为承印处不能从速排印。”所以，北京方面同人收到杂志，一般要比出版期迟两三个月，这在周作人日记中多有反映，该期即是一例。周10月29日收到的《新青年》5卷2号，正是刊登任信的那一期，周于当天或第二天翻阅之，看到这封信后，有所感，遂于第二天（30日）、夜“作《随感录》一册予杂志”，迟到“十二时后睡,不甚安适”,这是极有可能的。

这里,我还想从习惯用语的角度,提供几条旁证:

1. 任信提到“不长进的民族”,钱玄同在同期的答信中多次着重加引号引出,这也引起了《随感录》作者的注意,故文中最后一段提到“不长进的民族”一语时,特用引号标出,而正是这个带引号的引语,在周作人以后的文章中不时出现,成为他的习惯用语。可以说,这个现代典故正出于此。

2. 随感录《三十八》中有:“丁云:‘外国也有叫化子,——(或云)也有草舍,——娼妓,——臭虫。’”(着重号为引者所加,后同)。查周作人此后文章,类似说法则经常出现;如:①《谈虎集·新西腊与中国》:“我讲了这些话,似乎引了希腊替中国解嘲,大有说‘西洋也有臭虫’之意。”②《谈虎集·裸体游行考订》:“要我来暴露别人的缺点,实在是不很愉快的事,但我并不想说你也有臭虫所以说我不得。”③《永日集·欧洲整顿风化》:“西洋也有圣人,这句话(或这件事)即证明了它的反面:西洋也有臭虫。”④《看云集·虱子》:“照这样看来,不但证明‘西洋也有臭虫’,更可见贵妇人的青丝上也满生过虱子。”⑤ 周作人曾以“西洋也有臭虫——致胡适”为题发表书信于《独立评论》第107期(1934年7月1日)。……例子不限于此,还有更多。但笔者查鲁迅文章,则未见“臭虫”之说。

3. 《三十八》中有:“……这比丁更进一层,不去拖人下水,反以自己的丑恶骄人;至于口气的强硬,却很有《水浒》中的牛二的态度。”

前一种说法见周作人《论中国旧戏之应废》(《新青年》5卷5号通信栏):“…人不能做小孩过一世,民族也不能老做野蛮,反以自己的‘丑’骄人:这都是自然所不容许的。……”

后一种见:①《雨天的书·破脚骨》:“中国也有这般人物,为什么除了《水浒传》的泼皮牛二外;没有人把他们细细地写出来”;②《立春以前·关于宽容》:“至于韩信,他被猪店伙计当众侮辱,很有点像杨志碰着了泼皮牛二,这在他也是丑恶不下去的事。”

4. 《三十八》中有:“甲云:‘中国地大物博,开化最早;道德天下第一。’”

同类说法又见《谈虎集·祖先崇拜》:“我最厌听许多人说:‘我国开化最早’、‘我祖先文明怎样’。”

5.《三十八》作者使用了一个极为愤激和刻毒的比喻:“但我总希望这昏乱思想遗传的祸害,不至于有梅毒那样猛烈,竟至百无一免。即使同梅毒一样,现在发明了六百零六,肉体上的病,即可医治;我希望也有一种七百零七的药,可以医治思想上的病。这药原来也已发明,就是‘科学’一味。只希望那班精神上掉了鼻子的朋友;不要又打着‘祖传老病’的旗号来反对吃药,中国的昏乱病,便也总有全愈的一天。”此类比喻多见于周作人同时期的创作:

①《论“黑幕”》(1919年1月12日《每周评论》第4号):“古来既有这一种子,所以现在的张三李四便都利用了他们世传的才能,做出著作。譬如先天梅毒性的人,一到成年,免不了发病,掉落鼻子,未必定是他们自己的罪;……”

②《再论“黑幕”》(1919年2月15日《新青年》6卷2号):“譬如一个害梅毒的人,全体组织都有了毒,如今说怕他传染,劝他割去脸上的小疮,补上鼻子,无论这事十分为难;即使勉强办到,也仍然是一个梅毒患者。中国社会的情状,正是如此,所以我说不必劝告;至于办法,则若无六百六对症药将他医好,惟其使其以天年终而已。”

③《雨天的书·与友人论国民文学书》:“所以我仿你的说法要加添几句,便是在积极地鼓吹民族思想以外,还有这几件工作:

我们要针砭民族卑怯的瘫痪,

我们要消除民族淫猥的淋毒,

……。”

据笔者查,此类愤激的比喻并未见于鲁迅的文章。

不应忽视的还有作者的行文习惯。查《新青年》上《三十八》原文(《新青年》1918年11月15日5卷5号),在第二段最后一句:“所以有这种‘个人的自大’的国民,真是多福气!多幸运!”及第三段最末句“真是可哀,真是可幸!”原文左侧都标有套圈“◎”。文中加套圈的习惯,在周作人发表于《新青年》的文章中,是常见的,列举出来,加了套圈的创作有:5卷1号之随感录《三十四》、5卷6号之《人的文学》、6卷2号之《再论“黑幕”》;译文有:4卷4号之《皇帝之公园》、5卷5号之《空大鼓》、6卷1号之《铁圈》、《卖火柴的小女孩》、6卷6号之《沙漠里的三个梦》。在周作人以后的文章中,套圈亦时有可见。但查鲁迅同时期发表于《新青年》的文章,套圈几乎没有。参照鲁迅后来的有关言论,他似乎是不大喜欢在文章中加圈的。[①] 细微处能见区别,此种行文习惯的不同,颇能说明问题。

上列各证作为孤证,说服力尚不强,但综合起来考察,则周作人指定《三十八》之出自他之手,就具有一定可信度。是为对《三十八》的初步考证。

周作人不也提到过《三十七》吗?1936年他提到《三十七》,1937年2月他对许寿裳明说是关于"打拳的",后又改称《三十八》,说确是《三十八》,文中也有关于打拳的(见前引许寿裳信),但查《三十八》并无有关打拳内容,这其中矛盾难以解释。况且,周作人日记只记载作随感录一篇,今既已证为《三十八》可能性最大,则《三十七》在日记中并无记载。这样,《三十七》的真正作者就无从证出了。另,《三十七》本文尚不能提供有关线索。

下面再看看《四十二》、《四十三》和《四十六》。

查周作人日记,1919年1月10日记着:"作《随感录》二则",13日记有:"至《新青年》稿"。可见,这两则随感录不仅写了,而且交给了编辑部,按常规,该文应在1月15日出刊的《新青年》6卷1号上发表,但这一期并没有署名周作人或其别名的随感录,而有署名"唐俟"的三篇(随感录《三十九》、《四十》、《四十一》),署名"鲁迅"的两篇(随感录《四十二》、《四十三》,1981年版《鲁迅全集》后注对这两篇并未注出署名,让人不解)。联系周作人的说法,就不能不让人猜测日记所指两则随感录即《四十二》、《四十三》。只此尚不足为凭,再作进一步考证。

《四十二》是关于土人(野蛮人)问题的。周作人早期对神话学的文化人类学派有着浓厚的兴趣,涉猎甚广,致力颇勤,文化人类学的观点和方法,深深地影响了他的思想和文章,例如,"野蛮人"成为他考察民族和社会的

---

① 鲁迅不仅没有在文章中加圈的习惯,而且在其日后的论战文字中,每谈到论敌文中加圈,皆出之以鄙夷的语气,如《华盖集·答K.S君》谈到章士钊的文章时说:"即如他那《停办北京女子师范大学呈文》中有云,'钊念儿女乃家所有良用痛心为政而人人悦之亦无是理',旁加密圈。想是得意之笔了。……纸张虽白,圈点虽多,是毫无用处的。"又如《二心集·"硬译"与"文学的阶级性"》讽刺梁实秋:"细心地在字旁加上圆圈,还在'硬译'旁加上套圈'……字旁也有圈圈,怕排印麻烦,恕不照画了。"

一个常用范畴，该词散见于他的许多文章中，成为其行文特征之一。《四十二》对野蛮人的考察，就是周作人式的。我们知道，鲁迅考察国民性侧重于对传统和时弊的直接抨击，文化人类学的观点和方法，是不大用到的，“野蛮人”的说法，也难见于他的文章。

这里，又有一个习惯用语方面的旁证：

该文第一段在比较中国与别民族的“蛮人文化”时说：“他们也喜欢在肉体上做出种种装饰：剜空了耳朵嵌上木塞；下唇剜开了一个大孔，插上一支兽骨，像鸟嘴一般；面上雕出兰花；背上刺出燕子；女人胸前做成许多圆的长的疙瘩。可是他们还能走路，还能做事；他们终是未达一间，想不到缠足这好法子。”（着重号为引者所加，自注。）这里所描述的“装饰”，是新西兰土著毛利人的风俗，类似说法亦见于周作人以后的文章，仅举两例：

①《泽泻集·闲话四则（之四）》：“身上刺青、雕花、涂颜色、着耳鼻唇环的男女，被那有机关枪、迫击炮以及飞机——啊，以及飞机的文明人所虐杀，岂不是极自然与正当的么？”

②《谈虎集·拜脚商兑》：“复次毁伤是第三者客观的话，在当局者只看做一种修饰，女文身贯鼻缠乳束腰都是同类的例。”

又，这段话中的“未达一间”一词，先见于前引任鸿隽信，据前面考证，《三十八》是针对这封信而发的，是否能设想《四十二》中的“未达一间”一词也是来自任信呢？如果确是如此，则《三十八》和《四十二》正可相互印证——乃出自一人之手。

不可忽视的是，《四十二》第二段有：

> 英国人乔治葛来任纽西兰总督的时候，做了一部《多岛海神话》，序里说他著书的目的，并非全为学术，大半是政治上的手段。他说，纽西兰土人是不能同他说理的，只要从他们神话的历史里，抽出一条相类的事来做一个例，讲给酋长祭师们听，一说便成了。譬如要造一条铁路，倘若对他们说这事如何有益，他们决不肯听；我们如果根据神话，说从前某某大仙，曾推着独轮车在虹霓上下，现在要仿他造一条路，那便无所不可了。（原文已经忘却，以上所说只是大意）

文中所说《多岛海神话》，是英国驻新西兰第一任总督 George Grey

(1812—1892)收集的波利尼西亚岛(Polynesia)的原始神话,英文名为“Polynesia Mythology”,1854年毛利语(Maori)初版,1856年译成英文版出版,1861年该版重印。笔者查阅了伦敦1861年本(该书为周作人藏书,现藏北京图书馆),该版开头有George Grey的一篇自序,序中叙他受命新西兰总督,为了缓和与当地土人的矛盾,加深相互的理解,自学毛利语,又觉得当地神话与歌谣是理解他们的关键,遂搜集当地各岛神话与民歌,集成后在新西兰用毛利语出版,后又译成英文出版等等。从内容看,该序很可能是1856年英文版初版自序,问题是,序中并没有《四十二》中所提内容,那么,《四十二》所说之序是否毛利版原序而1861年英文版未收呢?《四十二》既转述如此具体详细,张冠李戴可能性当不大(若该序来自毛利语初版,则1981年版《鲁迅全集》“乔治葛来”条所注:“……《多岛海神话》一书,1855年出版。”似不妥,应注以初版时间。另,所注“1855年”并未在1861年英文版版权页上提及,只提到1856年英文版)。现在的问题是:《四十二》作者不大可能拥有该书初版,即使有,他也不懂毛利语,那么只有两种可能,毛利版原序收入1956年英文版初版,《四十二》作者拥有该版,或者是从其他地方转引而来。这两种可能性,若参之对神话学和文化人类学的涉猎之广及对英文的熟悉程度,则在鲁迅身上为小,在周作人为大。笔者曾查阅周作人早年阅读过的该类著作,惜未查出序文出处。当然,若查出最能说明问题,不过,即使暂付缺如,此处推测结合前举诸例证,也是颇能说明问题的。

按周作人日记,除《四十二》同时应另有一篇,参以周作人自己的说法,则舍《四十三》莫属。与《四十二》、《四十三》同期(《新青年》6卷1号)发表的还有《三十九》、《四十》和《四十一》,鲁迅日记虽未记载,但可明定这三篇为鲁迅所作,另,《三十九》至《四十三》五篇随感录虽同期发表,但前三篇署名“唐俟”,后两篇署名“鲁迅”。只此不足为凭,因《四十五》本文尚不能提供其他佐证。

至于《四十六》如果确如鲁迅所说是周作人所作,则《四十五》和《四十六》文气相通,似可互相印证,但疑问在于:1. 周作人日记对《四十六》创作未见记载,周日记较为详细,其创作一般都能在日记中找到记载,可以对号入座的。2. 周在1937年年初说近来有人为鲁迅编一本集子(参见前引周作人《瓜豆集·关于鲁迅》),里边所收一篇就是他写的。按这里所指“集子”,指日本东京改造社 1937 年 3 月 20 日发行的《大鲁迅全集(第 1 卷)》(参见前引许寿裳信《十六》),收入《热风》中十篇随感录,其中就有《三十八》和《四十六》两篇,如果周所指是《三十八》,那为何不提《四十六》呢?这也是一个疑问。故《四十六》的真正作者尚不能确定。

《鲁迅全集》混入他人作品,并不止此例,如瞿秋白即是一例,不过,当事人对此都有明确说明,全集后注中亦以注明。周作人一案则复杂得多。有关当事人虽屡有提及,但说法不定,也无法得到鲁迅本人的认可——周于鲁迅逝世后才提出,我想或许是有其隐衷的吧——所以此案已无法确证,又因牵涉周氏兄弟的微妙关系,更变得棘手得多。尽管如此,对这一鲁研界人所共知的公案,却尚未有人作更深入的探究,这无论如何是与有着悠久历史和丰硕成果的鲁迅研究不相称的。本文也只是一个尝试,以当事人提到过的五篇随感录为疑点最大范围,在前人基础上作了进一步的考证,希望能提供一些事实。对这一问题的考证工作,不是争一个什么著作权的问题——一者当事人都已作古,现有材料尚无法提供确证;二者著作者既然生前编入集中,后人就应尊重初版原样——而是从为鲁迅研究填补空白和全集的编纂、考证工作角度应该认真对待、亟待解决的问题;希望能有更进一步的考证,庶几乎免于鲁迅研究中随意引用、张冠李戴现象的一再出现,亦可能为新版全集增添几条不应缺失的注释。

## 第二节 新发现鲁迅《文化偏至论》中有关施蒂纳的材源

日本时期的五篇文言论文,作为鲁迅最早的思想材料,多年来受到学界的关注,试图通过对论文的解读和整理,发现“原鲁迅”的出发点。而一个更值得关注的问题是,青年鲁迅思想的形成,基于留日时期对“异域新宗”的接受,明治三十年代日本的思想和文化语境,是其最初接触和“拿来”的中介和平台,然则,在这东、西交汇的纷繁语境中,诸多思想和文化资源,是如何通过明治日本这一媒介,影响并参与构成了青年鲁迅的思想图景的?五篇文言论文,也许正好提供了勘查此一问题的第一手资料。因此,从文本入手,以明治三十年代日本为考察范围,爬梳、考证五篇论文的可能资料来源,是鲁迅研究的一个不容回避的基础工作。

对于五篇论文材源的考证,限于语言及资料条件,首先是日本学者展开的。1970年代,学者北冈正子在日本《野草》九号(1972年10月)起连载《摩罗诗力说材源考笔记》,就《摩罗诗力说》写作的材料来源,做了细密而翔实的爬疏、考证和辨析,被丸山升称为"划时期的工作",①80年代,该系列论文译为中文出版,在中国学界获得很大反响。② 因困于资料搜寻的难度,这一方面的工作,难有更进一步的开展,对于其他几篇论文的材源,鲜有人涉及,因此,今若有某一确切材源的发现,亦将是可贵收获。

《文化偏至论》一文,由于正式揭橥"立人"主张,在五篇论文中处于核心位置,历来受到研究者的重视,对其材源的考证,于考察鲁迅思想的形成,将具有更为重要的价值。笔者在日访问交流期间,曾翻阅明治三十年代较为活跃的思想文化杂志,发现了一则资料,可以判断是《文化偏至论》中鲁迅所介绍的"新神思宗"施蒂纳的材源,在此发表出来并求教于方家。

《文化偏至论》批判当时中国甚嚣尘上"竞言武事"、"制造商贾"和"国会立宪"的言新主张,一者指出,他们所伸张的"黄金黑铁"和"国会立宪",是对西方19世纪"偏至"于"物质"与"众数"文明的趋骛,二者指出,这些言新主张背后,其实是"假是空名,遂其私欲"的卑下动机;鉴于两种弊端,文章提出以"剖物质而张灵明"和"任个人而排众数"为举措、以"尊个性而张精神"为主旨的"立人"主张。"立人"论的资源,来自所欲宣扬的西方19世纪末的"新神思宗",作为"新神思宗"而着重介绍者,则有勖宾霍尔(叔本华,A. Schopenhauer)、契开迦尔(克尔恺郭尔,S. Kierkegaard)、伊勃生(易卜生,Henrik Ibsen)、尼佉(尼采,Fr. Nietzsche)和斯契纳尔(施蒂纳,M. Stirner)。

从文脉看,鲁迅的"立人"主张,主要是从"重个人"和"非物质"两方面来论述的,对施蒂纳的介绍,在"重个人"部分。文章首先梳理了西方"个人"意识出现的两条文明史线索,一是随着法国大革命后平等、自由观念的普及,人们由觉悟人类的尊严,到意识自我、个性的价值,又因旧的信仰和道德的解体,转向"极端之主我";一是基于社会民主的平等诉求,把"个人"看

① 〔日〕丸山升:《在日本的鲁迅》,靳丛林译,《鲁迅研究月刊》2000年第11期(译自伊藤虎丸、祖父江昭二、丸山升编:《近代文学中的中国和日本》,汲古书院1986年版)。

② 〔日〕北冈正子:《摩罗诗力说材源考》,何乃英译,北京师范大学出版社1983年版。

做社会之一分子，而无顾“个人特殊之性”，更有甚者，“夷峻而不湮卑”，以庸众压抑天才，“将使文化之纯粹者，精神益趋于固陋”，于是“物反于极”，“极端之个人主义”开始出现。作为对社会民主“平等”观念的反拨，着重介绍了施蒂纳、叔本华、克尔恺郭尔、易卜生和尼采的思想。鲁迅首先以更大的热情、更多的篇幅介绍施蒂纳的思想，其介绍如下：

> 德人斯契纳尔（M. Stirner）乃先以极端之个人主义现于世。谓真之进步，在己之足下。人必发挥自性，而脱观念世界之执持。惟此自性，即造物主。惟有此我，本属自由；既本有矣，而更外求也，是曰矛盾。自由之得以力，而力即在乎个人，亦即资财，亦即权利。故苟有外力来被，则无间出于寡人，或出于众庶，皆专制也。国家谓吾当与国民合其意志，亦一专制也。众意表现为法律，吾即受其束缚，虽曰为我之舆台，顾同是舆台耳。去之奈何？曰：在绝义务。义务废绝，而法律与偕亡矣。意盖谓凡一个人，其思想行为，必以己为中枢，亦以己为终极：即立我性为绝对之自由者也。[①]

笔者查阅明治时期杂志《日本人》[②]，发现一篇署名蚊学士的长文《無政府主义論す》（《论无政府主义》），鲁迅有关施蒂纳的言述，其材源就来自该文，而且属于直接转译过来的。这一发现，应有助于我们进一步深入考查鲁迅“立人”思想的形成和内涵。

---

① 鲁迅：《文化偏至论》，《鲁迅全集》第1卷，第51页。

② 《日本人》杂志是明治二十年代由政教社创办的同人综合性杂志，宗旨是反对明治维新以来以鹿鸣馆时期为代表的欧化倾向，提倡国粹保存主义和日本人意识。明治二十一年四月三日创刊发行，经几次停刊，刊名也发生变化，大致情况是：

《日本人》（第一次）1—73号，明治二十一年四月三日—二十四年六月二日，半月刊，明治二十三年十一月二十五日后改为周刊；

因政府弹压禁刊，改名为《亚细亚》（第1卷）1—71号，明治二十四年六月二十九号—二十五年十二月二十六号，周刊；

《亚细亚》（第2卷）1—11号，明治二十六年二月一号—二十六年九月十五号，半月刊；

《日本人》（第二次）1—18号，明治二十六年十月十日—二十八年二月三日，半月刊；

《亚细亚》（第3卷）1—3号，明治二十六年十二月一日、二十七年七月十日、二十七年十月二十一日，与复活的《日本人》并行发行；

《日本人》（第三次）1—449号，明治二十八年七月五日—三十九年十二月二十日，半月刊；

明治四十年一月一日第450号始改名为“日本及日本人”半月刊。

文章连载于《日本人》第 154 号、155 号、157 号、158 号、159 号,时间为明治三十五年(1902 年)一月五日至三月二十日。蚊学士可能是笔名,在同名杂志没有发现同样署名的文章,目前作者不详。

该文对无政府主义思潮和运动作了系统介绍。文章开篇明义:近时无政府党暴行传闻频频,有关无政府主义的谈论很多,但由于对无政府主义的历史和本质又知之甚少,只把它视之为野蛮恐怖活动而对之心怀畏惧,笔者对无政府主义并非有精深的研究,只是通过对二、三部有关著作的研读,再结合自己的观察和思考,把相关的概要摘记下来,介绍给读者。吾人不能把无政府主义视为欧美独有而与东洋世界无关的话题,而应时刻关注世界大局的变化。文章分三个部分来阐述,第一部分是“无政府主义的本质及起源”,第二部分是“无政府主义的分类”,第三部分是“应该如何评价及对待”。第一部分分别就无政府主义的界定、相关概念的关系及无政府主义的来源作了详细的介绍和辨析。无政府主义兴起于近代以来的三大“脱缚运动”:一是路德为代表的近代摆脱罗马教皇统治的宗教改革运动,二是以卢梭为精神导师的 18 世纪法国大革命,三是 19 世纪以来的反抗资本压迫的革命;现代无政府主义产生于对 19 世纪经济进步所带来的社会两极分化现象的反拨。作者还辨析了无政府主义和社会主义的不同,以及现代无政府主义由俄国虚无党、蒲鲁东、施蒂纳到巴枯宁的发展历程;在第二部分,作者把无政府主义分为实行的和理论的两大类进行介绍,前者寄望于其自由和平等的理想就在现实中得到实现,采取直接的暴力手段去除暴君、压迫者甚至一切权力者,倾于狂热的境界,作者介绍无政府党的激进纲领和党人的暴力行径,并显示了有所保留的立场。对于理论的无政府主义,作者又从论述便利的角度分为两类,一是从经济现状出发追求绝对经济自由、平等的经济无政府主义,可分为“集产主义”无政府主义和共产主义无政府主义,前者代表为蒲鲁东,后者是克鲁巴特金等,文章详细辨析了二者的内在区别;第二类理论的无政府主义是纯然从哲理出发的哲学无政府主义,作者在这里分别介绍了施蒂纳、尼采等个人主义的无政府主义思想并加以评析;第三部分分别就两类无政府主义进行评价,作者列举了历史上多起著名的无政府党人暴力事件,对实行的无政府主义者热衷于暴力恐怖活动不以为然,但对理论的无政府主义寄以同情之了解;并就欧美不同国家无政府主义活动激烈程度和方式的不同,从各国政治现状和文化传统等方面入手作了深入的背景分析。

文章的介绍和分析,系统而绵密,由此可窥明治日本绍介西学的认真和扎实。现在让我们回到施蒂纳。施蒂纳,见于第二部分“无政府主义的分类”中对理论无政府主义之一的哲学无政府主义的介绍,而且是哲学无政府主义首要的介绍对象。论文是这样介绍施蒂纳的无政府主义哲学的:

> Max Stirner是第一个基于纯粹利己主义立场倡导无政府主义的人。他以每个人作为至高无上的唯一实在,并断言:“所谓人类,所谓主义,毕竟只能是存在于个人的一种观念、妄想而已。”曰:人们的理想越精神化、越神圣,则与之相对应的敬畏之情就应该逐渐扩大。而对于他们自己,则自身的自由反而因此更加缩小了。所有的这些观念只不过是个人的精神产物,只不过是非实在的最大之物。因此,由自由主义所开辟的道路实际上也只不过是徒增迷惑并导致退步而已。真正的进步决不在理想中,而是在每个人的脚下,即在于发挥自己的‘我性’,从而让这个“我”完全摆脱观念世界的支配。因为‘我性’是所有的造物主。自由教导我们:“让你自身自由吧”,于是它也能言明所谓“你自身”到底是什么。与此相反,‘我性’对我们喊叫:“复活于你自己”。“我性”生来就是自由的,因此先天性地作为自由者追求自由,与妄想者和迷信者为伍狂奔正是为了忘却自我。这里有一个明显的矛盾,自由,起初须有达到自由之权利,然后才能够得到的。但是这权利决不能在自由之外求得,而是存在每个人当中。我的权利也不是别人给予之物,神、理性、自然和国家也都不是人所给予之物。所有的法律,是支配社会之权力的意志。所有的国家,其统治意志无论是出于一个人,还是出于大多数或者全体,最终都是一种专制。即使我明言我自己的意志与所有其他国民的集体意志相一致,此时也不免是专制。这就使我容易变成国家的奴隶,使我放弃我自身的自由。那么,我们如何才不至于陷入此种境地呢?曰:只有在我不承认任何义务时,只有在不束缚自我时,或者在我从束缚中觉醒时。即,我已没有任何义务,我亦不必承认任何法律。果然,当我排斥一切束缚、发挥本来面目时,对我来说,毫无

承认国家之理由,也无自我之存在。只有毫无“我性”的卑贱之人才应该独自站在国家之下。……

在下一自然段的中间部分,关于施蒂纳又有这样的表述:

……一开始,每个人依据自我形成了自我意识和自我行为的中心及终点,而所谓幸福,即由此产生。故依据我性,树立了人的绝对自由。……

如果对比上引鲁迅和蚊学士介绍施蒂纳的两段引文,不难发现,鲁迅的介绍,其材源正来自于施蒂纳。为了简明起见,我们可以将两段中的相似句子抽出来加以一一对照:

蚊学士:Max Stirner 是第一个基于纯粹利己主义立场倡导无政府主义的人。

鲁迅:德人斯契纳尔(M. Stirner)乃先以极端之个人主义现于世。

蚊学士:(Stirner 说:)真正的进步,决不在理想中,而是在每个人的脚下,即在于发挥自己的‘我性’,从而让这个“我”完全摆脱观念世界的支配。

鲁迅:谓真之进步,在己之足下。人必发挥自性,而脱观念世界之执持。

蚊学士:因为‘我性’是所有的造物主。自由教导我们:“让你自身自由吧”,于是它也能说明所谓“你自身”到底是什么。与此相反,‘我性’对我们喊叫:“复活于你自己”。“我性”生来就是自由的,因此先天性地作为自由者追求自由,与妄想者和迷信者为伍狂奔正是为了忘却自我。

鲁迅:惟此自性,即造物主。惟有此我,本属自由。

蚊学士:“我性”生来就是自由的,因此先天性地作为自由者追求自由,与妄想者和迷信者为伍狂奔正是为了忘却自我。这里有一个明显的矛盾。自由,起初须有达到自由之权利,然后才能够得到的。但是这权利决不能在自由之外求得,而是存在每个人当中。我的权利也不是别人给予之物,神、理性、自然和国家也都不是人所给予之物。

鲁迅:既本有矣,而更外求也,是曰矛盾。

蚊学士:自由,起初须有达到自由之权利,然后才能够得到的。但是这权利决不能在自由之外求得,而是存在每个人当中。

鲁迅:自由之得以力,而力即在乎个人,亦即资财,亦即权利。

蚊学士:所有的法律,是支配社会之权力的意志。所有的国家,其统治意志无论是出于一个人,还是出于大多数或者全体,最终都是一种专制。

鲁迅:故苟有外力来被,则无间出于寡人,或出于众庶,皆专制也。

蚊学士:即使我明言我自己的意志与所有其他国民的集体意志相一致,此时也不免是专制。

鲁迅:国家谓吾当与国民合其意志,亦一专制也。

蚊学士:那么,我们如何才不至于陷入此种境地呢?曰:只有在我不承认任何义务时,只有在不束缚自我时,或者在我从束缚中觉醒时。即,我已没有任何义务,我亦不必承认任何法律。

鲁迅:去之奈何?曰:在绝义务。义务废绝,而法律与偕亡矣。

蚊学士:一开始,每个人依据自我形成了自我意识和自我行为的中心及终点,而所谓幸福,即由此产生。故依据我性,树立了人的绝对自由。

鲁迅:意盖谓凡一个人,其思想行为,必以己为中枢,亦以己为终极:即立我性为绝对之自由者也。

上面的一一对举,除了见证二者表述的相似外,还要指出的是,以上对举是按两段行文各自的自然顺序展开的,也就是说,蚊学士对施蒂纳的论述,作为鲁迅的材源,几乎是逐句、整段的转述,而最后一句,则是从第二段拿来的。译作夹杂,正是晚清国门初开时期引介新思潮文章的共同特色。

在确定《文化偏至论》有关施蒂纳的论述与蚊学士文有关论述的相似性后,如要确定后者是前者的材源,尚需进一步澄清鲁迅有无受其他文本的影响。

鲁迅留日期间,围绕中国的近代危机及出路,晚清志士在日本激烈论争,形成了一个以东京为中心的言论圈,无政府主义,和革命、改良、排满、立宪、进化论、社会主义等一样,亦是此一纷繁语境中诸多流行话语之一。约1903年前后,革命派和改良派的报刊开始介绍俄罗斯虚无党及无政府主义的文章,1905年《民报》创刊后,有关俄罗斯虚无党及无政府主义的文章呈增多趋势,1907年,专门宣扬无政府主义的《天义报》和《新世纪》创刊。早期无政府主义者或作为革命派的一翼参与革命派与改良派论战,或成为革命派的论敌与其论战,皆对无政府主义思潮的传播,产生了很大的影响。处于这样的语境中,则《文化偏至论》对施蒂纳的介绍,是否有这些文章的影响呢?《天义报》和《新世纪》均创刊于1907年6月,与《文化偏至论》的写作大致同时,可首先排除这两个无政府主义刊物对该文的影响,故勘察范围可限于1903年至1907年间的无政府主义材料。

1907年之前的汉语语境中,有关无政府主义材料有:1902年马君武翻译英人克喀伯的《俄罗斯大风潮》,同年,日本幸德秋水的政治评论集《广长舌》也翻译成中文《社会主义广长舌》一书出版(中国国民丛书社译,商务印书馆1902年出版),烟山专太郎的《近世社会主义》各章节则纷纷被译为中文,广为影响,福井准造的《近世社会主义》、西川光次郎的《社会党》也分别由赵必振和周子高翻译成中文,1903年张继译幸德秋水的《无政府主义》在上海出版[①];1904年金一根据烟山专太郎的《近世社会主义》译述了《自由血》(东大陆图书译印局印刷,镜今书局1904年3月出版)。以上为专著,文章则有:1903年6月《苏报》署名佚名的《虚无党》、《浙江潮》署名大我的《新社会之理论》、8月至9月马叙伦连载于《正艺通报》14—16号的《二十世纪之新主义》、杨笃生发表于《新湖南》上的《湖南之湖南人》、1904年1月《中国白话报》第二期自然生(张继)的《无政府主义及无政府党之精神》等,但查这些材料,不见有对施蒂纳的介绍。

《民报》1905年11月创刊后,由信仰无政府主义的张继任主编,刊载了更多介绍无政府主义的文章,如第四号《译丛栏》署名社员译的《欧美社会革命运动之种类及评论》、第七号《来稿栏》渊实(廖仲恺)译《社会主义史大纲》及梦蝶生著《无政府党与革命党之说明》、第八号《来稿栏》渊实译《无政府主义之二派》、第九号《来稿栏》渊实译《无政府主义与社会主义》,发表时间在1906年5月1日至1906年11月15日。但经查诸篇,只有《无

① 此文是幸德秋水根据意大利马剌跌士达(Malatesta)的《无政府主义》的日译本。

政府主义之二派》一文涉及对施蒂纳的介绍。[1] 此篇为日人久津见蕨村所著

---

① 所列文章对无政府主义的介绍摘录如下，以见与蚊文及鲁文的区别。

第四号《译丛栏》巡耕稿，社员译《欧美社会革命运动之种类及评论》：

社会革命运动之起源：凡所以改造社会，拯救民命者，论者至众，而惜乎未足语精华也；洎乎中叶，得三派焉，皆以根本改革应用于社会者也，曰社会主义，曰无政府主义，曰土地均有主义。无政府主义列为三派，曰哲学的无政府主义，曰基督教无政府主义，曰破坏的无政府主义。哲学的无政府主义者，以个人得完全之自由为理想之文明，其说倡自英美法诸哲学家，其达目的之道，任诸社会、自然之进化，持义甚平，党徒亦寡。基督教无政府主义者，以创同胞平等自由之天国于此坤舆上为目的，盖以宗教者为主流，党人皆散处比、意诸邦。至所谓破坏的无政府主义者，乃受雄烈猛健巴枯宁 Miebeal Bacounin 之遗钵，志在销毁旧社会之组织，创人类平等自由之新世界，牺牲生命运动革命者也，一名共产无政府党或虚无党。

第七号《来稿栏》署名梦蝶生著《无政府党与革命党之说明》：

此主义可分二派，一平和的而一急激的也。平和的所主张者为基督主义、非基督主义、进化主义也，三说不同之点固多，而其以个人心理之发达进步，期无政府主义之实现则一，至于急激的无政府主义，则其所主张者为共产主义、集产主义、破坏主义，三者主张大略亦同，不外以社会经济之改革，期无政府主义之实现，故又名社会的无政府主义。盖平和的主义，以谓苟个人道德之发达，则政府何有焉，而所谓法律其无用更无论矣，此主义其实行为无形，且发达以心理，故个人的又哲学的者也；而急激的无政府主义则不然，以破坏社会的组织而发达者也。破坏之实行则不能无实力，故非常手段随而生焉，各国尝嚇其威力而竭力禁止之者以此。

第八号《来稿栏》署名渊实译《无政府主义之二派》：

斯体奈 Stirner、威希提 Wehidey、尼得日 Netche 三人所说，固不同一，甲非基督主义，乙基督主义，丙进化主义，各有特殊之点。虽然，以个人之发现进步，而期无政府主义之实现，其目的固无不同也。布隆东 Prondhon、巴枯宁 Bakunin、乐波轻 kropotokine 三人，其所言亦不同，甲集产主义，乙破坏主义，丙共产主义，亦各有独到之处。虽然，以社会经济之改革，而期无政府主义之实现及其成功，亦固无不同也。

前者三人，后者三人，两两对照，一则以个人为主，一则以社会为主，一则谈吾人内部之修养，一则谋吾人外部之改革，一则注意心意品性之发达，一则尽力于境遇事情之变更，两者分道而驰，均能自完其说，遂成个人的与社会的两无政府主义之流派。

此两无政府主义，谁果实行非常手段，使世人有陷入危地之惧乎？夫个人的者，惟关于人心而已，社会的者，乃冲突社会之制度组织。故其一则曰，今非其时不当暴动，必也将学说法使人明心见性，共臻上度；其一则曰，是会制度组织之不平，密如鱼网，使人束薪裹足不可终日，若不求援腕力，实行改革，一扫习惯性永堕力则必不能齐此黎庶共登乐园。

第九号《来稿栏》署名渊实译《无政府主义与社会主义》：

现世之革命有三大主义：一、社会主义 Socialism，二、无政府主义 Anarchist，三、虚无主义 Nihilism。

无政府主义有二派，其一曰个人的无政府主义，有时亦名曰哲学的无政府主义，其二曰共产的无政府主义。（转下页）

《欧美之无政府主义》中之一节,有关施蒂纳的介绍及评论如下:

斯体奈 Stirner(即施蒂纳,笔者注)、威希提 Wehidey、尼得日 Netche 三人所说,固不同一,甲非基督主义,乙基督主义,丙进化主义,各有特殊之点。虽然,以个人之发现进步,而期无政府主义之实现,其目的固无不同也。布隆东 Prondhon、巴枯宁 Bakunin、乐波轻 kropotokine 三人,其所言亦不同,甲集产主义,乙破坏主义,丙共产主义,亦各有独到之处。虽然,以社会经济之改革,而期无政府主义之实现及其成功,亦固无不同也。……

前者三人,后者三人,两两对照,一则以个人为主,一则以社会为主,一则谈吾人内部之修养,一则谋吾人外部之改革,一则注意心意品性之发达,一则尽力于境遇事情之变更,两者分道而驰,均能自完其说,遂成个人的与社会的两无政府主义之流派。

此两无政府主义,谁果实行非常手段,使世人有陷入危地之惧乎?夫个人的者,惟关于人心而已,社会的者,乃冲突社会之制度组织。故其一则曰,今非其时不当暴动,必也将学说法使人明心见性,共臻上度;其一则曰,是会制度组织之不平,密如鱼网,使人束薪裹足不可终日,若不求援腕力,实行改革,一扫习惯性永堕力则必不能齐此黎庶共登乐园。……

显然,这则稀有的对施蒂纳的汉语介绍,与《文化偏至论》没有材源关系。

还需要弄清的是,除了蚊学士文外,鲁迅在日所可能接触到的介绍无政府主义的日文材料中,还有没有其他的影响源?鲁迅留日期间,日本有关无政府主义的介绍,与社会主义思想的介绍同时进行。1902—1904 年,日本开始出现介绍无政府主义的书籍,如烟山专太郎的《近世无政府主义》、幸德秋水的政治评论集《广长舌》、福井准造的《近世社会主义》、西川光次郎

(接上页)若论其一,则与社会主义全为异质者,盖无政府主义之哲学的根据,在个人之权,夫社会主义,若论实际,则比无政府主义更可信其确保个人之自由,然其个人主权论,则两自秦越,毫不相关,社会主义者以无政府主义者所渴望,不过哲学的玄想,如梦游华胥,非不美也,却鲜事实之根据何。

的《社会党》和宫崎民藏的相关文章；1906 年，围绕基督教社会主义者创办《新纪元》、幸德秋水、片山潜、久津见蕨村、大杉荣等参加的《光》和堺利彦创刊的《社会主义研究》，形成了宣传无政府主义的中心；1906 年 6 月，幸德秋水由社会主义者转变为无政府主义者，和堺利彦、大杉荣、山川均等强硬派一起倡导同盟罢工的“直接行动”，在当时影响颇大。

晚清无政府主义传播，其思想来源正是当时日本的无政府主义宣传，上述无政府主义论著几乎都被同时翻译成中文，如《广长舌》由中国国民丛书社译成中文出版[①]，1903 年，福井准造的《近世社会主义》、西川光次郎的《社会党》也分别由赵必振和周子高翻译成中文出版，宫崎民藏的文章也翻译成中文在《民报》刊登[②]，在《新纪元》、《光》和《社会主义研究》上发表的布里斯(W. D. P Bliss)的《无政府主义与社会主义》、久津见蕨村的《无政府主义之两派》等宣传无政府主义的名文，都分别翻译成中文发表。[③] 当时，对中国影响最大的应该是烟山专太郎的《近世无政府主义》，此书马上被翻译介绍到国内，据考证，1903 年 6 月《大陆》第七期的《俄国虚无党三杰传》和《童子世界》第三十三号之《俄罗斯的革命党》、1903 年 8 月《大陆》第九期之《弑俄帝亚历山大者传》、1903 年 9 月《浙江潮》第七期《俄国革命党女杰沙勃罗克传》、1903 年《国民日日报》之《俄皇亚历山大第二之死状》、1904 年《警钟日报》第 28—26 号之《俄国虚无党源流考》等，都译自此书的某一章节[④]甚至 1903 年 7 月《汉声》第六号爆弹之《俄国虚无党之机关》、1903 年陈冷译《虚无党》等，都来源于此书。[⑤] 1907 年 1 月和 10 月的《民报》第十一号、十七号渊实译《虚无党小史》注明为“此篇为日本文学士烟山

---

① 〔日〕幸德秋水著，中国国民丛书社译：《社会主义广长舌》，商务印书馆 1902 年出版。

② 《民报》第四号译丛栏《欧美社会革命运动之种类及评论》，署名“〔日〕巡耕稿，社员译”。

③ 见《民报》第八号《来稿栏》渊实译《无政府主义之二派》；第七号《来稿栏》渊实译《社会主义史大纲》（有附言：“此篇为 W. D. P Bliss 所著 A Hand Book of Socialism 之一节”）；第九号《来稿栏》渊实译《无政府主义与社会主义》（有附言：“此篇亦 W. D. P Bliss 所著 A Hand Book of Socialism 之一节。……译者惟依原文口吻，适可而止，固无所容心于其间也。译者深恨近人专尚懒祭工夫，每活剥他人所有以为己说。译者故不悉也。惟译者今日尚在研究时代，自不欲发表意见姑俟他日。”）。

④ 参阅蒋俊：《无政府主义的传入与二十世纪初年的革命风暴》，《山东大学文科论文集刊》1983 年第 1 期。

⑤ 参阅〔日〕狭间直树：《中国社会主义の黎明》，第 114—115 页。

专太郎所著‘近世无政府主义’之第三章”、1904年金一译述的《自由血》则是此书最完整的译本。[①] 据笔者所能见到的材料，这些来自日本的无政府主义宣传都不是《文化偏至论》中施蒂纳的确切材源。通过上文的一一对照，已经证实蚊学士文就是《文化偏至论》的材源，其实已足可排除其他可能。

北冈正子考证《摩罗诗力说》材源，发现该文对诸多诗人的介绍，几乎都有材料来源，而且有些是直接转译过来的，因而推断：“《摩罗诗力说》是在鲁迅的某种意图支配下，根据当时找得到的材料来源写成的。”[②]其考证的目的，不仅仅止于材源的考证，而且试图“将材料来源的文章脉络和鲁迅的文章脉络加以比较检查，弄清鲁迅文章的构成情况，就可以从中领会鲁迅的意图”[③]。“鲁迅的意图”，才是其考证的着眼所在。晚清学术转型，面对扑面而来的新学，可谓百废待举，其时介绍新学之文，或饥不择食，或鱼龙混杂，客观转述与主观评价往往纠缠不清，但无论怎样，皆以“六经注我”的方式，遂自我表达的需要。故此，在确定《文化偏至论》一文的施蒂纳材源后，更进一步，应是通过这两篇文章的比较，考察鲁迅所受材源文章的影响：有没有受影响？受了哪些影响？接受了什么？又回避了什么？因而，本文的考察，亦应不局限于这些材料本身，而要看这些材料的“拿来”，是如何受鲁迅主观意图支配，并如何服务于这一意图的。

笔者认为所可注意者有四：

1. 鲁迅所取材的蚊学士之文，发表于1902年，其时晚清无政府主义者正热衷于从日本获取介绍无政府主义的思想材料，但据前文梳理所见，诸多译著中，并没有人触及这篇文章，也就是说，对于晚清无政府主义者来说，蚊学士之文并非称颂一时的名文（如烟山专太郎的《近世社会主义》、幸德秋水的政治评论集《广长舌》和译著《无政府主义》、久津见蕨村的《欧美之无政府主义》等），而是一篇被遗落的无政府主义介绍文章，鲁迅对该文的引用，可能是唯一一个例外。蚊文对无政府主义的介绍周详而细密，其实超过

---

① 参考〔韩〕曹世铉：《清末民初无政府派的文化思想》，社会科学文献出版社2003年版，第31页。

② 〔日〕北冈正子著，何乃英译：《摩罗诗力说材源考》，北京师范大学出版社1983年版，第2页。

③ 同上。

了很多日本同时代介绍无政府主义的文章,如它对俄国虚无党和无政府主义的分梳,至少能纠正中国早期无政府主义介绍者对虚无党和无政府主义混淆不分的状况。青年鲁迅对蚊文的垂青,可谓慧眼独具。

2. 施蒂纳在蚊学士之文中,是作为无政府主义之一脉络——哲学上的个人无政府主义的代表来介绍的,强调的是施蒂纳基于个人而反对任何束缚的无政府主义哲学,鲁迅对施蒂纳的介绍,是视施氏为19世纪末"重个人"思想的首要代表,取其"极端之个人主义"的内核。简言之,对于蚊学士文中之施蒂纳,鲁迅取其"极端之个人主义",而舍其无政府主义的背景和归属。

3. 紧接的问题是,蚊文对无政府主义系统而翔实的介绍,应使青年鲁迅对无政府主义思潮有了系统的了解,但他为何舍无政府主义而勿论?无政府主义既已成热门话语,青年鲁迅避而不谈,是否有另立主张的抱负?这一抱负是否就体现在五篇文言论文中?20年后,鲁迅始倾心并译介阿尔志跋绥夫,大谈绥惠略夫型和赛林型两种类型的"个人的无治主义"。"个人的无治主义",在后来公开出版的《两地书》中,改为"个人的无政府主义"。[①] 我们已经知道,"个人的无政府主义",正是蚊学士对施蒂纳哲学无政府主义的概括。

---

① 鲁迅在《译了〈工人绥惠略夫〉之后》中首先介绍阿氏的《赛林》:"这书的中心思想,自然也是无治的个人主义或可以说是个人的无治主义。赛林的言行全表明人生的目的只在于获得个人的幸福与欢娱。此外生活上的欲求,全是虚伪。"(《译文序跋集·译了〈工人绥惠略夫〉之后》,《鲁迅全集》第10卷,第166页)绥惠略夫是他所说的"个人的无治主义"的另一个类型:"要彻底地毁坏这种大势的,就容易变成'个人的无政府主义',《工人绥惠略夫》里所描写的绥惠略夫就是。这一类人物的命运,在现在,——也许虽在将来,是要救群众,而反被群众所迫害,终至于成了单身,忿激之余,一转而仇视一切,无论对谁都开枪,自己也归于毁灭。"(《两地书·四》,《鲁迅全集》第11卷,第20页)"他用了力量和意志的全副,终身战争,就是用了炸弹和手枪,反抗而且沦灭(Untergehen)。"(《译文序跋集·译了〈工人绥惠略夫〉之后》,《鲁迅全集》第10卷,第168页)鲁迅在这里提出了两种类型的"个人的无治主义":一种是赛林型,一种是绥惠略夫型。前者是以自己的自然欲求之满足为中心的个人主义,后者是本来是为他人谋幸福,但在反而被这"他人"迫害后不惜变成向一切展开无所顾忌的复仇的个人主义,这种破坏型的复仇,其实也是对自己的毁灭;前者是利己主义的,后者本来是利他主义的,但二者最终都是以个人意志为中心的个人主义者。在二者之间,鲁迅明显倾向于后者。有意思的是,鲁迅甚至把赛林型的带有施蒂纳唯我主义色彩的享乐主义,理解成"也不过一个败绩的颓唐的强者的不圆满的辩解",(《译文序跋集·译了〈工人绥惠略夫〉之后》,《鲁迅全集》第10卷,第167页)打上了尼采主义的强力意志的烙印。这样,在鲁迅的理解中,赛林主义和绥惠略夫主义一样,都是强者失败的产物,只不过应对方式不同,都是与因极端绝望而产生的虚无主义相结合的以个人意志为核心的极端个人主义思想。

无政府话题的重现,又能否追溯到二十多年前蚊氏的影响?

4. 尤可注意者,为鲁迅和蚊文对暴力活动的态度。蚊文对实行之无政府主义的暴力活动颇不以为然,文章认为,那些主张暗杀、提倡暴力的无政府主义者,如某种宗教迷信,坚持以暴乱杀害为义务,令人感到恐惧,他们以殉难者自居,坚信能借此摆脱专制的束缚,而绝无判断事态前后得失的能力,其愚可笑,而其情可怜。① 鲁迅留日前后,正处于一个宣扬暗杀等个人暴力活动的语境中。1903年,留日学生激增,清政府在“拒俄”运动中的丑行和1903年《苏报》案,使留日革命者进一步走向激进;日本无政府主义者之强硬派提倡“直接行动”,逃亡到日本的俄国无政府党人,热衷于暗杀活动。受这些因素影响,在《民报》、《江苏》、《浙江潮》、《中国白话报》及后来的无政府主义刊物《天义报》、《创世纪》上,宣扬虚无党激烈行动的文章,急剧增多。② 有论者介绍:“此时革命派对无政府主义源流与学理上介绍的文

① 此处转述来自蚊学士文第三部分“应该如何评价及对待”。

② 如《苏报》刊载的《虚无党》(1903年6月19日),要求中国青年效法虚无党人和无政府党人:“直接痛快,杀君主,杀贵族,杀官吏,掷身家性命以寒在上之胆。”《江苏》第四期(1903年7月)《露西亚虚无党》“述英雄之伟业,借文字为鞭策之资。”《浙江潮》署名大我的《新社会之理论》(1903年10月)主张“行铁血手段”,“以天罚而加之虐政家,开彼等之血路”。张继译著《无政府主义》序文《“无政府主义”序》(1903年年末)宣称:“吾愿杀尽满洲人,以张复仇大义,而养成复仇之壮烈国民。吾愿杀尽亚洲特产之君主,以洗亚人之羞辱,为亚人增光。吾愿杀尽政府官吏,以去一切特权之毒根。吾愿杀尽财产家资本家,使一国之经济均归平等,无贫富之差。吾愿杀尽结婚者,以自由恋爱为万事公共之基础;吾愿杀尽孔孟教之徒,使人人各现其真性,无复有伪道德者之疾。”白话道人(林獬)的《国民意见书》(1904年2月16日第5期)其中一节专谈“刺客的教育”,引用巴枯宁等无政府主义者的豪言壮语,并列出“各国著名刺客姓名表”和三十年西方志士杀皇帝、首相和大臣的年表,鼓吹暗杀。1905年同盟会机关报《民报》在东京创刊后,成了革命派宣传无政府主义的一个中心,《民报》发表了很多有关无政府主义的图片和文章,宣传虚无党人(当时将民粹派、民意党统称作虚无党)、无政府主义者和中国革命志士的暗杀活动。如第2号《图画栏》即刊《虚无党女杰苏菲亚肖像》和《陈星台先生肖像(附小传)》并刊出陈星台绝命书(附跋)、《来稿栏》有《祭陈星台先生文》,第3号《图画栏》有《无政府党首创者巴枯宁(Michacl Bacunin)》、《炸清五大臣吴樾》、第4号《图画栏》有《露国拔苦总督拉加希芝太公被炸之真景》、第8号《图画栏》有《西班牙王之遭难》、第9号《图画栏》之《俄国虚无党轰炸首相(司多吕平)之真像 时千九百六年七月》、第11号《来稿栏》渊实之《虚无党小史》及病已之《敢死论》、1907年4月25日《临时增刊:天讨》悼念烈士吴樾,1907年7月5日第15号《图画栏》之《俄国暗杀团首领该鲁学尼狱中之肖像》、《来稿栏》无首之《苏菲亚传》,1907年9月25日第16号《图画栏》之《徐锡麟烈士》和《秋瑾女士》、寄生的论文(转下页)

章很少，说明直接行动远比纯理论的探讨更能引起人们兴趣。革命派赞赏虚无党人、无政府主义者的暗杀活动，反过来又影响了反清革命活动，1903至1904年间，革命派中曾形成一个‘暗杀高潮’，与有关宣传有直接关系。”[①]其时，反清志士多慕慷慨一击、名动天下的效应，暗杀遂蔚然成风。[②]同盟会崇尚俄国虚无党人的暗杀活动，还专门设立一个暗杀部，聘请流亡日本的俄国虚无党人教授暗杀技术。

鲁迅其时，亦垂青于排满革命，对革命团体如光复会等曾一度介入颇深，1903年断发照“我以我血荐轩辕”的题诗，及后来《铸剑》中对“黑色人”快意恩仇的描述，皆可看到情感上对个人复仇的景仰，然而，现实中的鲁迅对暴力活动，似乎态度并不积极，意见有所保留。据增田涉回忆，鲁迅曾亲自向他说过：“他在晚清搞革命运动的时候，上级命令他去暗杀某要人，临走时，他想，自己将被捕或被杀吧，如果自己死了，剩下母亲怎样生活呢？他想明确地知道这点，便向上级提出了，结果是说，因为那样地记挂着身后的事情，是不行的，还是不要去吧。”[③]对同乡先烈秋瑾，鲁迅素来敬佩，但他又曾说：“想到敝同乡秋瑾姑娘，就是被这种劈劈拍拍的拍手拍死的。”[④]20年代中期，鲁迅对自身亦曾有深刻反省：“希望我做一点什么事的人，也颇有几个了，但我自己知道，是不行的。凡做领导的人，一须勇猛，而我看事情太仔细，一仔细，即多疑虑，不易勇往直前，二须不惜用牺牲，而我最不愿使别

---

（接上页）《刺客校军人论》、《时评栏》寄生之《安抚恩铭被刺事件》、《来稿栏》无首之《巴枯宁传》，1907年10月25日第17号《图画栏》之《陈伯平肖像》、《马宗汉肖像》、《附录栏》太炎之《祭徐锡麟陈伯平马宗汉秋瑾文》和《秋瑾集序》，及渊实之《虚无党小史》，1907年12月25日《附录栏》南史氏之《徐锡麟传》等。无首（廖仲恺）的《帝王暗杀时代》（1907年10月第17号）。吴樾遗书、遗像的反复刊载、徐锡麟、陈伯平、秋瑾事迹的宣传。《天义报》和《新世纪》作为宣扬无政府主义的专门刊物，此类文章更多。

① 吴雁南等主编：《中国近代社会思潮：1840—1949（第2卷）》，湖南教育出版社1998年8月版，第400页。

② 从时间上看，除了1902年和1903年，从1900年到1911年的十余年间，每年都有暗杀事件发生，而1904—1905年是发生频率相对频繁的时期。从空间范围上看，北至北京，南到广州，东达上海，西至新疆，遍及全国范围，并集中发生在北京和广州两个中心，分别发生了五起暗杀事件。

③ 〔日〕增田涉：《鲁迅的印象》，北京鲁迅博物馆编：《鲁迅回忆录（专著下册）》，北京出版社1999年1月版，第1362页。

④ 鲁迅：《而已集·通信》，《鲁迅全集》第3卷，第446页。

人做牺牲(这其实还是革命以前的种种事情的刺激的结果),也就不能有大局面。”①

鲁迅对暴力活动的暧昧,与当时革命语境并不一致,与蚊文倒颇多契合。不必就此强调这一态度正受蚊文影响,我们想进一步追问的是,鲁迅于此普遍之暴力语境中保持清醒,与上述第一点我们已指出的回避名文而孤诣偏文,及第二点指出的对于无政府主义强势话语的回避,两者也许实质相同。无政府主义和暴力主义言说,都是当时的主流话语,鲁迅避而不谈,体现了其卓尔不群的个性和抱负。避开人云亦云之热门话语,苦心孤诣,另辟蹊径,可谓鲁迅的一贯作风,学术研究上之舍诗文而就小说,及舍金石而就汉画像砖,都与这相关吧。更值得一提的是,五篇文言论文的写作,正蕴藏着这一个性和抱负。《文化偏至论》诸文,所瞩望者远,所反省者深,基于对人类文明历史及世界文明大势的反顾和考察,尤其是对中国固有文明之积弊及其当下显现的反思和批判,发出了对于中国危机和如何摆脱危机的独到见解,以“尊个性而张精神”为内核的“立人”思路(《文化偏至论》)的提出,以及对“摩罗诗力”(《摩罗诗力说》)的置重,第一次把中国摆脱近代危机的出路,放到了“精神”和“诗”这两个契机上,在当时的革命语境中,形成了一个独具深度的视点。思到深处是孤独,苦心孤诣的激扬文字,终于被掩埋于众声喧哗之中,鲁迅后来才谈到其时的“寂寞”,他的第一次绝望,实源于此时。所幸的是,我们终于看到,十年前对“精神”与“诗”的双重把握,远接十年后五四的风雷,汇为思想革命与文学革命的新思潮,鲁迅跨代而为新时代的“主将”,其可谓势有必至乎?

## 第三节 鲁迅阐释的可能性

### 一、鲁迅与中国现代性问题的交集

——评高远东《现代如何“拿来”》中的问题意识

“现代”在中国,堪称近两个世纪以来最重要的事件,“现代”,从来充溢

① 鲁迅:《两地书·八》,《鲁迅全集》第11卷,第32页。

着吾人的憧憬与想象，亦不时触动诸多敏感的神经，其中纠缠的诸多矛盾，可谓剪不断理还乱。而鲁迅，以主动参与历史与干预现实的文学行动，空前深刻地介入了20世纪中国的现代转型，鲁迅面对现代的洞察与思考，终其一生挣扎于现代的复杂体验，其生前与死后与中国现代历史的复杂纠缠关系，充分展现了中国现代性的暧昧与复杂，潜藏着尚待发掘的意义空间。

高远东的新著《现代如何"拿来"——鲁迅的思想与文学论集》(复旦大学出版社2009年1月出版)收录了著者近二十年来与鲁迅研究有关的论文，成文最早者为1988年12月，最近为2007年3月，跨80年代、90年代和新世纪元年三个年代，这次集成一束，不仅提供了一个展示高氏鲁迅研究之全貌的平台，而且也显露了其作为一个从鲁迅出发的严肃思想者在当下转型时代的艰难思考。高著共编为三辑，笔者以为，其所显示的高氏鲁迅研究的重心有两个，一是《故事新编》研究，以第一辑为中心，第三辑"鲁迅的小说及其他"中有关《补天》、《铸剑》和《采薇》的三篇论文可并入其中；二是第二辑的"鲁迅与中国现代性问题"，第三辑中的《"仙台经验"与"弃医从文"》、《经典的意义》亦与此相关。第一辑的《故事新编》研究，看似是正统意义上以鲁迅与中国传统文化为对象的研究，其实，其问题意识已触及鲁迅如何面对和参与现代的问题。第二辑可视为高氏从鲁迅的问题意识出发、以鲁迅作为资源和方法回应中国当代思想与精神状况的独立思考。因此可以说，鲁迅与现代性问题，实际上是高远东三十年来学术思考与研究的中心，他以精进与沉潜的研究，充分展现了这一问题应有的深度，并开辟出一个引人入胜的新的追问领域。

据说王瑶先生曾指出，鲁迅研究中有三个难点，一是早期文言论文，一是《野草》，一是《故事新编》。《故事新编》研究，因文体与思想的多重纠葛，殊难深入。高著第一辑的三篇长篇论文足以显示他在这一领域的深入努力。论文分别成于1989年、1997年和2006年，跨本书的三个年代，据作者介绍，本来是总题为"论《故事新编》的'文明批评'"的三个部分，有着整体的计划和思路，即把《故事新编》放到鲁迅贯其一生的"文明批评"与"社会批评"的思想架构中，发微隐藏在曲折叙事中的鲁迅与传统文化价值之间的复杂关系，并试图在晚年的几篇小说中寻找早期"立人"思想的归宿。这样的整体思路，在当时的研究背景中，显示了卓越的整体视野和深度问题意识。写作时间跨度如此之长,说明并不是一个顺利的过程,著者形容其为"一鼓作气,再而衰,三而竭",(高著,第2页,下同)我以为,不能"气盛言宜",正是因为进入到复杂性与矛盾深处,也是面对鲁迅这样的研究对象常有的局面。三篇论文显现了一致的逻辑和一贯的问题意识,皆围绕鲁迅与儒、墨、道三家思想人物的复杂关系,以道德与事功、信念与责任、思想与行动这三对矛盾及彼此间的价值选择为题,在高远东的描述中,正是对以上价值选择难题的反思与洞悉,使鲁迅在最后岁月中获得了一个返观儒、墨、道传统的清明理性与自由心态。相隔时久,但一直贯穿着最早的设计,或有懈怠,但终不放弃,古人云二句三年得,高氏则一个问题萦绕近二十年,于此瞬忽变幻的现代,其精进与沉潜,令人感佩。

第一篇就《出关》和《采薇》探讨"鲁迅对于儒家的批判与承担"。高著认为,《出关》中"孔老相争"的故事,通过"孔胜老败"的结局,对于孔、老之"柔"作了对比,肯定了前者"事无大小,均不放松"、"以柔进取"的"实行"精神,批判了后者"一事不做,徒作大言"、"以柔退走"的"空谈"取向,对儒家承载着使命与责任意识的实践理性精神作出了部分肯定。但在《采薇》中,鲁迅对儒家的"圣王"理想则展开了批判,这一批判是通过作为儒家圣人理想的夷齐的"立德"与"内圣"困境,以及"王道的祖师而且专家"的周王的"立功"与"外王"的破绽,来揭示儒家成人理想与"圣王"结构的内在分裂,由于夷齐所代表的"内圣"与周王所代表的"外王"在儒家理想中是和谐统一的,因此,对其中一方的批判就可以看成对另一方批判的延伸。这样,在细密的文本解读和辨析中,著者呈现了这样一个小说景观:鲁迅通过对夷齐、周王和老子这三个"成就典型"的拒绝,对传统"立德、立功、立言"的"立人"模式提出了检讨和批判,并由此指向现代"立人"的新的出路。

第二篇《鲁迅与墨家思想的联系》则从正面探讨鲁迅对墨家思想的肯定与继承,及其内含的鲁迅晚年"立人"思路的新取向。该篇围绕《铸剑》、《非攻》和《理水》展开,著者认为,《铸剑》所塑造的"黑色人"及其复仇哲学,散发着墨家"兼者"的思想气质,但20年代中期的精神状况决定了其墨家色彩还掺和着尼采和拜伦式的绝望和虚无。到写于30年代中期的《非攻》与《理水》,鲁迅与墨家思想的联系,因"立人"思路的本土取向及"中国的脊梁"意念的出现,变得更为确实和明朗化了。高氏指出,这一转变离不开当时的现实背景，即鲁迅对马克思主义的了解和对正在奋斗中的中国共产党人的期许，这其中，也隐伏着鲁迅“立人”思路的某种潜在变更，即由早期的以西方异质精神为取向和以批判国民性为举措的峻急方案，转向在本土传统与现实中耐心地打捞光明。在作者看来，《非攻》中的墨子和《理水》中的禹明显体现了鲁迅所欲彰显的墨家价值，前者不仅表现在因“兼爱”而“非攻”的信念，更表现在墨子“信身而从事”的实干形象，而《理水》中，禹的利他、自苦、朴素、实干等，恰是墨家精神的显现，在墨家精神中，困扰儒家的道德与事功、信念与责任的矛盾终于得以融合。

第三篇《鲁迅对于道家的拒绝》的写作迟至2006年年底才完成，我想原因之一大概在于作者自己意识到的“较之儒家和墨家，鲁迅与道家的关系显然更为复杂”（第37页），因而“鲁迅与道家发生关系的广度、深度乃至曲折度，是其较具积极评价的‘儒墨’远远不能比的”（第37页）。《出关》和《起死》写于同年同月，著者在处理这两篇小说的人物塑形所针对的价值取向时，充分意识到其中的复杂性，即鲁迅通过小说对道家的拒绝，始终伴随着内在深切的同情，因而这一拒绝的过程，也就在更深层表现为自我斗争、自我扬弃的搏斗过程。基于对这一复杂性的认识，著者在对《出关》的解读中，把以前分庭抗礼的“自况说”和批判说融为一体，分析小说所显现的鲁迅之外在理性批判与内在感性搏斗的交织。面对《起死》中道士化、漫画化的庄子与鲁迅学术著作中学理化的庄子的“两个庄子”的分裂，高远东认为，这一方面表明，《起死》对庄子的拒绝是对道家之道士（方士）化的拒绝，另一方面，对庄子有意偏离学理和史籍的变形，应是把庄子的言行置入思想与行动的价值选择问题中来考察，其中掺入了鲁迅自身“入于虚无”的深切体验，对庄子异己化的排斥，伴随着一个自我反思与自我更新的过程。

高远东的写作热衷于局部的细描，在某一个细部，你可能不大明了他的意图指向何在，甚至在思路的艰难延伸中感到山重水复，而当细描的面积进一步扩大，一个庞大的构图就渐渐呈现出来，当他写到下面这些话时，竟给人一种千山万壑赴荆门之感：

> 如果把鲁迅在《采薇》、《出关》、《起死》中对儒道的批判与在《非攻》、《理水》中对墨家的承担联系起来，我们会发现他承担墨家价值、倾心于墨家伦理、赞赏行“夏道”的清晰思路。在对儒道的接近与清理

中,鲁迅肯定孔子的“以柔进取”和“知其不可为而为之”,否定老子的“以柔退却”和“徒作大言”的空谈,更反对夷齐专事“立德”的“内圣”路线和庄子的道教化,其思想视野或古或今,领域旁涉道德、政治、知识、宗教,焦点却始终凝聚在道德与事功、信念与责任、思想与行动的连带整合上,而这一切又与其贯穿一生的兴趣——寻求“立人”乃至“立国”的方法直接相关。而所谓“中国的脊梁”和“夏道”,就成为鲁迅后期思想中重要的人性和社会的形象。正是通过它的确立,鲁迅才解决了儒家囿于道德与事功的难局而无法解决的道德合理性问题,解决了道家囿于思想和行动的难局而无法解决的知行合一问题,解决了早期思想就一直关注的信念与责任的连动、转化问题,才为其追寻“立人”或“改造国民性”提供了一个正面的、更加切实的答案。(第35页)

这就是三篇论文的整体构图。从逻辑理路上看,也可说是通过第一篇对儒家的道德与事功难题的揭示,第三篇对道家思想与行动悖论的批判,最后归依于中间一篇对墨家之信念与责任合一的价值的阐发。高氏从小说叙事中发掘并整合出的思想构图,由于建立在对鲁迅整体思想的深入把握的基础之上,就显得恰切而深刻,不仅契合鲁迅作为思想家的小说家的本色——即鲁迅的小说正是其思想构造的实体和方式,而且,这一研究充分估量了鲁迅最后一个小说集在他的思想历程中的重要性,成功地把它纳入到鲁迅思想的整体构架和内在脉络中,这在《故事新编》研究中,无疑是宏阔、系统而且能深度切入研究对象的。高氏解读提示了一个思想变迁的图景:鲁迅晚年对“事功”、“责任”和“行动”的置重,显示了走向实践性的当下践履的趋向,这也是鲁迅面对现代的选择取向,换言之,事功、行动、践履——或者说生存与发展,成为鲁迅面向现代的最终立场,现代的意义、价值与可能性问题,不再作为行动的前提,而是被放到了行动之后。

《故事新编》的写作几乎贯穿鲁迅的整个写作生涯,晚年的浩茫与通脱更使他的写作接近“天马行空”般的自由,其中思想与艺术的难题,大多源于此吧。无论是主观还是客观,在反思与抒发、批判与自况、历史与现实、严肃与游戏之间,《故事新编》应汇聚着鲁迅更多的思想与人生的信息。高远东的过于整饬、统一的理性化解读,也许留下了让人质疑的空间:鲁迅的写作意念中是否有如此清晰的思想构图?但这可能是一个似是而非、求全责备的假问题，因为任何研究，在本质上都是一个理性化的过程。高氏在这里的问题在于，为了呈现自己的理性构图，在处理个别对象时，难免削足适履，如第一篇对《出关》的解读，未能顾及批判与自况之间的紧张，把意旨落实在批老扬孔上，就略显单一，也许意识到问题所在，在第三篇中，他就把“自况说”成功地融入到对《出关》的解读之中。

践履问题的呈现，既是一个如何现代的思想问题，也是鲁迅借以摆脱自身矛盾困境的个人问题，高氏解读如能全面结合鲁迅自身矛盾的演化与克服的过程，当更有说服力。高氏解读始终围绕道德与事功、信念与责任、思想与行动等诸对立项展开，我以为这是能切中晚年鲁迅的思想内核的，若由这些对立项向前反溯，可以发现它们也许连接着前期鲁迅的诸多矛盾，换言之，这些对立项的呈现也许就是前期困扰鲁迅的希望与绝望、实有与虚无、黑暗与光明、生存与毁灭诸存在悖论的变相或转化，而且，它们是作为业已突破前期悖论之后的解决方案出现的，因为，在20年代中期的《野草》中，已经可以看到，正是通过把“反抗绝望—绝望的抗战”的行动无条件化和绝对化，鲁迅才得以穿越那次致命的绝望，也许可以说，希望与绝望的难题，已通过转化为思想与行动的问题而得以解决。尚需进一步追问的是，若如高氏所言，后期的鲁迅在面对儒、墨、道思想传统时，其理性反思在道德与事功、信念与责任、思想与行动之间展开，并把肯定性价值指向后者，则这种反思意向，在理性范围内尚未超出晚明以降儒学传统中的自我反思，明王朝的“天崩地解”使后儒倾向于把责任归咎于宋、明道学的空疏误国，黄宗羲、王夫之、顾炎武、颜元、傅青主等皆倡行通经致用、讲求事功，此种倾向虽经清汉学的一度冲淡，但一直传承至近代今文经学。周作人三四十年代对儒家的重释，亦颇看重对晚明以降事功资源的挖掘，后来竟直提出“道义之事功化”作为伦理革命的两个目标之一。在此思想背景下，鲁迅晚年的反思究竟有何独到之处？因此，同样诉诸践履，如能全面结合鲁迅自身的生命体验及其精神转变的历程，就更能呈现这一结论的深切处。听说高远东的《故事新编》研究是一个尚未完成的计划，本来在该辑的“《故事新编》的文明批评”之后，他还有“《故事新编》的社会批评”和“《故事新编》的主体构成”两个系列研究的设想，后者正是试图把《故事新编》放到鲁迅动态的主体精神构成中来把握，基于此，我们有理由关注高氏《故事新编》研究的延伸，期待其新成果的问世。

鲁迅的思想与文学深刻地参与并影响了20世纪中国的现代性进程,作为研究对象,它既是一个历史的存在,同时,对于当代思想与文化,又是一个共时性的存在,鲁迅研究在中国,始终是一个与当下现代进程进行对话的过程。如果说高远东的《故事新编》研究以其专业化的精深品质体现了鲁迅研究经典化的品质与诉求,那么,收在第二辑"鲁迅与中国现代性问题"的七篇论文,则充分展现了鲁迅研究的对话性和开放性。20世纪90年代以降,中国经历了深刻的思想与文化的转型,在人文思想领域,20世纪以来声名显赫的人文思想力量受到权力与市场的双重挤压,80年代文化热中的同一性人文立场也遭遇分化。如果说鲁迅的思想与文学在20世纪人文思想领域形成了一个"范式",那么,90年代以降,这一范式开始遭遇挑战:新语境下,鲁迅已失去可资利用的政治性价值,被权力意识形态束之高阁,同时,市场意识形态和权力意识形态双重作用下的庸俗化趋向和带有文化民族主义诉求的国学热,构成了与鲁迅思想与文学传统相反的价值取向,新崛起的自由主义思潮在某些人的阐释下又必欲拿鲁迅来祭旗。因此可以说,如何应对新语境下的复杂挑战,应是新世纪鲁迅研究的重要课题。该辑文章,是这一方面的可贵努力,其所涉及的对以鲁迅为代表的中国现代启蒙的反思、对鲁迅"自由"观的分析、对东亚现代之可能性的探讨,都是鲁迅研究应对新语境挑战的深层问题,而对鲁迅思想中"相互主体性"意识的发掘,则指向了新语境下鲁迅思想"价值重建的可能性"。

《未完成的现代性》是一篇长文,以应答90年代开始的对五四启蒙主义的诸多挑战,虽表面与鲁迅无关,但五四启蒙应是鲁迅研究的题中应有之义,而且作者也明言其为"有意模仿《文化偏至论》、《破恶声论》,追随其精神旨趣之作"(第2页)。该文写于90年代中期,其时中国"后学"、"国学"及大众文化思潮对五四启蒙思想的合并解构,正方兴未艾,论文本着对五四现代性的梳理和守护,深入"质疑现代性"的当代西方思想及中国思潮,与之进行了规范、理性与深入的论辩,现在看来,这是出现于90年代文化转型当口的一篇敏锐(及时)、深刻、极具学理性的"破恶声论",即使在现在,其学理性与分析的绵密、深入,在同类文章中仍属佼佼。论文分上、下编,上编对80年代与90年代的"重估现代性"的理路与历史背景进行了深入的梳理,在比较中显现反思现代性在两个时代的承续与转向的复杂性,突显90年代理论的挑战;下编则深入90年代理论质疑启蒙现代性的内在理路,剔出质疑启蒙现代性的四个入口,在学理上进行一一对应。其中,第一节"理性一主体神话的破灭",主要回应霍克海默和阿多诺在《启蒙辩证法》中通过宣告启蒙理性一主体的沦亡对启蒙的质疑,高远东认为,虽然法兰克福学派的质疑建立在思想逻辑与历史实践相结合的基础上,因而具有一定的说服力,但是,其现状分析却主要是以现代性实践中纳粹制度和斯大林制度为依据,不免陷入"把其最坏的实践当成全部实践的误认"(第88页)。如果说霍氏和阿氏还是在理性主义传统中质疑启蒙传统,那么,福柯则以其主体一知识一权力理论对启蒙的知识基础构成了根本的解构,在第二节"启蒙设计中的知识一权力关系"中,通过对福柯"知识的政体"概念的分析,文章指出,构成对启蒙合理化设计的真正威胁的,是福柯在主体、知识和社会三方面对知识一权力关系的普遍性的揭示,福柯式"权力"的管制和支配的本质,瓦解了启蒙所赖以展开的诸领域及其相互关系的合法性基础。对此,高氏的回应是,福柯忽视了启蒙知识论起于对宗教权力的抵抗的正当性,无视不同知识形式间的本质性区别所决定的权力效果的不同,因为"只有正确的知识才会产生正当而持久的权力"(第95页)。另外,"关键仍然在于管制或监控的纪律的确立方式:是突出权力关系、沟通关系还是目的能力,是否顾及三者的均衡或协调,其结果是完全不同的"(第94页)。对"进步"理念的质疑曾是90年代解构启蒙的话语时尚,记得当时学院讨论中不时有人严峻地抛出"到底有没有进步?"的反问。看似新颖且非常本土意识,其实也依然是舶来的问题。第三节"文化等级与进步的观念",则针对"进步"与"文化等级"的问题,与这些话语的当代源头詹姆逊的第三世界文化理论、萨义德的"东方主义"及其引发的"后殖民主义"文化批评展开对话。高远东认为,这些发生于西方文化内部反省"西方中心主义"的理论,对于反思现代世界秩序的合法性、非西方文化及政治的正当性问题、"西学东渐"过程中的不平等关系及知识误区,都具有重要价值,但是,詹姆逊片面强调"第一世界"与"第三世界"的不平等关系,鼓动"民族主义"式反抗,无助于非西方后进文化的发展;其对鲁迅的误读,"表明了其对第三世界内部推进现代性的多元取向的简单化理解和隔膜"(第97页)。而萨义德的"东方主义”理论及其启发下的“后殖民主义”，在文化多元论既成共识的当代，“只能导致‘民族主义’的反抗药方”（第98页）。高远东仍然保有对作为“文化发展的不同程度”的“文化等级”和作为“文化发展之由低到高的进程”的“进步”的信念（第99—100页），认为“进步”应着眼于“文化自身尤其是其中最关键的人的生存和发展方面”（第99页），“从社会或文化与人的生存和发展所提供的自由和解放的可能性方面建立有关‘进步’的机制与判断‘文化等级’或‘文明程度’的准则，较之简单地根据社会或文化的合理化程度或单纯依靠本位文化的舒展度去理解进步的意义，显然具有更开阔的视野”（第100页）。并把这一“进步”的现代性目标，指向哈贝马斯的“相互主体性”的构图，而对于非西方文化来说，只有立足于文化“内部”的发展需求去决定不同文化价值的取舍，以丰富、增强文化主体的力量，才是抵抗“后殖民主义”及其中国的响应者们所危言耸听的“文化霸权”的唯一有效途径。启蒙现代性的扩张既然可转化为“疏通交流和沟通的障碍的进步”和接收者“本土文化结构的发展的需求”（第103页），那么，与此同时，被现代化一方又如何能够保持强势文化压力下的身份认证与文化归属感？最后一节“交流沟通与文化归属之间的悖论”就试图审慎面对这一难题，高远东分别以鲁迅的小说和张艺谋的电影为例，说明只有诉诸开放性的交流沟通而不是固守所谓的“特性”，才是确立文化主体从而获得身份认证和文化归属的必由之路：没有一成不变的文化主体，文化主体应该是在“互为主体”的交流沟通中动态形成的。

写于1996年的《现代如何“拿来”》可以说是前一篇的延续，关心的仍然是现代性悖论中文化主体性的确立问题，试图以鲁迅的“拿来主义”为基于文化主体性立场接受外来文化的范式，讨论中国文学现代主体性确立的方法。论文依然是在与流行理论的对话中进行的，其对话对象不仅有詹姆逊，还有在中国很有影响的竹内好，二者皆在对现代性之文化主体的批判性反思中，把鲁迅当作通过“抵抗”现代从而彰显文化主体性的代表，这就是詹氏的作为第三世界文化代表的鲁迅论，以及竹内好建立在“回心”与“转向”型现代之区分的鲁迅论，高远东揭示了其中存在的误解：“以鲁迅为代表的‘五四’启蒙主义性质的文化生产的意义被编织到一种民族主义的文化反抗逻辑中去理解。”（第113页）“鲁迅文化生产的原则完全不是民族主义，而是超越乃至反民族主义的；不是为文化而文化的文化本位主义，而是为人的发展而文化的‘人本’立场，实际上，其关于文化主体性建构的方案早为人所熟知，这就是‘拿来主义’，也是现代中国文学主体性的建构原则。”（第114页）在高远东看来，只有真正向西方现代文化开放，才有可能促成真正的民族文化主体性的产生。

可以看到，高远东的研究有着90年代以来急剧转型的中国人文思想界复杂交锋的思想史背景，现代性问题、后现代主义思潮及其中国“后学”、文化保守主义、自由主义，都是必须应对的理论挑战，对这些或真实或虚妄的思潮，高远东都以鲁迅为中心，作了认真、严肃、深入学理和守护原则的对话。《未完成的现代性》与《现代如何“拿来”》两篇的写作也是一个与不同思想对话的过程，其对话对象皆是90年代以来中国解构五四启蒙话语的外来资源，通过对这些外来资源的直接对话和清理，高远东对围绕五四启蒙的诸种“恶声”进行了深入学理与遵循逻辑的辩驳。正是因为遵循学理和逻辑，于对方须有深入的理解，方使对话难免艰难而曲折。我以为，高远东区别于中国解构者们的，是对启蒙现代性的普遍性及其“进步”理念的坚持，及其背后对真理（真理，这个老掉牙的东西！）的信念，即承认不承认有真理，才是真正的问题所在。正由于毫无真理的信念，中国解构者们才会轻易抛弃曾经追逐的启蒙现代性理念，有意思的是，其动机除了文化民族主义的冲动，不变的依然是对西方话语的崇尚，只是这崇尚背后若除掉了对真理的信念，所剩下的东西就可想而知了。

高氏在论述中亦尽量避免独断、慎言“真理”，在笔者看来，这一回避使他的对话略显犹疑，表现在对中国解构者们的话语祖师——福柯的辨析中。福柯理论处在自尼采以来的对启蒙理性进行质疑与解构的理路上，其更深的起源在于“上帝死了”之后西方统一性真理的瓦解。启蒙理性依然秉持对真理的信念，不过由属神的真理转向对属人的真理——普遍理性——的建构，其对知识与秩序的普遍原则的探讨，即本着对先验理性真理的诉求。理性真理在19世纪末开始受到思想界的质疑，并在整个20世纪遭遇诸多学说的解构。理性之困境本质上起源于真理信念丧失后众声喧哗的难局，真理既失，假说频出，建构道绝，解构肆乐。福柯的唯权力论，通过把权力普遍化和本质化，解构启蒙现代性普遍性的知识原则及以此为基础建构的普遍主体，其所向披靡的理论力量，正是建立在真理不再的语境中，既已丧失对知识的价值判断，剩下的当然只有权力在跋扈了。在启蒙问题上，福柯以康德启蒙真义的发掘者自居，以其惯有的魅力言述，把康德依凭普遍理性的理性—批判性反思，转向他力图申说的“历史—批判性反思”。康德的核心是理性，确切的说，这一理性是普遍和抽象的，他对理性的批判，是通过对理性限度的追问，寻找更确凿的理性的普遍性，最终还是落实在批判理性的建立，而福柯凸显启蒙的否定性，遮蔽启蒙的肯定性之维，在他这里，批判的理性已转换为历史性批判——即他欲宣扬的知识考古学和谱系学的反思态度和方法。高远东坦言他对启蒙现代性之普遍性的相信，认为使第三世界得以确立文化主权的近代知识诉诸普遍性并来自西方，由此逻辑推下去，高氏应有对西方启蒙现代性的真理性的认识，但是，面对福柯的“权力”论，高远东对自身立场背后的真理观的存在，或尚未意识，或有意回避，因而作为其立论依据的知识的正当性问题，还没有在其论述中得到有效解决。

也许正是这一隐性难题的存在，使高远东最终走向对“相互主体性”的诉求。像交响乐中主题的演变一样，“相互主体性”在前述的应对中，不时有所显现；在该辑成文最早的《契约、理性与权威主义》中，高氏就通过质疑五四启蒙主义的权威主义倾向，强调启蒙者和接受者之间“一种真实的相互主观性”的存在，提出“如何在启蒙对象身上重现启蒙者脱离蒙昧的过程，从而建立启蒙者与启蒙对象之间进行思想交流的‘合理’关系——它奠定着人与人、人与社会、人与自我的关系和谐性和人道性”（第120页）的问题，这可视为“相互主体性”在高氏思路中的最早雏形。终于，在最迟成文的《鲁迅的可能性——也从〈破恶声论〉中寻找资源》中，“相互主体性”成为压轴性的主题。论文通过详细的解读和勾勒，展现了一个从“主体性”到“相互主体性”的思想构图。“相互主体性”来自哈贝马斯（高氏惯用“哈柏玛斯”）的“互为主体”或“主体间性”概念，哈氏以这一概念的提出，试图在理性主义传统落叶飘零的西方当代语境中重建理性主义的信念，固属难能可贵，其“主体间性”，被视为重建当代理性主体的一条可行之路。虽然《破恶声论》与“相互主体性”相关的部分只在“破”“崇侵略”一节，高氏后来亦自述“说《破恶声论》中存在着一个‘相互主体性’的清晰构图似乎过头了，鲁迅文中对中国志士之‘崇侵略’的批判，所体现的只是一种‘相互主体性’

意识而已”(第4页)。但高远东令人信服地勾勒、展现了《破恶声论》所呈现的思想脉络,即鲁迅通过“主观”与“自觉”完成现代主体性的建构后,又在“破”“崇侵略”一节通过对“反诸己”的“自省”的强调,把独立的现代主体引向与他人、与异己者的相互关系中,从而突破主体的单向建构,进入到人与人、与社会、与国家,乃至社会与社会、社会与国家、国家与国家的“相互主体性”网络中,亦即完成了从“人各有己”到“群之大觉”、从“立人”到“立国”的设计。高远东的解读,确乎展现了一种索隐发微的魅力。

《破恶声论》中“相互主体性”构图的发现,在高远东的探索之旅中,是具有重要意义的,至此,他对中国现代性问题的思索,与以鲁迅为中国现代性重要资源的一贯立场相汇合,并在后进现代国家寻找到了如何确立现代主体的本土资源。高氏沿用哈氏用语,并非80年代方法热中的西学武装,亦非90年代话语热中的理论时尚,而是有其内在理路的支持。第二辑成文最早的《契约、理性与权威主义——反思“五四”启蒙主义的一个视角》一文,显示高远东曾深受福柯影响并由此质疑鲁迅的倾向,该文从“知识—权力机制”角度,揭示并质疑鲁迅所代表的五四启蒙所内含的权威主义结构,但他马上从解构的激情中清醒过来,重新思考鲁迅与五四启蒙的历史合法性,在其后来的一系列应对文章中,对诸种现代性难题的应对,皆以福柯为内在主要对象,通过质询福柯,回到对鲁迅及启蒙现代性理性原则的守护,正是在这一思考历程中,他在哈氏理论中寻找到了新的思想支援。从哈氏那里“拿来”的“相互主体性”,对于回应围绕启蒙现代性的诸种“恶声”,显然是有效的,现代本来就产生于打破隔绝的关系之中,现代主体亦生成于复杂的现代关系中,没有绝对的主体,只有以真正开放的姿态投入现代关系中,才有真正现代主体的形成,所谓“权力”、“后殖民”、“抵抗”云云,或为偏至,或为杞忧,究之未免皮相。

“相互主体性”的发掘,亦有助于我们延伸思考鲁迅思想中的一些难题。就笔者自己的经验而言,我曾尝试对鲁迅早期文本中的“个人”观念进行梳理和研究,试图对这一处于鲁迅思想深处的现代性观念进行初步解析,通过梳理,笔者以为,鲁迅日本时期极为“现代”的早期“个人”观念——以生命化的“意力”与虚化的“精神”为内涵的绝对的“个人”,其背后有着老庄精神哲学与儒家心学等传统思想的支援,换言之,鲁迅是通过中国的“自我"发现了西方的"个人"。"个人"是绝对的、自足的、具有内在价值根源,但这一价值又是没有规定性的。问题是,这样的"个人"如何确立和保障超越个人之上的普遍性?又能否承担其所要解决的批判国民性的难题?对此,我曾表示困惑。高远东对"相互主体性"的发掘,把这一问题引向了一种新的可能性,即他自己所说:"由于它的确立,鲁迅把'个'的觉醒的'立人'问题扩展到相互关系中,把单向的个人性主题扩展至双向乃至多向的社会领域,不仅拓展了思想的范围,而且确保了思想的质量,甚至可以说,决定了'立人'启蒙事业的成败。"(第3页)这一阐释,给人柳暗花明之感,也许是突破鲁迅"个人"思想研究困境的一条道路吧。另外一个可能的启发是,哈贝马斯把真正主体的形成诉诸社会性的交往实践,又以语言为社会交往的核心,强调语言运用中的四种有效性要求,即可理解性、真实性、真诚性和正确性。鲁迅以"立人"诉诸"诗力",垂青于文艺在思想、感情沟通中的有效性,看重"心声"、呼吁"白心",强调语言的真实和浅易。这些,都展现着令人遐想的空间。

"互为主体"是后理性时代重建理性的努力,在笔者看来,虽同是捍卫理性,但与19世纪前相比,其背后的真理观已发生深刻的变化。如果19世纪前的理性意在先验真理,真理先于行动,那么,19世纪后是行动在真理之前,真理已由先验领域转向实践领域。哈氏在真理观上已作了重大让步。放在西方两千多年的理性主义传统及近代以来理性危机的背景下,哈氏对西方理性的修理和调校,自有其合理性和必要性。但于中国当下语境谈哈氏,笔者亦有隐忧,如果吾人把现代理性的形成完全诉诸一种实践性、后发性的普遍性上,是否正回到实践理性的中国轨道?从精神到制度的现代理念的形成,在西方发展史中离不开从古希腊到近代的先验、普遍理性的设计,无论先验理性的当代名声多糟,不应忽视,正是它的存在,内在制约了现代启蒙理性及制度的形成。回到中国语境,我们确曾屡经具体"真理"的幻灭,但我们又何曾真正相信过作为宇宙普遍法则或主体先天本质的理性的存在?中国现代性的迫切问题,也许不是对先验理性的批判,而是如何重新确立真正具有普遍性的理性价值,没有对普遍的先验真理的相信,诉诸普遍性的现代理念就难以形成。哈贝马斯的交往理性依赖于公共领域中平等对话的实现,平等对话必须以主体间自由认同的方式,通过民主和合理的程序来表达，每一个话语主体必须从理性动机出发，严格遵循普遍认同的话语规则和论证程序，表现出共同探求真理的真诚态度和愿望，但问题是，这个公共领域存在吗？倘若主体不具备真诚对话的条件或本来就没有真诚对话的意愿该怎么办？

至此，可以说，以鲁迅为中心，高著在耐心打捞传统与面向当代的深度对话之间，大致展现了一个连贯的理路：其《故事新编》研究呈现的鲁迅晚年在道德与事功、信念与责任、思想与行动诸对立项中对“事功”、“责任”与“行动”的偏重，显示了把个人和中国的现代突围指向当下践履的趋向；而对鲁迅与中国现代性问题研究中对质疑五四启蒙的当代诸种理论的质疑、对作为确立现代文化主体方法的“拿来主义”的彰显、对《破恶声论》中“相互主体性”构图的发掘，实际上也都把真正现代主体的确立指向实践化的当代践履。在这一理路中，本着生存与发展的原初动机，投入“互为主体”的现代生存实践，才是寻求与确立现代文化主体的正当途径。以生存和发展为根本动机的践履意向，对于打破任何先验与固定的前设，无疑是有效的，这种有效性，不仅针对着高远东所批判的文化本位主义和文化民族主义的先验对抗立场，而且对于现代理念本身，也具有同样的解构力。当高远东在批判与借鉴福柯、法兰克福学派、詹姆逊、萨义德等对启蒙的批判的时候，他无疑是捍卫现代启蒙理念与知识的正当性和普遍性的，但如果从前述实践性的立场出发，是否又构成对启蒙理念之正当性与普遍性的消解呢？这一矛盾，其实隐藏着一个值得进一步深究的追问空间。对此较为恰切的回答有两个，一是高远东对现代启蒙理念之正当性与普遍性的维护，可能始终是在现代启蒙的有效历史时间之内进行的，即如他在批判福柯的唯权力论时指出，福柯忽视了启蒙知识论起于对宗教权力的抵抗的正当性。二是，实践先行虽然消解了先在的、固定的、普遍性的价值和理念，但是，共性多于特殊性的人类生存与发展的实践，尤其是进入愈来愈频繁的现代交往实践，理应让人们达到并分享某些共通的基本理念和普遍价值，这是现代人、民族和国家之能够通过相互主体的现代交往伦理最终走向普遍福祉的信念基础和保障。在这里，围绕实践性和普遍性矛盾的诸多对立也许能得到和解。

高著引发笔者深入思考的问题还很多，如鲁迅与自由主义问题等等，因篇幅关系，不拟一一。总之，该著所展示的，不是一般以鲁迅为中心的论文合集,而是一个围绕鲁迅的跨越近二十年的思考过程,在高远东这里,围绕鲁迅,打捞传统与面向当代其实最终都指向了一个方向,即探寻延续中国未尽的现代之路的可能性。王元化曾手录熊十力《佛家名相通释·撰述大意》中关于如何读佛书的一段话,于其所示治学之境尤加激赏:"凡读书,不可求快,而读佛家书,尤须沈潜往复,从容含玩,否则必难悟入。吾常言,学人所以少深造者,即由读书喜为涉猎,不务精深之故。""每读一次,于所未详,必谨缺疑,而无放失。缺疑者,其疑问常在心头,故乃触处求解。若所不知,即便放失,则终其身为盲人矣。"[①]高远东从深度问题意识出发,潜入研究对象的深处,绵延追索二十年,"沈潜往复,从容含玩"八字,庶几近之。近二十年来,国内人文学界方法万能、理论频新、热点不断,围绕鲁迅的争议和热点,自然也不时发生,但诸多似是而非的热点和争议,除了保持了鲁迅的眼球效应外,似乎与研究本身的关系越来越远。高远东从来不是新方法的热衷实验者与炫耀者,玩弄思想的技术性操作不是其写作的特色,他也从未在某些似是而非的热点或争议上出过"风头",但是,他的研究却一直保持着与当下问题的深入对话,这种对话无广告效应,却能真正进入问题的内核,推进问题的深入,凝结为真正的问题意识,这才是"有思想的学术"和"有学术的思想"题中应有之义。

## 二、换一种眼光看鲁迅

——读王富仁先生新著《中国文化的守夜人——鲁迅》

王富仁先生的鲁迅研究新著《中国文化的守夜人——鲁迅》,列入人民文学出版社的《猫头鹰学术文丛》,于2002年3月出版。该书由三部分组成,第一部分是"鲁迅与中国文化"[②],第二部分是"鲁迅小说的叙事艺术",第三部分是作为附录的两篇论文《中国现代中短篇小说发展的历史轨迹》和《中国文学的悲剧意识与悲剧精神》。第二部分是王富仁先生从小说叙事学角度对鲁迅小说的全面考察,第三部分从题目看,似乎与鲁迅无关,但著者认为,这是:"以鲁迅的思想看别人、看历史",因而比前两个部分"更贴

① 王元化:《人物·书话·纪事》,人民文学出版社2006年版,第10—14页。
② 该部分首先连载于《鲁迅研究月刊》2001年第2—6期。

近鲁迅”(《自序》第5页)。著者自识自有道理,不过,我认为第一部分作为该书的领衔文章,就“鲁迅与中国文化”这一思想蕴藏极为丰富的“老话题”,作了一次全新的阐释,触及了鲁迅研究领域的重大问题,而且,该书的命名——“中国文化的守夜人——鲁迅”,应该直接针对的就是这一部分,在《自序》中,王富仁先生是这样解题的:“在我的感觉里,鲁迅是一个醒着的人。感到中国还有一个醒着的人,我的心里多少感到踏实些……由这种感觉,我认为称鲁迅是‘中国文化的守夜人’更为合适。……在夜里,大家都睡着,他醒着,总算中国文化还没有都睡去。中国还有文化,文化还在中国。”(《自序》第2页、第4页)鉴于此,笔者在这里集中评述该书的第一部分——“鲁迅与中国文化”。

如果放宽历史的视界,我们大概不能否认,鲁迅也应当是中国文化的产物,但在中国现代转型中,他素以激进反传统的姿态为人们所接受,则鲁迅与中国文化的关系,当是一个引人入胜的话题。20世纪80年代以来,这一论题一直是鲁迅研究界关注的一个焦点,研究者对这一论题多有各具特色的阐发,王富仁先生将这些研究归纳为“两类四种不同的倾向”:一类是在“传统—反传统”的文化框架中产生的。按照这样一个框架,有两种不同的发展倾向,一是高度肯定鲁迅反传统的价值和意义,把鲁迅视为一个伟大的文化革新家,另一倾向就是把鲁迅视为中国文化的罪人,认为鲁迅对中国文化的发展起到了严重的破坏作用。另一类是在“继承—革新”的文化框架中产生的。在这样一个框架中,或者认为鲁迅继承了中国文化的优秀传统,或者认为鲁迅的思想已经过时,应加以超越。(第2—3页)可以看出,著者对鲁迅与中国文化之关系的重新考察,是基于对此前研究的整体反思之上,不满于这些研究中的矛盾现象,认为这些问题产生于研究范式的不足:“实际上,这些矛盾都发生在我们的文化历史的观念中。我们把所有的文化学说或文化现象都按照一种历史的顺序排列起来,从而把文化的历史构造成了一个仅仅有历时性关系而没有共时性关系的流状体。”(第3页)这一“文化历史观念”是“纯客观的线状体或流状体的文化历史观”,“它对文化历史的描述却是不精确、甚至是不准确的”(第1—2页)。

因此,王富仁先生对这一重大论题的重审,涉及研究范式的转换——对文化历史观念的反思和调整,兹事体大,尚需着重介绍。著者把“共时性”

引入到文化历史观念中来:"一个民族的文化史同整个人类的文化史一样,不仅有着历时性的关系,同时也有着共时性的关系。一个人或一种文化现象的价值和意义不仅有着历时性的意义,同时也有着共时性的意义。一种文化学说从来不是单独存在的,而是在与诸多不同的文化学说的关系中共时性存在的。它的意义和价值首先是在这种共时性的关系中呈现出来的。但这种共时性的结构同时有其再生的能力,外来文化可能成为文化再生的触媒,但人的创造性却始终是这种再生能力的根源和基础。就其产生,文化有其现实性,任何一种文化都是在当时历史条件下为了满足人的物质的或精神的需要而被人所创造出来的。在这个由无到有的创造过程中,一种文化、一种文化学说是在跳跃性的断裂变化中产生的。它与产生它的历史背景在时间上不是连续不断、在空间上不是融为一体的。"(第4页)"我们的文化是一个极其庞大、极其复杂的文化结构体。鲁迅与中国文化的关系就是鲁迅在这样一个极其庞大、极其复杂的文化结构中与其他各种文化成分所构成的共时性的关系。就这个文化的整体,是没有断裂的。"(第6页)这里所论述的"共时性",在王富仁先生此前不久的长文《时间·空间·人——鲁迅哲学思想刍议之一章》中,有更充分的解说,可见,"共时性"观念是著者转换视界的一个关键点。[①] 在此一共时性视域中,著者强调了文化的超越性特征,这一超越性同时满足了两个要求,一是使不同时代产生的文化可以同时存在于一个共时性的文化结构中;二是它使文化表现为流动性,既可在时间中流动,也可在空间中流动。在此基础上,著者强调:"鲁迅与中国文化关系的研究永远是一个有前提的研究,而不是一个无前提的纯客观事实的研究。……我们对鲁迅与中国文化关系的阐释得有一个思想前提,那就是我们对中国文化现代化发展的追求。我们永远无法证明一个复古主义者、一个站在中国文化的外部静观中国文化发展的学者关于鲁迅与中国文化关系的论述是'不符合历史事实的',但我们这些生活在中国文化内部,身受着这个文化结构的束缚,希望中国文化继续朝着更加科学、民主、自由的现代化方向发展的中国知识分子,却必须以不同的形式整理和阐释

---

① 该文连载于《鲁迅研究月刊》2000年第1—5期,后收入王富仁、赵卓:《突破盲点——世纪末社会思潮与鲁迅》,中国文联出版社2001年版。

这些历史的事实。我们的研究应当有一个潜台词，那就是：只要我们希望中国文化继续朝着更加科学、民主、自由的现代化方向发展，我们就应当这样看待鲁迅与中国文化的关系，而不应当那样看待鲁迅与中国文化的关系。总之，这种历史观不是线状体或流状体的历史观，也不是一种纯客观的历史观，而是带着我们自己的思想追求在共时性关系的历时性运动中感受、认识和理解一种文化现象的历史观。”（第7页）

可以看出，著者引入“共时性”视角，全面转换了在历时性研究中常出现的把“过去”和“现在”本质化、然后加以比较的难以经受严格质询的研究方式，“共时性”论域的开辟，为文化比较研究找到了一个可以恰当操作的平台，因此，主观性的加强，从另一角度视之，也可说是新的客观性的获得。著者坦言：“本文试图改变一种叙述方式。我不想仅仅运用历史的叙述，而是在历史叙述的同时进行共时性关系的考察。而在共时性关系的考察中，注重的不是各个部分之间同异的比较，而是首先区分整体与整体之间的联系与差别。”（第9页）

要考察鲁迅与中国文化的关系，当然首先要弄清，何谓中国古代文化？不过，既然采取了“共时性的历时性过程”的视角，就不会停留于对中国文化之性质的静态描述，而是了解“这些文化在当时是怎样产生的，它具有一些什么样的具体内容，以及它们在中国历史上发生过怎样的变化，并在中国当代文化中仍然发挥着怎样的作用”（第10页）。著者把对中国文化的考察集中于春秋战国时期的诸子学说，因为在著者看来，这一时期是中华民族“第一期书面文化的繁荣”的时期，从而“构成了这个民族文化赖以发展的基础文化构架”，著者的考察充分注意到了这一文化构架得以成立的社会基础，有关论述多有精彩之处，如认为从周到春秋诸侯争霸“是政治上的自然联系逐渐破裂而政治上的社会联系更加强化”的表现，并由此对春秋时期与古希腊基本社会状况进行了比较。著者对儒、法、道以及后来的佛教文化思想的阐述是颇为中肯的，他不同意把儒家文化界定为政治文化，以及把孔子学说当作伦理道德学说的观点，而是把儒家文化界定为一种“社会学说”。著者逐一论述了儒家文化所提供的“家”“国”同构的社会关系模式、通过“正名”确立的等级结构以及由“仁”提供的情感世界并由“礼”所规定的具体规范标准，认为儒家文化的社会学说性质使它不能作为政治学说而诉诸诸侯王的力量,因而缺少现实的可行性。当时真正具有现实可行性的政治学说是法家,法家强调人性恶和人与人之间的利益关系,强调“法治”,同时注重“法”、“术”、“势”的协调,其务实性和可操作性使它在秦始皇统一中国中起到了决定性的作用。但是,大一统的政治、经济结构建立后,法家文化不再能够为统治提供合法性,因此,秦王朝迅速倒台后,汉武帝接受了董仲舒“罢黜百家,独尊儒术”的建议,儒家文化终于成为政治统治的意识形态。著者把老子开创的道家学说看成在中国古代土生土长的思想学说中“真正具有哲学性质”的思想学说。(第38页)对老子学说的把握,颇有独到之处,如认为:“老子哲学中的‘道’,既是一种宇宙发生论,又是一种意识发生论;既是历史观,也是认识论。因为他的‘道’是意识与意识对象的浑然一体的状态。”(第43页)对老子的“道”、“天”、“地”、“人”,分别作出自己的阐释,最后得出:“老子的人生哲学其实是人生取消论哲学,老子的政治哲学其实也是政治取消论哲学。”(第52页)“老子哲学的非政治性质乃至反政治性质,决定了他无法实际地影响中国社会乃至中国文化的发展。”(第56页)著者对墨家和平主义的把握、对其“天志”和“明鬼”观念的理解、对墨家文化作为知识分子文化学说的独立性及其实践品格的剖析以及对墨家文化走向没落的文化历史阐释,都具有一定的启发性。对于佛家文化,著者从“创始者的真实的生活感受和人生经验的基础”出发,界定其本质为“贵族文化”,它不同于“平民文化”追求“外在的物质世界”的满足,而是追求“内在精神世界”的超越。著者认为,佛家文化传入中国后,已丧失了其“贵族文化”的特性,无论是政治统治集团还是世俗百姓,都是从物质利益需求的目的出发去利用佛家文化,知识阶层也主要是从学理的角度去接触佛家文化的,这样,佛家文化在中国被世俗化。正是对个体的物质生命的存在和存在状态的关注,成为道教产生的基础,著者指出,法家文化、儒家文化以及道家文化、墨家文化都是关注社会整体,而漠视个体人的生命需要的,唯有道教是一个注重个体物质生命要求的文化,但这一合理要求,在道教中并没有以合理的方式得到实施,而只是停留于虚幻的想象和法术层面。

“尽量避开了鲁迅和鲁迅对它们的论述和评价,而主要从它们形成和发展的历史根据和客观状况来理解它们”(第99页)。因此,当论述进入鲁迅所处的时代时,也坚持在"现实环境"中处理上述中国古代文化的现实角色。著者描述了自鸦片战争开始的中国文化转型中儒、法、道等传统文化的近代转换,及其在现代的表现形态,为论述鲁迅与"中国文化"的关系提供了一个共时性的现代语境。在论述鲁迅与中国文化的关系时,著者强调:"他仍然是一个有感觉、有灵魂的生命体,仍然必须活在这个现实世界上,仍然必须找到自己生命存在的意义和价值"(第 110 页)。著者强调鲁迅早期的注重国民精神之变革的"立人"思想与传统儒家"仁学"模式以及道家的"道"的不同,也与当时洋务派、维新派和革命派的政治、思想主张有别,认为这些主张从"整体需要"入手,并诉诸权力的运作,"本质上属于传统法家的文化思想"(第 112 页),比较而言,鲁迅的"立人"思想,"已经超出了中国固有文化传统的范围而具有了自己的独立性。它的独立性在于,它已经不是从一个抽象的整体的需要,来看待人、人的生命以及人的生命的存在价值和意义,而是回归到现实的、具体的人。它是从人的生命以及人的生命的存在价值和意义的角度,看待社会和社会的发展的。它开始具有了人生哲学的性质"(第 113 页)。

在全面重审何谓中国古代文化后,王富仁先生才转入鲁迅与中国文化关系的具体分析。他首先区分了鲁迅以"立人"为代表的人生哲学与中国传统道家人生哲学的不同,前者是"社会的人生哲学",后者是"自然性的人生哲学",前者的"人"与社会相对,后者的"人"与自然相对。著者列举了鲁迅早期论文中对老子"不撄人心"学说的批判,通过有关作品分析了鲁迅对老子学说中有关方面的理解、对老子内在心态的同情,并介绍了鲁迅对庄子逃避主义和相对主义人生哲学的批判。对于鲁迅与儒家、法家文化的关系,著者强调,在中国,法家和儒家文化具有政治上的权力地位和话语霸权,"王道"和"霸道"交织,二者早已融为一体。儒、法二家的强调整体和权力的政治文化性质,已不能满足鲁迅这样一个现代知识分子的需求,其症结在于,儒、法二家的思想主张只是着眼于政治权力的运作,而现代知识分子的思想主张诉诸社会的选择和竞争。对于墨家文化,介绍了鲁迅对墨子和大禹的赞赏,同时指出鲁迅作为现代独立的知识分子与墨子思想的不同之处。著者认为佛家文化给中国文化带来了对自我内外精神现象的关注,鲁迅的内在人生体验与佛家文化关于人生苦的学说产生过共鸣,鲁迅思想的体验性特征与佛家文化的影响是分不开的;同时,著者又区别了鲁迅积极进取的人生哲学与佛家文化虚无主义的不同,介绍了鲁迅对小乘佛教的偏爱。对于鲁迅与道教文化的关系,认为鲁迅对道教文化的态度是复杂的,道教文化背后的下层人的生存需求和精神需求,鲁迅是理解的,同时,对道教文化中的虚幻成分,他又予以揭露。王富仁先生最后这样概括鲁迅与中国文化的关系:

> 鲁迅并不绝对地否定中国古代的任何一种文化,但同时又失望于中国古代所有的文化。
>
> 中国古代没有一种文化是为鲁迅这样一个脱离开政治专制和文化专制体制的社会知识分子而准备的。
>
> 他了解了中国古代的文化传统,同时也毅然地反叛了中国古代的文化传统。
>
> 他得独立地前行,从没路的地方走出自己的路来。(第140页)

综观该著对鲁迅与中国文化关系的论述,给人启发的是:1. 先立乎其大,基于对整个研究现状的反思,引入了"共时性"这一新的研究范式,开辟了重审这一问题的新视角,在这一范式中,鲁迅的文化创造性和独特性得到了应有的重视。2. 为了重审鲁迅与中国文化的关系,以主要篇幅对以儒、法、道、佛为代表的中国文化进行了新的全面梳理,这一清理式的工作很有必要,其对中国文化的有关论述饶有新意。作为读者,尚有问题需要解惑:著者不满意以前基于"历时性"文化历史观念的研究,其主要的对话对象是"断裂说"和"继承说",引入"共时性",但最终的立场落实在鲁迅的文化创造性和独特性,与"革新说"还是庶几相近,当然,著者强调,在现当代文化的共时性中,鲁迅决不是全部,而只是多元存在的一部分,但是,当著者基于共时性视角在鲁迅与中国文化的问题上强调"前提"——价值立场——的首要性的时候,其实还是涉及一个坚持什么样的文化方向的问题。除非著者保持多元化的价值立场,否则文化方向问题还是关涉到对真理确定性的追问和坚持。这里所涉及的诸多复杂问题的纠缠,尚需得到进一步的清理。

## 三、面对鲁迅晚年思想的矛盾和难点

——评竹潜民先生的《鲁迅晚年思想的当代解读》

与鲁迅早期及中期的思想研究相比，鲁迅晚年上海时期的思想研究，尚是目前鲁迅思想研究的薄弱环节。如果说作为思想者的鲁迅在早期形成并确立了其思想的基本命题或起点，在中期经历了艰难的自我怀疑、自我解剖、自我探索、自我调整和自我转换的过程，那么，晚年，作为其一生深刻而复杂的思想探索的最后阶段，它最终孕育形成了怎样的思想果实？其中有哪些一以贯之的思想因素？又有哪些新的探索和调整？这些，对于鲁迅一生艰难思想探索的归宿论定，对于鲁迅丰富思想资源的挖掘，以及对于解开鲁迅复杂世界的诸多难题，无疑都具有相当重要的意义和价值。而且，鲁迅是思想者，更是存在者——他的生存反抗、生命体验和现实选择，其思想既是通过文字表达的，更是通过其现实生存和选择展现的，晚年（上海时期）的鲁迅，是以更为明确的态度跨入现实生存的鲁迅，他这时期的诸多现实行为和选择，也许隐含着理解其复杂世界的“密码”和“钥匙”。

竹潜民先生的《鲁迅晚年思想的当代解读》（当代中国出版社 2001 年 7 月版）正是对鲁迅晚年思想研究的一个重要收获。面对作为研究对象的“鲁迅晚年思想”，存在多种多样的切入视点，竹著的特色和成功之处，是抓住了“面对鲁迅晚年思想的矛盾和难点”和“当代解读”这两个视点，对这一重要课题作了诸多新颖的发现和恰切的判断。

竹先生在引论——“对鲁迅晚年思想中难点的理性思考”中开宗明义：“我之所以选择‘鲁迅晚年思想’作为我的研究课题，主要原因是我感到鲁迅晚年思想中有一系列矛盾，有不少学术界一时还解不开的难点。”说明作者是带着强烈的问题意识进入这一研究的。竹先生列举了鲁迅晚年思想八个方面的矛盾或难点：鲁迅晚年对马克思列宁主义的态度、鲁迅晚年对中国共产党革命事业的态度、鲁迅晚年对待抗日民族统一战线的态度、鲁迅晚年对党内“左”倾思想的态度、鲁迅晚年对待人民群众的态度、鲁迅晚年对待外国侵略者的态度、鲁迅晚年对“左翼”文坛的态度及鲁迅晚年对文艺的作用和文学家职业的态度。这些涉及鲁迅晚年思想中的重要方面，大多是敏感话题，不仅是我们以前的研究所有意无意忽略的，也是目前研究中的一些定论所无法解释的,因而蕴藏着鲁迅研究的新的生长点。当然,研究者只有直面并正视这些矛盾,才能趋近历史的真实并有新的发现。这一点,正是竹著努力尝试并做到了的。

竹著分为三编,每编三章。上编包括"'我天生的不是革命家'"、"'不宽恕'背后的隐性密码"、"党和鲁迅:认同和超越"三章,中编包括"'散兵战':鲁迅的战术意识"、"'拿来'意识的开放结构"、"'从外国药房里贩来的一帖泻药'"三章;下编包括"从'救救孩子'到'我要骗人'的心路历程"、"文坛和政界、商场有不同的游戏规则"两章和"结论 对鲁迅和鲁迅研究三个基本问题的看法"。从标题看,就点击到了鲁迅晚年思想的关键词,如"革命"、"不宽恕"、"党"、"拿来"、"我要骗人"、"文艺"、"政治"和"商场"等;在展开的论述中,则详细辨析论证了以下问题:鲁迅是否革命家?是什么样的革命家?(第一章、第四章)鲁迅为什么在晚年留下"我一个都不宽恕"这个惊世骇俗的留言?(第二章)鲁迅和中国共产党的关系怎样?(第三章)鲁迅晚年重要思想"拿来主义"的真正内涵是什么?(第五章)改造国民性的思想和实践为什么贯穿了鲁迅的一生?(第六章)鲁迅为什么不愿自己的孩子长大后做文学家?曾经大声疾呼"救救孩子"的鲁迅为什么晚年面对孩子时发出"我要骗人"的悲言?(第七章)在文艺、政治和商业的夹缝中生存的晚年鲁迅是如何对自己的角色进行反思并重新定位的?(第八章)这些不仅都是鲁迅晚年思想世界中客观存在的重要问题,而且由于与当代中国现实的密切联系,必定会引起具有"当代史"意识的读者的浓厚兴趣。概观全书,作者对这些重要问题的处理,做到了以下几点:一、强烈的问题意识。作者不仅发现并揭示了问题,而且将其作为鲁迅晚年思想中的"矛盾"和"难点",注重悖论揭示和症候分析;二、清醒的当代意识。问题意识的形成总是和当代现实紧密相联,当代意识是作者的明确追求,因而不仅问题的提出来自对现实的思考,而且在论述中注重与流行或权威观点进行辩难;三、审慎的历史意识。鲁迅思想研究同时也是历史研究,其科学性是建立在客观性基础上的。作者在研究上述问题时,尤为注重对历史背景的展示和历史真实的还原,使结论具有可信的历史依据。历史性把握和当代性阐释的融会贯通,使一些本来复杂的历史和理论问题,得到了既颇富思辨色彩,又令人信服的解答。

将鲁迅的革命家身份作为问题提出,竹著基于以下矛盾和困惑:一方面,鲁迅已被我们认定为“伟大的革命家”,另一方面,鲁迅又曾对青年 Y 说“我天生的不是革命家”(《三闲集 通信》),面对这一矛盾,学界的分歧也很大,有必要澄清。著者首先充分敞开鲁迅说这段话时的历史背景和具体语境,认为这是 1927 年大革命失败后鲁迅的感叹,及与创造社、太阳社论争过程中的一种自嘲。对于毛泽东对鲁迅的“伟大的革命家”的高度评价,竹著通过鲁迅晚年的政治选择及实际行动说明,这一评价“绝非偶然”,“是中国共产党人对鲁迅一贯评价的继续和发展”。著者对革命家类型进行了划分:“革命家有两类,一种是政治家类型的,他们高瞻远瞩、统帅全局,不断提出新的奋斗目标和斗争策略,他们善于审时度势、权衡利弊、改变策略、纵横捭阖,为达到一定的政治目标也不惜作局部利益的牺牲”,而鲁迅属于“少有政治家色彩的革命家”(从事思想革命的革命家),主要是一个以笔作武器、在思想战线上驰骋的“革命者”。著者最后指出:“对鲁迅是不是革命家的问题,也应当采取全面分析的态度:随意否认鲁迅是革命家这不是正视历史的正确观点,鲁迅一生寻找中华民族自立于世界民族之林的道路,早年就投身于中国人民的解放事业,最后参与中国共产党领导的人民革命斗争,这个历史是无可否认的;但因此而简单地认为鲁迅是一个路线斗争觉悟多么高的‘革命家’,甚至将他同共产党的领袖,无产阶级的政治家、战略家等同起来,显然也是简单化的看法,也并不是一个真实的鲁迅。”这一判断应该说是基本中肯的。

“一个都不宽恕”作为一生主张复仇的鲁迅留下的遗言,确实给后人留下了莫衷一是的评价,试图颠覆者以此为鲁迅刻薄的证据,继续捍卫者则尽力缓解它与博爱思想资源之间的紧张,而竹著则提供了一个新的思路:“在写出‘一个都不宽恕’的遗嘱背后,还存在着一个不为人们所了解的‘隐性密码’,很有将它揭开的必要。”这个“隐性密码”就是鲁迅逝世之前与解散“左联”、成立抗日民族统一战线的龃龉及对“国防文学”口号的抵触,竹著详细展开、梳理了在 1935 年前后中国共产党从发表《八一宣言》、秘密解散“左联”、提出“国防文学”口号到成立抗日民族统一战线的历史过程中,鲁迅由不理解、有顾虑到理解再到仍然心存疑惑的心路历程。著者指出,当时的鲁迅还不大理解共产党的这一战略转移,根据自身的惨痛经验,不相信刀刃相间、你死我活的双方真能马上站到一起，“先前的友和敌，又站在同一阵营里了”(《鲁迅书信集 360423 致曹靖华》)，这对鲁迅来说，是历史噩梦的反复，担心重蹈 1927 年的覆辙，在此期间再三地强调复仇，即使冯雪峰做通工作后仍不罢休，坚持自己的经验判断，并试图给予及时的提醒。通过敞开这一留言背后的历史情境和心理背景，将这一难题还原成一个历史具体问题，做到实事求是地评价；对于鲁迅与党的统一战线的龃龉和公开表示的不满，著者也采取了一分为二的态度：“一方面说明了鲁迅对共产党能赤诚相见，直陈己见；另一方面也说明了鲁迅不是神，在某种程度上反映了鲁迅判断上的失误。鲁迅了解 1935 年秋我党方针的转变确实不比其他人迟，但是，鲁迅不是共产党员，没有党的纪律直接约束着他，他不像共产党员那样，知道了党的决定，只要坚决执行就是了；因此，当他对某个问题还没有完全想通以前，表达一些不同的看法，是一点也不奇怪的。这正说明了鲁迅投身于共产党事业以后仍然保持了独立思考精神，显示了他独立的人格，这也是鲁迅智慧的过人之处，是鲁迅精神最可贵的地方。”

鲁迅与中共的关系，是研究鲁迅晚年思想难以回避的一个重要问题，又是一个敏感话题，对此，我们曾经站在“政治正确”的立场给予高度的评价，现在又有人持“分歧”说。竹著认为：“重新考察党和鲁迅的关系，既要对以往经得起历史检验的定论予以必要的认同，又要力争在原有基础上有所超越。”著者为此找到了一个比较恰切的切入点——冯雪峰在《回忆鲁迅》中的一段回忆：当冯雪峰受中共中央派遣，向鲁迅述说中央关于时局的分析以及抗日运动发展前途的预测的时候，鲁迅认真听取后表示理解，同时又说了保留自己意见的话：“我不是别的，我只怕共产党又上当。”著者认为这一回忆，确切地反映了鲁迅和党的关系，即“他虽然不是共产党员，但是面临重大的历史转折关头，却非常关注共产党的荣辱兴衰，主动地站在共产党的立场上来考虑是非得失，这个历史事实我们是必须认同的。”基于对二三十年代的国内、国际形势和鲁迅本人思想及情感趋向的分析，他认为鲁迅在立场上和共产党站到一起，带有一定的必然性。通过分析鲁迅与中共的关系史——他对党内部“左倾”幼稚病的警戒和批评、他与不同类型共产党人(包括“四条汉子”)的交往、尤其是他与毛泽东的精神联系，著者认为，鲁迅是中国共产党的诤友，所谓“诤友”，就是彼此之间能够“赤诚相见、直言规谏”的朋友，强调鲁迅和共产党之间的关系是相互信赖、相互促进的两个独立“主体”之间的关系。著者最后写道：“我想在这里郑重地提出笔者的一个个人观点：我国的共产主义运动的80年历史中，特别是解放后共产党掌握政权的五十余年间，缺少的并不是在共产党队伍中冲锋陷阵、义无反顾的‘战士’，缺少的恰恰是像鲁迅那样的敢于赤诚相见、直言规谏的‘诤友’。特别是在党的指导思想上发生偏差的时候，是多么需要鲁迅那样的诤友啊。”

“改造国民性”是鲁迅贯穿一生的重要思想命题，也是著者20年前步入鲁迅思想研究的起步之点。第六章是对这一问题的继续研究，侧重点有两个，一是应答目前学界对鲁迅国民性思想的质疑和挑战，以重申这一宝贵思想财富的重要性；二是试图通过进一步的研究把对这一思想研究引向深入。著者首先就冯骥才先生发表于《收获》2000年第2期的《鲁迅的功与“过”》一文展开对话。冯文认为鲁迅的国民性批判源自西方的传教士话语，是西方人的中国观，是西方话语霸权的表现。针对此一论点，竹著分别从西方传教士在中西文化交流中的历史作用、鲁迅对传教士思想的“拿来”与选择、中国传统文化和西方科学民主文化的历史进步性的比较等角度，展开辩难。作为引起他重视的另一篇有关鲁迅国民性思想的文章，著者对于笔者刊载于《鲁迅研究月刊》1999年第7期的《鲁迅国民性批判的内在逻辑系统》一文进行对话。拙文的写作基于这样一个基本认识：国民性批判是作为思想家的鲁迅奉献给我们民族的最宝贵思想财富，也是揭开鲁迅复杂世界的一把“钥匙”，因而尝试把鲁迅这一重要思想当作真正思想形态的对象来把握，其措施是，在鲁迅国民性批判的文学性描述中，抽象出一些范畴，整合其内在逻辑，并试图发现其逻辑原点——鲁迅对中国国民性的根本认识。竹著认为：“这些思考是很有价值的。虽然我们肯定鲁迅改造国民性思想已经有二十年左右的时间了，对鲁迅的有关论述也罗列了不少，但鲁迅对中国国民性弊端的概括究竟是什么，其焦点究竟在哪里，却始终是不够明确的，这就影响了人们对鲁迅这一重要思想的进一步深入研究。汪文为我们打开了研究鲁迅改造国民性思想的新思路。”（第126页）在充分肯定拙文的研究意向及思路的前提下，著者对我在文中对“私欲中心”这个“原点”的概括提出商榷，认为“私欲中心”的提法“缺少中国民族的特点”，并且“容易同中国历史上的‘存天理、灭人欲’封建意识、现代的‘狠批私心一闪念’极‘左’观念相混淆”。通过论证,他最后认为:“鲁迅国民性批判的‘密码’和‘原点’应该是‘自欺欺人’四个字”,“鲁迅用‘从外国药房里贩来的一帖泻药’——‘改造国民性’思想为武器,将属于‘东方文明’中最丑恶的东西——‘自欺欺人’的国民性原点揭示出来,成为鲁迅思想宝库中最有价值的东西”。应该说,竹先生的对话是认真的,试图在共同的思路下将这一问题进一步引向深入。

竹著第七、八两章对鲁迅晚年文艺观进行了探索。以鲁迅“万不可去做空头文学家”的遗嘱为切入点,通过对鲁迅拟遗嘱经过的回顾,试图阐释鲁迅作此遗嘱的心理原因:“是鲁迅品尝了以文化改造社会而不能成功的苦酒后产生的一种虚无情绪。这种心理和情绪,在鲁迅晚年占有很重要的地位,后来的研究者是不必回避、也不容忽视的。”通过鲁迅一生文艺观的变化,分析其晚年文艺观中的悲观因素,认为 1927 年的《答有恒先生》就标志着鲁迅早年“以文艺改造世界”观的破灭,这一悲观思想线索一直延伸到晚年的遗嘱。著者又从“文坛”、“政界”和“商场”三个视点,展示鲁迅晚年所面临的政治矛盾,分析了其对“商场”文人的批判。值得注意的是,著者由此延伸,对市场经济时代文艺家如何处理文艺规则与市场规则之间的关系,以及对现代社会中不同职业分工之间相互制约、相互补充的多元并存关系,都作了相当中肯、并具现实启发意义的揭示。

从以上具体评述可以看到,竹著带着强烈的问题意识审慎穿行于历史和现实之间,对所提出的问题,作了既符合史实,又具有现实意义的解答。竹著并没有运用什么新理论或新方法,著述用语也没有新的名词术语的装饰,给人的整个印象是朴实无华、平易近人,把论证建立在详尽的史料梳理和审慎的价值判断的基础之上,对诸多疑难问题作了清晰和恰当的判断。

竹著敏锐的问题意识,可以开启更多的追问空间,引发我们的进一步思考。如鲁迅是否革命家这一问题,在 20 世纪纷繁复杂的中国革命语境中,鲁迅是如何辨别真假革命的?一生钟情于革命的鲁迅,他心目中的真正革命究竟是什么?这些问题,都需要通过对其革命话语的梳理及对其现实行为的甄别加以探讨,在这一基础上,鲁迅革命家身份的问题当有更为广阔、更为清晰的视野。鲁迅对政治革命的态度是复杂的,一方面他承认“改革最快的是火与剑”和“政治先行，文艺后变”，另一方面，从他对政治家和文艺家之不同的洞察中，仍可以体会到他深藏于心的隐衷——钟情文艺的初衷。“毛泽东为何对鲁迅有如此高的评价”（指“伟大的革命家”的评价）的问题，不仅在于对历史人物如何评价，这一评价背后，除了政治策略的考虑外，有没有毛个人情感的参与呢？毛对革命的想象，与鲁迅有关革命的理解有无相通之处？又如“不宽恕”的留言，著者还原这一问题背后的历史痕迹，提到鲁迅和党的统一战线之间的龃龉，这是必要的，但是，为什么在冯雪峰作出解释后他仍然难释于心？一生主张复仇到死也不让步来自怎样的经验教训？这一经验背后是怎样的人性和历史？这里似乎又有一些带有普遍性的原因。

我和竹潜民先生素昧平生，他对我那篇文章的关注和商榷，使我们相识，2002 年北京鲁迅博物馆就我们之间的学术论争，专门召开了一次学术讨论会，才得以相见。竹先生是鲁研界的前辈，80 年代初，就以《鲁迅“改造国民性”思想的评价问题》获得重要反响，几十年来一直默默坚守鲁迅研究，并不时奉献自己的创获。在竹著的最后，有一篇较长的《后记》，回顾了几十年来自己与鲁迅的“关系史”——从少年时第一次学校组织到绍兴鲁迅纪念馆参观，到大学时代第一篇研究鲁迅的习作，再到六七十年代对鲁迅作品苦心孤诣的阅读，一直到新时期后正式走上鲁迅研究之路的详细经过。一个个动人的细节，为鲁迅接受史（而非研究史）提供了生动的个案，大概每一个真诚的鲁迅研究者都有这样一个走近鲁迅并接受鲁迅的过程。正是基于自己独特的生命体验，使竹潜民先生的鲁迅研究，更具有独特的个人价值。

## 第四节 新语境中的鲁迅课教学

鲁迅，作为教学对象，曾经在中国大陆的文科教育体系中占据着绝对支配性的地位，从中、小学语文课本中文章的入选篇数，到大学本科和研究生阶段的中国现代文学教学中所占的比重，都是遥遥领先。这一情况，是与鲁迅研究在当时的大陆人文社会科学研究中举足轻重的地位分不开的。毋庸讳言，鲁迅研究和教学的盛势，在一定程度上来自于新中国成立后在政治上和文化上立鲁迅于独尊的优势局面,但又不可否认,其受欢迎,更多的是来自鲁迅人格、思想和文学的感召力,尤其在80年代的新启蒙语境中,鲁迅的人格、思想和文学,又一次提供了民族振兴的深度精神资源和想象空间。文化热中的鲁迅热,使高校中的鲁迅研究课,广受80年代富有热情的学子们的欢迎,钱理群先生80年代在北大开的鲁迅研究课,听者云集,教师的激情和学生的热情相互激荡、交融,这大概是一道难以重现的校园风景线。我想,不仅钱先生,还有很多不知名的鲁迅课的讲述者,在80年代或者更早的年代里,凭着他们对鲁迅的热爱和孜孜不倦的研究,在各自的岗位上辛勤播种,为鲁迅的传播和普及做出了值得敬佩的贡献。

90年代,历史似乎翻开了新的一页:政治风波后文化热骤然降温、市场化引起社会世俗化浪潮、国学热及文化本位主义思潮出现、后现代思潮涌入、反思现代性进一步深入,另外,随着90年代文化消费方式多样化,文学被边缘化。语境的转换带来了鲁迅研究的变化,也影响到年轻人对鲁迅的接受。应该说,90年代的鲁迅研究在以前的基础上进一步深化和细化,取得了阶段性的深入,尤其在90年代中国和东亚对现代性的反思中,研究者在鲁迅的文化选择中发掘了新的丰富思想资源,阐发了新的意义。但是,不容回避的是,与80年代相比,年轻学子们对鲁迅不再情有独钟,鲁迅课在大学受欢迎的程度已显不如前。这一状况的出现,首先自然来自接受语境的变化。在中国现代文学学科领域,随着80年代以来的作家出土运动,到90年代,以前“鲁郭茅、巴老曹”的学科格局发生了明显的变化,更多的杰出作家进入了现代文学史,这在客观上占据了以前鲁迅的一些“份额”,据传,90年代高校中文系本科生毕业论文的选题,张爱玲已取代以前的鲁迅,一直遥遥领先,这一点至少被我自已的经验所证实;在90年代的中国文学界,世纪末的亢进使年轻一代作家对鲁迅“这块老石头”采取了故意挑战的姿态,90年代文坛的普遍叛逆情绪使鲁迅成为一个老话题,鲁迅不再是作家们的所谓“楷模”,如果比较一下80年代与90年代的当代作家谈鲁迅,该是有意思的吧;在90年代的中国思想界,对鲁迅思想的质疑也时有出现,如将鲁迅的国民性批判溯源至西方传教士话语、将鲁迅作为激进派纳入对激进与保守的反思、对五四启蒙主义的否定性反思、在鲁迅和胡适之间做出非此即彼的判断等等;在90年代的中国文化界,随着文化消费方式的多样化和文学的边缘化，年轻人接触纯文学和经典文学作品的机会在减少，客观上说，读鲁迅的人在减少。语境的变化对鲁迅教学的影响，一是多元化语境改变了学生对鲁迅情有独钟的局面，应该说这是具有合理性的，更重要的影响是，90年代的语境和氛围，潜在地改变和塑造着90年代年轻人的情性和心性，躲避痛苦、拒绝思考、嘲笑理想，成为近似于"时代精神"的一代精神时尚，五四与80年代的启蒙话语和姿态，成为人们乐于解构的对象，有着如此情性和心性的年轻人，面对鲁迅的时候，自然有隔膜之感，甚至敬而远之。在我的鲁迅课上，就曾有同学在学期论文中写道："我们已经够痛苦了，何必再了解别人的痛苦，应该活得轻松些。"在研究生专题课上，有些以研究姿态面对鲁迅的学生，也是喜欢从质疑启蒙的角度思考问题。90年代语境的变化对鲁迅接受的影响，有些是真实的，需要我们去面对，如多元化的选择改变了独尊鲁迅的局面，使鲁迅回到其本来的位置上去，有些则明显存在误区，需要我们去坚持。

鲁迅课的教学关乎鲁迅思想、精神和文学资源的传播及进一步发掘，理应引起我们足够的重视。如果鲁迅的价值及魅力完全依赖于外在的语境，则鲁迅课在90年代的状况是完全真实的，无须改变和努力，既然我们坚持鲁迅的价值所在，则在目前的语境下，鲁迅课的教学，更需要我们从自身去寻找问题和改进的途径。其实，现在有很多学生，在还未走进鲁迅课的课堂，尚未了解鲁迅并感受其魅力之前，他们对鲁迅的印象，往往是相当隔膜的。年轻人或多或少知道点鲁迅，毕竟其名如雷贯耳，但真正自己去读、了解的人，其实并不多，大多是在信息膨胀的年代从各种渠道道听途说来的，因而存在着种种误解，更可怕的是这些误解正是通过教学的方式在传递着。年轻人对鲁迅的隔膜，更多的是处于一种敬而远之的心理，鲁迅的思想很复杂，鲁迅的文章难读懂，与年轻的读者有一定的距离，这些都是客观存在的问题，而且，鲁迅身上包裹了太多的"话语"，太多定性了的评价，使年轻人在没有自己了解鲁迅之前，就似乎知道鲁迅是谁了，这些话语本来就已经听腻，于是刚开始就失去了进一步了解鲁迅的兴趣。我在讲鲁迅之前，有些学生打听讲什么内容，如果听到有同学说要讲《狂人日记》或《阿Q正传》，学生往往说，我们中学都学过了，不必再学了。即使有些学生有幸去了解甚至研究鲁迅，也难以摆脱用别人的话语来认识和思考。鲁迅，似乎真的成了"走不近的鲁迅"。这些状况提醒我们,从事鲁迅课教学时,是剥离鲁迅身上过多的历史话语,展现鲁迅应有的魅力呢,还是继续在鲁迅身上添加无关痛痒的话语?

鲁迅课的吸引力,首先来自讲述对象——鲁迅人生、心路历程、人格、思想及其文学本身的魅力,我自己的经验是,听了鲁迅课,真正接触了鲁迅的学生,大多会自然地被鲁迅所吸引,中国现代文学史课上下来,大多数学生最后还是认为鲁迅是20世纪中国作家当中最有魅力的一位,随着鲁迅的本科生选修课和研究生专题课的进一步深入,更能激发学生对鲁迅的热情甚至研究的兴趣。我来苏州大学后上的第一轮中国现代文学史课,后来这个班的毕业论文选鲁迅的就有近十个,占总人数的近1/4,为本科生开的选修课(鲁迅研究),选课者一般都有150人左右,发现他们接近鲁迅的速度,比预想的要快得多。我觉得,鲁迅作为讲述对象的本身的魅力,正是在于,鲁迅的思想和文学,来自于其直面人生的真实生命体验,这一点,大概是鲁迅和年轻人得以沟通的契合点。基于这样的认识,当前大学鲁迅课,首先要做的,大概是"陌生化"和"还原"的工作,这两者实际是二而一的,"陌生化",并非标新立异,而是针对历史上过多的"鲁迅话语",不是说这些话语不含有真理的成分,而是说这些话语确实已使学生产生了所谓的"审美疲劳",如果我们的鲁迅课首先给人的印象还是似曾相识的东西,学生可能首先就会望而却步,"陌生化",就是换一种方式讲鲁迅,首先给求新求变的年轻人一个新鲜感,然后再一步步深入。这一"陌生化",不如索性落实为"还原",就是把鲁迅的思想和文学放到其自身的丰富生命历程和体验之上,直接切中上面所说的"契合点"。这几年在苏大开鲁迅课(主要是讲鲁迅文学),都是首先拿出较多的课时从鲁迅生平讲起,讲鲁迅生平,不是一般的人生阶段的介绍,而是进入鲁迅的心路历程,试图通过对鲁迅复杂心路历程的描述,不仅让学生首先完整了解鲁迅的一生,而且使他们进入鲁迅复杂的情思世界,充分体验其人生选择及生命体验的丰富过程,这既是"还原",又是对鲁迅形象的建构,鲁迅丰富的人生经历本身,对学生的吸引力就很大,因此效果很好;基于这种诉求,在讲鲁迅的文学作品时,我抓住两个客观性,一方面从文本细读入手,以文本作为文学解读的客观性基础,另一方面坚持结合鲁迅本人的思想和生命状态来理解,而不是采用时髦的可以不顾作者的解读法——这是鲁迅作品的独特所在。我发现,越是保持客观,越能体现鲁迅的丰富性，学生在此基础上形成的创造性也越大。比如，对《伤逝》的解读，鉴于这篇小说是一个内涵分裂的文本，先布置学生课前带着问题反复细读文本，找出其中令人困惑的地方，在课堂上，首先让学生自由发言提出小说中自己感到疑惑的地方，并自己尝试加以解释，一般情况下，学生大致都能提出以下的疑问，如涓生对子君的情感变化为何显得如此之快？涓生到底爱不爱子君？小说开头与结尾部分涓生忏悔的到底是什么等问题，学生的自我解释当然众说纷纭，这时，教师引导学生进入文本去寻找解释，我首先提醒学生去注意小说文本中存在的一个不易察觉的问题，小说在叙述两人的相爱经历的时候，突出强调了子君的勇敢和无畏，但涓生自己对这场爱情的态度到底怎样？小说却没有明确交代，而这是从"涓生的手记"的角度理应得到呈现的，因此，涓生虽然在小说中体现出有爱的需求，但他对爱情的态度到底怎样？确实是文本中存在的一个空白。接着带领学生去寻找文本中潜藏的两条线索，第一条线索是，小说中所记对二人婚姻的打击，主要有三次，一是涓生的被解雇，二是子君的出走，三是子君的死，巧合的是，在每一次之前，涓生都似有预感，第一次是"我所豫期的打击果然到来"，第二次是"然而觉得要来的事，却终于来到了"，第三次是"我想到她的死"，不祥的预感似乎早在涓生的心中，并最终成为现实；第二条更为潜在的线索是，婚后涓生情感的微妙波动有三次，第一次是下班回家看到子君脸上包藏着不快活的颜色，但"幸而探听出来了"，起因是与邻居官太太的暗斗，第二次是涓生失业的时候，涓生并未明确表明对此事的态度，却对子君的态度特别敏感，当他偶瞥到子君"凄然"的神色时，内心大起波澜，第三次是二人长期冷战后，在一个寒冷的早晨，涓生突然发现子君脸上终于显露"怨色"，那发现后的情感是颇值得玩味的："子君有怨色，在早晨，极冷的早晨，这是从未见过的，但也许是从我看来的怨色。我那时冷冷地气愤和暗笑了；她所磨练的思想和豁达无畏的言论，到底也还是一个空虚，而对于这空虚却并未自觉。"前面的问题结合后面的两条线索，我们有理由推测：涓生对爱情的态度是，他需要爱，但没有勇气和信心接受爱，走向爱情的涓生，与其说有勇气，不如说是从子君的态度中分有了勇气，因此，他对于婚姻的态度是以子君的态度为转移的。由此推论，进一步从文本中分析出，子君的生存是一种为爱的生存，涓生的生存是一种反抗的生存，反抗的生存本来可以和爱在一起,但问题是涓生的反抗人生与爱形成了对立,涓生的忏悔若能达到这一点,无疑深刻得多。在文本分析的基础上,进入作者鲁迅本人的精神世界,阐释鲁迅20年代中期形成的“绝望的抗战”的姿态与爱的冲突,及其反抗的有限性,以揭示涓生忏悔背后的鲁迅本人的生存论内涵。这样,从文本出发,出入于文本与作家之间,不仅使学生读懂了小说,而且由此进入鲁迅的思想深处,进一步了解了鲁迅。对《野草》的讲解,如果仅仅局限于篇章的串解或整体的哲学式的阐释,学生还不能真正走进《野草》的世界,我开《野草》选修课时,首先讲1923年的鲁迅,通过对这两个创作高峰之间的沉默一年的讲述,分析鲁迅在走入《野草》之前的生命状态,意在阐明,《野草》,是鲁迅第二次绝望中穿越绝望的一次生命的行动,《野草》不是以“野草”为名的单篇的合集,而是一次生命穿越的整体过程,《野草》中,存在一个自成系统的精神世界,由此整体视角再进入单篇的解读。把《野草》与鲁迅的生命紧紧联系起来,使学生对《野草》产生浓厚的兴趣,通过这般解读,学生不仅更能接近《野草》的“诗心”,而且也在《野草》中发现了一条走近鲁迅的捷径,虽然是最难走的一条捷径。通过教学可以发现,只要能让学生走进鲁迅课堂,让他们直接面对鲁迅的文本,鲁迅源于自身生命的魅力就会被年轻人敏锐地感受到,从而形成基于生命契合点上的独特感受和独到发现。下面,试从学生的学期作业中摘出若干言论片段,以见他们对鲁迅的感受和思考:

——鲁迅就像一个扛着枪的老战士,看到孩童的玩耍会笑一笑,但却仍然孤独地走向战场,去打一场注定要失败的仗。

——在《死》这篇文章里,鲁迅写了七条遗言,其中第五条是:孩子长大,倘无才能,可寻点小事情过活,万不可去做空头文学家。此话是颇费人思量的。“空头文学家”这个短语,按形式逻辑概念与内涵的推理,是有歧义的。是说所有的文学家都是空头的,还是说文学家可分为几类,其中一类是空头文学家。第二,“空头”是何意? 无用? 虚幻? 不切实际? 于民于己都无利? 斯人已逝,谁也不得而知。

鲁迅这句遗言让人深思,同时也令人沮丧。我们知道,鲁迅选择文学作为自己一生的事业,但又不止一次地对文学的价值和作用提出质疑。他选择了一辈子,也质疑了一辈子。

——你以为我只不过是在开玩笑,你们大家都以为我在开玩笑?!

我为什么不是鲁迅?

你以为“激流”是什么?它只是摇滚乐的一种,来自瑞典,英文名叫 Trash。

你以为“厄运”是什么?它也是摇滚乐的一种,来自瑞典,老外都叫它 Doom。

你以为“暗潮”是什么?它还是摇滚乐的一种,只是名字有点吓人,叫 Dark Wave。

你以为我要说点什么?摇滚乐?不是。鲁迅?错了。说的无非是我们自己。不相信?把手放在胸口的左边,拿把刀刺它一下,看它还在不在?

我梦见先生在大地上彷徨,不知自身所在。我为先生感到痛心,偌大一个中国,难道竟没有先生的安身之地?

看看我们生活的土地,到处是轻歌曼舞,偶有几个长歌当哭,也飞快地被尘土掺着暗红的血所掩盖。

先生实在应该生在寒冷的北欧,在隐隐咆哮的刀风中,低沉而坚强地吟唱,血的温暖流动不会贪恋温柔水乡,也不会钟意京华烟云。

先生和我们一样,同样瘦弱的身躯,为饥饿、苦痛、惊异、羞辱、欢欣而颤动。我依然相信先生的横眉之下,有着沧桑与感悟,凄凉与希冀,以至于火柴般的战栗而幸福的暖意。在我未读过《野草》之前,我以为人生只是麻木,读过《野草》之后,以为人生不过是虚构。拿《野草》做我的“圣经”,用先生做我十字架上的“人之子”,纵是先生不同意,我也是决绝相向,只因我们号称文明的古国了然无根。突然间,隔了几年,也许是很多年,在斯堪的那维亚半岛的金属光泽映照下,那团烈火“轰”的一声爆裂开去,我在惊悚与偷窥中还停留在意淫的高潮,就被一个伟大的秘密所浇醒,那篇《颓败线的颤动》让我明白了,我们这些无根浮萍的人应拿这篇文章来安慰自己。

——不敢再往下读,我知道自己面对的是一个极其痛苦的灵魂。他似乎穷尽了人生的一切内涵,他有着最丰富的阅历,然而更多的是苦难。无疑,他深刻,然而,他病态。他穷尽人生的两种极致状态,并且将之完美融合,他是天使与魔鬼的化身,在那个人间地狱,固执地奏响天

> 堂与地域的音乐，他的音乐辛酸、激情、嘲讽而又无奈与绝望。他始终只属于黑夜。这是一个伟大而痛苦的灵魂。
>
> ——上帝说“要有光”，于是便有了光，因为他是上帝。你说，“我可以爱”，但你不是上帝，于是你不一定去爱。社会的压力固然存在，但更关键的还是自身的犹疑。心里有“无”作祟。走近和走进是那样不同的概念。虽然都在走着，可是，走近可以再离开，幻想与现实的对立，产生了独特的张力，从而构造了一个独特的空间，可以苟延残喘。而走进，则是进入无物之阵，看不见，甚至没有足够的空间举起自己的投枪。虚无的恐惧让他裹足不前。
>
> 是了，涓生可以爱，但是没有去爱。
>
> ——这篇看上去温暖又明快的散文，却是对这种温暖明快的否定，这《野草》中极少的亮色，却是对灰暗最坚决的选择。有的人活得很轻松，因为人生本无意义，有的人活得很艰苦，他顺从了内心的呼喊而愚笨地活得那样艰苦。鲁迅看透了前者而选择了后者，这种精神让我感动，如果明知未来，却仍把未来看做一个未知数去努力，这样才不愧为人。

可以看到，只要年轻人有自己真实的生命体验，不丧失起码的精神追求，鲁迅，就会对他们保持恒久的吸引力，因为，大概没有哪个中国作家的作品像鲁迅的作品那样具有如此丰富的生命世界，也唯有年轻人才是拥有最活跃生命力的读者群。这一生命的契合点，是我对鲁迅课保持信心和乐观的一个最基本的底线。

# 后　　记

也有人问我为何不转移研究领域，但近年的研究，仍难离开鲁迅。自知痴心不改，一是作为“显学”的鲁迅研究虽积累丰厚，成果丰硕，但仍然存在研究空间，密不容风，宽可走马；二是鲁迅研究已经成为自己观察社会，体验人生，反思文明与自我的一个最好中介，称之为中介，就是并非以其作为价值的皈依，而是作为思考中国问题的起点和方法。私下以为，考察现代中国，鲁迅，仍然是能够积聚最复杂问题意识和最深广研究空间的研究对象，鲁迅研究，已超出“鲁迅研究”本身，更远远超出文学研究领域，它是传统、现代、历史、社会、政治、思想、文化、文学的交集，是反思中西文明的焦点。鲁迅曾希望自己“速朽”，他之“不死”，福兮？祸兮？

昔作新编，略为举其纲目，条其统系，见小见大，孰为知之。

书中诸文，大多随写随发，见诸期刊，在此首先感谢黄乔生、周楠本、高远东、傅光明、范智红、邢少涛、陈汉萍、易晖、赵丽霞、姜异新、陆成、马胜利等诸位先生的赏识与支持。同时也借此机会感谢研究界前辈与同仁的关心与厚爱。苏大文学院王尧院长为本书出版批准211经费，在此表示感谢。在本书策划、校对和出版过程中，责任编辑魏冬峰女士严谨细致的工作作风给我留下非常好的印象，感谢她付出的辛劳！

2012年10月于苏州